Einaudi. Stile Libero Big

Questo romanzo è frutto della fantasia dell'autore.
Certo, i fatti raccontati potrebbero accadere.
E in forme, tempi e luoghi diversi, alcuni sono già accaduti.

www.einaudi.it

ISBN 978-88-06-21473-9

Riccardo Gazzaniga

A viso coperto

Einaudi

A viso coperto

Quando si ha un amico, si marcia con lui fino in fondo.

STRISCIONE ALLO STADIO SAN SIRO

Domenica 16 gennaio

La partita è finita da dieci minuti e gli ospiti stanno per lasciare il piccolo impianto. Non li hanno fatti aspettare molto, perché il pubblico non superava le cinquecento persone.

E poi in questura non hanno preoccupazioni: che deve succedere in una partita del Campionato nazionale dilettanti?

La Sestrese non ha nemmeno una vera tifoseria. Ha ospitato lo Spezia, retrocesso per fallimento, e l'incontro è finito uno a uno. Il massimo insulto arrivato dagli spalti è stato «arbitro merda». Adesso i tifosi mangiano panini bevendo birra e, a qualche metro da loro, pochi celerini parlottano in cerchio.

Sopra, il cielo inizia a scurire.

Lorenzo Bodrato – per tutti soltanto «Lollo» – guarda attraverso il cancello dello sfasciacarrozze. La sciarpa rossoblu nasconde il naso un po' storto e un cappuccio copre i ricci scuri. Spuntano fuori solo gli occhi, marroni e intelligenti.

– Stanno uscendo, – mormora, quando vede i primi spezzini lasciare lo stadio.

– Andiamo, dài, andiamo, – insiste alle sue spalle un ragazzo con la sciarpa sulla bocca e un cappellino. Altri hanno caschi da moto in testa. Lollo fa un brusco cenno con la mano.

– No, aspettate, porca merda! – ordina. Dietro, qualcuno impreca in silenzio, qualcuno stringe la cinghia, qualcuno agita nel vuoto un bastone.

Il gruppo di spezzini usciti dallo stadio aumenta. Sono venuti con tre pullman e uno era pieno di ultrà. I bus sono posteggiati nello spiazzo e c'è solo una squadra di sbirri. Lollo lo sa grazie ad Ale, che gli sta di fianco. Ha la faccia coperta da un passamontagna nero che lo fa somigliare al comandante Marcos, quello dei ribelli del Chiapas.

– Ancora un attimo, Lo', ancora un attimo, – dice Ale, – sennò ci finiscono in mezzo quelli che non c'entrano un cazzo!

– Lo so. Dài che lo so –. Lollo stringe forte le sbarre. Il tempo sembra rallentare e inchiodarsi su quel cancello da cui Lollo e gli altri osservano i nemici, che bevendo e cazzeggiando si dirigono ai pullman.

Dietro Lollo c'è Lupo. Ha un casco spagnolo e una sciarpa che nasconde la profonda cicatrice sulla guancia destra. Ferita di guerra, rimediata sei anni prima a Bergamo. Lupo schiuma frenesia. – Oh, ma che cazzo aspettiamo?

– Non rompere i coglioni! – gli ringhia contro Ale, e Davide «Lisca» li guarda temendo che si prendano a manate.

Poi però Lollo spalanca la cancellata.

I genoani escono in silenzio, si muovono veloci. Anfibi che mangiano l'asfalto, un piccolo plotone scuro armato di cinghie, aste di ferro da ombrellone, tubi di gomma rigida da cantiere edile. Qualcuno ha arraffato dallo sfasciacarrozze pezzi di auto da demolire.

Sono distanti solo quaranta metri dal piazzale e avanzano indisturbati, coperti dagli autobus. Posteggiati in fila, nascondono la visuale sia ai celerini sia ai tifosi bianconeri che salgono a bordo dall'altro lato.

Cosí è troppo facile. Non è roba da ultrà arrivare senza farsi sentire ed è per questo che Lollo si ferma un istante e i suoi con lui. Alza le mani in alto e le batte insieme.

– Dove sono gli ultrà? – lancia il coro.

Poi di nuovo: – Dove sono gli ultrà? – grida e i ragazzi rispondono tutti insieme come un tuono, anche se non sono neppure trenta.

Dall'altra parte l'effetto è rapidissimo.

– Oh! Sono qui! Presto, veloci! – strillano i bianconeri cercando di organizzarsi, ma i rossoblu stanno già assaltando il loro pullman. I primi pezzi di metallo infrangono i finestrini, ma non è per danneggiare un autobus che hanno pianificato quel blitz. Essere ultrà non è prendersela con le cose. Essere ultrà non è fare cose semplici.

Lollo e Ale, Lisca e Lupo, Giorgione, Paolo, Sergio e tutti gli altri scattano brandendo cinture, mulinando cinghie, bestemmiando, caricando.

Gli spezzini sono sorpresi. Tutto si aspettavano tranne che trovare i genoani fuori da quel campetto. Pochissimi fra loro riescono a reagire. Troppo rapido l'assalto, troppo determinati gli aggressori, favoriti dal crepuscolo che li fa sembrare piú di quanti non siano.

Quella che segue è una mattanza di tonni: i bianconeri rimangono stretti nello spazio fra i pullman parcheggiati male. Lollo e soci li spingono indietro sul piazzale a suon di cinghiate, calci, mazzate. Si sentono urla e imprecazioni e qualche lamento.

I bianconeri arretrano e finiscono contro l'unica squadra di celerini spedita lassú, che quando se li vede arrivare addosso carica a sua volta, alla cieca.

Qualcuno cade, qualcuno prova ad affrontare gli sbirri, ma quelli hanno i caschi e i manganelli e randellano forte, cosí i bianconeri le prendono da due lati in un casino di urla e *porcoddio-maledizione-merde-schifosi-vi-rompiamo-il-culo*.

I poliziotti si fermano, perché si rendono conto che tra bianconeri e rossoblu sono troppi e non vogliono restarci in mezzo. Un funzionario urla qualcosa per radio, ma ormai non c'è modo di fermare il casino.

Lupo prende a calci uno rimasto a terra, che si copre la testa per difendersi. Lollo lo tira via, mentre Lisca assesta un calcione a un bianconero che gli passa accanto. Ale sembra piú grosso che mai e mulina la sua fibbia d'acciaio in aria, abbattendola come una mannaia sulla schiena di due sfigati che avranno vent'anni e uno scontro cosí se lo sognavano la notte. Poi però il sogno diventa realtà e si trasforma in un incubo.

Tanto per non sbagliare, qualcuno lancia roba agli sbirri.

Lollo quasi non riesce a menare, mentre cerca di capirci qualcosa. Sa solo che le hanno date di brutto e alcuni spezzini sono per terra e prendono ancora colpi.

Decide che può bastare e urla di andare via. Cosí indietreggiano anche loro, ma senza voltare le spalle. È una scelta, non una resa.

Volano altre mazzate ai pullman, due ragazzi rubano uno striscione con scritto «Spezia bianconera» e gli dànno fuoco, lasciandolo a bruciare. Qualcuno si attarda a menare, ma bisogna far presto perché c'è uno con la telecamera che dev'essere della Digos. Il bastardo riprende tutto.

– Via, cazzo, via! Dài! – dice Lollo e tira per la giacca Lupo, che è eccitato come un toro alla monta.

– Via! Dài, via! – urla anche Ale. Qualcuno deve averlo strattonato per la felpa e gli si è scoperto un pezzo di faccia. Ma se ne accorge e subito si ricopre. Riescono a portare indietro tutti quanti.

– Dove sono gli ultrà? – urla di nuovo Lollo e gli altri gridano con lui. Quell'urlo è insieme scherno dei rivali e celebrazione di vittoria.

Arretrano ancora di qualche passo, poi raggiungono di corsa le macchine e i motorini vicino allo sfasciacarrozze. Saltano su, imprecando, spogliandosi, esultando ubriachi di adrenalina. Nemmeno cinque minuti e sono spariti.

Dove sono gli ultrà?

Lunedí 17 gennaio

1.

Il sovrintendente Nicola Vivaldi entrò nello spaccio togliendosi il casco. Aveva i capelli chiari arruffati. Li teneva troppo lunghi e il comandante lo aveva già invitato a tagliarli.

Incrociò gli occhi dell'assistente Fabio Poggi che addentava un cornetto.

– Prendi qualcosa, Nico? – biascicò lui tra lo zucchero a velo.

– No, grazie, già fatto in pasticceria.

– Sempre speciale, tu. Hai sentito di ieri a Borzoli?

Nicola annuí.

– Sí, ho letto sul televideo. Ma c'eravamo anche noi?

– Una squadra sola. Nessuno si aspettava casino lassú. Era una partita da quattro gatti.

– Feriti? – domandò Nicola.

– Dicono che Yuri ha preso una pietra su una gamba e ha marcato visita, ma gli hanno dato solo due giorni. Hanno tirato qualche manganellata, roba di secondi. Quelli sono venuti, hanno menato e sono andati via. Le hanno prese solo gli spezzini.

Nicola fece un mezzo sorriso.

– Ti ricordi come si pestavano quando stavano entrambe in serie B?

Fabio annuí e ingollò l'ultimo pezzo di brioche.

– L'ultima volta che l'ho fatta io abbiamo scortato i pullman fino in stazione e i genoani si sono messi a sparare con quel lanciarazzi contro i gruppetti che beccavano in giro. E quel razzo che stava per beccare il vecchio comandante?

Nicola sorrise.

– Ha deviato all'ultimo secondo, roba che se lo prendeva lo

sfigurava. Ma lui se ne stava lí con la sua divisa perfetta e il cappellone in testa.

– Io dico che aveva qualcosa di magico nel cappello.

– Alla stazione c'era quel cantiere e ci avevano tirato anche i mattoni.

– Che mazzate! Comunque non so che cazzo c'hanno in testa, questi qui. Ieri nemmeno giocavano loro... Invece di passarsi una domenica tranquilla vanno ad assalire quelli che sono retrocessi in D e giocano con la Sestrese. Ma vai a mangiare fuori, fatti una scopata, Cristo! Non li capisco proprio.

Fabio pagò e uscirono dallo spaccio. La caserma era spazzata da un vento freddo e il cielo era bianco. Si accese una sigaretta.

– Mangi come un porco e fumi peggio di un turco. C'è qualche vizio che non hai? – chiese Nicola.

Il collega sorrise amaro, svelando i denti ingialliti.

– Non scopo. Non piú, almeno.

A Nicola la battuta non piacque, visto che Fabio era sposato.

– Se è per quello, nemmeno io, – riuscí a rispondere. Rimasero zitti come riflettessero entrambi.

– A cosa pensi? – chiese poi Nicola tagliando il silenzio.

– Che con tutti i casini che ci sono nella vita... Voglio dire, come si fa a rischiare di rovinarsi per una partita? È da malati.

– Non lo so, Fa', è facile dire le solite cazzate dei telegiornali. Che sono teppisti e tutto il resto. Per cercare di capire bisogna ragionare come loro. Non si tratta tanto della partita o della squadra, è una faccenda di mentalità.

– Io pensavo mollassero. Con le nuove leggi e le diffide molti gruppi storici si sono sciolti.

– Ma è per questo che quelli rimasti vogliono farsi vedere, no? Resistere e portare avanti certi valori. Sai, gli scontri leali a mani nude, niente coltelli, niente infamate alla polizia. Adesso però è tutto complicato.

– E allora si trovano quando non ci siamo.

– Infatti. Quando eravamo ausiliari, qui al reparto, pestavamo ogni domenica come ferrai e non dovevamo mica giustificare nulla. E pure loro facevano come volevano: agguati, scontri, danneggiamenti, cortei non autorizzati. Però non ce l'avevano con la polizia e c'era meno politica. In molte curve è stato quello lí, il cambiamento.

– A forza di leggere stai diventando un esperto. Sbrigati a scrivere il tuo libro.

Nicola sorrise: – Ci provo, ci provo.

Fabio si allontanò verso la sua vecchia Golf. – Ci si becca dopo.

– Ciao, – disse Nicola e salí sullo scooter per raggiungere l'ufficio.

2.

Ale uscí di casa assonnato e con una spalla che gli faceva male. Non ricordava di aver preso colpi il giorno prima, poteva anche essere uno strappo.

Il problema era che l'indomani venivano i brutti pensieri, la paura che suonassero alla porta due sbirri in borghese dopo averlo sgamato con i filmati. Che cazzo avrebbe detto a Mara? Con il mutuo e le spese per Alice, sua moglie non lo avrebbe perdonato.

Tranquillo, Ale, andrà bene anche stavolta, vedrai. Andrà tutto bene.

Fu contento di infilare il casco, perché il freddo gli congelava la testa quasi pelata. Poi accese lo scooter e si buttò nel traffico delle sette e mezza. A quell'ora Genova era un macello, ma per fortuna lui doveva solo raggiungere l'imbocco dell'autostrada, poi si sarebbe mosso in direzione opposta al casino, verso nord.

Non sarebbe arrivato in orario, ma non importava. Non erano fiscali in ufficio. Era uno dei vantaggi del posto pubblico, insieme allo stipendio fisso, le ferie garantite, la possibilità di giostrarsi i turni e infilarci pure qualche ora di straordinario.

Ma lui detestava lavorare lí dentro, gli davano tutti la nausea.

Quando si era presentato al concorso, mica pensava di passare. Era solo uno dei molti tentativi per scappare dal porto. Suo padre aveva iniziato a pregarlo di cambiare dopo che era morta Manuela. La sua unica sorella.

Ale non voleva mollare il porto, ma papà diceva che i rischi erano troppo alti, che la gente lí ci moriva. E aveva ragione: c'erano troppi incompetenti e troppa improvvisazione. Tanti pregiudicati e anche qualche tossico. Non che a lui importasse della fedina penale dei colleghi, anzi, di solito si trovava male con quelli *puliti*. Ma gli importava se uno lavorava male e metteva in pericolo gli altri.

E poi erano sempre di fretta, sempre sotto pressione, e alla fine qualcuno sbagliava.

I suoi genitori non avrebbero sopportato un altro dolore. Avevano bisogno di lui quanto sua figlia Alice.

Papà aveva tirato fuori una vecchissima amicizia in curia che gli aveva indicato quel concorso, dove chiedevano solo la licenza media. Ale aveva storto il naso e cercato di evitare, di trovare qualcos'altro. Ma suo padre insisteva che era un posto come tanti e per non deluderlo lui si era presentato al test, senza studiare. Era sicuro che lo scartassero subito, perché c'erano tanti candidati con il diploma e persino un laureato.

Ma a quanto pareva in Italia i preti erano ancora potenti e Ale aveva passato la prova. Cosí non aveva avuto scelta ed era diventato un impiegato statale, lui che si era sempre sentito tutto tranne che patriottico. Era finito in ufficio, lui abituato a stare fuori, sotto il sole e la pioggia, al gelo e alla calura delle banchine. Era andato dietro una scrivania a sollevare al massimo una cornetta, lui che alzava colli da cinquanta chili a botta.

Prima di entrare in autostrada accostò e si fermò al bar. Fece colazione velocemente, poi provò a chiamare Lollo. Quello rispose subito.

– Sei di turno?

– Sí, sono al padiglione. Mattina e poi stanotte. E tu? Già dentro? – disse Lollo.

– Quasi. Ero qui che mangiavo un cornetto. Come andiamo?

– Bene. Anzi, benissimo! Certe serate mi fanno rinascere.

Purtroppo Ale non era dello stesso umore. – Buon per te, – riuscí a dire.

– Tu come ti senti?

– Mi fa un po' male una spalla. Forse ho preso uno strappo.

– E allora sfrutta il tuo amico infermiere, no? Se continua a far male passa da me, che ti faccio dare un'occhiata veloce dal medico.

Ale sospirò. – Non è per il male. Ogni volta mi preoccupo, lo sai. Mi chiedo chi me lo fa fare, con tutti i casini che ho.

Lollo abbassò la voce: – Ale, non mi va di parlare per telefono, ma ne abbiamo già discusso. Non serve un motivo. È perché ci piace, perché ci siamo dentro e ci fa sentire vivi. È inutile farsi troppe domande, cazzo! Se inizi con le domande sei fottuto!

– Guarda che io me ne frego di rischiare. Personalmente, intendo. È per la famiglia, minchia. E poi ho compiuto trentaquattro anni una settimana fa, Lollo. Se rifletto su certe cose mi prende male. Ma hai ragione tu, è meglio lasciar stare, non è roba di cui parlare al telefono. Domani mi passa, vedrai. Ora vado. Ci sentiamo. Ciao.

– Ciao. E non lavorare troppo, mi raccomando, – lo prese in giro Lollo.

– Fottiti, – rispose Ale riagganciando.

3.

Il sovrintendente Nicola Vivaldi aveva finito con le pratiche, per quella mattina: ferie e permessi dei colleghi erano già firmati e smarcati sui registri, le richieste di turno anche.

Prese il suo hard disk personale, aprí un file e sul monitor comparvero le pagine che aveva scritto nelle ultime settimane, da quando il confuso progetto di libro che gli ronzava in testa era diventato un file nel suo pc.

Il difficile era dare un ordine logico al materiale. Non doveva essere un trattato, ma descrivere la *sua* esperienza con il tifo violento. Però era necessario un minimo di analisi introduttiva: non poteva raccontare gli ultrà senza dare un quadro del fenomeno.

LIBRO ULTRÀ – I.

Il primo tentativo di spiegare sociologicamente la violenza da stadio si deve all'inglese Ian Taylor.

A suo giudizio il teppismo calcistico derivava dal graduale scollamento tra tifosi e società. Le prime squadre di calcio erano infatti fortemente localizzate e raccoglievano intorno a sé gruppi di persone provenienti dalle classi operaie cui appartenevano gli stessi calciatori.

Nel secondo Dopoguerra, però, tecnici e dirigenti dei club iniziarono a provenire dalla media borghesia, un ceto sociale superiore a quello dei tifosi. Questo acuí la distanza fra squadra e pubblico e le società finirono per considerare i tifosi piú come spettatori e pubblico pagante che come appassionati. Inoltre il progressivo aumentare di trofei e competizioni su scala nazionale e internazionale attenuò la componente campanilistica fino ad allora associata al fenomeno calcistico.

Questo duplice mutamento condusse, intorno agli anni Sessanta, all'esplosione della violenza da stadio come reazione dei tifosi, privati di una fetta importante della loro passione.

Tale analisi oggi sembra datata, perché tende a inquadrare solo le reazioni violente di elementi singoli o riuniti in gruppi occasionali, visto che Taylor visse in un periodo in cui la componente «associativa» del fenomeno ultrà non aveva ancora espresso le sue caratteristiche peculiari.

APPUNTO.

(Collegare questa teoria con attuale situazione: anche i gruppi di oggi si sentono pubblico pagante, spettatori-consumatori. Rivendicano il diritto a essere parte *del calcio e non solo fruitori.*

Parlare di: lotta contro le partite in tivú, gli incontri di sabato e lunedí, il caro biglietti e la tessera del tifoso).

4.

– Guarda, leggi qui, – disse Enrico passandosi una mano nel lungo ciuffo. Sotto i capelli la fronte era bianca e macchiata da un po' di acne. Girò il quotidiano in modo che anche Robi potesse vederlo. Era un bell'articolo, peccato non ci fossero foto. Peccato davvero.

«Tafferugli a Borzoli al termine della partita fra Sestrese e Spezia. Gruppo di ultrà genoani assalta i tifosi spezzini. Sette feriti».

Robi bevve due lunghi sorsi di Beck's divorando le parole sulla carta. Sembrava piú vecchio di Enrico, anche se avevano la stessa età. Forse per la testa rasata e l'espressione sprezzante, oppure per l'abbronzatura da lampade e il look modaiolo.

– Visto? Visto che lo hanno fatto? Cazzo, ci dovevamo andare. Vaffanculo, perché mi hai convinto a fare le vasche in corso Italia? – disse e batté un pugno sul tavolino.

L'amico rimase in silenzio.

– Porca puttana, una volta tanto che ci avevano chiamato abbiamo fatto la figura delle merde!

Enrico si passò una mano sul lievissimo accenno di barba, chiara come i capelli.

– Non dire cazzate, Robi, non ci hanno chiamato. Siamo noi che abbiamo saputo della cosa da Lisca, ma io con Lollo non ho nessuna confidenza. Lo conosco di vista, perché è amico di mio fratello. Magari andavamo e quelli ci mandavano affanculo.

Robi scosse la testa. – Io dico che dovevamo andare e basta, non è mica un viaggio organizzato, no? Smettila di pensare da cagone dell'università, – replicò specchiandosi di sfuggita nella vetrina del bar. Portava orecchini a entrambi i lobi, jeans stretti e un piumino costoso. A Enrico stava sulle palle quel look, ma Robi era cosí, prendere o lasciare.

– Guarda che se non ti facevi segare stavi all'università pure tu. E comunque, visto che il Genoa giocava fuori, mi sembrava meglio passare una domenica con le ragazze.

L'altro finí la birra.

– Sí, ma non *questa* domenica, cazzo!

– Minchia, Robi, se c'era la partita a Marassi eravamo allo stadio sicuro! E magari ci infilavamo pure noi. Però mettersi nei casini per una partita dei Dilettanti...

– Non c'entra la categoria. Gli spezzini sono retrocessi per sbaglio. E poi chi si mette nei casini?

– Gli sbirri ti riprendono con la telecamera, poi ti identificano e ti fanno la diffida. Se capita, mio padre mi spacca il culo.

– Abbassa la voce, non fare il coglione, – disse Robi. Il bar era pieno di gente che pranzava nella pausa dell'una. – La devi smettere di cagarti addosso. Qui sul giornale dicono che non hanno fermato nessuno. E sarà cosí anche dopo. Perché i celerini nemmeno c'erano, sicuro.

– Non sono i celerini che ti identificano, ma quelli in borghese, quelli della Digos, – puntualizzò Enrico. Maledizione, Robi faceva sempre tutto facile e lui finiva a recitare la parte del coniglio.

– L'altra volta ti ricordi come ci siamo divertiti? – riattaccò Robi. – Con la Fiorentina, alla fine dello scorso campionato. Quando è scoppiato quel casino sul ponte.

Enrico non replicò.

– È stato forte o no? Cazzo, mi sentivo un dio!

– Okay, però ci siamo finiti dentro per caso, – ribatté Enrico. Ma si ricordava bene la confusione, le urla, la gente che ti veniva addosso o scappava. Gli oggetti che volavano, gli insulti. Il senso di pericolo, eccitazione, rabbia, paura. Meglio che scopare o ubriacarsi, meglio di tutto. Roba di un paio di minuti, ma il tempo era sembrato fermarsi, dilatarsi. E tu eri lí, al centro del ciclone, in mezzo agli scontri di cui avrebbero parlato i giornali.

Fra quelli che i commentatori della tele avrebbero etichettato come «imbecilli», «disadattati», «delinquenti». Erano mezze seghe abituate a guardare la partita dal loro salotto caldo, fingendo di essere tifosi solo perché la mattina dopo si mettevano a litigare parlando di pallone. Tu eri lí a fargli capire che c'era gente diversa, disposta a combattere per quello in cui credeva.

– È stato un caso, Enri. Sono otto mesi che ne parliamo e mi sono rotto di aspettare che capiti ancora. Di andare a vedere quando passano gli ospiti sperando che succeda qualcosa. Tanto, quando scoppia il casino vero, non lo sappiamo. Come a quel derby, che si sono pestati due ore prima della partita mentre noi mangiavamo la focaccia a trecento metri, cazzo! Devi riuscire a parlare con Lollo. Dirgli che vogliamo starci anche noi, la prossima volta. Che vogliamo dare una mano al loro gruppo.

Enrico deglutí. – Cosí, secco?

– Secco.

– Ma il gruppo non ha neppure un nome. Dicono che è solo gente che si conosce da una vita.

Robi strinse le mascelle. – Cazzo, Enri, guarda che lo so! Non conta il nome. Sono cani sciolti, Cristo! Fanno cosí perché hanno paura di essere sgamati e si sono stufati degli altri. Sia dell'Aurelio Canepa che della Brigata Mistral. Perché sono troppi anni che quelli se ne stanno buoni e non fanno niente. Zero scontri e anche sulla tessera del tifoso sono stati molli. Almeno le merde della Samp hanno protestato, si sono fatte sentire. Da noi invece tutti zitti. Non so se è la società che li tiene buoni in qualche modo, ma 'sta cosa non va bene –. Robi prese un altro sorso di birra, poi ripartí alla carica. – Da quello che raccontano i vecchi, una volta dettavamo noi la legge a casa nostra, e la gente non veniva qui a fare il cazzo che voleva. Come gli juventini tre anni fa, quando hanno sfondato e sono entrati nella Sud a picchiare i ragazzini. Un tempo per una cosa del genere scoppiava un macello.

Enrico non riusciva a controbattere. Robi aveva le idee troppo chiare, era deciso e sapeva sempre cosa voleva. Cercava in Rete le notizie sugli ultrà e si scaricava i filmati degli scontri.

Andava sui forum a parlare con i tifosi delle altre squadre e sapeva tutto delle rivalità tra tifoserie. Insomma, Robi aveva una marcia in piú, mentre Enrico arrancava.

– E l'Atalanta? Ti ricordi lo scorso anno quando sono venuti dalla stazione allo stadio a piedi, senza scorta, con le aste di bandiera e tutto quanto? Sono arrivati dal mercato, hanno tirato la roba, hanno chiamato i nostri… e non si è visto nessuno. Bella figura di merda! Te lo dico io, Enri: tutt'Italia ci ha riso dietro. Anche sui forum dicono che non siamo piú gli stessi. Per fortuna che Lollo e gli altri hanno deciso di darsi una mossa.

Enrico sospirò. Mezzo tramezzino era ancora nel piatto.

Ripensò al giorno prima, con Daniela e Laura a passeggiare. Guardando l'articolo sugli scontri a Borzoli adesso quasi si sentiva in colpa. Aveva creduto di stare bene con l'amico e le ragazze. Invece aveva solo perso un'occasione per divertirsi.

5.

Al terzo piano della questura di Genova, il dirigente della Digos Giuseppe Nicotra fumava nonostante i divieti. Del resto poteva fare come voleva, almeno nel suo ufficio con spicchio di vista mare.

Davanti a lui sedeva l'ispettore Giuliano Piccolomini. Aveva smesso di fumare cinque anni prima, ma si sorbiva il veleno che gli soffiava contro il suo funzionario. Entrambi erano in borghese.

– Allora isp, il questore continua a chiedermi del blitz dei genoani di ieri. Se sappiamo di che gruppo erano, dico. Mi sembra che non ci siano dubbi che fosse una cosa pianificata.

Piccolomini si mosse sulla sedia come avesse cocci di vetro sotto le chiappe. Gli mancava un anno alla pensione e aveva sperato di passarlo senza rogne. Invece ci si mettevano 'sti stronzi a rompergli i coglioni.

– No, dotto'. Non sappiamo nulla. Certo che era studiata, ma dai nostri contatti sembra che non ci fosse di mezzo nessuno dei soliti gruppi. Quelli che conosciamo. Sicuro non l'Aurelio Canepa.

– Nemmeno la Brigata Mistral? – chiese Nicotra.

– No. Cioè, può essere che c'entri qualcuno dei loro, ma come iniziativa personale. Dalle relazioni e dai filmati pare fossero una trentina di persone. Insomma pochi, ma decisi. Hanno giocato sulla sorpresa.

Nicotra sbuffò.

– Cani sciolti, quindi?

Piccolomini detestava quella definizione. Sia perché l'aveva sentita usare a vanvera troppe volte, dai giornalisti-scribacchini, sia perché il pensiero di avere a che fare con dei *veri* cani sciolti gli faceva rodere il culo. Nelle brigate piú grosse la Digos aveva sempre qualcuno da contattare per sentire che aria tirava. Persone con cui potevi trattare sottobanco o cercare accordi. Dettare o subire condizioni, in base ai momenti storici e alle situazioni. Ma se questi del blitz a Borzoli non facevano capo a nessuno, diventava complicato trovare punti di pressione. Il sistema *qualcosina mollo io qualcosina molli tu* non avrebbe funzionato.

– In effetti al momento potrebbero essere elementi… – Non gli venne subito la parola per sostituire l'odiata *sciolti*. – Isolati. Elementi isolati.

– E le riprese? Le hai guardate, giusto?

– Sí, dotto', ma era buio e il collega della Scientifica stava troppo distante. Si vede 'sto gruppo di mascherati che fanno il blitz, ma non c'è altro. Aspettiamo.

– Cosa dici, Piccolo'? Sarà una minchiata estemporanea, questa?

L'ispettore intrecciò le mani sulla pancia che stava lievitando. Colpa di sua moglie, che seguiva quel programma di cucina in tivú e si era messa in testa di fare una pietanza diversa ogni sera. Qualche anno prima Piccolomini correva una volta a settimana, poi il fumo lo teneva asciutto. Ma ultimamente stava fermo, perché gli faceva male un tendine d'Achille. Aveva un morbo di qualcosa, un nome strano. Fatto sta che un pezzo d'osso gli toccava il tendine e lo infiammava. Brutta cosa, invecchiare. In pensione però sarebbe dimagrito, sicuro.

– Ma sí, dotto', sono solo dei cazzoni che non sapevano cosa fare. Il Genoa va bene, la società è solida. Con le nuove normative le trasferte peggiori sono limitate. Lo sa anche lei, ce la stavamo passando bene. Non ci rovineremo per qualche stronzo.

Nicotra sfiatò fumo.

– Esatto, non deve succedere. Ascolta, Piccolo', tu devi stare all'occhio, già dalla prossima in casa. Io sono qui da poco, ma so che di recente tu sei rimasto parecchio in ufficio.

Piccolomini si sentí avvampare.

– Sa com'è, dotto', mi manca poco alla pensione. Io ho dato, ai miei tempi. Poi ho cresciuto i ragazzi, che sono diventati anche bravi e...

Nicotra lo interruppe con un gesto della mano.

– Ho capito, lo so. Ma visto che nella squadra stadio sei il sottufficiale anziano, voglio che mi segui questa cosa. Se serve vai in strada. C'era stato quel problema con i tifosi del Brescia un mese fa, ma non gli abbiamo dato peso...

Per Piccolomini quel discorso era scivoloso. Era stato lui, un mese prima, a perorare la tesi secondo cui lo scontro con i bresciani fosse una faccenda estemporanea. Ma adesso le faccende estemporanee iniziavano a diventare troppe.

– Capisci, Piccolo'? Magari con la tua esperienza puoi vederci piú chiaro. Vedi se capti qualcosa. Senti i contatti e guarda cosa esce.

– Certo, dotto', la tengo aggiornata –. Piccolomini avrebbe dovuto sentirsi lusingato dal fatto che Nicotra ritenesse il suo contributo necessario per risolvere la questione. Invece gli suonava solo come una gran rottura di palle.

E poi, oltre alla voglia, aveva anche perso i famosi *contatti*. Era un anno e mezzo che stava quasi solo in ufficio. Anzi due. O forse tre.

In realtà nei cinque anni trascorsi da quando aveva smesso di fumare non ricordava l'ultima volta in cui si era fatto vedere fuori. Comunque fosse, quel tempo era un'eternità per l'universo della curva, dove le facce cambiavano rapidamente. E con altrettanta rapidità chi ti conosceva preferiva dimenticarsi di te. In fondo restavi sempre un infame della Digos.

Piccolomini sospirò.

«Sono troppo vecchio per queste cose», pensò, ma dovette tenerlo per sé.

6.

LIBRO ULTRÀ – 2.

Negli anni Settanta la Scuola di Oxford condusse una serie di studi sui tifosi locali da cui emerse che i gruppi di teppisti da stadio non agivano secondo un'organizzazione casuale, ma erano inquadrati in aggregazioni dotate di rituali, gerarchie e manifestazioni ben distinguibili.

La stessa scuola sosteneva che la violenza degli hooligan fosse piú metaforica che reale e per definirla coniò il termine «aggro», che indicava una forma di aggressività rituale e codificata fra le parti secondo regole precise. Una sorta di violenza «scenografica» che di rado andava oltre le previsioni.

Secondo gli oxfordiani, infatti, la reale intenzione di questi gruppi era quella di prevalere sull'avversario e umiliarlo pubblicamente, piuttosto che dar luogo a episodi davvero cruenti.

I fatti piú gravi connessi agli scontri fra tifoserie rappresentavano incidenti di percorso, contravvenzioni alle «regole d'ingaggio» non scritte. I media però ne amplificavano la portata, soprattutto per la loro facile prevedibilità.

In conclusione, a giudizio della Scuola di Oxford, l'allarme legato al teppismo calcistico rappresentava una reazione eccessiva rispetto alla portata del problema.

APPUNTO.

– Menzionare che anche adesso qualcuno sminuisce il fenomeno e parla di violenza scenografica, ragazzate, come fosse folclore.

– Aggiungere breve elenco delle mie visite di pronto soccorso: contusioni escoriate – trauma uditivo per scoppio di bomba carta con rischio lesioni al timpano – distacco completo unghia strisciata su asfalto – rush cutaneo per spray urticante – trauma cranico per bottiglietta di plastica in testa – ematoma schiena per cinghiata = violenza scenografica un paio di palle!!!

7.

– Ciao amore, – disse Lollo andando incontro a Clara, che lo baciò sulle labbra. Entrarono insieme al supermercato.

– Tutto bene all'ospedale? – chiese la ragazza.

– Ma sí, dài, è stata una mattina tranquilla. Che compri?

– Boh, non lo so. Ho qui la lista di mia madre, ma se prendo tutto mi carico troppo.

– Ti do una mano. Ho la macchina qui sopra.

– Be', allora grazie, – disse Clara e iniziò a riempire il carrello. Arrivarono al banco salumi.

– Eccolo là, il grande uomo! – disse Lollo rivolto al macellaio. Lupo gli sorrise e la cicatrice sulla guancia destra si agitò. Si sporse oltre il banco, si strinsero i palmi come due contendenti a braccio di ferro.

– Ciao fratello. Ciao, – aggiunse Lupo rivolto a Clara.

– Ciao, – rispose lei senza sorridere.

– In forma? Tutto bene? – chiese Lollo strizzando un occhio. Lupo ghignò. Aveva il viso dai tratti marcati e minacciosi. Proprio come un lupo.

– Alla grande. E tu?

Lollo tirò su il pollice. – Benissimo. Lo sai che stare con i ragazzi è una botta di vita.

Clara li guardava in silenzio.

– Dài, amore, vai a prendere il resto che qui faccio io. Che ti serve?

– Due etti di cotto e due di mortadella. Piú un petto di pollo a fette.

– Agli ordini, signorina, non si preoccupi, – le rispose direttamente Lupo. – Vada e finisca pure la sua spesa!

– Come volete. Tanto parlate sempre di stadio. Malati, – disse e si allontanò.

– Ha le palle girate? – chiese Lupo iniziando a preparare gli affettati.

– No, è che si preoccupa per me. Ha paura che combiniamo casini.

– E allora fa bene! Sentito nessuno?

– Sí, stamattina mi ha chiamato Ale. Tutto a posto.

– Ma dobbiamo aspettare ancora un po', prima di stare tranquilli.

– Infatti. I primi giorni sono quelli piú a rischio.

Lupo abbassò la voce: – Comunque non bisogna imparanoiarsi, altrimenti non si fa mai un cazzo. Anche se va male, che succede? Ci diffidano, ci processano, e allora? Come se non mi fosse capitato di peggio! Pensano che mi caghi addosso per queste stronzate?

Lupo passò a tagliare il pollo. Aveva le mani ferme e affettava con precisione chirurgica, anche se Lollo si sarebbe giocato cento euro che pippava ancora: aveva le pupille sempre dilatate, era ipercinetico e tirava su col naso troppo spesso. Lollo detestava la droga.

Si conoscevano da una vita, venivano entrambi da Marassi. Lupo era sempre stato una testa di cazzo. Anni prima faceva furtarelli e poi anche un paio di rapine, ma da un po' si era calmato. Si sfogava allo stadio e nel casino era ingovernabile. Il resto della settimana, però, rigava dritto e si spaccava il culo tra quarti di manzo e salumi. Il problema era la coca, che poteva solo fargli combinare guai.

Lollo sperava che Lupo non facesse una stronzata troppo grossa per essere rattoppata. Gli voleva bene, anche se il mondo lo considerava solo un pezzo di merda. Ma Lupo era uno leale, che si sarebbe tolto il pane di bocca per gli amici. Solo che parlarci non era facile, perché si incazzava subito e potevi finire a manate, se non stavi attento. Bisognava trovare il momento buono, lontano dagli altri ragazzi. Per dirgli di darsi una regolata. Non era facile, ma prima o poi Lollo ci sarebbe riuscito.

– Domenica c'è il Chievo, – disse Lupo facendo in quattro il petto di pollo.

– Sí. Roba tranquilla. Una passeggiata di salute. E poi il recupero del Napoli.

– Di mercoledí e alle sei e mezza di sera... Secondo me non sale nessuno. Saranno contenti quei bastardi dell'Osservatorio.

– Vabbe', i campani che abitano a Genova prenderanno di sicuro il biglietto. E poi mi hanno chiamato dei ragazzi della curva A. Stanno decidendo se salire o no, anche perché non tutti hanno la tessera del tifoso. Ma non ci pensiamo, adesso.

– Infatti. Ieri è andata bene, eh? – disse Lupo con un sorriso malizioso.

– Già. Mi mancava, era già troppo che stavamo fermi. Ora, domenica, vorrei fare qualcos'altro. Ho una mezza idea di cui ti volevo parlare.

Gli occhi del macellaio s'illuminarono.

– A che stai pensando?

– Uno striscione sulla mossa di ieri.

– Perché? Ci conviene?

Lollo si avvicinò e abbassò la voce: – Ascolta, ho guardato su Internet ed è di nuovo pieno di cazzate. Non mi va che parlino di altri gruppi o di cani sciolti. Siamo noi, giusto? Abbiamo fatto le nostre azioni, in silenzio. Ma adesso dobbiamo venire allo scoperto. Troppa gente in questi anni è stata ferma. Si deve sapere che noi siamo una cosa nuova. O vecchia, dipende dai punti di vista.

Il macellaio sorrise ancora di traverso.

– Per me va bene. Se non si sa chi cazzo siamo, che gusto c'è? Si devono cagare tutti addosso, quando ci vedono in giro. Però a 'sto punto ci serve un nome.

– Ora ci pensiamo, poi parliamo con calma. Dài, forza, dammi 'sto pacchetto che riprendo Clara, – disse Lollo.

Lupo gli porse la busta di carta.

– Ciao uomo e mi raccomando: prenditi cura di te. Ultimamente ti vedo sotto pressione –. Non gli venne di meglio.

Lupo si fece serio. – Tranquillo che me la cavo.

Lollo raggiunse la fidanzata. Pagarono alla cassa, poi uscirono.

– Ma ieri stavi con lui? Che avete fatto? – gli domandò Clara appena saliti in auto. Il tono inquisitorio mise Lollo in allerta. Scrollò le spalle per stemperare la tensione.

– Solite cose. Siamo stati al bar a vederci la partita e bere qualche birra, – spiegò.

– Lupo non mi piace, te l'ho già detto.

– Dài, tesoro, non ti preoccupare. Ormai anche lui si è tranquillizzato. Stiamo invecchiando pure noi, che credi?

Lei lo guardò con la faccia seria.

– Basta che non combini altri casini, Lore.

Il ragazzo si mise una mano sul petto.

– Promesso, tranquilla. E che vuoi che combini, ormai? – scherzò.

Clara lo fissò negli occhi.

– Non ho voglia di ridere. Hai scordato il G8?

Il viso di lui si indurí.

– Vuoi continuare a parlarne per sempre?

– No, ma nemmeno far finta di nulla. Se non era per le tue conoscenze al San Martino ci denunciavano tutti e due e poi chissà cosa succedeva. C'è gente che ha preso anni di condanne, altri hanno pagato migliaia di euro. Per cosa poi? Cosa abbiamo risolto?

Lollo scosse la testa e poggiò le mani sul volante dell'auto spenta.

– Questo non vuol dire niente, è una cosa diversa. E comunque non potevamo starcene zitti. Lo sai, Cla'.

– Guarda che c'ero anch'io, eh? Ma per te è sempre qualcosa di piú. Mi ricordo com'eri eccitato in quei giorni. Tu e i tuoi amici, Lupo e gli altri. Che sono venuti, anche se di politica non gliene fregava nulla.

– C'erano un sacco di tifoserie di sinistra, quei giorni.

– Sí, l'ho letto. Ma i tuoi amici erano lí a fare casino e basta.

La politica non c'entrava niente. Per te sí, ma per loro no. Io lo so come sei fatto, lo so che non ti fermi mai. Ma siamo grandi, Lore. Abbiamo fatto i nostri sbagli perché ci credevamo. Pensavamo che fosse giusto. Ma per il pallone... – Clara si passò una mano sul naso. Gli occhi le si arrossarono. – Per il pallone non lo posso accettare, okay? Forse una volta, da ragazzini. Ma adesso non posso piú.

– Dài, stai tranquilla, vedrai che andrà tutto bene, – le sussurrò lui all'orecchio. Era il massimo che poteva concederle. «Prometto che non lo farò» sarebbe stata una bugia.

8.

LIBRO ULTRÀ – 3.

La Scuola di Leicester eseguí un'altra ricerca fondamentale in materia di tifo violento analizzando i primi gruppi hooligan propriamente detti. Tra loro ci furono la celeberrima Inner City Firm o Icf, la brigata piú pericolosa d'Inghilterra, e gli Headhunters, i cacciatori di teste del Chelsea.

Queste brigate, oltre che per la brutalità delle azioni, si distinguevano per una struttura fortemente gerarchizzata e una continuità di esistenza che esulava dall'evento sportivo.

Adottavano una rete di amicizie e rivalità fortemente vincolanti inquadrabili nella cosiddetta «logica del babbuino», ovvero: un amico di un amico è mio amico, un nemico di un amico è mio nemico, un nemico di un nemico è mio amico.

Si poteva accedere ai gruppi organizzati solo tramite conoscenze o dimostrata affidabilità. Le loro azioni non erano casuali, ma pianificate sistematicamente per attaccare i rivali o per difendersi dalle aggressioni.

Il conflitto tra i gruppi trovava il momento culminante nella difesa del proprio territorio o nell'attacco a quello altrui.

Per territorio di un gruppo, allora come oggi, si intende la curva della squadra ospitante, lo spazio in cui il gruppo assiste alla partita, sostiene la squadra, espone i suoi striscioni. La «casa» del gruppo ultrà.

Non solo la curva, però, va protetta: il gruppo ultrà protegge le zone antistanti, i propri bar di ritrovo, le vie di accesso alla zona. Sono spazi che sente di dominare e che è pronto a difendere con la forza.

APPUNTO.

Far notare che oggi è lo stesso. La curva è una casa, un rifugio, un regno.

Che si tratti di ospiti o di polizia, la curva è inviolabile.

9.

Il cellulare squillò.

– Ciao, – disse Enrico dopo aver letto il nome sul display.

– Ciao, – rispose Daniela. – Dove sei?

– All'università. Oggi pomeriggio ho ancora lezione.

– Che materia?

– Diritto romano e poi privato.

– Che palle.

– Già –. Enrico non sapeva che idea potesse avere di Giurisprudenza una liceale, ma Daniela aveva ragione.

– E tu?

– Vado a casa, ma prima volevo sentirti.

– Sei da sola oggi?

– Sí.

– Be', se vuoi posso venire.

Lei ridacchiò.

– Ma non avevi lezione?

– Sí, ma...

– E allora vai, sennò devi chiedere gli appunti agli altri. Tanto io devo studiare per davvero, che domani mi becca quella di latino.

Enrico sospirò. Avrebbe voluto ribattere qualcosa, ma non gli andava di discutere al telefono. Tanto parlarne era solo peggio. La situazione però era chiarissima: da quando si era messo a insistere sul sesso, Daniela stava evitando tutte le occasioni per restare sola con lui.

– Ascolterò il tuo consiglio. Senti, domani pomeriggio facciamo un giro in centro?

– Va bene. Vengo direttamente quando finisco, se vuoi. Vorrei passare da Feltrinelli. Magari mangiamo insieme. Poi ti mando un sms, va bene?

– Okay. Allora vado.

– Ciao tesoro, – lo salutò lei.

– Ciao.

Il ragazzo riagganciò con uno scatto. *Amore* di qui, *tesoro* di là, poi però... Cazzo, erano due mesi che aspettava, ma Daniela continuava a resistere!

Per lei era la prima volta, diceva di non sentirsi pronta. Ma Enrico stava iniziando a sclerare. Doveva farsi valere, essere disposto a litigare, anche di brutto. Tutte le volte partiva determinato, poi bastavano due paroline dolci per ammosciarlo. Invece fra le gambe non si ammosciava mai: ne aveva una voglia matta, non ce la faceva piú.

Robi diceva che Daniela era una suora e che lui doveva mollarla. Laura gliel'aveva data dopo due settimane, altro che. Senza contare che, se Daniela era davvero vergine, allora avrebbe dovuto insegnarle tutto.

In realtà questo fatto crucciava Enrico per un'altra ragione: non credeva di avere tutta quest'esperienza. Lo aveva fatto solo sei volte, era stato abbastanza veloce e ci aveva capito poco. Però Daniela gli piaceva un casino e solo a immaginare di trovarsi nudo con lei gli venivano i brividi. Se la voleva, doveva aspettare, non aveva scelta. Ma quanto, quanto ancora?

Si diresse all'ingresso della facoltà e pensando a lei, sola nella sua camera, il Diritto romano gli sembrò la cosa piú detestabile della terra.

10.

LIBRO ULTRÀ – 4.

Secondo un altro sociologo inglese, Gary Armstrong, gli hooligan dello Sheffield rivelavano una struttura «liquida» del gruppo, fondata su una partecipazione agli eventi piú casuale. I membri accedevano per il solo fatto di aggregarsi alle azioni o di essere presenti in determinati contesti.

Questa struttura è assimilabile all'odierno teppismo calcistico: grossi gruppi sfaldati in sottogruppi sempre piú piccoli, ma disposti a costituire un insieme coeso in occasione di grandi eventi o di scontri già attesi con tifoserie rivali.

Un fenomeno simile genera però un enorme paradosso: le curve sono prive di reale aggregazione, ma zeppe di hooligan.

Secondo l'italiano Alessandro Salvini, un giovane che ancora non abbia maturato una precisa appartenenza sociale e culturale trova nel gruppo ultrà un'identità precostituita di convinzioni, idee, modi di agire: seguire le regole della brigata gli permette di ottenere l'approvazione degli altri membri.

In questo sistema di valori la violenza non è fine a sé stessa, ma serve ad affermare virilità, coraggio, lealtà, spirito di sacrificio.

Lo scontro è disciplinato da norme ben definite e deve avvenire tra gruppi simili per numeri e struttura, perché non sarebbe degno di un gruppo ultrà attaccare semplici spettatori né utilizzare armi potenzialmente letali.

Questa sorta di «codice», in diversi casi, ha permesso di incanalare la violenza fra i soli gruppi ultrà impedendo il coinvolgimento di persone esterne negli scontri o evitandone il protrarsi in situazioni di particolare gravità.

Stop. La pseudo-introduzione sociologica era sufficiente. Adesso Nicola sarebbe passato alla storia del movimento ultrà e poi al piatto forte: la sua esperienza in prima linea. Avrebbe narrato il fenomeno dal punto di vista di chi lo affrontava per strada.

E questo, i vari sociologi, psicologi e studiosi del mondo ultrà, italiani o inglesi che fossero, se lo potevano soltanto immaginare.

11.

Fabio passò davanti all'ufficio di Nicola e si affacciò.

– Sempre sul libro?

Il collega gli sorrise senza dire nulla.

– Quando diventi famoso ricordati di me. I prossimi giorni ci sei?

– Sí, dovrei lavorare nel week-end. E tu?

– Se riesco spero di no. È un mese che la domenica mi dànno riposo. Ho fatto richiesta per il bimbo.

– Giusto, mica me lo ricordavo. Dài, vai, che è tardi! – gli disse Nicola.

– Certo, a domani.

Fabio Poggi si avviò veloce fuori dal padiglione. Non erano ancora le due, ma qualche minuto poteva anticiparlo. Francesco usciva dal centro di lí a un quarto d'ora e se non vedeva subito il papà si agitava.

Il poliziotto salí in macchina e partí con una mezza sgommata. Che cazzo di vita, sempre di corsa. Non aveva un attimo di respiro, si riposava al lavoro e lavorava fuori servizio. Era cosí da quando avevano scoperto l'autismo di Francesco, due anni prima.

Era stata Cristina ad accorgersi che il bambino era troppo grande per non parlare. L'aveva portato dal pediatra e poi al Gaslini. La diagnosi era stata impietosa.

L'autismo non aveva una causa certa e neppure una terapia certamente efficace: il percorso di cure cambiava da caso a caso e i risultati anche.

C'erano bambini che crescevano e riuscivano a comunicare,

altri che si chiudevano nel silenzio o nella ripetizione ossessiva di gesti e parole. Bambini che parlavano con amici immaginari e altri in grado di interagire con la realtà. Bambini indifferenti e altri ipereccitabili. Qualcuno, da adulto, avrebbe guadagnato un minimo di autonomia, qualcun altro avrebbe avuto bisogno di assistenza costante.

Affrontare l'autismo era camminare nel buio con in mano un fiammifero di speranza. Se eri fortunato, quel fiammifero poteva diventare una lanterna. Ma di luce non ne avresti mai avuta, perché dall'autismo non si guarisce.

Fabio amava Francesco in modo smisurato anche se imbrattava i muri di casa e buttava giú dalla finestra i pennarelli. Anche se gli rubava il telefonino e cercava di metterlo sotto l'acqua oppure voleva guardare le macchine in strada per un'ora di fila. Anche se da quando avevano scoperto che era malato, tra lui e Cristina le cose non funzionavano piú, il matrimonio rischiava di andare in frantumi. Eppure Fabio lo amava incondizionatamente, perché Francesco era solo e perduto, senza lui e Cristina.

Non potevano far altro che amarlo.

Qualche progresso c'era stato. Da quando si erano affidati alla logopedista, lui aveva iniziato a dire qualche parolina. «Mamma», «papà», «acqua», «fame», «palline». Sempre poche, rispetto a un coetaneo. I bambini iniziavano a guardarlo strano, perché ormai aveva un'età in cui la sua diversità era evidente. E pesava.

Francesco aveva stravolto tutte le prospettive di Fabio. Prima lui era uno metodico, si stressava per il lavoro, viveva di orari precisi e abitudini scandite. Cercava di curare l'aspetto fisico e fumava meno. Adesso era sempre in ritardo e allo specchio non si riconosceva per quanto era ingrassato. Fumava troppo e abusava di caffè. E lavorava al reparto da magazziniere, lui che per anni era stato qualcosa di simile a un investigatore.

Ma ciò che contava era occuparsi del bambino, il resto erano stronzate. Paradossalmente si incazzava di meno, perché non ne aveva il tempo né la forza. Se questo fosse positivo o no, doveva ancora stabilirlo.

Appena Francesco fosse cresciuto un po' e avesse trascorso le notti senza svegliarsi di continuo, forse Fabio avrebbe trovato il modo per riprendersi un pezzo di vita. Si sarebbe rimesso in forma e avrebbe fatto qualche servizio fuori in piú, per sentirsi ancora un poliziotto. Voleva tornare ad andare al cinema, a cena fuori o a bere qualcosa con gli amici.

Finalmente arrivò davanti al centro.

Francesco era vicino all'ingresso con la sua dottoressa. Non appena vide il padre, si divincolò e corse ad abbracciarlo. Per qualche secondo, prima di incontrarne lo sguardo, a Fabio sembrò un bambino come tutti gli altri.

– Forza, tesoro. Sali in macchina che andiamo a casa. Hai mangiato?

– 'I, – disse il piccolo.

– Bravo.

– Palline.

Fabio sospirò.

– Vuoi andare dalle palline, Franci?

– Palline! – strillò.

– Okay, andiamo a giocare con le palline.

Francesco sorrise e Fabio pure. Si diressero verso la zona nursery dell'IKEA. Con tutte le palline colorate in cui rotolarsi.

12.

– Portaci tre medie chiare, – disse Ferro. La ragazza del pub annotò e se ne andò.

– Allora, che vi sembra delle nuove divise? – Ferro indossava una maglia aderente che faceva risaltare il fisico asciutto, nervoso. Era alto solo un metro e settanta, ma in caserma nessuno si sarebbe messo in competizione con lui.

Praticava un'incredibile varietà di sport, con spiccata preferenza per i meno comuni e piú pericolosi: paracadutismo, discese in mountain bike, windsurf, sci alpinismo, arrampicata.

Per non farsi mancare un'ulteriore dose di ebbrezza, ogni tanto si sfogava in autostrada con la sua Ducati rossa.

– Che ne so, quest'estate siamo morti di caldo. Adesso invece ci tocca patire il freddo, – rispose Gianluca. Gli occhi azzurri, i capelli biondi e il naso un po' aquilino lo facevano somigliare lontanamente al simbolo della romanità: il grande capitano Francesco Totti.

Accanto a lui troneggiava Mario Bozzano. Non era un caso che lo chiamassero «Marione». Si passò una mano sui capelli, che portava cortissimi per nascondere quelli che mancavano. A trentatre anni la calvizie si poteva accettare e comunque a lui non era mai fregato molto del suo aspetto.

– Io non capisco chi cazzo le ha concepite. Dopo tutti i test e le relazioni che abbiamo scritto, tirano fuori 'sta cosa? Ci voleva tanto a pensare che a quaranta gradi con le maniche lunghe e un giubbetto di plastica sopra non si può stare? Ma porca troia...

Ferro scuoteva la testa. – Lo sai come fanno. Comprano stock di roba e quando poi saltano fuori i problemi ce li dobbiamo tenere. Come con i furgoni nuovi. Nessuno ha pensato che non si possono trasportare dei cristiani in un vano senza finestrini. Prima li hanno comprati, poi se ne sono accorti.

– E consumano come una Ferrari. Ci rompono il cazzo con i costi e l'ecologia, poi giriamo su un furgone che fa otto chilometri con un litro. Boh, non ci provo nemmeno piú a capirli, – disse Marione.

Fra i tre era il piú alto in grado, con la qualifica di sovrintendente. Ferro invece era assistente, Gianluca solo agente.

– Vabbe', dài, la divisa qualche lato buono ce l'ha... Tipo il jacket e le protezioni. E poi stiamo meglio, siamo piú uniformi. Prima sembravamo delle zecche comuniste, – commentò Ferro sputacchiando il nocciolo di un'oliva. – Andavamo in giro tutti diversi, ognuno vestito come cazzo gli pareva.

Arrivarono le birre. Gianluca fu il primo a bere.

– Raga', io non sono anziano come voi, – attaccò. – Però ha ragione Ferro: a livello estetico stiamo meglio di prima. Facciamo meno schifo, per strada –. Sorrise mostrando i denti bianchi e perfetti.

– E poi il manganello è piú rigido, – aggiunse Ferro. – Tiri certe frustate, con questo. Altro che il vecchio, quello sembrava liquirizia!

– Sí, ma spiega al ragazzo che deve stare attento col manganello, – fece Marione, indicando il collega piú giovane. – Se arrivano gli avvisi di garanzia sono cazzi amari.

– Com'è finita poi, per te? – gli chiese Gianluca cercando di prenderlo dal verso giusto. Marione non era esattamente un tipo facile.

– Mi hanno assolto, stop. Però i seimila euro di avvocato ancora me li devono rimborsare. E gli anni che mi sono roso il fegato... quelli non me li restituisce mica nessuno.

Tacquero per un istante tutti quanti, come riflettessero sul peso di quell'affermazione.

– Noi non ci siamo mai tirati indietro, Gianlu. Ma la verità è che se succede un guaio poi ti ritrovi da solo, – disse Ferro.

Marione annuí.

– Meglio che ti rompano la testa, che forse si aggiusta. Ma se finisci sotto processo... Non voglio neppure ricordarmelo.

– Okay, però dipende da con chi stai, giusto? Voglio dire, dal caposquadra, dai colleghi, da chi c'hai vicino, insomma. L'importante è stare uniti e in questura mi dicevano sempre che al reparto c'è piú unità. Anche per questo mi sono fatto trasferire.

Marione scosse appena la testa. – Forse una volta era cosí, ma adesso... Anche qui ci sono pochi compagni di cui fidarti davvero.

Ferro fece una smorfia schifata. – Compagni?

– Vabbe', dài, hai capito. Il problema è che ci sono le telecamere, i telefonini e tutto il resto. Bisogna stare attenti a non combinare cazzate, perché questi subito ti riprendono e i magistrati non vedono l'ora di piantarcelo in culo. Quei bastardi. Manco andassimo fuori a divertirci.

– Be', insomma, qualche volta ci divertiamo anche... – ghignò Ferro, strizzando un occhio. Mario accennò un sorriso, Gianluca stava in silenzio, con la faccia un po' perplessa.

Ferro gli piazzò una mano sulla spalla e la scosse.

– Stai tranquillo. Non parliamo mica per spaventarti, collega. Ma a fare i discorsi belli sono capaci tutti, la realtà poi è diversa. Prima c'erano gli ausiliari, ma da quando hanno tolto il militare siamo invecchiati. La gente c'ha famiglia, figli, mutui da pagare. È logico che uno fa un passo indietro, piuttosto che stare in prima fila. Dovremmo essere cosí anche noi, che tanto mica ci dànno la medaglia. Poi però, quando c'è uno scontro, ci buttiamo dentro con gli occhi fuori dalle orbite!

Marione sorrise e bevve cercando di rilassarsi.

Lui e Ferro erano piú che amici. Insieme avevano vissuto situazioni che un civile non avrebbe nemmeno potuto immaginare. Si erano trovati in decine di scontri negli stadi e manifestazioni nelle piazze, quando potevi contare solo sul collega che ti stava di fianco, se era un amico, altrimenti nemmeno su quello.

Circa la lealtà di Ferro, Marione avrebbe messo la mano sul fuoco. Molti colleghi avevano cambiato atteggiamento da un giorno all'altro, dopo l'avviso di garanzia. Lo avevano evitato, come uno con la peste. Ferro, invece, c'era stato. Si era sorbito tutti gli sfoghi di Marione, aveva condiviso con lui gli incontri con il legale e pure le udienze, tirandosi dietro anche altri ragazzi del reparto. Per far numero, per non lasciarlo solo. Aveva ascoltato la sentenza accanto a lui, esultando per l'assoluzione. Tutto questo Marione non lo avrebbe mai dimenticato.

Chissà, forse pure Gianluca era uno di cui fidarsi, anche se era giovane e veniva dalla questura. Ci sarebbe voluto tempo, perché Marione era diventato diffidente. Però sembrava un ragazzo a posto, non come certi che arrivavano adesso a cui non fregava nulla del lavoro né dei colleghi. Gente che pensava solo a rifarsi le sopracciglia e ad andare per figa nei locali.

Bevvero ancora e finirono le birre.

– Raga', comunque spero che lo sappiate: io al reparto ci volevo venire da sempre. Volevo fare 'st'esperienza. E ci sto bene, per adesso. Dovete contare anche su di me, – disse Gianluca serio.

– Buono a sapersi. Ma a parole è facile, – disse Marione.

– E daje! Però cosí mi offendi! – ribatté Gianluca fissandolo esasperato.

Marione lo zittí con un cenno della mano.

– No che non ti offendo. Dico solo le cose come stanno, per chiarirti il concetto. Dài retta a me, che ho passato quattro anni di merda per quel processo.

Ferro annuí con solennità.

– Ora basta, passiamo alle cose serie: guarda che culo quella là! – disse indicando una ragazza appena entrata e gonfiando il petto. Risero tutti e chiesero un altro giro di birre.

13.

Robi si connesse e visitò l'homepage del forum ultraliberi.org. Inserí i dati di accesso e, una volta dentro, cercò le discussioni recenti. Non ci volle molto a trovare quella che gli interessava: «Genoani vs spezzini». Era fra le prime.

Lesse il primo post di *Eagle79*: riportava una cronaca dei fatti copiata e incollata dall'Ansa.

Rainbowarrior: «I genoani sono tornati a farsi vivi!» Sotto c'era il suo motto: «O con noi o contro di noi».

Poi veniva *Nero*. «Sí. Abbastanza inattesa, questa mossa».

Robi lesse velocemente. Ecco che parlava anche uno degli Ultras Tito, il gruppo storico della Sampdoria. Si chiamava Gradinata Sud.

Gradinata Sud: «Giusto con gli spezzini potevano darsi da fare! Questi cuginetti rossoblu sono dei cadaveri».

Nero: «In effetti da un po' avevano perso lo smalto. Però ieri si sono rifatti».

Gradinata Sud: «Sí, in una partita di serie D. Ma dài!»

Robi si sentí prudere le mani.

Rainbowarrior: «Allora, sia chiaro: le categorie non c'entrano un cazzo. Non importa se sei in D o in Champions, basta che sia uno scontro leale».

Gradinata Sud: «E secondo te è leale andare dove non ti aspettano? In una partita tranquillissima? Scusa, ma secondo me no».

Nero: «Gradinata, gli scontri sono scontri, quoto Warrior. E poi che cazzo c'entra se ti aspettano? Mica ci vuole l'invito per fare uno scontro! Che gruppo erano i genoani?»

Rainbowarrior: «Boh, l'articolo ovviamente non lo dice. Qualcuno lo sa?»

Quello era l'ultimo messaggio, di due minuti prima. Poi nessun'altra risposta. Robi vagò eccitato con il cursore sullo schermo. Esitò.

Gradinata Sud: «Saranno i soliti vecchi dell'Aurelio Canepa che adesso spariscono per altri cinque anni. Voglio vedere se si fanno vivi a qualche incontro dove è pieno di sbirri. Altro che serie D...»

Robi ruppe gli indugi. Il suo nome era *Grifo90*. Il motto sotto i suoi post: «Libertà per gli ultrà».

«Ma che dici? Il punto è FARE gli scontri, mica conta QUANDO. Basta che i numeri siano pari. Il tuo discorso dimostra che sei come la tua curva: zero mentalità».

Gradinata Sud: «Uh uh, un pivello rossoblu... C'eri, visto che parli?»

Grifo90: «No. Ma conosco qualcuno che c'era». Era vero, anche se la sua conoscenza era del tutto unilaterale: lui sapeva chi erano *loro*, ma non il contrario.

Gradinata Sud: «Logico che non ci fossi, eri a bere il latte da tua mamma».

Nero: «Oh, bene, qualcuno della Nord! Allora potrai dirci chi erano».

Robi esitò.

Eagle79: «Raga, attenti a quello che scrivete, che magari poi ve ne pentite. Ricordate che su Internet ci girano anche le merde blu».

Gradinata Sud parve ignorare il monito: «Non lo dice perché non sa niente, altro che».

«Adesso hai rotto il cazzo», pensò Robi.

Grifo90: «Non sono un gruppo organizzato, ma vi assicuro che è gente tosta e ne sentirete parlare ancora», scrisse con un brivido. Stava rivelando dettagli che pochi conoscevano, ma era certo di non far torto a nessuno. Non raccontava nulla di specifico e poi quell'anonimato non poteva durare molto. Era la legge di Internet: facevi qualcosa e il giorno dopo ne parlavano tutti.

Un tempo le imprese di certi gruppi venivano tramandate di bocca in bocca, come quei poemi con cui gli avevano scassato le palle a scuola. Allora scovavi solo qualche breve articolo di giornale, specie per gli scontri nelle serie cadette, e il resto era storia. Adesso invece saltavano fuori testimonianze di chi era presente, di chi aveva visto e di chi faceva finta di esserci stato. Persino filmati amatoriali, e non potevi raccontare troppe stronzate, se ti avevano ripreso.

Circa il raccontare le proprie azioni gli ultrà avevano opinioni differenti. Per diverse brigate si trattava di una battaglia per emergere, farsi conoscere e rispettare. Per dimostrare il proprio valore tutto faceva brodo, anche la Rete, specie nel caso di gruppetti che faticavano a guadagnarsi fama e rispetto dagli altri. Una cosa era tifare Napoli, un'altra Grosseto, cazzo.

Secondo altri, invece, bisognava fare alla vecchia maniera: mai parlare di niente con nessuno, né tanto meno filmare. I filmati erano l'anticamera dei Daspo.

Robi comprendeva la riservatezza, perché essere diffidati con un Daspo non piaceva a nessuno. Ma secondo lui la Rete andava sfruttata. Se facevi un'azione importante era giusto che ci fossero le testimonianze scritte, e pure qualche video, dove la gente non fosse riconoscibile, è ovvio.

Era uno sballo leggere e poter discutere sull'esito dei vari scontri, su chi fosse il gruppo piú forte e determinato. Non potevi raccontare troppe stronzate, sennò ti smascheravano. Inoltre era un modo per coinvolgere altre persone che erano ai margini del movimento. Come lui: Robi era ai margini, ma ancora per poco. Lo sentiva.

Sullo scontro con gli spezzini ritenne di aver detto abbastanza. Non voleva fare la figura del coglione che parlava a vanvera.

Però la storia del nuovo gruppo era vera. Lui ed Enrico lo avevano saputo da Lisca, il ragazzo che conoscevano meglio, perché faceva lo spazzino dalle loro parti.

Dentro c'era Lollo, che aveva partecipato ai casini del G8 ed era amico del fratello di Enrico. Stava nel gruppo anche il tizio che metteva i brividi e che chiamavano Lupo.

Grifo90: «Comunque basta, non dico altro, perché non è questo il posto. E tu, Gradinata, vedi di pensare agli schiaffi che prendete sempre al derby, invece di insultare a cazzo di cane. Ora scusate, ma devo andare. Ho una femmina che mi aspetta», scrisse fiero. Parlare di donne in calore era il modo migliore per congedarsi, e infatti i commenti andarono da «spaccala» a «bravo, ragazzo!»

Solo Gradinata Sud non considerò l'argomento e proseguí sulla sua linea.

«Tu parli tanto, ma bisogna vedere se poi fai, Grifetto. Comunque se c'è un nuovo gruppo speriamo di incontrarlo. Non importano i colori e neppure l'odio che ci divide: sempre onore a chi si scontra lealmente. Buona serata».

Robi lesse diverse volte quell'ultimo post.

Bisogna vedere se poi fai.

Quel cazzo di doriano aveva ragione. Robi si era rotto le palle di leggere e parlare, aveva voglia di agire.

Si disconnesse perché era tardi. Infilò la giacca e disse ai suoi che usciva.

– Non rientrare dopo le undici, mi raccomando, – gli ordinò suo padre e lui avrebbe voluto mandarlo a cagare. Mica aveva dodici anni, che gli imponevano il coprifuoco! Ma dopo la bocciatura dell'anno prima era costretto a star zitto e ingoiare: gli avevano già dimezzato i fondi e spendeva un botto di benzina. Se poi gli toglievano anche la macchina, dove andava a scopare con Laura?

– Va bene, – borbottò e uscí a testa bassa.

Libertà per gli ultrà!

Sabato 22 gennaio

14.

Il sovrintendente Nicola Vivaldi arrivò in caserma e raggiunse la stanza affollata di armadi e cianfrusaglie in cui si cambiava. I colleghi, oltre a divise ed effetti personali, ci lasciavano di tutto: biciclette, pneumatici, pezzi di vecchi mobili, attrezzi da pesca, stivali per le scampagnate a caccia di funghi. Un coacervo di oggetti destinati a morire in quei vecchi stanzoni disadorni. Molti dei proprietari erano stati trasferiti, qualcuno era pensionato, qualcun altro morto. Ma quella roba era rimasta lí, unica testimonianza del loro servizio per lo Stato.

Nicola indossò la divisa e, sopra, il nuovo gilet tattico in dotazione. Si piaceva, con quella tuta. Faceva sembrare tutti piú massicci, anche lui che non lo era. In compenso gli anfibi facevano venire male ai talloni e aveva dovuto comprarsene un paio con la suola antishock. Oltre alla polo termica e alla calzamaglia.

Il tutto a sue spese, ovviamente.

Infilò il basco sotto la giacca e tirò fuori dall'armadio la sacca con casco, maschera antigas, protezioni, sfollagente, guanti. In un vecchio zaino sistemò il portatile, un quaderno di verbali e un libro di zombie. «Per ingannare i tempi morti», pensò e sorrise.

Si caricò le sacche in spalla e uscí.

Aveva dormito male e sentiva il solito chiodo piantato alla bocca dello stomaco. Gli capitava quasi tutte le mattine, da tre mesi. Il medico dava la colpa allo stress.

Nicola raggiunse l'armeria, salutò chi c'era e si mise a compilare i fogli di servizio. Impiegò cinque minuti, cancellando il nome di due colleghi malati, dei quali uno solo sostituito. I chiedenti visita aumentavano a fine mese, quando la gente aveva già incamerato abbastanza straordinario e non voleva sbattersi gratis in giro per stadi e manifestazioni.

Fuori lo aspettavano i ragazzi che sarebbero andati con lui. Fumavano, chiacchieravano, un paio urlavano e prendevano in giro un terzo che non c'era.

– Allora, chi è con me a Piacenza? – chiese Nicola.

Qualcuno rispose «Io», qualcuno continuò a pensare ai fatti suoi.

– Forza, le firme sui fogli e ritirate il materiale.

Gli agenti si avvicinarono, piú svogliati di lui. Si divisero tre scudi quadrati, due scudi tondi e un lanciagranate per i lacrimogeni a distanza. Lui, caposquadra, prese la sacca con i lacrimogeni a mano. Funzionava cosí per tutte le squadre, quando erano composte da dieci elementi. Ma spesso si scendeva a nove o addirittura a otto, in base alle assenze.

Nicola si rivolse al suo vice. Quel sabato era l'assistente Andrea Ferroni.

– Ferro, controlla un po' che abbiano preso tutto. Questi non sanno nemmeno da che parte sono girati.

Purtroppo era vero. A forza di servizi ripetitivi e impieghi sballati, a tanti colleghi bisognava ricordare tutto e dare solo ordini semplicissimi. Trattarli come automi, insomma.

– Tranquillo, Nico, ci penso io, – disse Ferro e chiamò i nomi uno per uno. Erano solo due squadre, per l'incontro di Piacenza.

Partirono e, dopo meno di mezz'ora, si trovarono immersi nella nebbia gelida dell'A7.

Con la musica in sottofondo e il sedile reclinato, Nicola si rilassò. Dietro di lui i ragazzi sproloquiavano delle solite cose: servizi ingiusti, straordinari e figa.

C'era uno, Salvatore, che parlava male di altri colleghi, ovviamente assenti. Raccontava che Elio, un agente di Torino, frequentava una tipa che era un cesso. Poi disse che un altro, trasferito a Roma due mesi prima, era stato fatto cornuto per anni da un altro collega del reparto e non lo sapeva.

– A proposito di corna, – lo interruppe Ferro, – ieri sera mi sono scopato una sposata per due ore. Gliel'ho infiammata di brutto, anche se tornavo dalla palestra.

– Quelle sposate sono le piú troie. C'hanno sempre voglia. Una volta me ne sono fatta una mentre il marito era in curva allo stadio. 'Stò scemo faceva l'ultrà! Mamma mia, come ho goduto! Per spregio, l'ho trombata.

Nicola sorrise con gli occhi chiusi. Era confortante ascoltare le solite scemenze. Come rivedere un amico di cui non ti interessa poi tanto e sapere che se la passa bene.

Nicola pensò che un tempo, in un sabato del genere, avrebbe chiesto riposo per starsene a casa. Ma un tempo c'era Eleonora.

Chissà, magari se fosse stato un questurino sarebbe andata diversamente. Se lui non avesse girato ogni domenica per gli stadi d'Italia, forse lei non si sarebbe trovata un altro.

Non voleva attribuire tutta la colpa delle sue sventure sentimentali al reparto. Ma quella vita senza turni fissi, senza mai sapere con certezza se e quando saresti stato presente, a Eleonora non piaceva. «Tu vai a picchiare la gente» diceva poi, e Nicola non era mai riuscito a farle cambiare idea. Del resto lei amava sparare sentenze senza concedere appelli.

Lui aveva provato a illudersi di essere un «professionista della sicurezza», come ripetevano al ministero. Di «servire e proteggere», come dicevano gli americani. Ma con il tempo si era convinto che Eleonora avesse ragione: i celerini, in fin dei conti, erano quelli che picchiavano la gente. Probabilmente si trattava solo di accettarlo e smetterla con le seghe mentali. O di scriverlo in un libro.

15.

Ale chiuse l'ennesima pratica di malattia, ripetendosi che lo scemo era lui. Sí, era lui, che prima di vincere il concorso statale si era rotto il culo per anni in porto andando a lavorare anche con la schiena a pezzi. Persino adesso che poteva, non prendeva mutua quasi mai. E le rare volte in cui chiedeva visita, il medico curante non gli prescriveva mai piú di tre giorni.

Febbre? Tre giorni.

Dissenteria? Tre giorni.

Distorsione? Tre giorni.

Infarto? Tre giorni!

Da quando faceva l'impiegato aveva scoperto un universo di lavoratori che usavano la malattia come ferie e medici compiacenti che elargivano prognosi di durata bisettimanale. Aveva sentito parlare di uno chiamato «il Boss» che prendeva denaro in base ai giorni che prescriveva. Altri si accontentavano di regalie meno evidenti: un libro appena uscito, una bottiglia di vino, qualche mozzarella campana.

Non si sentivano in pericolo, facevano parte di una delle caste di intoccabili che avevano distrutto l'Italia.

Dopo quello che era successo a sua sorella, Ale odiava i medici.

Era iniziata con i dolori allo stomaco ma nessuno si era meravigliato, perché già due anni prima Manuela aveva sofferto di esofagite. Questa volta i dolori erano piú forti e resistevano ai farmaci, ma si trattava solo di dosare meglio la terapia.

Di terapie ne aveva cambiate tre ed erano passati dieci mesi, prima che le prescrivessero una gastroscopia. Dicevano che era un esame invasivo e, visto che lei lo aveva già fatto, sembrava superfluo ripeterlo. Ma improvvisamente i dolori erano diventati coliche e non cessavano neppure con il cortisone, cosí Manu aveva fatto la gastroscopia.

Il tumore era già passato dallo stomaco all'intestino.

Spiegarono a tutti loro che, se la terapia fosse andata bene, le sarebbero rimasti due anni di vita. Ma la terapia non era andata bene e un'infezione aveva ucciso Manu cinque mesi dopo la gastroscopia. Pesava quaranta chili.

Per questo Ale non poteva perdonare i medici. Con i suoi genitori avevano preso un avvocato e aperto una causa, ma il problema era che dalla loro parte non avevano neppure gli incartamenti. Manu non aveva fatto prima gli esami piú specifici perché tutti le dicevano che si trattava del solito problema di reflusso gastrico. Aveva cambiato un paio di medici, prendendo per buona la loro diagnosi. Sua sorella era disordinata e aveva anche perso quei certificati medici. Aveva persino fatto qualche seduta di rilassamento, perché l'esofagite era una patologia da stress. Mentre Manu imparava a respirare meglio, il cancro se la mangiava.

Ale era sicuro che nessuno di quei bastardi avrebbe pagato per quello che aveva fatto a sua sorella. In Italia i potenti non pagavano mai. La legge era implacabile solo con gli ultimi, con gli avanzi della società.

Bastava pensare agli ultrà: in uno Stato in cui i politici indagati potevano stare in Parlamento, i teppisti da stadio erano trattati come terroristi. Per questo lui rischiava di pagare a carissimo prezzo le sue stronzate domenicali. Se fosse venuta fuori la storia degli incidenti allo stadio, avrebbe perso il posto. E poi che cazzo avrebbe fatto con la casa e la bimba? Mica poteva tornare a lavorare al porto, correndo il pericolo di finire schiacciato sotto un container.

Ma non riusciva a immaginare di star fuori, di sapere che era successo qualcosa e lui non aveva partecipato, e quindi non aveva provato la loro eccitazione. Perché in fondo era tutto in quell'ebbrezza, quello stordimento che prendeva prima e durante un'azione. Poi la pace, il senso di appagamento. Era tutto lí.

A volte pensava di avere qualcosa di sbagliato dentro. C'era chi aveva la mania della figa, chi della droga, chi di bere. Chi si bruciava lo stipendio ai videopoker. Lui aveva quella di fare l'ultrà, a trentaquattro anni compiuti.

Era colpa della vita che lo soffocava. Fai la spesa, porta la bimba, aggiusta la macchina, assicura la moto, il mutuo, le bollette, il lavoro di merda. Da quando era morta Manu, la sua esistenza gli faceva ancora piú schifo. Solo negli scontri era libero dai suoi tarli.

Per questo, quando Lollo gli aveva proposto di smetterla di fare i cani sciolti e fondare un gruppo autonomo, lui c'era stato.

Lollo era sempre sicuro, agiva e basta. Portava avanti la sua scelta che era anche una questione politica: per Lollo il casino allo stadio era un altro modo di combattere il sistema che li opprimeva.

Ale invece se ne fregava della politica. Come la stragrande maggioranza dei ragazzi a Genova, anche lui aveva avuto simpatie a sinistra, poi però si era schifato, perché al porto aveva visto le peggio cose proprio dai sindacalisti e dagli iscritti ai partiti. La politica era una merda, come i medici.

Uscí dall'ufficio e accese una sigaretta. Passò Stefano della contabilità. Era uno dei pochi che sopportasse.

– Ehi, allora? Domani sei allo stadio? – gli chiese Ale.

– Penso di sí.

– Ma ti sei abbonato?

– Sí, nella Sud però. Sai, ho mio figlio e voglio stare tranquillo.

Ale fece un sorriso finto.

– Bravo, fai bene.

– Tu invece sempre nella Nord?

– In realtà da quest'anno sto andando nei distinti, – mentí Ale.

– Belin, sei un signore allora. Hai visto domenica scorsa? Alcuni genoani hanno fatto casino a Borzoli. Tu hai sentito qualcosa?

Sul viso dell'ultrà transitò una grossa nube scura.

– No. Perché? – disse guardando nel vuoto.

– Boh, ho pensato che magari avessi ancora qualche contatto.

– Chi fa certe cose non ne parla. Sennò poi lo blindano. E comunque nella Nord non ci vado piú.

– In ogni caso domani sarà una roba tranquilla, – disse Stefano. – Con il Chievo… Quelli non hanno nemmeno una tifoseria vera e propria.

Ale non aveva nessuna voglia di continuare il discorso. Di certe cose parlava solo con certe persone.

– E tuo figlio? Che classe fa? – chiese, spegnendo la sigaretta.

16.

Sul retro del bar c'erano un biliardo e una fila di videopoker. Lollo, Lupo e Lisca sedevano a un tavolo appartato. Davanti a loro stazionavano sei bottiglie di birra vuote e tre appena cominciate.

– Allora, io direi di fare cosí: arrivo quando mancano dieci minuti all'inizio. Voi per quell'ora uscite e vi mettete fuori, pronti. Io mi avvicino e lancio. Bisogna far veloce, ma una volta che è dentro lo faranno entrare per forza. Non lasciano scoppiare un casino per uno striscione.

Lollo bevve una sorsata.

– Sí, Lisca, dipende da cosa ci scriviamo. Ancora non l'abbiamo deciso.

– «Onore ai diffidati», – disse serio Lupo.

Lollo scosse la testa.

– Troppo banale.

– E se ci mettessimo: «Mai come ci volete voi»?, – propose Lisca.

– Poco originale anche questo. Lo usavano i pisani, che mi stanno pure sulle palle. Dobbiamo farne uno piú lungo.

Lupo aggrottò la fronte

– Tipo?

– Non so, otto, nove metri.

Lisca si passò una mano fra i lunghi capelli poco puliti. Arricciò il naso.

– Sí, ma cosí diventa pesante. Rischiamo che è un casino farlo saltare.

– Belin, ti sei fissato con 'sto cazzo di salto! – gli diede addosso Lupo. – Ma perché? Arrivi deciso e lo fai passare tra le sbarre oppure sotto. Che cazzo serve tirarlo sopra i cancelli?

– E al prefiltraggio? Se mi bloccano già lí ce l'ho nel culo!

Lupo gli fece cenno di calmarsi.

– Ci ho già pensato io, Lisca. Tu devi stare tranquillo, che noi pensiamo a tutto, – lo indottrinò, anche se Lisca aveva la loro stessa età e anni di curva alle spalle. Ma difettava un po' in neuroni.

– Sul prefiltraggio a ovest c'è un ragazzo che conosco. Gli dico di mettersi a sinistra e tu passi. Tanto sarà pieno di gente.

– Va bene, okay, poi mi dici com'è fatto il tipo. Cosa ci scriviamo sopra, allora?

– Io dico la data di domenica scorsa. Poi due punti e scritto: «Noi osiamo ancora». Cosí, secco e chiaro –. Lollo sembrava convinto.

Lupo si passò una mano sulla cicatrice. – Uhm... Mi piace, sai?

Lisca sorrise: – Mi piace anche a me. Dài, va bene cosí.

– E poi dobbiamo metterci il nome, – considerò Lollo.

Lisca sembrò trasalire. – Il nome?

– Sí, Lisca, il nome. È tutta la settimana che ci penso e mi sono convinto che è necessario. Ogni gruppo ne ha uno e serve pure a noi. Abbiamo cominciato bene quest'anno. Prima quell'agguato nell'amichevole estiva con il Parma, poi l'altra volta con i bresciani, che sono tosti. E ora Borzoli. La gente parla di noi, ma ci confonde con altri. Non mi piace.

– Giustissimo, – concordò Lupo.

– Be', in effetti... – convenne Lisca, ancora stupito dalla novità.

Rimasero in silenzio per un attimo.

– Che ore sono? – domandò Lollo.

Lupo guardò il polso. – Le cinque e mezza.

– Potrei chiamare Giorgione e vedere se è in zona, per sentirlo sulla faccenda, – propose Lollo.

– Ascolta, non facciamo come i politicanti che ci mettono un mese per votare una minchia di legge. L'idea del gruppo l'hai avuta tu, quindi basti tu per decidere. Se gli piace bene, sennò si attaccano al cazzo, – disse Lupo.

Lollo rifletté il tempo di una sorsata di birra. Il ragionamento di Lupo era semplice ma efficace.

Lisca rimase in silenzio e bevve pure lui.

– Comunque io ne avrei pensato uno. È da quando ci siamo trovati al supermercato che ce l'ho in testa, – riprese solennemente Lupo.

– E allora spara, – fece Lollo.

– Facce Coperte.

– Bello, cazzo. Lo sai che mi piace? – disse Lollo.

Lupo digrignò i denti, visibilmente soddisfatto. – È duro. Funziona, vero?

Lisca annuí. – Anche a me piace. Cosa dite, agli altri andrà bene?

– Penso di sí. Lo propongo a Giorgione appena lo sento, – fece Lollo. – Ma, come dice Lupo, se lo deve far andare bene.

L'ultrà con la cicatrice sorrise compiaciuto. Adesso che la sua scelta era stata promossa, niente l'avrebbe fatto retrocedere.

– Forza, cazzo, brindiamo! Al nostro nuovo nome! – urlò alzando la birra.

Incocciarono le bottigliette e bevvero tutti quanti. Poi ordinarono la quarta Beck's.

– Dillo subito anche ad Ale, del nome, – fece notare Lisca a Lollo.

– Appena lo sento gliene parlo. Per me gli piacerà. E poi gli spiego anche cosa abbiamo deciso per domenica.

– Perché non è venuto, oggi? – chiese Lupo.

– Doveva andare a fare spese con la moglie.

Lisca fece una smorfia. – Poveraccio.

– Poteva andare stamattina, no? E poi venire qui con noi, – obiettò Lupo.

– Ascolta, c'ha da fare. In settimana lavora e il sabato deve pensare alla famiglia.

Lupo arricciò il labbro. – Come se lavorasse solo lui, cazzo! Che poi mica va a zappare la terra. Quando era camallo in porto se la tirava di meno.

Lollo tacque. Voleva lasciar cadere il discorso, ma Lupo no.

– E poi manco m'ha detto dove lavora. Che cazzo vuol dire «l'impiegato»? Cos'è, ha paura che gli facciamo fare qualche figura di merda?

– Ma dài, che c'entra… – disse Lollo.

– Mi sembra che si sia rincoglionito. Lo conosco dai tempi della Fossa, ma ultimamente non so che cazzo abbia. Neppure entra allo stadio con noi.

– Lo sai che preferisce fare l'altro giro.

– E perché? – alzò la voce Lupo. – Cosa sono tutti 'sti misteri? Ha il culo sporco? Certe volte mi chiedo se ci possiamo fidare.

Lollo lo fissò con durezza. – Ascolta, sono fatti suoi. Cerca di tutelare la sua famiglia e ha paura di prendersi una condanna. Noi non possiamo capirla 'sta cosa, perché ancora di figli non ne abbiamo.

– Infatti, – lo sostenne Lisca.

– E non dimenticarti di Manu. Non è una cosa facile da portarsi dietro.

Lupo socchiuse gli occhi arrossati dall'alcol. – Lo so, guarda che l'ho conosciuta anch'io, Manu, – borbottò. – È una merda perdere una sorella, questo lo capisco. Però, cazzo…

– Già, è una merda, – sottolineò Lisca e Lupo lo guardò male.

– Mi stai rompendo il cazzo, a ripetere le cose degli altri.

Lisca incassò il collo nelle spalle e rimase zitto.

– Lupo, di Ale ci dobbiamo fidare, – disse Lollo posandogli una mano sull'avambraccio. – Davvero. Bisogna rispettarlo, anche se non sbatte le sue faccende in piazza. Ma è uno che si prende i suoi rischi, fidati. E poi quando conta c'è, come domenica scorsa.

– Okay, – mormorò Lupo. E in fondo era stato tranquillo, fino a quel momento, aveva evitato di affrontare direttamente Ale. Per uno che ci metteva niente a spaccarti la faccia, non era poco.

17.

Fabio era in campagna con Francesco. Suo figlio si dondolava sull'altalena, avanti e indietro, avanti e indietro. Un bambino normale si sarebbe stufato nel giro di tre minuti, Francesco invece andava avanti da un quarto d'ora e Fabio iniziava ad avere paura che gli venisse la nausea. Non gli diceva di smettere per non farlo dispiacere e perché, in fondo, lui si stava riposando. Francesco era un tale cataclisma che anche pochi istanti senza dovergli correre dietro rappresentavano un grande sollievo.

Dopo una giornata con lui, la sera Fabio era a pezzi. Francesco lo esauriva e, piú cresceva, piú diventava difficile da contenere.

Il poliziotto si domandava cosa sarebbe successo quando suo figlio fosse arrivato all'adolescenza e la sua forza fosse diventata quella di un adulto. Fino a quel momento si era rivelato di una dolcezza disarmante e non reagiva mai, né con gli altri bambini né con i genitori. Anche quando loro lo sgridavano forte, il massimo che faceva era piangere e nascondersi.

Fabio sperava che Francesco restasse inoffensivo anche da grande, ma il pensiero degli anni a venire lo angosciava sempre.

Dovrò essere la sua ombra triste e invecchiata, mentre lui diventa adulto fuori e resta bambino dentro?

Questi interrogativi lo assalivano rabbiosi e lui doveva essere forte, perché si sentiva sempre piú solo in quella battaglia. Cristina non gli era di nessun aiuto, anzi.

Lei non aveva assolutamente accettato la diversità di Francesco. Al contrario, guardandolo crescere stava peggio. Non smetteva di sperare, di desiderare che guarisse e somigliasse ai suoi coetanei. Ogni piccolo progresso la entusiasmava, ma il minimo problema la metteva al tappeto. Fabio l'aveva convinta ad andare da uno psicologo e adesso seguiva una terapia senza farmaci, a parte il sonnifero. Ma la situazione non era migliorata. Cristina aveva scoppi d'ira improvvisi e crisi di pianto e Fabio non se la sentiva di lasciarla sola con il bimbo: se le veniva un attacco di panico mentre lui non c'era?

Era un secolo che non uscivano insieme, non mangiavano una pizza fuori, non vedevano un film. Per non parlare del sesso, ormai un ricordo. Passavano le giornate a programmare come occuparsi di Francesco e a mettere in pratica i piani.

Al lavoro in pochi sapevano della sua situazione. Fabio non ne parlava con nessuno, perché credeva che non avrebbero potuto capire. Ma forse era lui che non riusciva a dare spiegazioni, neppure a sé stesso.

Aveva fatto servizio a Milano occupandosi di indagini, con tanto di intercettazioni e appostamenti, arresti e catture. Poi si era sposato e per tornare a casa aveva presentato domanda per tutte le sedi possibili. Cosí il ministero lo aveva sbattuto al reparto mobile. Se l'era fatto andare bene anche se aveva dovuto dimenticarsi come si scriveva un verbale. Aveva anche scoperto di essere portato per la piazza, visto che sapeva controllarsi meglio di tanti colleghi che perdevano la testa al primo insulto. Forse perché aveva trattato con i banditi veri e quei coglioncelli che facevano i duri in mezzo alla massa lo facevano ridere.

Adesso, però, aveva toccato il fondo: si era ridotto a distribuire divise e scarponi, compilare moduli, ritirare e consegnare materiale lettereccio, come lo chiamavano loro. Una parola che sembrava un insulto, e per lui lo era davvero.

Quell'ufficio gli permetteva di avere turni fissi e chiedere riposi e permessi per star dietro a suo figlio, ma cosí era diventato solo un operaio e nemmeno specializzato.

No, non erano questi i suoi sogni. Eppure, guardando Francesco dondolarsi sull'altalena, Fabio riuscí ancora a sorridere.

18.

– Che ore si sono fatte? – chiese Robi.

Enrico si scoprí lo Swatch sul polso.

– Le sei e quaranta. Che dite? Andiamo a casa?

Le ragazze assentirono e si scambiarono due bacini di saluto. Enrico e Robi si strinsero gli avambracci. Era un saluto da fascisti, ma per loro non aveva valenze politiche. Si trattava solo di un modo piú maschio di congedarsi. Per imitare quelli duri.

Rimasero d'accordo di sentirsi la mattina seguente, per andare insieme allo stadio.

Enrico e Daniela raggiunsero lo scooter di lui. Salirono e si avviarono lungo via Venti Settembre, ancora affollata. Tirarono giú dritti, poi svoltarono verso la stazione e arrivarono in piazza Alimonda: Daniela abitava lí. In un angolo alcuni fiori seccati dal freddo ricordavano Carlo Giuliani. Enrico li guardò e, come ogni volta, avvertí un brivido.

Aveva sentito che Carlo non doveva neppure essere in piazza quel giorno di luglio. Che era indeciso se andare al mare o manifestare. Alla fine aveva scelto di manifestare ed era finita cosí.

Enrico aveva riflettuto molto sulla morte di Carlo. Aveva rivisto quelle immagini fino alla nausea e si era sforzato di mettersi nella testa del carabiniere che aveva sparato, ma non riusciva davvero a giudicarlo.

Nel 2001 lui era solo un bambino, ma se non fosse stato cosí, cosa avrebbe fatto? Se lo chiedeva spesso. Avrebbe potuto infilarsi in una bolgia del genere? Magari per caso, invece di andare al mare o uscire con Daniela. E poi morire. Cazzo, morire. Mica era un gioco scontrarsi con la polizia.

– Allora passi a prendermi per le otto? – gli chiese Daniela mentre scendeva dallo scooter.

Lui annuí. La giornata era stata tiepida, ma con il buio era scesa anche la temperatura.

– Prendo la macchina, sennò moriamo di freddo, – propose Enrico. In realtà era una scusa e si sarebbe congelato pur di non cercare parcheggio. Ma la macchina serviva per il *dopo* pizza.

Daniela disse di sí con noncuranza. Si baciarono e mentre le lingue si cercavano Enrico sentí una fiammata di desiderio bruciare dentro. La spense piú veloce che poteva e salutò, ripartendo.

Arrivò davanti al bar sotto casa e cercò con gli occhi suo fratello Vincenzo. Lo vide al bancone con una birra in mano. Stava per tirar dritto, quando il cuore gli saltò in gola.

Con Vincenzo c'era Lollo, quello della curva. Enrico non lo aveva mai visto nella loro zona. Doveva essere passato apposta per salutare suo fratello.

La voce di Robi gli parlò dritto in testa. *È l'occasione perfetta! Chiedigli del suo gruppo. Forza! Che aspetti?*

Che cazzo di idee si faceva venire in mente? Conosceva Lollo solo di vista e non poteva parlare di certe cose davanti a suo fratello! Anche se Vincenzo non avrebbe capito una mazza: di pallone e ultrà non gliene fregava nulla. Forse perché era piú grande, forse perché gli mancavano tre esami per laurearsi in Scienze politiche e aveva una vita sentimentale movimentata, altro che Genoa.

Enrico esitò e in quel momento incontrò lo sguardo di Vincenzo attraverso la vetrata del bar. Suo fratello gli fece cenno di entrare. Con il battito che accelerava Enrico si avvicinò.

– Ehilà, – disse Lollo, con un cenno del capo. Sorrideva. Aveva i capelli ricci appena ingelatinati e un aspetto rilassato.

– Che combini? – disse Vincenzo.

– Boh, stavo andando a casa. Poi esco di nuovo per una pizza.

– Sempre in giro, eh? Bravo, fai bene, finché puoi. Lo conosci Lollo, vero?

Enrico annuí.

– Certo che mi conosce. Ci siamo visti allo stadio.

– Eh sí, – bofonchiò Enrico allungando una mano. Lollo gliela strinse forte, poi si rivolse a Vincenzo.

– Guarda che tuo fratello viene alla Nord. È uno giusto, mica un buliccio come te –. Aveva gli occhi arrossati d'alcol e pure Vincenzo sembrava averne bevuta qualcuna piú del solito.

Enrico sorrise. Impiegò qualche secondo a prendere coraggio.

– Domenica ci sei? – chiese a Lollo senza pensare. Stava azzardando, per una volta nella vita.

– Ovvio, cazzo, io ci sono sempre. Tu vieni?

– Sí, – riuscí a rispondere. Lollo sembrava un tipo tranquillo, come aveva sentito dire da Lisca, eppure Enrico aveva la bocca impastata manco fosse una ragazza da invitare fuori. Doveva andare avanti, però. Era l'occasione buona. L'unica.

– Anzi, sono con un altro ragazzo, – aggiunse tutto d'un fiato. – Ci farebbe piacere venire dove siete tu e i tuoi amici. Abbiamo visto che fate un bel… tifo. Se non vi scoccia, ovvio –. Enrico si sentí arrossire. – Sai com'è, noi conosciamo anche Lisca e…

– Ah, bene! Tutti i migliori! – lo interruppe Lollo con un sorriso. L'alito sapeva di birra. – Comunque noi di solito ci vediamo al bar *Romolo*, vicino alla rimessa dei bus. Se domani siete da quelle parti, passate. Magari vi presento qualcuno dei ragazzi.

Intervenne Vincenzo. – Ué, mi raccomando, non mettermi nei casini il fratellino!

– Chi, io? – disse Lollo portando una mano al petto. – Ma quando mai? Lo sai che sono un ragazzo tranquillo!

– Sí, e io sono Obama, – scherzò Vincenzo e risero tutti quanti.

– La prendi una birra? – chiese Lollo a Enrico. Lui non ne aveva nessuna voglia, ma ovviamente accettò. Sedettero tutti e tre e ordinarono. Enrico avrebbe voluto che Robi lo vedesse. Lí a bere con Lollo, come vecchi amici.

Che figata.

19.

I calciatori erano entrati in campo e l'arbitro stava lanciando in aria la monetina per stabilire chi dovesse battere il calcio d'inizio. A una quarantina di metri da loro, Nicola si avvicinò al funzionario responsabile del settore ospiti cui era stato assegnato. L'altra squadra si trovava sul lato opposto con i tifosi locali.

– Dottore, che dice, quando inizia possiamo andare sul mezzo? Tanto sono tutti dentro.

Il commissario fece una smorfia infastidita. – Meglio di no. Vorrei che foste pronti, nel caso succedesse qualcosa. Sa, nel caso in cui gli ospiti cercassero di scendere e andare a contatto con i locali.

Ma che minchia dici? Ma quale contatto che lo stadio è mezzo vuoto e non si sono neppure cagati? Nemmeno un coro e tu ci lasci qui in piedi a congelare. È il tuo cervello che deve fare contatto. E chi carica? Tu? Ma vaffanculo.

Cosí avrebbe voluto dirgli. – Va bene, dottore, come vuole, – rispose invece fra i denti. Al ritorno in caserma avrebbe stampato l'ennesima relazione per segnalare l'ennesima cattiva gestione del personale. Carta inutile.

Tornò dai ragazzi e diede la cattiva notizia. Quelli brontolarono, qualcuno maledisse il funzionario.

– Ma dài, Nico', diglielo a quel minchione! Che ci faccia salire sul mezzo! – disse Salvatore.

– Ascolta, gliel'ho chiesto. Ma non mi ha ordinato di sparare alla folla, quindi non posso rifiutarmi, – rispose lui. Era stufo di quelle obiezioni vecchie di anni, ma si sforzava di essere conciliante. Fabio gli diceva sempre che era il suo miglior pregio e il suo peggior difetto.

– Ho capito, marescia', però fa freddo... – insistette un ragazzo che era al reparto da poco.

Nicola sbuffò e si dovette trattenere dal rispondere male. Ci pensò Ferro a chiudere la questione una volta per sempre.

– Allora, raga, non rompiamoci i coglioni. Se il caposquadra dice che dobbiamo stare qui, stiamo qui. Lo sappiamo tutti che è una minchiata, ma io ho quattordici anni di servizio e son quattordici anni che faccio minchiate. Siamo pagati anche per questo.

Non tutti avevano la faccia convinta, ma nessuno fiatò. Ferro aveva un'eloquenza semplice ma efficace. Era un tipo vecchia scuola, di quelli che rispettavano la gerarchia e cercavano di darti una mano. Aveva solo il difetto di essere troppo elettrico. Quando scoppiavano i casini si trasformava in un cane che, oltre ad abbaiare, mordeva. Non aspettava ordini o disposizioni: se pensava che fosse giusto andare, lui andava. E andava per far male.

Gli otto poliziotti della squadra restarono lí in piedi, mentre il sole tramontava piano e la partita scorreva tra gli sbadigli dei pochi spettatori. La temperatura scendeva di pari passo con la luce e i sei gradi di inizio servizio erano già diventati tre. Stramaledetta Pianura Padana.

Rassegnatisi alla rottura di coglioni, i colleghi di Nicola parlarono delle solite cose. Qualcuno disse che il tipo dell'ufficio cassa prendeva steroidi per diventare grosso, ma si vedeva che era tutto finto. Ferro replicò che era da pazzi bombarsi, perché poi non ti tirava piú l'uccello. E comunque sollevare dischi di ghisa non era mica sport. Mettersi alla prova, confrontarsi con i propri limiti e con l'ambiente, quello era sport.

Un ragazzo che faceva pesi lo contraddisse e seguí una diatriba di dieci minuti sul valore sportivo di sollevamenti e trazioni. Poi si passò a un altro classico del machismo celerino: le mangiate.

Ferro raccontò di quando aveva ingoiato una teglia intera di pansoti alla genovese innaffiati da un bottiglione di rosso. Un siciliano tirò fuori le cene che duravano ore con i commensali a sfondarsi di cibo e bevande. E ognuno disse la sua, cercando di spararla piú grossa dell'altro. Per tutto quel tempo il sovrintendente Nicola Vivaldi rimase zitto. Quel giorno non aveva voglia di stronzate.

La partita finí alle 16.45, con il termometro ormai prossimo allo zero. Il dirigente del servizio fece aspettare gli ospiti per una ventina di minuti, anche se lo stadio era vuoto. Quando uscirono li scortarono fino ai pullman.

Era tutto tranquillissimo e i poliziotti camminavano accanto ai tifosi distrattamente. Nicola cercò di restare attento, perché erano i momenti calmi quelli che fottevano.

Era andata cosí a Livorno, tre anni prima.

I tifosi locali erano incazzati con la polizia da diverse settimane, perché durante una trasferta in Veneto si erano scontrati forte con un altro reparto e le avevano buscate.

Ma quel giorno si giocava l'ultima di campionato, la squadra era salva, gli ospiti pochissimi e il caldo estivo.

I tifosi erano entrati senza far problemi e i poliziotti li avevano controllati cercando di evitare tensioni inutili. Mentre iniziava la partita, gli agenti pensavano che ormai fosse tutto tranquillo, e si erano rilassati. Qualcuno fumava, qualcuno telefonava, qualcuno era andato in bagno.

Dal nulla Nicola aveva visto piovere un fumogeno rosso. Poi, nella nebbia, erano arrivati in cento e avevano sbattuto lui e i suoi colleghi fuori dallo stadio a bastonate e calci in culo. Letteralmente.

Come se non bastasse, gli ultrà erano riusciti a rubare alcuni manganelli e scudi e glieli avevano tirati contro.

Nicola si ricordava ancora la paura, la sorpresa, l'umiliazione. E la rabbia, la voglia di vendicarsi. Inutile girarci intorno: quando ti pestano e ti fanno male, vorresti solo ridargliele indietro. Altro che garantire l'ordine pubblico.

Mica lo poteva scrivere, questo, nel suo libro.

Dopo quell'assalto i funzionari si erano rintanati in curva.

Fuori, un funzionario telefonava all'ufficio di gabinetto, uno cercava rinforzi, un altro era ferito. I capisquadra erano rimasti soli alla testa di uomini inferociti.

Il reparto era entrato nello stadio raggiungendo le scale che portavano in curva, per cercare i pezzi di merda responsabili dell'aggressione.

Sarebbe bastato un ordine appena accennato o l'iniziativa di un singolo perché quei celerini infuriati raggiungessero la curva e succedesse il finimondo.

Ma per fortuna Nicola e gli altri capisquadra avevano ripreso il controllo dei loro uomini, facendoli arretrare. Perché era finita e non potevano rilanciare lo scontro, non dovevano scendere al livello degli stronzi che li avevano aggrediti. Anche se l'istinto avrebbe preteso una soluzione diversa, la scelta giusta era una sola.

E cosí era finita, con venti poliziotti feriti e gli ultrà che avevano saldato il loro conto coi celerini.

Non importava che non fossero dello stesso reparto con cui si erano già scontrati: i celerini erano tutti uguali. Acab.

Nicola Vivaldi ricordava perfettamente quella sera, quando era tornato a casa con una mano fasciata e addosso una sensazione di impotenza.

Aveva cercato sul televideo, convinto di trovare chissà quali titoloni sui gravi incidenti allo stadio di Livorno.

A pagina 101 si parlava di un importante arresto di mafia a Palermo, con un pericoloso latitante assicurato alla giustizia «senza che opponesse resistenza». Ministro dell'Interno e presidente della Repubblica si complimentavano con gli investigatori della squadra mobile. Per loro del reparto mobile, invece, solo tre righe sulle Brevissime.

«Durante l'incontro casalingo del Livorno si sono verificati brevi incidenti tra tifosi locali e polizia. Il bilancio è di alcuni feriti fra i poliziotti, tutti contusi in modo lieve. Al momento non si segnalano arresti».

Niente arresti né complimenti. Come al solito. E neppure la soddisfazione di una pagina intera del televideo.

20.

Andrea Ferroni era soprannominato Ferro, cosí come suo padre e pure suo nonno.

Lui però aveva sempre cercato di meritarsi quel soprannome, cimentandosi in sfide sportive al limite dell'azzardo.

Come quella volta in cui lo avevano visto surfare a dicembre al largo di Nervi, con il mare in piena burrasca. O quando aveva beccato una bufera di neve sulle cime di Lavaredo e aveva dovuto bivaccare da solo a tremila metri, dormendo in un anfratto tra le rocce. Al rientro, il giorno dopo, aveva scoperto che la Protezione civile lo cercava con gli elicotteri e i suoi lo stavano già piangendo.

Tutti gli avevano sempre consigliato di concentrarsi su una cosa sola e puntare a risultati d'eccellenza. Ma a Ferro non interessava. Come con le donne, anche nello sport si annoiava facilmente e doveva cambiare di continuo, fare esperienze nuove.

E poi, se avesse voluto prepararsi per qualche competizione ufficiale, avrebbe dovuto rinunciare a una parte dei servizi fuori sede, quelli meglio pagati.

E invece gli toccava fare attenzione al denaro, visto che aveva altri quindici anni di mutuo e i suoi non potevano aiutarlo. Papà era un operaio dell'Ilva in pensione e mamma casalinga: Ferro non poteva mica stare a menarselo troppo. Tanto in Italia l'unico sport con cui si tiravano su soldi era il calcio, e lui lo detestava.

La giornata a Piacenza era passata bene, anche se stare in piedi a vuoto lo snervava. Si sentiva inutile e si stancava peggio che con un allenamento pesante.

Ma era lavoro e se lo faceva andare bene, che essere in polizia era una fortuna, con la crisi che picchiava dappertutto e su Genova in particolare.

Aveva notato che Nicola, il caposquadra, era un po' giú di tono. Da che si era lasciato con la donna non sembrava molto in palla. Eppure erano passati mesi.

Lo stimava. Pensava che fosse un buon capo, specialmente nel casino. Non si tirava indietro se c'era da menare e neppure se bisognava scrivere verbali. Insomma, sapeva il fatto suo, anche se era un po' troppo comunista. Ma questo non significava che non potessero lavorare bene insieme, tanto la politica era tutta schifosa.

Ferro si ricordava ancora quella volta con Borghezio, in Toscana. Per difenderlo avevano preso bottiglie, pietre, pezzi di computer, bombe carta. I leghisti erano andati apposta per provocare, lo sapevano tutti che da quelle parti c'erano solo zecche. Poi quando era scoppiato il macello Borghezio era scappato da un'uscita posteriore e il reparto lí a prendere botte per difenderlo. Pensare che a Ferro i leghisti stavano sulle palle, perché non sopportava i loro discorsi sui terroni. Era fiero di essere italiano e la sua bandiera rappresentava un paese intero, mica dei frammenti divisi in base alla cartina. Che poi la Liguria nemmeno era chiaro dove stava. Non era Padania, ma neppure centro. Boh.

Dopo quell'episodio aveva smesso di votare.

La partita era scivolata via tranquilla, nemmeno un accenno di adrenalina. In giornate come quelle il servizio non passava mai.

Almeno erano sei, sette ore di zuppa, come chiamavano lo straordinario. Che poi, a sei euro l'ora, non è che ne valesse proprio la pena, ma pazienza.

Quando i tifosi salirono sui pullman, i poliziotti tornarono finalmente al furgone. Erano le sei e un quarto, sarebbero rientrati a Genova abbastanza presto. Ferro pensò che c'era il tempo di imbastire un incontro con qualche amica, per sfogarsi un po'.

Prese il telefono e decise di tentare la sorte.

21.

Che strano, correre in una serata d'inverno. Marione però era rientrato dal servizio prima del previsto e non aveva impegni. Cosí aveva deciso di farsi una corsetta lungo il muro di cinta del reparto. Il giro completo misurava un chilometro e lui ne aveva già finiti tre.

Doveva perdere peso: rispetto a quando si era arruolato e giocava a rugby in serie B, era ingrassato venticinque chili. La maggior parte li aveva messi su nei quattro anni del processo. Non c'era stato con la testa e aveva lasciato la squadra amatoriale con cui si allenava due volte a settimana.

In compenso aveva mangiato parecchio. E bevuto piú del solito. Parecchio di piú. Troppi casini, mille problemi cui star dietro. Nel frattempo era anche morta sua madre, perché le disgrazie non venivano mai da sole.

Dopo l'assoluzione, Marione aveva immaginato di sentirsi da Dio, leggero come uno cui avessero tolto le pietre dallo zaino. Ma era andata cosí per un paio di giorni dopo la sentenza. Poi si era reso conto di non riuscire ancora a essere sereno sul lavoro. Aveva paura che succedesse di nuovo, che arrivasse un altro foglio con sopra scritto «Procura di Genova» per informarlo che era stata sporta denuncia contro di lui e doveva nominare un avvocato di fiducia e tutto il resto. Che tutto ricominciasse.

Mentre si portava dietro il suo quintale di peso ansimando, ripensò per l'ennesima volta alla sera di quattro anni e mezzo prima, quando era iniziato l'incubo.

Si trattava di un servizio di riserva nei vicoli del centro storico. Nulla di preciso da fare, solo stazionare in zona. Aveva spedito i ragazzi della squadra a pattugliare a piedi, tanto per far presenza, cosí gli spacciatori sarebbero stati piú discreti del solito e la gente piú contenta.

Alle dieci gli era venuto un buco allo stomaco e aveva deciso di mangiare una piadina in un pub che frequentavano spesso. Aveva chiamato un pinguino con sei mesi di servizio di cui non ricordava nemmeno il cognome. Non immaginava che quattro anni dopo, a furia di leggere verbali, ne avrebbe saputo a memoria data e luogo di nascita e pure residenza.

Il pinguino si chiamava Giuseppe Colucci, era di Castellammare di Stabia.

Camminavano in via San Luca, quasi deserta.

Il marocchino era saltato fuori all'improvviso dalla piazza della Chiesa. Aveva il petto nudo, le braghe mezzo calate e la faccia sporca di sangue. In mano stringeva una bottiglia rotta e urlava frasi incomprensibili.

Marione e Giuseppe si erano fermati. Lo straniero li fissava e urlava, si era messo anche a indicarli. Stava a tre metri da loro, aveva la bocca impastata e sputava.

I poliziotti avevano tirato fuori i manganelli.

«Sta' indietro», aveva intimato Marione all'uomo. Ma quello pareva non capire un cazzo. Anzi, si era messo a urlare piú forte ancora. Agitava le mani: una teneva la bottiglia, l'altra era insanguinata. Aveva una ferita sul cranio, vicino a una tempia. Non sembrava enorme, ma i tagli in testa hanno il brutto vizio di sanguinare tanto.

Il marocchino si era mosso verso di loro.

«Indietro!» aveva urlato Marione arretrando. L'uomo aveva mosso di scatto la mano libera, quella piena di sangue. Un getto era finito dritto in faccia a Giuseppe, che aveva bestemmiato, mentre si copriva il viso.

Marione aveva visto il sangue sulla faccia del ragazzetto e aveva pensato subito alle malattie che rischiava di prendere, alle analisi cui avrebbe dovuto sottoporsi per almeno un anno, al fatto che quel bastardo ubriaco veniva a fare lo stronzo in Italia perché tanto non gli sarebbe capitato nulla. Nel frattempo quel negro fatto di chissà cosa continuava a urlare e minacciarli con una bottiglia rotta.

Questo aveva pensato Marione, poi era partito con lo sfollagente.

L'accusa sosteneva che lui e Giuseppe Colucci avessero colpito a ripetizione la testa e il corpo di Mohamed Saar, di anni trentotto, dipendente di una ditta edile. Sposato e con figli, regolarmente in Italia da otto anni e senza precedenti penali.

Le manganellate gli avevano causato un paio di ferite lacero-contuse in testa con trauma cranico e perdita di conoscenza, oltre a una lesione occipitale. Per finire in bellezza, un calcio gli aveva provocato un versamento testicolare con rischio di atrofia. Il tutto per complessivi quaranta giorni di prognosi: lesioni gravissime procedibili d'ufficio.

Per la cronaca, Saar si era ripreso alla perfezione, ma aveva perso il testicolo.

La difesa invece aveva sostenuto che tutte le ferite fossero già presenti al momento in cui erano intervenuti i due poliziotti e che il signor Saar, persona regolare, ma notoriamente dedita ad abuso d'alcol insieme a soggetti della stessa risma, avesse riportato le contusioni in una lite con altri connazionali. Lite per la quale erano stati chiamati i carabinieri pochi minuti prima.

Dove stava la verità?

A furia di ripetersi la versione migliore per salvarsi il culo, Marione non lo sapeva piú. I ricordi si confondevano tra quanto era accaduto, ciò che raccontava l'unico testimone – una vecchia di ottant'anni che si era affacciata alla finestra e soffriva pure di cataratta – e le deposizioni su cui lui e Giuseppe avevano giurato, dopo averle concordate parola per parola.

Con l'assoluzione aveva sperato di lasciarsi tutto alle spalle, perché la corte aveva confermato quello che lui aveva sempre spiegato a tutti: era innocente.

Eppure c'era qualcosa che ancora grattava forte dentro. Si trattava di sua madre. Due giorni prima di morire gli aveva fatto una domanda precisa e a bruciapelo.

«Sei stato tu, Mario? Lo hai ridotto tu cosí, quell'uomo? Perché a me puoi dirlo, sai? A me puoi dirlo, che ti voglio bene lo stesso. Lo so che è un lavoro difficile, tesoro. Lo so».

Lui si era dovuto trattenere per non scoppiare a piangere, grande e grosso com'era.

«No, mamma, no! L'ho appena toccato. Non sono stato io, anche se quei bastardi mi vogliono condannare! Io non ho fatto nulla di male, ma'. Solo il mio lavoro. Solo questo». Cosí aveva detto Marione.

Avrebbe voluto andare al cimitero e dire a mamma che lo avevano assolto, che era finita. Ma non ci era ancora riuscito. Non se la sentiva.

– Ti ho raggiunto –. Gianluca spuntò dal buio facendo trasalire Marione.

– Che cazzo fai, mi prendi alle spalle?

– Boh, t'ho visto che correvi e m'è venuta voglia pure a me. Ti scoccia se ti seguo? So' fermo da due mesi, duro poco.

– Figurati. Anzi, in due si corre meglio.

– Grazie. Domani sto in squadra con te, sai?

– Bene, non lo avevo visto. Ma risparmia il fiato per dopo, collega.

Gianluca sorrise e continuarono a correre, al freddo e quasi al buio. Ma in due non era poi cosí male.

22.

Lollo e Ale si incontrarono ai giardinetti alle otto e mezza di sera. Si erano dati appuntamento per telefono.

– Passato il pomeriggio di torture?

– Non me ne parlare, mi sono venuti due coglioni cosí, – sospirò Ale portando le mani aperte all'altezza del cavallo dei jeans. – Avremo fatto tre volte via Venti Settembre su e giú, a passo d'uomo. A un certo punto stavo per dare una testata contro il muro.

Lollo rise.

– Meglio se la davi a un doriano.

– Giusto! E tu? Deciso qualcosa con gli altri?

– Sí, oggi ero con Lisca e Lupo al bar. Vorremmo far entrare uno striscione. La scritta è quella di cui ti ho detto ieri al telefono. Agli altri è piaciuta.

– Bene.

– Lo striscione lo assembla Lupo con Lisca. Vogliamo metterci sopra il nome.

Ale aggrottò la fronte.

– Un nome?

– Sí, la sigla del nostro gruppo.

– Non pensavo che fosse importante.

– E invece sí. È un po' che mi ronza in testa. Non mi piace piú questo anonimato. Non ha senso. Tanto cosa cambia? Se ci devono inculare, lo fanno lo stesso.

Ale si accese una sigaretta.

– Sí, ma se fai capo a un gruppo ti identificano prima, dammi retta.

– E perché? Mica abbiamo una sede o uno statuto. Lo sappiamo noi chi siamo e dove ci troviamo. Stop. Ma il nome ci vuole, Ale. Qui finisce che si parla dei genoani che hanno fatto questo e quello... Ma non sono *tutti* i genoani: siamo *noi* che abbiamo fatto certe cose.

Ale inspirò fumo e soffiò nell'aria gelida.

– Per me è un rischio. Certo, se vogliamo correrlo... Basta saperlo. Del resto il capo sei tu.

– Lupo ha detto la stessa cosa. Guardate che a me 'sta roba del capo non piace. Mica è un partito, cazzo.

L'amico gli mise una mano sulla spalla.

– Lo so, ma l'idea del gruppo è stata tua. Tu hai testa, anche se vieni dalla strada. Non hai paura di niente, però ragioni, mica come quel minchione di Lupo. E non parliamo di Lisca... Insomma, vai bene tu, – disse Ale, poi diede un colpo di tosse e sputò. Lollo sorrise, abbassando per un attimo lo sguardo.

– Però cosí mi imbarazzi, cazzo.

– E dài, forza, dimmi. Come ci chiameremo?

Lollo assunse un'espressione seria. – Facce Coperte. Ti piace?

Ale rimase un attimo in silenzio. Fumò due boccate, poi gettò la cicca ancora a metà.

– Sí, se ne devo scegliere per forza uno. Mi piace. Cazzo, bravi. Bella idea.

– È venuta a Lupo, – precisò Lollo e gli spiegò come pensavano di far entrare lo striscione.

L'amico sembrava preoccupato. – E se i poliziotti si impuntano che succede?

Lollo sospirò, ma gli occhi gli brillavano. – Vediamo come si mette, magari facciamo un po' di scena, ma se scoppia la merda lo lasciamo giú.

– Non possiamo nemmeno provare a trattare, perché con quella scritta lí non entra comunque.

Lollo fece una smorfia. – Io con quelle merde di sbirri non ci tratto a prescindere, lo sai. Noi non le chiediamo, le loro autorizzazioni. Anche se dovessi scrivere «ciao» su uno striscione, io non lo mando un fax in questura per chiedere il permesso. Mica siamo in Cile, porca puttana!

Lollo si passò una mano sulla faccia accalorata nonostante il freddo. Ale gli fece cenno con le mani aperte.

– Vabbe', Lollo, non ti incazzare. Guarda che io sugli sbirri la vedo come te, non te lo dimenticare. Lo sai, no?

– Certo. Ne abbiamo già parlato.

– Queste leggi ci fanno schifo a tutti. Sembra che gli ultrà siano gli unici delinquenti in Italia. Ma io mi preoccupo, perché non posso rischiare di perdere il lavoro, adesso. Lo so che anche per voi non è facile, da Maroni in poi ci sono andati giú pesanti.

– Quel leghista di merda. Deve morire.

– Bisogna valutare bene tutto, Lollo. Tanto per cominciare, dobbiamo tenere a freno la gente tipo Lupo.

– Lo so. Ma è uno che non si tira mai indietro, Ale.

– D'accordo, lo sappiamo tutti. Però hai visto l'altra volta? Non può far sempre di testa sua. Gli si annebbia il cervello e non capisce piú un cazzo. Un giorno o l'altro si mette nei casini. Ma finché è roba sua, ti dirò… non me ne frega mica niente. Basta che non coinvolga noi o qualche altro ragazzo.

– A lui ci penso io, stai tranquillo. Comunque la sai una cosa? Mi piace un sacco 'sta storia. Ti rendi conto? Stiamo cercando di portare avanti i discorsi di un tempo. La mentalità che la gente ha perso per strada.

– Sí, ma siamo ancora pochi. Non possiamo fare sempre da soli. Mica tutti vengono in pochi come gli spezzini, Lollo.

– Dovremmo essere fissi piú di cinquanta, ma vedrai che aumenteremo. Negli altri gruppi tanti ragazzi sono stanchi dei discorsi e vogliono i fatti. Non solo con gli altri tifosi. Sono quei bastardi il vero nemico.

– Dici la polizia?

– Sí, la polizia, il questore, lo Stato… Vedila come vuoi tu. Combattere 'ste leggi infami e quella merda di tessera del tifoso con cui vogliono schedarci tutti. Che per andare in trasferta a momenti devi avere il passaporto.

– Lo so, è uno schifo.

– Dobbiamo continuare a lottare, questa è mentalità. Ma niente comunicati o volantini e nemmeno i cortei. Tanto agli ultrà non li caga nessuno, Ale! Noi non possiamo trattare, perché non abbiamo niente da offrire. Forse vinceranno comunque, ma dovranno sudare. Piú stringono questa morsa piú noi ci incazziamo.

– Hai sentito quelli di Napoli? – chiese Ale tornando al concreto. Troppe teorie lo innervosivano.

– Sí. L'infrasettimanale alle sei è un macello e se fanno altri casini gli bloccano la trasferta. Ma forse qualcuno verrà lo stesso.

Ale spense la sigaretta sotto la suola. – Li aspetteranno al varco.

– Non ti preoccupare, quelli sono tosti. E noi gli daremo una mano.

– A me stanno sul cazzo, perché si comportano troppo da bestie. Non hanno mai avuto regole.

– Lo so, ma dobbiamo sostenerli per forza. C'è il gemellaggio. Comunque li risento martedí.

– Digli di non fare stronzate come portarsi lame o bombe assurde. Con quella roba, al Nord finisci in gabbia.

– Ci staremo attenti. Se vengono, non devono fare coglionate, – replicò Lollo. – Dài, ora vado che ho il cinema.

– Cosa vedi?

– Moretti, ha fatto un nuovo film, sai?

– Le tue solite cose impegnate, che palle.

23.

Lupo si fece largo tra la gente che ballava. La musica era tanto forte da stordire. Entrò nel bagno della discoteca. Alcuni fighetti si sistemavano i capelli davanti allo specchio.

Lupo non si intonava con il look imperante. Non era trendy e non portava la camicia come il resto dei clienti. Lui aveva i jeans, le scarpe di gomma e una maglietta blu che gli fasciava il petto e scopriva i tatuaggi: un grifone con la scritta «Genoa» sull'avambraccio sinistro e la sua data di nascita in numeri romani sul bicipite destro. La T-shirt metteva in risalto i muscoli lunghi e nervosi. Se li era fatti scaricando per due anni casse d'acqua minerale, prima di imparare a tagliare la carne. Muscoli veri, non come quelli dei palestrati.

Vestito cosí in realtà non sarebbe potuto entrare, ma conosceva di vista uno dei buttafuori. Si chiamava Ivan, era di Sampierdarena e veniva nella Nord. Aveva fatto parte dell'Aurelio Canepa. Un passato semiglorioso, un presente da nullità, secondo le logiche di Lupo. Adesso Ivan andava allo stadio per conto proprio, si guardava la partita e non voleva impicci.

Lupo portava un'ombra di barba scura sul viso solcato dalla cicatrice rimediata a Bergamo sei anni prima.

Era andato lí con l'auto di un amico, perché doveva lavorare e non aveva fatto in tempo a prendere i pullman organizzati. Come se non bastasse, al lavoro gli avevano chiesto di trattenersi oltre l'orario. Erano arrivati quando la partita stava per cominciare.

Ai tempi non esisteva il navigatore e lui non si ricordava bene le strade intorno allo stadio. Checcazzo, mica poteva avere in testa la mappa di tutti i campi su cui andavano in trasferta! E poi quelle schifose città senza mare sembravano tutte uguali.

Fatto sta che Marzio, il suo compare di quel giorno, aveva sbagliato strada. Forse aveva contribuito a distrarlo il litro di birra che si era scolato in autogrill. Se n'erano scolati uno a testa.

Insomma, si erano ritrovati dal lato sbagliato dello stadio, vicino a un bar pieno di atalantini. Lupo non aveva fatto nemmeno in tempo a tirare fuori lo sfollagente telescopico da sotto il sedile, che quelli si erano mossi subito, senza perdersi in chiacchiere. Ah, le care vecchie tifoserie del Nordest! Bergamo, Brescia, Verona, Padova: quella sí che era gente con i coglioni. Zero parole, solo fatti.

Marzio aveva provato ad accelerare, ma davanti all'auto si era creato subito uno sbarramento di persone. Lui aveva dato gas lo stesso, ma era stato costretto a rallentare per svicolare. In un attimo erano arrivati calci e pugni contro la macchina. E la bottiglia di vetro che si era frantumata sulla faccia di Lupo. Colpa sua: si era dimenticato di tirare su il finestrino.

Per fortuna avevano chiuso le portiere dall'interno, cosí quando uno di quei merdosi si era attaccato alla maniglia per aprire se l'erano mezzo trascinato dietro.

Erano riusciti a scappare e andare all'ospedale per far medicare Lupo. Con quella sciarpa addosso era facile intuire che venissero dallo stadio. Cosí i medici, che erano obbligati, chiamarono la polizia, che fece le domande.

Avevano subito un'aggressione? Sí.

Dai bergamaschi? Forse.

Riconoscevano qualcuno? No, assolutamente no, aveva risposto Lupo, anche se aveva ben chiare tre o quattro facce. Una in particolare. Un tizio con i capelli lunghi neri e la barba. Non troppo alto, non troppo grosso. Era un viso conosciuto, perché aveva parlato anche in tivú. Lupo sapeva che era un tipo all'antica: non gliene fregava un cazzo di niente e si era preso una riga di diffide. Se solo parlava, duecento dei suoi si muovevano per obbedirgli.

Lupo di quel tipo sapeva anche il soprannome e agli sbirri sarebbe bastata un'imbeccata per andare ad acchiapparlo.

Ma aveva dichiarato di non ricordare nulla. Non perché avesse paura di ritorsioni: Lupo e paura non erano concetti compatibili. Anche se era incazzato e avrebbe voluto vendetta, non poteva fare l'infame. Neppure per denunciare uno che aveva contribuito a sfregiargli la faccia.

La polizia era il primo nemico.

Lui e Marzio avevano sbagliato, si erano distratti. Avevano invaso il territorio opposto e si erano presi la paga. Faceva parte del gioco. Non potevi mica solo darle.

Un anno dopo, in un'altra partita, Lupo si era ritrovato davanti ai bergamaschi in un bello scontro di alcuni minuti. Roba fra pochi intimi, alla vecchia maniera. Si era divertito un sacco, peccato solo che non avesse trovato nella mischia il suo amico con la barba. Ma quella era un'altra storia.

Lupo entrò nel bagno della discoteca e intravide una ragazza inginocchiata davanti a un tizio in piedi, dentro una toilette mezza aperta. Si eccitò di brutto pensando a quante troie c'erano in giro. Doveva trovarne una pure lui.

Si infilò in uno dei cessi, pisciò, poi tirò fuori dalla tasca il suo sacchettino. Lo aprí, mise la polvere bianca sul dito e sniffò. Sentí il naso schizzargli dritto su per il cervello, come uno sparo. Si sorresse alle pareti del vano. Poi la botta diminuí un poco.

Si sciacquò la faccia e tornò in pista. La musica gli batteva dentro la testa come un martello. Ma non gli dava fastidio, anzi, nonostante il casino gli sembrava di poter cogliere le parole della gente che gli scivolava accanto. Chiacchiere, approcci, discorsi inutili. Sentiva il sangue accelerare nelle vene, come se il suo corpo sputasse fuori la stanchezza delle ore precedenti.

Mentre si muoveva tra la folla con gli occhi spalancati, Lupo annusava l'odore di femmine che aleggiava intorno. Profumo di donne calde e vogliose, che si mettevano in tiro per conoscere maschi capaci di soddisfarle. Ma non ce n'erano molti, in giro. Tutti quei coglioncelli in pista di sicuro non sapevano come trattare una donna. Come farla godere.

Adesso però sarebbe arrivato Lupo e le avrebbe sistemate tutte, tutte quante.

24.

Enrico aveva le mani strette intorno al volante e guardava fuori, nel buio del bosco. Poco lontano dalla sua, un'altra auto stava parcheggiata nell'oscurità. Dondolava leggermente, al ritmo di chi si muoveva dentro.

La macchina di Enrico invece era ferma e lui pensava con invidia a Robi. Di sicuro quella del suo amico ondeggiava da qualche parte nella notte. Forse piú in alto, lungo quella stessa strada di collina. Enrico pensò a Robi che scopava tutti i week-end con quel pisello grosso di cui si vantava sempre. Ogni volta che giocavano a pallone lo esibiva con fierezza, se lo toccava di continuo. Parlava di quante volte riusciva a farlo in una sera, delle posizioni, di come Laura urlasse di piacere. Non erano discorsi da uomo innamorato, perché non si parla cosí della fidanzata, davanti agli altri. Ma non erano Robi o il suo pisello, il punto: il punto era il pisello di Enrico, chiuso dentro i suoi boxer.

– Ehi, che c'è? – gli chiese Daniela. Stava sdraiata sul sedile reclinato di fianco al suo. Indossava le mutandine, i calzini e il reggiseno. L'auto era accesa e dalle bocchette usciva uno sbuffo caldo e secco da far schifo.

– Cosa vuoi che ci sia? Lo sai benissimo.

Lei sospirò.

– Ti prego, non fare cosí. Lo vuoi capire che è peggio? Se mi metti l'ansia è peggio, – disse, piú triste che arrabbiata. Lui serrò le nocche sul volante tanto da farle sbiancare.

– Ascolta, Dani, l'ansia la metti tu a me, cazzo. Non è possibile che sia tutto cosí difficile.

Lei cercò di prendergli una mano, ma Enrico rimase fermo dov'era.

– Tesoro, ti prego, non fare cosí. Io sto male. È che...

– Cosa? – ribatté secco lui, fissando il vuoto.

– Che non mi va, non me la sento. Non cosí, in macchina. In questo posto. Non mi piace e mi fa anche paura.

– Sí, tutte scuse. Sono io che non ti piaccio, non il posto.

– Non è vero. Non è vero, accidenti. Qui non mi sento a mio agio, mi sento come una... Non so, immaginavo qualcosa di diverso. È tanto che ci penso e vorrei una cosa speciale. Lo so che ti sembrerà stupido, ma voglio essere tranquilla... E stare in un posto adatto. Mia sorella l'anno scorso ha trovato un guardone attaccato ai vetri e c'è stata male per mesi.

– Se succede a me, scendo e gli scasso la testa, – disse Enrico con cattiveria. Non sapeva se avrebbe avuto il coraggio di farlo per davvero, ma era ciò che *doveva* dire un uomo. – Comunque io sono stanco. Non posso andare avanti cosí ad aspettare. Mi sento come uno delle medie, porca troia.

– Ti prego, cerca di capire, – sussurrò lei e si avvicinò per baciarlo.

Lui si scostò.

– No. Scusami, ma stasera non ci riesco. Io non mi sento di andare avanti cosí.

– Mi vuoi lasciare? – la voce di lei vibrava in un inizio di pianto. Enrico si sforzò di resistere alla tentazione di rabbonirsi. Non poteva, non voleva. Per una volta doveva imitare davvero Robi. Essere duro.

– Non lo so cosa voglio. Tu prenditi qualche giorno e pensaci. Rifletti su cosa provi per me. Perché io sono convinto che tu non lo sappia. Forse pensi ancora al tuo ex, non lo so. Mi viene in mente di tutto.

– No, ma cosa dici? Non è vero! – Daniela piagnucolava.

– Vabbe', comunque ora sono stanco e ho voglia di andare a casa, – disse Enrico e si infilò i pantaloni. Non gliel'aveva nemmeno toccato, dannazione. Nemmeno toccato! Se l'avesse saputo Robi, l'avrebbe preso per il culo per secoli.

Cinque minuti dopo la macchina di Enrico fece retromarcia e si liberò dalla copertura della boscaglia. Accanto, l'altra vettura non dondolava piú. Ma dai finestrini socchiusi usciva fumo di sigaretta.

Enrico, dentro di sé, stava bestemmiando.

25.

Lupo si sentiva forte. E bello. Vedeva come le ragazze guardavano i suoi muscoli, le spalle larghe, la faccia squadrata. Lo capivano subito che lui era un maschio vero, uno che poteva dar loro ciò che volevano. Perché in fin dei conti alle donne piacevano quelli cattivi, quelli che le scopavano sul serio. Non la massa di frocetti che incontravi in giro, rasati e profumati come puttane. Le sopracciglia rifatte, i capelli scolpiti di gel.

Che nausea.

Lui era cresciuto in strada, dove non si può fingere di essere un duro, lo si è e basta. Aveva imparato tante cose, dalla strada. Molte avrebbe fatto meglio a dimenticarle e lo sapeva. Ma altre erano e sarebbero rimaste per sempre impresse dentro di lui.

Una delle regole della strada diceva che non si dovevano guardare le donne degli altri. Si trattava di rispetto e se uno si incazzava perché rompevi le palle alla sua femmina aveva ragione. Non a caso Lupo cercava di adocchiare le ragazze in gruppo o quelle che ballavano a coppie, e ce n'erano abbastanza. Il problema nasceva se qualcuna arrivava con l'uomo, poi però, appena il tipo girava lo sguardo, si staccava per fare la troia.

La musica house gli martellava il cervello, le luci illuminavano la folla e la nascondevano, illuminavano e nascondevano.

Lupo si lasciava guidare come una zattera dalla corrente e fluttuava tra la calca in movimento. Era un concentrato di pura energia e avrebbe potuto ballare sino al mattino.

Raggiunse il centro della pista. Si guardava intorno, scrutava volti, annusava odori. Il locale era pieno di selvaggina, doveva solo decidere dove mirare.

Finalmente raggiunse una coppia di ragazze che ballavano l'una di fronte all'altra. Gli parve di riconoscere quella che prima stava facendo un lavoretto nel bagno. Si sentí fremere.

Ha fatto una sveltina e ora è tornata qui a ballare, la schifosa.

Questo pensiero lo eccitò. Si avvicinò. In effetti il vestito era nero e i capelli pure, ma il viso non lo aveva quasi visto. Non era sicuro fosse la stessa ragazza. Ma sí. Sí che era lei.

Magari ne vuole un altro po'.

La ragazza ballava davanti a una bionda. Ancheggiavano e ammiccavano l'una con l'altra incuranti della gente intorno. Un paio di sfigati le fissavano, Lupo li ignorò.

Si piazzò accanto alla mora, fissandola sfrontato. A fighe di quel livello servivano uomini decisi.

La ragazza lo guardò, cosí Lupo si avvicinò ancora di piú, iniziando a muovere le mani come se percorressero il corpo sinuoso di lei. La tizia lo guardò ancora, poi rivolse un cenno all'amica e si allontanarono insieme.

Dopo un attimo di incertezza, Lupo le seguí. La folla ostacolava il passaggio e lui si ritrovò presto dietro la ragazza. Sentiva un profumo dolce venire dalla sua pelle.

Sta andando in bagno. Magari se la segui dà una succhiata pure a te.

Si sentiva la lingua gonfia, sapeva che era colpa della coca.

Urtò la ragazza, un po' per via della gente un po' di proposito. Lei si voltò e lo riconobbe.

– Ouh, stai attento! Che cazzo vuoi?

Ma guarda tu questa zoccola pompinara. Si mette a fare la sostenuta, adesso. Ma chi vuol prendere in giro?

Lupo le si appiccicò di nuovo addosso e le avvicinò la bocca all'orecchio per dirle qualcosa. Non sapeva bene cosa, ma avrebbe trovato qualche raffinato complimento apposta per lei.

Fu allora che una mano lo spinse via.

– Levati dai coglioni, – ordinò un ragazzo. La mora gli si era fermata accanto insieme all'amica. Con i tre c'era anche un altro tizio. Tutti guardavano Lupo: le ragazze erano disgustate, i due uomini, incazzati.

Lupo li fissò stupito. A quanto pare non erano sole e non era piú cosí sicuro che la mora fosse la stessa ragazza intravista in bagno. Era vestita di scuro, ma forse aveva una gonna piú lunga.

Lupo alzò le mani e tirò fuori un'espressione che significava: «Scusate, non mi ero reso conto che le ragazze fossero con qualcuno». O almeno quella era l'intenzione. Ma aver pippato rendeva complicato controllare i muscoli del viso, cosí gli venne fuori una specie di risata da presa per il culo che i due non gradirono affatto.

Il fidanzato della mora gli si avvicinò muso a muso. Era abbastanza grosso, circa un metro e ottanta e fisico tosto sotto la camicia. Aveva i capelli lunghi e ricci. Per un attimo a Lupo sembrò di averlo già visto. Forse a Sampierdarena?

– Ma che cazzo ridi, genoano di merda? – gli disse quello dritto in faccia, alzando il mento. Il tipo con i capelli lunghi aveva notato il tatuaggio o lo conosceva? Dalla sua collanina pendeva il simbolo della Sampdoria.

Quando abbinò collanina e insulto, Lupo smise di sorridere e decise che le regole saltavano.

L'ultrà genoano partí secco con una testata sul naso. Il capellone si accasciò con le mani in faccia e Lupo lo scalciò sulla sua bella camicia spruzzata di rosso, piazzandoci l'impronta nera del suo anfibio quarantatre.

L'amico si fece sotto pure lui, ma era piú piccolo e meno deciso. Lupo gli diede un pugno sul mento, un altro allo stomaco e un calcio nelle palle. Pure quello si accartocciò.

Le ragazze urlarono, la gente si fece da parte e Lupo assestò un altro paio di calci in testa al capellone, che strillò, ma il bombardamento dalle casse lo sovrastava.

Lupo avrebbe voluto continuare, scaricare tutta la sua forza raddoppiata dalla cocaina e ridurre quei bastardi a poltiglia umana.

Adesso però doveva lasciar perdere. Il suo istinto di bandito, quello che piú di una volta gli aveva salvato la pellaccia, suggeriva di portare via il culo. Aveva fatto il lavoro e aggiustato i due coglioni: doveva farselo bastare.

Lupo riuscí a dominare la sovreccitazione e s'infilò tra la folla che lo guardava con un misto di paura e riverenza. Superate le prime persone, gli altri già ballavano come se niente fosse successo. Si fece largo senza correre e uscí.

Si fermò un attimo da Ivan, il buttafuori che conosceva. Lo chiamò in disparte e gli spiegò sottovoce che aveva avuto un problema con due doriani, ma adesso era tutto okay. Nulla di grave, giusto qualche spintone. Quello gli sorrise.

– Tranquillo. Sei hai sistemato due merde blucerchiate sono solo che contento.

Lupo lo salutò e andò via. Non aveva trovato una donna, ma si era divertito lo stesso. Forse anche di piú.

26.

La Lanterna ruota e il suo faro illumina ritmicamente la città. C'è vento di tramontana e la serata è serena, ma fredda.

Mentre anche il porto va a dormire, Robi sta facendo l'amore con Laura, in auto, sulla stessa collina dove ha provato ad appartarsi Enrico. Del resto tutti i genovesi che non hanno una casa per scopare finiscono lassú e di sabato c'è un traffico che neanche in centro.

A dire la verità Laura non sta gridando e lui, Robi, non si esibisce nelle posizioni da pornodivo di cui si vanta con Enrico. Fanno semplicemente l'amore, cosa che Robi non ammetterebbe mai, né con Enrico né con nessun altro. Tanto meno sul forum dei suoi amici ultrà, veri o presunti, reali o da tastiera. Lí i maschi sono stalloni e le femmine mignotte. Punto.

Enrico posteggia la macchina, incazzato e pieno di voglie. Tornando a casa ha visto alcune prostitute slave molto fighe e ha sognato di fermarsi a caricarle. Ma lui non vuole scopare con i soldi, perché è una roba squallida. E forse non avrebbe il coraggio di trattare con una di quelle, che di sesso ne sanno decisamente piú di lui. Non ci dovrebbe neppure pensare, perché una ragazza ce l'ha e gli piace un casino. È difficilissimo immaginare di lasciare Daniela per davvero. Un conto è fare il duro, un altro è portare le cose sino in fondo. Lui non è mica come Robi.

Fabio Poggi è sdraiato a letto e guarda un film sul suo computer. Ha gli occhi rossi di stanchezza, ma questo è l'unico momento in cui può godersi un po' di pace e solitudine. Suo figlio dorme nell'altra stanza e Cristina riposa accanto a lui. Aiutata dalle pastiglie, dopo una serata intera trascorsa a piangere. Senza quasi rivolgergli la parola.

Nicola dorme nel suo letto matrimoniale vuoto per metà. Dorme e sogna di scrivere un libro di successo. Di svelare al mondo che i celerini non sono tutti quella massa informe di fascisti-pazzi-esauriti-violenti-animali che la gente immagina. Anche se qualcuno cosí, poi, c'è davvero.

Lupo guida verso casa sotto l'effetto di alcol, coca e violenza. Tiene la radio alta, canta ed è contento di aver dato la paga a due doriani di merda. Pensa che l'indomani andrà allo stadio e insieme ai ragazzi porterà lo striscione dentro, per dire a tutti che loro combattono ancora. E sarà solo l'inizio.

Nonostante il servizio a Piacenza, la fatica e il freddo, Ferro ha un'ospite a casa. Lei si chiama Giusy e non è la piú gnocca tra le tipe che sta frequentando: è bassina e con un paio di chili di troppo. Però compensa con delle tette eccezionali e, soprattutto, ha un marito cosí scemo da seguire la Sampdoria ogni fine settimana.

Quando ha visto che il Doria giocava a San Siro, Ferro ha provato a invitarla.

«Solo una pizza, però, che entro l'una devo essere a casa :)» ha precisato lei, via sms.

«Tranquilla, io sono stanco morto!» ha risposto Ferro.

La pizza l'hanno mangiata per davvero, ma adesso sono a letto. Lui nudo, lei in autoreggenti e reggiseno di pizzo. Il perizoma, invece, è già sul pavimento.

– Ti piace il cazzone del poliziotto, eh? – le dice Ferro mentre la prende da dietro.

– Oh sí, sí che mi piace, – mugola lei.

– Lo vuoi tutto, eh? Dillo che lo vuoi tutto! – ordina alzando la voce.

– Sí, dammelo tutto. Dammelo tutto! – grida lei.

Ferro pensa al marito tifoso di Giusy che urla dentro San Siro, mentre la moglie urla nel letto di un celerino.

Ecco, questa è vita. Altro che.

Marione è andato a dormire, dopo la corsa serale.

Ha rivisto una volta ancora sua madre, prima di chiudere gli occhi. «Non ti preoccupare, ti voglio bene lo stesso», gli ha ripetuto. Come se fosse convinta che il figlio avesse mentito a quella sua ultima domanda.

«Sei stato tu, Mario?»

Lisca rientra a casa a piedi, un po' bevuto. A fine pomeriggio ha preparato lo striscione con Lupo e lo ha messo in camera sua.

Domani proverà a farlo passare fra le sbarre, come hanno deciso. Gli hanno detto di stare attento e defilarsi subito. I ragazzi gli hanno affidato quel compito e lui lo porterà a termine per dimostrare che può stare con il gruppo. Anche se non è forte come Ale e cattivo come Lupo.

In fondo è solo tanta scena e un po' di raro casino, ma lo fa sentire bene. Stare sui camion della spazzatura tutto il giorno non è esattamente il massimo della vita.

Lollo è con Clara in un pub. Hanno visto l'ultimo film di Nanni Moretti ed è piaciuto a tutti e due. Ora bevono una birra e si tengono per mano. Ma è tardi e devono rientrare.

In auto lei gli dice che vorrebbe portare altra roba da lui e servirà un armadio. Sta diventando scomodo dormire un po' lí e un po' dai suoi genitori.

Questo discorso sottintende che la loro convivenza da saltuaria diventerà definitiva. Lollo sa che è inevitabile, mica possono aspettare per sempre. Ma è un po' felice e un po' preoccupato, perché con Clara sono fidanzati da tanto e hanno trovato un equilibrio. Vivere insieme ogni giorno, addormentarsi l'uno accanto all'altra ogni sera per svegliarsi vicini ogni mattina... Ha paura che quell'equilibrio si spezzi. Ha paura di dover sacrificare troppo della sua libertà, delle sue abitudini, con lei sempre vicina. Però ama Clara e vuole solo che sia felice.

Ale dorme e sogna, ma domani mattina non se ne ricorderà. Sogna di cambiare lavoro e aprirsi un'enoteca, anche se in vita sua ha bevuto solo Lambrusco. Ma che cazzo, i sogni sono sogni. Un'enoteca con la musica lounge in sottofondo e senza gente che urla al bancone. Sogna di non avere piú il mutuo sulle spalle. Sogna che sua sorella sia ancora viva e il tumore non l'abbia presa. Cosí giovane, lei che sorrideva sempre e voleva dei bambini.

Il sogno diventa un incubo, quando vede la faccia di Manu diventare bianca come porcellana e poi frantumarsi in mille pezzi. E Ale si sveglia, sudato, ansimando nel buio.

Tutto questo succede mentre Genova dorme.

Domenica 23 gennaio

27.

Ale si alzò per ultimo, alle dieci. Mara aveva già finito la colazione e Alice era in camera sua a trafficare con quelle bambole dagli occhi giganteschi e i corpi da modelle. Lui le trovava inquietanti, ma a Natale aveva dovuto piegarsi a regalargliele dopo un mese di lagne continue.

Si sedette e prese dalla scatola una brioche confezionata. Mara gli passò il latte tiepido e lui riempí la tazza.

– Dormito? – gli domandò lei.

– Abbastanza, dài –. Non era troppo vero. Non ricordava mai nulla, ma ancora si svegliava di soprassalto. Certo, meglio dei primi tempi dopo la morte di Manu, quando si ritrovava a tremare come una foglia senza riuscire a fermarsi. Ma non riposava ancora bene.

A volte si alzava e finiva per riguardare le repliche di telefilm che aveva già visto da adolescente.

– Oggi pomeriggio andate da tua madre? – chiese Ale.

– Sí, è una bella giornata, anche se fa un po' freddo. Ha detto che ci prepara le lasagne e l'arrosto.

Ale ebbe per un attimo l'impulso di cambiare programma. Andare pure lui dai suoceri, mangiare, giocare con Alice e magari farsi una pennichella. Prendersela comoda e fanculo alla partita, tanto giocavano con il Chievo, mica una grande squadra.

Ma c'era lo striscione.

Aveva il presentimento che la faccenda sarebbe diventata complicata e gli pareva che Lollo fosse troppo carico per star dietro a quel coglione di Lupo. Se lo striscione entrava, tanto meglio, ma se non ci fossero riusciti? Erano disposti a scontrarsi con la polizia per mezzo lenzuolo?

Nell'ultimo anno la questura aveva stretto la cinghia anche sugli striscioni. A Genova erano sempre stati piú morbidi che altrove, ma pian piano il sistema si stava uniformando. Secondo lui era meglio evitare rischi inutili, ma aveva capito che i ragazzi ci tenevano a rivendicare il gesto con gli spezzini e dare un ulteriore segnale. Comunicare ufficialmente l'inizio della loro offensiva contro le leggi che volevano stritolarli.

Nessuno sapeva dove li avrebbe portati il gruppo, ma Ale temeva che al capolinea li attendessero soltanto guai. Eppure voleva essere con loro, ancora per questa volta. Perché quando stava con i ragazzi si scordava di tutto, perfino di Manu sotto terra a diventare polvere.

Gli ultrà erano una faccenda tutta sua, una delle poche in cui non subiva, anzi decideva la sua sorte. Voleva portare avanti con Lollo e gli altri la loro battaglia impossibile da vincere, almeno per quell'anno. Poi forse avrebbe lasciato perdere davvero. Sperando che insieme agli incubi passasse la smania che lo rodeva dentro.

28.

– Mario, ma quanto hai preso tu di straordinari 'sto mese? – chiese Ferro.

– Quattrocento euro. Però non avevo fatto il pieno.

– Dài, non dire stronzate, lo sappiamo tutti che tiri su settecento euro! Sei il peggiore del reparto.

Marione si girò dal suo posto di caposquadra additando l'amico.

– Collega, non iniziare con le cazzate che poi questi fanno girare la voce per tutta la caserma. Sei tu che superi sempre le cinquantacinque ore e prendi minimo settecento euro di straordinari. Cosí puoi pagare le cene a quelle luride che frequenti.

Un paio della squadra risero.

– Ferro, a Mario non gli piace piú lavorare. Sta diventando troppo vecchio per il reparto! – rilanciò Gianluca. Quel giorno erano tutti e tre insieme: lui, Marione e Ferro. Non era mai capitato da quando si conoscevano e la cosa li metteva di buon umore.

– Già. Ora ha preso il mutuo, poi troverà una donna fissa, farà un figlio, si chiuderà in qualche ufficio anche lui e buonanotte, – insistette Ferro.

– Sí, sí... Parlate pure che non vi sento nemmeno, – replicò Marione. Poi si rivolse a Gianluca, ghignando. – Comunque tu dovresti avere rispetto per i vecchi, brutto pinguino di merda. Cos'è 'sta confidenza? Solo perché abbiamo fatto una corsa insieme? Guarda che ho piú giorni di malattia io che tu di servizio.

Risero e andarono avanti a sfottersi per tutto il tragitto che divideva la caserma dallo stadio, mentre gli altri colleghi pensavano ai fatti loro.

Qualcuno smanettava sull'iPad, uno aveva le cuffie, un altro leggeva un libro di Ken Follett. Ferro, invece, libri non ne leggeva, ma gli piacevano i film con battaglie e combattimenti.

Il suo preferito era *300*, la storia degli Spartani alle Termopili.

Quel film era riuscito a mettere d'accordo poliziotti e ultrà. Tutti quanti, celerini e tifosi, si erano riconosciuti nei soldati spartani: forti, coraggiosi, compatti come una falange invincibile. Ferro ricordava bene che per un certo periodo con alcuni colleghi – quelli piú tosti, quelli come lui – aveva imitato in caserma il grido di battaglia degli Spartani nel film: «Auh! Auh!»

Avevano smesso quando, durante una trasferta, lo avevano sentito fare anche agli ultrà del Monza. Almeno fossero stati quelli della Roma. Ma del Monza, cazzo, del Monza no.

Era tranquillo, Ferro, mentre le torri rosse e squadrate dello stadio di Marassi spuntavano davanti al parabrezza del furgone. Si sentiva bene. Aveva scopato come una bestia la sera prima e oggi lavorava con Marione e Gianluca. La partita era di totale relax e questo, a dire il vero, ammosciava un po' la sua inarrestabile carica adrenalinica. Ma faceva freddo ed era meglio sbrigarsela veloce, cosí sarebbe andato a casa a mangiarsi un piattone di riso e tonno, perfetto per l'indomani. Aveva pianificato un'uscita in mountain bike, se non avesse piovuto.

Tutto sommato un po' di calma non faceva cosí schifo.

29.

Lollo addentava un rettangolo unto di focaccia, Lupo era immerso nella «Gazzetta dello Sport» con il terzo caffè della giornata. Aveva fatto tardi e si era svegliato da poco. Lisca spense la sigaretta, rientrò e raggiunse i due amici al tavolo. – Chi gioca sulla fascia oggi? – chiese Lollo.

Lupo fece una smorfia.

– Uno che non ho mai sentito.

– È quel croato nuovo svincolato dallo Stoccarda. Si vede che non capisci una sega di pallone, – lo apostrofò Lisca.

L'altro lo guardò scuro, ma tacque. Era vero che si intendeva poco di calcio e ne andava pure orgoglioso. Seguiva la squadra e i risultati, ma dei giocatori non gliene fregava niente. Tanto quelli andavano e venivano, erano mercenari. Bastava guardare El Principe Milito, che se l'era filata all'Inter appena possibile. Ma era diventato grande solo grazie al Genoa.

Arrivò Ale e salutò.

– Allora? Come andiamo? – chiese senza rivolgersi a nessuno in particolare.

– A posto, – rispose Lupo senza distogliere l'attenzione dal giornale.

– Per quel discorso di ieri? – domandò a Lollo.

– Tutto bene anche quello, direi. Giusto, Lisca?

– Lo striscione è in macchina. Ho parcheggiato lí in via Moresco apposta, ieri sera. Vado a prenderlo dopo. A che ora dite?

Gli rispose Lollo: – Abbassa la voce, per cominciare. Comunque... prendilo quasi all'inizio, quando c'è piú ammassamento. Diciamo un quarto alle tre. Lupo, hai sentito il tuo amico?

L'altro disse di sí e si rivolse a Lisca: – Tu entra dal varco piú a sinistra, sul lato del carcere. Lui è uno rasato e grosso. Tu digli che sei l'amico di Lupo. Al tipo non gliene frega niente, tanto sta per smettere di fare lo steward, ha trovato un lavoro serio. Anche se gli rompono le palle non importa. Punti subito all'angolo, lo butti a terra sotto il cancello e te ne vai.

Lisca annuí come uno scolaretto. Ma Lollo insistette: – Mi raccomando, eh? Tu lo lasci e te ne vai. Esci, torni alla macchina, ti cambi la giacca e ti infili un cappello… Fai come vuoi, ma non restare conciato uguale. Cosí quando ritorni nessuno ti sgama.

– Speriamo, – fece Lisca un po' perplesso. Troppe istruzioni erano difficili da assimilare.

– Comunque se tira brutta aria vattene, ci aspetti a fine partita. Anche se ci fosse casino resta distante, sennò ti fottono, – gli spiegò Lupo.

– Ma da dentro chi viene a prenderlo? – domandò Lisca.

– Giorgione e Paolo, – disse Lollo. – Noi restiamo subito dopo l'ingresso a vedere come butta.

Lisca sembrava piú preoccupato del giorno prima.

– Non è che mi diffidano per 'sta cosa?

Ale scosse la testa.

– Se fai come ti diciamo nemmeno ti identificano. Comunque è solo uno striscione e tu non lo fai passare, lo lasci lí e basta. Che cosa vuoi che ti contestino? L'importante è che fai come ti abbiamo detto, lo molli e torni alla macchina. Ti cambi, aspetti e poi vieni.

– E se scoppia un casino? Io non partecipo?

– No, – risposero in coro Lollo e Ale.

– Sei duro, eh? – aggiunse Lupo battendo le nocche della mano sul palmo dell'altra. Arricchí il concetto con una bestemmia.

– Ma che fate se gli sbirri ci sgamano? – chiese ancora Lisca passandosi le dita fra i capelli lunghi e tagliati male.

– Vedrai che lo striscione entra lo stesso, – rispose secco Lupo.

Ale lo fissò.

– Occhio che non saremo tanti. Se ci troviamo davanti tre o quattro squadre di celerini diventa complicato.

Lupo finí il caffè prima di ribattere: – E non farla tanto lunga, cazzo! Se andiamo decisi entra, stai tranquillo. Quelli non fanno nemmeno in tempo a capire cosa succede. Una volta chc è al di qua del cancello non vengono a riprenderlo. E se ci provano, peggio per loro.

– Perché? Se entrano che vorresti fare? – chiese Ale e il suo tono suonò polemico.

– Oltre i cancelli non ci devono venire, quelle merde blu. Lo sanno. Dentro la curva non si entra, – rispose Lupo aspro.

Ale si rivolse a tutti e tre: – Ascoltate, ragazzi, pensiamoci bene. Lo so come funziona per gli striscioni: nessun gruppo mollerebbe mai il suo. Quello storico, dico, con il nome e il simbolo. Ma noi uno striscione ufficiale non ce l'abbiamo ancora e questo che volete far entrare... dài, è solo una frase firmata! Se rompono il cazzo io sarei per mollarlo e basta. Non vale la pena di rischiarci una diffida.

– A me non me ne frega niente, invece, – ribatté Lupo, e stavolta lui e Ale si guardarono in modo cupo.

Prima che la discussione degenerasse, intervenne Lollo.

– Calma e parlate piano, non facciamo stronzate. Io dico che Lupo non ha torto e possiamo provare a forzare un po' –. Poi si rivolse all'amico e ai suoi dubbi. – Ti ho spiegato come la penso, Ale. Non mi va di prendere ordini dagli sbirri, ma è vero che dobbiamo valutare bene la cosa. Se ci identificano rischiano di trovare il modo di collegarci anche agli incidenti con gli spezzini.

Lisca aveva un'aria preoccupata. Lupo invece continuava a guardare storto Ale.

– Vabbe', vedremo. Io comunque paura non ne ho, – disse andando verso il bagno.

– Testa di cazzo, – imprecò Ale a bassa voce.

Lollo lo guardò. – Lo sai com'è fatto, ma non dobbiamo neppure essere troppo morbidi, Ale. Altrimenti che mentalità è?

L'altro sospirò. – Ho capito, ma domenica è andata bene perché avevamo pianificato tutto. Invece questa roba qui mi sembra piú affrettata. Bisogna fare un passo alla volta, provarci quando si può. Comunque, non mi tiro indietro, state sicuri. Hai sentito gli altri?

– Sí, ho spiegato tutto a Sergio, che lo dice al gruppo di Sestri. Sono una decina.

– Io ho avvisato Giorgione, che chiamerà quelli di via Mogadiscio. Anche loro saranno sette, otto o giú di lí, – aggiunse Lisca.

– Dovrebbero arrivare anche due ragazzetti. Uno è amico di un mio amico. Sai Vincenzo? Lo conosci di vista, – disse Lollo.

– Forse ho capito.

– Comunque mi hanno chiesto dove trovarci, che volevano fare un po' di tifo serio. Gli ho detto di farsi vedere qui. Mi è simpatico 'sto pivello. E poi non sono con nessun gruppo.

– Due verginelle, – ghignò Lisca.

– Io di sfigati non ne voglio vedere, – fece Ale.

– Raga, ci serve gente. Per questo dobbiamo coltivare anche le nuove leve, come fa il Genoa, – scherzò Lollo.

– In effetti gente in piú fa solo comodo, tanto qualcuno manca sempre, – ritrattò Ale.

– Infatti. Comunque lo sai, no? Se scoppia un casino qui a Marassi di sicuro c'è gente che si mette in mezzo e che nemmeno conosciamo. Lo abbiamo fatto anche noi, no? – sorrise Lollo.

– L'importante è avere un minimo di controllo della situazione.

– Tranquillo che non ci inculano.

30.

Francesco era in cameretta, metteva in fila le sue macchinine poi le sparpagliava, le metteva in fila e le sparpagliava.

Sembrava tranquillo e Fabio poteva restarsene stravaccato sul divano ad ascoltare il telegiornale.

Parlavano di un politico di primo piano, travolto dallo scandalo per aver fatto concedere permessi di soggiorno alle prostitute che frequentava.

Quanto sarebbe durato lo sdegno? Qualche mese, un anno? Magari il politico si sarebbe ritirato in qualche convento a espiare le sue colpe oppure si sarebbe fatto fotografare redento con la moglie, prima di tornare al suo posto.

Lo Stato italiano era inflessibile solo con i poveracci. I criminali da strapazzo, i ladruncoli, i tossici, adesso pure i clandestini.

Succedeva lo stesso in piazza, dove ti scontravi con gente malmessa quanto te. Mica con chi truffava o appaltava il bene pubblico alle mafie. Con chi sbeffeggiava la magistratura e sputtanava il denaro dei cittadini. In strada abbattevi il manganello solo su persone che avevano il tuo stesso reddito, i tuoi stessi sogni, speranze e frustrazioni. Oppure su lavoratori che avevano perso il posto, o su cittadini che difendevano il loro territorio dalla minaccia di opere pubbliche insensate.

In piazza tu rappresentavi lo Stato a cui loro chiedevano risposte. Ma se lo Stato quelle risposte non le aveva, parlavano solo i manganelli.

Ogni tanto a Fabio capitava di fare un sogno a occhi aperti.

Si trova a Roma, mentre cittadini infuriati marciano verso il Parlamento. La gente esausta di prese in giro va dritta verso le stanze dei bottoni a prendere per le palle la casta di mummie che avrebbe dovuto tutelarla e invece l'ha schiacciata.

Fabio è in tenuta antisommossa, schierato con altri colleghi: scudi, caschi, manganelli sguainati a difendere una manica di vecchi rincoglioniti, puttanieri e bagasce, tossicomani e veline in giacche e tailleur.

C'è anche il dirigente del servizio, pelle giallastra e occhialoni da vecchia professoressa. La solita divisa stropicciata di chi è stato troppo tempo in ufficio e non capisce niente di strada.

La folla è accalcata davanti a loro, urla e inveisce. Ma per una volta non ce l'ha con la polizia: sono cori e insulti contro i politici, questi. Non si tratta dei soliti *comunisti* dei centri sociali, quelli con cui il reparto si è scontrato tante volte, ma di persone qualunque. Lavoratori, casalinghe, studenti. Perfino uomini in abito scuro e donne eleganti. Un po' come quando Craxi scappava e la gente gli tirava addosso le monetine dicendo: «Bettino, vuoi anche queste?» Bettino Craxi, il grande statista scappato da ladro e morto da ricercato.

Dalle finestre la casta guarda terrorizzata il popolino che si è rivoltato.

Via radio il dirigente riceve l'ordine di disperdere i facinorosi anche se non stanno volando oggetti e non c'è un'aggressione in corso. Un ordine chiaro e senza mezzi termini, il genere di disposizione che alla polizia non arriva mai.

Il dirigente lo scandisce in modo netto. Si trasmette di bocca in bocca, passa fra i caschi. Eppure nessuno si muove. Solo un paio di poliziotti fanno un passo avanti, sul punto di partire, ma il grosso resta dov'è.

«Forza, caricate!» strilla il dirigente occhialuto.

È allora che Fabio, in mezzo a cento e piú colleghi, prende l'iniziativa ed esce dallo schieramento a passi lenti.

Si ferma dopo pochi metri, toglie il casco e lo lascia rotolare per terra, getta il manganello. Si sposta di lato e col braccio fa cenno di accomodarsi.

La gente all'inizio non capisce, lo guarda spaesata. Poi un altro collega lo imita. Iniziano a cadere gli scudi e i poliziotti si aprono in due schieramenti laterali, lasciando scoperta la porta del Palazzo.

La gente applaude, esulta, poi avanza, entra, abbracciando i poliziotti, toccandoli, senza cercare di aggredirli.

Ecco che cosa sognava Fabio a occhi aperti. Si ricordava che qualcosa di simile era successo in Romania, caduto Ceaușescu. Forse la suggestione gli veniva da lí.

Spense il televisore e le sue fantasie. Prese il cellulare e compose il numero.

Nicola rispose al secondo squillo, come avesse il telefono già in mano.

– Ouh, allora? Sei allo stadio?

– Sí, alla Nord. Siamo io e Marione. È l'una e siamo già a terra con il materiale.

– Minchia, ma c'è gente?

– Macché! Solite paranoie della questura. Fa pure freddo.

– Lo so. Sul piazzale c'è da morire. Quante squadre siete?

– Quattro. Capo contingente c'è Giovanni Pace.

– Ancora gli rompono le palle? Con trent'anni di servizio io la domenica sarei a casa fisso.

– Mancano i capisquadra e deve uscire pure lui. E tu? Che fai?

– Forse dopo pranzo porto il bimbo a Nervi a vedere gli scoiattoli. Anche se non vorrei fargli prendere aria.

– Vedrai che state bene. Lí fa sempre piú caldo.

– Allora ci vediamo domani in ufficio, volevo solo salutarti.

– Grazie. Saluta Cristina, a domani.

Fabio riattaccò e andò verso la stanza di Francesco, che lo chiamava sempre piú forte. Da quel momento in poi polizia e ordine pubblico sarebbero spariti dalla sua testa, dalla sua domenica.

– Arrivo, piccolo! Arrivo! – si affrettò correndo sulle gambe massicce.

31.

Enrico l'aveva chiamato alle dieci del mattino.

Con un tono sospeso tra ansia ed eccitazione gli aveva raccontato della sera prima. Dell'incontro con Lollo e dell'invito ricevuto per aggregarsi a lui e gli altri. A Robi sembrava incredibile che fosse riuscito a organizzare una roba simile. Lui a Enrico voleva bene, ma non si aspettava che avvicinasse uno come Lollo. Era stato grandissimo.

Si incontrarono in centro e arrivarono al bar alle due meno dieci. Non ci erano mai entrati, per questo Robi mandò avanti Enrico che aveva l'invito ufficiale.

Era pieno di gente, quasi tutti con la sciarpa o una felpa rossoblu sotto la giacca. Ma sembravano tifosi tranquilli, nessuno aveva l'aria dell'ultrà.

Enrico e Robi vestivano in modo simile: anfibi e jeans per entrambi, solo che Enrico portava una vecchia giacca della Dainese di suo fratello, Robi un bomber blu che doveva costare almeno trecento euro. Avevano entrambi le sciarpe al collo. Robi si era messo una felpa nera con un cappuccio speciale: la cerniera permetteva di coprire mento e bocca. Era una felpa per motociclisti, ma si era diffusa tra gli ultrà. Diversi gruppi se la facevano stampare con sopra i colori e i loghi delle loro brigate.

Robi l'aveva comprata in Rete appena una settimana prima ed era l'occasione migliore per indossarla. L'aveva esibita con fierezza davanti a Enrico, che aveva fatto spallucce, ma di sicuro lo invidiava.

Attraversarono il locale arrivando al vano sul retro. Era lí che le facce cambiavano. Sempre di tifosi si trattava, ma c'era in loro qualcosa di diverso.

Lollo sedeva a un tavolino appartato, con intorno un gruppetto di ragazzi. Robi riconobbe subito il viso smunto e i capelli lunghi di Lisca. Poi c'era quell'altro, il tipo alto e un po' pelato che parlava poco. Vide arrivare con una birra in mano anche l'ultrà con la cicatrice. Aveva sentito dire che si chiamava Lupo.

Poi vide un ragazzo con una pancia che sembrava un'anguria, senza giacca nonostante la giornata di freddo. Doveva essere Giorgione. C'erano altri che conosceva solo di vista.

Enrico esitò e Robi lo spinse da dietro. Puntarono al tavolino di Lollo. Diversi occhi già li squadravano, probabilmente chiedendosi che ci facessero lí.

– Ciao, – dissero Enrico e Robi quando furono piú vicini.

– Ehilà, ben arrivati! – rispose Lollo. Si girarono tutti verso di loro. Lisca sorrise e li guardò un po' stupito.

– Ciao *figgieû*. Anche voi qui?

I due amici rimasero un istante spaesati. Poi Enrico stupí di nuovo il suo amico e offrí la mano a Lollo. Robi si buttò su Lisca e il ghiaccio si ruppe.

– Sí, li ho invitati io. Lui è il fratello di un mio amico, – spiegò Lollo, indicando Enrico. – E l'altro dovrebbe essere il suo socio, giusto?

Robi annuí con un sorriso e tese la mano. – Ciao, Robi, – si presentò.

– Lollo, – rispose l'altro stringendogliela. Poi si rivolse a Lisca: – Davide, i due ragazzi qui hanno detto che ti conoscevano. Non è che sia un gran biglietto da visita, ma...

– Fanculo! – sorrise Lisca. – Comunque non sapevo di essere cosí importante. Si vede che stare nel gruppo mi fa diventare famoso. Fino a un paio di mesi fa non mi cagava nessuno! – sghignazzò.

– Ci devi ringraziare, allora, – gli disse Giorgione.

– Ammazzati. Guarda che io sono uno dei fondatori.

– Uno dei cosa?

– E basta, che sembra il mercato! – li cazziò Lollo, poi continuò. – Lui è Ale.

Enrico offrí timidamente la stretta di mano e disse il suo nome. L'altro ricambiò e salutò, ma senza sorridere.

– Ciao, – rispose e basta. Fece lo stesso anche Robi.

– E questo qui con la panza è Giorgione. Il tipo con la faccia incazzata invece è Lupo –. Quello li fissò per un attimo, sollevò la birra e bevve. Non sorrise e non strinse mani.

– Dài, prendetevi una birra tranquilli, che poi si entra.

– Certo, – disse Robi e si sentí al settimo cielo. Con Enrico andarono al banco e chiesero due chiare. Robi abbracciò l'amico. Gli avrebbe pure dato un bacio sulla guancia se non fosse stata una cosa da sputtanarsi subito con tutti.

– Grande Enri, grande!

L'amico lo guardò. Aveva ancora l'aria un po' tesa, ma sembrava iniziasse a rilassarsi.

– Stavolta ti ho stupito, brutto stronzo, eh?

Bevvero in mezzo a quei ragazzi che avevano tutti alle spalle anni di gradinata Nord. Altro che mangiare la focaccia al forno e guardare da lontano le facce degli ultrà. Questa sí che era una domenica.

32.

Lupo passò l'abbonamento nella fessura elettronica e superò il tornello. In quel momento fu ripreso da almeno due telecamere che avrebbero permesso di associare il nome sul biglietto a una faccia. Ma gli sbirri sbagliavano, se pensavano di fotterlo cosí facilmente. Mica era un pivello.

Puntò dritto verso i cessi sporchi e disfatti della Nord. Entrò, pisciò e si tolse il bomber nero. Lo rivoltò: sotto era giallo e aveva pure le tasche. Una giacca reversibile trovata su Internet dopo una settimana di furiose ricerche.

Quel genere di giubbotti andavano di moda negli anni Ottanta e li aveva sempre schifati. Poi però gli era venuta l'illuminazione, davanti a una foto delle scuole medie: con una giacca reversibile poteva farsi riconoscere nella mischia e diventare anonimo un istante dopo! Si era esaltato all'idea, perché lui non voleva farsi beccare, ma neppure restare solo un puntino nella massa: gli altri ragazzi dovevano vedere cosa combinava Lupo. Paradossalmente quella giacca gialla era insieme un pericoloso segno di riconoscimento e un modo per salvarsi il culo. Dipendeva da come decideva di utilizzarla.

Si infilò un cappello di lana nera. La sciarpa rossoblu era pronta a salire sul viso, in caso di necessità.

– E adesso riconoscete 'sto cazzo, – mormorò.

Uscí dai cessi. Si sentí toccare alle spalle e si girò, pronto a ringhiare.

– Ehi, – lo salutò Ivan, il buttafuori. Era lí da tifoso, aveva la sciarpa al collo.

– Oh! Ciao, – rispose Lupo e si strinsero le mani.

– Ciao. Senti, volevo dirti una cosa su ieri sera, già che ti vedo –. Il buttafuori aveva il viso arrossato dal freddo. Portava un pizzetto biondo e sottile da sergente dei marines.

Lupo aggrottò la fronte e rimase in ascolto.

– Quel tipo con cui ti sei preso, dentro il locale. Quello con i capelli lunghi.

– Sí, dimmi. Ha fatto casino? Ha chiamato la madama?

L'altro scosse la testa.

– No, è uscito con il suo amico e le due fighe e se ne sono andati. Si teneva il naso ed era ancora tutto sporco di sangue. Il mio collega gli ha chiesto se voleva un'ambulanza, ma ha rifiutato.

– Capito. E allora?

Ivan aveva un'espressione preoccupata.

– Credo che quello lí abbia capito chi sei. Parlava di un genoano che aveva già visto. E ha detto che se ti trova ti ammazza.

Lupo buttò la testa indietro e rise di gusto.

– Ma chi? Quel minchione di doriano? Questa è bella!

Ivan lo interruppe con un cenno della mano.

– Senti, non è il fatto che sia doriano o juventino. Il calcio non c'entra un cazzo. Ieri sera, quando sei uscito, non avevo focalizzato bene chi fosse. Poi ho capito. Stai attento che è un pezzo di merda, anche se si concia da fighetto e gira per locali. Abita a Sampierdarena e spesso l'ho beccato con degli slavi che bazzicano la zona. So che una sera hanno fatto una rissa in quella discoteca vicino alla stazione marittima. C'era un mio amico, all'ingresso, che li ha visti. Mi ha detto che ci sono andati giú pesante e hanno pure accoltellato due ragazzi. È meglio che quella gente lí non ti cerchi, dammi retta.

Lupo si fece piú attento, come un predatore che fiuti la traccia di altre belve.

– Che ci fanno gli slavi con un doriano?

– Te l'ho detto, il calcio non c'entra, anche se quel tipo va nella Sud. Con gli slavi ci fa affari, roba di droga. Se la battono con i nigeriani.

– Capisco. Be', grazie per avermi avvisato, ma tanto con 'sta faccia non è difficile trovarmi, no? – ghignò Lupo indicando la cicatrice che gli segnava il viso.

Ivan lo guardò come si fa con qualcuno che non capisce in che guaio si è cacciato.

– Se vogliono, prima o poi lo vengono a sapere dove stai. Occhio che se manda quegli zingari di merda, ti fanno male davvero.

Per un attimo il viso di Lupo si tese. Se il buttafuori non sparava cazzate, aveva aperto un conto con gente che aveva il pelo sullo stomaco. Ma il pelo ce l'aveva pure lui e bello folto. Correre certi rischi faceva parte del suo modo di vivere e l'aveva sempre messo in conto. Piú che paura quelle storie gli mettevano addosso un'euforica cattiveria.

Magari avrebbe riesumato qualcuno dei suoi vecchi gingilli: poteva scegliere fra tirapugni, coltello a scatto, sfollagente telescopico. Giusto per evitare di trovarsi impreparato in caso di visite inattese.

– Vabbe', sta' tranquillo, mi guarderò intorno. Comunque grazie, – disse Lupo e offrí la mano a Ivan. Quello la strinse.

– Di nulla, figurati.

Si salutarono e Lupo rimase un attimo a pensare. Scelse di non pippare. La faccenda del doriano era bastata a eccitarlo e poi di lí a poco avrebbero dovuto occuparsi dello striscione. A dirla tutta lui sperava che gli sbirri facessero problemi e ci fosse un po' di movimento. In fondo le cose troppo lisce non gli erano mai piaciute.

33.

Nicola si trovava con la sua squadra fuori dalla curva Nord. Erano diciotto poliziotti, lui e i suoi otto uomini e altrettanti quelli del suo collega, il sovrintendente Mario Bozzano.

Nicola presidiava il varco di filtraggio sul lato piazzale, Marione stava a una quindicina di metri di distanza, all'angolo con il carcere di Marassi. Lo stadio e la prigione erano divisi solo da una strada di pochi metri – via Clavarezza – che veniva chiusa la domenica. I due muri erano uno di fronte all'altro.

Nicola aveva sempre immaginato che ai carcerati desse fastidio sentire tutto quel rumore di gente, i suoni di una vita che a loro era preclusa. Magari era solo una sua idea e a chi stava chiuso là dentro piaceva quel lontano profumo di mondo.

I poliziotti avevano gli scudi appoggiati contro le transenne e i caschi allacciati al jacket, sulla spalla destra. Non c'erano molti tifosi in giro e sarebbero arrivati pochi ospiti, forse meno di duecento.

Il prefiltraggio era una sorta di primo controllo di cui si occupavano gli steward verificando che la gente avesse biglietto e documento d'identità. Vietavano l'ingresso a chi voleva entrare con oggetti non autorizzati tipo le aste rigide per le bandiere o gli ombrelli: dovevano riportarli in macchina o lasciarli per terra, se non sapevano come fare. Spesso gli ombrelli rappresentavano un problema: quando pioveva le persone avevano poca voglia di mollarli, anche perché alcuni costavano quanto un biglietto di gradinata. Di solito si risolveva all'italiana: chi faceva il buono e metteva giú l'ombrello entrava senza. Chi rompeva le palle, polemizzava e minacciava proteste, lo portava dentro.

Poi c'erano gli striscioni, punto molto delicato della faccenda. Dovevano essere preventivamente autorizzati dalla questura, ma tante tifoserie non volevano chiedere permessi per quello che ritenevano un diritto.

A meno che non si trovasse qualche accordo sul momento, di norma gli striscioni non autorizzati non passavano. Quando volevano portarli dentro a tutti i costi, gli ultrà scrivevano uno striscione fasullo, «di facciata». Se lo facevano autorizzare, poi lo giravano e ci mettevano un altro messaggio sul retro, scritto sul momento con lo spray. Era un'operazione complicata e c'era il rischio che venisse identificato chi aveva fatto entrare quello pulito, pagando per tutti. In altri casi dividevano uno striscione grande in pezzi piú piccoli per poi riattaccarli una volta dentro, ma anche questo espediente era menoso.

Talvolta il materiale era già dentro. Capitava spesso al Sud, dove le società flirtavano con i tifosi violenti e i controlli erano minori.

In ogni caso la polizia al prefiltraggio doveva solo supportare gli steward. Nelle partite piú calde le società si avvalevano di professionisti, gente che faceva servizio d'ordine fuori dai locali o ai concerti, per esempio. In quelle minori saltavano fuori ragazzini sbarbati, pensionati, studentesse. E personaggi troppo vicini alla tifoseria che fingevano di controllare i loro amici.

Una volta superato il primo controllo, i tifosi andavano al tornello, inserivano il biglietto e si trovavano al filtraggio vero e proprio. Un controllo piú stretto, con metal detector, apertura di zaini e borse.

Fino a qualche anno prima era prerogativa della polizia, ma questo aveva sempre implicato infinite tensioni con i tifosi e anche numerosi incidenti, cosí le nuove normative avevano affidato il compito agli steward.

Si dovevano lasciare bottiglie di vetro, accendini e oggetti che potessero diventare contundenti. Anche qui i veri pezzi di merda si infilavano la roba nelle mutande o dentro le scarpe e passavano tranquilli. Senza contare quelli che la facevano portare dentro ai bambini, alle donne, agli amici con la faccia da sfigati che nessuno controllava a fondo.

Bisognava far presto per non creare code. Le stesse persone che si facevano un'ora di fila alle poste, dopo dieci minuti di attesa allo stadio erano pronte a sfondare. Magie della folla.

Le nuove normative avevano migliorato le cose, ma restava da migliorare la testa della gente. Far capire che lo stadio non era una terra di nessuno dove vigeva la legge della giungla.

Nicola fece un cenno al suo vice – si chiamava Emanuele ed era un ragazzo affidabilissimo – quindi si allontanò di qualche metro, diretto verso la squadra di Marione.

Marione Bozzano incuteva timore anche a chi non sapeva del suo passato da rugbista o del processo per lesioni. Il collo incassato, la fronte bassa, gli occhi scuri e poco espressivi bastavano a tenergli alla larga i rompipalle.

Nicola non conosceva nel dettaglio le vicende giudiziarie del collega. In caserma aveva sentito solo chiacchiere, attendibili quanto l'oroscopo. Cercava di ignorarle, perché erano tutti bravi a fare i professori, quando le cose non li toccavano direttamente.

Il processo era finito con un'assoluzione e tanto doveva bastare. Quello che era successo davvero quella sera, però, lo sapevano solo Marione e chi era con lui.

Comunque dopo quell'episodio Marione era cambiato. Parlava meno, stava per conto suo, sembrava piú calmo ma anche piú cupo.

I due colleghi si salutarono.

– Oggi non ne ho proprio voglia, – commentò Nicola.

– A chi lo dici, – sospirò Marione.

Nicola non poteva definirlo un amico. Avevano idee radicalmente opposte. Marione era uno che non votava e detestava la politica, ma faceva certi discorsi su stranieri e gay che mettevano i brividi. Marione era un duro, uno che prendeva le cose di petto; Nicola era una persona tranquilla e i colleghi lo consideravano una specie di intellettuale. In polizia, di solito, non era un complimento.

Insomma, Nicola Vivaldi e Marione Bozzano avevano tutte le carte in regola per non sopportarsi. Ma si conoscevano da una vita e si erano trovati in decine di casini insieme, senza mai tirarsi indietro e cercando sempre di darsi una mano.

Marione raccontò che aveva preso casa a Voltri, abbastanza vicino al mare. Aveva acceso un mutuo e per i successivi trent'anni doveva adattarsi a campare con due terzi dello stipendio. Parlarono delle loro vite da single, fingendo che fossero invidiabili. Non discussero di calcio, perché quello interessava solo a Nicola.

Fu una conversazione normale, tanto per far passare il tempo. Durante il servizio le lancette sembravano inchiodarsi, perché era l'orologio il grande nemico dei celerini, altro che gli ultrà.

34.

L'ispettore capo Giuliano Piccolomini si trovava nel piazzale davanti allo stadio, accanto a una Punto verde scalcinata. Nonostante non avesse segni distintivi, si capiva da un chilometro di distanza che era della polizia. E piú passava il tempo e peggio era, visto che le Punto verdi e grigie della prima serie, ormai, le avevano solo in questura.

Piccolomini stava in piedi accanto a Gavino Tau, suo collega, autista e amico. A dispetto del nome antico, l'assistente Tau era un tipo moderno, vestito come uno di quelli che cantavano rap. Portava un lungo pizzetto appuntito e scuro, era sveglio e ci sapeva fare con i computer.

– Allora? Hanno scritto qualcosa di nuovo sui loro siti? – domandò l'ispettore. Internet stava diventando uno strumento fondamentale per il loro lavoro. Ma Giuliano non avrebbe imparato a smanettarci sopra adesso, con quasi trentacinque anni di servizio sulle spalle. A malapena sapeva usare la posta elettronica e già era tanto. A tutto il resto pensava Tau.

– Si chiamano *forum*, Giulia', perché la gente ci scambia opinioni. I *siti* invece sono quelli che guardi senza intervenire. Comunque no, non c'è nulla di nuovo. Ti ho detto dell'altra volta: c'era un ragazzetto che parlava di questo nuovo gruppo. Ma diceva poco.

– Secondo te davvero c'è un gruppo che non conosciamo? Ho chiesto a Malerba di attivarsi un po' con alcuni dei suoi contatti, ma non è uscito nulla. Magari questo sbarbato qui diceva una cazzata.

– Per me c'è davvero qualcosa che bolle in pentola. Il problema è che questi non parlano, isp. Non ci dicono piú un cazzo. Abbiamo provato con Rino e Filippo. Abbiamo chiamato Nuccio.

– Quello della Mistral?

– Esatto. Dice che ha sentito parlare di un gruppetto nato da poco, ma ancora non si sa nulla. Forse qualcuno dei loro potrebbe starci. Uscire dalla Brigata per attaccarsi a questi nuovi. Anche perché loro stanno a destra e non sono molto amati in curva.

– Questo lo so. Ma di 'sto gruppo nuovo ti ha detto altro?

– No. Un po' perché non lo sapeva, un po' perché secondo me è presto. Questi si devono ancora definire anche rispetto alla curva.

– Cosa intendi?

– Che certa gente si è ritagliata un orticello tranquillo, ha i suoi rapporti buoni in questura o con la società e non vuole giri di vite in curva. Poi invece ci sono quelli che rischiano di rovinarsi la reputazione se gente nuova alza la cresta e si crea un seguito con gli scontri. Io dico che tra poco qualcuno verrà a cantarsela. Ma per adesso è presto.

– Aspetta che mi squilla il telefono, – disse Piccolomini. Estrasse il cellulare che vibrava. Era il sovrintendente Silvano Malerba. Anche lui della squadra stadio.

– Ué, Silva'! Che mi dici? – domandò l'ispettore, poi ascoltò. Sul suo viso si dipinse un'espressione infastidita.

– Possiamo fargli qualche proposta. Non so, lasciargli campo in qualche trasferta. Oppure fargli portare dentro qualcosa che non potrebbero...

Piccolomini ascoltò di nuovo.

– Vabbe', proveremo con qualcun altro.

Altra pausa.

– Dici? Allora dài un'occhiata per un'altra decina di minuti, poi vienitene via. Fa pure freddo, oggi c'è poca gente. E questi del Chievo sono pochissimi. Ciao, a dopo.

Piccolomini ripose il telefono in tasca.

– Che dice? – domandò Tau.

– Bah, nulla. Ha provato a parlare con Lillo, dell'Aurelio Canepa, ma dice che ha il cazzo girato perché gli hanno arrestato il fratello per cose di spaccio. Con la madama non ci parla.

– *Chezz*, che sfiga, – fece Tau e l'accento sassarese gli scappò piú forte del solito. – Ti ha detto altro?

– Ha visto un po' di facce di merda fuori dalla Nord. Ma è normale, no? Lí è sempre pieno di facce di merda. Silvano ha la guerra nel cervello.

– Giulia', stiamo all'occhio, che se capita qualcos'altro Nicotra ci spacca il culo.

Piccolomini aggrottò la fronte. – Ma che vuoi che mi spacchi, a un anno dalla pensione! Mica è colpa mia, se qualcuno vuol fare lo scemo! O no? – Rimase un attimo in silenzio. – Comunque, te l'ho detto, per me è stata una cosa estemporanea. Una coglionata da ragazzetti per dare una lezione agli spezzini e fare scena. Vedrai che finisce lí. Non preoccupiamoci, finché non serve.

– Ho capito, Giulia', hai ragione. Però anche in quello scontro con i parmigiani ad Alessandria non siamo riusciti a capire chi fossero. E pure lí i colleghi parlavano di un gruppo compatto, di un'azione studiata bene.

– Lo so, ma non abbiamo visto i filmati e che ci devo fare io? – strabuzzò gli occhi l'ispettore. – Devo fidarmi della Digos di Alessandria? Che fa le partite con il Pergocrema?

Tau sorrise.

– Vedi che il Pergocrema è in Seconda divisione. L'Alessandria in Prima. Di partite insieme non ne fanno.

Piccolomini lo guardò torvo. Tau era un bravo poliziotto, ma voleva sempre avere l'ultima parola.

– Basta scassarmi il cazzo, eh? Ascolta il tuo ispettore e non sopravvalutare le cose. Comunque se voi non riuscite a sapere nulla, dovrò occuparmene io.

Non disse che stava pensando a Franco, «il Barone», uscito di prigione da due mesi.

Franco aveva all'incirca la sua età e i capelli grigi, quei pochi che gli restavano in testa. Era stato nella Nord per venti, venticinque anni. Lui e Piccolomini si conoscevano dagli anni Ottanta, quando in curva esisteva solo la Fossa dei Grifoni, lo storico gruppo ultrà di cui Franco era uno dei leader.

Il Barone era stato un tipo pericoloso. Forte come un toro, furbo, poteva sclerare di colpo e portarsi dietro un centinaio di persone nel giro di un minuto. Ma ci aveva visto lungo e si era reso conto che i tempi stavano cambiando: senza parlare con gli sbirri e scendere a qualche compromesso, si finiva fottuti.

Alla fine non si era rovinato per il Genoa, ma per uno sfratto.

Piccolomini ritornò con la mente al giorno dell'arresto. Quando Franco si era barricato in casa dopo aver quasi ammazzato di botte l'ufficiale giudiziario e il vigile che lo accompagnava. Si era pure affacciato alla finestra sventolando una pistola, anche se non l'avrebbe mai usata. Era stato lui, Giuliano Piccolomini, a convincerlo a non fare altre stronzate e consegnarsi.

Pensare che era ancora assistente capo, a quel tempo. Gli anni erano scivolati via troppo veloci.

Una volta c'erano pochi grandi gruppi. In curva incontravi meno politica, zero tecnologia e pochi capi, ma veri. Gente in grado di decidere cosa dovesse succedere e cosa no. C'erano scontri di piazza in cui i colleghi potevano picchiare come ferrai, tanto nessuno sarebbe mai venuto a chiederne conto.

Adesso invece si parlava di gruppetti e cani sciolti. Di agguati e scontri organizzati in Rete. Di riconoscimenti con le telecamere e flagranze differite. Di siti, forum o come cazzo si chiamavano. Comunque posti dove la gente raccontava le proprie imprese o commentava quelle altrui. Di tafferugli filmati con i telefonini e messi in Rete per mostrare le violenze della polizia. I magistrati comunisti ci andavano a nozze, se c'era da rompere il culo ai colleghi.

Piccolomini apparteneva a una polizia differente tanto quanto Franco il Barone veniva da un mondo ultrà in estinzione. Forse era l'unico contatto buono rimastogli, l'unico davvero *suo*. Negli ultimi anni Piccolomini era campato di rendita. Dopo l'estate della retrocessione del Genoa in serie C, con qualche tafferuglio piú scenografico che altro, non era accaduto nulla e lui aveva tirato i remi in barca. Se n'era rimasto tranquillo in ufficio, in attesa di pensionarsi, affidando il lavoro ai suoi ragazzi. A Ciro, che era andato via, trasferito a Salerno dopo sedici anni di attesa. A Gavino, Silvano, Filippo. Gente giovane, in gamba. Aveva perso il polso della situazione? Forse. Pazienza. Mica poteva fare la polizia da solo.

In ogni caso secondo Giuliano bisognava mantenere la calma. Dal G8 in poi a Genova ogni cazzata diventava uno psicodramma. Erano rimasti scioccati. Ma un po' di violenza andava messa in conto. Serviva sangue freddo e un pizzico di fiducia, mannaggia a san Nicola, e tutto si sarebbe risolto da solo.

Cercare Franco il Barone non sarebbe stato necessario.

35.

Entrarono piú o meno tutti insieme, verso le due e mezza. Lollo, Enrico, Robi. Poi Giorgione con la sua pancia e gli amici del Biscione. Cosí si chiamava l'orrido complesso di edilizia popolare che torreggiava sulle alture sopra lo stadio, perché ricordava un enorme serpente di cemento.

Poi fu la volta di Sergio con alcuni ragazzi di Sestri.

Ale, invece, fece il solito giro largo.

Lui non si era abbonato alla Nord, quell'anno, ma ai distinti. Era stata una scelta dolorosa, ma ragionata. Lo aveva fatto per essere meno individuabile se scoppiava una merda.

Sapeva che, in caso di incidenti, gli sbirri andavano a guardarsi le riprese degli ingressi. Spesso, per ragioni di tempo, si limitavano alla sola curva Nord, il cuore del tifo genoano. Al massimo potevano estenderlo alla Sud, ma distinti e tribuna li lasciavano perdere. Anche se avessero cercato la gente del suo gruppo, l'avrebbero cercata in curva.

Per questo lui entrava dai distinti e poi raggiungeva la Nord tramite un porta interna all'impianto. Ci riusciva grazie alla complicità di due steward fra i piú anziani, che si facevano mettere quasi sempre a vigilare quella porta. Erano suoi ex colleghi del porto e lo facevano passare senza problemi, bastava una telefonata e venivano ad aprirgli. Se non trovava uno c'era l'altro, altrimenti, facendo il loro nome, si risolveva tutto. L'unica volta che un responsabile della sicurezza aveva chiesto spiegazioni, Ale aveva detto di aver comprato l'abbonamento per i distinti, ma di essersi pentito. Del resto, perché fargli problemi se rinunciava al suo biglietto che costava pure di piú?

In pochi avevano notato il suo giro, perché alla fine era sempre in curva, al suo posto. Ale aveva dato spiegazioni precise solo a Lollo. Lisca se ne fregava e nemmeno si faceva troppe domande, stordito com'era. Lupo gli aveva tirato un paio di battute stronze su cui lui aveva sorvolato.

Anche quella domenica Ale entrò dai distinti, poi chiamò uno dei suoi amici e cinque minuti dopo si trovò all'ingresso della Nord con tutti gli altri. Nessuno entrò in gradinata. Rimasero appena sotto le gallerie, prima dell'ingresso, al sicuro dagli obiettivi delle telecamere interne. In molti si tolsero le giacche, Lupo invece ostentava il lato giallo del suo bomber rovesciato. Anche lui, però, si guardava bene dall'uscire all'esterno, a favore di telecamere.

Ale sentí l'eccitazione che iniziava a salire, nonostante una parte di lui cercasse di tenerla a bada.

State facendo una cazzata. Ti eri sempre ripetuto di lasciar stare la polizia. Di non finire nei casini con loro. Ma dove ce l'hai la testa?

Cercò di distrarsi. Vide i due ragazzetti che gli aveva presentato Lollo guardarsi intorno con aria un po' perplessa.

– *Figgieû*, forza, toglietе le giacche anche voi, – ordinò senza troppi preamboli.

– Perché? – chiese quello dei due che sembrava piú deciso. Doveva chiamarsi Robi, se non ricordava male.

– Perché proviamo a far entrare una cosa, adesso. Meglio se vi riprendono senza la giacca, date retta a me.

I pivelli si guardarono. Robi sorrise, incapace di mascherare l'eccitazione, mentre l'altro sembrava piú che altro stupito. Entrambi obbedirono.

Il resto del gruppo rimase lí, compatto. Qualcuno beveva una lattina presa dal baretto interno, qualcun altro sgranocchiava uno snack. Un paio di quelli del Biscione presero il caffè. Altri tifosi entravano e parlavano e i membri delle Facce Coperte sembravano tutti quanti lí per caso. Invece aspettavano, controllando la zona dei tornelli.

Lupo fumava nervoso una sigaretta. Lollo si avvicinò ad Ale con un mezzo sorriso.

– Dici che Lisca ce la fa? In fondo non è difficile, gli abbiamo dato tutte le istruzioni.

– Sí, ma lo sai com'è Lisca… I fulmini di guerra sono diversi.

– È per questo che preferisco stia un po' defilato.

– Giusto. Hai ragione.

Si abbracciarono forte, per caricarsi a vicenda.

36.

Enrico e Robi buttarono le giacche sul mucchio di quelle degli altri tifosi.

– Dici che è sicuro? Non è che ce le fottono? – chiese il primo.

Robi fece un'espressione poco convinta.

– Cazzo, la mia costa un botto, – mormorò. – Ma non possiamo mica fare i cagoni.

Si avvicinò Lollo. – Oh, raga... Questa qui è una cosa un po' rischiosa. Se non ve la sentite ci vediamo dentro, tranquilli. Non succede nulla, amici come prima.

Enrico pensò che quello fosse un test per valutare la loro mentalità ultrà: se mollavano il colpo, avrebbero fallito. Senza appello.

– Tranquillo, siamo venuti qui apposta! – rispose Robi sorridendo.

– Ci mancherebbe, – si ritrovò a dire Enrico senza accorgersene.

– Bravi, ragazzi! Cosí si fa! Bene e state in campana. Qualsiasi cosa succeda... – spiegò Lollo con una certa solennità, – guardate sempre dove stanno gli altri, okay? Non fate cose di testa vostra, non andate avanti da soli, capito?

– Certo.

– Okay.

– Adesso pronti e vediamo cosa succede, – disse allontanandosi.

Enrico diede un'occhiata al telefonino. Dopo un «Mi dispiace. Mi manchi, cerca di capirmi» delle nove del mattino, Daniela aveva proseguito con un «Perché non mi rispondi? Sto male». Ma lui aveva tirato fuori qualcosa di simile alle palle e non le aveva risposto. Adesso che cominciava la partita diventava piú facile.

– Non ci pensare. Non ne vale la pena, per la figa. Vedrai che adesso passa tutto, – gli disse Robi smanioso come un bambino a Gardaland.

– Giusto, hai ragione, – disse convinto Enrico.

37.

A cinquanta metri di distanza in linea d'aria dai suoi amici, Lisca aprí il cofano della macchina e prese lo striscione. L'aveva accuratamente ripiegato dentro un anonimo sacchetto di Longo Sport.

Chiuse l'auto e si avviò con passo spedito verso il varco di filtraggio. Iniziava a sentire un po' di accelerazione al petto. Era la prima vola che gli capitava una «missione» da solo: di solito si muoveva *sempre* con il gruppo e nei casini ci finiva *sempre* con gli altri ragazzi.

Per lui fare l'ultrà era come un gioco. Un gioco da grandi, ecco. Un divertimento, un modo per distrarsi.

Questa faccenda di coinvolgere gli sbirri gli sembrava un po' pericolosa. Lui, come Ale, non voleva problemi con la legge. Specialmente per il lavoro. Certo, se c'era da dare addosso agli sbirri in uno scontro, non si tirava indietro. Ma partire apposta per quello gli sembrava pericoloso. A lui piaceva stare con i ragazzi, pianificare le manovre, sentire l'eccitazione.

Arriveranno gli ospiti? Si faranno vedere? Ci verranno a cercare?

Ma poteva anche filare tutto liscio e allora si rideva. Dicevano cazzate tutti insieme, guardavano la partita, bevevano e commentavano le ragazze che capitavano a tiro. A parole erano tutti schizzinosi, poi si portavano a letto dei gran cessi.

Per non parlare delle trasferte. Quando andavi in certi campi da paura tipo Bergamo, Brescia, Livorno. Che prendevi il treno poi ti caricavano sui pullman di linea fino allo stadio e facevi quel percorso con le porte aperte e l'adrenalina a mille, pronto a scendere se qualcuno ti aggrediva: era una botta di vita mica da poco.

Per lui era quasi tutta scena. Ti buttavi nella mischia, agitavi la cinghia, lanciavi qualcosa. D'accordo, potevi dare una bastonata a qualcuno o prenderla. Bestemmiavi, insultavi, abbozzavi una carica, poi arrivava la polizia e scappavi. Ti sfogavi un po', ecco tutto, ma alla fine era raro che succedesse davvero il macello. Erano i giornalisti che montavano le cose e dicevano un sacco di cazzate.

Si ricordava ancora quella volta al derby, quando sembrava che con i doriani si fossero ammazzati di botte. Poi, dai video su YouTube, ti rendevi conto che in mezzo alla confusione giusto una decina di persone se le davano per davvero. Gli altri erano lí a tirare roba e mulinare cinghie per dimostrare di essere piú duri dei rivali, un passo avanti e due indietro senza nemmeno arrivare a contatto. Era una specie di pantomima per vedere chi scappava per primo. Però se voltavi le spalle e correvi via, quello davanti prendeva coraggio e una frustata nella schiena te la dava per davvero.

In quegli incidenti c'era stato anche lui. Non esisteva ancora il loro piccolo gruppo, ma con Lollo e altri ragazzi avevano captato la voce giusta e si erano aggregati alla gente buona.

Però, qualche giorno dopo, gli sbirri avevano fatto degli arresti, grazie ai filmati ripresi dalla gente e messi in Rete.

Lisca aveva una sua idea, anche se non si azzardava a parlarne con gli altri. Secondo lui la polizia aveva lasciato che si menassero apposta per poterli blindare. Perché da una settimana in città lo dicevano tutti, che si sarebbero trovati con i cugini, ma i poliziotti erano arrivati a cose fatte.

Si era cagato di brutto che andassero ad arrestarlo. Con le riprese ti potevano inculare anche a due giorni di distanza. Si chiamava flagranza differita.

Lisca aveva una paura fottuta di andare in galera anche se poi, lo dicevano tutti, non ci finivi davvero. Il vero guaio erano le spese per l'avvocato, lui mica aveva i soldi da parte.

Il segreto era saper leggere la situazione: certi ragazzi si facevano prendere la mano e non capivano quando era il momento di tirarsi indietro. Lui no, lui rifletteva, anche se piú di una volta aveva avuto l'impressione che gli altri lo ritenessero un po' belinone, ecco. Che pensassero che, in fondo, lui potesse stare giusto in mezzo alla massa. Che lo tirassero dentro perché lo conoscevano da sempre e gli volevano bene.

Ma non doveva sottovalutarsi: se lo avessero giudicato cosí non gli avrebbero conferito un compito tanto delicato come portare da solo il loro striscione.

Lisca non si domandò perché gli fosse toccata la semplice missione di trasportare il sacchetto, abbandonarlo e defilarsi. E neppure si chiese perché i ragazzi gli avessero ripetuto mille volte, per filo e per segno, tutto quanto c'era da fare.

Non gli venne il dubbio che i suoi vecchi amici avessero poca fiducia in lui e cercassero di tenerlo al riparo dai guai. Specialmente adesso, che un singolo errore poteva scatenare un casino.

Lisca non era tipo da seghe mentali. Pensava solo una cosa: anche se era un belinone, avrebbe fatto la sua parte.

38.

Gianluca Bernardi stava in disparte e trafficava sul telefono.

Aveva scritto a Sara tre minuti prima.

Sara era la sua fidanzata storica. Era per tornare a Roma da lei che aveva presentato domanda di trasferimento, anche se per altri due anni non c'era speranza che gli rispondessero. Ma suo padre risultava ufficialmente invalido all'ottanta per cento, a causa di un problema all'occhio, anche se dava punti a un sacco di ragazzini. Grazie a quel deficit, Gianluca sperava di ottenere un'assegnazione temporanea, prima del definitivo trasferimento.

Con Sara sarebbero andati a vivere in un appartamento dei genitori di lei, sulla Cassia. Le famiglie si conoscevano e andavano d'accordo. I mobili li avrebbero comprati a metà. Si sarebbero sposati.

Era tutto pronto, mancava solo lui. Quel ritorno a Roma era il faro che aveva guidato la nave di Gianluca nella notte. Quando sentiva la mancanza della sua città e degli amici, quando pensava ai genitori. E a Sara, certo, pure a lei. Che lo amava sempre come all'inizio. Che gli chiedeva ogni giorno quando sarebbe tornato, che soffriva a stare lontano da lui.

Gianluca era uno tranquillo. Per due anni aveva fatto vita quasi monastica: poche uscite e sempre con i colleghi, corse, palestra e lavorare piú che poteva per accumulare giorni di riposo e andare una settimana a Roma. Ogni tanto si era pure messo in malattia per stare con Sara. Tornare a Roma: per due anni non aveva pensato ad altro.

Fino a tre mesi prima.

Elisa l'aveva conosciuta a casa di un collega di Pescara, Nando, che era sposato con una ragazza di Genova e lo avevano invitato a casa per una pizza.

Insieme alla moglie di Nando c'era questa ragazza un po' alternativa. Capelli scuri con le treccine, piercing sulla lingua. A lui di solito non piaceva quel look strano, ma Elisa era davvero carina. Aveva un sorriso perfetto e lo mostrava di continuo. Elisa sorrideva sempre.

Avevano mangiato e chiacchierato. Elisa era piú giovane e frequentava l'università. Cosí di primo impatto sembrava troppo zecca comunista, infatti parlava bene di Vendola e odiava i preti, mentre Gianluca era uno da patria e famiglia e di politica non voleva saperne. I comunisti stavano sempre dalla parte della gente di merda, pensava, per questo non li poteva vedere.

Ma Elisa aveva senso dell'ironia e non aveva smesso un attimo di parlare. Dei suoi studi, di libri, di cinema. Anche a Gianluca piaceva il cinema e con Elisa avevano scoperto una passione comune per Woody Allen. Non è che Gianluca fosse un intellettuale, anzi, ma i film di Woody Allen lo facevano ridere. Per dieci minuti erano andati avanti a discutere se *Harry a pezzi* fosse all'altezza di *Manhattan* e *Provaci ancora, Sam*. Si era bevuto, forse un po' troppo, e il tempo era volato. Alle due Nando e la moglie avevano salutato.

Gianluca ed Elisa erano usciti di casa insieme. Lui era in auto, lei in scooter. Ma fuori diluviava, cosí Gianluca si era offerto di accompagnarla e lei aveva accettato.

Durante quel tragitto era capitata una cosa strana. Gianluca si era sentito come sdoppiato. Fuori dal suo corpo, un'altra persona. Cioè, avrebbe voluto non essere piú lui, per quella sera. Non avere Sara, non dover tornare a Roma, non aver già programmato il resto della vita.

Essere libero.

Aveva sentito un richiamo nitido nel cervello, ma aveva cercato di tapparsi le orecchie. Quando lei si era avvicinata per salutarlo, però, qualcosa gli era scattato dentro come una pantera acquattata nell'oscurità. Gianluca aveva accostato le labbra a quelle di lei, esitante. Lei lo aveva guardato, senza dirgli niente. Poi aveva sorriso e lui l'aveva baciata.

Ecco, era iniziata cosí.

Non sapeva nemmeno bene come fosse capitato. Si era sentito una merda per quel bacio, dopo la serata da Nando. Si era ripromesso di non risponderle al telefono, di starsene buono e non pensarci piú. Non poteva fare una cosa simile a Sara, lei non lo meritava.

Sei un ragazzo carino, stai lontano da casa e poi gli anni, la routine, la stanchezza. Avevi bevuto. Non farla cosí lunga, può capitare. È capitato e basta, ora lo archivi e non ci pensi piú.

Ma quando Elisa gli aveva scritto, lui le aveva risposto. Quando lo aveva invitato fuori a bere, lui aveva accettato. Quando si erano trovati soli, a casa di lei, aveva provato ad andarsene, perché non poteva fare un'infamata a Sara. Ma era rimasto.

Da tre mesi Gianluca Bernardi – sebbene avesse sempre disprezzato i colleghi che conducevano doppie o perfino triple vite – era diventato uno di loro: aveva Sara a Roma che lo aspettava ed Elisa a Genova.

Da quando c'era Elisa, Genova gli sembrava quasi bella. Avevano girato per il centro storico e lei gli aveva fatto scoprire chiese, piazzette, vicoli nascosti di cui lui non immaginava neppure l'esistenza. La città vecchia non era una merda come dicevano i colleghi, anzi. Rispetto alle altre zone lí sembrava ci fosse piú gente, piú vita.

Uscivano sempre loro due da soli, perché di portarla in mezzo ai colleghi non gli andava. Che poi quelli non si sapevano regolare e parlavano a sproposito. Elisa certe battute sui neri o gli ebrei non le avrebbe sopportate.

D'altro canto non poteva nemmeno vedersi con gli amici di lei, perché temeva fossero degli universitari comunistoni cannaioli. Gente che di sicuro gli sarebbe stata sui coglioni.

Elisa sapeva della sua situazione a casa anche se non avevano mai parlato apertamente di Sara. Pure lei diceva di avere dei casini con un suo ex e, in fondo, non avevano mai affrontato davvero il problema delle rispettive situazioni sentimentali. Si divertivano e facevano sesso ogni volta che s'incontravano.

Stavano bene.

Il punto era che Gianluca pensava di stare *troppo* bene con Elisa. L'ultima volta che era sceso a Roma gli era sembrato di annoiarsi a morte con Sara. Avevano parlato solo di mobili da comprare, di amici che si sposavano, erano andati per saldi in via Condotti. Ma non doveva farsi venire strani pensieri e tenere a mente i suoi tre punti di riferimento: Sara-Roma-Ritorno a casa. Non c'era altra scelta.

Eppure, dopo aver mandato un sms alla fidanzata, adesso stava scrivendo a Elisa.

«Tutto bene. Non succede nulla, ma fa freddo. Non vedo l'ora che ci vediamo una di queste sere, cosí mi scaldi tu», scrisse. Peccato che gli sms non avessero accento, perché a Elisa piaceva quello di Gianluca. Anche se a volte lo prendeva in giro perché le ricordava Claudio Amendola.

Ripose il telefono in tasca e aspirò un po' di fumo dalla cicca.

Fu allora che si accorse del tifoso.

Era un tipo anonimo, altezza media, capelli biondicci lunghi, jeans e giubbotto nero. Lo notò piú che altro per quel sacchetto bianco con scritto sopra «Longo Sport». Come cazzo si faceva a presentarsi allo stadio con il sacchetto? Questo pensò il poliziotto. Almeno uno zaino, santo Dio, ma il sacchetto no!

Notò che lo steward al prefiltraggio non controllò il tizio. Non gli chiese il biglietto né si interessò minimamente a quello strano sacchetto. Certo, dopo c'era il filtraggio vero e proprio, ma di solito lo si chiedeva. Anche perché in un sacchetto simile poteva starci… Che cosa? A giudicare dalla forma e dalle pieghe, uno striscione.

L'attenzione di Gianluca si acuí. Socchiuse gli occhi, senza muoversi.

Il tifoso superò indisturbato il varco poi si diresse a sinistra, verso l'angolo con il carcere. Si guardò intorno solo un istante e a Gianluca sembrò che scrutasse un punto all'interno del cancello, verso l'ingresso della gradinata Nord.

Mentre lasciava il sacchetto, il poliziotto notò distintamente due ultrà, uno grosso e un altro con i capelli sparati, che correvano verso la busta di plastica.

Gettò la sigaretta e si mosse.

39.

Lisca lascia il sacchetto e si volta. China la testa, infila le mani in tasca e fa per tornare indietro, all'esterno del prefiltraggio.

Il piano sarebbe quello di entrare dopo una decina di minuti, a partita iniziata. I ragazzi gli hanno suggerito di tornare alla macchina e togliersi la giacca, restando con la felpa. Si metterà anche un cappello per non essere riconoscibile e, se sentirà aria di problemi, dovrà proprio star fuori. Gli girerebbero le palle a perdersi la partita: lui è forse uno dei pochi a cui il calcio piace davvero, nel gruppo. Ma vuol fare come dicono Lollo e gli altri, che la sanno lunga.

Ha già girato la punta degli anfibi verso il cancello, quando il poliziotto gli passa davanti quasi correndo.

Si è accorto di qualcosa. Porca merda.

L'istinto spinge Lisca a voltarsi. Oltre la cancellata vede arrivare Giorgione e Paolo. Anche loro di corsa.

Lisca esita e sente il panico paralizzarlo.

Sa di dover scappare via, ma ci riflette sopra qualche secondo di troppo. Davanti agli occhi, adesso, ha l'immagine di un poliziotto e due ultrà che corrono verso il suo sacchetto bianco con il marchio di Longo Sport, dai lati opposti del cancello. Un po' come da bambini, quando uno teneva il fazzoletto e altri due correvano ad afferrarlo. Vinceva chi lo afferrava per primo.

Ma qui non va come in quel gioco, dove bisognava acchiappare il fazzoletto senza farsi toccare dall'avversario. Il guanto del poliziotto e la mano di Giorgione si allungano verso il sacco nel medesimo istante. Lisca, però, ha lasciato la busta qualche centimetro piú spostata verso l'esterno: il celerino ha la meglio e la tira verso di sé.

Giorgione acciuffa il fondo del sacchetto, tirando pure lui. Il sacchetto bianco è bello spesso, regge alle opposte pressioni, lasciando i due a tirare.

Da dentro accorrono gli ultrà, da fuori arrivano i celerini. Lisca segue l'istinto, che gli suggerisce la pessima idea di lanciarsi verso il poliziotto e riprendersi il fottutissimo sacchetto.

Ferro capisce che qualcosa non va per il verso giusto quando vede Gianluca contro la cancellata ad accapigliarsi con due tifosi dentro. Nello stesso momento nota delle figure a viso coperto che si avvicinano. Non sa bene cosa stia capitando, ma non ha tempo per risolvere l'enigma. Urla per richiamare l'attenzione di Marione e degli altri colleghi, poi scatta verso Gianluca.

Quando l'assistente Andrea Ferroni vede un altro tifoso lanciarsi sul collega dall'esterno della cancellata, tira fuori il manganello. Poi arma il braccio come un fucile e punta il mirino sul cranio del tifoso.

Lisca non vede arrivare il colpo. Sente solo una fiammata tra spalla e collo e due rintocchi secchi alla testa, rapidissimi. Si sbilancia e cade, mentre qualcosa di caldo si spande sulla nuca e il dolore gli rimbalza dentro.

– Dài, cazzo! Dài! Porca puttana! – urla Nicola ai suoi. I colleghi afferrano gli scudi appoggiati alle transenne piú velocemente che possono. Qualcuno fatica a infilare la cinghia dello scudo e s'impappina, qualcun altro acchiappa quello assegnato al collega.

Al fianco di Nicola c'è il vicequestore aggiunto Cosimo Martello, funzionario responsabile del settore, che dovrebbe dare ordini alle squadre. Indossa la sua bella divisa ordinaria con giacca, cravatta e scarpe basse. «Scarpette da ballo», le chiamano ironicamente i poliziotti. Ha la bocca aperta e l'aria di chi ha già superato la soglia del panico. Non riesce a dare nessun ordine.

– Merda, – dice Ale e si sfila la cintura dai pantaloni.
Lollo la sua ce l'ha già in mano.
– Forza, andiamo! Andiamo! – urla al gruppo che stazionava accanto all'ingresso. Vede altri ragazzi con la sciarpa sulla faccia uscire dal settore. Non sono dei loro, ma hanno capito cosa succede e sembrano decisi ad aggregarsi. Comunque non c'è piú tempo di pensare e nemmeno di contarsi.
È il momento.
Corrono tutti, anche i due ragazzini nuovi. Per loro è un battesimo del fuoco. Lollo vede Lupo, con l'inconfondibile giacca gialla, sparato verso il cancello come una palla di cannone.

Gianluca è riuscito a tirare fuori il sacchetto, ormai mezzo strappato. Vede un tifoso a terra con le mani sulla testa, mentre da dentro urlano «bastardi», «infami», «merde». Arrivano bottiglie di plastica e una di vetro, che si spacca contro qualcosa. Ci sono già una trentina di ultrà assiepati contro il cancello e altri stanno arrivando attirati dalla confusione di cui ignorano la causa.
Nemmeno Gianluca la conosce, in fondo neppure ha guardato dentro il sacchetto, che adesso qualcuno afferra e porta via di corsa verso le auto della polizia nel piazzale. Ma ormai non è il sacchetto, il problema. Gli ultrà afferrano tutti insieme il cancello e lo scuotono. L'inferriata di metallo ondeggia paurosamente, come un ponte esposto a venti di bufera.
Le squadre di Nicola e Marione si sono compattate, scudi quadri avanti e caschi in testa, pronte a fronteggiare i tifosi.
«Ma che cazzo ho combinato?» pensa Gianluca, mentre si schiera fra i colleghi. Qualcuno gli passa il suo scudo quadro e lui prende posizione.

Il vicequestore aggiunto Martello è il contrario di quanto il cognome potrebbe far pensare. Piccolo e con una barbetta piena di buchi, ha il coraggio di un moscerino.
Coerente con la sua pavidità, si preoccupa sempre, si preoc-

cupa a prescindere, e chiama la radio per segnalare pericoli che stanno solo nella sua testa. Ma stavolta che l'allarme andrebbe dato per davvero, rimane inebetito. In realtà prova a comunicare via radio, ma non si accorge di aver pigiato il canale che cripta le comunicazioni. Cosí nessuno può capire che alla Nord sta scoppiando un casino.

40.

Il cancello dondola, vibra, risuona in modo sinistro. La sua voce metallica reclama che non può reggere oltre. Il lucchetto è robusto e pesante, certo, ma non abbastanza da reggere la spinta di decine di uomini furiosi.

E infatti il cancello si apre.

Adesso non c'è nulla fra il gruppo di ultrà e la fila di sedici, diciassette poliziotti schierati davanti a loro.

I tifosi sono almeno cinquanta. Lupo è davanti a tutti, con la sua giacca assurdamente gialla. Fa gesti chiarissimi con le mani, in direzione degli sbirri.

Forza bastardi, venite avanti, forza.

Robi è vicino a lui, eccitato manco avesse davanti Valentina Nappi che gli dice di far presto, perché ha tanta voglia. È diventata la sua pornostar preferita dopo che l'ha vista in una scena con dieci ragazzi.

Enrico sta accanto a Robi senza capire bene che cazzo sia successo e come sia possibile trovarsi lí, in mezzo agli ultrà, con la gente che dai piloni dello stadio si ammassa a guardare e incitare e qualcuno che scende di corsa a dare una mano.

Alla loro destra Lollo affianca Lupo che fa sceneggiate da pazzo e corre contro lo schieramento di poliziotti. Vibra una cinghiata che si infrange tra lo scudo e il casco blu di uno sbirro.

Arrivano altri, mentre da dietro piovono bottiglie e pure qualche pietra uscita da chissà dove, visto che intorno c'è solo asfalto. Negli scontri succede sempre cosí: sembra che ci sia una specie di Pozzo di San Patrizio da cui attingere roba.

Ale sta piú indietro. Guarda i poliziotti che sembrano tanti playmobil blu, come li chiamano gli ultrà con disprezzo. Non vuole chiedersi chi stia dietro quei caschi. E nemmeno sarebbe possibile, perché molti di loro hanno il viso coperto, come gli ultrà.

Sono le facce della stessa rabbiosa moneta, a fronteggiarsi nel piazzale.

L'istinto gli dice di scagliarsi contro la fila di celerini ma una voce dentro lo induce ad aspettare. Non perché non sia giusto e non abbia voglia di farlo. Anzi, vorrebbe scaricare la sua rabbia e dimostrare qualcosa a chi dubita di lui. A Lupo e forse anche a Lollo.

Ma si trattiene. Forse è il timore di sbagliare e che riescano a prenderlo. O il terrore di perdere il lavoro, di deludere suo padre che ha già sofferto come una bestia. Sua moglie. La bambina. Forse è qualcos'altro ancora che non sa.

Ale, che solo pochi giorni prima si è scagliato nella mischia con gli spezzini, ora esita con la cinghia in mano e la rabbia nel cuore.

In quel momento si accorge di Lisca a terra, che si rotola e cerca di alzarsi. Impreca, corre verso di lui e lo sorregge. Se lo tira indietro, alle spalle degli ultrà che avanzano. Gli pesa da matti andare via, ma Lisca perde sangue dalla testa, ha la giacca sporca ed è spaventato.

– Bastardi! Guarda cosa mi hanno fatto! Bastardi, – ripete ad Ale piagnucolando.

Le due squadre sono raggomitolate in pochi metri. Sei scudi quadrati davanti e il resto del personale dietro.

Contro i poliziotti piove di tutto. Nicola sente una bottiglia rimbalzargli sul casco e pensa sia piena, visto il contraccolpo che dà al cranio. Ma non è nulla di terribile. C'è il tonfo sordo delle pietre contro la plastica degli scudi e il suono inconfondibile del vetro quando si infrange sul cemento. Nel casino saltano fuori oggetti impensabili. Una volta a Pisa ha visto volare una sedia da aula scolastica. Un'altra volta, un telefonino Motorola vecchio tipo, di quelli che pesano un quintale. A Parma gli è arrivata una porta di legno.

– Compatti, ragazzi, compatti! – strilla.

– Alzate i tondi! – urla Emanuele, il vice, da dietro. Gli scudi tondi proteggono sopra, i quadri di fronte.

Il contingente assorbe il lancio di oggetti tenendo la posizione. Gli ultrà vedono la polizia ferma e allora prendono coraggio, si fanno sotto. Alcuni sono a contatto con gli scudi quadri e menano le cinghiate. Da dietro qualche collega cerca di sporgersi con il manganello per colpirli, anche se sono addestrati a non farlo, perché sfalda lo schieramento. Ma la realtà è differente da qualsiasi simulazione.

– Aspettiamo, cazzo! Facciamoli venire e poi carichiamoli! – urla Nicola. Marione accanto lo guarda e fa cenno di sí con la testa.

– Fermi, puttana troia!

Devono lasciarli arrivare sotto, per poterli caricare per bene. Nicola ha i lacrimogeni a mano nel jacket nero, ma non li userà. Sono troppo vicini all'impianto e nessuno ha le maschere. Finirebbero per respirarla tutta loro, quella merda tossica. Sente il viso bruciare. Qualcuno fra i tifosi ha spruzzato spray urticante.

Gli ultrà avanzano e sembrano tanti perché si sono messi a ventaglio. Alcuni di loro, tre o quattro, cercano di aggirare lo schieramento di poliziotti ed entrare di fianco, dove la protezione è minore. Il dottor Martello urla dentro la radio, ma non si vedono rinforzi.

Poi Nicola si guarda dietro e nota che al centro del piazzale sta correndo verso di loro un'altra squadra del reparto. Vorrebbe aspettarli e fare una bella carica secca per spazzarli via. Ma un collega con lo scudo scatta di colpo facendosi largo tra gli ultrà a manganellate e allora tutto lo schieramento attacca. Da dietro partono anche gli scudi tondi.

– Carica! – grida Marione a sinistra di Nicola. Ma ormai è un ordine superfluo.

La polizia guadagna dieci metri a suon di manganellate. Lupo incassa una mazzata e dà una cinghiata, poi un calcio. Anche

Enrico è davanti e spara un calcio al braccio di uno sbirro. Del resto lui ha giocato a pallone per tanti anni e coi calci se la cava bene. Poi arretra, mentre uno sfollagente lo sfiora.

Ma l'attacco delle divise è deciso. Gli ultrà sono di piú, eppure ripiegano. Qualcuno si gira di spalle per scappare e viene colpito, altri si ammassano troppo verso sinistra, in direzione dell'ingresso alla curva. Uno cade e viene centrato da due manganellate.

Dai tifosi continua un lancio di oggetti pari solo agli insulti. Gianluca è davanti, nella mischia. Fronteggia un ragazzo con la faccia coperta che lo guarda, ma non si fa sotto. Gli dà una scudata e lo catapulta indietro, tra gli altri.

Marione abbatte lo sfollagente su un ultrà che brandisce un'asta di bandiera. Una volta, due, quelle di Mario non sono manganellate, piuttosto colpi di clava. Il tifoso non regge e scappa, Marione fa un passo per corrergli dietro, poi però si ferma, si gira e grida a Ferro e agli altri di stare uniti. Non possono andare oltre, l'ingresso della curva è troppo vicino e se quelli escono tutti è un macello. Ma dentro lo stadio sta iniziando la partita e il boato sovrasta il loro caos. In pochi si rendono conto di cosa sta capitando fuori.

Ferro salta ovunque come una molla. Si lancia su un ultrà e gli piazza una manganellata a un braccio che è una fucilata. Quello caccia un grido e barcolla. Un'altra frustata e il tifoso sparisce dentro l'impianto.

«Forza, fatevi sotto, pezzi di merda! Duri dei miei coglioni! Venite avanti, sacchi di merda, che vi ammazziamo», pensa Ferro dentro il suo casco blu, digrignando i denti nella battaglia.

Lollo vede arrivare altri sbirri e capisce che si mette male. La partita sta iniziando e la speranza che scoppi una vera merda, con tutta la curva che scende per suonarle ai celerini, è diventata remota. Devono piantarla lí, anche se lui per primo continua a menare cinghiate. Salta come un ballerino, sforzandosi di non finire circondato dalle divise. Non vede piú Ale, forse ha portato via Lisca.

La polizia adesso cerca di ricompattarsi e indietreggia, mentre loro continuano a tirare bottiglie, bicchieri di birra e tutto ciò che trovano. Vedere i celerini arretrare eccita gli ultrà, che avanzano di nuovo. Gli sbirri arrivano sino all'altezza del cancello, mentre i tifosi riprendono metri. Gli scontri sono sempre cosí, come onde di mareggiata.

Gli ultrà urlano e insultano: – Maledetti! Infami, venite!

Anche fra i poliziotti c'è qualcuno che urla e insulta, qualcun altro che fa il gesto di venire avanti.

Ma ormai il momento buono sta per passare.

41.

– Porca puttana, sta succedendo un casino alla Nord! – dice Tau guardando verso la gradinata e Piccolomini rimane inebetito: per radio non si è sentito nulla.

Gavino acchiappa la radio e chiude la macchina, poi inizia a correre a piedi e Piccolomini gli annaspa dietro sperando che sia un errore, che Tau abbia capito male. Quando raggiunge il settore sbuffando come una locomotiva, però, realizza che il casino c'è per davvero. Vede oggetti a terra, cocci di vetro, i colleghi con caschi e manganelli e gli ultrà ancora con cinte e sciarpe in faccia. Tutti che urlano.

Ma che cazzo, con il Chievo? La partita piú tranquilla del mondo!

Piccolomini si rende conto in quel momento che c'è davvero un gruppo che vuol solo far casino, senza nessuna logica. Intuisce pure che dopo uno scontro come quello, al Ferraris, in pieno favore di telecamere e giornalisti, non si potrà minimizzare e Nicotra gli starà ancora piú addosso.

La cosa non gli piace per niente. Dopo che ci hanno messo anni per intessere rapporti decenti con i gruppi. Dopo che la società ha instaurato con gli ultrà un legame costruttivo. Dopo che lui si è ritagliato il suo posticino tranquillo al caldo dell'ufficio, lasciando che fossero i ragazzi a occuparsi dei rapporti con questi maledetti ultrà.

Ma che succede?

Il vecchio sbirro della Digos sepolto nell'ispettore risorge come una fenice dalle ceneri.

Anni prima era lui quello che sapeva in anticipo degli agguati. Era lui quello in grado di mediare con Franco il Barone e altre teste matte, concedendo quanto si poteva per evitare guai peggiori. Placandoli e blandendoli quando serviva, inculandoli quando si poteva. Perché un vero sbirro della Digos conosce il concetto di mediazione che i colleghi del reparto devono ignorare.

E cosí l'ispettore si lancia nella mischia cercando di salvare il salvabile. Corre sin davanti allo schieramento di polizia a mani alzate, con il suo bel ciondolo portaplacca in evidenza. Punta verso i tifosi. Anche se è fuori da qualche anno, sotto quelle sciarpe e quei cappucci spera di trovare qualcuno che lo riconosca.

A destra intravede un tizio grosso. Probabilmente è Giorgione, uno che sta in curva da anni. Piccolomini punta verso di lui, alzando i palmi delle mani per far segno di calmarsi. L'assistente Tau, alle sue spalle, prova a fare il medesimo gesto. Ma cautamente si tiene piú indietro.

Piccolomini invece avanza e fa cenni con le mani, urlando: – Calma, ragazzi! Che cazzo fate?

Ma un tizio con una giacca giallissima supera gli altri e corre dritto verso di lui. Gli molla un pugno in faccia e gli spegne la luce.

42.

Marione vede il collega della Digos prendere un pugno e crollare a terra. Pensa che gli stia bene, cosí impara a cercare di trattare con quegli stronzi. Non capisce come si possa avere a che fare con certi soggetti, neppure per lavoro. Non accetta che quelli della Digos coi tifosi possano andarci a bere, che scambino confidenze con favori e chiudano un occhio oppure tutti e due in cambio di una buona dritta. Non gli piace nemmeno che tengano i capelli lunghi, come se non fossero poliziotti.

O sei bianco o sei nero.

O sei sbirro o sei ultrà.

Lollo vede Lupo dare un cazzotto in faccia allo sbirro in borghese.

È uno dei vecchi della Digos. Si ricorda di averlo visto parlare con ultrà di altre brigate, tempo fa. Roba di qualche anno. Lo riconosce per quell'aria da vecchio marpione, da uno che si sente uomo della strada.

Ecco, adesso in strada ci prendi un bel cartone in faccia, pezzo di merda. E pazienza se poi ci venite ad arrestare tutti.

Arrivano altri playmobil blu e gli schieramenti si equivalgono. Ma se da una parte ci sono scudi, manganelli e caschi, dall'altra solo cappucci, cinture e aste di bandiera. Non possono resistere: anzi, se non stanno attenti si fanno accerchiare.

– Via, cazzo, andiamo via! Basta, via! – urla Lollo. Lo grida a uno di quei due ragazzetti. Non il fratello di Vincenzo, l'altro. Robi? Comunque un tipo tosto, è rimasto sempre in prima fila. Il ragazzo ripete il suo ordine e grida di andare indietro.

Lollo tira via Lupo che lo guarda con gli occhi fuori dalle orbite, come a chiedere per quale cazzo di motivo debbano indietreggiare. Si fissano, poi arretrano insieme.

Gli sbirri stanno fermi: è arrivato uno con torri e stelle sulle spalle e si è messo davanti a tenerli a freno come cani rabbiosi.

Gli ultrà riescono a guadagnare l'ingresso e rientrano in curva, al sicuro, affacciandosi ancora per lanciare contro i celerini tutto quanto raccattano. Qualcuno sta già correndo a riprendersi la giacca dalla catasta di giubbotti pesanti.

– Andiamo, merda. Andiamo che scappano! – urla Ferro. Anche altri colleghi del reparto gridano la stessa cosa. Vorrebbero caricare ancora e penetrare dritto nella curva di quei bastardi. Infliggergli la peggiore delle umiliazioni.

Ma adesso c'è il funzionario e dice di andare indietro. Ferro capisce che ormai è finita, «loro dentro e noi fuori», non serve insistere. Eppure vorrebbe ripartire e spazzare via gli ultimi stronzi che ancora lanciano e insultano e agitano le cinghie.

Sa che Marione non può ordinarglielo. Una volta forse, quando non c'erano telecamere e coi tifosi ci si pestava senza guardare in faccia nessuno. Prima del processo. Prima del processo Marione gli avrebbe ordinato di caricare ancora, ma oggi no.

E Nicola? No, Nicola non prenderebbe mai iniziative del genere, sarebbe da pazzi.

Ferro li capisce, eppure detesta quelle logiche. Se c'è da menare, si mena fino a quando non chiedono pietà. Come quella volta con i tedeschi, caricati finché avevano alzato le mani in segno di resa, implorando. Loro avevano smesso e i crucchi se n'erano tornati a casa con le orecchie basse, senza sporgere una sola denuncia. Perché gli ultrà di qualsiasi nazione detestano le carte e i processi. Un vero ultrà – come un vero celerino – si fa valere per strada, non in tribunale. Per strada si tratta solo di darsele e vedere chi è piú duro. È cosí che dovrebbe andare, altro che fermarsi.

43.

Ale scortò Lisca oltre l'ingresso della gradinata Nord. Da dietro filtrava ancora il frastuono degli scontri. Grida, oggetti che volavano, rumore di anfibi che battevano sull'asfalto.

Avrebbe voluto tornare nella mischia, ma Lisca perdeva sangue da una ferita sopra l'orecchio sinistro. Brutto punto per una botta, Cristo.

Ale quasi tremava di rabbia. Era andata come voleva Lupo e ne uscivano con uno scontro stupido e con Lisca ferito e probabilmente diffidato, visto che era pure a faccia scoperta. E poi quel tafferuglio lo avrebbero pagato caro, perché aveva coinvolto la polizia. Quando intervenivano per scontri tra tifosi gli sbirri legnavano e disperdevano, ma spesso la cosa finiva lí. Se invece te la prendevi con loro, cercavano di fartela pagare. E Ale non era nella posizione di poter saldare conti.

Poi era incazzato con sé stesso, per non essere stato in prima fila come al solito. Aveva esitato e non si era lanciato contro i poliziotti.

Che ti è preso? Non smetti di pensare nemmeno quando c'è da pestarsi?

Avrebbe voluto tornare indietro a riscattarsi, ma c'era Lisca, porca troia. Dalla questura avrebbero piazzato gente in borghese per vedere se intercettavano qualche ferito. E avrebbero avvisato gli ospedali, nel caso in cui qualcuno si fosse presentato al pronto soccorso. Per non parlare del punto medico interno allo stadio. Farsi curare lí voleva dire Daspo sicuro.

Lisca si era buttato sul poliziotto, invece di andarsene come gli avevano detto loro.

Testone. Testone rotto, per essere precisi.

Ale guardò l'amico. Aveva i capelli impiastricciati di sangue e un'aria piú smarrita che incazzata.

– Vieni con me, – ordinò.

– Dove?

– Vieni e basta, cazzo!

Risalirono verso i distinti e arrivarono a una delle porte chiuse che dividevano i settori. Ale batté forte i pugni. Qualche secondo e gli aprí uno steward. Non era Giacomo e neppure l'altro suo amico, solita legge di Murphy. Era un ragazzo con un orecchino rossoblu al lobo sinistro.

– Ascolta, ci fai passare? Usciamo dai distinti.

Il tizio fissò Ale, poi Lisca che si teneva la testa sporca di sangue.

– Perché? Che è successo?

Ale ci provò. – Quei bastardi degli sbirri ci hanno caricato senza motivo. C'era un po' di ressa e loro sono partiti cosí. Che pezzi di merda! Ora non si riesce a uscire e 'sto ragazzo ha bisogno. Lo porto all'ospedale.

Lo steward esitò: la paura di contravvenire alle disposizioni lottò con la cronica avversione che ogni tifoso ha per i poliziotti.

– Non so. C'è il mio responsabile...

– Dài, te lo chiedo per piacere, facciamo veloce. Sennò di là ci portano in questura –. Adesso il tono di Ale era piú concitato, aveva già piazzato una mano contro la porta. Forse fu per quella mano, forse per la frenesia dell'ultrà, fatto sta che lo steward aprí.

– Forza, veloci e passate a destra, che sennò mi fanno il culo.

– Grazie, – gli disse Ale dandogli una pacca sulla spalla. Si mosse verso l'uscita, seguito dall'amico, poi ebbe un'illuminazione. Si infilò la mano in tasca e trovò il suo cappellino di lana.

– Toh, infilati questo e tieni le mani in tasca.

Lisca eseguí.

– Non vediamo la partita? Guarda che è solo un taglio.

Ale lo afferrò per la giacca. – Cazzone, la partita è l'ultimo problema! Devi farti visitare, magari anche mettere i punti. E poi conciato cosí ti sgamerebbero –. Lo strattonò piú forte. – Ma perché ti sei attaccato con il celerino? Ti avevamo detto di mollare lo striscione lí, piuttosto, e tornare alla macchina, porca troia! – ringhiò.

Lisca assunse un'espressione infantile e spaventata. Ale decise che poteva bastare.

– Adesso zitto e seguimi, – disse.

Lisca non oppose altre obiezioni. Raggiunsero l'uscita. Per fortuna stavolta trovarono proprio Giacomo, il tipo che Ale conosceva. Lo steward non chiese nulla, limitandosi a un sorriso amaramente complice. Aprí veloce una porta e i due arrivarono in cinque minuti alla macchina.

Quando salirono, il telefono di Ale squillò. Era Lollo.

– Ma dove siete? – gli strillò. – Noi siamo entrati adesso!

– Sono uscito, devo portare Davide in ospedale per il taglio in testa. Sta bene, ma forse servono dei punti. Senti, vado a San Martino? Magari tu conosci qualcuno.

– Ma che cazzo dici, Ale? Gli sbirri chiameranno tutti i pronto soccorso di Genova per cercare feriti!

Ale bestemmiò.

– Hai ragione. E allora come faccio?

– Allora... Se non vomita e non perde troppo sangue, compragli un po' di ghiaccio e vai fino a Novi Ligure.

– Cosí lontano?

– Ale, se corri ci metti quaranta minuti. È il primo ospedale buono, fuori Genova, fidati. A Busalla non c'è piú il pronto soccorso e a Savona ti fanno aspettare un secolo. E anche se dovesse fare una Tac, a Novi non hanno problemi.

– Okay, se lo dici tu...

– Però, mi raccomando, non ditegli della partita, eh? Raccontategli qualche cazzata, non so, un incidente in casa.

Ale mise in moto e partí, continuando a parlare al telefono.

– Ma scusa, uno che vive a Genova perché dovrebbe farsi medicare a Novi?

Lollo sbuffò.

– Boh, non lo so, inventati qualcosa. Ma vuoi che venga io?

– No, tu stai lí, è pericoloso uscire adesso. Ti chiamo dopo e ti dico.

Ale spense il telefono. L'ultima cosa di cui aveva voglia era un pomeriggio a Novi, lui che detestava gli ospedali e i medici. Ma c'era di mezzo un amico e dunque andava fatto, punto e basta.

Anche quella era mentalità.

44.

La partita era iniziata da mezz'ora e lo spazio fuori dal Ferraris adesso era sgombro dal piazzale di fronte alla tribuna sino alla zona davanti alla Nord, dove ultrà e polizia si erano fronteggiati venti minuti prima. Sembrava il palco di un teatro da cui fossero scappati gli attori. Gli uomini della nettezza urbana avevano rimosso i detriti rimasti per terra.

Nicola si fece visitare al pronto soccorso dello stadio perché sentiva la faccia calda e la pelle del viso che prudeva. Classificarono il problema come «irritazione da spray urticante» e non sarebbe mica servito un medico per dirlo. Gli spalmarono una crema garantendo che il fastidio sarebbe svanito nel giro di una mezz'oretta.

A dire la verità a lui interessava solo avere in mano un referto che attestasse la lesione. Troppe volte i responsabili di incidenti con la polizia venivano identificati, poi però mancavano i referti per affibbiargli le lesioni.

Prima di Vivaldi avevano visitato l'ispettore della Digos. Si chiamava Piccolomini e Nicola lo conosceva di vista. Aveva preso una bella castagna, ma sembrava che il naso non fosse rotto.

Del reparto si erano fatti vedere altri quattro colleghi. Uno era Gianluca, il ragazzo che aveva tirato lo striscione. Aveva una contusione a una spalla. Altri due lamentavano botte dovute al lancio di oggetti, uno aveva dolore a un ginocchio. Forse qualcun altro avrebbe chiesto visita l'indomani, presentandosi al medico della caserma. Ci sarebbe stato anche qualche collega che ne avrebbe approfittato per andarsene un po' a casa. Specie quelli che avevano le famiglie lontane. Era fisiologico.

L'importante era che non facessero gli eroi. In polizia c'era chi restava a casa due settimane per un mal di pancia e chi tornava dal servizio con i lividi senza chiedere un giorno di malattia. Nicola aveva già catechizzato i suoi uomini: se avevano preso le botte, dovevano portare i referti.

Tornò dalla sua squadra che era rimasta con quella di Marione fuori dalla Nord. Il collega gli si fece incontro.

– Ma che è successo? Perché abbiamo caricato? – gli domandò Nicola.

– C'era Bernardi, lí davanti alla cancellata. Dice che ha visto uno che lasciava un sacchetto, senza passare dal tornello, e altra gente che correva da dentro. Ci è arrivato prima lui e cosí è scoppiato il casino. Ma hai visto come sono venuti sotto subito? Io dico che era preparata.

Nicola sbuffò. L'aria fredda gli faceva pungere ancora di piú il viso irritato.

– Quando tocchi gli striscioni finisce sempre a mazzate. Ma 'sto sacchetto che fine ha fatto?

– Lo hanno preso quelli della questura. Penso lo sequestrino.

– Cosa c'era scritto? – domandò Nicola.

Marione allargò le braccia. – Non lo so. Io ho visto solo i miei che correvano e sono partito.

– Non sappiamo nemmeno perché ci siamo menati, porca puttana.

– È quasi sempre cosí, Nico. Tu hai dato mazzate?

– Qualcosina. Comunque c'era uno con la testa rotta.

Marione annuí, cupo. – Sí, l'ho visto anche io. L'hanno portato dentro, speriamo bene.

Nicola gli mise una mano sulla spalla.

– Stai tranquillo, dài. Abbiamo fatto meglio che potevamo.

– Dici che faranno casino alla fine?

Nicola fece una smorfia. – Secondo me il momento è passato. Per oggi basta. L'importante è che non ci facciamo vedere qui davanti.

Si avvicinò a loro il dirigente del servizio, il dottor Benvenuti. Giacca di velluto, Ray-Ban da sbirro di Miami e un'abbronzatura perfetta che contrastava con il viso tiratissimo e giallognolo del vicequestore Martello.

– Forza, fai spostare il reparto di qui, che se i genoani li vedono fanno ancora casino. Mettici i carabinieri, – ordinò Benvenuti al suo subalterno, quasi avesse letto nei pensieri di Nicola.

– Certo, dottore, – mormorò Martello.

– E poi voglio una bella relazione, anche da voi. Domani chiamerò il comandante del reparto, – ordinò Benvenuti rivolgendosi a Marione e Nicola. Sembrava piú che altro una minaccia, ma nessuno dei due si scompose.

I sovrintendenti Vivaldi e Bozzano erano uomini profondamente diversi, ma su una cosa concordavano: che un celerino agitasse o esitasse, che caricasse o arretrasse, sbagliava sempre.

45.

Il Genoa vinceva due a zero. L'arbitro fischiò la fine del primo tempo, le squadre lasciarono il campo tra gli applausi, lo speaker dello stadio ricordò che i responsabili di comportamenti violenti sarebbero stati «perseguiti secondo le vigenti leggi». La curva fischiò sonoramente, come ogni volta. Poi il pubblico si prese quindici minuti di riposo dai cori, qualcuno andò al bagno, qualcuno cercò il venditore di bibite.

Robi mise un braccio intorno al collo di Enrico e gli diede un pizzicotto all'altezza del cuore, avvicinandogli la bocca all'orecchio. – Hai visto che roba? Altro che cazzate! Mi sento ancora i brividi, se ci penso. Troppo forte. Pazzesco...

Enrico guardò l'amico senza dire nulla.

– Ma cosa c'è? C'hai paura? Sei preoccupato? – gli domandò Robi spiritato.

Lui si passò una mano fra i capelli. – Cazzo, un po' sí. Robi, quelli erano gli sbirri.

– Appunto. Che volevano fare sotto la Nord, 'sti brutti stronzi?

– Ma tu hai capito cosa è successo?

Robi fece spallucce. – Boh, non è che abbia visto molto. Mi pare che due dei nostri sono andati a prendere quel sacchetto e si sono appiccicati con il celerino. Poi è arrivato uno da dietro e hanno cominciato a manganellare ed è scoppiato il caos.

Li chiamava già «i nostri». A Enrico, invece, pareva di essere completamente fuori posto.

– Sí, okay, ma...

Robi aggrottò la fronte. – Cosa?

– Lollo e tutti gli altri erano pronti. Ecco perché ci hanno fatto togliere le giacche. Se lo aspettavano già.

– Minchia e lo capisci adesso? Ma certo! Che problema c'è? Fa parte della mentalità. Non piegarsi a queste leggi infami. Che anche per cagare devi farti dare l'autorizzazione.

Enrico continuava a mordersi le labbra.

– Ma che c'è? Non ti è piaciuto? È stato uno sballo! – lo incalzò Robi.

Alla fine Enrico sorrise.

– Sí, certo, è stato forte. Cazzo... Ma Lisca lo hai visto?

Robi scosse il capo. – No. Prima in bagno c'era quel tipo con la cicatrice, Lupo. Parlava con uno e diceva che Lisca ha preso un colpo in testa ed è andato all'ospedale.

Enrico inarcò le sopracciglia. – Ospedale? Ma sta male?

– Ha una ferita, gliel'hanno fatta quegli sbirri di merda. Ma nulla di grave. Magari domani lo chiamo.

– Porca troia... Però stai attento, con il cellulare.

Robi spalancò le braccia. – Ouh, sveglia, guarda che per intercettare ci vogliono dei motivi! E poi costa un sacco di soldi. Vuoi che si mettano a fare le intercettazioni per le cazzate?

Robi scosse la testa come davanti a un bambino pieno di inutili apprensioni. Enrico rimase in silenzio, anche se non condivideva il suo ottimismo. Robi faceva sempre le cose troppo facili.

Restarono zitti fino a quando Lollo non arrivò e li abbracciò entrambi.

– Ehilà, raga! Allora? Tutto bene? Nulla di rotto? – disse staccandosi.

– Mai stati meglio! – rispose Robi gesticolando piú di un rapper americano.

– Tutto okay, – confermò Enrico cercando di sembrare sciolto pure lui. Dubitava di riuscirci, comunque Lollo sorrise euforico.

– Ottimo. Siete stati grandi, comunque. Avete visto? Gli abbiamo fatto stringere il culo, alla madama.

– E lo striscione? È dentro?

Lollo si rabbuiò. – No, non ce l'abbiamo fatta. Però hanno

dovuto sudare per prendercelo. Pazienza, di piú non potevamo fare. Era un tentativo. L'importante è che lo leggano e sappiano che non diciamo palle.

– Cosa c'era scritto? – chiese Enrico.

Lollo fece l'espressione compiaciuta di un padre che loda i figli.

– La data di domenica e poi «Noi osiamo ancora», con la nostra firma.

– E quale sarebbe? – domandò Robi, sempre piú elettrizzato.

Lollo li fece avvicinare a sé, quasi a formare un cerchio. Era su di giri. Ma abbassò ancora di piú la voce, nonostante il frastuono dell'impianto.

– «Facce Coperte». Che ve ne sembra? Vi piace come nome?

– Be', sí, – disse Enrico.

– Bello, cazzo. Bello! – si entusiasmò Robi, sovrastandolo.

– Intanto gli abbiamo fatto vedere di cosa siamo capaci. Devono saperlo che qui c'è gente nuova, gente che non molla. Adesso vediamo cosa succede nei prossimi turni. È solo l'inizio, raga, solo l'inizio! Senti, lasciami un po' il tuo numero, – disse a Enrico. – Cosí in settimana vi faccio sapere per la prossima. Avremo altre situazioni da organizzare e sarebbe buono se veniste pure voi.

– Certo, – quasi balbettò lui, poi dettò il suo numero a Lollo, che lo segnò sul telefono e gli fece uno squillo.

– Questo è il mio, memorizzalo. Dài, ora vado un attimo al bar che mi aspetta Lupo. Voi tanto rimanete qui, no?

Enrico annuí.

– Bene. Meglio che non stiamo troppo vicini. Quelli di prima intendo. Nel caso cercassero di inquadrarci con le telecamere interne.

– Certo, giusto, – fece Robi.

Enrico deglutí, mascherando a fatica l'ansia che lottava con l'eccitazione.

– Ma tranquilli: è impossibile. Ci siamo mossi troppo bene, stavolta. E poi, senza le giacche, gli sbirri se la prendono in culo, – spiegò Lollo, quasi gli leggesse nel pensiero.

– Ci sarà ancora movimento alla fine? – si azzardò a chiedere Enrico.

– Non penso. Ma è meglio andar via separati e non dare nell'occhio. Non oggi, almeno.

– Okay.

– Ascolta, Lollo, mi raccomando, non dirgli niente a mio fratello Vincenzo, okay? – aggiunse e per la prima volta chiamò il capo ultrà per nome. Quello fece segno con la testa di aver capito.

– Non ci pensare neanche, queste cose restano solo tra noi. Anzi raga, mi raccomando, anche voi non parlate troppo in giro. La cosa non deve arrivare alle orecchie sbagliate.

– Ci mancherebbe.

– Comunque bravi, mi siete piaciuti. Il tuo amico qui, poi, – disse indicando Robi con un cenno del mento, – è stato proprio un grande. Cazzo, sempre in prima linea, a momenti dovevo andare a prenderlo tra i celerini!

Robi arrossí, lievitando per l'orgoglio. Enrico sentí una punta d'invidia. Ma si era già arreso al fatto che Robi avesse qualcosa in piú di lui rispetto a tutto ciò che significava essere maschi. Scopava di piú, pestava di piú, aveva piú coraggio, si imparanoiava meno. Era il leader della loro strana accoppiata.

– Allora ci si tiene in contatto, *figgieû*. Per qualsiasi problema chiamatemi, mi raccomando, – si congedò il capo ultrà e anche Enrico sorrise, piú sollevato.

Poter contare su un tipo come Lollo faceva passare anche l'ansia.

46.

La partita era finita e gli ultimi tifosi stavano uscendo dallo stadio. Tutti i poliziotti della Digos in servizio quel pomeriggio gironzolavano tra un ritrovo di ultrà e l'altro per cercare di sapere qualcosa sullo scontro di due ore prima.

C'era pure Piccolomini, con il naso un po' gonfio. Non sembrava rotto, dicevano, anche se aveva sanguinato parecchio, ma lui era ugualmente incazzato come una bestia e non solo per il pugno. Voleva sapere chi diavolo fossero i bastardi che avevano distrutto il suo tranquillo orticello a un anno dalla pensione. Da dove venissero, dove si incontrassero, cosa cazzo avessero in mente. E perché nessuno li conoscesse.

Avrebbe spremuto i colleghi perché contattassero tutti i confidenti e li facessero parlare. Dovevano minacciarli, dire loro che la polizia era pronta a revocare tutti i benefici concessi. Tau doveva battere quella diavoleria di Internet e capire chi erano, 'sti stronzi. Porca puttana, li avrebbe inculati tutti, uno per uno. Perché a lui non la si faceva. Non cosí, non a un anno dalla pensione.

Sarebbe anche andato da Franco, se serviva.

Adesso i mezzi della polizia erano sistemati al centro del piazzale. Di fronte alla tribuna, fuori dalla portata della curva Nord.

A bordo c'erano i poliziotti coinvolti nello scontro di poco prima, pronti a scendere in caso di problemi.

C'era Nicola Vivaldi che pensava al suo libro sugli ultrà e a come raccontare un pomeriggio del genere. Come spiegare tutte le volte in cui caricavi senza nemmeno saperne la ragione.

Perché quando i colleghi davanti partivano e tu non avevi visto o capito il motivo, allora non c'era tempo per le domande.

Poi però, se le cose andavano male, le domande arrivavano comunque e spesso te le faceva un magistrato.

Sul furgone accanto, negli ultimi posti dietro, sedeva l'agente Gianluca Bernardi.

Subito dopo il tafferuglio aveva chiamato Sara a Roma per sfogarsi. In romanesco spinto le aveva raccontato di aver tirato «'sto cazzo de sacchetto che forse ce stava 'no striscione». E gli ultrà erano venuti «co' 'e facce coperte e co' 'e cinghie» ed era scoppiato «er panico».

Ma gli era sembrato che Sara non capisse neppure di cosa stesse parlando. Quasi quasi la prendeva a ridere, manco fosse un gioco, e Gianluca si era incazzato.

«A Sa', guarda che nun ce sta niente da ride'! Io me so' cagato addosso!»

Lei non aveva gradito e lui aveva tagliato la telefonata. Sara non si rendeva conto che il suo lavoro era una cosa delicata. Mica stare insieme significava solo dirsi «mi manchi» e «quando vieni a casa».

A Gianluca era rimasta addosso l'agitazione, perché in un casino cosí non ci si era mai trovato, da quando aveva chiesto il trasferimento al reparto. Continuava a pensare che era stato lui a tirare il sacchetto e fare scoppiare quel macello.

Gli avrebbero chiesto spiegazioni, sicuro.

Forse avrebbe dovuto aspettare? Oppure lasciar perdere? E poi che cazzo c'era scritto su 'sto striscione?

Scese dal mezzo, mise il basco e riprese il telefono.

Chiamò Elisa per raccontare tutto pure a lei. Alla faccia dei colleghi che dicevano di tenersi sempre le cose di lavoro per sé. Lui, invece, lo raccontava addirittura a due donne diverse. Erano solo celerini, mica spie, e poi aveva bisogno di sfogarsi. Gli tremava pure un po' una mano, forse per lo stress, forse per il rilassamento dei muscoli prima contratti.

Chiacchierò a lungo con Elisa e la cosa strana fu che proprio lei, mezza fricchettona filocomunista, lo ascoltò con molta piú attenzione della sua fidanzata ufficiale.

Si preoccupò, innanzitutto. E si incazzò, perché quelle cose non dovevano succedere e non riusciva a immaginare Gianluca che pestava la gente. Gli chiese perché era capitato e lui le raccontò del parapiglia, di quelli che sembravano già pronti e organizzati e lui mica lo sapeva che volevano fare.

– Ce poteva sta' pure 'na bomba in 'sto maledetto sacchetto!

Il romanesco non voleva andarsene, quel pomeriggio.

Elisa un momento lo capiva e un momento si arrabbiava, perché non le riusciva di stare dalla parte dei celerini. Però prese la cosa sul serio e Gianluca gliene fu davvero grato.

Ferro invece era rimasto sul mezzo, in piedi fra i sedili: aveva visto Gianluca scendere a telefonare, forse alla sua donna. Lui non ci pensava alle donne, anche se aveva cinque messaggi da leggere sul cellulare.

Era troppo carico e doveva sfogarsi. Parlare con i colleghi, ripercorrere i momenti dello scontro, confrontare le impressioni. Rispose a un paio di telefonate dal reparto: i colleghi volevano sapere cosa fosse successo. Le voci volavano, quando si trattava di incidenti. Nel giro di qualche ora quel breve tafferuglio avrebbe assunto i contorni di una battaglia campale, con feriti, bombe, manganelli usati come spade e corpo a corpo da guerre puniche.

Ferro sapeva di aver dato la prima manganellata.

Aveva visto quell'ultrà con i capelli biondi lanciarsi verso Gianluca, ed era partito. Lo aveva colpito secco, d'istinto. Non aveva cercato la testa di proposito, ma l'aveva presa di netto, al secondo colpo e un'altra volta ancora.

Il tipo era caduto a terra come una pera cotta. Lí per lí, nonostante il casino, Ferro si era spaventato. Poi lo stronzo si era rialzato ed era andato via sulle sue gambe. Avrebbe dovuto ingoiare qualche Moment per il mal di testa. A volte succedeva, nei tafferugli un po' piú seri, che partisse una mazzata sbagliata. Era meglio se non capitava, ma loro non erano lí per giocare a ramino. Se facevi lo stronzo, prendevi le bastonate. Mica te lo ordinava il medico di pestarti per una stupida partita.

Sul sedile davanti, Marione guardava oltre il vetro del parabrezza.

La radio taceva e le comunicazioni parlavano di tifosi «tranquilli». Il grosso della gente era già sulla strada di casa, gli ospiti stavano per uscire, ma erano pochi e pure gemellati con i locali. Lo scontro di prima non c'entrava nulla con le rivalità fra tifoserie.

Insomma, il servizio era praticamente finito. Eppure Marione non riusciva a rilassarsi. Perché una volta in caserma, o al massimo l'indomani, gli avrebbero chiesto spiegazioni. I funzionari avrebbero domandato chi aveva caricato e per quale motivo, come si erano comportati i suoi uomini, e lui avrebbe dovuto raccontare nel dettaglio. Dire che i suoi avevano lavorato bene, come sempre, anche se sapeva che qualcosa non aveva funzionato. E che poteva diventare un problema.

Dovevano confidare in quello della Digos che aveva preso il pugno. Forse lui e soci stavolta non ci sarebbero andati giú tanto morbidi con gli ultrà e quel cazzotto poteva diventare una benedizione. L'importante era che la questura puntasse solo a incularsi i tifosi, senza rompere le palle al reparto.

Non sempre, però, finiva cosí.

47.

Ale e Lisca seppero che il Genoa aveva vinto tre a uno dalla radio dell'infermiere all'accettazione.

Lollo aveva avuto ragione, circa l'ospedale: Lisca era stato visitato subito. Ora dovevano aspettare di fare la Tac, perché era passato avanti un ragazzo in codice rosso per un incidente d'auto. Nel complesso Lisca stava bene e anche il sangue aveva smesso di uscire, grazie a un po' di ghiaccio rimediato all'autogrill.

Ale, invece, girava inquieto per la sala d'aspetto. L'odore di medicinali e disinfettante lo riportava al passato. A sua sorella. A quando erano stati a trovarla in ospedale la prima volta e pensavano di risolvere tutto in pochi giorni.

Maledizione, stramaledizione al cancro bastardo e ai medici cani.

Chiamò Lollo.

– Tutto a posto? – gli chiese.

– Sí, siamo usciti da dieci minuti, nessun problema. E lassú?

– Lo hanno visitato, sembra tutto bene. Ma deve fare la Tac.

– È la prassi, per la testa. Come avete spiegato il taglio?

– Abbiamo detto che gli è caduto in testa un pezzo di ferro mentre facevamo dei lavori. Ci siamo inventati che Lisca ha una baracca per le moto da cross, qui vicino.

– Geniale. E tu come ti senti? Lo so che ti stanno sulle palle gli ospedali.

– Stai tranquillo, è tutto okay, – mentí. – Solo una gran rottura di coglioni.

– Abbi pazienza. Ma cosí siamo piú tranquilli. Chiamami quando hai il referto, dài.

– Certo, ci sentiamo dopo.

Ale si girò verso Lisca. L'amico gli parve pallido.

– Ouh, stai bene? Hai una brutta cera.

Lisca teneva una compressa di ghiaccio istantaneo sulla ferita.

– Mi fa male la testa.

– Lo credo. Ti hanno dato una bella legnata, – disse Ale abbassando la voce.

– Vado un attimo al bagno.

Lisca si alzò e per un istante barcollò. Poi riprese la rotta e raggiunse la toilette. Ale sospirò e rimase in attesa.

Che giornata di merda. Ripensò alla moglie e alla bambina a casa dei suoceri. Alle lasagne, al riposino pomeridiano e a tutto quanto aveva scelto di perdersi, come sempre.

Se non fosse andato allo stadio, adesso sarebbe stato comodo sul divano a bere un caffè e parlare di calcio e auto con il padre di Mara, che faceva il meccanico e ne capiva una cifra.

Ma era sempre un parlare del nulla. Avrebbe voluto sfogarsi, raccontare come si sentiva davvero.

Di sicuro suo suocero non era la persona adatta, né lo erano i ragazzi del gruppo. Certamente non Lisca e meno che mai Lupo, ma neppure Lollo che era un fratello.

Non poteva descrivere quel senso di vuoto senza sembrare pazzo.

Era come quando nei sogni precipiti e ti svegli di colpo. Altre volte era rabbia, rabbia pura. Voglia di spaccare qualcosa o qualcuno. E quei pensieri orrendi di Manu sotto terra.

Carne morta, carne marcia. Tua sorella è solo carne marcia.

Ale realizzò che Lisca ci stava impiegando troppo. Magari quel rimbambito aveva bisogno di qualcosa.

Si alzò e raggiunse il bagno.

Lo trovò riverso per terra, su un fianco. Aveva il viso bianco come il lenzuolo di una prima notte di nozze e la bocca sporca di vomito.

– Porca puttana! – gridò Ale e corse fuori. – Infermieri, presto! Cazzo, fate presto! Il mio amico è svenuto! – urlò e il sonnolento corridoio dell'ospedale si animò in pochi secondi.

48.

Il contingente del Reparto mobile di Genova rientrò in caserma alle sette. I mezzi si fermarono davanti all'armeria e i poliziotti scesero veloci, ciascuno con il materiale da riconsegnare.

Il responsabile del contingente era l'ispettore Giovanni Pace, un uomo sulla cinquantina, magro e stempiato, che fumava molto. Emanava la stessa calma del suo cognome e, quando in caserma qualcuno parlava di lui, lo definiva sempre un gentiluomo.

L'ispettore salí le scale che portavano al magazzino, precedendo i colleghi.

– Ragazzi, un attimo! Aspettate a riconsegnare.

I poliziotti si fermarono tutti, qualcuno imprecando.

– Mi spiace, ma dovete avere un attimo di pazienza. Devo rivedere la lista dei refertati, per verificare se è tutto a posto.

– Dunque, vediamo... – Pace scorse i fogli. Lesse i nomi delle persone che si erano fatte medicare. Erano cinque in tutto.

– C'è qualcun altro che ha problemi? Qualche dolore spuntato durante il rientro? – domandò. Nella sua parlata restava l'eco di un accento siciliano.

La truppa rispose di no.

– Bene. Mi sembra che tutti e cinque i refertati stiano abbastanza bene, giusto?

– Sí. – Giusto. – Tutto a posto, – risposero alcune voci indistinguibili nel mucchio. Anche perché ormai era buio. I ragazzi scalpitavano per essere liberi.

– Va benissimo. Chi prende la malattia lo comunichi al Corpo di guardia. Tenete presente che al punto di soccorso dello stadio dànno solo il referto, non i giorni di prognosi, eh? Per la conferma dei giorni di prognosi fatevi vedere da un medico. Che sia il vostro, o quello della caserma. Se qualcuno si sentisse male durante la notte, fatemi avvisare, che integriamo la comunicazione al ministero. Ora potete consegnare. I capisquadra si fermino un attimo con me, cortesemente –. Si spostò.

La mandria quasi lo travolse. I poliziotti si accalcarono dentro. Non si misero in coda, ma sbatterono tutto quanto insieme sul bancone dei magazzinieri. Quelli sgombravano in fretta e furia buttandosi a loro volta la roba alle spalle, per riordinarla dopo. Tutto era molto concitato, perché chi smontava voleva solo squagliarsela in camera. Farsi una doccia, andare a cena, dimenticarsi il servizio.

Fra colleghi avrebbero scherzato sul tafferuglio, senza eccessive preoccupazioni. Uno scontro come decine di altri.

La grande stanza si svuotò rapidamente. I capisquadra riconsegnarono per ultimi, quindi depositarono le pistole.

– Ispettore, quante ore di straordinario abbiamo fatto oggi? – domandò uno degli ultimi agenti prima di andarsene.

Pace fece un mezzo sorriso e scosse il capo.

– Solo a quello pensate, eh? Comunque non lo so. Passa domani in ufficio e ti dico a che ora chiudiamo.

– Okay, – rispose il ragazzo e se ne andò scocciato.

– Mercenari di merda, – sibilò Marione e incenerí il collega con lo sguardo.

Alla fine rimasero solo Pace e i quattro capisquadra: Valentino, Piras, Vivaldi e Bozzano.

– Nicola, negli scontri c'eravate solo tu e Marione? – chiese Pace.

– Sí. Dopo è arrivato Antonio, ma quelli se ne sono andati subito, – disse Nicola guardando Piras.

Quello annuí e disse: – Sí, Giovanni, in pratica non ho fatto nulla. Non ho nessun refertato.

– Allora tu e Valentino andate. Comunque due righe di relazione per spiegare che ti sei avvicinato buttale giú lo stesso, Anto'.

Portò Nicola e Marione fuori, sul retro del magazzino, distante anche dai colleghi del bancone.

– Allora, ragazzi, domani mattina mi fate subito le relazioni e spiegate come è andata. Il comandante vorrebbe che le scriveste subito, ma io gli dirò che abbiamo tardato per i referti. Meglio se andate a casa e vi rilassate un attimo. Mi raccomando, però... scrivete bene, specialmente quel fatto dello striscione, Mario.

– Stanno già rompendo i coglioni? – domandò lui.

Pace arricciò le labbra. – Lo sapete com'è: dopo il G8, quando si carica qui a Genova è sempre un problema. Poi si è fatto male anche uno della Digos.

– Quell'ispettore, – disse Nicola.

– Esatto. Si chiama Piccolomini, è un mio pari corso. Ma soprattutto c'era un tifoso con la testa rotta. Lo avrete visto, no?

Pace li guardò negli occhi, entrambi.

– Ragazzi, non vi devo dire nulla, lo sapete già. Io non c'ero, perché stavo ai distinti. Ma voi non inventate cazzate, dite le cose come stanno. Magari rimanete vaghi, a dettagliare c'è sempre tempo. Ma non scrivete nulla che possa essere smentito.

– Tanto lí ci sono le telecamere, Giovanni, – replicò Nicola.

– Infatti. Anche Bernardi dovrà fare due righe per spiegare di quando ha visto passare lo striscione e perché lo ha tirato.

– Okay, glielo dico io, – fece Marione.

– Si è saputo che c'era scritto, sullo striscione? – chiese Nicola.

– Pare qualcosa sul fatto di domenica scorsa con gli spezzini. E poi una sigla. Facce Coperte.

– Facce Coperte? Ma che gruppo sarebbe? – domandò Marione.

Pace allargò le braccia. – Non lo so, neanche in questura ne hanno idea. Nicola, tu riesci a venire per la relazione?

– Perché?

– Non ti prendi malattia? – chiese l'ispettore.

– Ma va', era solo per il certificato. Avevo un po' di bruciore, ma adesso è a posto.

– Come vuoi. Ci sentiamo domani. Buona serata, ragazzi –. Pace se ne andò nel buio.

Nicola e Marione si guardarono per un attimo. Entrambi

avevano un'espressione stanca. Si avviarono alle camere dove si cambiavano.

– L'importante è che quello stia bene e non presenti querela, – disse Marione.

– Di solito loro prendono e portano a casa, senza tante storie. Speriamo che vada cosí anche stavolta, sennò ci scassano le palle per mesi, Mario.

49.

Lollo arrivò all'ospedale di Novi Ligure poco dopo le sette. Quando si incontrarono nel corridoio, lui e Ale non si dissero nulla. Si abbracciarono e basta.

– Allora?

– Te l'ho detto, è sotto i ferri da piú di un'ora, ormai. Devono ridurre l'ematoma subito, prima che si espanda.

– Ma che ematoma è? Ti hanno spiegato qualcosa?

– Non ho fatto in tempo a capirci nulla. Dicevano che bisogna fare presto, per evitare lesioni cerebrali. Per fortuna eravamo già qui, quando è svenuto.

Lollo bestemmiò, si passò le mani fra i ricci.

– Devono fare un buon lavoro, cazzo. Sennò giuro che stavolta ammazzo qualcuno, – biascicò Ale serrando la mandibola. Lollo gli strinse una spalla.

– Ehi, non pensare a Manu. È un'altra situazione e un altro posto. Sono altri medici.

La faccia di Ale diceva che non era d'accordo. Ma Lollo insistette.

– Te l'ho detto tante volte, guarda che io ci lavoro. Anche negli ospedali ci sono le brave persone e i pezzi di merda. Vedrai che Lisca si sveglierà e starà bene. Negli ematomi la ripresa è rapida, se non ci sono lesioni cerebrali. Tempo due giorni e se ne va a casa. Al resto non ci dobbiamo nemmeno pensare.

Ma al resto ci pensavano, eccome. Infatti nessuno disse altro per un lungo minuto. Fu Lollo a rompere il silenzio.

– Ascolta, bisogna che chiamiamo i suoi.

– Lo so, ci avevo pensato. Ma io non ho il numero e comunque... – sospirò Ale, – pensavo che magari tu sei piú abituato a 'ste cose. Sai, con l'ospedale... – spiegò. Somigliava a una preghiera.

– Okay, va bene. L'hai detto a qualcun altro?

– No. Non volevo che venisse gente.

– Tanto ora lo sapranno tutti. Dobbiamo dire degli scontri.

Ale sbiancò.

– Ma sei sicuro? Cosí ci beccano. E poi abbiamo raccontato la storia del ferro in testa.

Lollo gli mise una mano sul braccio. – Non ti preoccupare. Quella la cambiamo. E se la gestiamo bene, non ci becca nessuno. Fidati.

Ale era chiaramente poco convinto.

– Dobbiamo dirlo per forza. Pensa se gli capita qualcosa, a Lisca... Non possiamo rischiare. Devono scriverlo subito, sul foglio di ricovero.

– Ma arriveranno qui gli sbirri! – provò a obiettare l'amico.

– Parlerò io con l'infermiere, tanto finché Lisca è sotto i ferri non ci sarà nessun referto. Poi spieghiamo la cosa pure al dottore. Vedrai che non ci viene qui la polizia. Non stasera.

Lo sguardo di Lollo infondeva sicurezza.

– Dobbiamo sputtanare gli sbirri, Ale. Stavolta lo devono sapere tutti come è andata. E poi gliela faremo pagare noi, a modo nostro.

L'altro lo guardò, pallido e silenzioso.

– Lo', ci sono le immagini. È partita da noi, cazzo. Lo dicevo che non dovevamo metterci contro gli sbirri. Lo dicevo... – esclamò scuotendo la testa quasi calva.

Il viso di Lollo si indurí. – Non me ne frega niente. Non importa se abbiamo cominciato noi e perché. Non si può rischiare di ammazzare un ragazzo allo stadio.

– Vabbe', vedi tu. Io sto dalla tua parte, comunque vada.

– Vedrai che Lisca starà bene. È un testone, lo sai, – disse Lollo e provò a sorridere, ma gli uscí una smorfia.

Nel giro di un'ora la zona del pronto soccorso si era affollata. Erano arrivati anche i signori Liscani. Lollo li prese da parte e cercò di spiegare loro perché il figlio, che era andato a vedere il Genoa, adesso rischiasse la vita in un ospedale di Novi.

I genitori di Davide erano smarriti, precipitati in un incubo, e Lollo si domandò che cosa potessero capire di quanto gli diceva, mentre cercava di mascherare la verità. Non era il caso che conoscessero i dettagli, adesso. Lisca si sarebbe svegliato e avrebbe deciso lui quanto dirgli e quanto tacere.

Era arrivato anche Lupo, con una faccia scura che impauriva solo a guardarla.

C'era Sergio, quello di Sestri, con uno dei suoi, c'erano Giorgione con una manciata di facce poco raccomandabili del Biscione e un'altra decina di ragazzi. Anche gente che non faceva parte del loro gruppo, ma dell'Aurelio Canepa o della Brigata Mistral, tutti venuti a vedere come stava il ferito. Girovagavano con le sciarpe al collo, bevevano caffè e imprecavano contro gli sbirri bastardi.

Lollo invece si sforzava di stare calmo e di concentrarsi sulle cose da fare, scacciare il terrore che capitasse qualcosa di terribile. Da infermiere, era sempre pronto al peggio.

Si rese conto che doveva chiamare Clara e, con il telefono in mano, rifletté: mentirle o confessarle la verità? Scelse di restare a metà strada. Dopo averla salutata le raccontò che c'erano stati degli incidenti e Lisca era finito all'ospedale.

– Oddio. Ma come sta?

– Male, tesoro. È una cosa abbastanza grave, lo stanno operando. Ma vedrai che si risolve tutto.

– Oh santo Cielo, – disse lei e la voce già si incrinava. – Siete al San Martino?

– No, a Novi.

– Ma scusa... perché non sei andato al San Martino? Lí conosci tutti!

– Era meglio di no, sarebbero venuti gli sbirri. Lo sai come vanno queste cose.

Lei cambiò tono: – Sí che lo so. Per questo devi dirmi che stavolta non c'entri niente. Dimmelo, Lore, ti prego.

Lui chiuse gli occhi, prese aria. Mezza verità doveva bastarle.

– No. Ma ero fuori e ho visto. Lisca ha cercato di far entrare uno striscione e uno sbirro lo ha aggredito, cosí è scoppiato il casino. È stato un attimo. Però quei bastardi l'hanno colpito alla testa.

Clara lo interruppe: – Tu e Lisca siete sempre insieme. Voi, Lupo e Ale e Giorgione. Di chi era questo striscione?

– E io che ne so, Cla'? Cazzo, guarda che mica conosco tutti! – si stizzí lui. – Comunque non mi va di parlarne per telefono. Domani ti spiego.

– Va bene, ma... – Clara prese fiato. – Se mi racconti stronzate te la faccio pagare, Lore. Stavolta te lo giuro. Mandami un sms per farmi sapere di Davide, piú tardi. Ciao –. Riattaccò bruscamente.

– Fanculo, – imprecò Lollo. Non aveva tempo per preoccuparsi anche di Clara. Fece un cenno ad Ale, che lo guardò con aria interrogativa. Si avvicinarono al banco dell'accettazione.

– Adesso tu non ti preoccupare. Parlo io.

– Okay.

L'infermiere stava digitando qualcosa sul computer. Forse roba personale, visto che non c'era nessuno in attesa.

Lollo si accostò al banco.

– Ciao, sono un collega, lavoro al San Martino di Genova, – disse e tirò fuori dal portafoglio una targhetta dell'ospedale. – Siamo qui per quel ragazzo che è in sala operatoria.

– Sí, certo, Liscani... Ma venite tutti dalla partita del Genoa? – chiese il ragazzo con un'ombra di perplessità. – Fin quassú?

– Proprio cosí... Ascolta, ci sarebbe un problema, ecco... sulle circostanze dell'incidente.

L'infermiere socchiuse la bocca. La sua espressione sembrava quella di chi è stravaccato davanti alla tivú e sente suonare alla porta di casa.

– Ah. E di che si tratta?

All'ingresso comparvero tre figuri poco raccomandabili con

bomber scuri, capelli cortissimi, felpe con cappucci neri e sciarpe rossoblu. La chiamata alle armi stava funzionando.

– Allo stadio c'è stato un tafferuglio con la polizia e 'sto ragazzo ha preso una manganellata. Pensavamo non fosse niente e invece... – disse Lollo.

L'infermiere non aveva una faccia troppo sveglia, ma sapeva riconoscere i guai quando arrivavano.

– Scusa, ma non avevate parlato di una baracca per le moto a Ronco Scrivia? – disse rivolto ad Ale, che rimase zitto.

Lollo rispose per lui. Si stava caricando sulle spalle il problema, come doveva fare un leader. – Be', collega, in effetti hai ragione. Non era vero. È successo tutto a Genova, allo stadio. Non volevamo dire nulla, visto che sembrava solo un taglietto. Sai, poi con il referto la cosa è diversa...

– Sí, ho capito, ma questo... questo è un casino... – L'infermiere si strinse il naso, riflettendo. – Devo chiamare subito i carabinieri, è una cosa delicata, noi non possiamo...

Lollo fece un gesto eloquente con la mano. – No, collega, no. Aspetta, calmati. Qui se chiami i carabinieri scoppia un casino che manco te lo immagini.

– Ma scusa, lo sai anche tu! – si ribellò l'infermiere. – Non possiamo prenderci questa responsabilità, bisogna che...

– Senti, c'è un ragazzo sotto i ferri adesso e *bisogna* vedere se ce la farà. Solo questo. Il medico dovrà compilare il referto, ma dopo. Adesso credo che abbia altro a cui pensare, giusto?

L'infermiere non rispose nulla, ma sembrava riflettere attentamente. Ale era in piedi e stava zitto pure lui.

– Li vedi questi ragazzi qui? – Lollo indicò i giovani con le sciarpe sparsi per l'ospedale. – Ecco, se arriva una macchina dei carabinieri c'è il caso che la rovescino e vi sfascino pure il pronto soccorso. Dammi retta: per adesso tu cambia l'inserimento e stop. Non so, mettici «incidente allo stadio di Genova di natura da definirsi» o «riferita colluttazione con poliziotti allo stadio di Genova». Ecco, «riferita colluttazione» è la cosa migliore. È importante, collega, cerca di capire. Se a Davide gli succede qualcosa di brutto, i dettagli diventeranno pesanti.

Il ragazzo all'accettazione provò a dire qualcosa, ma Lollo proseguí: – Lo so che doveva dirtelo lui, ma ha avuto paura per il lavoro e la diffida. Noi però c'eravamo e abbiamo visto. È meglio se fai come ti dico e ti togli da tutti i guai. Anche perché noi siamo testimoni. Se non lo scrivi, ti prendi una bella responsabilità.

L'infermiere rimase spaesato. I due ultrà avevano un aspetto poco rassicurante.

– Vabbe', okay, io l'inserimento lo cambio. Però se mi chiedono come è andata gli riferisco che il cambiamento è stato successivo. E comunque dovrò informare il dottore, appena possibile.

– Certo, nessun problema. È meglio, te lo assicuro.

– Ascolta, lasciami il tuo nome, almeno so con chi ho parlato.

Lollo socchiuse gli occhi e assunse un'aria improvvisamente dura. – Sono un collega, cazzo, hai visto la tessera. Lavoro in ospedale come te. Ma ti ho spiegato che questa storia potrebbe diventare un casino. Per adesso lasciamo stare i nomi, okay?

L'infermiere sembrò spaventato. Anche perché era solo. Proprio in quel momento si avvicinò Lupo. La cicatrice sul viso sembrava piú profonda del solito.

– Che c'è? Problemi? – domandò.

– No, è solo che, sai com'è... Lisca è rimasto ferito in una colluttazione. Per queste cose bisognerebbe avvisare gli sbirri.

Gli occhi di Lupo si incendiarono.

– Ma che cazzo dici? Gli sbirri? Se vengono qui giuro che ammazzo qualcuno! – e vibrò un pugno sul bancone, guardando l'infermiere come un cane rabbioso.

Lollo rivolse un sorriso gelido al collega dell'accettazione. Era diventato pallido, adesso.

– Visto che avevo ragione?

50.

Enrico rientrò a casa alle sette. Aveva tenuto il telefono spento nelle ultime due ore e quando lo riaccese trovò tre messaggi.

Il primo era di Robi.

«Minchia, su Internet ne parlano già! È stato uno sballo. Siamo grandi, Enri! Ci sentiamo domani».

Lui si sentí scuotere da un brivido. Il fatto che qualcuno parlasse della loro azione era eccitante, ma gli faceva battere il cuore a martello.

Andò subito in Rete e constatò che Robi aveva ragione: c'erano diversi dispacci di agenzia sullo scontro genoani-polizia.

Questa roba non aveva nulla a che vedere con il pomeriggio dell'anno prima, quando si erano infilati in mezzo ai casini contro i fiorentini a tirare qualche pietra, correndo senza sapere né dove né perché. Come due scemi. E neppure con quella volta a Piacenza, l'anno della promozione, quando erano andati su in migliaia e c'erano stati sfondamenti e focolai di scontri dappertutto. Ma non è che ci si potesse vantare di qualche bastonata con i piacentini.

Enrico era andato poche volte in trasferta: i suoi non avevano soldi da buttare, già gli pagavano l'università. Però aveva sentito un sacco di racconti allo stadio e altri ne aveva letti su Internet, ai link che gli spediva sempre Robi via mail. Gli ospiti venivano trattati sempre come merde, in qualsiasi città. Se arrivavano prima della partita non potevano neppure farsi un giro turistico che subito la polizia li blindava e li sbatteva dentro lo stadio come bestie in gabbia. A volte non c'era neppure un baretto per mangiare qualcosa.

Era colpa dei poliziotti. Anzi degli *sbirri*, doveva dire *sbirri*, adesso che era uno del gruppo. Ecco, *gli sbirri* facevano gli arroganti con prepotenze inutili, tipo impedire alla gente di andare in bagno o di uscire prima della fine della partita. Spesso non lasciavano entrare il solito gruppetto di persone senza biglietto. Quelle che non lo avevano trovato o non avevano abbastanza soldi per comprarlo, ma si erano fatte la trasferta ugualmente. Che gli costava chiudere un occhio? Per questi motivi scoppiavano i macelli.

Senza contare le tifoserie rivali. Se ti provocavano, ti insultavano o scorrazzavano per la tua città e ti chiamavano allo scontro, non potevi tirarti indietro.

Che gli scontri scoppiassero o meno, dipendeva dai rapporti fra le tifoserie.

Se erano gemellate, allora cantavano pure i cori assieme, come genoani e napoletani.

Certe invece non si cagavano proprio. C'era una rispettosa indifferenza.

Il bello veniva quando si incontravano tifoserie rivali. Gruppi che avevano già avuto scazzi o piccoli tafferugli. Per non parlare di quelle tifoserie che si odiavano a morte.

Per loro i piú odiati erano gli infami di milanisti, gli atalantini e gli juventini ladri. Poi i doriani, ovvio, ma un pochino meno. Però era un derby, e nei derby ci si cercava per forza.

Ce l'avevano con i viola e i romanisti, che portavano le lame. Odiavano anche quelli della Ternana e del Bari, che erano amici delle merde blucerchiate e, di conseguenza, nemici loro.

In tutti quei casi era una guerra sempre aperta. Anzi, bisognava creare l'occasione buona per lo scontro. Provare a farsi vedere sotto la loro curva, se si andava in trasferta. O aspettarli lungo la strada, se giocavano a Genova.

Gli odî peggiori nascevano se si rompeva un gemellaggio. A loro era successo con i milanisti. Erano stati gemellati sino al 1982, quando i milanisti avevano subito un'aggressione a Genova, dopo una partita decisiva per non retrocedere. Da lí in poi era stato odio tremendo, con scontri ogni anno piú gravi e la morte di Spagnolo. Era successo nel '95, quando Enrico nemmeno andava all'asilo.

E poi c'era un gruppo che tutte le tifoserie odiavano, senza eccezioni.

La polizia.

Aveva divise, caschi, armi e spesso anche volti coperti, proprio come gli ultrà. Non esitava a massacrare se le si dava il pretesto per farlo. E a volte non serviva nemmeno quello: partiva cosí, gratis.

Questo dicevano gli ultrà allo stadio e su Internet. Gli sbirri erano delle merde e bisognava dargli addosso ogni volta che si poteva.

Enrico con la polizia non aveva mai avuto a che fare, sino a quel pomeriggio. Prima di allora 'sti sbirri non gli erano simpatici, però nemmeno voleva vederli morti, cazzo.

Eppure al suo primo scontro si era trovato di fronte a loro e quelli avevano pestato duro e ferito Lisca. Il gruppo non era stato da meno e Robi si era scatenato, mentre lui piú che altro aveva fatto numero nella confusione. Però era stato eccitante. Quella sensazione di essere al centro della scena, da protagonista.

Da una parte c'era la paura, il senso di pericolo, il terrore che la polizia lo beccasse. Lui anche quando buttava la spazzatura fuori orario temeva che da dietro il cassonetto uscisse uno con il blocco delle multe. Dall'altra parte, era orgoglioso di non essere scappato. Si era messo alla prova e aveva tenuto botta. Da solo non avrebbe mai azzardato nulla di simile. Ma con gli altri, era...

Diverso.

Aprí il secondo messaggio sul cellulare. Era di Daniela, una notifica di chiamata quando il cellulare era spento. Il terzo arrivò ancora dal numero di lei.

«Perché non mi rispondi? Volevo parlarti. Dimmi che non è finita, ti prego. È tutto il giorno che sto male... :(:(:(».

Enrico si sentí vibrare il cuore. Stava per pigiare il tasto di chiamata, poi però si rivide in mezzo ai tafferugli, con il volto coperto, a fianco di Robi. Con Lollo e quegli altri pazzi. Gente cosí non avrebbe fatto smancerie per telefono, cazzo.

Aprí la finestra di composizione dei messaggi.

«Stai tranquilla. Non ho detto che è finita. Ma devo pensare un po'. È meglio se magari ci sentiamo nei prossimi giorni. Intanto pensi anche tu. Un bacio».

Inviò e spense il telefono. Gli costava molta fatica, ma credeva fosse la scelta migliore. Non ne aveva mai trovato il coraggio, però adesso si era convinto che forzare la mano fosse l'unico modo per cambiare le cose.

«Basta fare il buliccio», gli aveva detto Robi. E su donne e ultrà, Robi non aveva rivali.

51.

Il sovrintendente Marione Bozzano montò sulla sua Opel Astra piena di strisce e graffi. Avrebbe tanto voluto cambiare macchina, ma non poteva permetterselo. Appena uscito dal tunnel delle spese processuali era entrato in quello del mutuo.

Fino ad allora era rimasto con suo padre, perché con la spada di Damocle di una condanna sulla testa era impensabile acquistare casa. Non gli piaceva l'idea di lasciare il padre da solo, vedovo e vicino ai settanta, ma l'aveva fatto: aveva bisogno della sua indipendenza, non era piú un ragazzino.

Vivere con il padre aveva garantito a Marione un minimo di stabilità emotiva. Dopo aver perso sua mamma, temeva di perdere tutto il resto a causa del processo. Il lavoro che amava, la sua unica fonte di reddito e anche la faccia. Specialmente dopo che i giornali avevano sbattuto il suo nome in prima pagina. Ricordava bene il titolo: *Poliziotti pestano marocchino regolare. Indagati.*

Intanto mamma era morta e lui e papà avevano sofferto come bestie. Tutti e due soli, perché Mario non riusciva a tenersi una donna piú di qualche giorno. I suoi rapporti con l'altro sesso non erano mai stati facili. Era troppo ruvido, troppo nervoso per un rapporto normale basato sul reciproco rispetto. Si incazzava per niente e nella foga poteva dire qualsiasi cosa.

Adesso il processo era finito e lo avevano assolto. Era pulito.

Chissà quanto ci avrebbero messo a restituirgli i soldi spesi per difendersi, visto che le pratiche erano interminabili. Di sicuro non gli avrebbero restituito il poliziotto che era stato, perché quel Mario non esisteva piú. Un tempo si sarebbe fatto una risata insieme agli altri per raccontare quanto aveva pestato. «Mario picchia come un orso», lo sapevano tutti. Marione era forte e non aveva paura di nulla. Nemmeno di un marocchino ubriaco con un coccio di bottiglia in mano.

Adesso era preoccupato per gli incidenti di quel pomeriggio. *Troppo* preoccupato. In testa gli si aggrappavano mille congetture e la cosa lo mandava in bestia.

E se ti chiedessero di un collega? Se per salvarti dovessi accusare un collega, cosa faresti?

Accese la macchina e fuggí via dalla caserma e dalle sue paure.

52.

Ale prese il telefonino dalla giacca. C'erano quattro chiamate senza risposta. Non controllò nemmeno da che numero venissero e telefonò a Mara.

– Dove cazzo sei finito? Sono due ore che ti cerco! – lo aggredí lei.

Lui respirò profondamente, stringendo i pugni.

– Ascolta, sono all'ospedale. Ci sono stati degli incidenti allo stadio, tra i tifosi del Genoa e la polizia. Si è fatto male un mio amico, Davide, hai capito chi è?

– Un tuo collega?

– Ma no! È Lisca, uno dei ragazzi con cui vado allo stadio!

– Ah, sí... Lisca, ho capito –. La voce si fece piú tesa: – Male quanto?

– Non lo so. Devono vedere. Ha una ferita alla testa, lo stanno operando.

– Oh Madonna, allora è grave!

– Non si sa, aspettiamo.

– Mi dispiace tanto, – rispose Mara.

– Io rimango qui, okay? C'è anche Lollo.

– Ma in che ospedale siete?

– A Novi Ligure.

– A Novi? E perché?

– Senti... era meglio venire qui. Adesso non ti sto a spiegare.

– Allora eravate con lui, quando è successo?

Ale esitò, proprio come aveva fatto Lollo con Clara.

– Sí, c'eravamo pure noi. È successo un casino per colpa di uno striscione e un poliziotto ha colpito Lisca in testa. I ragazzi si sono incazzati e... – si fermò. – Io l'ho subito portato via e poi qui. Anche se lui nemmeno ci voleva venire. Dicono... Dicono che se arrivavamo un'ora dopo forse non c'era speranza.

Mara sospirò profondamente, dall'altra parte. – Quindi dovrei anche essere fiera di te.

Rimasero zitti entrambi.

– Ascolta, – mormorò poi lei, – non importa. Cerca di non combinare altri casini, okay? – Era la prima volta da diverse settimane che sua moglie aveva un tono cosí comprensivo con lui. Ale non riuscí a dire nulla. Gli veniva da piangere e non sapeva perché. Strinse la mano quasi a stritolare l'apparecchio.

– Alessandro... – ricominciò lei, sofferente, – lo so che stai male, lo vedo. Ho provato ad aiutarti, ma tu non lasci avvicinare nessuno. E io devo pensare ad Alice. Ora ci mancava anche questa cosa. Ti prego, non puoi andare avanti cosí. È quello che ti direbbe anche tua sorella, se fosse qui.

– Adesso devo tornare di là, – mormorò Ale, deglutendo. – Tu vai a dormire, io farò la notte. Ma domattina sarò a casa per portare la bimba a scuola. Non ti preoccupare.

– Va bene, come vuoi, – replicò lei, d'improvviso piú dura. Ale avrebbe voluto dirle qualcosa di dolce per calmarla. Anche solo poche parole. Stavano nascoste lí da qualche parte, dentro di lui. Lo sentiva. Ma non vollero uscire.

53.

A pochi metri da Ale, anche Lollo prese di nuovo il telefonino.

– Pronto, – gli rispose una voce maschile.

– Ciao Mimmo, sono Lollo.

– Ehilà, carissimo! Come andiamo?

– Male, è successo un casino allo stadio.

– Sí, lo so, ho sentito qualcosa. A dire la verità ti avrei chiamato domani, per saperne di piú. Ora ho gente a cena –. Il tono era sbrigativo.

– No, domani è già tardi. Hai dieci minuti? Altrimenti chiamo quello lí... come si chiama? De Angelis, ecco, – disse Lollo, facendo il nome di un collega che Mimmo detestava.

– Aspetta, dài! Cinque minuti li ho, se è importante, – rispose l'altro e Lollo avvertí una lontana eco di quella febbre, quell'avidità che conosceva bene. Squali che fiutano odore di sangue, cosí erano i giornalisti. Lo aveva imparato anche grazie a lui, il suo ex compagno di scuola Domenico Magnani detto Mimmo. Il giornalista della «Gazzetta di Genova» con cui qualche volta aveva scambiato informazioni. Ciascuno nel proprio interesse.

– Ascolta, Mimmo, non perdiamo tempo. Ho fretta anch'io. Tu prendi un blocchetto e inizia a scrivere. Questa notizia non la sa nessuno.

– Davvero? Cazzo, aspetta! – rispose il giornalista armeggiando con qualcosa. – Forza, vai, ci sono. Ma guarda di non farmi fare figure di merda con gli amici per una stronzata...

– Piantala. Questa è una bomba. Anche perché seguiranno altre esplosioni. Te lo assicuro.

Dopo la telefonata, Lollo tornò con gli altri ad attendere notizie di Lisca.

Alle undici incrociò vicino al bagno un medico vestito di verde con la mascherina sotto il mento. Aveva un'aria stanca.

– Dottore, sono un amico di quel ragazzo. Quello con l'ematoma alla testa.

Il medico si fermò immediatamente. Gli mise una mano sulla spalla.

– Solo un'ora dopo e forse non ce l'avrebbe fatta. Ma abbiamo asportato l'ematoma. Credo in maniera definitiva.

Lollo gonfiò il petto in un sospiro enorme. – Grazie al Cielo, – mormorò passandosi una mano in faccia. – Anzi, scusi, grazie a lei, dottore. Grazie! – gli strinse la mano un po' confuso.

– Le prossime ore saranno molto importanti. Non dovrebbe aver subito danni cerebrali, ma dobbiamo aspettare il risveglio. Adesso è sotto anestesia, poi lo terremo qualche ora in coma indotto. Ma i segni vitali sono buoni. Siamo entrati dalla fronte e sul lato della tempia, – disse il medico indicandosi la testa nei due punti.

– Che ematoma era, dottore? Sono un infermiere e...

– Epidurale, per la rottura dell'arteria meningea. Per fortuna non c'era frattura cranica e in questi casi la mortalità è limitata. Ma poteva degenerare in una lesione del tronco cerebrale e allora sarebbe stato un problema. Un grande problema. Per fortuna siamo intervenuti in tempo.

– Lo so bene... Grazie, dottore. Grazie ancora.

– Non mi ringrazi, si fa solo il meglio che si può. Ma dipende da tanti fattori. Il merito è di chi l'ha portato qui. È stato lei?

Lollo scosse la testa. – Un altro amico.

– Ringrazi lui, allora, che non si è fatto ingannare dal fatto che il ragazzo fosse lucido. Adesso mi scusi, ma devo andare.

– Dottore, mi potrebbe ricevere? Volevo parlarle un secondo in privato. Riguarda le circostanze in cui si è fatto male.

Il medico socchiuse gli occhi chiari sotto le folte sopracciglia grigie.

– Va bene. Venga tra una mezz'ora in quella stanza, – disse indicando una porta in fondo al corridoio.

Lollo tornò indietro, verso la sala d'attesa, le macchinette del caffè, i tifosi che vagavano con l'aria di zombie, i genitori di Lisca che piangevano, Lupo che pareva ringhiasse. Fece cenno di radunarsi e subito un capannello lo circondò.

Dopo che ebbe parlato esplose un applauso fragoroso e tutti gli infermieri uscirono. Partí un coro spontaneo.

– Lisca! Lisca! Lisca!

– Hai visto? Che ti dicevo? Hai visto? – ripeteva Lollo nell'orecchio di Ale che lo abbracciava. – Sei stato tu a salvarlo.

Avevano tutti gli occhi lucidi.

54.

La maggior parte degli ultrà se ne andò tra mezzanotte e l'una. Tutti chiesero di ricevere aggiornamenti via cellulare, non appena ce ne fossero stati.

Con il ritardo di un'ora rispetto al previsto il chirurgo che aveva operato Lisca ricevette Lollo e Alessandro. Si chiamava Andrea Mandorlini, come il difensore dell'Inter negli anni Ottanta. Aveva la pancia e due baffoni grigi, quasi bianchi. Ricordava un grosso, tranquillo gattone.

Anche stavolta Lollo parlò per entrambi. Spiegò al dottore che non era stata una sbarra di ferro ad abbattersi sulla testa di Lisca, ma lo sfollagente di un poliziotto. Gli raccontò di come aveva fatto cambiare i dati all'accettazione solo in un secondo momento e spiegò i motivi per cui il ferito e Ale non avevano detto nulla, all'inizio. Gli disse che era stato lui a chiedere all'infermiere di non far avvisare i carabinieri.

Il medico li ascoltò in silenzio, muovendo labbra e baffi con l'aria di chi ha preoccupazioni piú grandi di quei dettagli legali.

– Ho capito. In realtà vi confesso che lo sapevo.

I due tifosi lo guardarono stupiti.

– Sí, l'infermiere mi aveva avvisato, – spiegò Mandorlini senza scomporsi. – Voleva sapere come fare, visto che l'avviso alle autorità è obbligatorio. Ma ho concordato che andasse bene cosí, per il momento –. Lollo non ebbe tempo di ribattere, quello continuò: – La prognosi sarà lunga, sicuro una ventina di giorni almeno, ma potremmo dimetterlo a breve e lasciarglieli fare a casa, questi giorni. Per quanto riguarda il resto, la magistratura aprirà un fascicolo in ogni caso. Queste sono lesioni gravissime e si procede d'ufficio.

I due tifosi rimasero interdetti.

– È proprio cosí. Lo so perché mi era capitata una situazione analoga, tempo fa, ma non riguardava un poliziotto. Comunque sia, io non ero allo stadio e neppure i miei colleghi che hanno aperto la pratica. Se voi dite che è andata cosí, lo dobbiamo mettere sul referto, anche se il vostro amico aveva dichiarato diversamente. Poteva essere scioccato. Sono certo che lo spiegherà lui, al risveglio.

Il medico inforcò gli occhiali e prese il foglio di accettazione di Davide Liscani, anni 33, nato a Genova e ivi residente in piazza Guicciardini 11.

– Vediamo... Qui l'infermiere dell'accettazione ha scritto «riferita da accompagnatori colluttazione con agenti di polizia in occasione di incontro di calcio in località Genova», – lesse a voce alta. – «Accompagnatori» l'ho fatto aggiungere io, per precisare. Credo che possa andare, cosa dite? – Era chiaro che Mandorlini non avrebbe gradito essere contraddetto.

– Certo, benissimo, – rispose Lollo e Ale annuí.

– Non penso che aveste alcun motivo di inventare una storia simile. E poi ho sentito un altro paio di ragazzi parlare di scontri con la polizia, nel corridoio.

– Dottore, è tutto vero. Ci sono i filmati che lo confermeranno e verrà fuori un casino, – replicò Lollo.

Era eccitato all'idea che gli sbirri venissero messi sotto pressione. I giornali avrebbero sollevato un polverone. Meglio: per tutelare Lisca serviva anche l'impatto mediatico. Su quegli incidenti sarebbe stata aperta un'indagine piú accurata che per un qualsiasi altro tafferuglio da stadio. C'erano di mezzo un ferito grave e un poliziotto che aveva beccato un pugno in faccia.

Loro sarebbero stati esposti pesantemente, ma vaffanculo, non aveva problemi ad accettare quei rischi. Se arrivavano Daspo e condanne, pazienza. Che toccasse a lui o ad altri, si sarebbero aiutati, avrebbero fatto colletta per sostenersi e sarebbero andati avanti. Il punto era farla pagare a quei celerini del cazzo.

Mandorlini lo distrasse dai suoi foschi propositi. – Se è andata come dite, credo abbiate ragione: ci sarà un bel trambusto intorno a questo ragazzo. Ma a me non interessa, se ne occuperà la magistratura. A me basta che il vostro amico stia bene. Però... – Mandorlini incrociò le mani sulla scrivania, – noi dobbiamo informare i carabinieri, in casi come questo. È un dovere giuridico. Con il comandante di Novi Ligure abbiamo l'accordo di avvertire in mattinata, se non si tratta di decessi o casi gravi. E questo è un caso grave.

– Sí, dottore, lo capisco. Però se viene qui la polizia succede un macello, – lo interruppe Lollo. Ale sedeva al suo fianco come se sotto il culo avesse un tappeto di chiodi.

Mandorlini lo fermò sollevando la mano destra aperta. – Guardi che ho capito la situazione. E sappiate che al G8 ero fra i manifestanti e non ho bei ricordi della *nostra polizia*, – disse guardandoli entrambi. – Quindi, considerato quanto mi avete detto, la presenza di quella gente nell'ingresso e l'ora che si è fatta, credo di poter attendere domani mattina per avvisare i carabinieri. Per il bene di tutti. Però alle otto li chiamerò personalmente e spiegherò tutta la faccenda. Vedete voi se preferite andare a casa o rimanere qui. Io non so cosa c'entriate con quegli scontri e non voglio saperlo. Questo è quanto, signori, credo di non poter fare di piú.

Lollo sembrava smarrito di fronte a una simile disponibilità. Aveva conosciuto tanti medici, nel suo lavoro, ma questo Mandorlini era un personaggio davvero singolare. Incredibilmente Ale scattò in piedi con una faccia dura, ma piena di rispetto. Offrí la mano destra al medico.

– Grazie di cuore, dottore. Lei ha le palle.

Mandorlini non rispose nulla, ma fece un sorriso.

– Il mio amico ha ragione, – aggiunse Lollo e offrí la mano pure lui.

Il dottore fece un'espressione soddisfatta.

– Be', non è un complimento che ricevo spesso, però mi fa piacere.

Ale e Lollo se ne andarono per ultimi. Erano le sei, due ore prima che Mandorlini avvisasse i carabinieri del fatto.

Quando uscirono trovarono un gelo che faceva spavento e riempiva di brina le macchine, le strade, il mondo. Lasciarono i genitori di Davide a vegliare sul figlio. Lui dormiva e dicevano che sarebbe rimasto cosí fino al pomeriggio, ma il medico era ottimista. E Lollo pure.

Lunedí 24 gennaio

55.

Marione girò con la macchina intorno al primo dei tre padiglioni che ospitavano gli uffici. Quei padiglioni esistevano dal Ventennio, quando la struttura apparteneva all'esercito. Si diceva che un tempo, visti dall'alto, componessero la scritta «DUX». Poi erano stati modificati e la scritta non si vedeva piú. A Marione questo dispiaceva, anche se non lo diceva troppo forte in giro.

Nel primo padiglione erano accadute cose che avevano segnato la storia della loro caserma. E l'Italia.

Sul retro, in alcune grandi stanze con sbarre metalliche al posto di porte e finestre, erano stati reclusi i manifestanti arrestati durante il G8 del 2001.

Marione ricordava benissimo quei giorni.

Nel 2001 la sua vita era molto diversa: non era ancora stato indagato. Non era neppure sovrintendente, ma un semplice assistente. E sua mamma non stava sotto tre metri di terra.

Si era preparato al vertice allenandosi sul campo quattro volte a settimana invece di due. Aveva fatto un gran lavoro sulla corsa ed era dimagrito sette chili per arrivare pronto al baccanale di guerriglia che si preparava.

Lo dicevano tutti quanti: il G8 di Genova sarebbe stato lo scontro definitivo con l'universo antagonista. Ai corsi di addestramento li avevano messi in guardia: non era escluso che girassero pistole, che qualcuno dei manifestanti sparasse o tirasse ordigni o sacche di sangue infetto. Gli scontri tremendi di Napoli, prima del vertice, erano stati la prova che poteva capitare di tutto e proprio per questo i reparti avrebbero avuto carta bianca. Stavolta i magistrati comunisti se la sarebbero presa in quel posto, cosí si diceva.

Insomma, il G8 era un'occasione unica per vendicare anni di aggressioni e violenze subite dalla polizia nel nome degli equilibri politici. Si sarebbero saldati i conti e bisognava esserci.

Sul finire di maggio, però, il diavolo ci aveva messo la coda e Marione si era rotto il menisco. Era inciampato mentre correva in un parco. Che modo stronzo di farsi male.

Si era operato subito, ma i tempi di recupero erano risultati piú lunghi del previsto. A luglio stava meglio, ma non riusciva a correre. Aveva dovuto farsi dispensare dall'ordine pubblico. Non s'era messo in malattia, perché voleva rendersi utile, cosí aveva chiesto che lo assegnassero alla vigilanza in caserma a partire dal venerdí, primo giorno caldo del vertice.

Aveva preso servizio alle sei di sera di venerdí 20 luglio, con la consapevolezza che le peggiori previsioni si stavano avverando. Scontri violentissimi in tutta la città, e c'era stato anche un morto. Sembrava si trattasse di un ragazzo straniero, forse spagnolo. Dicevano che era stato colpito da una pietrata in testa. Solo durante le ore successive si sarebbe saputo che si chiamava Carlo Giuliani ed era stato ucciso dal proiettile di un carabiniere.

Altre voci parlavano di un poliziotto morto o in fin di vita. Quelle, invece, si sarebbero rivelate infondate.

I Tg mostravano le immagini di auto incendiate, assalti alle caserme, guerriglia urbana ovunque. Alla Stradale i colleghi erano usciti con le pistole in mano, a Marassi i manifestanti avevano assaltato il carcere. Arrivavano notizie da ogni parte: dalla tivú, dalle loro radio, dai colleghi per strada.

Marione ascoltava e fremeva come una gomma pressata d'aria. Avrebbe voluto esserci anche lui, Cristo. Quello era uno scontro epocale, una battaglia enorme. Era come l'onda perfetta dei surfisti: capitava una volta sola nella carriera di un celerino e proprio adesso lui non poteva cavalcarla. Doveva fare la pattuglia interna, bastardo di un menisco.

La sera di quel venerdí il cielo era limpido e faceva ancora un caldo tremendo. Con la macchina percorreva il muro perimetrale ogni mezz'ora, prima fuori poi dentro. Si fermava qua e là a controllare che tutto fosse in regola, perché c'era tensione anche lí, a dieci chilometri dal finimondo. Avevano allertato le squadre di riserva, affinché fossero pronte a convergere sulla caserma. I vertici temevano un tentativo di irruzione anche lassú, all'estrema periferia di Genova. Gli arrestati venivano portati a Bolzaneto, lontano dal fulcro degli scontri, e il primo padiglione era stato trasformato in carcere temporaneo.

Verso le sette, passandoci accanto, Marione aveva sentito urla e lamenti. Si era fermato ad ascoltare, insieme all'agente che guidava il mezzo. Ancora urla, lamenti, colpi e insulti. Richieste di aiuto. Lí dentro ci stavano andando giú pesante.

Mario aveva sentito dire che all'interno dei padiglioni non c'erano colleghi della polizia di Stato, ma agenti della Penitenziaria. Appartenenti a un gruppo speciale addestrato per intervenire in caso di sommosse nelle carceri.

Il punto era che lí da loro non era in corso una rivolta e la caserma era blindata dentro e fuori. Impossibile pensare di avere problemi. E poi quelli reclusi non erano delinquenti nel senso di assassini o stupratori. Erano zecche comuniste di merda che avevano partecipato agli scontri e si erano fatte beccare. A lui non piacevano le zecche e i bastardi vestiti di nero che avevano distrutto la città e attaccato i colleghi. Anzi, li odiava. Ma quelli in caserma ormai erano stati fermati e lí, lontani dalla piazza e dalla folla, diventavano innocui. Bastava fotosegnalarli e arrestarli.

Marione aveva chiamato al cellulare il funzionario reperibile, il commissario Iardone. Gli aveva spiegato che sentiva rumore dalle celle e che forse sarebbe stato meglio dare un'occhiata. Aveva detto che il rumore era troppo, troppo davvero. Non gli sembrava normale. Lí si mettevano nei guai.

«Bozzano, il padiglione è sotto il controllo del ministero di Giustizia. Lo gestiscono loro. Comunque dentro c'è anche qualche medico della questura. Che se la vedano loro, meglio se noi non ne sappiamo nulla».

Questo aveva ordinato Iardone e Mario se l'era fatto andare bene. C'era una specie di guerra civile in città e gli sembrava che tutto fosse finito fuori dai binari. Doveva preoccuparsi proprio lui per le zecche?

Quella notte i fermati subirono pestaggi, ingiurie, abusi fisici e psicologici, brutalità di ogni genere. Alcune donne furono minacciate di violenze sessuali, per altre fu simulata un'esecuzione sommaria. Questo dicevano le carte processuali e le sentenze.

Per Bolzaneto erano state emesse quarantaquattro condanne, con imputazioni che avrebbero implicato la tortura, se il codice italiano l'avesse prevista. Fra i condannati c'erano agenti della Penitenziaria, della polizia, dei carabinieri, dipendenti civili di diverse amministrazioni.

Ma non un solo operatore del reparto mobile.

Questo nessuno lo aveva detto. Nessuno aveva spiegato che non erano loro gli aguzzini di Bolzaneto. Nessuno si era curato di specificare che alla Diaz era entrato il Reparto mobile di Roma: il Reparto di Genova quella notte infame era tutto a dormire in caserma. Il Reparto di Genova era stato in piazza, negli scontri, a fare la sua parte, senza prendere una sola condanna.

La merda cagata in quel dannato padiglione e in quella maledetta scuola era schizzata soprattutto addosso a loro, ma nessuno aveva cercato di proteggerli. Nessuno li aveva difesi.

Marione aveva sempre pensato che in strada quando ti attaccavano dovevi rispondere, gli eccessi erano naturali e nella foga potevi anche pestare uno già per terra. Ma si trattava di contesti operativi, critici.

A Bolzaneto, invece, si parlava di arrestati che non potevano difendersi e, nelle violenze alla Diaz, di persone che dormivano.

Prendersela con gente inerme non era una cosa da celerini e neppure da uomini. Non contava essere di destra o di sinistra: l'infamia non aveva colore.

Per questo, quando alle undici di quella stessa, maledetta serata aveva visto qualche collega del *suo* reparto avvicinarsi alle finestre a insultare i fermati, lo aveva mandato via a suon di manate. Ma non era abbastanza: Marione desiderava aver fatto di piú, per evitare che la sua caserma fosse sputtanata a quel modo. Per fermare quella porcheria che li avrebbe crocifissi per anni.

Era un altro rimpianto legato alla violenza, come le parole di sua madre che ancora gli morsicavano il cuore.

Evidentemente violenza e rimorsi erano scritti nel suo destino.

Mentre si avviava verso la sua stanza, gli squillò il telefono.

– Bozzano, è il centralino. Guarda, non fare adunata per il pronto impiego, ho già avvisato il responsabile. Vai dal comandante appena ti sei cambiato. Ti aspetta subito.

Marione disse: – Va bene, – e riagganciò. Ma non andava bene, non andava bene per niente.

56.

Nicola Vivaldi lasciò lo scooter sul marciapiede di fronte al bar pasticceria vicino casa. Lo preferiva allo spaccio della caserma, perché incontrare i colleghi di prima mattina poteva essere traumatico.

Chiese la solita sfoglia alla mela e il solito latte macchiato con poco caffè. Avrebbe dovuto evitare la caffeina come la peste, considerati i problemi allo stomaco e le pasticche che prendeva contro l'acidità. Ma che cazzo, mica era un monaco. Non fumava, faceva sport, era magro. Togliersi anche caffè e alcolici era davvero troppo.

Mancava un quarto alle otto e si concesse di sedere e sfogliare una copia de «La Stampa». Quel bar doveva essere l'unico di Genova a comprare il giornale di Torino e la cosa lo divertiva. Perché ogni giorno poteva leggere della sua Juve.

Diede un'occhiata ai titoli.

Gli esperti segnalavano uno sciame sismico sulla costa adriatica e qualcuno sosteneva fosse il preludio a un terremoto, come era successo a L'Aquila.

Nicola ripensò all'Abruzzo. C'era stato mandato una settimana dopo il sisma.

L'autostrada era aperta solo ai mezzi di soccorso e avevano viaggiato per chilometri senza incontrare auto.

Erano le sei e il sole tramontava piano, quando aveva visto la città.

La prima cosa che aveva notato era che non c'erano luci accese, anche se scendeva il buio. Nei palazzi, nelle villette, ovunque era tutto immobile e scuro. L'Aquila era vuota. Evacuata, disabitata. Entrando con il furgone avevano incontrato solo militari, poliziotti, carabinieri e pompieri. E poi auto di vigilanza e checkpoint, come in guerra. E macerie, macerie ovunque, come fosse passato un bombardiere pilotato da un folle. Una città di ombre e fantasmi.

Prima di prendere servizio, il funzionario responsabile li aveva portati nel centro storico, perché si facessero un'idea della zona. Nicola ricordava benissimo quel tour nel disastro, fra le case squarciate. Edifici implosi da cui nessuno poteva essere uscito vivo.

Era sabato sera, ma non si sentivano voci di ragazzi, rumori di bicchieri dai bar o di piatti dai ristoranti. Niente televisione, niente musica, nessuna risata. Solo il suono delle macchine di vigilanza, i passi delle ronde, il ronzare intermittente di allarmi scarichi. E poi una sveglia che non smetteva di suonare, da qualche parte nel buio.

Una volta sul furgone, erano rimasti tutti zitti, quasi senza respirare.

Nei giorni seguenti non avevano fatto nulla di speciale, a parte vigilare sui paesi distrutti, cercando di sorprendere qualche sciacallo. Uno lo avevano beccato per davvero mentre rubava cavi di rame da una casa in cui era morta una famiglia. Non era stato semplice evitare che i colleghi lo linciassero e qualche schiaffone se l'era preso.

Avevano girato fra i paesi e le piccole località deserte, facendo finta di non vedere gli abitanti che violavano le consegne dei vigili del fuoco per tornare in ciò che restava delle loro case a recuperare qualcosa. Era gente che non aveva piú nulla, a parte quelle macerie.

Nicola preferí smettere di ricordare. Finí il latte e si alzò.

Intravide su un altro tavolino «La Gazzetta di Genova». Era un quotidiano che avevano ricominciato a stampare, dopo decenni di chiusura. Si avvicinò a dare una sbirciata.

Il titolo in prima pagina era a quattro colonne.

INCIDENTI AL FERRARIS: GRAVE UN TIFOSO GENOANO.

Il ragazzo sarebbe stato colpito durante uno scontro con la polizia. È stato operato nella notte.

Nicola dovette quasi reggersi al tavolo. Guardò diverse volte il titolo, come se non fosse davvero lí, davanti a lui. Poi, senza leggere l'articolo uscí, dimenticandosi anche di pagare.

L'uomo al bancone fece per chiamarlo, ma lui era già balzato sullo scooter, e accelerava senza voltarsi.

57.

L'assistente Fabio Poggi accese le luci dell'ufficio illuminando scaffali spogli. L'ispettore responsabile della sezione vestiario diceva che vent'anni prima brulicavano di roba: uniformi, giacche, anfibi di ogni taglia, persino tute e scarpe da ginnastica.

«Ah, quando c'erano i socialisti...» diceva. «Stavano bene loro e facevano star bene noi, altro che questi di adesso, che si mangiano tutto da soli».

Quante volte Fabio aveva dovuto sentire stronzate simili.

Da tempo ormai gli scaffali pieni erano un quarto e lui poteva distribuire solo materiali contati: un anfibio doveva durare un tot di anni, una divisa un altro tot, una camicia nuova un altro ancora. E se non c'era la taglia esatta, bisognava accontentarsi della XL, tanto ne avanzavano sempre.

«Non ci sono soldi, non ci sono soldi»: era questa la litania.

Verissimo. Del resto bastava guardare quelle brutte finestre con gli infissi d'acciaio e i muri che reclamavano una mano di bianco. I padiglioni erano stati restaurati infinite volte. La regola era aggiustare, senza mai sostituire nulla.

Inutile prendersela con i vari comandanti passati di lí, non era colpa di nessuno se non c'erano fondi neppure per rinnovare le palazzine prefabbricate che stavano in piedi dai Mondiali del '90.

Alcune camere erano inagibili: ci pioveva dentro, i lavandini perdevano, i cessi non scaricavano. Le avevano sempre rappezzate, cosí come la logora bandiera sui pennoni all'ingresso. Cosí come gli stessi poliziotti.

Fabio si avvicinò a una delle finestre. Da lí si intravedeva il vecchio ospedale militare, uno stabile mastodontico abbandonato da decenni. Era pieno di roba sfasciata e infestato da colonie di topi. Con le finestre sfondate e ingrigito dagli anni, sarebbe stato un perfetto set da film horror. Ma non c'erano i soldi per ristrutturarlo. Qualcuno si ostinava a dire che sarebbero arrivati.

Le poche cose buone che avevano erano frutto di interventi privati. Alcune fondazioni avevano concesso fondi per un campo da calcio sintetico, una palestra con spinbike e pesi, pure una biblioteca con cinquemila libri e un catalogo telematico. Ci mettevano il contributo e si facevano pubblicità a costi relativamente bassi.

Il problema di quelle donazioni era che poi mancavano i soldi per mantenerle in buono stato. Cosí, nel giro di qualche anno, si tornava daccapo.

Fabio accese il computer che sferragliava e attese i canonici cinque minuti perché si decidesse ad avviarsi.

Si connesse a Facebook. La posta indicava un messaggio da leggere. Andò subito a vedere.

Era lei.

Si chiamava Anna e viveva ad Alessandria. Si erano conosciuti un mese prima, anche se «conosciuti» era una parola grossa, visto che di persona non si erano mai visti. Il loro era un rapporto virtuale. Avevano un «amico» comune. All'inizio Fabio aveva solo curiosato tra le informazioni che Anna forniva di sé. Condividevano la passione per Stephen King e i film horror.

Poi le aveva chiesto l'amicizia e lei aveva accettato, cosí avevano cominciato a chattare e a mandarsi mail. All'inizio lettere brevi, poi via via piú lunghe.

Anna era separata e aveva un figlio maschio, come lui. Il suo però era sano.

Sembrava carina, dalle foto. Certo, non una modella, ma piacevole. Che poi su Facebook tutti sembravano fighissimi. Fabio aveva messo una foto abbastanza onesta: la barba curata, i capelli un po' lunghi, la faccia rotonda. Si capiva che non era un grissino, del resto non ne faceva mistero. Si era affrettato a specificare «di non essere molto in forma».

Di solito non parlava dei suoi problemi. Giusto con Nicola e un altro paio di amici, e anche con loro minimizzava sempre.

Con Anna, però, si era aperto. Era stato piú semplice parlare con qualcuno che conosceva solo virtualmente e raccontare la fatica, l'impegno, la stanchezza. Le gioie, le delusioni, le speranze. Le aveva parlato di Cristina. Della sua sofferenza, del lento scivolare nella depressione. Di un rapporto che ormai stava finendo in mezzo a tutte le difficoltà.

Anna gli aveva scritto del marito che non aveva piú. Si erano separati due anni prima, lui aveva trovato un'altra e non voleva neppure pagarle gli alimenti. Diceva di non avere soldi abbastanza, ma Anna sapeva che lavorava in nero e non fatturava apposta per fregarla, il bastardo.

Ogni tanto parlavano del loro amato Stephen King. Da *La lunga marcia* a *Pet Sematary*, da *Le notti di Salem* a *Duma Key*, era un continuo citarlo, facendo a gara a chi lo conosceva meglio. Vinceva Anna, ovviamente. Negli ultimi anni Fabio aveva avuto poco tempo anche per leggere.

A forza di messaggi, sfoghi e confidenze, la loro relazione era diventata abbastanza profonda. Senza accorgersene, Fabio aveva cominciato a sentirsi legato ad Anna.

Era incredibile come andassero quelle cose. Ti ritrovavi a condividere un'intimità con qualcuno che avevi visto solo in foto e, nel giro di un mesetto, quella persona iniziava a contare davvero qualcosa per te. Usciva dallo schermo ed entrava nella tua vita reale.

Adesso però le cose si complicavano. Perché Anna aveva chiesto a Fabio di incontrarsi. Voleva parlare di persona all'uomo con cui chiacchierava quasi ogni mattina.

Fabio lesse il messaggio.

«Allora ci hai pensato? Guarda che non ti molesto mica! Potremmo mangiarci una pizza, se trovi il modo di liberarti. Nulla di impegnativo. Solo per vederci in faccia :)».

Già. Solo vedersi in faccia.

Ma era una bugia. Capire se si sarebbero piaciuti anche dal vivo, era questo lo scopo, inutile girarci intorno.

Fabio fece per rispondere, ma rimase con le mani ferme sopra i tasti.

Voleva davvero conoscere Anna?

Probabilmente sí. Voleva conoscerla e voleva anche piacerle. Immaginare qualcosa fra loro. Anche sesso, perché no?

Ma una cosa era «pensare che potesse capitare», un'altra era farlo capitare. Andare all'appuntamento e rischiare che si piacessero sul serio. Cosa avrebbe fatto dopo? Con i casini che aveva, con Francesco e Cristina, tutti e due cosí disperatamente bisognosi di lui.

Era stanco di fare il papà a entrambi. Stanco di combattere le quotidiane battaglie di una guerra che non poteva vincere. Stanco pure di sua moglie. Ormai non si toccavano da diversi mesi. Solo il minimo indispensabile, un bacio per salutarsi, qualche carezza. Perché l'affetto c'era ancora, ma la passione... La passione dov'era finita?

Fabio era stufo della depressione di Cristina, del suo sentirsi inadeguata, e del fatto che – in fin dei conti – il peso di Francesco gravasse tutto sulle sue spalle. Aveva bisogno di tornare a sentirsi vivo.

«In effetti anch'io vorrei vederti di persona. Ormai è cosí tanto che parliamo qui su Fb che mi sembra di conoscerti da una vita. Dobbiamo trovare un modo...»

Non inviò subito. Rifletté. Mercoledí avevano il recupero dell'incontro con il Napoli, sospeso per neve a dicembre, e i napoletani erano gemellati da secoli con i genoani. Era facile prevedere che il ministero chiedesse al reparto di impiegare un numero altissimo di uomini. Ci sarebbero stati comunque problemi a rimanere in ufficio. Certo, poteva fare come al solito e contrattare con un turno al Corpo di guardia. Oppure...

Fabio prese la cornetta e compose il numero dell'ufficio servizi.

– Ciao, sono Poggi... Presumo che per mercoledí ci sarà casino, no? Guarda, se vuoi mettermi alla partita va bene, stavolta non ho problemi, cosí magari poi nel week-end me la scampo. Tanto c'è pure mia madre che mi può aiutare con il bambino...

Attese conferma, poi sorrise. – Okay, va bene cosí allora, grazie.

Riagganciò, sentendosi insieme colpevole ed eccitato. Fece mentalmente due conti: la partita sarebbe finita alle otto, mezz'ora per smontare, una doccia, quaranta minuti di autostrada.

«Se per te va bene io avrei una possibilità mercoledí. Posso arrivare ad Alessandria per le dieci e andarmene a mezzanotte. Fammi sapere. Se okay, dimmi dove ci troviamo :) :)».

Prese un grosso respiro e schiacciò «Invio».

58.

Nicola arrivò davanti all'ufficio del comandante Granelli alle otto e un quarto. Ci trovò Marione, incassato in una delle due vecchie poltrone destinate all'attesa. Avevano improbabili fantasie sul verde e puzzavano. Chissà da quanti secoli stavano lí.

– Hai saputo?

– Sí, me lo ha detto Rocco dell'ufficio cassa, mentre venivo qui dalla camera. Che casino, – rispose Marione.

– Sarà il tipo che hanno portato via, con la testa rotta. E se ci resta? Che cazzo facciamo?

La porta si aprí, interrompendoli. Granelli si affacciò. Indossava la divisa ordinaria, con giacca e cravatta. Di solito era molto elegante. Quella mattina però non si era fatto la barba e aveva il colletto della camicia spiegazzato. Sul viso solitamente inespressivo, c'era un alone cupo.

– Venite.

Dentro li aspettava l'ispettore Pace, anche lui in ordinaria. Non aveva un aspetto sereno. Era lui il piú alto in grado, il giorno prima, e se le cose si fossero messe male avrebbe avuto la sua dose di rogne.

Granelli si avvicinò alla scrivania e premette la scritta «Non riceve» sulla piccola pulsantiera alla sua destra. L'ufficio aveva arredi dozzinali, aleggiava sempre un fastidioso profumo di mango.

– Immagino che sappiate perché siete qui, – iniziò il comandante. Teneva le mani intrecciate sul tavolo.

– Già, – disse Nicola per entrambi.

– Allora? Che cazzo è successo? Voglio sapere perché è scoppiata questa apocalisse. E soprattutto chi ha fatto la stronzata. Voglio il nome di chi ha dato la manganellata in testa a 'sto scemo, – chiarí senza mezzi termini Granelli.

Subito nessuno dei due sottufficiali parlò, poi Marione disse: – La mia squadra. È la mia squadra che è intervenuta per prima.

– E cosa è successo? – chiese Granelli.

Pace assisteva in piedi, a lato della scrivania, con le mani dietro la schiena, sulle spine.

– Dottore, io non ho visto bene. Ero al filtraggio con la squadra. A un certo punto ho sentito gridare, mi sono girato e c'erano già dei colleghi che si stavano attaccando con dei tifosi dentro. E poi ho visto un ragazzo a terra, con le mani sulla testa. Ma quando loro hanno sfondato s'è rialzato da solo e l'hanno portato via. Non avevo idea che...

– E lo striscione?

– Uno della mia squadra ha visto che cercavano di far entrare questo sacchetto ed è intervenuto, da lí è scoppiato il casino.

– Chi è questo? Perché era solo?

– Si chiama Bernardi, – spiegò Marione. – Aveva lo scudo quadro. Era sceso giú dal mezzo, telefonava, era senza materiale. Ha visto la scena ed è intervenuto.

Granelli si rivolse a Pace.

– Ispettore, dopo chiami questo minchia di Bernardi e gli faccia fare relazione.

– Bene, dottore, – rispose Pace.

– E tu? – chiese Granelli a Nicola. – Che hai visto?

– Comandante, le dico la verità, ho visto solo la squadra di Bozzano che correva verso il cancello e gli ultrà arrivavano da dentro. Erano già tutti con le facce coperte e cosí sono corso subito con i miei. In effetti c'era un ferito, ma come ha detto Mario non abbiamo avuto tempo di capire e poi aveva solo un po' di sangue sulla testa, ma stava in piedi e se n'è andato.

– E poi?

– Lo scontro è continuato, loro ci tiravano roba e venivano sotto con le cinghie. Alla fine li abbiamo respinti, ma non sarà durata nemmeno cinque minuti. Ma si sa niente del ragazzo?

Il comandante scosse la testa contrariato.

– Sta in coma farmacologico, dopo l'intervento. Si saprà qualcosa nelle prossime ore.

– Abbiamo chiamato i carabinieri dieci minuti fa ed erano già all'ospedale. Lo hanno saputo stamattina, pure loro. Invece il giornale era già informato, porca puttana, – imprecò Granelli e nessuno osò dire nulla. – Comunque ci faranno sapere se ci sono novità. Dobbiamo pregare che si salvi, anche se ormai siamo già sputtanati. Il questore è furibondo e ovviamente dà la colpa al reparto.

– Dottore, ma sono loro che… – provò a dire Nicola. Granelli si arrossò istantaneamente di rabbia.

– No, Vivaldi, non sono *loro*. Ormai i tifosi non c'entrano piú una minchia. Possono aver fatto qualsiasi cosa, ma qui c'è uno che ha preso una mazzata e a momenti muore. L'articolo è anche preciso: dice che il ragazzo è stato colpito *fuori* dal cancello. E voi eravate lí, sotto le telecamere. Quindi non scrivete stronzate perché sennò inculano voi, ammesso che non succeda lo stesso. E dopo vi inculo pure io.

Pace cercò di fare da cuscinetto. – I ragazzi sono già stati informati, dottore. Faranno le loro relazioni e poi…

Granelli lo zittí con un cenno della mano. – E poi niente, Pace. Adesso parlate tra voi o chiamate quelli che avevate in squadra, – disse a Vivaldi e Bozzano. – Fate il cazzo che volete, ma prima che finisca la mattinata voglio le relazioni. Definitive e dettagliate. Di voi due e di questo Bernardi.

– E i filmati? Non riusciamo a vederli subito? Sarebbe utile capire cosa hanno ripreso, – provò a dire Nicola. Marione era un gigante d'argilla, in silenzio al suo fianco.

– No. Ho già chiesto. Vi ho detto che in questura sono incazzati marci. Questi qua del Genoa potrebbero cercare di vendicarsi. Bisogna dare subito risposte di un certo tipo. Me l'ha detto anche il questore.

Il comandante fece una pausa, tamburellando le dita sulla scrivania. Poi guardò in faccia i due capisquadra.

– Signori, voglio essere chiaro: stavolta qualcuno dovrà pagare. Deve uscire il nome di chi ha dato la manganellata, poi vediamo come muoverci. Ma occhio, perché se non esce sono cazzi vostri. Forza, andate a scrivere, – concluse e accennò alla porta.

I due sovrintendenti se ne andarono in silenzio.

59.

Lupo si alzò alle otto e dieci, rincoglionito dal cattivo sonno e dalla tensione della giornata precedente. Di solito dopo gli scontri si sentiva bene e riposava come un bambino. I tafferugli gli davano un senso di pace, placavano la sua furia per qualche ora.

Invece stavolta si era rigirato nel letto come un serpente. C'era il pensiero di Lisca che lo agitava.

Avevano sbagliato con lui. Lo sapevano che non era adatto a quel genere di cose. Era un bravo cristo, si sbatteva per il gruppo e c'era sempre, ma non bastava, perché fare gli scontri non era una cosa per tutti. Come fra gli animali, no? I piú forti resistevano, i deboli cadevano. Quel pasticcio doveva diventare una lezione per il futuro: ci voleva gente con le palle, per loro. Punto e basta.

Lupo era appena uscito dalla doccia. Accese lo stereo e mise a palla una canzone degli Erode. Era uno dei pochi pezzi loro che sopportasse, visto che erano comunisti di brutto. Ma l'inno *Frana la curva* prescindeva dalla politica.

Lasciò andare la strofa, poi iniziò a cantare a squarciagola il ritornello mentre si vestiva.

– Frana, la curva frana, sulla polizia italiana. Frana, la curva frana, su quei figli di puttana!

Continuò a gridare, sfogando la rabbia. Ma il motore che la alimentava faceva presto a ricaricarsi e lui avrebbe voluto essere di nuovo lí, allo stadio, a fronteggiare gli sbirri. Cosa avrebbe dato per scassare la testa a un celerino.

Era stato un week-end coi fiocchi: prima la ripassata al doriano in discoteca, poi il tafferuglio con la polizia, il secondo in una settimana. Se solo non fosse andata male a Lisca, tutto sarebbe stato perfetto.

Su Internet già si parlava di loro con il nome che lui aveva scelto: Facce Coperte. Ne era fiero.

I primi commenti davano tutti addosso agli sbirri infami: quello era merito di Lollo che aveva chiamato il suo amico giornalista per dare la prima versione dei fatti, quella che contava di piú. In questura erano bravi a insabbiare le cose, ma stavolta non ci sarebbero riusciti. Lollo era un grande, aveva cervello, i contatti giusti e pure le palle. Peccato solo che fosse comunista.

Per fortuna il loro gruppo era apolitico. Lupo la schifava, la politica. Però gli stranieri e i froci non li poteva vedere. E nemmeno i punkabbestia. Facevano casino solo quando erano in tanti e se avevano le coperture giuste. Parlavano con la Digos, prendevano accordi, aspettavano i giornalisti per fare tafferugli di due minuti con riprese e foto. Tutta scena, mica come gli ultrà.

Gli ultrà facevano casino quando era necessario. Quando la sbirraglia cercava di metterli sotto o le regole non gli andavano giú o quando dovevano vendicare qualche schifezza.

«Noi facciamo il cazzo che ci pare». Era uno degli slogan che Lupo amava di piú.

Nel 2001, al G8, era pieno di ultrà.

Tutti credevano che in piazza, in quei giorni, ci fosse solo gente legata a movimenti politici. Invece gli ultrà avevano giocato un ruolo importante negli scontri, anche se non c'entravano con i blitz dei black bloc.

Tanti degli ultrà venuti a Genova erano di sinistra. Come quelli del Livorno, del Perugia, dell'Atalanta. In mezzo ce n'erano anche di destra e di fascisti, come lui. Gente che si era sempre pestata con le zecche, ma quella volta voleva stare insieme a loro per aggredire la polizia. Si trattava di un'occasione da non perdere, una specie di resa dei conti.

E in effetti era stato incredibile: ore e ore di scontri, piú che altro lanci di oggetti, perché di corpo a corpo Lupo ne aveva visti pochi.

Ma se lo ricordava, quel pomeriggio in cui erano scesi verso il centro, con il corteo delle tute bianche, che facevano i pacifisti ma erano bardati come in guerra. Lui c'era, quando i carabinieri avevano caricato inaspettatamente ed era scoppiato il macello in cui era morto Giuliani. Uno che non c'entrava un cazzo, perché non era un ultrà e neppure un attivista di quelli convinti. Di sicuro, uno che di scontri non ci capiva una mazza, vista la fine che aveva fatto.

Dovevano lasciarli arrivare sino alla zona rossa e concedere un po' di tafferugli lí, vicino ai cancelli e davanti alle telecamere di mezzo mondo. Sembrava ci fosse questo accordo fra alcuni manifestanti e gli sbirri, poi però un contingente di carabinieri in transito aveva caricato senza motivo e il corteo aveva reagito tirando di tutto.

Si erano difesi in ogni modo, gli sbirri. Con i gas, con le pietre, tirando le bottiglie che raccattavano a terra. Non c'era piú differenza, erano due gruppi che si affrontavano furiosi, con tutti i mezzi disponibili. Del resto lo aveva detto anche il capo delle zecche, quello lí, come si chiamava? Casarini? «Noi vi dichiariamo guerra», aveva proclamato in tivú.

E guerra era stata.

Il casino del G8 era stato memorabile e non sarebbe tornato. Ma nel loro piccolo anche le Facce Coperte avrebbero lasciato un segno, almeno nella storia ultrà.

Finalmente Lupo si sentiva parte di qualcosa di grande. Lo avevano creato loro e lo avrebbero portato avanti. No, non si sarebbero fermati. Perché era troppo bello. E, a differenza del G8, non durava solo tre giorni.

60.

Nicola andò all'ufficio malattia.

Dentro c'era un operatore tecnico, era un tipo di poche parole. Gli consegnò una copia del certificato rilasciato dal posto di polizia dello stadio.

– Va nella pratica degli scontri di ieri?

Nicola annuí. – E dire che pensavamo a una giornata tranquilla.

– I tifosi sono strani... Ha preso giorni di malattia?

– No, era solo un po' di spray urticante. Comunque dammi pure del tu.

– Va bene, – disse quello con l'aria imbarazzata. Si alzò, prese il certificato e lo infilò in un fascicolo degli incidenti insieme ad altre carte.

Nicola notò che aveva gli anfibi colorati di rosso su entrambi i tacchi.

– Ma li hai comprati cosí? – domandò indicandoli.

Quello non capí.

– Cosa, scusa?

– Gli anfibi.

L'operatore si alzò l'orlo dei pantaloni per guardarli.

– Belin, mica me n'ero accorto. L'altro giorno ho dipinto una mensola di rosso. Devo aver camminato sulla vernice fresca.

– Sulla pelle forse lo togli. Ma dal tacco sarà difficile. Parlo per esperienza.

– Cioè?

– Quando in piazza ci tirano la vernice addosso, bisogna buttare tutto nel cestino. Non ci si fa niente.

– Ah, ecco.

– Ascolta, mi faresti una copia del mio certificato?

– Certo, – rispose il tecnico ed eseguí. Consegnò il foglio a Nicola.

– Grazie. Alla prossima allora, – salutò Vivaldi e porse la mano. L'operatore la strinse debolmente sforzando un sorriso che gli uscí male.

«Forse gli sto sul cazzo», pensò Nicola, anche se non aveva idea del motivo. Raggiunse il suo ufficio, si chiuse dentro e accese il computer.

Scrisse velocemente la relazione di servizio raccontando i fatti e specificando di «aver visto un giovane a terra ferito, ma senza aver notato chi l'avesse colpito».

Precisò che l'ultrà si era «rialzato prima del nostro intervento per allontanarsi con un altro tifoso dentro l'impianto». E che «l'utilizzo della forza da parte della squadra al comando dello scrivente è stato assolutamente proporzionato alla situazione di pericolo».

Tutto in perfetto *poliziese*, senza omissioni, ma abbastanza vago da lasciare margini di manovra.

Chiuse con la solita formuletta: «Quanto sopra si riferisce per dovere d'ufficio».

Firmò, sperando che il dovere d'ufficio finisse con quella relazione. Ma ne dubitava.

61.

Lollo si prese una pausa: moriva di sonno e aveva urgente bisogno di caffè. Pensò ad Ale, pure lui al lavoro. Nessuno di loro si sognava di mettersi in malattia, neppure dopo quella notte assurda a Novi. Non volevano destare sospetti, anche se probabilmente si facevano troppe seghe mentali.

Prima di entrare nello spaccio dell'ospedale si fermò all'edicola e comprò una copia della «Gazzetta di Genova».

Trovò l'articolo di Domenico Magnani. Lesse la descrizione dei fatti e fu soddisfatto: il suo amico Mimmo aveva riportato pari pari le cose che gli aveva detto la sera prima al telefono.

Perfetto. La gente doveva sapere cosa combinavano gli sbirri.

L'articolo si concludeva cosí:

> «Sono cose che fanno male al calcio e alla nostra società. Spero che il ragazzo si riprenda. Appena starà meglio, lo inviterò in sede. Auspico che la polizia possa fornire qualche delucidazione circa l'accaduto». Questo ha dichiarato polemicamente il presidente Razzini, raggiunto telefonicamente dalla nostra redazione.
>
> Al momento la Questura di Genova non ha rilasciato dichiarazioni, ma si attende un comunicato stampa già per la mattina di domani.

Lollo si chiese cosa si sarebbero inventati quei pezzi di merda.

62.

Alla fine il setto nasale non si era rotto. C'era stata una massiccia perdita di sangue e Piccolomini aveva un'ecchimosi sotto l'occhio destro. Il naso era un po' gonfio e non poteva toccarlo, ma le lastre dicevano che era tutto okay. Piccolomini era andato a farle non appena aveva smontato, per tranquillizzarsi.

«Una settimana e non si vedrà neppure il segno», aveva detto il medico.

Dentro però il segno sarebbe rimasto, almeno fino a quando l'ispettore non avesse beccato quel figlio di cane che lo aveva colpito. Per questo non era a casa, ma in questura, davanti allo schermo del pc a guardare e riguardare le immagini del tafferuglio in cui era rimasto coinvolto.

Le riprese erano nitide, a differenza di altre volte, e Piccolomini le scorse al rallentatore.

Il tifoso lascia il sacchetto e si allontana. Ecco che interviene il celerino e inizia il tira e molla con gli ultrà; il tifoso ritorna indietro e cerca di afferrare pure lui il sacchetto. Poi però arriva un altro celerino di corsa, colpisce secco il tifoso, spalla e testa. Una, due, tre volte.

Un attimo dopo sopraggiungono altri del reparto e sul versante opposto un gruppo di ultrà già coperti e pronti allo scontro.

Il ferito va via, sostenuto da un altro. Il cancello salta e inizia il tafferuglio.

Dopo circa tre minuti di scontro, lo schieramento si apre e da dietro sbuca lui, Giuliano Piccolomini, agitando le mani come a voler placare la folla degli ultrà. Un gesto che forse avrebbe potuto permettersi vent'anni prima, quando lo conoscevano tutti in curva. Compreso Franco il Barone, che sarebbe stato di sicuro in prima fila.

Invece quei ragazzi sono sconosciuti e se ne fregano dello sbirro in borghese che cerca di calmare le acque.

A rivedersi nel video, Giuliano si sente un coglione: arriva deciso con le mani aperte a far segno di calmarsi e *sbang*, ecco un bel pugno in faccia che lo stende.

Gavino Tau, conciato come un ultrà, anzi, un ultrà rapper, lo tira su e lo riporta indietro.

L'ispettore continuava a mandare avanti e indietro la scena fissando quel giubbotto giallo e il tipo che lo aveva colpito.

Bastardo.

Lo aveva individuato subito, dall'inizio dello scontro. Ma aveva il viso coperto come tutti gli altri. Non ci avrebbero fatto un cazzo con le immagini, anche perché non serviva un investigatore per notare che, nonostante il gelo, tutti i tifosi indossavano solo le felpe. Si erano levati le giacche per non essere riconoscibili, gli stronzi.

Piccolomini masticava rabbia.

Gli altri ragazzi della Digos stavano guardando le immagini dei singoli tornelli, nella stanza accanto alla sua. Ma anche lí, nulla: non si trovava alcuna rispondenza tra gli accessi e quelle riprese, sempre per via delle giacche.

Silvano Malerba aveva già sentito un paio di contatti. Gente che non aveva nulla a che fare con quel nuovo gruppo, ma era ugualmente infuriata. Molti esponenti, anche certi vecchi della curva, avevano fatto visita al ferito.

Avrebbero parlato tra di loro, si sarebbero gonfiati a vicenda e forse avrebbero pianificato una reazione, Piccolomini lo sapeva. Gli ultrà difettavano in tante cose, ma non in coerenza. Per questo, se reagivano, lo facevano alla loro maniera: con gli scontri.

Mannaggia a san Nicola, che sfiga gli era capitata, a un anno dalla pensione. Nessuno voleva un altro caso Gabriele Sandri a Genova. La magistratura avrebbe acquisito le immagini in tempi brevissimi e...

63.

… e perciò il questore di Genova, Pasquale Farina, voleva quel nome. Non importava che il tifoso si riprendesse o meno: dal ministero lo avevano già chiamato piú volte. Bisognava dare un segnale subito.

Per questo motivo Farina aveva chiesto alla sua segreteria di preparare una dichiarazione da mandare ai giornali. Non voleva indire una conferenza stampa, perché non amava le situazioni in cui le domande non fossero concordate.

Lui aveva le sue frasi fatte, buone per tutte le circostanze: «Dobbiamo instaurare una sinergia con la cittadinanza… Le risorse sono poche, ma facciamo il possibile e l'impossibile… La sicurezza è un bene condiviso».

Insomma, le solite cose.

Farina non era pronto a sentirsi chiedere il motivo degli incidenti durante Genoa-Chievo per il semplice fatto che lo ignorava. Come ignorava chi fosse davvero implicato negli scontri con gli spezzini a Borzoli. L'unica certezza era che aveva dipendenti incapaci. Aveva già cazziato quel cretino di Nicotra: se non gli portava dei risultati, lo avrebbe fatto spedire a Nuoro, altro che Digos.

Il questore rilesse la nota che dovevano mandare ai giornalisti.

In merito agli incidenti scoppiati durante Genoa-Chievo, il questore di Genova dichiara che gli accertamenti per verificare l'esatta dinamica dei fatti sono già iniziati. Si stanno vagliando i filmati e le testimonianze per identificare i responsabili dei tafferugli, esplosi a causa del tentativo di introdurre nell'impianto uno striscione non autorizzato.

Il ferimento del tifoso del Genoa Davide Liscani resta comunque un episodio grave e drammatico e in merito il questore esprime la propria vicinanza al giovane e ai suoi familiari, assicurando che verrà svolto ogni accertamento necessario a chiarire le circostanze in cui esso è maturato. Laddove emergessero comportamenti scorretti da parte di componenti delle forze dell'ordine, essi saranno perseguiti nelle sedi opportune. Internamente e, di concerto con la magistratura, in ambito penale.

Sollevò la cornetta.

– Va bene per il comunicato, procedi pure. Adesso passami Vittorio Granelli.

Farina si accese una sigaretta nell'attesa che il comandante del reparto rispondesse.

– Buongiorno Granelli, sono il questore.

– Commendatore, buongiorno! Stiamo già lavorando. Entro stamattina faccio spedire le relazioni dei capisquadra e del collega che ha tirato quel sacchetto. Sa, quando è iniziato lo scontro.

– Sí, ma io voglio sapere chi è il coglione che ha dato la manganellata.

Granelli sospirò, dall'altra parte. – Commendatore, ancora non posso dirlo. Vede, noi... noi non abbiamo le immagini e i capisquadra dicono di essere arrivati lí dopo che il ragazzo era caduto.

Il viso di Farina divenne ancora piú scuro del solito.

– Non facciamoci prendere per il culo, eh? Le immagini sono chiare e oggi pomeriggio vi faccio mandare il dvd. Cosí tu inizi a farlo vedere ai tuoi. Voglio il nome di questo qui e anche velocemente. Tanto la magistratura aprirà d'ufficio un fascicolo per lesioni gravissime e ci arriverà comunque. Ma io non ho intenzione di coprire nessuno. Stavolta dobbiamo essere collaborativi.

– Certo.

– Anche perché è il ministero che me lo chiede. Io sono quasi in pensione, Grane', e in Basilicata ci tornerò comunque. Ma tu aspetti il trasferimento, mi pare. Vuoi andare da tua moglie a Trieste, no?

– Sí, commendatore.

– Ecco, allora vediamo di non farli indispettire. Sennò tua moglie la vedi solo nelle ferie.

– Non si preoccupi, commendatore. Farò il possibile.

– Non dovrà trapelare nulla, almeno sino a mercoledí, quando c'è il Napoli. Non voglio peggiorare le cose. Faremo girare qualche voce di scontri interni alla curva stessa, per confondere le acque. Ma una volta che ci saremo levati 'sta rottura di coglioni del Napoli, la situazione deve risolversi. Poco fa ho ricevuto una chiamata dalla segreteria del ministero...

– Davvero? – chiese Granelli incapace di nascondere l'ansia.

– Sí. Il ministro è incazzato nero e vuole dare il segnale che certi comportamenti non sono accettati. Te lo dico chiaro, Grane': qui saltano delle teste, se la cosa non si risolve subito, e non vorrei che una fosse la tua.

– Commendatore, farò prima che posso.

– Vedi di far venire a galla lo stronzo che ci ha messo in questo casino. E mi raccomando, Granelli...

– Sí, commendatore.

– Pensa al trasferimento.

64.

Nell'ufficio di Nicola c'erano solo lui e Bozzano.

– Ascolta Nico, visto che tu sei bravo a scrivere, non è che mi butteresti giú la relazione? Io sto qui e ti dico cosa mettere. Va bene?

Nicola non fu sorpreso.

– Certo. Già che ci sei chiama pure quell'altro ragazzo, cosí facciamo anche la sua. Non vorrei che scrivesse minchiate e ci mettesse nei casini.

– Gli telefono.

Nicola si rimise davanti al computer e ricopiò la sua relazione cambiando i dati personali, fino al momento degli incidenti.

– Ho chiamato Gianluca. Tra dieci minuti è qui.

– Ottimo. Senti, Mario, cosa scrivo degli incidenti? Non posso fartela identica alla mia.

– Certo, no, – sbuffò il collega. – Boh, scrivici che improvvisamente mi sono accorto che Gianluca stava tirando questo sacchetto e sono intervenuto con la squadra.

– Sí, okay. Ma del tifoso? Io mi sono girato che era per terra e i tuoi erano già arrivati. Tu hai visto meglio?

Era un punto importante della faccenda e tutti e due lo sapevano.

Mario non disse nulla.

– Chi è intervenuto per primo, della tua squadra? – insistette Nicola e quelle parole rintoccarono pesanti nell'ufficio vuoto.

– Be', ecco... io ho visto un collega, ma non ho capito bene chi fosse.

Nicola fissò Marione e ne intercettò l'espressione inquieta.

– Un collega solo? Non tutta la squadra?

– Un collega e poi la squadra. Ma si tratta di attimi.

– Come lo scriviamo? Non è una distinzione da poco.

– Mettici... – esitò. – Mettici che ordinavo alla mia squadra di intervenire e alcuni colleghi si avvicinavano per cercare di sedare la rissa, ecco. In quel frangente il tizio è rimasto contuso. Stop. Il resto uguale alla tua.

– Come vuoi, ma lo sai che non basterà, vero?

– Sí, ma per adesso cerchiamo di medicarla cosí. Poi vediamo come sta questo e aspettiamo le immagini. Bisogna capire cos'hanno ripreso.

Nicola decise di assecondarlo. Quando ebbe finito rilesse il tutto con Mario, stamparono e lui firmò. Poi rimasero in silenzio e Nicola fece la domanda che covava da minuti.

– Mario, ma tu... Voglio dire, lo sai chi era? Guarda che lo tengo per me.

Marione lo fissò.

– Sei al reparto da anni, lo sai come vanno 'ste cose.

– Fa' attenzione, Mario. Altrimenti ci vai di mezzo tu.

– Già.

In quel momento entrò Gianluca tagliando l'aria pesantissima. I due sovrintendenti smisero di parlare.

– Non mi dite niente, so già tutto. Che casino... – disse il collega passandosi una mano fra i capelli chiari. Si morse un labbro senza rendersene conto.

– Meglio che ti siedi qui vicino a me, – suggerí Nicola e aprí la terza relazione iniziando a scrivere veloce, mentre gli altri due restavano in silenzio.

Si fermò dopo alcuni minuti.

– Spiegami bene come è andata con il sacchetto, – chiese Nicola.

Gianluca gli raccontò ogni passaggio e lui scrisse tutto.

– Quindi mentre ti contendevi il sacchetto coi tifosi, il ragazzo è tornato indietro?

– Esatto. E subito dopo sono arrivati di corsa i colleghi.

– E poi non hai visto altro?

– No, sov, ero chinato a tirare, non ho visto nulla. Solo che ci sono state delle manganellate ai tifosi.

– Quindi non hai visto il momento in cui il tifoso ha preso il colpo in testa.

Gianluca guardò Marione, poi scosse la testa.

– No.

– Nemmeno tu... – fece Nicola.

– È vero, mi dispiace ma è andata cosí.

– Tranquillo, Bernardi, guarda che io ci credo. Il problema è se ci crederà pure il magistrato.

65.

Ale ottenne due ore di permesso e raggiunse Lollo sotto l'ospedale, come deciso per telefono. L'amico uscí con camice e pantaloni verdi.

– Sembri quasi un infermiere, – gli disse Ale con la sigaretta appena accesa in bocca.

– E tu un minchione, – replicò sorridendo Lollo. – Allora, che dici? Hai visto il giornale?

Ale annuí.

– Gliele hai date tu le informazioni?

– Sí. Non volevo che gli sbirri rovesciassero le cose e ci facessero cascare addosso le colpe. Sono bravissimi a buttare merda.

– Adesso la questura deve giustificarsi. Non sarà facile, dopo tutte le cazzate che hanno detto al G8. La gente si ricorda come fanno.

– Certo. Però Lisca è fottuto. Lo diffideranno. Lo denunceranno pure.

– E per cosa?

– Resistenza.

– Io non ne sono sicuro. Devono stare attenti a come lo trattano, adesso. Vedrai che non ci andranno pesante con lui. E poi se servirà lo aiuteremo noi per i soldi. Faremo una colletta e gli pagheremo l'avvocato.

– Gli daranno il Daspo, – considerò Ale sbuffando fumo nel vento.

Lollo sbuffò pure lui, ma di fastidio.

– Lo so che è un casino, ma ormai è andata cosí. Gli avevamo detto come comportarsi e ha fatto di testa sua. Mica possiamo tornare indietro. E poi chissenefrega? L'importante è che stia meglio.

– Certo, ovvio, ma sai lo sputtanamento anche al lavoro... che disastro!

Lollo gli scrollò una spalla.

– Minchia, Ale, non fare il corvaccio! Mi stai facendo venire la depressione! Guarda che le so anch'io, 'ste cose. Basta che lui stia bene, il Daspo e i processi finiscono. Vedrai.

Ale spense la cicca.

– Scusa, non volevo farti incazzare. È che mi dispiace troppo per Lisca. Mi sento in colpa.

– In colpa per cosa?

– Cioè, è vero che gli sbirri ci hanno caricato, ma... è partita da noi. Non si può rischiare la vita per un cazzo di striscione. Non ci voglio credere che succede.

– Ale, anche Lisca ha trenta e passa anni. Mica è un bambino. Certo che non doveva capitare, ma non è che stiamo giocando. Lo sai, no? Le cose possono anche andare male. Lo abbiamo accettato tutti quanti, a prescindere.

Ale non disse nulla.

«A prescindere da cosa? Dalla vita? Dalla logica? Dall'essere adulti? Dal fatto che queste sono cazzate?» si chiedeva. «Perché cosí stanno le cose. Sono questioni che sembrano importanti solo a noi. Fuori dallo stadio, tra la gente normale, non hanno senso. Forse è perché non hai figli, Lollo. Oppure perché non ti è mai capitato niente di tanto brutto da farti detestare la vita. Che una volta passata la rabbia, dopo quei secondi in cui ti senti meglio nella mischia, capisci che quel dolore, quel buco dentro non si riempie mai, per quanta merda inghiotti nella speranza di tapparlo».

Questi pensieri si ingarbugliavano nella testa di Ale. Avrebbe voluto confidarli a Lollo. Spiegarsi, dire qualcosa.

Ma era troppo confuso e non era bravo a parlare. Provava un maledetto miscuglio di senso di colpa, ansia, disagio. E sapeva di non potersene liberare facilmente.

66.

Mancava qualche minuto all'una. Lollo era in pausa e sedeva con Clara davanti a due toast e altrettante birre.

– Allora ci sono novità? – domandò lei.

– No, ho chiamato alle dieci ed era tutto uguale. Ma il coma è solo indotto. Presto proveranno a svegliarlo per vedere come sta.

– Sei distrutto.

– Sí, un po'. Non ho dormito nulla. Dopo vado a casa a riposare.

Clara addentò il toast. Rimasero zitti. C'era un peso che incombeva fra loro e fu la ragazza a smuoverlo per prima.

– Lore, dimmi la verità, adesso che sei piú calmo. C'entri anche tu? – Fece una pausa. – Guarda che ci ho pensato tutta la notte. Ieri sera non volevo essere cosí dura, ma mi sono spaventata, capisci? Ho subito pensato come mi sarei sentita se ci fossi stato tu, al posto di Lisca.

– Mi dispiace, non volevo che...

– Smettila, adesso non serve. Comunque ci ho pensato, te l'ho detto. E ti giuro che lo accetto, ancora per stavolta. Ma voglio capire che è successo e perché.

Lui scosse la testa quasi senza volere. – È una faccenda complicata, certe cose non si possono capire.

Lei poggiò il toast. – E perché? Mi credi stupida? Guarda che io la strada la conosco quanto te. Mi devi dire la verità sulle cose. È l'unico modo per superarle, anche se sono brutte.

«Se è questo che vuoi», sembrò dirle la faccia di lui, anche se non parlò.

– Voglio che non mi racconti piú palle. Fai parte di quel gruppo di cui parla il giornale? Quelli di domenica scorsa a Borzoli, quelli dello striscione? Devi dirmelo.

Lui bevve una lunga sorsata di birra.

Poi lo fece. Le raccontò le cose *quasi* com'erano.

Parlò del gruppo, ma non le disse di essere il leader. Che poi mica c'era stata un'elezione. Anche se, nei fatti, lui li guidava. Era diventato chiaro la notte prima, quando aveva gestito l'emergenza di Lisca all'ospedale. E l'aveva gestita da leader.

Sul viso di Clara si mescolavano rabbia, delusione, preoccupazione. Dolore e amore.

– Perché lo fai? Dimmelo, Lore. Perché?

– Perché bisogna, Cla'. Non possiamo comportarci sempre da marionette obbedienti. Non possono chiuderci anche le curve, militarizzarle. Sono uno spazio sociale pure quelle. Un luogo di aggregazione. Lo sai che i ragazzi allo stadio hanno fatto anche cose belle. Oltre alle coreografie, intendo. Raccolte di fondi, attività solidali –. Lollo si accese. – Tutti parlano a vanvera, senza sapere niente. Perché non dicono che quando c'era da spalare, dopo l'alluvione, per strada sono andati un sacco di ragazzi della curva, eh? Oppure con gli operai, a manifestare. Mica è venuta la gente che sta in casa a giudicarci!

– Guarda che la gradinata la conosco anche io. È vero, la gente parla e non sa nulla. Mi ricordo dell'alluvione e anche di quelle raccolte per il Gaslini. Lo so, ma...

Quel «ma» rimase sospeso come un sasso fra i due fidanzati, prima di cadere.

– Il problema è che non c'è solo questo, – disse Clara. – Almeno ammettilo, no? Sii sincero. Credo che tu me lo debba, Lore!

Lui aprí le braccia.

– Va bene, okay! È questo che vuoi, no? D'accordo. Ci sono anche gli scontri, nella curva. I tafferugli. Sei contenta? Tanto di questo è inutile che parliamo, perché non lo puoi capire, giusto? – disse esasperato.

Clara si toccò il collo, nervosa.

– Lore, è come al G8. Abbiamo sbagliato tutti, anche io. Per questo mi sono fatta da parte. Ti ricordi? Parlavamo degli incidenti quasi fosse un gioco, come se dovessero succedere per forza. In fondo volevamo che capitassero, per far sentire meglio la nostra voce e per far pagare ai poliziotti tante schifezze. Poi invece... – il tono della ragazza era piú avvilito che rabbioso, – non è cambiato nulla! Il mondo va avanti, i vertici proseguono e invece quel movimento è finito. Tanti ragazzi si sono rovinati la vita e Carlo è morto, Cristo. Morto per nulla! E noi saremo ricordati solo per quella violenza e per nient'altro. Se c'era qualcosa di giusto, in quella battaglia, non lo ricorda nessuno –. Clara si commosse. Lui l'ascoltava come un pugile all'angolo. – E per lo stadio è uguale. Questa violenza, questi scontri, quest'odio... Non fanno altro che rovinare le cose belle che fate. La passione che avete. E nessuno dirà mai che certe leggi sono incostituzionali o racconterà i soprusi della polizia. Guarda che io leggo i giornali e lo vedo: si parla solo di voi e delle vostre violenze. Con la violenza avrete sempre torto.

Lollo finí la birra in silenzio, ma non poteva ignorare quanto di vero c'era in quelle parole. E neppure poteva trovare spiegazioni logiche per Clara. Forse una parte di lui credeva davvero nell'aspetto «politico» della cosa, nella difesa del diritto a tifare senza essere schedati, controllati, identificati. Forse una parte di lui credeva in quella battaglia ideologica come aveva creduto nel sogno dei no-global. Si batteva per difendere la libertà, che fosse in un centro sociale o in una curva.

Ma *un'altra* parte di Lollo, piú buia, parlava una lingua che Clara non poteva capire. Era la parte nascosta dietro il suo sorriso aperto e i discorsi nobili. La parte che chiamava la violenza senza sapere perché.

Solo se eri stato nella mischia, in mezzo al fumo e alle bottiglie. Solo se avevi visto gli occhi dell'uomo che ti fronteggiava con una cinghia o un manganello. Solo se avevi lottato per non cedergli neppure un centimetro. Ecco, solo allora potevi capire ciò che nessun altro avrebbe capito. Che fare gli scontri era troppo bello.

Ma Clara non mollò la presa, quasi gli leggesse nel pensiero.

– Ascolta, se non sei in grado di spiegarmi il perché, pazienza. Non capisco cosa provi e mi feriscono le bugie che mi hai raccontato. Ma sono disposta a superare tutto questo, perché ti amo. Ora, però, basta. Avete fatto quello che avete fatto e spero che nessuno pagherà. Che Lisca stia meglio e tutto si risolva.

– Sí, sarà cosí.

– Ecco, non credi che sia sufficiente? Abbiamo rischiato, nel 2001. Forse siamo stati solo fortunati. Non dimenticarlo. Io ho deciso che non mi doveva capitare piú nulla di simile, ma tu no. Tu vuoi insistere.

Gli prese una mano e lui se la lasciò stringere.

– Ascolta, Lore, mettiamoci una pietra sopra. Ora pensate a Lisca e basta. Poi sciogliete questo gruppo, questa... questa cosa che avete fatto. Lasciate perdere. Siamo adulti ormai, non c'è piú tempo per sbagliare. Dobbiamo pensare alla nostra vita. A noi.

Lui non disse nulla.

– Abbiamo un futuro, dei progetti da condividere. Non ci pensi a me? Non mi ami abbastanza?

Clara gli mostrava il suo lato piú fragile e innamorato. Lei che detestava i ricatti emotivi, era arrivata al punto di parlare cosí. Lollo si intenerí.

– Ma certo che ti amo. Certo. Lo sai, – mormorò e si allungò sul tavolo per baciarla.

Lei lo strinse forte e lui temette che gli facesse ancora quella richiesta. Giurare che era finita. Avrebbe potuto solo piegarsi o mentire.

Ma il telefono squillò nella tasca.

– Cazzo, sono i genitori di Lisca! – Si precipitò fuori dal bar per sentire meglio.

Ci rimase cinque minuti e quando rientrò Clara gli andò incontro.

– Allora? Cosa dicono?

– È sveglio. Parla, riconosce le persone. Ha solo un gran mal di testa! – disse Lollo con gli occhi lucidi. Si abbracciarono.

– Grazie a Dio. Grazie, – fece piano la ragazza. – Vai su a trovarlo?

Lui fece di no con la testa.

– Dicono che almeno per oggi è meglio che stia tranquillo. Potremo andare da domani. Tu paga, dài, svelta.

– Ma non finisci di mangiare?

– No, sono troppo agitato. Devo chiamare subito gli altri.

Clara si oscurò solo un secondo.

– Certo, devono saperlo pure loro.

Lollo era già uscito, stringendo il telefono come un trofeo. Correva dagli amici e da Lisca.

Lontano da lei.

67.

Marione entrò nello spaccio e chiese un caffè lungo. Arrivò anche Ferro e si salutarono incrociando gli avambracci.

– Ti hanno detto che il ragazzo si è svegliato? – domandò Marione.

Ferro annuí, accennando un sorriso.

– Sí, per fortuna. Ne fai uno anche a me? – chiese alla ragazza dietro il bancone. Poi si rivolse all'amico: – Speriamo che la cosa si sgonfi.

– Dài, bevi il caffè, poi parliamo fuori, – suggerí Mario. Ferro bevve e uscirono.

– Ascolta, ho fatto la relazione. Non ci ho scritto nulla di preciso, solo che il tifoso si è ferito, dopo il nostro intervento.

– Della nostra squadra?

– Esatto.

– Ma perché? Non potevi metterci del reparto in generale?

– No che non potevo, Andre! Ci siamo andati per primi noi. Lassú c'è la telecamera.

Ferro si morse le labbra.

– Sinceramente io avrei aspettato di vedere le immagini. Magari il raggio di ripresa era limitato e non si vede il punto da cui siamo partiti, solo l'arrivo! Lo dico per tutelare il collega che ha dato la manganellata, no?

Marione lo fissò.

– Vedi che con me puoi anche parlare tranquillo.

Ferro scosse le spalle.

– Di cosa?

– Ouh, guarda che ti ho visto. Alla testa lo hai preso tu.

Ferro aggrottò la fronte.

– Mario, ma che cazzo dici? Che discorsi sono? Qui nessuno ha fatto niente, come sempre. È il reparto che ha caricato, mica il singolo. Abbiamo menato e basta. Tutti quanti.

Marione abbassò la voce: – Ho capito, ma guarda che sono io, eh? – disse indicandosi il viso. – Io lo so com'è andata e ti avranno visto anche gli altri. E lo hai raccontato pure tu sul mezzo! Cazzo, lo hai detto tu che sei partito per primo!

Ferro voltò le spalle all'amico come non sopportasse quelle parole. Tacque un attimo, poi tornò a guardarlo.

– Non importa cosa ho detto, Mario. E poi, che ne sanno gli altri, magari mi sono sbagliato oppure ho sparato una cazzata. Comunque non bisogna parlarne, adesso. Coi ragazzi della squadra ho già chiarito stamattina, tranquillo. Li ho cercati in caserma, tanto facevamo tutti pronto impiego.

Marione era spiazzato, Ferro continuò sulla medesima linea.

– Nessuno ha visto nulla. Eravamo senza materiale e nella mischia chissà chi è stato. Le telecamere avranno ripreso dall'alto, sono certo che si vedono solo i caschi.

– D'accordo, ho capito. Ma perché fai cosí? Cosa vuol dire? Andre, siamo io e te, mica due estranei.

– Sei tu che hai cominciato. Scrivendo che siamo intervenuti noi per primi, hai subito escluso tutte le altre squadre. Scusa se te lo dico, ma mi sembra una cazzata.

– Ma è la verità, porco mondo.

– Ho capito, – disse Ferro congiungendo le mani e poi abbassandole di colpo. – Ma se scrivevi piú generico era meglio. Te lo devo dire io che sono assistente? Sei tu che fai il caposquadra! Lo sai che è meglio restare vaghi, fin quando non si sa qualcosa di certo. Specialmente in un caso simile!

– Vedi che non mi devi insegnare il mio, okay? Ho scritto cosí perché mi sembrava la cosa migliore per tutti. Se poi c'è stato un problema spiegheremo perché. Mica si voleva ammazzare nessuno, cazzo. È successo, può capitare. Il tipo si è spostato ed è stato preso male. In fondo stava aggredendo un collega.

Ferro scosse la testa, guardando a terra.

– La fai troppo facile.

– Guarda che mi ci sono già trovato nella merda. E tu lo sai bene, visto che sei stato uno dei pochi ad aiutarmi. Se inizi con le bugie, non ne esci piú.

– Perché, scusa, a te ti hanno assolto o no?

– Sí, ma che c'entra? È stato uno schifo! – Marione stava cercando di tenere la voce bassa. Quella conversazione era assurda.

– Io non ti riconosco piú. Una volta non avresti fatto certi discorsi.

Marione si sentí come se avesse preso una frustata sulla schiena.

– Comunque fammi sapere. Ciao, – chiuse brusco Ferro e se ne andò.

Il sovrintendente Bozzano restò inchiodato lí, senza repliche. C'era il sole e faceva piú caldo, quel giorno. Eppure lui si sentiva gelare.

68.

– A Lisca! – gridò Robi al centro della sua camera da letto e sollevò la bottiglietta di Beck's.

– A Lisca! – ripeté Enrico e incocciò la birra con quella dell'amico. Bevvero.

La stanza di Robi era grande, come il resto della casa. Un appartamento elegante in uno stabile signorile, zona San Fruttuoso. I genitori se la passavano bene, lavoravano entrambi in banca. Avevano soldi a sufficienza per permettersi una seconda casa in Piemonte, la donna delle pulizie e la scuola privata per l'ultimo anno di superiori del loro unico figlio, in modo da facilitargli la maturità.

Probabilmente avevano creduto alla versione di Robi, secondo cui era stato il professore di lettere a farlo bocciare, perché lo odiava.

In realtà Enrico sapeva che negli ultimi due anni il suo amico aveva studiato quasi zero. La prima volta l'aveva sfangata, ma alla seconda non lo avevano graziato.

Robi perdeva un casino di tempo su Internet. In quel forum degli ultrà, innanzitutto, poi a scaricare musica, film, tutto quanto trovava. Una specie di malattia da download, perché poi vedeva un quarto di quanto scaricava. E stava sempre su Facebook.

Oltretutto andava a giocare a pallone e si vedeva ogni giorno con Laura. Studiare in condizioni simili era impossibile, non serviva un genio a capirlo. Evidentemente i suoi genitori non si sforzavano troppo.

A studiare Enrico se l'era sempre cavata meglio. Forse perché i suoi ci tenevano, specialmente sua mamma, che insegnava alle elementari da vent'anni. Oppure perché suo fratello Vincenzo era sempre stato bravo al liceo e all'università, e lui non voleva essere da meno. Prendeva lo studio come un lavoro e cercava di farlo bene. Cosí lo avevano abituato i suoi.

– Cazzo, Enri, ormai siamo del gruppo! Hai visto? Lollo ci ha avvisato subito! – disse Robi agitando la testa rasata. Gli orecchini a cerchietto gli danzarono sui lobi.

– Meno male che Lisca sta meglio. Forse la cosa si sgonfierà un po'.

Robi bevve ancora, prima di parlare.

– Io non voglio che si sgonfi! Domani faranno una riunione speciale per decidere sulla partita col Napoli.

– Secondo me ci fanno giocare a porte chiuse, – ipotizzò Enrico.

– Dici? Mi sembra troppo drastico. Però sai che penso? Andrebbe anche meglio. Cosí si trovano tutta la gente fuori e poi voglio vedere cosa succede. Sono tutti incazzatissimi per Lisca.

– Come lo sai? Dal forum?

Robi annuí. – Vieni a vedere –. Andò ad accendere il computer e si connesse al suo forum preferito: ultraliberi.org.

– È qui che scrivi sempre? – gli domandò Enrico.

– Sí. Anche su altri due, ma questo è quello fatto meglio. E il piú frequentato.

– Come ti chiami?

– Grifo90.

– La data di nascita potevi evitarla, – considerò Enrico.

Robi lo guardò quasi schifato.

– Sei sempre il solito cagone. Se lo dico a Lollo...

– Ma vai a cagare tu.

– Sto scherzando, dài!

Sedettero l'uno accanto all'altro.

– La password è «pisellone», – fece Robi entrando nel forum. Risero insieme.

Nella prima pagina c'erano le varie sezioni: *notizie*, *ultrà in Italia*, *ultrà nel mondo*, *materiale tifo*, *rivalità*. Ovviamente non mancava la sezione *scontri*.

Ci entrarono e in cima trovarono la discussione sugli incidenti del giorno prima. L'ultimo messaggio era appena stato postato, ma era preceduto da altre venti pagine zeppe di commenti.

Iniziarono a leggere e rimasero lí davanti almeno mezz'ora. Qualcuno chiedeva lumi sull'episodio, un tifoso del Genoa lasciava intuire di esserci stato e aver visto qualcosa. Raccontava di un tafferuglio breve e che nessuno si era accorto del ferimento, all'inizio. Non entrava nei dettagli. Ci voleva cautela.

Un tifoso della Salernitana – tifoseria ostile al Genoa per il gemellaggio con il Napoli – sosteneva che scontrarsi per uno striscione poteva starci, ma rischiare una vita no. Molti lo attaccavano, dicendo che negli scontri le situazioni non si potevano prevedere. E comunque era colpa degli sbirri, che usavano sempre la mano pesante.

La maggioranza dei tifosi insultava pesantemente la polizia. «Bastardi». «Merde». «Infami». «La pagherete». «Acab».

Tantissimi ultrà invocavano vendetta.

«La devono finire!» «I genoani devono fare qualcosa di grosso». «C'è da dare un segnale». «Bisogna dare fuoco alla questura, come a Roma». «Non ci fermeranno!»

– Visto, cosa ti dicevo? – Robi diede di gomito all'amico. – Qui dobbiamo fare qualcosa. Non possiamo restarcene calmi, dopo ieri.

– Dobbiamo… Mica decidiamo noi!

– No, okay. Ma Lollo ha detto che ci fa sapere, giusto?

– Sí, ci scrive prima della partita col Napoli.

– Lo vedi? – si esaltò Robi. – Hanno in mente qualcosa, te lo dico io. Bisogna che glielo scriviamo.

– Che cosa?

– Che noi ci siamo. Tu cosa gli hai risposto prima?

Enrico sollevò le spalle. – Di farmi sapere. E l'ho ringraziato per avermi avvisato di Lisca.

Robi mise su la faccia dura e si alzò.

– Non va bene, cazzo! Dovevi aspettare me!

– Guarda che un messaggio lo so scrivere anche da solo, – rispose Enrico piccato.

– Forza, dammi il numero che gli scrivo anch'io, – disse Robi.

Enrico parve spaventato dall'intraprendenza dell'amico.

– Gli mando un messaggio da parte mia, non ti coinvolgo mica! – assicurò l'altro.

– E se si incazza? Il numero lo ha dato a me, porca troia.

– Ma cosa vuoi che si incazzi! C'ero anch'io. Dài, su.

Enrico prese il telefono dalla giacca con riluttanza, aprí la rubrica sul numero di Lollo e lo dettò all'amico. Da un lato preferiva che andasse cosí. Era meglio che lentamente lui si defilasse, che cedesse a Robi il suo contatto con Lollo.

Robi scrisse sul BlackBerry e inviò.

– Ecco fatto, – disse.

– Cosa gli hai scritto?

«Sono Robi, l'amico del fratello di Vincenzo. Grazie per l'sms, fai gli auguri a Lisca. Se vi vedete per il Napoli, noi ci siamo. Segnati il mio numero! Ciao. Robi».

Enrico non ebbe tempo di commentare che già il BlackBerry segnalava un messaggio ricevuto.

– È Lollo!

Lessero insieme.

«Bravi ragazzi, cosí vi voglio! Terrò presente. Qualcosa facciamo di sicuro, vedrete, vi aggiorno».

Robi gongolava, Enrico sentí un brivido di eccitazione e delusione. Perché avrebbe voluto essere come il suo amico, irriverente e senza paura. Certo, Robi nello studio lasciava a desiderare, ma a fare l'ultrà spaccava.

69.

Erano le cinque del pomeriggio e sulla scrivania teneva una tazza bollente di tè.

Nicola era piú tranquillo, da quando Marione lo aveva chiamato per dirgli che il ragazzo in coma si era svegliato e sembrava lucido. Una parte di lui non voleva pensare al calcio, ai tifosi, agli incidenti. Ma un'altra si sentiva piú che mai coinvolta, anche per via del libro a cui stava lavorando.

Riavviò il file.

LIBRO ULTRÀ – 5 (DECESSI).

Sul finire degli anni Sessanta gli scontri fra ultrà e polizia salgono di tono. I gruppi, che prima ingaggiavano prettamente tafferugli e risse a mani nude, si muniscono di armi: spesso bastoni e cinghie, ma anche molotov e spranghe di ferro. Razzi. Cominciano a spuntare anche i coltelli.

Il 28 ottobre 1979, prima del derby Roma-Lazio, il tifoso laziale Vincenzo Paparelli siede accanto alla moglie in curva Nord. Dalla curva opposta i romanisti lanciano due razzi, che volano fuori dall'impianto. Il terzo razzo attraversa lo stadio e centra Paparelli in un occhio, perforandogli la testa. Soccorso, il tifoso arriva in ospedale già cadavere.

A ucciderlo è stato il diciottenne Giovanni Fiorillo, che resterà latitante quattordici mesi, contattando a piú riprese la famiglia della vittima per scusarsi e dire che non voleva ammazzare nessuno. Costituitosi, verrà condannato per omicidio preterintenzionale.

Morirà alcuni anni dopo per un male incurabile.

Inizia con questa tragedia una spirale di violenza e dolore che l'8 febbraio 1984 coinvolgerà anche la polizia.

A Trieste si gioca il derby di Coppa Italia con l'Udinese.

È una partita delicata e la Questura impiega anche gli allievi della scuola di polizia. Ragazzi giovani, che hanno alle spalle solo qualche esercitazione di ordine pubblico.

Alla fine dell'incontro esplode la guerriglia e la polizia interviene per disperdere i triestini che attaccano le auto targate Udine cercando di rovesciarle. La polizia risponde con lacrimogeni e cariche.

Un tifoso locale, il ventenne Stefano Furlan, viene fermato da alcuni agenti, portato in questura e rilasciato: al ritorno a casa, racconta di aver preso una manganellata in testa nei tafferugli e di aver subito un pestaggio in questura.

È stanco, ha la nausea e si mette a letto. Il giorno dopo sta ancora male e sua madre chiama un taxi per portarlo al pronto soccorso.

– Mamma, perché mi hanno picchiato? Non avevo fatto niente, – ripete Stefano durante il viaggio.

All'ospedale sviene ed entra in coma. Viene operato ma, dopo ventuno lunghissimi giorni di agonia, muore.

Mentre in città si levano violente accuse contro la polizia, il giovane agente Alessandro Centrone viene identificato come la persona che ha colpito Furlan fuori dallo stadio ed è processato per omicidio preterintenzionale.

La corte però lo condanna a un anno con i benefici di legge per eccesso colposo: il poliziotto non voleva uccidere, ma ha usato il suo sfollagente in modo eccessivo causando la lesione mortale.

Gli ultrà triestini non accettano la sentenza. Per loro si è trattato di un'aggressione immotivata e volontaria contro un ragazzino che non era nemmeno un ultrà, ma aveva avuto la sfortuna di capitare in mezzo agli scontri. I tifosi invocheranno giustizia con manifestazioni, volantinaggi, striscioni e cori.

La loro curva si chiamerà per sempre «curva Furlan».

L'agente condannato otterrà i benefici previsti dalla legge, re-

stando in polizia. Negli anni vincerà il concorso da ispettore e diventerà atleta di livello internazionale, partecipando con successo a maratone estreme.

Sul pestaggio in questura a opera di altri poliziotti, raccontato da Furlan alla madre, resterà il mistero.

Quattro anni dopo la tragedia, lo Stato stanzierà per la famiglia di Stefano un risarcimento lordo di novantanove milioni di lire. Per superare gli ostacoli burocratici e incassarli, la madre del ragazzo dovrà avvalersi ancora degli avvocati.

Finendo di leggere, Nicola soffocò un brivido.

Gli scontri, la manganellata del poliziotto, il tifoso ferito, l'ospedale, il coma: era tutto tremendamente simile al casino con i genoani. Lí dopo un derby, a Genova per uno striscione.

Bastava poco, troppo poco perché un normalissimo servizio allo stadio diventasse un tragico episodio di cronaca nera.

Grazie al Cielo, o al destino, questa volta non era morto nessuno.

70.

Lupo finí il turno in macelleria alle sette di sera. Salí sul suo scooter rappezzato e troppo rumoroso. Passò dal solito bar e vide che era appena entrato Giorgione. Entrò a salutarlo e ordinarono due birre. Si spostarono sul retro.

– Ne parlavano anche i Tg nazionali oggi. Di sicuro arriveranno le diffide, – disse Lupo.

– Io sono a rischio.

– Perché? Ti si vedeva la faccia?

– No. Mi ero anche tolto il giaccone. Ma sai com'è… Mi si riconosce abbastanza facilmente, – fece Giorgione indicandosi la pancia. Partiva da sotto lo sterno e tracimava oltre la cintura.

– Che cazzo vuol dire? Ce n'è tanta di gente con la pancia! Se non c'è la certezza, mica possono farti nulla.

– Lo spero. Ma c'era il tizio della Digos davanti, quello che ha preso il pugno.

Lupo fece un ghigno di gioia. – Gliel'ho dato io.

Giorgione rise. – Lo so e hai fatto bene. Tanto quelli se lo meritano sempre. Però credo di essere uno dei pochi che lo sbirro poteva riconoscere. Quello è in servizio da un secolo.

– Forse anch'io l'avevo già visto, qualche anno fa.

– Io era tanto che non lo beccavo. Comunque dovrà prendersi un po' di antidolorifici! – scherzò Giorgione con la sua voce grossa. Bevve.

– Bisogna che facciamo qualcosa, mercoledí. Lo dice anche Lollo, l'ho sentito prima. Non possiamo starcene muti, – disse Lupo.

– Per me la giocano a porte chiuse e buonanotte.

– E allora? Noi ci presentiamo lo stesso. Forse arriva anche qualcuno da Napoli, domani sentiamo.

Giorgione fece una faccia perplessa.

– Non lo so, certo che piú andiamo avanti e piú rischiamo. Se vogliamo farla bene, stavolta, dobbiamo chiamare anche gente degli altri gruppi e cani sciolti. Per fare numero.

– Se stiamo zitti penseranno che ci stiamo cagando addosso. Anche gli ultrà delle altre squadre. Se non facciamo nulla il gruppo è già morto, per come la vedo io.

– Va bene, dài, provo a muovermi. Almeno prima della diffida mi diverto! – Giorgione sorrise, poi tornò serio. – Facciamo cosí: ci vediamo domani sera qui, anche con Lollo e il vostro amico, quello pelato.

– Ale.

– Strano tipo, quello. Non l'ho ancora capito bene.

– Nemmeno io, – disse truce Lupo.

– Però c'è sempre, quando conta. E mi sembra che Lisca l'ha portato lui all'ospedale.

Lupo confermò distrattamente, poi salutò l'amico.

Saltò sullo scooter e partí svicolando tra le auto incolonnate. Si guadagnò qualche strombazzata di clacson, cui rispose con il dito medio alzato. Fu davanti a casa in un quarto d'ora.

Quando arrivò in vista del portone rallentò. Di solito posteggiava sotto, ma per un po' avrebbe cambiato abitudini. Lasciò lo scooter fra due macchine e incatenò la ruota davanti. Si avviò lungo il vicolo.

Da lontano vide la fila di moto che parcheggiavano sempre di fronte all'ingresso. Poi scorse due figure, in piedi.

Erano due maschi. Uno fumava.

Lupo si fermò dov'era. Prese una boccetta di spray al peperoncino dal marsupio in cui teneva chiavi e cellulare, la strinse nella sinistra. Con la destra slacciò la cintura dei pantaloni e ne afferrò la fibbia, pronto a tirarla fuori per intero, se fosse servito.

Si avviò verso il portone.

Forza, fatevi sotto. Merdosi doriani. Non ci dovete venire sotto casa mia, che vi rompo il culo.

La cicatrice solcò il viso piú profonda.

Lupo arrivò in prossimità dei due uomini. Uno aveva un cappello, l'altro un cappuccio. Erano alti, ma non troppo grossi. Se li sarebbe mangiati, come un lupo.

Dài, inutile che fate finta di niente, bastardi.

Quando fu a cinque metri da loro si bloccò. Forse quelli sentirono i passi e uno si girò di scatto.

– Oh, ciao! Non ti avevo sentito, – disse facendo un cenno a Lupo.

Era uno sbarbato di diciassette anni che abitava nel suo palazzo e lavorava nell'officina dove Lupo aveva portato un paio di volte lo scooter. Alto un metro e ottanta con la faccia di un bambino.

Lupo rilassò i muscoli.

– Ciao, – disse ispezionando i ragazzi con lo sguardo. Fece un sorriso acre e si avviò al portone.

Quelli salutarono ancora, guardandolo intimoriti.

71.

Enrico prese il telefono e compose il numero di Daniela. Era nervoso, ma si sforzò di pensare a Robi. Lui non faceva la mezzasega, doveva seguire il suo modello.

Per un paio di minuti chiacchierarono delle solite cose: l'università, il liceo, il freddo. Fu Daniela a rompere gli indugi.

– Senti, ma noi quando ci vediamo? Mi manchi.

– Anche tu, – non riuscí a evitare di rispondere Enrico. Cercò di correggersi. – Ma ti ho detto come stanno le cose. Ci hai pensato?

– Sí, ci ho pensato. Però non è giusto che fai cosí. Se mi fai pressione è solo peggio.

Enrico tentò di mantenersi calmo.

– Alla fine è sempre colpa mia.

– Non è colpa di nessuno, – replicò Daniela.

– A me sembra naturale. Stiamo insieme da quattro mesi. Tu dici che mi ami…

– E tu? – chiese lei a bruciapelo.

Lui rimase zitto, lei continuò. Forse non voleva sentire la sua *non-risposta*. – Se mi amassi non faresti cosí. Aspetteresti e basta.

Enrico si sentiva già con le spalle al muro, perché ogni volta che toccavano l'argomento finiva a recitare la parte del cattivo, dell'arrapato cronico.

Il fatto che la desiderasse e non potesse piú aspettare non significava che non provasse dei sentimenti per lei. Anche forti. Ma, senza sesso, aveva senso parlare d'amore? Se non c'era intesa fisica, come si faceva? Enrico si maledisse perché si sentiva sempre cosí poco esperto, di tutto.

– Ma io ti desidero. Non lo capisci? Voglio essere io il primo per te.

Daniela fece un lungo respiro nella cornetta. Comunque ci sto pensando.

– Davvero?

– Sí. In questi giorni in cui non ti ho sentito mi sono resa conto di quanto sei importante per me e… non voglio perderti per questa cosa. Forse la sto facendo piú grande di quel che è.

Il ragazzo chiuse gli occhi assaporando il piacere di quel successo insieme piccolo ed enorme. Capí che doveva allentare la pressione. Non era il momento di rovinare tutto cedendo all'impazienza.

– Va bene, mi fa piacere. Pensaci ancora, allora. Deve essere una cosa naturale.

– Però… dobbiamo trovare anche una situazione, come dire, adatta. Non vorrei che capitasse in macchina. Forse sono stupida a pensare a queste cose romantiche.

Enrico si sforzò di non mollare un solo centimetro alla tenerezza. Gli venne in mente Robi.

Che cazzo fai? Se ti comporti da buliccio non cavi un ragno dal buco!

– No, hai ragione, il posto conta molto, perché è una cosa importante. Questo l'ho capito anche io, – concesse, mantenendo un tono controllato. Gli sembrava di gestirsi bene.

– Grazie. Grazie che mi capisci.

Continuarono a parlare ancora un po', ma lui spostò l'argomento di nuovo sulla scuola. Non voleva insistere con il sesso, per non stressare Daniela. Stava camminando in equilibrio sulla fune che, forse, lo avrebbe condotto all'agognato traguardo. Bastava un passo falso e sarebbe precipitato. Capirlo era già un grande risultato.

Decisero di risentirsi nei giorni seguenti, senza fissare la data del loro prossimo incontro. In realtà Enrico sperava che un altro po' di attesa portasse le cose a compimento. Si salutarono con una certa dolcezza ed Enrico chiuse la comunicazione soddisfatto.

Aveva la situazione in mano, stava pilotando lui. Stavolta Robi non avrebbe potuto obiettare nulla.

72.

Nicola tornò al computer anche dopo cena e passò al capitolo seguente del suo futuro libro.

LIBRO ULTRÀ – 6 (DECESSI BIS CON HEYSEL).

Il 30 settembre 1984 si verifica una disgrazia assurda. Al termine di Milan-Cremonese, il tifoso rossonero Marco Fonghessi è scambiato per ospite da alcuni ultrà rossoneri. La sua macchina, infatti, è targata Cremona. Il gruppetto gli taglia le gomme dell'auto. Fonghessi reagisce e viene accoltellato a morte da uno dei tifosi della sua stessa squadra.

Il 13 aprile 1986 il tifoso della Roma Andrea Caroli, 17 anni, muore carbonizzato nell'incendio di un vagone del treno su cui viaggiava in occasione della trasferta Pisa-Roma.

Pochi mesi dopo, il tifoso della Sambenedettese Giuseppe Tomasetti viene accoltellato a morte da un tifoso ascolano dopo un derby di Coppa Italia.

Il 9 ottobre 1988, al termine di Ascoli-Inter l'ascolano Nazzareno Filippini rimane ferito in una rissa scoppiata con alcuni interisti. Morirà dopo una settimana in ospedale. Quattro interisti saranno arrestati.

Il 4 giugno 1989 Antonio De Falchi, romanista, viene aggredito e inseguito da un gruppetto di milanisti. De Falchi cade, forse per uno sgambetto. Viene raggiunto e preso a calci e pugni. Un poliziotto lo soccorre, ma le condizioni sembrano gravissime. Il poliziotto tenta di rianimarlo con la respirazione bocca a bocca, invano. Soccorso da un'ambulanza, De Falchi arriverà già cadavere in ospedale.

Il 29 maggio 1985, in Belgio, il calcio italiano conosce la sua piú grande tragedia.

A Bruxelles si gioca la finale di Coppa dei Campioni tra Juventus e Liverpool.

Lo stadio Heysel è decrepito, l'organizzazione insensata.

Un settore di curva, che passerà alla cronaca come settore Z, viene occupato dai tifosi juventini. Ma non sono ultrà, si tratta per lo piú di famiglie o gruppetti di diverse nazionalità, giunti in Belgio per vedere la finale.

Gli hooligan inglesi sono tantissimi e molti non hanno il biglietto.

Vengono sistemati nei settori X e Y della stessa curva, divisi dai bianconeri con una semplice rete metallica. È vigilata da dodici gendarmi che, poco dopo, si allontanano per intervenire fuori dallo stadio.

Circa un'ora prima dell'incontro gli inglesi caricano gli juventini assiepati nel settore Z con l'intenzione di prendere possesso della curva, secondo il rituale inglese del «take an end». Sembra che i tifosi del Liverpool, memori di alcuni scontri avvenuti a Roma, si aspettassero una tifoseria compatta e in grado di reagire.

Ma i tifosi del settore Z non reagiscono, anzi fuggono in preda al panico sotto le bottigliate, i lanci di calcinacci e le sprangate degli inglesi. Cercano di salvarsi entrando in campo, ma vengono respinti dalla polizia e allora si radunano tutti contro il muro che chiude il settore. Premono troppo e il muro cede. Parte dei tifosi precipita nel vuoto: alcuni muoiono nella caduta, altri infilzati dalle barriere metalliche, altri ancora hanno già perso la vita sugli spalti, asfissiati dalla calca.

Sotto la spinta della folla, però, il muro crolla e molti tifosi rimangono sotto le macerie. Altri sono schiacciati nella fuga.

Muoiono in trentanove, di cui trentadue italiani. Il piú giovane, Andrea Casula, ha undici anni. I feriti sono seicento.

Gli ultrà della Juventus cercano in campo lo scontro con gli inglesi, ma vengono respinti dalla polizia a cavallo, intervenuta a dramma ormai consumato.

Su ordine delle autorità belghe, la partita si gioca lo stesso, nonostante il presidente Boniperti invochi la sospensione.

La Juventus diventa campione d'Europa con un rigore inesistente.

A Torino la gente festeggia per le strade, mentre in televisione si vedono salme coperte da bandiere e sciarpe bianconere.

Quattordici responsabili della carica inglese saranno individuati, ma per un cavillo burocratico non sconteranno mai la pena.

73.

Erano quasi le nove e Robi avrebbe dovuto ripetere la lezione di italiano. D'Annunzio era proprio una palla, le sole cose che ricordava di lui erano che faceva il pilota d'aerei e aveva preso parte a imprese militari in Dalmazia. Che era stato un eroe del Fascio, uno cazzuto. Quanto alle opere letterarie, meglio lasciar perdere, era buio completo.

Si collegò al forum. Scorse gli ultimi messaggi e vide che nella disputa era intervenuto anche il solito Gradinata Sud. Il suo post di tre minuti prima era l'ultimo.

Gradinata Sud: «Tutte queste pagine di messaggi... Mi dispiace per il ragazzo che si è fatto male. Onore a lui e speriamo che si riprenda completamente. Però ancora nessuno è riuscito a spiegarci bene com'è andata, al di là di quanto dicono i giornali. Non è che erano quattro gatti, i CInoani? Per questo gli Acab li hanno scassati».

Robi sentí la collera montare come panna acida. Anche quel doriano sbruffone, perché parlava sempre a sproposito? Innanzitutto il «CInoani» che alludeva alla loro retrocessione in serie C, lo mandava in bestia. E poi gli sbirri non avevano scassato proprio nessuno. Loro si erano difesi bene. Lisca era stato sfortunato e basta.

Grifo90: «Ascolta, Gradinata, è inutile che spari sempre cazzate. Ti assicuro che i nostri erano un numero discreto e agli sbirri gliel'abbiamo fatta passare brutta. Te lo garantisco. Non parlare di quello che non sai».

La risposta non si fece attendere.

Gradinata Sud: «"I nostri erano un numero discreto"... Che intendi? Parli per sentito dire oppure hai fonti affidabili? Tu li hai visti? C'eri? Qui troppa gente inventa minchiate».

Robi avrebbe voluto rispondere subito, ma esitò.

Si inserí Eagle79, uno dei moderatori.

Eagle79: «Riflettete bene su cosa postate, ragazzi. C'è anche la chat. Lí non vi vede nessuno».

«Giusto», pensò Robi.

Grifo90: «Eagle ha ragione. Se vuoi parlare vieni nella chat, Gradinata».

Robi uscí dalla discussione ed entrò in chat. Trovò un paio di utenti connessi e, solo qualche secondo dopo, apparve Gradinata Sud. Gli chiese di avviare una chat riservata, loro due soli, e Gradinata accettò. «Eccomi», scrisse.

«Ciao» rispose Robi.

«Allora ieri stavi allo stadio? C'eri anche tu?»

«Sí».

«Bravo. Questo ti fa onore: scusa per prima. Ti ho punzecchiato, ma non volevo offenderti. Sul forum faccio un po' di scena :)».

«Nessuna offesa. Ma potevi risparmiarti quella stronzata della C1, visto che adesso voi siete in B».

«E vabbe', qualche sfottò ci vuole :-P».

Pausa. Poi Gradinata riprese: «Comunque anche se siamo rivali di tifo, sempre onore per chi è ultrà nel cuore».

Robi annuí nel silenzio della camera.

«Sempre» scrisse.

«Sul forum faccio lo stronzo... ma per divertirmi... C'è troppa gente che spara cazzate e allora devo scremare. Tu però mi sembra che fai sul serio...»

«Mi piacerebbe riuscirci. Per me era una delle prime volte».

«?»

«Intendo con un gruppo. Mi sono già trovato nel casino, ma sempre roba isolata».

«C'è sempre una prima volta. L'importante è iniziare :)».

«Infatti».

«Allora ieri c'eri? Hai visto?»

«:)».

«Perché vi siete scontrati? È vera la storia dello striscione?»

«Sí».

«Dicono che ci fosse scritto Facce Coperte e qualcos'altro».

«Io però non l'ho mica visto. Lo aveva il ragazzo che è all'ospedale. Ha cercato di farlo entrare con l'aiuto di altri due, poi è scoppiata la merda e si è fatto male :(».

«Da dove hanno provato a passare?»

«Volevano infilarlo sotto il cancello, ma uno sbirro li ha sgamati».

«Sbirri di merda!!!!!!!!! Erano tanti?»

«No, un po' meno di noi».

«Ma loro sono sempre bardati».

«Lo so».

«Anche in pochi ci mettono sempre in difficoltà, perché stanno compatti. Noi invece facciamo confusione. Ci manca l'unità».

«Giusto :) Te ne intendi...»

«Ho quasi 40 anni e di scontri ne ho fatti parecchi. Magari un'altra volta ti racconto».

Robi sorrise. Gradinata continuò.

«Sarebbe bello sentire le cose dal punto di vista di un blucerchiato, nonostante la rivalità!»

«:) Ma scusa... non ho capito una cosa... Allora questo gruppo di ieri è lo stesso dello scontro con gli spezzini?»

Robi titubò. In fondo questo era un blucerchiato e lui nemmeno lo conosceva. Però sembrava uno con la mentalità.

«Io non c'ero, con loro... Ma il grosso penso di sí».

«Conosco un po' di vecchi che stavano nella fossa. Patrizio, Lucio, Giorgione... Conosci?»

«Solo l'ultimo mi dice qualcosa».

«Sí, ho visto che è ancora in giro. Sicuro... lui c'era».

«Non voglio fare nomi, su» spiegò Robi.

«Okay... Comunque fate qualcosa, per fargliela pagare agli sbirri?»

«Può essere. Vediamo con il Napoli».

«Probabilmente la chiudono :(».

«Possiamo andarci lo stesso!!!»

«Infatti. Guarda, verrei anche io, giusto per dargli la paga agli sbirri. Li odio troppo».

«A chi lo dici...»

«Mi infilerei, ma non credo sarei gradito!»

Robi scosse la testa, ma con ammirazione.

«Uhmmmmmmm... Penso di no!!!! Ascolta, ora vado. Studio».

«Va bene. Ciao Grifetto e grazie della chiacchierata. Continua cosí che diventerai un vero ultrà con i cazzi».

«Ci proverò! Ciao doriano infame :-P».

«Ciao! :)».

Robi si disconnesse pensando che c'era anche qualche blucerchiato da salvare, in fin dei conti.

Anche Gradinata Sud si disconnesse.

Sotto il pizzetto appuntito aveva un'espressione soddisfatta.

74.

L'ispettore Piccolomini sbuffò, quando sentí squillare il telefono. Stava per chiudersi nel cesso, come da rituale prima di coricarsi. Tirò pure una bestemmia, quando scoprí che non era sua figlia, ma Gavino Tau.

– Se mi chiami a quest'ora voglio che sia importante, – mugugnò cacciando un rutto che odorava della birra appena finita.

– Certo, isp, sennò mica ti disturbavo! Volevo dirti che sul forum ho trovato uno che c'era, ieri, – annunciò Tau con il suo inconfondibile accento sassarese.

– Davvero?

– Sí, un ragazzetto. Dice che era in mezzo al casino con il Chievo. Ma non a Borzoli. Comunque sembra che fossero piú o meno gli stessi. Probabilmente c'era Giorgione, tutte e due le volte.

Piccolomini sorrise: – Vedi che avevo visto giusto? Con quella pancia, solo lui poteva essere. Bravo, Gavi', bravo! – esultò l'ispettore.

– Giulia', ho già chiamato quel mio amico alla Postale. Se vuoi ci vado subito alle otto e sento quanto ci metterebbe a vedere chi è 'sto pivello. Se può farlo lui, sennò provo a fregarlo io e vedo di recuperare almeno il numero di cellulare. Non mi sembra uno tanto sveglio.

– Sí, non ti preoccupare, in ufficio me la vedo io.

– Va bene, allora domani arrivo con comodo. Buonanotte.

– Ciao, Gavi'. E bravo, – disse Piccolomini riagganciando. Ora poteva andare al cesso in pace.

75.

LIBRO ULTRÀ – 7 (SPAGNOLO).

Il 29 gennaio 1995, a Genova, si gioca Genoa-Milan.

Alcuni ultrà milanisti del gruppo Brasato raggiungono Genova prima della partita a bordo di un treno diverso da quello su cui viaggia il grosso del tifo rossonero organizzato.

Si tratta di cani sciolti, in rottura con la stessa curva milanista perché usano i coltelli: i veri ultrà detestano le lame, che sono l'antitesi dello scontro leale e della vera mentalità. Ma ormai le curve si stanno frazionando in piccole brigate senza piú leader storici, capaci di educare i giovani alle regole.

I ragazzi del Brasato si scontrano una prima volta con alcuni genoani alla stazione Brignole poi, senza essere notati né dalla polizia né da tifosi di casa, avanzano a piedi sino allo stadio. Non sono molti, una trentina, senza sciarpe né segni di appartenenza. Si muovono con una meta precisa, seguendo un percorso studiato a tavolino.

Quando arrivano in prossimità dello stadio, dalla brigata si stacca un ulteriore manipolo di giovanissimi, il gruppo del Barbour, cosí chiamato dal modello di giacca che indossano i suoi componenti.

Intonano il coro: «Dov'è la Fossa?» e sfidano allo scontro i genoani presenti. Pochi, visto che l'inizio della partita è ancora lontano. Scoppia una rissa e i milanisti all'inizio ripiegano, inseguiti dai tifosi di casa, poi però si voltano e affrontano i genoani, tirando fuori i coltelli.

I tifosi di casa indietreggiano tutti, a parte Vincenzo Spagnolo, per gli amici Spagna. Lui conosce le arti marziali e affronta il diciottenne milanista Simone Barbaglia, armato di lama.

Nello scontro Spagna viene colpito vicino al cuore. Soccorso da altri tifosi davanti allo stadio, muore in ospedale pochi minuti dopo.

La partita inizia ugualmente, ma la notizia di quanto accaduto si diffonde e parte un lancio di oggetti dalla curva Nord per interromperla. Alcuni tifosi se ne vanno per protesta.

I capitani delle squadre cercano di calmare la situazione, ma verso la fine del primo tempo la partita viene definitivamente sospesa.

Gli ultrà del Genoa escono dallo stadio e puntano al settore ospiti per farsi giustizia da sé. Provano a imbastire un'impossibile trattativa con la polizia, cui chiedono di lasciare il passo per poter entrare nel settore milanista.

La polizia deve rifiutare e allora esplode uno scontro violentissimo con il reparto mobile. Tafferugli, cariche e molotov per ore.

I genoani riescono a penetrare nell'impianto dalla gradinata Sud, ma la polizia li disperde con una carica disperata.

Vengono incendiate auto ed erette barricate da parte dei tifosi lungo le strade. La polizia porta in strada anche i mezzi anfibi cingolati per sfondare gli ostacoli posizionati dagli ultrà. Si contano danni ingenti e molti feriti.

Solo a mezzanotte i milanisti lasciano lo stadio, in pullman.

Barbaglia viene arrestato dai carabinieri appena arriva a casa.

La morte di Vincenzo Spagnolo rappresenta un momento storico nella vicenda degli ultrà italiani.

Per la prima volta il decesso di un tifoso avviene quasi in diretta tivú. Le reti Rai dànno la notizia, a partita ancora da cominciare, poi mandano ore di immagini sugli scontri violentissimi fuori dal Ferraris.

Si leva un moto di indignazione da tutti i fronti per la violenza che ha incendiato Genova.

Il punto di rottura è stato superato e lo capiscono anche gli ultrà, che dopo la tragedia decidono di riunirsi tutti insieme per la prima volta nella loro storia.

Da quell'incontro esce un documento congiunto di condanna verso l'uso di armi, con la frase ormai storica: «Basta lame, basta infami».

Non solo, gli ultrà mostrano una lungimiranza quasi profetica nel dire che «la polizia ora avrà carta bianca», anticipando il conflitto ormai incombente e destinato a esplodere negli anni Novanta.

L'attenzione mediatica intorno agli scontri da stadio cresce insieme al numero di tafferugli gravi e di feriti, specialmente tra le forze dell'ordine.

Sembra che la violenza che ha lasciato le piazze italiane si stia riversando negli stadi. Non a caso aumenta la politicizzazione delle curve, con una forte deriva a destra: persino tifoserie con una tradizione politica opposta ammiccano a simboli e modelli propri dell'estremismo nero.

Lo Stato risponde aumentando le diffide, blindando le partite, inasprendo gli interventi contro i tifosi, che lamentano ripetuti casi di abusi passati sotto silenzio a causa della faziosità dei giornalisti.

Per questi motivi la polizia diventa il primo nemico degli ultrà. Quello da aggredire ove possibile, da combattere anche in alleanza con altri gruppi, a prescindere dalle rivalità campanilistiche.

Sarà un cambiamento epocale.

Martedí 25 gennaio

76.

Mario era sul furgone parcheggiato nello spiazzo davanti alla prefettura. In squadra con lui non c'erano né Gianluca né Ferro, perché i componenti cambiavano di volta in volta. Non si poteva lavorare sempre con le stesse persone, un po' per esigenze organizzative, un po' per volontà superiori. Visto che i simili cercavano i simili, c'era il rischio che si formassero squadre perfette e ciurme di fancazzisti. Mescolando, invece, accanto a un collega sbracato o maleducato ne trovavi un altro ordinato e professionale. Per una sorta di compensazione, si raggiungeva una scombinata uniformità.

Era grottesco che stavolta i problemi venissero proprio dal collega di cui Marione si fidava di piú, quel Ferro che era stato una colonna cui aggrapparsi nei momenti piú bui della sua vita.

Al funerale di sua madre era commosso. Nelle settimane successive, era venuto a casa quasi ogni giorno. Aveva organizzato pure delle gite in Piemonte, per far distrarre lui e suo padre.

E poi il processo. Marione gli ripeteva ogni giorno di non mollare perché si sarebbe risolto tutto. Lo aveva abbracciato forte, dopo la sentenza di assoluzione, sollevato quanto lui.

E adesso tocca a te, Mario. Che pensi di fare? Vuoi essere quello che lo abbraccia o quello che lo stritola?

Non si erano ancora sentiti, dal burrascoso colloquio del giorno prima. Ferro doveva essere incazzato. Mario, però, aveva il terrore che si sentisse tradito proprio dalla persona su cui contava di piú. Non era cosí, fanculo. Non era cosí ma…

Un altro processo io non lo posso affrontare. Né come soldi né come tempo. Né, soprattutto, come testa.

No. Se mi arrivasse di nuovo un avviso di garanzia io...

Io non ce la farei. Metterei quattro firme e mi proscioglierei, basta, via per sempre. Piuttosto andrei a fare il muratore, che magari guadagno anche di piú. Per 1500 euro al mese non vale la pena di avere queste cazzo di ansie.

Ma che pensava? Perché gli doveva arrivare un avviso? Non aveva fatto nulla.

Ricordati che «non impedire un fatto che si ha il dovere giuridico di evitare equivale a cagionarlo». È cosí che hanno inculato quelli della Diaz.

Doveva restare calmo. Lui non avrebbe potuto impedire nulla, si trovava lontano ed era successo tutto in un attimo.

Ma lo hai visto e dovresti scriverlo.

Ecco, era questo il punto. Chi ometteva era nella merda.

E cosa dovrei fare? Scrivere che ho visto Ferro scassare la testa di quello?

– Buongiorno, – disse un uomo in borghese aprendo la portiera. Mario sobbalzò e per poco non gli mise le mani in faccia.

– Oh, buongiorno dottore, ero sovrappensiero.

– Non si preoccupi –. Il funzionario si chiamava Volpe e dirigeva il Commissariato centro. Quella mattina era il responsabile del servizio. Aveva la faccia rotonda e gli occhi porcini, oltre a una discreta pancia.

– Allora, sov, per adesso rimanga pure con gli uomini sul mezzo, – disse. – Poi verso le dieci li metta a terra. A quell'ora il corteo partirà da piazza Caricamento e arriverà qui davanti verso le undici, presumo.

– Chi sono?

– Cantieri navali.

Marione corrugò la fronte. – Metalmeccanici, allora.

– Piú o meno.

– Saranno tanti?

– Non lo sappiamo. L'ultima volta erano un centinaio, ma potrebbero essere qualcuno di piú o qualcuno di meno, dipende. Comunque il corteo è scortato in testa dall'altra squadra del reparto e in coda dai carabinieri.

– Capisco. Noi che dobbiamo fare?

Volpe alzò le spalle. – Mah, nulla di particolare. Vi schierate lí davanti all'ingresso, casco e sfollagente, vi fate vedere. Loro stazioneranno lí, poi riprenderanno per piazza De Ferrari. Ma non è nemmeno detto che si fermino, potrebbero anche andare direttamente giú.

– Prendiamo gli scudi, allora.

– Direi di no. Sa com'è, non vorrei che sembrasse una provocazione... Magari poi questi si innervosiscono.

Marione scosse leggermente la testa. – Dottore, ma se poi cercano di forzare siamo senza nulla. Lo sa com'è, no?

Volpe agitò le mani come a far cenno di calmarsi. – Sí, sov, lo so... Ma tanto il mezzo è qui a due metri. Se servono gli scudi, li prendete. E poi questi fanno sempre cosí. Due slogan, massimo un paio di fumogeni, si mettono lí sulle scale e se ne vanno. È già la quarta manifestazione nell'ultimo mese.

– Dottore, se lei reputa cosí... Però le circolari del ministero parlano chiaro circa il materiale, – provò a insistere Marione.

Volpe fece l'espressione di uno che si sta scocciando. – Non si preoccupi, me ne assumo io la responsabilità. Anche perché, a voler essere fiscali, dovrei farvi stare a terra già adesso, – disse con un sorrisino sarcastico. – Ma fa freddo e sono ancora le sette di mattina e cosí vi faccio stare comodi sul mezzo. Direi che è meglio, no? Poi scendete per dieci minuti e la finiamo lí.

Marione non ebbe voglia di continuare. L'idea di impuntarsi al prezzo di far congelare i suoi ragazzi non gli piaceva.

– Certo, – rispose socchiudendo gli occhi. Avrebbe volentieri stampato un destro sul naso di quel cretino, ma cercò di pensare ad altro. – Per cosa manifestano?

– Hanno messo un sacco di gente in cassa integrazione. Almeno, cosí dicevano. E poi alcuni avanzano delle rivendicazioni per l'amianto. Non vogliono pagargli l'indennità. Ma questi dell'amianto non dovrebbero esserci, oggi. Vedrà che ci sbrighiamo velocemente, – disse Volpe, poi richiuse la portiera e tornò alla macchina di servizio.

– Ma vai a fare in culo, – sibilò tra i denti Marione.

77.

Ale rientrò a casa alle nove del mattino. Aveva preso un giorno di ferie e portato Alice a scuola, poi si era fermato a comprare il giornale e a far colazione da *Romolo*, prima di tornare nel suo appartamento. Come al solito c'era disordine, ma non se ne stupí e nemmeno si irritò. Vivevano in tre dentro sessanta metri quadri, hai voglia a essere ordinati.

Trovò sua moglie in cucina, in pigiama. Era di turno al pomeriggio.

Mara lavorava da Leroy Merlin, un part time da ottocento euro mensili, pochi soldi e pure sudati. Stava alle casse, ma per risparmiare ne aprivano sempre poche e la fila non si smaltiva mai. Uno via l'altro, uno via l'altro senza respiro, come una catena di montaggio.

– Ciao, – gli disse con un accenno stanco di sorriso. Nemmeno lei dormiva bene, nell'ultimo periodo. E ora aveva anche l'ansia che lui finisse nella merda da un momento all'altro. Ammesso che non ci fosse già dentro.

Ale si domandava se capitasse a tutti. Se doversi occupare costantemente di un figlio trasformasse ogni coppia in una società di mutuo soccorso fondata su poche parole, tanto lavoro, niente svaghi.

E poi i soldi, sempre i cazzo di soldi. Risparmiare su tutto per non privare la bambina di niente. Ecco perché ripeteva sempre a Lollo di resistere e aspettare finché poteva. Andare a vivere insieme a Clara sarebbe stato il preludio a tutto il resto.

– Vuoi un po' di caffè? – domandò lei.

– Ho già fatto al bar. Ma lo prendo uguale.

– Basta che non ti faccia male allo stomaco.

– Pazienza, – rispose lui versandolo in una tazza di vetro. Sedette al tavolo, davanti alla moglie. Fissò il cucchiaio che girava nel liquido scuro.

– Ascolta, Ale... – iniziò Mara.

– Dimmi, – rispose lui rassegnato. Se lo aspettava.

– Per la faccenda dell'altra volta. Non ne abbiamo piú parlato e ieri in pratica non ci siamo visti. Mi hai detto che Lisca sta meglio.

– Sí. Sembra che si sia ripreso. Dicono che è fuori pericolo. C'è scritto anche qui, – fece porgendo alla moglie una copia della «Gazzetta di Genova».

«Sta meglio il tifoso del Genoa ferito domenica», cosí diceva l'articolo di fondo, in prima pagina.

– Non importa il giornale.

– Penso che oggi andremo a trovarlo.

– Con chi? – chiese lei.

Ale si pentí di essersi lasciato sfuggire il plurale.

– Con Lollo. E poi non so. Chi vuole venire, – spiegò facendo spallucce.

– Ti rendi conto di cosa stai facendo?

La guardò in silenzio.

– Con queste cose non si scherza. Se ti va male finisci sotto processo e forse perdi pure il lavoro. Magari vai in prigione.

– Non farla tanto grossa, è stata... una cazzata. Una cazzata che è diventata una cosa seria, – rispose lui con gli occhi fissi sul caffè. Bevve.

– Infatti, hai detto bene: ora è una cosa seria. Lo so che stai male, Ale. È stata una merda per tutti. Per i tuoi genitori e per te. Anche per me, sai? A Manu volevo bene pure io, – mormorò Mara e la voce sembrò incrinarsi pronunciando il nome della cognata.

– Questo lo so benissimo.

– Ma non è cosí che passa. Lo capisci? Pensi che lei vorrebbe vederti cosí?

No. No che non vorrebbe. Porco il cazzo.

Ale cercò di difendersi: – Quando mi hai conosciuto non ti importava. Lo sapevi che andavo allo stadio e... tutto quanto. Che frequentavo Lollo e altri ragazzi della curva. Ma ci ridevi sopra.

– Non pensavo che fosse cosí. Credevo si trattasse di qualcosa di piú... – cercò per un attimo la parola. – Di piú stupido, ecco. Un modo di stare tra amici e fare gli scemi insieme. Ma quando è morto quel poliziotto a Catania ho cominciato a preoccuparmi. Ricordi che te ne avevo parlato? Ci pensavo tutti i giorni, ma tu mi dicevi sempre di stare tranquilla. Che la vostra era solo scena.

– Infatti è cosí, – ribatté lui poco convinto.

– Ma quel poliziotto è morto per davvero, Ale. E Lisca è finito in coma. Tutto questo non mi sembra scena! – esclamò lei, tenendo forzatamente la voce bassa. Ma strinse forte le dita intorno alla sua tazza di caffè.

Ale fissò la moglie con gli occhi azzurri arrossati dalla stanchezza.

– A volte le cose cambiano, sai? Ha ragione Lollo, non si può subire sempre. Ma ora non ho voglia di parlarne –. Si alzò dalla sedia, ma lei gli afferrò una mano.

– Ascolta, se non ti va di discuterne con me, perché non parli con qualcuno? Di questo, di Manu, di cosa senti dentro. Ho il nome di quel medico di cui ti avevo già parlato. Me l'ha dato una collega e dice che è bravo. Potresti andare a parlarci, vedere cosa ne pensa.

– Cosí mi dà qualche pastiglia per rincoglionirmi e tu sei contenta, – ridacchiò lui con sarcasmo, divincolandosi. Andò a lasciare la tazza nel lavello.

– No che non sono contenta. Perché dici cosí? Ma se continua... – Mara si tirò indietro i capelli scuri, – non lo so cosa può capitare. Sono preoccupata. C'è Alice. Cristo, Ale... non sei da solo. Guarda che hai delle responsabilità. Se non le senti verso nessuno, prova a sentirle per lei. Voglio che cresca serena. Ha bisogno di tranquillità. Non che suo padre combini casini.

Ale sciacquò la tazza, sempre in silenzio.

«Hai ragione», avrebbe dovuto dire. Perché era tutto quanto maledettamente vero. Ma rimase zitto, stringendo i pugni per dominare la rabbia. Avrebbe voluto rompere qualcosa.

Sua moglie cercò un tono appena piú conciliante: – Promettimi che ci pensi. A proposito del medico, dico. Se vuoi te lo prendo io l'appuntamento.

Lui deglutí, stringendo le mascelle. Lei non mollò: – Se non vuoi il dottore, trova tu un'altra soluzione. Ma qualcosa devi fare. Non sopporto piú di vederti in questo stato.

Ale la guardò e per un attimo, troppo breve, sentí di nuovo l'amore di dieci anni prima, quando la loro storia era iniziata. Quando Mara sapeva leggere dentro di lui. Adesso, Ale era un libro pieno di scritte terribili: forse Mara non riusciva a vederne chiaramente il contenuto, ma bastavano i contorni a spaventarla.

Pensò che non poteva permettersi di perderla. Né lei né Alice. Che erano quelle le cose che contavano, non le sue stronzate autodistruttive. Ma era facile formulare propositi, lí nella sua cucina, davanti a una moglie delusa. La smania che aveva dentro se ne restava zitta in un angolo, per un po'. Presto, però, si sarebbe svegliata.

E avrebbe avuto fame.

– Va bene. Ci penserò, okay? Ma dammi un po' di tempo. Magari ci arriverò da solo, – riuscí a dire. Sapeva che non bastava.

Mara fece un sorriso triste.

– Io non so quanto resisterò, – concluse e quelle parole suonarono come l'anticipo di una sentenza.

78.

Alle dieci il sovrintendente Mario Bozzano si schierò davanti alla prefettura con i suoi uomini, mentre il corteo risaliva le gallerie prima di piazza Corvetto. Poi sarebbe sceso a destra per arrivare fino a loro.

Il vice di Marione era il folcloristico assistente capo Federico Negro. Lo chiamavano Montenegro, forse perché era alto quasi due metri, forse perché gli piacevano gli amari. Aveva un barbone folto e l'accento genovese pesantissimo. Quando non era in servizio girava per il mondo sulla sua Harley, con tanto di giubbotto di pelle e frange.

– Novità per domenica? Ho sentito che eri nel casino.

– No. Ho fatto relazione, ma non basterà. C'è quello con la testa rotta.

La radio disse che il corteo era quasi in piazza Corvetto. Si iniziavano a sentire i fischietti e l'eco degli slogan. Il collega al microfono disse che i manifestanti erano «sulle trecento unità».

– Ma quello non aveva detto un centinaio? – chiese Montenegro accennando al funzionario. Volpe se ne stava accanto alla macchina a fumare con il suo autista, un agentucolo della questura.

– I soliti scienziati. Ma hai sentito anche il resto, no?

– Sí, il fatto degli scudi. Che coglione. Questi sono incazzati perché perdono il lavoro. Se fanno casino c'hanno pure ragione.

Marione evitò di rispondergli male.

Passò una signora con la pelliccia.

– Ma cosa c'è? Lo sciopero? – chiese.

– Sí, signora, – le rispose Marione.

– Ma che vadano a lavorare, ’sti qui, – replicò lei.

– Se ce li lasciano andare, magari lavorano, *scignúa*! – le rispose Montenegro. Quella si voltò schifata e tirò dritto.

– Vecchia troia piena di soldi, – borbottò il poliziotto. – Comunque se hai problemi te lo scrivo pure, che ce l’ha detto lui. Degli scudi, intendo.

– Okay, grazie. Speriamo non ce ne sia bisogno.

Cinque minuti dopo arrivò il corteo. Un’altra squadra del reparto lo precedeva di una trentina di metri. Come responsabile c’era Carmine, un ispettore con i capelli bianchi. Trentacinque anni di reparto mobile e ancora per strada. Fece un cenno con la mano per salutare Mario.

– Tu dovevi stare nel corteo dei pensionati! – gli urlò Bozzano. Quello sorrise e gli mostrò il dito medio. I ragazzi delle due squadre si salutarono a vicenda.

La squadra di Carmine scese lungo via Venticinque Aprile e si fermò piú avanti, la testa del corteo raggiunse lo spiazzo. Senza casco né manganello, Volpe si avvicinò a Marione e ai suoi otto uomini schierati in linea. Sfollagente e caschi erano agganciati al cinturone, gli scudi erano sul mezzo. Il peggior assetto da ordine pubblico possibile.

La folla si compattò rapida davanti all’ingresso. C’erano diversi uomini tra i trenta e i quarant’anni, indossavano quasi tutti giacconi blu da lavoro, molto pesanti. Qualcuno aveva sciarpe della Samp e del Genoa al collo. Marione intravide qualche casco spagnolo da moto in mano ai piú giovani e la cosa non gli piacque.

– Forse è meglio se prendete gli scudi, sov… – mormorò a bassa voce Volpe. Marione indicò il mezzo.

– È troppo distante, ormai non ce la facciamo. Pazienza, io gliel’avevo detto, – disse con amara soddisfazione. Non era difficile essere piú lungimiranti dei brillantissimi funzionari della questura.

Volpe lo fissò e non disse nulla.

I manifestanti scandivano slogan contro l’azienda e contro il governo e le promesse mancate. Fecero qualche passo avanti e arrivarono a contatto con lo schieramento di poliziotti. Qualcuno accese un fumogeno e lo lanciò tra gli anfibi dei celerini.

– Ragazzi, il casco! – ordinò Marione senza aspettare disposizioni.

– Operativo, velocemente, mandami qui l'altra squadra del reparto, quella che... – disse Volpe alla radio, ma un sonoro schiaffone metalmeccanico in faccia gli impedí di finire la frase.

«Che periodo di merda», pensò Marione mentre sfoderava lo sfollagente. Nel fumo vide Montenegro beccarsi un calcione dai suoi amici comunisti. In risposta, quello partí con un destro che fece sparire l'aggressore in mezzo alla folla. Non serviva altro.

– Carica! – ordinò Marione e un istante dopo la squadra iniziò a manganellare.

Si sentirono urla, il tonfo sordo degli sfollagente sulle giacche pesanti. Volarono un paio di pugni e altri calci dai contestatori. Poi i lavoratori arretrarono velocemente, qualcuno inciampò giú dalle scale, qualcuno gridò «bastardi!», molti fischiarono.

Arrivarono bottiglie di plastica mezze piene, che per fortuna non causarono danni.

La squadra di Carmine si schierò con gli scudi davanti a quella di Marione, in un fronte unico. Gli scioperanti arretrarono, molti alzarono le mani.

– Calma, ragazzi! – disse Volpe affiancandosi allo schieramento. Marione gli afferrò la giacca.

– Calma un cazzo! Hai visto, eh? Hai visto? – ringhiò.

Volpe lo guardò spaventato, esitò un attimo, poi parve riprendersi. Nel frattempo si erano avvicinati un paio di colleghi della Digos, che corsero a parlare con i manifestanti. Alcuni responsabili del corteo si misero fra i lavoratori e gli agenti pronti a respingerli.

– Oh, ma che fate? Dovevamo solo farci vedere! Guardate che questi sono lavoratori come noi, – urlò agli altri manifestanti un tizio robusto indicando i celerini. Sembrava uno dei capi.

Qualcuno dei suoi mugugnò, qualcun altro gli diede ragione. Alcuni litigarono e volarono un altro paio di cazzotti, ma tutto fra loro.

Alla fine, lentamente, la situazione si calmò.

79.

Subito dopo aver parcheggiato lo scooter – preferiva pagare la benzina di tasca sua piuttosto che perdere ore in auto nel traffico – Piccolomini sentí trillare nei pantaloni.

Aveva le mani impegnate tra il casco e i guanti da moto, e imprecò prima di rispondere.

– Sí, chi è?

– Giulia', sono io.

– Oh, Gavi', buongiorno. Sei rientrato in ufficio?

– Adesso. Mi hanno detto che sei fuori anche tu.

– Sí, poi se faccio in tempo a rientrare ti dico. Altrimenti ti telefono –. Piccolomini infilò i guanti nel casco e se lo mise sottobraccio. Arrivò al citofono, ma aspettò a suonare.

– Ascolta, sono stato alla Postale, dal mio amico.

– Bravo. Allora?

– Dice che il lavoro si può anche fare, ma... ecco, ci vorrebbe tempo. Si tratta di violare il server del sito e ci dovrebbe essere un'indagine aperta. Sai, l'autorizzazione della magistratura e tutto quanto.

– Fin lí ci arrivavo anche da solo. Non abbiamo un altro sistema?

– Lui lo farebbe, ma a titolo di favore. Un favore grosso, però, perché sarebbe un vero e proprio hackeraggio.

– Un che? – chiese Piccolomini arricciando il naso. Una fitta di dolore gli ricordò che doveva impegnarsi al massimo, per beccare Giacca Gialla.

– Dovrebbe forzare il server in modo illegale, Giulia'.

– Vabbo', non so cosa intendi. Ma ho capito che non è semplice.

– Il problema è che ci vuole tempo. Almeno dieci giorni.
– È troppo. Altre soluzioni?
– Potrei scrivergli direttamente io, a 'sto ragazzino. Magari riesco a fregarlo e farmi dire qualcosa. Anche se cosí rischio di sputtanarmi il nickname.
– Gavi', se non la pianti di parlare arabo mi incazzo per davvero!
– Intendo dire che se mi sgamano non posso piú usare quel profilo che ho creato. Ci ho impiegato sei mesi a guadagnarmi una reputazione lí dentro, a furia di post.
– Cioè?
– Messaggi, Giulia'! Messaggi, – si spazientí l'assistente. – Se ne scrivi tanti, se partecipi a tante discussioni… è come se acquisissi dei punti. Una specie di classifica. La gente ha piú fiducia di quelli che partecipano tanto e ci parla piú facilmente. Quando abbiamo sventato quell'agguato dei doriani ai perugini, lo scorso anno, c'ero arrivato cosí.
– E vabbe', Gavi'. Era a questo che ci serviva, no? Ti farai un altro nick o come diavolo si chiama.
– Se si sparge la voce staranno piú attenti. Magari chiuderanno il forum.
– E allora pazienza, cazzi loro.
– Invece ora che stai facendo, ispetto'?
– La Digos sto facendo. La Di-gos, – scandí nel telefono e chiuse. Gli si dipinse un mezzo sorriso sulla faccia. Poi suonò al citofono.
– Avanti, sali, – disse il vocione e Piccolomini entrò.

80.

L'ispettore Esposito era il responsabile della disciplina e di tutte le patate bollenti: procedimenti disciplinari e penali, notifiche. Era un tipo competente, ansioso, molto leale.

– Nico', ascolta, lo sai già perché ti chiamo, no? – L'accento calabrese era rimasto lo stesso anche se Rosario Esposito viveva a Genova dal 1980, una vita.

– Per domenica?

– Esattamente. Il comandante già ieri ha avuto i filmati degli incidenti. Li ha dati direttamente a me, perché non vuole che li veda nessuno, a parte gli interessati e Pace, che era capo contingente.

– Quindi Granelli li ha visti?

– Sí.

– Bene. Si capisce qualcosa?

L'ispettore Esposito fece una smorfia.

– Purtroppo... Purtroppo per il collega, intendo... Ecco, l'episodio è chiaro, – disse girando lo schermo del computer in modo che anche Nicola potesse vedere. – Guarda tu stesso.

Esposito fece partire le immagini. Nicola le guardò, poi chiese di vederle una seconda volta. In alcuni punti fece rallentare lo scorrimento e intanto spiegava all'ispettore il susseguirsi degli eventi per come li ricordava.

Alla terza visione Esposito mise al ralenti la scena in cui il collega colpiva il tifoso. Prima tra collo e spalla, poi sulla testa, due volte. Era inequivocabile. Non solo. Che fosse vero o meno, dal video sembrava cercasse proprio la testa.

L'ispettore fermò l'immagine sull'ultima manganellata. Il poliziotto era ripreso dall'alto e indossava il casco.

– Non si vedono i gradi, – considerò Nicola.

– Certo che no, li avete sul petto. Comunque è uno della squadra di Bozzano, credo. Mi confermi che tu sei intervenuto dopo?

Nicola fissò Esposito.

– Rosario, ascolta, a che titolo me lo stai chiedendo?

L'ispettore odorava sempre di fumo. Era colpa di tutte quelle sigarette, se soffriva di pressione alta. Ma anche del nervoso che si faceva da anni, a trattare pratiche in cui i colleghi stavano spesso dalla parte del torto.

– Nico', al momento stanno cercando di capire chi è, ma a livello interno. Per essere pronti quando la magistratura avvia l'indagine. Dal ministero hanno chiesto subito chiarimenti e il questore preme. Questo è quanto hanno detto a me.

– Sappiamo mica cosa ha scritto il funzionario? Martello, dico.

– Ancora no. Ma ho sentito un amico in questura e sembra che stia dando tutta la colpa del casino al reparto.

– Ma se lui stava dietro! Neanche noi che eravamo vicini ci abbiamo capito nulla!

– Magari gliel'hanno imposto dall'alto.

– Eh, ma non dovrebbe andare in questo modo.

– Nico', tante cose non dovrebbero andare in questo modo! Nemmeno la mazzata in testa, se stiamo a vedere! Ma il magistrato che leggerà la relazione di Martello chiederà notizie di 'sto cornuto qui, – si infervorò Esposito indicando sullo schermo la figura che brandiva il manganello contro il tifoso. – Domanderà perché ha colpito in testa, tre volte. Uno che gli dava pure le spalle!

Nicola rispose rassegnato. – Lo so, Rosario, non volevo fare polemica. Scusa. Comunque il collega è della squadra di Bozzano, sicuro. Noi eravamo defilati e siamo arrivati dopo, si vede anche dalle immagini e l'ho scritto.

– Ma tu lo riconosci, Nico'? – chiese Esposito.

Nicola guardò ancora una volta il fermo immagine. L'ispettore Esposito non usciva da anni in ordine pubblico, proprio a causa dei suoi problemi di pressione. Per questo non poteva riconoscere quel collega ripreso dall'alto e con il casco. Ma Nicola sí. Il video non lasciava dubbi: era Ferro.

E non si poteva dubitare che Marione lo avesse visto, dal momento che, pochi secondi dopo, entrava correndo nel raggio di ripresa della telecamera. Loro si riconoscevano tutti, uno per uno, dal modo di muoversi e di colpire.

– No, Rosario. Dall'immagine non lo capisco chi è. Non hanno il materiale, e il grado non si vede. Non c'è modo di distinguerli. E poi io ero indietro.

Esposito rigirò lo schermo dalla sua parte. Guardò Vivaldi. Non c'era bisogno di dire ciò che sapevano entrambi.

– Vabbo', Nico', per il momento basta cosí. Poi...

– Poi vedremo, Rosario. Vedremo.

81.

– Forza, dài, siediti, – disse Franco e indicò a Piccolomini una sedia di plastica. La cucina era mezza vuota, come il resto della casa.

Marisa, la donna di Franco, se l'era passata male nel periodo in cui il marito era stato in galera. Ma non lo aveva abbandonato, anche se lui aveva minacciato di far saltare la casa con lei dentro.

Come potessero essere ancora lí, l'uno accanto all'altra, restava uno dei meravigliosi misteri dell'amore.

– Marisa non c'è? – domandò Giuliano.

– È andata dal verduraio e poi dal dottore. Ha sempre mal di schiena. Sai, tutti quegli anni a fare le pulizie ti spaccano.

– Certo. Quando torna, salutamela.

– D'accordo. Sicuramente le farà piacere. Parla di te come di un santo.

Piccolomini sorrise e si guardò intorno. La casa era buia, sulle pareti c'erano stampe cinesi e qualche macchia di muffa. Ma la cucina-salotto era pulita, il pavimento lucido, le cornici spolverate.

Franco tirò fuori una bottiglia di Lambrusco e versò per due. Era dimagrito, anche se sembrava ancora vicino al quintale. Aveva meno capelli e piú barba. Gli occhi erano sempre svegli.

Chiacchierarono un po', bevendo. Franco gli chiese della moglie e di sua figlia, Giuliano gli domandò del carcere e del diabete.

Il Barone lo ringraziò per l'ennesima volta di essere andato a trovarlo, mentre era in galera. Al contrario di tanti dei «suoi», che l'avevano dimenticato.

Mentre finiva di scontare gli ultimi due anni Franco aveva lavorato per una cooperativa sociale. Avrebbe continuato lí, per qualche centinaio di euro al mese.

Sembravano due pensionati che si ritrovano al bar.

Dopo il secondo bicchiere di Lambrusco, Giuliano sputò il rospo.

– Ascolta, Baro', devo chiederti una cosa di lavoro.

Franco lo guardò e gli occhi gli brillarono di nuovo come ai bei tempi.

Dopo domenica ci avrei scommesso. Uno sbirro rimane sempre uno sbirro.

– Sai niente di questo nuovo gruppo di cui parlano? Si chiamano le Facce Coperte.

– Sí, ho sentito il nome. Ma cosa vuoi che sappia, Giulia'? Sono stato via tutti questi anni. Avevo altri problemi che non il Genoa.

– Lo immagino. Ma speravo che avessi ancora qualche contatto.

– Solo un paio. Parliamo poco di calcio, però. Sono cambiate troppe cose. E poi mi sono rotto di quelle stronzate. Dopo che sei stato in mezzo a certa gente di merda, ti fanno ridere quelli che giocano ai duri. Mi fa ridere pure com'ero io, sai?

– Perché?

– Pensavo di essere uno tosto. Uno con le palle, che comandava. Ma in carcere i grilli per la testa ti passano. Almeno nel carcere che ho fatto io. Se ero un politico, sicuro mi trattavano meglio.

– Ascolta, ho bisogno che mi aiuti. I miei ragazzi sono giovani, mi sembra che non riescano a sapere mai nulla di buono. Di importante, intendo. Solo cazzate. Pare che ci sia Giorgione in mezzo.

– Ne ho già sentito parlare, di 'sto tipo. Ma non lo conosco di persona. Troppo giovane, mi sa, – sorrise sarcastico Franco. – E comunque come faccio ad aiutarti? Non mi piacciono gli infami.

– Lo so.

Piccolomini rimase zitto, sulle spine. Aveva immaginato che

Franco reagisse cosí. Una risposta diversa lo avrebbe persino deluso. Riordinò un istante le idee.

– Senti, del gruppo cerco di occuparmi con uno dei miei. Forse abbiamo trovato un aggancio.

– Non te lo posso augurare, mi capirai.

– Certo. Però ho bisogno di due cose.

– Addirittura? Mi chiedi molto.

– La prima non è un'infamata. Vorrei che gli facessi arrivare la notizia di stare calmi, a quelli della Nord. La polizia sta cercando il responsabile del ferimento e ci penseremo noi. È questa la linea. Non serve fare casino, specie domani con il Napoli. Anche se non c'è pubblico. Potrebbe farsi male qualcun altro.

– Be', è un discorso sensato. Anche se io sarei stato abbastanza incazzato, per un fatto cosí.

– Potresti parlare con quel Bruno dei Vecchi Grifoni, magari. Noi non abbiamo il contatto diretto con lui, perché è uno proprio comunista e la polizia gli sta sulle palle.

– Lo conosco da quando era ragazzino. Ogni tanto lo trovo in giro e ci scambio due parole, è uno che ragiona. Se riesco gli faccio arrivare il messaggio, ma lo sai che io conto poco, ormai. E l'altra cosa?

Piccolomini si sfiorò il livido sull'occhio. Faceva male, cazzo.

– Vedi qui, il segno? Uno di quei bastardi mi ha dato un pugno in faccia. Devo trovarlo.

– Uhm... – storse la faccia il Barone.

– Ero davanti che cercavo di calmare la faccenda e trattenere i colleghi, quando mi ha pestato. Baro', mi ha visto tutta la questura! Stamattina qualcuno ridacchiava, quando passavo.

Franco faticò anche lui a trattenere un sorriso.

– Non voglio andarmene cosí. 'Sto pezzo di merda mi ha colpito mentre avevo le mani alzate.

– Be', questo non mi piace, anche se è un genoano.

– Sono cascato davanti a tutti come un coglione. Steso per terra.

Franco rimase in silenzio. Evidentemente comprendeva l'onta che il poliziotto aveva dovuto subire di fronte al suo gruppo.

Anche Franco era stato leader di un gruppo, tanto tempo prima. E non gli sarebbe piaciuto patire un affronto simile.

– Aveva una giacca gialla. Di sicuro era un bomber rivoltato, perché dalle immagini quella cazzo di giacca non è uscita dallo stadio. Mi sembrava tipo quelle robe reversibili di tanti anni fa.

– Capito. Ma te l'ho detto: odio gli infami, – ripeté Franco.

– Ti chiedo solo di pensarci. In nome del passato. L'avevi conciata male, Marisa, quel giorno. Magari tu davvero non volevi far nulla, però avevi picchiato quei due e aperto il gas. E poi continuavi a far vedere la pistola. Se non ti convincevo a uscire, i miei colleghi entravano loro, e ti sparavano. Mi sembra di avertelo già raccontato, Baro'.

– Sí, infatti. Sono io che cerco di dimenticarmelo, ma guarda che ti credo. Hai tanti difetti, oltre a essere uno sbirro. Però non sei un infame.

– Grazie del complimento. Se non vuoi o non riesci, pazienza, va bene uguale. Ora versami un altro po' di vino, prima che me ne vada.

– Va bene. Però anche io ti devo domandare un piacere, – disse Franco svuotando la bottiglia di Lambrusco nei bicchieri. – Non è per me, ma ci tengo.

– Dimmi.

Franco tirò un lungo sospiro e improvvisamente a Piccolomini parve piú vecchio e stanco.

– Parla con i tuoi capi. E pure con quelli della Celere, se hai contatti. Digli di non fare stronzate, okay? Che di morti per stronzate nel calcio ce ne sono stati abbastanza. Non ne vale la pena.

– Lo so, hai ragione. Ma io sono un semplice ispettore e conto come il due di bastoni. Queste cose le decidono da sopra, Baro'. Comunque ci proverò.

– Grazie, Giuliano. E mi raccomando, eh?

Il poliziotto lo interruppe con un cenno della mano.

– Lo so, non ti preoccupare. Come ai vecchi tempi. Non parlo con nessuno.

82.

Gianluca lasciò l'ufficio disciplina dopo aver parlato con l'ispettore Esposito e visto i filmati, come Nicola. Uscí e chiamò Ferro.

– Vieni fino allo spaccio che parliamo un attimo.

Si incontrarono fuori dal padiglione mensa-bar. Si era messo vento di scirocco e si stava quasi bene.

– Prendi un caffè? – domandò Ferro.

– No. Già fatto, grazie.

– Allora sei andato? C'era l'ispettore?

– Sí, Esposito. M'ha fatto vedere il filmato.

– E che t'ha detto?

– M'ha chiesto se riconoscevo il collega che tira 'ste manganellate.

– E tu? – domandò Ferro.

– Gli ho detto di no. Si vede che sono io, quello che si china a tirare il sacchetto. Ma è chiaro che non potevo vedere dietro, come è scritto nella mia relazione. Mica c'ho gli occhi come le mosche.

– Ottimo. Ma perché lo chiedono?

– Dicono che è roba interna. Prima o poi chiameranno anche te.

– Io non ho visto nulla. Questo gli dirò. Comunque 'sta cazzo di manganellata si vede?

Gianluca strinse la mascella. – Sí che si vede. Abbastanza bene. Ma tu…

Ferro lo guardò storto. Gianluca si corresse. – Cioè… il collega in questione indossa la giacca e il grado non si distingue.

– Bene.
– Però dai movimenti... Andre', uno che sta in compagnia lo capisce chi è.
Ferro lo stoppò, prima che dicesse altro.
– Non importa. Ho già parlato con i ragazzi: l'importante è che nessuno dica stronzate. Abbiamo sempre fatto cosí, no? Nessuno ha visto nulla, non si riconosce nessuno. Il problema è se qualcuno ci può riconoscere dall'esterno.
– Secondo me è difficile. I primi che arrivano non hanno materiale. Potrebbe essere chiunque. Però...
– Cosa?
– Poco dopo quel fatto arrivano altri colleghi e c'è pure Mario. Lui si distingue bene, anche dalla stazza. È difficile che gli credano, se dice che non riconosce uno dei suoi.
Ferro fece un'espressione scurissima.
– Con Marione me la vedo io, non ti preoccupare, – disse poggiando una mano sul braccio del collega. – Dài, ora vado. Per adesso grazie di cuore, – fece Ferro e abbracciò Gianluca.
Quello rimase stupito, poi rispose alla stretta.
– Tranquillo, Andre'. Ci mancherebbe.
– Ci aggiorniamo, allora, – disse Ferro e si allontanò. Prese il telefonino e compose il numero di Marione.
– Ciao, – disse la voce dall'altra parte dell'apparecchio.
– Ciao.
– Scusa, non ho molto tempo, sto smontando adesso.
– Dov'eri?
– Manifestazione in prefettura. C'è stato un po' di casino.
– Davvero?
– Sí, hanno spinto ed è volata qualche manganellata. Niente di che.
– Ho capito. S'è fatto male qualcuno?
– No. Volpe ha preso uno schiaffo, ma credo che se lo dovrà tenere.
– Ahah! Ci godo, è un coglione –. Poi Ferro passò al dunque: – Ascolta, scusa se ieri mi sono un po' innervosito, sai, la situazione è un po' cosí...

– Non ti preoccupare, ti capisco. Guarda che dispiace anche a me. Mica voglio metterti nei casini, ma... non è semplice, Andre. Ora dobbiamo vedere cosa esce dalle immagini.

– Gianluca le ha viste, c'ho appena parlato.

– Davvero? Cosí presto?

– Si vede che vogliono incularsi subito qualcuno.

– Che t'ha detto?

– È impossibile capire chi sia. Lui ha detto che non riconosce nessuno.

– Ma è vero?

– In che senso? – domandò Ferro e il tono passò sulla difensiva.

– Cioè, al di là di quello che *dobbiamo* dire... Uno di noi lo capirebbe chi è?

– Questo non importa, Mario. Non conta, resta tra noi.

– Speriamo bene. Quando mi chiameranno vedremo che intendono fare.

– Mi raccomando, – insistette Ferro. – Gianluca dice che tu entri nel filmato subito dopo quelle manganellate e ti si riconosce. Ti diranno che hai visto per forza.

– Lo sapevo, porca merda.

– Ma tu tieni duro, non farti fregare.

– Lo sai, tengo duro piú che posso. Ma bisogna vedere cos'hanno in mano loro e come hanno scritto.

– Penso che Martello l'abbia messa giú pesante. Che sia stata un'iniziativa del reparto.

– E secondo lui che dovevamo fare?

– Non lo so, ma che importa, Mario? Tanto lui stava dietro. Penso ci sia andato anche Nicola, a vedere i filmati. Gli altri della squadra m'hanno detto di stare tranquillo, che scriveranno bene.

– Lo sai che se iniziano a premerli è diverso. Qualcuno è un pivello. Comunque bisogna stare calmi, è vero. Vedrai che tu... cioè il collega che si è trovato nel casino, vedrai che non avrà problemi. C'era confusione, questi hanno fatto gli stronzi ed è successo cosí e cosà.

– Mario, a dare spiegazioni, io non ci voglio arrivare. Deve finire tutto prima, come sempre. Tu fammi sapere quando ti chiamano, okay?

– Boh, ormai sarà giovedí, perché domani c'è la partita.

– La giocano a porte chiuse?

– Stanno decidendo adesso in prefettura, ma la voce è quella.

– E allora i genoani si incazzano e a noi ci mandano tutti fuori. Pare ci sia anche un servizio a Milano, domani. Centri sociali.

– Siamo a posto. Mandano fuori anche le donne delle pulizie, allora. Se è cosí, chissà quando riuscirò a vedere il filmato. Comunque ti avviso appena mi chiamano. Tu stai tranquillo.

– Boh. Basta che lo sei tu, – ribatté Ferro.

83.

Lollo prese il telefono. Scorse la rubrica e trovò il numero che cercava sotto «Diego Napoli».

– Ciao guaglio', come stai? – rispose l'ultrà dall'altra parte della linea.

– Bene, dài. Ancora un po' stanco, 'sti giorni sono un casino.

– Lo so. E quel ragazzo all'ospedale?

– Come ti ho scritto, sembra che sia fuori pericolo. È già tanto.

– L'importante è questo.

– Io ti ho chiamato per domani. Hai visto, hanno deciso di farla a porte chiuse, quei bastardi.

– Lo so, mannaggia. Voi che avete in mente?

– Stasera abbiamo una riunione con i ragazzi del mio gruppo, ma forse vengono anche altri, esterni. Credo che tutti si voglia fare qualcosa, specialmente dopo 'sta decisione. Come se fosse colpa nostra!

– Merde.

– Voi che fate, allora?

– Se mi dici che avete in mente qualcosa, se me lo dài per certo, io qualcuno lo metto insieme. Se dico che ci saranno i paccheri, a Genova... un po' di guaglioni li trovo.

– Ma dovete partire presto.

– Sí, presto, fittiamo qualche pullman con un nome fasullo. Dipende quanti siamo. Se veniamo col treno, ci inculano a tutti. Il problema è che qualcuno deve faticare, il giorno dopo. Non so cosa riusciamo a fare, ma penso che almeno una cinquantina li trovo.

– Non ti preoccupare, va bene uguale.

– Magari anche qualcuno in piú. Voi quanti sarete?

– Non lo so, Diego. Il nostro gruppo non è grosso, te l'ho detto, di solito una cinquantina, ma credo che stavolta riusciamo a tirare in mezzo anche altra gente. Non gruppi, dico, ma singoli.

– Okay. Ascoltami, guaglio'... Sono tanti anni che faccio 'sta vita. Tu non ti preoccupare dei gruppi. Cioè, se vengono, buono per voi, sennò uguale. Ci saranno gruppi che tengono paura o altri motivi di scazzo tra loro e non vorranno venire. Te ne devi fregare, Lollo. Chi viene, viene perché vuole fare bordello e basta.

– Infatti. Quando c'è stato da menarsi, in passato, qui a Genova non ci siamo mai tirati indietro. Anche voi lo sapete.

– Certo che lo so. Sennò mica reggeva, *'o gemellaggio*.

– Allora ci sentiamo domani.

– Stai bene, guaglio', e saluta il ragazzo all'ospedale.

– Grazie. Ciao, – disse Lollo e chiuse.

Poi scrisse un sms. Fissò l'appuntamento per le sette, al bar *Romolo*. Aggiunse una decina di destinatari di cui aveva il numero e spedí a tutti. Ormai la macchina era partita e non si sarebbe piú fermata.

84.

– Dài, saliamo a piedi che 'sto cazzo di ascensore non arriva mai, – propose Lollo.

– A che piano l'hanno messo? – domandò Ale. In mano aveva una scatola di cioccolatini e una copia del «Corriere dello Sport». Si parlava di Lisca e aveva pensato che gli facesse piacere leggere l'articolo su di lui.

– Terzo, – rispose Lollo. Lui invece portava in un sacchetto una sciarpa degli Ultras Tito, quelli della Samp. Il primo gruppo italiano a usare la parola ultrà, negli anni Sessanta. La teneva ben nascosta, perché non voleva essere scambiato per un blucerchiato.

C'era anche un biglietto: «Tieni duro, Davide. Guardie infami. Oltre le rivalità, onore agli ultrà». Sintetico ed efficace. Lollo l'aveva ricevuto quella mattina da uno della Sud che conosceva di vista. Sperava che Lisca ne fosse felice, era un bel gesto.

Salirono in ascensore, arrivarono al piano e chiesero a un'infermiera, presentandosi come amici di Liscani.

– Non siete giornalisti, vero?

– Assolutamente no, – rispose Lollo.

– Bene, perché quelli non possono entrare. Stamattina ne abbiamo mandati via una mezza dozzina.

– Avete fatto bene.

– Lo ha chiesto il dottor Mandorlini, ma anche il paziente era d'accordo.

L'infermiera indicò la stanza. Era chiusa. I due ultrà si avvicinarono e bussarono. Alla porta si affacciò la madre di Davide.

– Buonasera, signora. Possiamo entrare? – chiese Lollo.

Il volto della donna si aprí in un largo sorriso. – Ma certo! Venite –. Appena furono dentro li abbracciò a turno, baciandoli sulle guance.

Lisca era sdraiato con la testa completamente fasciata. Sotto il turbante di bende non spuntavano i soliti capelli biondicci. Ale realizzò che dovevano averlo rasato per aprirgli la testa e gli vennero i brividi. Lisca stava accomodato su due cuscini e quando li vide accennò un sorriso.

– Ehi, – disse alzando la mano destra.

– Ouh, vecchio pirata, ciao, – rispose Lollo sorridendo e si fece avanti. Ale lo seguí ondeggiando con l'aria di chi non sa bene dove stare.

Si avvicinarono al letto, poi Lollo si chinò sull'amico e gli piazzò un bacio su una guancia. Lisca gli cinse il collo con un braccio. Quando fu Ale a chinarsi in tutto il suo metro e ottantacinque, Lisca scattò e lo trascinò verso di sé, abbracciandolo forte.

– Grazie, fratello. Grazie, – disse e gli scesero le lacrime.

Lollo si passò una mano sui ricci, a metà tra commozione e imbarazzo. Ale rimase lí, curvo sull'amico. – Dài, non fare cosí. Non è stato mica nulla, – riuscí a farfugliare.

– Non è vero, cazzo. Il dottore me l'ha detto, se non c'eri tu potevo morire, – disse Lisca. Lo mollò dopo un altro mezzo minuto buono.

– Grazie, – rispose Ale con la voce che tremava un po', come le mani di Lisca.

– Allora, come ti senti? – chiese Lollo. Anche se faceva l'infermiere da piú di dieci anni, vedere Lisca conciato cosí non era facile da sopportare. Sbirri bastardi, dovevano pagarla.

– Come se mi avessero messo dentro uno dei nostri camion della spazzatura e poi sputato fuori –. Sorrisero tutti, anche la madre. – Però, già meglio di ieri. Il dottore dice che dovrebbe essere una ripresa veloce. Ma una volta che esco, dovrò stare un po' riguardato. Per il trauma, sapete.

– Ehi, ma quelle chi te le ha portate? – Ale indicò alcune sciarpe impilate su un tavolino.

– Me le ha consegnate l'infermiera, dice che le hanno spedite via posta.

– Di chi sono?

– Allora... Napoli.

– Ovviamente, – rispose Lollo con la faccia soddisfatta.

– Poi Lecce. E Alessandria. L'ha portata uno di persona. Un tipo di Serravalle.

– Grande. E quella nerazzurra?

– Atalanta.

– Non ci credo, – disse Ale.

– Neppure io. Coi bergamaschi... – Lisca si trattenne, forse perché c'era sua madre. – Non me lo aspettavo da loro, ecco. C'era pure un biglietto con la scritta «Forza Davide».

– Grande mentalità. Sempre detto, – commentò Lollo.

Ale lo guardò un po' scuro, come se non gli piacesse sentir parlare di mentalità lí, davanti a Davide ferito e a sua madre. Lollo infilò una mano nel sacchetto.

– Vabbe', guarda cosa ti ho portato io, allora, – e tirò fuori la sciarpa blu degli Ultras Tito.

– Occhio che se la tocchi stavolta ci rimani davvero, – provò a scherzare Ale. Lollo vedeva che era a disagio. Era quella la sua unica reazione alle emozioni, dopo la morte di Manu.

– Oddio, davvero! – Lisca si entusiasmò.

Lollo gli porse il biglietto e lui lo lesse. Poi lo infilò nel cassetto del comodino. – Ringraziali, mi ha fatto piacere.

Ale mostrò il «Corriere». Gli anticipò che parlava di lui e il volto di Lisca sembrò incupirsi.

– Mi hanno detto che sui giornali c'era scritto proprio tutto. Ma come avranno fatto a sapere le cose, quei vermi?

Ale e Lollo si guardarono e l'intesa fu immediata. Dovevano dirglielo.

– Ce ne siamo occupati noi, – ammise Lollo.

– Ma perché? Avevamo detto del ferro in testa, nella baracca delle moto... Non andava bene cosí? – disse confuso Lisca guardando Ale. Ale guardò la madre, che abbassò la testa, come se non volesse sentire.

– Davide, non potevamo fare altro, – spiegò Lollo. – Capisci che se ti succedeva qualcosa di brutto... Bisognava dire la verità subito e almeno qualcuno avrebbe pagato.

Scese il silenzio, come se il peso del rischio corso da Lisca gravasse su tutti i presenti.

– E poi c'è il danno che ti hanno fatto. Adesso ti cerchiamo un avvocato buono.

La madre sgranò gli occhi.

– Dobbiamo pagare l'avvocato? Ma noi non abbiamo mica la disponibilità, ragazzi! E poi io non voglio piú problemi, vi prego...

– Non si preoccupi, signora, i soldi per la causa li anticipiamo noi, cosí Davide può fare denuncia ed essere risarcito. Saranno un bel po' di euro, vedrà! – la rassicurò Lollo.

– Davvero? Ci guadagnerò dei soldi?

– Sí, – confermò Ale.

– Ma non è che lo arrestano adesso? – chiese la signora Liscani. – Era meglio se non si sapeva nulla...

– Forse mia mamma ha ragione.

Lollo scosse la testa. – Ma va'! Sei tu il ferito! E comunque sarebbe venuto fuori. Eravamo tutti qui, c'era mezza curva al pronto soccorso!

– Davvero? – chiese timido Lisca, ma si vedeva che la cosa lo inorgogliva.

– Non volevamo che i giornali inventassero cazzate e magari tu finissi dalla parte del colpevole, capisci?

– Sí... è vero. Non ci avevo pensato... Il casino è il lavoro, però. Mi sono sputtanato, – disse Lisca.

– Non ci devi pensare, adesso. Devi guarire e basta, – lo tranquillizzò sua madre. – Ci siamo io e papà, non devi agitarti.

I due amici si guardarono un po' spaesati e capirono che non era il caso di insistere con certi discorsi. Lollo cercò qualcos'altro di cui parlare. Si rese conto che faticava a trovarlo e questo accrebbe il suo disagio.

– Ehi, da qui fuori vedi pure la neve! – fu tutto quanto riuscí a inventarsi, indicando una collina ancora imbiancata dalla settimana precedente. A Novi nevicava molto piú spesso che a Genova.

– Eh sí, hai visto? Mi faccio 'sta vacanza dal lavoro, – cercò di scherzare Lisca. Nonostante il colorito cereo sembrava lucido, per quanto lucido fosse mai stato uno come lui.

– Quanto resterai qui? I medici te l'hanno detto?

La madre rispose per Lisca: – Forse non molto, sapete? Dagli esami sembra che non ci sia piú nulla, alla testa. Grazie a Dio, – sorrise accarezzando un braccio al figlio.

– Ma non sarà troppo breve come convalescenza? – chiese Ale a Lollo. – Voglio dire, è stata una cosa seria.

– Se l'ematoma è del tutto assorbito, di fatto il problema è risolto. Con tutti i tagli che hanno fatto, – fece lui con l'aria di chi ne capisce. – Vedrai che lo mandano fuori prima che possono.

Poi si resero conto che Lisca era stanco e aveva bisogno di dormire. Lo salutarono.

– Mi raccomando per domani, – disse Lisca quando erano sulla porta. – State all'occhio, va bene? Non so se ne vale la pena, – e si indicò la testa sforzandosi di sorridere.

Né Lollo né Ale trovarono qualcosa da rispondere.

Una manciata di minuti dopo stavano già uscendo dall'ospedale. Lollo non parlava, ma quella frase continuava a rimbombargli nella testa.

Non so se ne vale la pena.

Si domandò se fosse lo stesso anche per Ale. Il viso dell'amico, piú cupo del solito, gli rispose di sí.

85.

Ore 19.20, retro del bar *Romolo*.

Fra i tavolini spostati per fare spazio, stavano seduti in dieci.

Uno accanto all'altro c'erano Lollo e Ale, arrivati direttamente da Novi. A entrambi era rimasta addosso una sensazione confusa e sgradevole, dopo l'incontro con Lisca.

Poi c'era Lupo, evaso in anticipo dalla prigione del reparto macelleria. Che certo era meglio della galera vera, ma altrettanto detestabile.

Alla destra di Lupo sedeva Giorgione, con la pancia in bella mostra. Vicino a lui Paolo, il tizio con i capelli sparati che lo aveva aiutato nel vano tentativo di riprendere lo striscione. Erano piú seri del solito, come se l'aver partecipato al momento topico conferisse loro una maggiore autorità nelle decisioni da prendere. Forse era davvero cosí.

C'era Sergio, con i capelli neri lunghi, a rappresentare i ragazzi di Sestri. E c'erano altri, esterni al gruppo.

Il primo era Andrea, meglio noto come l'Arabo per il suo colorito scurissimo. Veniva da Sampierdarena, storico feudo doriano. Da via del Campasso, per la precisione, la zona piú degradata. Faceva parte dell'Aurelio Canepa, un gruppo che ultimamente si era reso protagonista di un'imboscata ad alcuni ultrà francesi, in una partita amichevole, sfuggendo per un pelo alla polizia. La fama dell'Arabo ne aveva tratto beneficio e il suo gruppo aveva dato un segno di risveglio dopo un lungo periodo di inerzia.

Poco distante da lui, in piedi, c'era Bruno. Era dei Vecchi Grifoni, aveva quasi cinquant'anni e portava i capelli bianchi legati in una coda. Lavorava alla Fincantieri e fumava il sigaro. Era il leader del suo gruppo da diversi anni, ormai. Anche lui era stato nella Fossa, anni prima. Un tempo poteva muovere anche duecento persone, nelle trasferte migliori. Parlava poco, ma le sue parole potevano ancora diventare macigni.

L'ultimo era Fabrizio, detto Bicio, della Brigata Mistral. Si trattava dell'unico gruppo «nero» della gradinata genoana. Per un po' sembrava dovessero prendere il sopravvento sull'intera curva. Ma la gradinata Nord era sempre stata feudo di sinistra: sebbene la curva non fosse ufficialmente politicizzata, Genova aveva una tradizione operaia e antifascista da difendere. Cosí erano scoppiate alcune risse e quelli della Brigata erano stati pestati e ridimensionati, perdendo diversi ragazzi per strada. Avevano fatto di testa loro e avevano pagato.

Era un momento solenne: il gruppo delle Facce Coperte si svelava per la prima volta di fronte agli altri. In fin dei conti, gli stessi che loro avrebbero potuto soppiantare: dopo domenica e il chiasso mediatico che ne era seguito, chiunque avesse avuto in mente di fare casino si sarebbe rivolto alle Facce Coperte.

Lupo fece un cenno con il mento a Lollo, per dirgli di cominciare. Non poteva essere che lui ad aprire le danze.

– Allora, ragazzi, buonasera a tutti. Io sono Lollo, nel caso qualcuno non mi conoscesse –. Guardò in modo particolare Bruno. Con i capelli bianchi e lunghi e la faccia solcata dalle rughe, somigliava a un bandito corso. – L'idea di questo incontro è stata di Giorgione e Lupo, – spiegò indicandoli. – Anche a me è piaciuta subito. Abbiamo pensato di farvi venire qui per parlare. Avrete sentito di questo nuovo gruppo che abbiamo fondato. Le Facce Coperte.

– E chi non lo ha sentito? – replicò l'Arabo.

– Avete fatto un bordello, domenica, – disse Bicio della Brigata, andando dritto al punto. – Raccontateci bene come è andata. Mica tutti lo sanno.

– Infatti. Ma i giornali hanno quasi detto la verità, stavolta. Sono stato io a parlare con uno scribacchino che conosco. Per anticipare gli sbirri e le loro minchiate.

– Bravo, – disse Bruno. – Cosí bisogna fare.

Lollo raccontò una volta ancora lo svolgimento dei fatti, tra i commenti di rabbia e gli insulti contro la polizia.

– Ecco, ragazzi, a noi sembra che serva una risposta forte. Non possono massacrare un ragazzo per una stronzata simile.

– Hai ragione. Però il casino è partito da voi, se ho capito bene, – disse Bruno sbuffando nero dal sigaro. Era seduto proprio sotto un cartello con il divieto di fumare.

– Sí, è vero. Ma cosa vuol dire? Questi infami partono appena possono, per linciarci. Sarà successo anche a voi, no? Sembrano cani rabbiosi, non vedono l'ora di caricare.

Molti concordarono.

– E poi io mi sono rotto i coglioni di queste regole. Per lo striscione come per mille altre cose. I tamburi, i fumogeni e adesso la tessera del tifoso per tutte le trasferte. Non siamo mica marionette, no? Che cazzo, tra un po' ci obbligheranno pure a stare seduti, mentre c'è la partita.

– Hai ragione, – fece l'Arabo.

– Posso? – domandò Lupo a Lollo, che acconsentí. – Allora, raga, parliamoci chiaro. Alcuni di voi mi conoscono. Bruno, tu lo sai che sono stato per un po' con la tua brigata, anni fa.

Quello annuí, anche se non era tutta la verità. Bruno e altri vecchi avevano allontanato Lupo per la droga e perché era una testa calda. Ecco perché Lupo non poteva vedere Bruno, a parte la politica. In ogni caso adesso non contava. Non potevano perdersi dietro a faccende personali.

– Abbiamo creato questo nuovo gruppo per far rivivere una certa mentalità. Roba che secondo me ci siamo dimenticati. Le regole di una volta, cioè... nessuna regola! E gli scontri. Perché è inutile che ci raccontiamo delle *musse,* gente. Fare gli ultrà significa che nessuno ti mette i piedi in testa e tu sei pronto ai casini con le altre tifoserie. E poi combattere con gli sbirri, sempre.

Giorgione alzò il pollice.

– Scusa se ti interrompo, – fece Bicio. – Quello che dici è giustissimo, ma lo sai come vanno 'ste cose. Alla fine devi anche mollare qualcosa, perché se gli rompi troppo le palle gli sbirri ti segano le gambe. A noi ci hanno diffidato un macello di gente. I soldi dei processi, le firme in questura, i biglietti cari. Nessuno che entri gratis. Non possiamo nemmeno berci una birra, che arrivano gli sbirri a rompere i coglioni. A qualcuno gli hanno fatto pure la perquisa a casa per i fumogeni! Tanti ragazzi si sono rotti e hanno mollato.

Seguí un mormorio di amareggiata approvazione.

– Non possiamo piú stare zitti, – riattaccò Lollo. – C'è stato Sandri e poi quel ragazzo del Parma, Matteo. A suo tempo, quando ammazzarono Gabriele, noi non facemmo nulla e molti si incazzarono per questo. Io per primo. A Roma assaltavano le caserme e noi stavamo qui a fischiare. Vi rendete conto?

Nessuno replicò. Era vero.

– Io non voglio criticare gli altri gruppi, ognuno è libero di fare come crede. Dopo che si è sciolta la Fossa è stato cosí, ogni brigata si regolava per conto proprio. Ma queste divisioni ci hanno fottuto, capite?

L'Arabo fissò Bruno. Entrambi sembravano toccati personalmente da quel discorso.

– Io penso che la curva sia uno spazio di libertà. Mica ci deve essere uno che comanda. Non è un cazzo di militare, ragazzi. Sennò certi gruppi non sarebbero neppure esistiti.

– Forse sarebbe stato meglio, – intervenne Bruno con un mezzo sorriso, fissando Bicio, della Brigata. Quello lo guardò storto, senza rispondergli, e Lollo cercò di ignorare i loro scazzi sottintesi. Il viso gli si stava arrossando per la concitazione.

– Io non discuto i vostri gruppi e quello che avete scelto di fare. Ognuno si è regolato come credeva. Chi mi conosce lo sa come la vedo. Io sono di sinistra.

– Purtroppo, – mormorò Lupo e Bicio sorrise in approvazione.

Lollo proseguí: – Vabbe', per chi non lo sapeva, l'ho detto. Comunque per me la curva è zona franca. Ci passiamo la vita, in mezzo alle regole, e non possiamo sfogarci nemmeno allo stadio. Era cosí, un tempo. Giusto? Allo stadio le regole stavano fuori. I vecchi lo possono confermare.

– Piú o meno, – disse Bruno dando una boccata di sigaro.

Lollo continuò: – Invece ora qualsiasi cosa facciamo ci ingabbiano, ci pestano, ci ammazzano!

– Bravo Lo', c'hai ragione, porcoddio, – ringhiò Lupo. Ale era di lato e osservava la scena con la faccia tesa.

– Ascoltate, dobbiamo fargli capire che oltre non possono andare. Noi non staremo zitti, – si infervorò Lollo.

L'Arabo annuí e pure Bicio. Bruno invece socchiuse gli occhi dietro il fumo scuro.

– Grande, Lollo, hai ragione, – commentò Giorgione e anche il suo amico Paolo faceva sí con la testa. Lui rappresentava i ragazzi delle Facce Coperte del Ponente: Sestri, Pegli, Voltri. Erano piú di una ventina, ma di rado riuscivano a essere tutti presenti.

– Vi abbiamo chiamato per questo, ragazzi, – spiegò Lupo. – Stavolta dobbiamo lasciar perdere le divisioni. Insieme possiamo fare un numero piú grosso e fargli stringere il culo per davvero alle guardie, – aggiunse indicando con il mento gli ultrà disposti a cerchio davanti a lui e Lollo.

Prese un sorso di birra.

– A me la vostra idea piace, – disse Bicio. – È il momento di stare uniti, sono d'accordo con il comunista, – ghignò, indicando Lollo. Era piccolino, ma pieno di muscoli. Aveva occhi sottili e scurissimi.

– Lo sapevo, – si compiacque Lupo. – La Brigata non poteva mollarci.

Lollo gli diede una mezza gomitata. – Non c'entra una mazza! Non mettiamo pressione a nessuno, ognuno è libero di fare come crede. Lo abbiamo detto.

– Minchia, stai calmo... Facevo per dire, – rispose Lupo e la cicatrice si mosse sul viso tagliente. Non amava essere contraddetto.

– Secondo me l'idea è buona. Avete ragione, dobbiamo fare fronte comune, stavolta. Perché, tanto, quando agiamo in gruppetti ci inculano, – disse l'Arabo. – Però domani gli sbirri saranno in tanti.

Finalmente intervenne Ale, dalla sua posizione defilata.

– Non è detto. Io so che li mandano in base al grado di pericolosità che decide Roma. Ma sulle partite a porte chiuse il parametro scende. Potrebbero essere anche meno di quello che pensiamo.

– Giusto, – disse Giorgione.

– Se lo dite voi... – commentò l'Arabo.

– Domani su questo ci lavoreremo. Forse riusciamo a sapere quanti playmobil mandano e dove li mettono, – fece Lollo.

– E come, scusa? – domandò Bruno poggiando il sigaro in un portacenere di plastica.

– Fidati, abbiamo delle fonti. Comunque dobbiamo fare una stima. Contarci e capire quanti potremmo essere. Se non stabiliamo una strategia, sarà la solita figura da cazzoni.

– Ottimo, Lollo, mi stupisci, – si complimentò Paolo.

L'Arabo si alzò e strinse platealmente la mano a Lollo. – Per quanto mi riguarda, io voglio esserci. Lo dico ai miei e vediamo.

Ormai era rimasto solo uno, a non esprimersi. Lupo si rivolse a Bruno: – E tu che dici?

Il vecchio ultrà si alzò pure lui. Era imponente, una massa di muscoli ruvidi, forgiati da anni alla Fincantieri.

– Ascoltate, *figgieû*, – iniziò. L'accento genovese era marcato, la parlata strascicata. – Oggi ho sentito un vecchio amico. Forse qualcuno di voi lo conosce, di nome. Si chiama Franco. Il Barone.

Quel nome rimbalzò nella sala come un pallone da rugby, saltellando senza controllo da un punto all'altro. Solo dopo un istante di smarrimento Lollo parlò: – Di nome lo conosciamo tutti. È stato dentro tanto tempo, giusto?

– Sí. Ma questo non c'entra, adesso. Mi ha detto che ha parlato con un suo contatto. Uno sbirro.

Si sentí qualche insulto, neppure sottovoce. Lupo bestemmiò di nuovo, scuotendo la testa.

– Fatemi finire, grazie, – li zittí Bruno. Fecero tutti silenzio. – Si stanno occupando di trovare quello che ha fatto la minchiata. Lo sbirro che ha ferito il ragazzo, intendo. Il questore gli vuol rompere il culo. Cercano di calmare la situazione ed evitare altri macelli. Che qualcuno si faccia male, male davvero.

– Figli di puttana… Pensano di comprarci con queste stronzate? – ringhiò Lupo.

– Cani.

– Bastardi.

– Ascoltate prima di parlare. Mi sembra che qui ci siano troppi professori, – li rimbeccò Bruno. Si spostò al centro. Sembrava un vecchio capo indiano che cerca di ragionare con i piú impulsivi fra i suoi guerrieri. – Io proverei a fargli arrivare il messaggio che adesso la cosa è in mano nostra. Che possiamo anche evitare il casino, ma in cambio devono smettere di scassarci il cazzo. Agli ingressi, sugli striscioni, sulle birre e tutto quello che vi viene in mente di chiedere. Devono ammorbidirsi pure con le coreografie e i fumogeni. E trovare chi ha rotto la testa al vostro ragazzo. Anche sulle trasferte, ci sarebbe da discutere. Che ultimamente si sono messi a controllare pure i biglietti dei treni e tanti non possono viaggiare.

– Spiegami meglio, Bruno. Tu vorresti trattare? – Lollo aggrottò la fronte.

– Mi sembri sveglio, *figgieû*. E allora usa la testa. Se domani fate casino, casino grosso, magari per una sera siete i padroni della città. Li mettete nella merda, agli sbirri. Feriti e tutto quanto. E dopo? Cosa vi ritrovate in mano? Arriveranno altre diffide, i servizi in tivú. Ci criminalizzeranno peggio di prima e anche i giornali che ora non ci stanno dando addosso ci attaccheranno. Il ragazzo sta meglio e la madama ha paura di altri scandali. Il G8 gli brucia ancora e al palazzo di Giustizia ci sono magistrati che alla polizia vogliono solo spaccare il culo. Io dico che questo è il momento buono per cercare un aggancio e porre le condizioni per il futuro. Se riusciamo a tenere calma la cosa e parliamo con loro, è come se avessimo una cambiale. Perché tanto ci piegheranno, non so se lo avete capito. Siamo destinati a perdere, ma forse possiamo salvare qualcosa.

Nessuno osava interrompere, ma le facce scure dicevano chiaro che le parole di Bruno non riscuotevano successo.

– Ascoltate uno che di cose ne ha viste un po'. Staranno già lavorando per capire chi siete, dove state e tutto quanto. E lo sbirro a cui avete rotto la faccia era uno che contava abbastanza, una volta. Potrebbe crearvi problemi.

Lollo e Lupo non poterono evitare di guardarsi per un istante negli occhi. Ale se ne accorse e Bruno si fermò. Riprese dal portacenere il sigaro.

– Magari farei un corteo, lanciare un po' di roba, qualche fumogeno con i petardi. Metterei un po' di pressione agli sbirri, come quando eravamo andati in C, vi ricordate? Piú scena che altro. Se organizziamo un servizio d'ordine possiamo tenere i ragazzi piú caldi. Se invece si va all'assalto, come avete in mente di fare voi, possiamo solo perdere.

Lollo scosse quasi involontariamente la testa, qualcun altro fissò il vuoto. Bruno si guardò intorno, nessuno replicò. Il vecchio capo ultrà attese alcuni secondi ancora.

– Mi sembra chiaro che non apprezzate l'idea, – considerò, quasi tra sé. – Lo capisco, voi siete giovani e dovete sbatterci il muso. Comunque io ho detto la mia, come avevate chiesto. Quindi ora posso andare, che domani *travaggiu prestu* –. Si avviò verso le giacche appese al muro.

Lupo scattò verso di lui e lo prese per il braccio.

– E dài, cazzo, non ci mollare cosí! Tu puoi muovere tanti ragazzi. Gente con le palle. Ci servite!

– È proprio perché sono vecchio che ve lo dico. Ci siamo già passati, e abbiamo visto di peggio. Il muro contro muro non si affronta. Forse una volta, ma non adesso. Con queste leggi e tutte 'ste tecnologie. Alla fine siamo solo persone che fanno un po' di casino per strada, mica criminali veri. Vi aspettano, lo capite o no? Se gli date il modo, vi inculeranno.

– Ma che cazzo dici, Bruno? Tu sei uno che la gente lo ascolta! È il momento di fare qualcosa di grosso insieme, – Lupo alzò la voce.

– Lupo, piantala, su. Ognuno la pensa come vuole, lo abbiamo detto, – lo rimproverò Lollo.

– Tu devi stare calmo, te l'ho già detto qualche anno fa. E mollami il braccio, – mormorò Bruno. Ma quello nemmeno lo sentí. Il viso gli si stava congestionando.

– Ma cosa dici? Sei fuori? Hanno pestato uno dei nostri!

– Ti ho detto di mollarmi il braccio, – ripeté Bruno. Solo in quel momento Lupo cambiò espressione.

– Guarda che non sono tuo fratello che mi parli cosí, capito? – sibilò stringendo i denti.

Ale si mosse dal fondo della sala e pure Lollo si alzò, ma era già tardi: Bruno arpionò il collo di Lupo e lo spinse avanti con tutto il peso del corpo. Aveva dita grosse come tubetti d'acciaio e altrettanto forti. In un attimo lo portò fino alla parete opposta della sala, schiacciandolo.

– Non fare il coglione con me, hai capito? Perché caschi male, – disse senza alzare la voce. Gli altri tifosi balzarono tutti addosso ai due.

Lupo cercò di divincolarsi con gli occhi fuori dalle orbite.

– Oh, oh, calma! Calma! – Qualcuno afferrò Bruno per tirarlo indietro. Quello riuscí lo stesso a strattonare la giacca di Lupo e ne rivoltò un lembo. L'interno era di un lucido giallo oro.

– E stai attento a come ti vesti, che qualcuno potrebbe beccarti, – ghignò il vecchio ultrà, poi si lasciò tirare all'indietro e finalmente i due furono separati.

86.

Decisero di vedersi quasi per caso, perché non era in programma ed Enrico voleva continuare a mantenere la sua strategia.

Ma Daniela gli aveva scritto un sms nel pomeriggio.

«Sono vicina alla facoltà, stasera, prendiamo un caffè? Volevo parlarti di quella cosa...»

Lui era indeciso, ma alla fine non aveva potuto dirle di no. Anzi, non aveva *voluto*.

Cosí, alle sei e un quarto di martedí sera, Enrico e Daniela si guardavano dritti negli occhi, divisi solo dal tavolino del bar. Lei aveva di fronte un caffè, lui una birra piccola. A Enrico la birra piaceva da poco, fino a un anno prima l'aveva bevuta solo per darsi un tono.

Si erano incontrati fuori dall'università, si erano salutati con un veloce bacio sulle labbra. Erano entrati subito, chiacchierando delle lezioni di lui.

Ora si tenevano per mano sopra il tavolo. Era stata lei a intrecciare le dita in quelle di Enrico e lui l'aveva lasciata fare.

– Di cosa volevi parlarmi? – domandò.

– Del motivo per cui abbiamo litigato, ovviamente.

– Ti ascolto.

Lei si scostò i capelli. – Senti... Domani sera i miei vanno al cinema. È una delle poche volte in cui sono da sola, a casa –. Lo sguardo di Daniela diceva piú di qualsiasi parola. – Se vuoi venire... potremmo stare insieme, – e strinse la mano di Enrico.

Lui sentí il cuore che pompava sangue piú velocemente.

– Be', è una bellissima idea... – riuscí a rispondere, sforzandosi di non balbettare.

– Lo credo anch'io, – sorrise lei mordicchiandosi il labbro inferiore. Enrico avrebbe voluto balzare dall'altra parte del tavolo e baciarla con tutta la passione che il momento richiedeva. Ma, una volta ancora, si dominò. Stava diventando bravo.

– Loro usciranno per le sei. Ma il film è abbastanza lungo, ho letto. Potresti venire da me per le sei e mezza, cosa dici?

Lui stava per urlare sí, quando ricordò la partita col Napoli. I loro soci. Non poteva mancare, ma si giocava a porte chiuse. Cosa sarebbe successo? Lollo e i ragazzi non se ne sarebbero stati zitti e buoni a casa, dopo domenica.

Il cervello cominciò a girare vorticosamente. Per un istante si rivide nella mischia, a fronteggiare i poliziotti in tenuta antisommossa. Ricordò l'eccitazione e la paura, poi l'immagine di Daniela nella sua camera gli esplose nella mente. Nuda, bianca come ceramica, morbida, invitante.

Calma, cazzo, calma! Cosa vuol dire che lei comanda e tu esegui? Non sei mica un burattino!

Cosí disse la voce di Robi nella testa.

Ti ha fatto aspettare tutto 'sto tempo? E adesso aspetterà un po' lei, porca troia.

– Allora? – domandò Daniela con una traccia di inquietudine sul viso.

C'era una sola risposta che Enrico poteva dare. – Facciamo per le sette, – sorrise.

87.

– State attenti a quel belinone, che vi rovina tutti quanti, – disse Bruno, accennando a Lupo in mezzo alla selva di braccia che li divideva. Poi si voltò verso l'uscita. – Grazie di avermi chiamato, alla prossima.

– Mollatemi, cazzo. Mollatemi, – sbraitò Lupo e gli altri obbedirono. Fece il gesto di inseguire Bruno e dovettero bloccarlo ancora.

– E dài, cazzo, finiscila! – gli urlò Lollo in faccia. Lupo spinse ancora un po', ma gli avevano chiuso ogni varco.

– Tanto gliela faccio pagare, a quel vecchio coglione, – giurò andandosene in bagno.

Lollo cercò di riprendere in mano la situazione.

– Forza raga, non incasiniamoci per questo incidente. Prima che ce ne andiamo è meglio organizzarci per domani, – disse Lollo. – Secondo me dobbiamo dividerci almeno in due gruppi. Per non dare troppo nell'occhio.

– In che senso? – chiese l'Arabo grattandosi la scurissima testa rasata.

– Nel senso che gli sbirri gireranno in tutta la zona, anche se la partita è chiusa. Se però riusciamo a mettere insieme due gruppi grossi, li confonderemo, almeno all'inizio.

– Non è male come idea. Ma come facciamo? E se fossimo pochi? – domandò Bicio.

– Io vorrei radunare i miei nelle stradine sopra piazzale Parenzo, – spiegò Lollo.

– Dove ci sono le scalette? – chiese Giorgione.

– Ma lassú è stretto, non ci possiamo venire tutti. E poi dovremmo girare troppo vicino allo stadio, con il rischio di farci sgamare, – obiettò l'Arabo.

– Infatti, avevo già pensato una soluzione, – fece Lollo con gli occhi che scintillavano. – Voi potreste vedervi in cima a corso Sardegna. Intendo tu e Bicio.

– Buona idea. A te sta bene? – chiese Bicio all'Arabo. L'altro tacque, come riflettesse attentamente. Si parlava di aggregare gruppi che non si conoscevano e venivano da quartieri diversi. Alcuni elementi si erano persino scontrati fra loro.

– Per me si può fare. Al massimo veniamo con un paio di macchine, per portare i ramoscelli d'ulivo.

– Ma dove pensiamo di farlo...? Il casino, dico.

Lollo bevve un sorso di birra.

– Secondo me dietro, su corso De Stefanis. Ci sono tante strade lí, possiamo muoverci meglio. Sul piazzale davanti siamo troppo esposti e i playmobil hanno piú visuale. Invece lí dietro c'è traffico, macchine, gente.

– Certo, dipende da come sono messi gli sbirri, – intervenne Paolo. Nel frattempo Lupo tornò dal bagno. Lo aggiornarono sulla situazione.

– Io penso che sia meglio comandare noi. Non importa che cazzo fanno loro. Il Corso mi sembra buono per attaccarli, poi vediamo come va, – disse sfiorandosi la cicatrice.

Bicio annuí stringendo gli occhi. – Mi sa che hai ragione.

– E allora restiamo cosí, tanto c'è sempre tempo per cambiare piano, – disse Lollo. – Se conoscete altri ragazzi che possono venire a titolo personale, anche del gruppo di Bruno, fate girare la voce. Ditegli di trovarsi lí dove raduno i miei, se vogliono. L'importante è che vengano persone fidate, che non si cagano in mano. Anche perché poi gli sbirri indagheranno. E poi volevo dirvi un'altra cosa, – aggiunse Lollo. Gli altri rimasero in silenzio ad ascoltare. – Ho aspettato perché prima volevo sondare il terreno. Comunque domani potrebbero venire su anche dei ragazzi da Napoli.

– Quanti? – chiese l'Arabo.

– Mah, una cinquantina. Non ci conto, per ora. Ma uno di loro mi ha detto che ci provano.

– Mi sembra strano che arrivino: cazzo, è mercoledí, – disse Paolo.

– Ma per voi sarebbe un problema? – chiese Lollo.

– A me stanno sul cazzo, – grugní Lupo. – Sono dei terroni di merda.

– Neppure a me piacciono, – convenne l'Arabo.

– Lo so, raga, ma sono ultrà, come noi. C'è il gemellaggio da un casino di anni e lo fanno per uno dei nostri. Da parte mia, massimo rispetto, – disse Bicio.

– Infatti, – concordò Giorgione.

– Basta che non si facciano sgamare, – intervenne Paolo.

– Sono svegli. Non succederà, – ribatté Lollo.

– Per che ora ci troviamo, allora? – domandò l'Arabo.

– Facciamo sul tardi. Devono credere che è tutto tranquillo. Ci vediamo per le cinque e mezza, nei due punti che abbiamo detto, e verso le sei ci muoviamo.

Anche Ale annuí in silenzio.

– Ragazzi, io vengo direttamente alle sei perché non mi riesco a liberare prima dal lavoro, – spiegò Giorgione.

– Infame, – lo apostrofò Lupo e sorrise.

– Ammazzati.

Ale diede una pacca a Lollo, sorridendogli. Era un momento perfetto di entusiasmo, rabbia e speranza. Non sarebbe tornato.

– Cosa ne pensi di questa faccenda? – domandò Lollo. – Non hai parlato molto.

– Mi conosci da una vita... Ti aspettavi che facessi un comizio? – disse Ale, a metà tra il rude e lo scherzoso. – Però il discorso di Bruno aveva una logica.

Un'espressione di fastidio si dipinse sul viso di Lollo. Ale la intercettò e provò subito a correggersi. – Anche se il casino è proprio quello che si aspettano da noi. Se non lo facessimo, il gruppo sarebbe già finito.

– E questo non ci piacerebbe, giusto?

Ale scosse la testa.

– Lo capisco che hai dei dubbi. Non voglio forzarti, se non te la senti. Tranquillo, Ale, non c'è problema. Non devi mica spiegarmi i motivi.

Ale lo fissò e per un attimo Lollo ebbe paura che succedesse. Che davvero il suo amico mollasse.

– Grazie, lo apprezzo. Ma io ci sono. Hai ragione tu, passerà. Almeno spero.

Non servirono altre parole sull'argomento.

– Ma cosa diceva prima Bruno, della giacca gialla? – domandò Lollo.

– La giacca di Lupo. Quella reversibile. La portava pure stasera, non te ne sei accorto?

– Non ci avevo fatto caso.

– L'aveva messa dal lato scuro. Bruno intendeva che rischia di farsi beccare, con quella minchia di giacca.

– Vabbe', se non la gira chi se ne accorge?

– Metti che lo fermano... E poi sei sicuro che domani non la girerà? Che non farà lo splendido con la parte gialla, per farsi vedere da tutti? Io no, – disse Ale. – Un altro la brucerebbe subito, dopo il casino di domenica. Ma lui no. Prima di tutto perché l'ha pagata dei soldi e ce l'ha menato giorni interi con 'sta trovata della giacca reversibile. Una roba che io facevo a quindici anni.

Lollo non poté fare a meno di ridere.

– Poi perché è un coglione, – Ale allargò le braccia rassegnato.

Lollo non rispose, ma l'amico insistette.

– Dài, lo sai che è cosí. Ha ragione Bruno: Lupo metterà nei guai qualcuno, prima o poi. Oltre che sé stesso.

– Ale, non mi va di escludere la gente. Cazzo, lui è già escluso dalla vita. Non lo vedi quanto ci tiene? Non fa che parlare del gruppo. Se si sfoga con noi sta piú tranquillo gli altri giorni.

– Sei troppo bravo con tutti, Lo'. E intendo anche con me. Un giorno queste buone azioni da comunista ti rovineranno.

– Fottiti, – replicò l'altro spingendolo via con un gesto affettuoso. – E comunque anche tu devi stare attento.

– Perché?

– Dici tanto a Lupo della giacca, poi metti ancora quegli anfibi macchiati! – disse Lollo indicandogli i piedi.

– Ma dài, qua sotto, chi vuoi che se ne accorga? – disse Ale alzando le suole una dopo l'altra.

– Se lo dici tu.

– Comunque non c'ho soldi, per comprarli nuovi.

Uscendo trovarono Lupo che finiva un'altra bottiglia di birra con la faccia piú scura del cielo di quella sera. La cicatrice sul viso sembrava un lampo.

Ale se ne andò salutando tra i denti, perché sopportava Lupo sempre meno e la cosa era reciproca. Vide Lollo che se lo portava via sottobraccio, e pensò di nuovo che Lollo era troppo buono. E che un giorno o l'altro quella bontà l'avrebbe fottuto.

88.

Un centinaio di metri piú indietro rispetto al bar *Romolo* era ferma una Hyundai. Anche quella, come la Punto, era una macchina che ormai usava solo la polizia. Non a caso ci sedevano il sovrintendente Silvano Malerba, il suo autista e il loro diretto superiore, l'ispettore capo Giuliano Piccolomini.

– Hai scritto tutti i nomi? – chiese.

– Sí, quelli che sapevo. Me ne mancano un paio, – disse Malerba.

– Bene. È stata una buona idea farti seguire Giorgione. Vedi che qualcosa ancora la capisco?

– Sí, ma ci ho perso tutta la giornata, porco mondo, – imprecò Silvano. Teneva i capelli lunghi pettinati all'indietro con il gel, tipo boss mafioso americano.

– Faccio straordinario anch'io, – fece Piccolomini.

– Lo so. A pensarci bene ti preferivo quando te ne sbattevi i coglioni.

– Colle', non me ne sbattevo i coglioni! Mi ero solo un po' rilassato. Ma ora servo io, per 'sta faccenda. Vedi? Vedi che con me tutto torna a girare?

– Comunque sappiamo che si sono visti. Ma cosa si saranno detti? Qui nessuno vuole parlare con noi, i nostri contatti sono tutti incazzati neri.

– Lo so, me lo hai detto. Evidentemente non sono cosí buoni, questi contatti, Silva'! E comunque dobbiamo lavorarci sopra lo stesso. Secondo te perché Bruno se n'è andato prima? – chiese l'ispettore.

– Aveva un impegno? – buttò lí Guido, l'autista.

– Magari non era d'accordo con gli altri, – ipotizzò Silvano.

Piccolomini annuí. – Be', può essere. È sempre stato uno particolare, che ragionava per conto suo. Comunque domani richiamo il mio amico e vedo se mi dice qualcosa di 'st'incontro. Se è riuscito a fare arrivare il mio messaggio.

– Io ci credo poco. E poi chi sarebbe questo amico? Non è che ti stai inventando tutto, isp? – insinuò Silvano.

– Non sottovalutare l'ispettore. Guarda che io ero alla Digos...

– ... *quando tu andavi ancora a scuola*. Lo so. Sono dieci anni che me lo dici, Giulia'!

Risero tutti, pure Piccolomini.

– E per quello con la giacca gialla? – domandò Silvano.

– Anche su quello ci sto lavorando, colle'.

Uscirono gli ultimi tre.

– Ma questi qui li conoscete? Chi cazzo sono? – chiese Piccolomini.

Silvano sbuffò.

– Boh, non mi dicono molto. Quello lí con il bomber scuro, mi sembra di averlo già visto...

– E gli altri due?

Intervenne Guido. Era un agente scelto e di norma faceva servizio nella squadra antiterrorismo.

– Quello con il giaccone lungo verde si chiama Lorenzo Bodrato. Lo conosco perché l'ho visto qualche volta con gente dei centri sociali. Se volete, domani verifico.

– Bravo, guarda che puoi fare. Comunque non sono elementi di spicco, – considerò Piccolomini.

– No, ma gli altri che sono usciti prima sí. C'era l'Arabo, Bicio, Giorgione. Tutta la crema. Forse questi qui sono quelli nuovi.

– E l'altro? Quello alto e pelato, intendo, – disse l'ispettore.

– Mai visto, – disse Silvano.

– Potremmo farli fermare adesso, da una volante, – propose Guido. – Cosí li identificano e vediamo chi sono.

Piccolomini stava quasi per accettare, ma a quel punto i tre si divisero.

– Vanno da parti diverse. Dài, lasciamo stare, che poi se quello frequenta i centri sociali magari è sveglio e ci sgama, – disse l'ispettore.

– Tanto mica possiamo contestargli una birra.

– Per adesso no. Ma intanto sappiamo che stasera si sono visti. Poi potremo prenderci i tabulati di tutta 'sta gente. Comunque dobbiamo avere fiducia nel futuro, colle' –. Piccolomini ostentava convinzione. Eppure, dentro, temeva di aver sbagliato a non identificare subito quei tre.

Non poteva neppure immaginare quante vite avrebbero preso un corso differente, a seguito di quella decisione.

89.

Enrico rispose al terzo squillo.

– Ehi. Ti è arrivato l'sms? – gli chiese Robi con la voce eccitata.

– Quale?

– Come quale? Quello di Lollo per domani.

– Sí, è arrivato cinque minuti fa.

– Anche a me! Grandissimo, no?

– Mi sa che era uguale per tutti.

– E allora? Chi se ne importa? Basta che ci ha chiamato! Questa è una cosa grossa, Enri.

– Ma la partita è chiusa... Che ci andiamo a fare, scusa?

– Hanno in mente qualcosa. Hai visto che ha scritto che poi domani ci spiega? Sicuro stanno preparando un casino.

– Dici che gli sbirri se lo aspetteranno? – chiese Enrico preoccupato.

– Può essere. Tu vieni, giusto?

La risposta si fece attendere qualche attimo.

– Sí... Sí, certo.

– Grande! Cosí ti voglio!

– Anche se avrei un appuntamento a casa di Daniela, proprio alle sette...

– Ma che te ne fotte! Dille che vai alle nove, no? Non puoi perderti 'sta cosa.

– Già dovevamo trovarci alle sei e ho spostato. Poi sennò arrivano i suoi, che sono al cinema.

– Ah, ho capito! Vuoi scopare, eh? Brutto porco.

– E smettila un po'.

– Guarda che non si tradisce il gruppo per una scopata! – fece Robi e sembrava serio. Enrico non rispose.

– Comunque puoi anche non dirle niente e venire per vedere come va. Poi decidi in base all'orario. Io però mi terrei libero. Non puoi mancare, Enri, sennò ti sputtani, – constatò Robi.

– Va bene, guardo come fare, – disse Enrico prima e riagganciò.

Prima di cena Robi fece un'altra chiamata.

– Pronto, cucciola, ciao... – bisbigliò, non appena Laura gli rispose.

Chiacchierò con la fidanzata per un paio di minuti, prima di decidersi a tirare fuori l'argomento che gli premeva.

– Ascolta, domani ti ricordi che non ci vediamo, vero? C'è la partita alle sei.

– Avevo sentito che era chiusa ai tifosi, – disse lei delusa.

– Ma io la vado a vedere in un bar con Enrico.

– Ah... Ho capito. Ma dopo non puoi passare a salutarmi?

– No, devo venire a casa a studiare. Non voglio farmi segare di nuovo.

– Cioè, scusa, per la partita e la scuola hai tempo e per me no? – Laura era indispettita.

– Ma no, amore, dài, non dire cosí. Lo sai che tu vieni prima di tutto...

– Non mi pare.

– È che avevo preso l'impegno e poi a quell'ora cosa volevi fare? Con 'sto freddo poi... Ci rifacciamo giovedí, tranquilla. E sabato ti porto fuori a cena. Va bene, amore? – chiese docile come un agnellino.

– Vabbe', tanto è vero che fa freddo, – concesse la ragazza. – Basta che giovedí non mi tiri il pacco.

– Ma no, tranquilla.

– Copriti, domani.

– Non ti preoccupare. Noi ci teniamo sempre caldi, – disse Robi con un sorriso malizioso che lei non poteva vedere. Si scambiarono un po' di sdolcinatezze.

– Okay, amore, a domani. Ciao piccolina, ciao.

Robi non sembrava neppure la stessa persona che aveva parlato al telefono con Enrico una manciata di minuti prima.

E forse non lo era per davvero.

90.

– Si è addormentato. Ora vado anche io, vieni? – disse Cristina entrando nello studio.

Fabio Poggi sedeva alla scrivania, davanti al computer. La stanza era incasinata, Francesco in quel periodo si divertiva a tirare la roba.

Avevano provato a farlo smettere, lo avevano sgridato. Al colmo dell'esasperazione Fabio gli aveva pure dato uno scapaccione, sentendosi subito un verme.

Al centro dove lo portavano ogni due giorni avevano spiegato che era solo una mania del periodo e sarebbe passata. Ne aveva avute tante, di manie, e tutte diverse: gettare oggetti dalla finestra, accendere e spegnere il televisore, inseguire i gatti, salire e scendere con l'ascensore decine di volte di seguito.

– Ehi, parlo con te. Non vieni a letto? – insistette Cristina.

– No, grazie, rimango ancora un po'.

– Allora cerca di fare piano, che domani mi alzo presto.

Lui si sforzò di sorriderle e ci riuscí male.

– Okay, non ti preoccupare. Lasciami il pigiama fuori.

Cristina si avvicinò e gli poggiò i palmi delle mani sulle spalle.

– Ieri era tranquillo, sembrava quasi che fosse un bambino come... che tutto fosse a posto, ecco. Stasera invece...

– È sempre cosí, dài. Un giorno bene, l'altro male. Un passo avanti e uno indietro. Lo sai, no? Dobbiamo accettarlo per com'è, per quello che si sente di fare. Non abbiamo scelta –. Fabio si sforzava di essere conciliante.

– Ma perché proprio a noi? Che abbiamo fatto di male?

Lui la allontanò da sé, il volto s'indurí. – Non cominciare, Cri. Ti ho detto che non voglio sentirti parlare cosí. Non è colpa di nessuno, okay? È capitato e basta. Dobbiamo fare quello che possiamo, punto.

– E quando sarà grande?

– Ne abbiamo parlato mille volte, cazzo. È inutile che ci pensiamo adesso. Non lo sappiamo come sarà da adulto. Sappiamo solo che questa cosa non passerà. Dobbiamo rassegnarci e cercare di farlo migliorare. Solo questo, Cristina. Solo questo.

– Non passerà mai, – mormorò lei sconfitta, come parlando a sé stessa.

– No, non passerà. E devi accettarlo! – alzò la voce Fabio. Si mise in piedi, ma non la guardò in faccia. – Non posso farcela da solo.

– Tu non mi capisci. Io sono la mamma... – piagnucolò lei.

– Mi dài fastidio quando piangi.

– L'ho tenuto io dentro. Tu nemmeno lo volevi. Dicevi che era presto, che dovevamo divertirci ancora un po'.

C'era rancore in quelle parole, che stridevano dentro di lui come un'unghia sulla lavagna. Se solo l'avesse smessa di piagnucolare, dire che lui non la capiva, prendersela con il destino. Se si fosse incazzata, se avesse reagito. Potevano anche crollare, ma combattendo, per Dio. Combattendo.

– E avevo ragione, no? Abbiamo smesso di divertirci. E non solo quello, – ironizzò Fabio amaro, voltandosi a guardarla. Si pentí delle sue parole, sebbene fossero sincere, purtroppo.

Cristina non replicò. Abbassò il capo e tirò su col naso. Prese dalla tasca uno dei fazzolettini di carta che ormai l'accompagnavano ovunque e soffiò.

– Io vado. Buonanotte, – disse, e strascicò i piedi nel corridoio.

– Fanculo, – imprecò Fabio contro sua moglie, contro la sorte, contro sé stesso. Pure contro suo figlio.

Tornò al computer, guardò lo schermo senza vedere. Sentí Cristina che andava in bagno e usciva, per poi infilarsi nel letto.

Perse altro tempo, verificando a che punto fossero i film

che stava scaricando e cercandone qualcun altro da mettere in download.

Gli piacevano gli horror. Quelli recenti, ma anche i classici, tipo i film con Peter Cushing e Christopher Lee. Ma c'era anche qualche porno nel suo computer. Aveva bisogno di sfogarsi.

Dieci minuti dopo, la casa era completamente silenziosa e lui si sentiva un po' piú calmo. Era l'unico momento di pace della sua giornata. Aveva deciso di guardare *Paranormal Activity* quella sera, ma prima doveva controllare una cosa. Si connesse a Facebook.

C'era un messaggio di Anna.

> Che bella idea! Sono strafelice! Ti posso venire a prendere al casello di Alessandria per le dieci, tanto mio figlio va a letto da solo. C'è la pizzeria di un mio amico, proprio lí vicino.
>
> Sotto ti scrivo il mio cellulare. Se non ti sento restiamo d'accordo cosí, okay? Magari mandami anche il tuo, in caso ci fossero problemi. Dài, vedrò di non farti fare troppo tardi... Ma non ti prometto nulla :) Baci baci.

Fabio annotò il numero di telefono e, per la prima volta in tutta la serata, sorrise.

91.

Robi si connesse al forum verso le undici per vedere le risposte alle discussioni cui aveva partecipato.

Una riguardava alcuni tafferugli di Udine tra locali e napoletani.

Un'altra, una rissa tra i tifosi del West Ham e del Milwall. Erano due squadre inglesi divise da una rivalità acerrima.

Poi la sua attenzione fu attratta dal box dei messaggi privati. C'era un messaggio di Gradinata Sud.

> Ciao Grifetto! Sono Gradinata Sud, ricordi? Comunque basta con 'sti nick. Il mio vero nome è Stefano, abito a Quarto.
>
> Ieri mi sei sembrato uno in gamba, con la giusta mentalità.
>
> Volevo sapere se ti possono interessare certi filmati che ho solo io. In pratica è una selezione di riprese effettuate dagli sbirri durante alcuni incidenti di qualche anno fa. Sono fatte da vicino, senza tagli. E poi quei bastardi della Scientifica sono professionisti. Ci vedi delle cose assurde, ma sono fantastici per capire certe situazioni.
>
> Se ti interessa, fammi sapere. Solo che questa è roba un po' scottante, deve averla messa in giro qualche sbirro. Non voglio che si sappia che ce l'ho e non posso spedirla.
>
> Se sei interessato mandami un sms a questo numero: 321/1518900. Cosí mi resta un tuo recapito. Mi serve per sicurezza. Sai com'è... su 'sti forum girano anche degli infami. Ci mettiamo d'accordo e te lo porto di persona. Magari ci prendiamo pure un caffè. Fammi sapere.
>
> Un saluto!
>
> Stefano (Gradinata Sud)

Robi rilesse tre volte il messaggio. Cazzo, i video di questo Stefano sembravano roba pesante. Lui aveva scaricato un sacco di video, ma della questura aveva beccato solo quello di un vecchio Sampdoria-Torino, messo in Rete da chissà chi. E in effetti era tutta un'altra cosa.

Rimase una manciata di minuti a fissare lo schermo, indeciso. Non era diffidente o paranoico, come Enrico. Però voleva starci attento.

Ma il messaggio di Stefano / Gradinata Sud sembrava regolare, anche se quel tipo tifava Samp. Magari sarebbe stato interessante incontrarlo. Se era davvero uno che aveva esperienza, poteva raccontargli qualcosa degli anni d'oro del tifo genovese. E poi sarebbe stato un modo per ascoltare un parere dall'altra sponda.

Senza contare la figura che poteva fare con Lollo e gli altri, a girargli quei filmati lí. Già si immaginava i ragazzi che gli chiedevano di prestargli quei video!

Prese il telefono, andò ai messaggi e aprí il box di invio.

«Ciao Stefano, sono Grifo90 del forum. Questo da cui ti scrivo è il mio cell. Fammi sapere quando possiamo vederci per quella faccenda. Non domani, che sono impegnato. Ma nei prossimi giorni sicuramente. Ciao».

Non scrisse il suo nome in fondo. Non voleva esagerare, meglio mantenere un po' di cautela. Mica era un coglione.

92.

In camera di Elisa lo stereo era acceso e suonava un disco di J-Ax.

A Gianluca J-Ax non dispiaceva, anche se era una zecca. Aveva un ritmo quasi rock, negli ultimi album, e certe rime erano geniali. E poi dava addosso a tutti, destra e sinistra. Ti invogliava a pensare con la tua testa.

Certo, la testa di Gianluca pensava a destra e lui non se ne vergognava. Che male c'era a desiderare un paese ordinato e tranquillo? In fondo in quel paese lui faceva il poliziotto.

Quelli di sinistra avrebbero legalizzato tutto: la droga, gli stranieri, i matrimoni gay. Avevano portato pure un trans in Parlamento.

C'era stato anche uno dei Verdi, non si ricordava il nome, che aveva sostenuto gli ultrà. Diceva che la tessera del tifoso era incostituzionale, perché la gente doveva circolare liberamente sul territorio. Ma che c'entrava? Tu avevi diritto di andare dove volevi, ma lo Stato aveva diritto di non farti stare a una partita, se rappresentavi un pericolo! La tessera del tifoso era una gran cosa e aveva risolto un sacco di problemi. Lui avrebbe proprio vietato tutte le trasferte, risolvendo il problema alla radice.

Elisa tornò dal bagno fumando una sigaretta. Tanto, le sue coinquiline erano fuori casa.

– Allora domani vai a quella manifestazione?

– Sí. A Milano. *Famo* adunata alle cinque.

– Dicono che potrebbe esserci casino. Sia lí che alla partita del Genoa.

– Tu sai sempre tutto, eh?

– Be', basta leggere i giornali.

A Gianluca venne in mente che la sua fidanzata il giornale poteva sfogliarlo giusto per guardare le previsioni del tempo.

– A me è toccata la manifestazione. Non so cosa sia meglio.

– Mi raccomando.

– Cosa?

– Lo sai. Non far male a nessuno.

Lui sbuffò. – Eli', che ti devo dire? Lo sai come vanno 'ste cose, no? Se c'è casino, ci tocca menare.

– Guarda che la riforma della scuola è uno schifo. Stanno tagliando tutto, a vantaggio dei privati. E la cosa bella è che la gente pensa che nel privato lavorino meglio! La mia cuginetta andava male al liceo pubblico e l'hanno trasferita in una scuola privata.

– E quindi?

– Quindi adesso prende tutti otto e i miei zii sono contenti. Ma è solo perché pagano, capito? Tu paghi e vai avanti, è assurdo. Invece alla scuola pubblica tagliano i finanziamenti.

– Eli', ce sta la crisi. Devono recuperare i soldi.

– Ho capito, ma poi comprano i caccia modernissimi e mandano i soldati in Afghanistan, cazzo! E invece noi studiamo e ci laureiamo per restare a casa...

– Anche mia sorella si è laureata con centodieci in Filosofia, eppure adesso spera di entrare come cassiera da IKEA.

– Appunto! Non possiamo accettare tutto passivamente, capisci? – disse Elisa aspirando fumo. Aveva un cerchietto al naso e un piercing sulla lingua. A Gianluca piacevano, anche se facevano parecchio «alternativo».

– Magari a te è andata bene, tu lavori da quando avevi vent'anni. Non è che critico la tua scelta, ma chi studia cosa deve fare? Spendere altre migliaia di euro in master e corsi privati? Mica tutti sono figli di dottori che possono stare a casa fino a trentacinque anni, santo Dio.

Gianluca la trovò incredibilmente sexy. Era sempre cosí quando si arrabbiava.

– Comunque anche i colleghi che vanno sui siti delle... – si interruppe prima di dire «zecche», Elisa odiava quella parola.

– Sui siti dei centri sociali. Dicono che domani vogliono fare casino. Ti sembra normale venire in piazza per fare gli scontri?

Certo che no. Guarda che io sono pacifista davvero e non sopporto la violenza. Da nessuna parte. Nemmeno dallo Stato... – si infervorò.

Gianluca socchiuse gli occhi. – Non iniziamo con il G8 e la polizia violenta, eh? Ne avemo già parlato. Lo sai come la vedo.

– No, non voglio iniziare e tu sai come la penso io. Il fatto è che io capisco le ragioni della loro protesta –. Finí la sigaretta e la spense in una lattina tagliata a metà. – Quella stronza ha fatto 'sto convegno proprio a Milano, dove sono mesi che contestano il rettore, capisci? È una provocazione, cosí scoppierà un casino e gli studenti passeranno dalla parte del torto.

– Può essere, Eli', ma se provochi i pensionati dell'amianto o quelli della Cgil, mica succede nulla. Il problema è che con gli studenti vengono gli anarchici, i centri sociali, la gente che vuole solo fa' casino. Non gliene frega niente di cambiare le cose. La verità è questa.

Lei si infastidí. – Io ho degli amici che frequentano anche i centri sociali, ma sono tranquillissimi e ci credono davvero nelle loro battaglie.

– Lo so. Ma che ti devo dire? A me stanno sul cazzo, – ribatté Gianluca. – T'ho raccontato quella volta a Torino, che a momenti ci ammazzavano con le bombe carta.

Elisa si scompigliò i capelli castano chiaro. – Vabbe'... Capisco pure voi. Cioè, questi fanno sempre macelli, è logico che vi odiate a vicenda. Però... – prese fiato. – Voi siete solo delle pedine.

– Che vuol dire?

– Che non sapete nemmeno perché ci andate! Vi mettono lí, vi dicono quello che dovete fare e poi andate a prendere o dare le botte, senza capirci nulla. Ecco, cosí fanno. Vorrei che ci venissero loro in piazza, cazzo! – alzò la voce Elisa.

– Su questo sono d'accordo pure io, – disse Gianluca.

– Lo vedi? Lo pensi anche tu che sei uno sbirro, – sorrise lei, rilassandosi un po'.

– Guarda che tanto non divento comunista, – scherzò Gianluca.

Lei accennò uno schiaffo, che finí in una carezza.

– Invece dico che ce la farò. Ti trasformerò nel primo mostro celero-comunista!

– Eppure ce n'è qualcuno in caserma, sai? Abbiamo un maresciallo che va in giro vestito come gli amici tuoi.

– Ma di certo non è bello come te –. Lo sguardo di Elisa diventò malizioso. Iniziarono a baciarsi, si accarezzarono, si ritrovarono a fare l'amore.

C'erano solo la musica e il corpo caldo, profumato di Elisa. In quel momento Gianluca si scordò dei centri sociali, degli anarchici, del ministro, della disoccupazione e dei nobili cervelli italiani.

Della sua fidanzata a Roma, poi, si era dimenticato da tempo.

93.

Franco imprecò allo squillo del telefono. Erano le dieci di sera, cazzo, e Marisa dormiva. Poi lesse il nome sul display e cercò di rispondere in modo quasi educato.

– Ehi Bruno, ciao, – biascicò. – Dimmi tutto.

– Dormivi?

– No, ero qui sul divano.

– Che dormivi. Lo sento dalla voce, sei proprio un vecchietto, – rise Bruno dall'altra parte.

– In carcere ti abitui a dormire presto, – ribatté il Barone e il tono che gli uscí era un ruvido rigurgito dei bei tempi.

– Ascolta, per quel discorso che abbiamo fatto oggi...

– Dimmi.

– Ho parlato con i ragazzi dei gruppi. C'è stata questa specie di riunione dove mi avevano invitato.

– Aspetta un attimo, – Franco mise una mano sulla cornetta, si alzò, andò alla porta della camera e l'aprí qualche centimetro. Dentro era buio e il respiro di Marisa era lento e regolare.

Non le dispiaceva coricarsi prima di lui, quando iniziava a lavorare presto. Del resto era abituata a dormire da sola. Era successo per tanti anni. Troppi. Franco non poteva rischiare che sentisse. Anche se non faceva nulla di male: anzi, forse cercava di far qualcosa di buono. Ma voleva lasciarla tranquilla.

– Ecco, dimmi, – riprese con il cellulare.

– C'era tanta gente giovane, che non conosco. Questo gruppo nuovo che hanno fatto. Mi sembrano un po' degli scappati di casa. Vogliono far casino domani con gli sbirri, Barone. Ma io non mi sono fatto tirare dentro.

– La Brigata e l'Aurelio Canepa che fanno?

– Ci vanno.

– E allora saranno tanti!

– Sí, penso di sí. Ma io come gruppo non ci voglio entrare. Se qualcuno vuole andarci, lo fa a titolo personale. Qui ci possiamo solo perdere. Sono finiti quei tempi e questi qui mi piacciono poco. Mi sembra che non guardino piú in là del naso, mi capisci?

– Penso di sí –. Anche lui aveva commesso quell'errore, anni prima.

– Ho provato a dirgli di trattare. Che non è piú il momento, ma non ci sentono. Mi sono anche preso con uno.

– Davvero? – disse Franco.

– Sí. E indovina un po'? Mi sa che è proprio quello che cercano gli sbirri. Aveva 'sta giacca tipo bomber con un interno che in pratica è un'altra giacca, ma gialla. Me ne sono accorto quando ci siamo strattonati. Era, come si dice…

– Reversibile. Ma perché vi siete acchiappati?

– Questo è un testa di cazzo, Barone. Lo conosco da quand'era ragazzetto. Rissoso, ma non come tanti altri. È uno che non ragiona, che fa le cose per il gusto di farle. Non mi stupisce che abbia pestato lo sbirro.

– Lo conosco?

– L'ho sempre sentito chiamare Lupo, ma credo che di battesimo faccia Cristian o Cristiano. Qualcosa del genere.

– Il nome non mi dice nulla.

– E che vuoi che ti dica, Barone? Tu appartieni a un'altra epoca. E pure io. Senti, lo sai che gli sbirri non mi sono mai piaciuti. Ma quello lí di cui mi hai detto, il tuo amico. È un tipo a posto, giusto?

– Direi di sí.

– Allora digli che piú lontani tengono gli sbirri dallo stadio e meglio è, domani.

– Certo, grazie. Comunque vedrai che quelli non ci sentiranno. Sanno sempre tutto loro.

– E poi, per quello con la giacca gialla: io non ti ho detto nulla.

– Ovvio.
– *Oua te salou e vaggu.* Buonanotte.
– Grazie Bruno, ciao.
Il Barone spense il cellulare e si mise a letto.
Ogni sera gli sembrava un regalo del Cielo potersi sdraiare su un materasso morbido, sotto le coperte rimboccate, con Marisa vicino. Sperava di non perdere mai quella gratitudine che con fatica, ogni volta, riusciva a sopraffare la rabbia per tutto quanto non aveva funzionato. Anche ricordarsi degli amici faceva parte di quella gratitudine. E se gli amici erano quelli che non ti mollavano nella merda, l'ispettore Piccolomini era uno dei migliori che avesse. Si domandò se la gratitudine implicasse anche infamare un ultrà per aiutare un poliziotto quasi in pensione.
Quella sera non trovò risposta.

94.

Venti minuti all'una di notte.

Lollo era al volante con Lupo a fianco. Si erano dati appuntamento a mezzanotte davanti al garage di Lupo. Lollo non aveva parlato della faccenda con gli altri perché meno gente sapeva certe cose, meglio era. Si era limitato a dire velocemente ad Ale e Giorgione che si sarebbe occupato della cosa.

– Dove hai messo il motorino?

– Là in fondo.

Lollo guidò fino al punto che Lupo gli aveva indicato.

– Eccolo qui.

– Mamma mia che cadavere! Non me lo ricordavo cosí malmesso.

– Cazzo vuoi? Se avessi i soldi lo cambierei. Accosta.

Lollo eseguí ridacchiando. Lo scooter nero e rappezzato di Lupo stava sistemato vicino ad alcune impalcature. Occupava lo spazio di un'auto tra il cantiere e la vettura successiva. Lupo scese e spostò la moto.

Lollo infilò la macchina al suo posto, poi scese e aprí rapido il bagagliaio. La coperta nascondeva una trentina di bastoni, per la maggior parte aste di legno avvolte in finte bandiere di carta rossoblu. Tutte lunghe sugli ottanta centimetri. C'erano anche tubi di gomma rigida neri, su per giú della stessa lunghezza. E una mazza da baseball.

– Bell'arsenale, – mormorò Lupo. – Peccato lasciarlo sull'asfalto.

– Diremo ai ragazzi di conservare quello che riescono. Comunque perderemo un sacco di roba.

– Lo so. Certe cose mi ero abituato ad averle in garage, – commentò Lupo con l'aria di chi deve dire addio a vecchi amici.

– Be', ne recupereremo altre, tranquillo. Ora andiamo, – fece Lollo e chiuse il portellone, poi la macchina.

Lupo gli porse il secondo casco. Accese la moto, che fece un rumore fastidioso.

– Sicuro che arriviamo a casa?

– Guarda che questo è come me. Non molla mai, – disse Lupo e la cicatrice divenne uno storto prolungamento del sorriso.

– Allora mi fido –. Lollo saltò sullo scooter e se ne andarono per le strade deserte di un anonimo martedí notte.

Sarebbe stato mercoledí, il giorno da ricordare.

Mercoledí 26 gennaio

95.

– Allora, signor Caputi, come andiamo?

– Mah, abbastanza bene, se non fosse per questo coso, – disse il paziente porgendo il pappagallo pieno di urina.

– Lo so, è un po' scomodo. Ma tra qualche giorno ne farà a meno, vedrà, – gli rispose Lollo. In realtà dubitava sarebbe andata cosí, visti i gravi problemi di prostata dell'uomo e la terapia cui lo sottoponevano. Ma bisognava trasmettere un po' di fiducia, specialmente ai vecchietti, sennò si lasciavano andare.

Lollo proseguí e controllò la temperatura di un ragazzo circonciso il giorno prima per un problema di fimosi.

– Come ti senti? – gli domandò.

– Insomma. Stanotte mi ha fatto un male... – rispose sconsolato quello.

L'infermiere gli si avvicinò con un sorriso complice, abbassando la voce: – Se avevi l'età dell'altro signore, mica sentivi nulla. Ma quando si è giovani, lo sai com'è. Di notte fa le bizze e i punti tirano!

Il ragazzo rise.

Squillò il telefono e Lollo si appartò per rispondere.

– Ciao Diego, come andiamo?

– A posto, guaglio', grazie. Noi partiamo tra un'oretta. Voi come state organizzati?

– Partecipano tutti i gruppi, tranne uno che tira il culo.

– Chi?

– I Vecchi Grifoni.

– Che *sfaccimm'*. E perché?

– Perché sono vecchi, Diego, hanno perso la voglia. Non hanno piú mentalità.

– Peggio per loro.

– Comunque saremo tanti lo stesso. Ci vediamo in posti diversi e poi puntiamo tutti allo stadio.

– Bravissimo. Cosí bisogna fare! Strategia.

– Per che ora arriverete?

– Non so, credo verso le cinque. Forse un poco piú tardi.

– Quanti siete? – domandò Lollo.

– Cento, su per giú, ma non lo so dire con precisione.

L'ultrà genoano strinse gli occhi, sospirando di soddisfazione.

– Cazzo! Non mi aspettavo tanto. Sei un grande, Diego.

Dall'altra parte una risata si perse in un colpo di tosse.

– Grazie. E pensa che sto pure malato. Ma non potevo mancare. Senti, noi usciamo a Genova Est.

– Però quando sei lí mi devi chiamare che ti spiego dove venire. Con quanti pullman siete?

– Due. Li abbiamo fittati con nomi di morti.

Lollo impiegò qualche secondo a capire, poi rise.

96.

La stanza del commendatore Pasquale Farina era curata e dipinta di fresco, altro che l'ufficio buio di Piccolomini con le scrivanie vecchie e i muri sporchi.

C'era la foto d'ordinanza del presidente della Repubblica, una di papa Wojtyła, una di Falcone e Borsellino, e un quadro che raffigurava i Sassi di Matera, la città dov'era nato il questore. Il pavimento era lustro e ai lati della scrivania vigilavano due *Ficus benjamina*.

Farina li fece accomodare. Somigliava a un vescovo che concede udienza, ma Piccolomini sapeva che non li avrebbe assolti dai loro peccati.

– Mi dica, Nicotra. Ma veloce, che mi aspettano in Regione. C'è un rinfresco e devo portarci pure mia moglie.

– Sí, commendatore, subito. L'ispettore Piccolomini, della squadra stadio, – disse il funzionario, indicandolo, – sostiene che ci sia pericolo di scontri domani sera, per la partita con il Napoli.

Farina fece una specie di ghigno divertito. – E be', che c'è di nuovo? Non è una grande notizia. Lo sanno tutti, che c'è il rischio!

Nicotra guardò Piccolomini con la faccia di uno sulle spine, poi riprese: – Sí, ma sembra che si stia muovendo qualcosa di grosso, contro di noi.

– Abbiamo trovato contatti diretti con questo nuovo gruppo? – chiese il questore.

– No, dottore, sono tutti abbottonati e abbiamo anche pochi uomini per…

– E allora come facciamo a dirlo? – interruppe Farina, adesso rivolto a Piccolomini.

L'ispettore si sentiva stranamente tranquillo e si permise di rispondere.

– Lo so da un mio contatto, commendatore. Uno dei vecchi che stavano nella Fossa. Ha sentito un po' di gente e sembra che per domani i genoani vogliano vendicarsi del ferito. Una cosa forte, tutti insieme, senza distinzioni. Ci saranno questo gruppo nuovo ma anche quelli piú vecchi, che sono fermi da un pezzo. A parte i Vecchi Grifoni, gli altri saranno tutti insieme per fare casino.

– Uhm, – mugolò Farina e aprí la prima pagina del «Secolo XIX». – Ma questo che avrebbe detto cosí, di che gruppo è? – chiese sbirciando il giornale.

Piccolomini spiegò di Franco e dei loro comuni trascorsi.

Il questore ascoltò senza alzare gli occhi dal quotidiano, poi emise la sua sentenza: – Non possiamo perdere tempo sulle voci di gente che sta fuori da anni. Comunque se i Vecchi Grifoni non vengono, i numeri si riducono. E questi qui, queste Facce Coperte, mi sembrano quattro coglioni. Eppure non siete stati capaci di fermarli. Dovrei cacciarvi tutti alle volanti, altro che starvi a sentire, – sibilò con gelida noncuranza.

Piccolomini provò a ribattere: – Commendatore, stiamo cercando di fare del nostro meglio, vedrà che li becchiamo. Però se allo stadio ci sono pochi colleghi e questi davvero vengono in tanti, non vorrei che qualcuno si facesse male sul serio. Come domenica scorsa, capisce? Sarebbe un guaio.

Finalmente il questore sollevò lo sguardo. Socchiuse gli occhi, come se vedesse Piccolomini davvero per la prima volta.

– Ispettore, io apprezzo il suo interessamento, ma mi sembra un po' tardivo, no? Queste preoccupazioni sarebbe stato meglio averle prima che capitasse il guaio di domenica. E comunque certe valutazioni spettano a me, – spiegò Farina e Piccolomini si sentí avvampare. – A parte che domani a Milano c'è un grosso vertice con il ministro dell'Istruzione e non avrebbero uomini da mandarmi... Ma secondo lei, dopo le figuracce che abbiamo fatto, io dovrei chiamare il ministero e chiedere piú forza per una partita a porte chiuse? Lo capisce, vero, che non posso? Dottor Nicotra, ieri abbiamo parlato di cento, centocinquanta scemi. Giusto? – chiese poi al suo funzionario. Quello deglutí, poi annuí.

– Sí, pensiamo che le cifre potrebbero essere queste.

Piccolomini lo guardò storto, restando in silenzio. Farina continuò: – E secondo voi, io mi devo spaventare per questi numeri? Bastano trenta celerini per mandarli a casa e domani ne avremo sessanta. E poi vi dico la verità: se fanno casino, per noi è anche meglio. Se aggrediscono la polizia, noi facciamo arresti e diffide e glielo mettiamo nel culo. Invece fino adesso la figura dei coglioni l'abbiamo fatta noi.

Piccolomini strinse le labbra. Non gli piaceva quell'arroganza. Nicotra, invece, sembrava trafitto da una serie di lame.

– Certo, signor questore, certo... Vedrà che possiamo farcela anche cosí. Io ho solo pensato di informarla, perché lei potesse valutare.

Farina chiuse e ripiegò con cura il suo quotidiano.

– E adesso mi avete informato. Provate a capire cosa vogliono fare, cosí ci prepariamo in anticipo. Tenete presente che si potrà anche lasciarli sfogare. Se tirano due bottiglie o i fumogeni, va bene: non facciamo nulla. Ci prendiamo qualche ferito e ce lo teniamo, che ci viene pure meglio per i giornali. Solo se ci aggrediscono in modo chiaro, possiamo reagire. Aggiornatemi solo per le novità di rilievo, – li congedò.

Quando furono nel corridoio Nicotra mormorò: – Ma che cazzo m'hai fatto fare, Piccolo'?

– Era il nostro dovere, dotto'! Stamattina mi hanno confermato tutto. Quelli sono incazzati e potrebbero essere tanti, altro che cento.

– Tu stai esagerando! E mi hai fatto fare una figura di merda col questore.

L'ispettore non perse la calma. – Dotto', non è questione di numeri. Non conta quanti sono, ma quanto vogliono farci male. La responsabilità se la prende il questore e poi vedremo. Anzi, io scrivo pure una relazione per dire che vi ho informati tutti.

Nicotra lo fulminò con lo sguardo, ma Piccolomini se ne fregò. A differenza del suo capo, lui si sentiva tranquillo, quasi distante.

– Voglio pararmi il culo, se domani finisce male, – disse e tornò in ufficio a studiare una specie di piano in vista dell'incontro. Voleva fare il meglio possibile, ma non per compiacere Nicotra o tanto meno Farina. Era un colpo di coda d'amor proprio.

Restava il problema della giacca gialla, anche se per il momento il Barone non si era sbilanciato sull'identità del tizio. Forse non avrebbe parlato mai.

Pazienza, era solo questione di tempo. La pensione non era cosí lontana, ma lui non avrebbe riconsegnato pistola e tesserino senza aver beccato quel sacco di merda.

97.

Ferro e Gianluca camminavano fianco a fianco, nello schieramento di poliziotti che precedeva il corteo dei centri sociali. Dietro marciavano piú di un migliaio di giovani. In realtà l'adesione al corteo era stata inferiore alle aspettative, ma gli studenti veri erano solo la metà di quei mille, il resto era gente venuta a far casino.

La radio aveva parlato di alcuni pullman arrivati da Torino e da Padova. Quasi tutti i passeggeri si erano portati un casco al seguito e questo non era un buon segnale, visto che nessuno aveva una moto da prendere.

Gianluca teneva il suo scudo quadro, Ferro portava a tracolla la cinghia del lanciagranate 40/90 e la sacca dei lacrimogeni. Gianluca si voltò a guardare il corteo alle sue spalle. Quelli della questura avevano imposto di tenere una distanza di un centinaio di metri tra il corteo e la testa della manifestazione, per evitare provocazioni e tensioni inutili. Le manifestazioni di estrema sinistra non volevano polizia vicina né tanto meno sopportavano che i reparti sfilassero ai lati del corteo. Manco i poliziotti avessero la peste. Era difficile lavorare cosí, perché non vedevi il corteo, anche se la Digos lo monitorava. Ma come facevi a fidarti che dessero le comunicazioni in tempo? Se in un corteo o allo stadio qualcuno voleva iniziare gli scontri, non dava mica l'annuncio. E poi i celerini non sapevano mai nulla di cosa si muoveva per davvero dietro le quinte. Per questo il reparto si fidava solo di sé stesso.

Il dirigente aveva detto di intervenire solo in caso di deviazioni, ma sino a quel momento il corteo aveva seguito l'itinerario previsto. Non era difficile immaginare che i manifestanti puntassero a raggiungere lo sbarramento di mezzi blindati che proteggeva il convegno.

A occuparsi del servizio in testa corteo c'erano i cinquanta poliziotti del Reparto di Genova.

Avanzavano quasi in silenzio, un po' per l'andatura insolitamente veloce, un po' perché la gente non aveva voglia di parlare. Faceva freddissimo a Milano, molto piú che a Genova, e sui caschi c'era una patina di condensa ghiacciata. Camminare veloce li teneva caldi, anche se qualche collega aveva il fiatone e qualcun altro bestemmiava contro tutti.

Ferro e Gianluca non avevano lo stesso caposquadra, ma stavano uno a fianco all'altro.

– Quanto manca ancora? – domandò Gianluca a Ferro.

– Credo che dopo la prossima svolta ci siamo. Andremo fino in fondo al viale e finisce lí.

– Quant'è?

– Eh, mi sa un altro paio di chilometri.

– Minchia, ma non si stancano mai?

– Che poi non sanno nemmeno cosa contestano, 'sti comunisti del cazzo. Non gli va mai bene niente, – ringhiò Ferro a bassa voce.

Gianluca pensò che sicuramente lui avrebbe giudicato anche Elisa una «comunista del cazzo». E Ferro era ancora piú elettrico del solito, forse per colpa del ragazzo finito in coma. Non succedeva come nei film, dove appena un poliziotto combinava un casino i capi lo tenevano a casa a schiarirsi le idee. Nel mondo reale si continuava a lavorare, magari per mesi o anni, con addosso l'ansia di una condanna possibile e il rischio di peggiorare la situazione.

Imboccarono il viale. Sul fondo, lontani, erano schierati alcuni mezzi grigliati della polizia. Dietro c'erano colleghi con i caschi, dietro ancora c'era il parco che ospitava il convegno.

– La disoccupazione t'ha dato un bel mestiere: mestiere di merda, carabiniere! Mestiere da assassino, celerino! Mestiere da mignotta, poliziotta, – cantò il corteo.

Gianluca aveva sperato di non sentire insulti, per una volta. Invece captò dalla radio:

«Facciamo attenzione, all'interno del corteo una parte di manifestanti si sta incappucciando. I colleghi della Digos vedono anche dei bastoni». La voce iniziò a correre rapidamente fra un casco blu e l'altro, scuotendo il cordone come un lungo brivido.

Al suo fianco Ferro aveva già estratto lo sfollagente. Lo teneva lungo la gamba e si dava lievi colpetti all'altezza del ginocchio. Era carico. «Forse troppo», venne da pensare a Gianluca.

Di solito anche lui si gasava, quando l'adrenalina allertava l'organismo preparandolo allo scontro. Ma stavolta non era cosí. Semplicemente gli sembrava di stare su un palco in cui sia loro che gli studenti erano solo marionette i cui fili erano agitati da mani invisibili.

«Pedine», aveva detto Elisa.

Gianluca scacciò quei pensieri.

«Ma che mi viene in mente? 'Sta cazzo di Elisa, me sta a inguaia'», pensò, stringendo forte il manganello.

98.

Nell'ufficio di Piccolomini c'erano l'assistente Gavino Tau e il sovrintendente Silvano Malerba. Tra il pizzetto a punta del primo e i capelli impomatati del secondo, sembrava di stare a Bollywood. L'ispettore si era stancato di cazziarli per come si conciavano, tanto non serviva a nulla: da quando erano entrate le donne in polizia, si erano tutti arricchionati. Lui l'aveva sempre detto che dovevano tenerle fuori. Ma cosa contava, un Piccolomini qualsiasi?

– E cosí alla fine 'sto scemo mi ha dato il numero di telefono. Ho verificato tramite la compagnia telefonica: l'intestatario si chiama Roberto Rizzo e ha diciannove anni. Abita vicino allo stadio, in via Burlando, – disse Tau.

– Che ci facciamo con il numero? – chiese Malerba.

– E che vuoi fare? Mica possiamo chiedere un'intercettazione urgente. Sono le nove: tra che andiamo dal magistrato, ci facciamo autorizzare, chiamiamo l'operatore telefonico e tutto quanto, perdiamo un sacco di tempo. Oggi abbiamo da fare. Domani chiederemo il decreto per i tabulati e ci lavoreremo.

– Sí, ma ci vorrà una settimana, se ci dice culo, – ribatté Malerba.

– Fai anche dieci giorni, – aggiunse Tau.

L'ispettore allargò le braccia. – Pazienza.

– E quindi? Mi sono sbattuto per niente? – domandò Tau, aggrottando la fronte.

– No, intanto hai capito come si chiama e dove sta. Poi, io direi di seguirlo.

– Ma Giuliano, non abbiamo abbastanza macchine! – replicò Malerba. – Se io sto dietro a Giorgione e voi curate questo sfigato qui, poi non riusciamo a girare nei punti caldi.

Piccolomini sbuffò. – Allora, io vi ho detto quello che so, giusto? Il casino è certo. L'hanno deciso ieri e, da quello che abbiamo capito, Giorgione e il pivello potrebbero esserci in mezzo. Se gli stiamo dietro forse capiamo come si muovono.

– L'ispettore sei tu, – disse Malerba perplesso. – Ma secondo me da quello di Tau non ci si cava nulla. È un ragazzetto, che volete che c'entri?

Giuliano gli mise una mano sulla spalla. – Ascolta, Silva', allora tu prenditi Giorgione. Questo qui di Internet se lo cura Gavino, gli faccio dare un autista.

– Cioè... devo fare il capomacchina? E tu?

– Io mi prendo un autista e giro tra il bar di ieri e gli altri punti. I soliti. Poi restiamo in contatto via radio per capire che succede.

– Non abbiamo mai fatto a 'sto modo. Intendo di seguire i singoli, – ripartí Malerba.

Giuliano sospirò di fastidio. – Pazienza, colle', oggi facciamo cosí. E chiedo pure due dei colleghi che seguono i centri sociali, per fare numero. Li mando a guardare un po' la stazione e i club vicini. Tanto non è che servano degli scienziati per capire se c'è in giro gente di merda. Hai trovato qualcosa sugli altri di ieri?

– Allora... – Malerba aprí una cartellina verde con sopra il logo del ministero. – Uno dovrebbe essere questo qui, quello di cui parlava il collega ieri. Si chiama Lorenzo Bodrato –. La fotografia sembrava recuperata da una carta d'identità di qualche anno prima. Mostrava un ragazzo dai riccioli scuri, il naso appena pronunciato, un bel sorriso aperto. – È sempre stato impegnato con i centri sociali. Prima all'Immensa, poi al Buridda.

– Sí, ma adesso con loro non fa piú nulla.

– Infatti. Sembra fosse rimasto ferito durante il G8 e l'avessero curato in ospedale, senza referto.

– Quei medici di merda, – ringhiò Tau. – Tutti comunisti.

Nessuno commentò.

– Forse si è salvato perché fa l'infermiere, ma è solo una notizia confidenziale. Lui non è mai stato indagato per il 2001. Comunque, per quanto sappiamo noi, non fa parte di nessun gruppo. Lo abbiamo visto spesso, ma nulla di speciale. Infatti nel suo fascicolo non c'è niente sul calcio. È tutta roba politica.

Malerba porse due fotocopie con la faccia di Lorenzo.

– Comunque ho preso le foto di tutti quelli che abbiamo visto ieri sera, isp.

Piccolomini visionò le immagini: c'erano le facce dei tizi che aveva visto uscire dal bar la sera precedente. Fabrizio Cornero detto «Bicio», leader della Brigata Mistral. Andrea Carbone detto «l'Arabo» dell'Aurelio Canepa, e Sergio Raimondi, già noto per incidenti scoppiati durante la retrocessione del Genoa. Quella di Giorgione invece non serviva, lo conoscevano tutti.

– Magari poi lavoreremo sui telefoni. Ma adesso non abbiamo tempo, – ripeté Piccolomini. Quel pensiero era frustrante, ma la realtà di un poliziotto era fatta anche di stramaledetta burocrazia.

– E per rafforzare i reparti inquadrati? Hai spiegato a Nicotra quello che sai?

– Lasciamo stare, – rispose cupo l'ispettore.

– Perché? – chiese Tau.

– Siamo stati dal questore, ma non ci sente.

Tau bestemmiò in sardo.

– Ma se poi qualcuno si fa male? C'hanno ragione i colleghi a incazzarsi!

Piccolomini gli fece cenno di star calmo. – Non si fidano della mia fonte. E poi c'è anche una manifestazione grossa a Milano. Un vertice di ministri dell'Istruzione europei dove le zecche vogliono fare casino. La nostra invece è una partita a porte chiuse. Il succo è che avremo sei squadre del reparto. Piú i carabinieri.

– Su quelli, tanto, è inutile contarci. Fanno sempre il cazzo che vogliono, – commentò Tau.

– Be', dài, – disse Malerba, – sei squadre non sono poche se parliamo di cento, centocinquanta scemi, no?

– Infatti il questore si immagina 'sti numeri qui. Anche perché ieri, a Nicotra, voi gli avete detto cosí, – rifletté Piccolomini. – Vorrei sapere chi vi ha dato queste cifre.

– Ma dài, Giulia'...! A Genova i numeri sono sempre stati questi. Intendo di chi fa davvero casino. Al massimo duecento. Anche quando furono retrocessi, andò cosí. Tante persone, ma poi quelli che volevano fare gli scontri veri erano sempre i soliti.

– Ragazzi, io ne ho passati tanti di casini, quando voi ancora toccavate le prime fighe. Non importa il numero, ma quanto sono incazzati: alla fine è questo il punto. E stavolta lo sono di brutto.

99.

Nella piscina l'acqua isolava Nicola da tutto il mondo, ma non dai suoi pensieri. Cercava di concentrarsi solo sul respiro, sulle bracciate e sulla riga blu a fondo vasca, ma quella mattina aveva trovato una sciarpa di Eleonora nell'armadio e non riusciva a togliersi dalla testa il ricordo di lei.

Ripensò a una delle ultime discussioni circa il suo lavoro.

«Ma come fai a restare ancora lí, dopo tutti questi anni? Tu picchi la gente, è questo il tuo lavoro! Come può piacerti?»

«Qualcuno deve farlo, no?»

«Ma a te piace! Lo vedo, quando racconti di qualche scontro. Guarda che ti conosco. Lo so che ti piace».

Quante volte aveva provato a spiegarle che non era vero, che non gli *piaceva*. Avrebbe preferito restarsene a casa a leggere o scrivere. Magari fare l'amore.

Però. Però quando era lí, in piazza o allo stadio, davanti a gente con il viso coperto da sciarpe o passamontagna, non volti, solo mani che brandivano cinghie, lanciavano oggetti, o impugnavano bastoni, quando era lí cercava di tener fermi i colleghi e farli resistere alle spinte, alle bottigliate, alle bombe. Aspettando solo che passasse, perché era cosí che andava, passava sempre prima o poi, come un'onda che ti schiaccia poi arretra. Quando era lí qualcosa dentro si svegliava. Era il figlio illegittimo di istinti primordiali, era un fantasma richiamato alla vita dalla paura, dalla rabbia, dalla confusione. Dall'istinto di sopravvivenza.

Era una voce che ti faceva reagire come non avresti mai detto. Cosí poteva essere che urlassi, che volessi andare in mezzo alla mischia da solo o scappar via dimenticandoti dei colleghi. Potevano capitare tante cose, ma tu sentivi chiara quella voce.

Un bravo poliziotto imparava a dominarla, magari a sfruttarla per non cedere alla paura. Qualcun altro ascoltava quella sirena, fracassandosi contro gli scogli.

Anche Marione cercava di zittire la testa, sotto ottanta chili di panca piana.

Faticava come una bestia, perché recuperare con i pesi era anche piú faticoso che ricostruirsi il fiato con la corsa. Ma insistendo sarebbero arrivati i risultati. Appena si fosse sentito pronto sarebbe tornato al campo, ad allenarsi con i ragazzi del rugby. E comunque un paio di chili li aveva già persi.

Al reparto mica potevi permetterti di annaspare. Tanti colleghi se ne fottevano, mangiavano, ingrassavano, poi negli scontri li vedevi con le facce paonazze e il fiato di un novantenne. Senza ossigeno perdevi lucidità e senza lucidità facevi cazzate.

Eri un dipendente statale, ma nessuno ti controllava. Una sola visita per entrare in polizia, poi si dimenticavano di te, anche se diventavi un barile con la pressione a tremila e il colesterolo che galoppava. Se ti pigliava un infarto mentre caricavi, affari tuoi.

Sollevò il bilanciere dritto sul petto. Una volta, due, tre. Ci mise la rabbia, la voglia che le cose cambiassero. Non voleva farsi condizionare dalla paura di altri guai giudiziari. Per la questione del tifoso si trattava solo di aspettare e vedere cosa capitava.

Quando ti chiederanno se riconosci chi è stato, cosa farai?

Quattro. Cinque. Sua madre gli aveva sempre ripetuto che dire la verità era l'unico modo per essere a posto, con sé stessi e con la vita. Ma lui non faceva l'impiegato, cazzo. Non si trattava di sbagliare una pratica o un conteggio. Quando un poliziotto sbagliava, quasi sempre commetteva un reato.

Non prendeva una cazziata dal capo, ma un avviso di garanzia. E al processo ci andava solo come un cane. Nessun superiore, solo lui, l'avvocato che poteva pagarsi e il Pm che lo trattava come un delinquente appena gli diceva di lavorare alla caserma di Bolzaneto.

Sei sollevamenti, poi sette. Il bilanciere iniziava a pesare, le braccia si indurivano.

Che significa? Che per non passarci ancora mollerai Ferro?

No, cazzo. Avrebbe fatto tutto quello che poteva. Ferro era un collega e un amico. Un fratello. Lui non l'aveva mollato, nel momento del bisogno.

Otto sollevamenti e il peso sembrava enorme adesso, i muscoli erano diventati duri come marmo. Nooove.

Forza!

Dieci. Marione sbuffò forte, con il cuore che pulsava nelle tempie.

Non importa quello che dirai. O farai. Con Ferro qualcosa si è già rotto.

Anche Fabio si allenava mentre Francesco era al centro di recupero.

Si allenava a mentire, sport in cui non era mai stato bravo.

Innanzitutto mentiva a sé stesso, circa il suo appuntamento clandestino con Anna.

Vado lí solo per conoscere una persona con cui mi trovo bene. Che c'è di male?

Ma a chi voleva darla a bere? Se ci fosse stata la possibilità di fare qualcosa…

È solo una pizza, due chiacchiere tranquille per stare bene.

E se ci scappava un bacio? O qualcosa di piú. Si sarebbe tirato indietro?

Ma non dire cazzate!

E poi c'era l'allenamento per mentire a sua moglie.

Magari mi si buca una gomma in autostrada. O faccio un incidente ad Alessandria. E allora che le dico? Come mai mi trovavo lassú?

Avrebbe negato anche l'evidenza: avrebbe detto che era a Genova. Qualsiasi cosa fosse accaduta, era a Genova. Se si fosse trovato nella merda, avrebbe chiamato Nicola.

E se ti resta addosso qualche capello? O l'odore. Cristina ha un buon naso, sente la puzza del fumo da un chilometro. Magari sente anche la puzza di bugie, che ne sai.

Le avrebbe detto che il servizio era stato lunghissimo, per il rischio di scontri. E poi... poi poteva dirle qualsiasi stronzata, perché sua moglie era cosí presa da sé stessa e dalla sua depressione che non ci avrebbe fatto caso.

Fabio non voleva farsi il sangue marcio pensando a Cristina. Era il giorno di Anna.

100.

Ale uscí dall'ufficio e arrivò nello spiazzo di fronte all'entrata. Il cielo era stato sereno, di primo mattino, ma ora si intravedeva qualche nuvola. Le previsioni davano pioggia in aumento per la serata, con possibili temporali.

Sentí i soliti dubbi mischiarsi all'eccitazione. I doveri della vita contro i doveri del gruppo: era quello il temporale che tuonava dentro di lui.

Si appartò in un angolo e compose il numero di Lollo.

– Ascolta, devo fare veloce. Ho sentito quella persona. Ho fatto finta di chiedere per caso, tanto per parlare.

– Bravo. Che ti ha detto?

– Non è ancora sicuro, ma sembra che saranno pochi, perché hanno altri impieghi. Sessanta, come celerini, ma conta anche i carabinieri. Quelli nessuno sa mai quanti sono. Di solito meno.

– Sono pochi lo stesso. Benissimo, Ale. Sai dove sono messi?

Ale esitò un istante e un altro ancora. Poi parlò: – Questo è piú difficile, lo sai. Sembra che vogliano collocarne metà sul piazzale davanti allo stadio e metà dall'altra parte, sul Corso. Due contingenti di riserva, insomma. Ora vado, dài. Lavoraci tu.

– Va bene. Sei stato un grande. Vedrai cosa viene fuori, stavolta...

– Ci vediamo lí alle quattro, allora. Ciao.

Ale chiuse la comunicazione e rimise in tasca il telefono.

«Bravo. Bravo davvero», gli disse ironicamente una voce nella testa. Ma ormai c'era troppa confusione per capire a chi appartenesse quella voce.

101.

Il contingente di Genova sfilò in una via laterale, lasciando la testa del corteo. Non serviva piú tenere il fronte, perché la manifestazione si concludeva in quel punto del viale. I contestatori occupavano la sede stradale su tre dei quattro lati e non potevano proseguire, chiusi dallo sbarramento di mezzi blindati e di altri reparti che proteggevano il convegno. Anche le vie laterali erano presidiate da cordoni, seppure con meno personale.

Tutti i poliziotti dei reparti avevano caschi, scudi e protezioni già indosso. Anche Gianluca aveva il casco e imbracciava il suo scudo quadro a fianco degli altri, a formare una barriera di plastica. La prima fila.

Dietro, gli altri colleghi: quelli con lo scudo tondo, i lanciatori, quelli senza materiale specifico e i capisquadra. Il capo di Gianluca si chiamava Antimo e non era esattamente un genio. Lo avevano fatto sovrintendente per anzianità e non usciva quasi mai. Per questo si era rintanato in fondo allo schieramento. Che cosa potesse comandare da laggiú, lo sapeva solo lui. Ma erano uno schieramento unico, guidato da un funzionario della Questura di Milano. Si trattava solo di fare tutti la stessa cosa.

Ferro stava in terza fila con il lanciagranate, insieme alla sua squadra. Gianluca si voltò e gli fece un sorriso, l'altro gli rispose scuotendo la testa.

– Che c'è? – gli domandò Gianluca.

– Adesso lí davanti scoppia il casino e nemmeno ci fanno intervenire. Vaffanculo, – imprecò Ferro. Altri colleghi lo sentirono e qualcuno gli disse che aveva ragione, qualcun altro lo mandò a cagare perché era meglio cosí, mica volevano prendere le pietre.

Gianluca fece una faccia che significava «che ci vuoi fare?» In fondo loro erano solo esecutori.

Appena arrivato al reparto, Gianluca aveva conosciuto un collega che si era tatuato l'immagine di un centurione sul braccio. Quel disegno gli era quasi piaciuto, perché ricordava il tatuaggio di Francesco Totti.

Era facile illudersi di essere i buoni che lottavano contro i cattivi con armi e passamontagna. Recitare la parte dei guerrieri coraggiosi che ristabilivano l'ordine vincendo le oscure forze del male. Ma se avesse avuto ragione Elisa? Se loro, i celerini, fossero solo pedine che servivano a mostrare la faccia cattiva in nome di qualcuno che non aveva il coraggio di apparire?

Non gli piaceva questo pensiero, ma ormai si era infilato nel cervello e non voleva uscire.

D'improvviso ci fu uno strano movimento, all'inizio della strada che presidiavano. Un gruppo di manifestanti si schierò in un cordone, con caschi e sciarpe sulla faccia. Tenevano le braccia armate di bastoni intrecciate fra loro per serrare le fila, come negli anni Settanta.

– Oh, ragazzi, occhio! Occhio! – iniziarono a gridare alcuni dei colleghi con gli scudi quadri, che disponevano di una visuale migliore. – Si stanno preparando!

La voce corse rapida e il contingente di Genova ondeggiò, mentre ciascuno degli uomini correggeva qualcosa: la stretta del casco sul collo, la presa sul manganello, la posizione nello schieramento.

Gianluca intravide che pure sulla traversa opposta altri manifestanti eseguivano la stessa manovra: volevano chiudere le vie laterali per ostacolare eventuali interventi dei poliziotti. Centralmente, sul viale principale, passò un gruppo cospicuo di persone.

«Attenzione! Si avvicinano allo sbarramento, hanno alcuni striscioni rigidi, forse è plexiglass dipinto», starnazzò la radio. «Stanno spruzzando da dietro gli striscioni. Sembrano estintori!»

La fila di volti coperti e caschi era sempre schierata di fronte, a una trentina di metri.

Dietro di loro Gianluca scorgeva solo un pezzo di strada,

ma non riusciva a capire cosa succedesse all'altezza dello sbarramento.

Sul viale centrale iniziò a vedersi del fumo.

«Stiamo sparando! Stiamo sparando i lacrimogeni!», dissero per radio.

– Dobbiamo mettere le maschere! – urlò qualcuno.

– Forza, dietro, indossate le maschere. Gli scudi rimangono a posto! – sentí ordinare Gianluca da una voce che non riconobbe.

La folla nel viale principale arretrò di corsa, respinta dai gas. Gianluca intravide molti ragazzi che scagliavano oggetti. In quel momento anche la fila di caschi e passamontagna davanti a loro si disuní e cominciò a lanciare.

Nel giro di pochi secondi arrivò una serie impressionante di bottiglie, fumogeni, petardi. Ma anche un birillo di segnalazione stradale, un cestino della spazzatura divelto, bulloni.

Gianluca si nascose dietro lo scudo, incassò la testa e rimase fermo, tenendo meglio che poteva il contatto con i due colleghi al suo fianco. Digrignava i denti mentre sentiva i colpi infrangersi sulla plastica, qualcuno sul casco, qualcuno sui parastinchi. Uno lo prese in una coscia e sentí una fiammata di dolore, ma non si mosse. Era un bombardamento. Le pietre colpivano le macchine, ammaccavano carrozzerie, frantumavano lunotti e finestrini.

Il lancio diminuí dopo un minuto lungo come un'ora. A quel punto Gianluca si sentí spostare da dietro e vide Ferro che usciva dallo schieramento imbracciando il lanciagranate.

Alcuni manifestanti erano ancora sulla via e tiravano oggetti. Puntarono Ferro con le pietre, lui ne schivò un paio e sparò il primo lacrimogeno.

«Cazzo!» pensò Gianluca immaginandosi il collega colpito da un proiettile. Nessuno si era mosso a coprirlo, forse per tenere lo schieramento. Lui invece non perse altro tempo.

– Chiudete, chiudete! – gridò agli altri scudi mentre si staccava in avanti per proteggere Ferro. Nel casino quel matto gli sorrise felice come un bimbo al luna park. Poi continuò a sparare lacrimogeni ad altezza uomo. Qualche collega ritirò indietro le pietre ricevute, rompendo altre macchine. Era un casino, che dovevano fare?

Anche i manifestanti che li avevano fronteggiati fuggirono nel viale, respinti dai gas. Ferro avanzò, coperto da Gianluca. Si tirarono dietro tutto il resto dello schieramento.

– Carica! Carica! – sentí urlare Gianluca anche se, adesso, non c'era piú nessuno da caricare. Si trattava solo di avanzare e lo fecero, nel fumo dei loro stessi lacrimogeni. Molti senza maschera, perché non avevano fatto in tempo a metterla, faticando a vedere e respirare, arrivarono al viale.

Si affacciarono, presero altre pietre. Sul viale i contestatori erano alcune centinaia, lanciavano roba. Arrivarono i lacrimogeni di altri reparti e non si capiva piú nulla, le squadre si erano scomposte in una ciurma. Qualche manifestante era vicino.

Fu ordinata un'altra carica e Gianluca corse con gli altri, ma i manifestanti stavano già scappando. Le gole bruciavano, le orecchie erano scosse dal rumore di petardi e bombe carta che esplodevano vicino.

– Indietro! Indietro! – sentí urlare. Era Ferro che chiamava, insieme al caposquadra. Arretrarono, il momento critico era già passato. Piú avanti altri reparti respingevano definitivamente la folla.

Sarebbe finita presto.

Gianluca tornò a cercare la sua squadra e la trovò. Antimo era bianco come il marmo e non diceva nulla. Si risistemarono all'inizio della strada di prima, qualcuno si lamentava di qualche botta, ma sembrava stessero tutti abbastanza bene. Ferro si avvicinò: – Gianlu! – gli disse. – Hai visto? Hai visto come scappavano?

Gianluca riuscí a fargli un sorriso, anche se quel pazzo aveva fatto di testa sua e si era buttato avanti, costringendolo a coprirlo. Ma aveva risolto il problema, in fin dei conti. Poi, spinta dal vento, arrivò un'ultima, tremenda zaffata di gas. La gola raspò piú forte che mai e Gianluca vomitò sulla strada senza neppure rendersene conto.

102.

Lupo aveva chiesto due ore di permesso per fare le cose con calma.

Si buttò sotto la doccia per togliersi di dosso l'odore di carne e sangue. Un odore che gli faceva schifo, ma quel lavoro serviva a campare. Altrimenti con cosa si sarebbe pagato l'affitto? Avrebbe dovuto stare dai suoi e non era proprio il caso.

Prima di tutto, perché aveva trentaquattro anni. Secondo, perché con suo padre non si parlavano dall'ultima volta che si erano messi le mani addosso. Vecchio bastardo, pensava di sapere sempre tutto, gli diceva di stare buono. Proprio lui, che aveva fatto furti per anni, prima di trovare un posto in macelleria grazie a un amico.

Lupo andò in camera e aprí l'armadio. Tirò via l'ultimo di una serie di cassetti e si chinò a guardare il suo piccolo tesoro segreto.

Per prima cosa agguantò la piú pesante delle fibbie che aveva a disposizione. Era d'acciaio e ritraeva un'aquila del Ventennio. La poggiò sul pavimento.

Poi tirò fuori tre involucri di cartone, tondi e con altrettante micce, grandi come pugni. Erano bombe carta. Le aveva preparate artigianalmente un paio di settimane prima, quando avevano pianificato l'azione contro gli spezzini, poi però non se le era portate dietro.

A lui piaceva il corpo a corpo e in quel senso le bombe potevano rovinare tutto. Inoltre gli spezzini erano pochi, non sarebbe servita quella roba.

Ma quando si trattava di sbirri la faccenda cambiava.

Le bombe erano particolarmente pesanti, in mano. E non si

trattava del fatto che ne avesse aumentato la carica esplosiva, rispetto alla «ricetta» imparata un paio di anni prima in Rete. Il peso veniva dall'ingrediente con cui aveva arricchito gli ordigni: chiodi e bulloni. Una volta che la bomba fosse esplosa, tutto il contenuto si sarebbe sparso in giro come scariche di proiettile. Ci sarebbe stato da ridere, per chi si fosse trovato nelle vicinanze.

Compiaciuto, si accucciò a raspare ancora dentro l'armadio. La droga stava ordinatamente disposta sul lato destro. Circa cinquanta bustine di cocaina comprate dal suo pusher a un prezzo di favore e pagate sull'unghia. Il tipo gli aveva chiesto se voleva entrare nel giro, iniziare a spacciare per lui. C'era tanto lavoro, in quel periodo. La coca tirava e non era solo una battuta.

Lupo lo aveva ringraziato e gli aveva detto che ci avrebbe pensato. Doveva prima vedere quanta gente interessata poteva trovare. Quella roba in casa era destinata a lui e a un piccolo gruppo di conoscenti, tanto per guadagnarsi qualche spicciolo extra. La dava a un suo collega, a un ragazzo che veniva nella sua stessa palestra, e pure a Giorgione, che si faceva un tiro ogni tanto.

Lollo invece non lo sapeva ed era meglio cosí, perché la droga gli stava sul cazzo.

Prese tre bustine di polvere bianca e le ripose accanto agli altri oggetti sul pavimento. Tirò fuori un coltello a scatto con una lama di quindici centimetri. Pigiò il pulsante di sblocco e il ferro appuntito sgusciò fuori dal manico come un serpente da sotto una pietra.

Maneggiò con sapienza il coltello fra le dita. Con un sorriso cattivo fendette un paio di volte l'aria intorno. Era davvero un bell'oggettino, trofeo di guerra di un Genoa-Salernitana di un paio d'anni prima. Il tizio che lo portava aveva preso abbastanza mazzate da ricordarsene per tutta la vita.

Lupo si rialzò e contemplò soddisfatto il piccolo arsenale a terra. Raccolse tutto e cambiò la fibbia dei jeans con l'aquila fascista. La mulinò nell'aria un paio di volte, fiero del suo peso. Mise le bombe in uno zainetto, calzò gli anfibi neri e infilò il coltello nella tasca posteriore dei jeans, poi si avviò all'ingresso.

Guardò nel vano dove teneva le giacche: c'erano una vecchia

Dainese da moto, un bomber nero consumato e la sua giacca reversibile giallonera.

Le fissò indeciso, e gli rimbalzarono in mente le parole di Bruno: «Attento a come ti vesti».

Probabilmente sapeva che gli sbirri cercavano l'ultrà con la giacca gialla che aveva dato un diretto in faccia a un loro collega. Quello che stava davanti a tutti nel casino.

Bruno era uno stronzo, un vecchio cagasotto comunista, forse pure infame. Ma su una cosa aveva ragione: era pericoloso indossare ancora quella giacca. Con quella Lupo sarebbe stato riconoscibile nel folto del gruppo e i poliziotti avrebbero puntato a prenderlo.

Ma se si fosse tirato indietro, gli altri tifosi avrebbero pensato che era lui il cagasotto e questo non gli stava bene. Paura di che? Di qualche sbirro e di una condanna per resistenza e lesioni?

E poi c'era un'altra cosa. Lupo aveva ceduto il ruolo di leader a Lollo ben volentieri, perché Lollo sapeva organizzare, parlava bene, aveva i contatti giusti. Ma in strada non c'erano cazzi. Lupo voleva essere in prima linea, senza prendere ordini da nessuno. Il piú deciso, il piú cattivo. E gli altri dovevano accorgersene, tutti.

Per questo sfilò dalla gruccia la giacca reversibile. La indossò, tenendo all'esterno il lato scuro e internamente quello giallo. Avrebbe deciso dopo quando rivoltarla.

Prima di uscire passò in cucina. Tolse di tasca una delle tre bustine di coca, prese uno specchietto e lo poggiò sul tavolo. Versò la polvere bianca sul vetro e infilò nel naso una cannuccia di succo di frutta tagliata appositamente.

Aspirò forte. Poi deglutí ed emise una specie di guaito.

Rimase immobile, tenendo fermo il collo per assorbire il fastidio dell'aspirazione. Strinse i pugni e sentí lo sparo della coca dritto nel cervello e digrignò i denti.

Vagò dentro casa per una manciata di minuti, elettrico e con gli occhi sgranati.

103.

Nicola e Fabio si avviarono insieme verso il magazzino, tutti e due con gli zaini in spalla.

– Ma stasera pensi che faremo tardi? I tifosi nemmeno ci sono, – disse Fabio.

– Boh, non so cosa aspettarmi. La partita è chiusa, ma ho fatto qualche giro sui loro forum: sono incazzati neri per domenica scorsa. Magari alla Digos sanno qualcosa, ma io non ho contatti.

– Manco io. C'erano un paio di amici, ma hanno cambiato ufficio. Adesso non saprei chi chiamare.

– Forse ci diranno all'adunata. Comunque vedrai che torni da tua moglie prima che vada a letto.

– E se avessi altri programmi? – chiese Fabio.

Nicola sorrise senza allegria.

– Tipo? Una notte a fare scontri?

Fabio non gli rispose.

Al magazzino trovarono Marione in mezzo ad altri colleghi.

– Allora, novità per quella faccenda? – gli chiese Nicola.

L'altro fece no con la testa. – Penso che ne riparleremo da domani. 'Sti giorni non abbiamo nemmeno il tempo di respirare.

Nicola andò a consultare il foglio dei servizi e si rivolse a Fabio con un sorriso: – Guarda qui, – gli disse indicando la composizione delle squadre. – Uno dei miei ha marcato visita. Oggi mi fai da vice!

Fabio fece un sorriso sincero posando lo zaino a terra.

– È proprio il mio giorno fortunato. Compilo il foglio dello straordinario.

– Sei un signore.

Nicola vide arrivare l'ispettore Pace. – Ma non eri in ufficio oggi?

– Ha marcato visita anche Rino.

– E fai il caposquadra? Tu, un ispettore superiore?

– Che ci vuoi fare, collega? Lo sai come funziona qui: ieri capo contingente di quaranta, oggi caposquadra di dieci. Magari domani esco da solo.

Si zittirono vedendo arrivare il responsabile del contingente per quel pomeriggio. Era il vice comandante della caserma, il dottor Matteo Martini. Usciva di rado, solo per i servizi delicati. Era un uomo sulla quarantina, magro e ben rasato. La truppa lo temeva per via del suo carattere lunatico: un momento scherzava e quello dopo era capace di infuriarsi per una stronzata, nessuno sapeva mai come prenderlo. Era facile che sbraitasse per nulla e poi ti offrisse un caffè. Nel dubbio, molti tenevano le distanze.

Per loro sfortuna, quel giorno Martini sembrava di cattivo umore. Si piazzò in cima ai tre scalini d'ingresso con un'espressione scura e si fece consegnare da un agente il foglio di servizio, che passò a Pace.

– Ispettore, faccia l'adunata, – ordinò.

– Va bene, come vuole, – rispose l'ispettore iniziando a leggere i nomi.

I poliziotti rispondevano uno per uno, sembrava di stare all'appello delle elementari. Di solito c'era sempre il brillante di turno che rispondeva «assente» o «malato». Qualcun altro, invece, non rispondeva proprio o prendeva in giro il collega vicino. Quel giorno invece furono tutti molto puntuali, per evitare le ire del funzionario. In quindici minuti si erano contati, avevano ritirato il materiale e caricato i mezzi.

Martini parlò a voce alta, per farsi sentire da tutti: – Allora, le squadre a bordo, pronte a partire. Niente caffè allo spaccio, lo prendiamo vicino allo stadio, se abbiamo tempo.

Si sentí qualche mugolio di protesta, perché il caffè era un diritto acquisito e intoccabile. Il funzionario fissò il piazzale con aria torva e nessuno osò dire altro.

– I capisquadra dentro con me per le disposizioni, – aggiunse rivolto ai sottufficiali e rientrò nel locale armeria. I responsabili lo seguirono e si disposero in cerchio attorno a lui.

Erano sei. L'ispettore Pace, Marione, Nicola, un altro sovrintendente e due ispettori.

– Allora, signori, iniziamo con la disposizione delle squadre, – disse Martini. – Pace, Bozzano e Vivaldi vanno in corso De Stefanis angolo via Bertuccioni, davanti ai distinti. Sarete a disposizione del dottor Romanelli, sigla radio Stadio 4. Gli altri sul piazzale dello stadio, a disposizione del dottor Di Bello. Per tutti, al momento, i compiti sono di riserva, visto che stavolta non abbiamo il pericolo di scontri fra tifoserie.

I capisquadra annotarono chi su un foglio, chi sulla copia dell'ordine di servizio.

– Per quanto riguarda la situazione, stamattina ho parlato con la questura. Ve lo dico sinceramente, ci sono delle preoccupazioni. È possibile che qualcuno venga per fare casino. Il motivo lo sappiamo, è quell'episodio di domenica, su cui peraltro bisogna ancora fare chiarezza, – sottolineò il funzionario, e quelle parole suonarono quasi come una minaccia. – Comunque, non c'è nulla di certo. Si tratta di voci.

– Come al solito... Questi non sanno mai una mazza, ma poi scoppiano i bordelli, – si lamentò Marione. – Sono anni che gli fanno fare il cazzo che vogliono e cosí siamo arrivati a questo punto.

Martini lo guardò male. – Bozzano, sto parlando io, se non ti spiace.

– Certo, scusi, – rispose Marione.

Il responsabile del contingente continuò: – La Digos non è riuscita a sapere nulla, perché dalla tifoseria praticamente non parla nessuno. Non so se dipenda solo dal servizio di Milano in concomitanza o se la questura preferisca minimizzare, comunque non siamo molti. Questa è la situazione, signori, quindi occhi aperti, tenete le squadre unite e il materiale sempre pronto. E mi raccomando, non dovrei nemmeno dirvelo, ma dopo quello che è capitato sono costretto: nessun intervento isolato. Se ci muoviamo tutti insieme, sbagliamo di meno e l'errore resta un movimento di squadra, – scandí bene. – Ma se qualcuno agisce da solo e fa una cazzata, allora sbaglia da solo. Quindi, se non volete pagarla pure voi, vi invito a segnalare eventuali comportamenti scorretti dei colleghi.

– Vedrà che i ragazzi si comporteranno benissimo, – rassicurò Pace a nome di tutti i presenti.

– Lo spero. Anche perché poi è il caposquadra che ci va di mezzo. Non so quanto convenga coprire un collega che fa lo stronzo. Ora andiamo verso lo stadio e vediamo se riusciamo a prenderci 'sto caffè, – disse il funzionario e uscí. Gli altri si avviarono. Pace stava accanto a Nicola e Mario.

– Cercate di star bravi, voi due... – fece sorridendo, non appena il funzionario si fu allontanato. – Che io tra un po' me ne vado in pensione.

Nicola gli mise un braccio intorno alle spalle. – Stai tranquillo, Giovanni, non ti facciamo muovere un dito, – disse e guardò Marione, ma il collega aveva la faccia tesa. Doveva essere ancora sotto pressione per la storia del tifoso in coma.

– Tanto lo so che oggi finisco in qualche casino, – sentenziò Pace e Nicola non lo contraddisse.

104.

Enrico arrivò all'appuntamento con un paio di minuti di ritardo. Portava al collo la sciarpa del Genoa e indossava una giacca di velluto della Lee, tagliata corta e con tante tasche. Era vecchia, ma gli piaceva ancora da matti. Pensava che gli desse un'aria piú matura, contrastava con la sua faccia da bravo ragazzo. Avrebbe voluto un viso diverso, piú spigoloso. Tipo Robi. Era stufo di quei capelli mezzi chiari e mezzi scuri, mezzi corti e mezzi lunghi. Diciamo pure insignificanti.

Forse sarebbe stato meglio rasarsi, come il suo amico.

Infilò la mano in una tasca della giacca e si assicurò che i preservativi fossero al loro posto. Li aveva presi sia normali che ritardanti, avrebbe deciso all'ultimo quale tipo usare. Ci teneva a far bella figura, e aveva paura che la prima volta con Daniela lo facesse accelerare troppo.

– Ma come cazzo ti sei vestito? Non potevi metterti l'altra giacca, quella blu? – gli chiese Robi vedendolo. Lui indossava un bomber nero da cui spuntava il cappuccio della sua adorata felpa, nera anche quella. Poi jeans e anfibi bordeaux. Con la testa rasata e gli orecchini sembrava un naziskin.

– Perché? – rispose Enrico sulla difensiva.

– Quella giacca sembra scomoda. Mica andiamo al pub, cazzo. E poi è troppo particolare. Gli sbirri potrebbero riconoscerti.

– Ascolta, non mi rompere i coglioni. Non sappiamo nemmeno cosa facciamo, stasera. Perché non ti calmi, cazzo? Sei sempre elettrico, – replicò piú duro del solito. Forse era per Daniela, forse perché si era davvero scassato le palle dell'atteggiamento da sapientone di Robi. Oppure si era reso conto che, come sempre, il suo amico aveva ragione. Non aveva pensato al rischio di essere riconosciuto, ma al fatto che voleva piacere a Daniela.

Robi alzò le mani, con la faccia un po' sorpresa: – Guarda che era solo un'opinione! Se vuoi andare subito, mica ti costringo a venire, – disse con forzata indifferenza.

– Lo sai che ci tengo pure io. Non è colpa mia se succede tutto oggi. Andiamo a vedere, ma non ti garantisco nulla. E non è solo per Daniela, Robi.

– E perché, allora?

– Non so, la partita è chiusa, non possiamo entrare allo stadio, non ci sono tifosi ospiti. Questa cosa la facciamo solo contro gli sbirri.

– E be', che problema c'è?

– Il problema è che... – Enrico si passò una mano sul mento, prendendo tempo. – È che mi sembra una forzatura, ecco. Cioè, è giusto essere incazzati per Lisca, non doveva succedere. Non devono mai succedere queste cose. Ma siamo stati noi.

– A fare che?

– A combinare quel casino. E per uno striscione.

Robi scrollò la testa, contrariato.

– Cioè, se non facevamo il casino, gli sbirri mica ci caricavano. Ci ho pensato in questi giorni. Per noi è come un gioco. È eccitante.

– Certo!

– Ma a starci dentro, come domenica. Qui la cosa è molto piú pesante. Cazzo, questi qui fanno sul serio.

Robi spalancò gli occhi. – Sí che fanno sul serio. Proprio per questo siamo con loro! È quello che volevamo.

– Non riesco a farmi capire, lo so. Io voglio dire che mi sembra troppo. Potrebbe anche farsi male qualcun altro, e passeremmo dalla parte del torto. Se facevamo una manifestazione tipo un corteo o un gesto simbolico, magari aveva piú senso. Anche per i giornali e tutto quanto.

– Seee, un corteo... – disse Robi schifato. Con un gesto della mano scacciò via le parole di Enrico. – Una manifestazione per ottenere cosa? E poi non è una roba da ultrà, cazzo. Abbiamo subito un torto e gliela dobbiamo fare pagare. Tanto quegli sbirri di merda si comportano da ultrà pure loro, hai visto? Caricano senza motivo, pestano tutti. Solo che hanno la divisa e la legge che li tutela. Cosí non pagano mai.

– Il giornale diceva che stavolta vogliono incularsi chi ha ferito Lisca, – ribatté Enrico.

Robi gli avvicinò il viso a pochi centimetri. – I giornalisti scrivono un sacco di cazzate, Cristo! Lo sai! Minchia, mi stai facendo incazzare, Enri! – sbraitò.

Enrico fece un cenno con la mano: – Vabbe', dài, calmati! Mica dobbiamo essere sempre d'accordo.

Robi girò un paio di volte su sé stesso, come a riprendere il controllo. Enrico si rese conto che anche lui era teso, sebbene per motivi diversi. Robi guardò l'orologio.

– Ascolta, si sta facendo tardi. Io vado. Allora vieni?

Enrico si rese conto che quella era molto piú che una domanda. Gli ricordava qualcosa tipo «in ricchezza e in povertà, in salute e in malattia». Era il senso della loro amicizia.

Ci fu un silenzio pesante come granito, poi Enrico fece un sorriso tirato.

– Ma certo. Vuoi che ti lascio da solo?

– Bravo. Cosí mi piaci. Adesso andiamo, forza!

105.

Nelle tre ore trascorse in auto civetta davanti al bar *Romolo* l'ispettore Piccolomini aveva già bestemmiato un numero rispettabile di volte. E piú il tempo passava, piú la frequenza degli improperi cresceva. In quel posto infame non entravano altro che vecchi rincoglioniti o pivelli, neppure l'ombra di ultrà, anche se erano quasi le cinque e mezza.

I reparti erano di riserva allo stadio, per metà sul piazzale davanti allo stadio, per metà sul retro, pronti a eventuali interventi. Erano arrivati gli addetti stampa, le squadre e l'arbitro. Di lí a mezz'ora sarebbe cominciata la partita.

Non c'erano i tifosi, come previsto. A parte un manipolo di raccomandati che, non si sa come, allo stadio entravano sempre. Gratis e alla faccia di qualsiasi divieto.

Gavino Tau e Silvano Malerba erano sistemati come da disposizioni di Giuliano: Tau stava dietro al ragazzetto di Internet, Malerba stazionava di fronte al ferramenta dove lavorava Giorgione, non troppo distante dallo stadio.

Piccolomini aveva informato Nicotra circa la strategia che intendeva adottare: non era usuale seguire i singoli, sembrava piú una roba da squadra mobile. Ma era una situazione particolare e andava gestita in modo particolare.

Nicotra, prostrato dalla discussione con Farina, gli aveva dato il suo benestare. Ma a patto che tenessero sempre sotto controllo la situazione vicino allo stadio: non c'era il rischio di scontri tra tifoserie, ma quello che i genoani venissero a cercare un casino con la polizia.

Per questo Piccolomini si era fatto assegnare altro personale e l'aveva dislocato nelle zone dove potevano radunarsi gruppi grossi: un paio di club storici, i bar intorno al Ferraris, la zona di corso De Stefanis dove si sarebbe sistemato il reparto, le strade intorno al cippo costruito per ricordare Vincenzo Spagnolo.

D'accordo con Nicotra, aveva ottenuto che le volanti del centro pattugliassero le zone intorno alla questura e alla prefettura, nel caso qualcuno andasse a fare lo scemo lí.

– Giulia', – lo chiamò Tau dalla radio portatile. Non stavano trasmettendo sui canali della questura, ma su una frequenza vuota dove parlavano solo loro. Per ascoltare le comunicazioni ufficiali usavano invece le radio montate sulle macchine.

– Dimmi, Gavi'.

– Allora, il ragazzo si è incontrato con un amico e stanno andando verso corso De Stefanis. Lí da te, invece?

– Niente. Ora mi sono rotto e me ne vengo via. A 'sto minchia di bar oggi non succede un cazzo.

– Ascolta, io gli vado dietro in macchina.

La comunicazione crepitò per qualche attimo.

– Merda.

– Cosa c'è, Gavi'? – chiese l'ispettore.

– Questi due stanno salendo a piedi per le scalette che portano verso via dei Platani e quelle zone là. Hai capito quali sono?

– Sí.

– Che faccio? Tempo che ci arrivo in macchina li ho persi.

Piccolomini rimase un attimo interdetto, senza sapere cosa disporre.

– Ma lassú non c'è nulla, che cazzo ci vanno a fare?

Il collega non considerò la domanda.

– Ascolta, isp, io lascio Guido in macchina e vado a piedi.

– Vabbe', fai cosí. Ma stai attento a non finire in mezzo a gruppi grossi. Se ti riconoscono è un macello.

– Non ti preoccupare. Questi per me si vanno a fare una canna o cercano un posto per vedersi la partita in tivú. Sono due sfigati. Mi sono bruciato l'account su Internet per niente, *chezz*, – imprecò Tau. Dal fiatone si capí che stava salendo anche lui. – Quando arrivo in cima ti avviso.

– Vabbo'. Silvano?
– Sí, – rispose Malerba.
– Giorgione si è mosso?
– No, dal negozio non è ancora uscito. Non so, dimmi tu. Mi sa che qui stiamo facendo la figura degli stronzi. Te lo dicevo io che non serviva a niente seguire i singoli.
– Stai calmo, Silva'. Calmo. Ci sono altre due macchine di colleghi, in giro. Mi hanno chiamato prima al cellulare. Sono passati dai club, ma c'è pochissima gente. Anche intorno allo stadio, tutto tranquillo.
– Magari il tuo amico ha detto una cazzata e non succede niente.
– Io lo spero. Guarda che se non succede nulla sono contento –. Una breve pausa. – Comunque non dovete rompere i coglioni. Mi assumo le mie responsabilità. Voi dovete eseguire e basta, mannaggia la Madonna.
Il fatto che Piccolomini se la prendesse con la Vergine invece che con san Nicola, era un cattivo segno. Per questo né Malerba né Tau ebbero il coraggio di rispondere nulla.

106.

I ragazzi erano sparpagliati in gruppetti lungo la via in salita. Molti portavano sciarpe al collo, diversi tenevano caschi da scooter agganciati alle cinture, ma erano a piedi. Lollo sorrise con la bocca e con gli occhi.

– La voce si è sparsa per davvero. Qui c'è gente del gruppo di Bruno e altri che non ho mai visto. Saremo un centinaio!

Ale pensò che controllare tanta gente sarebbe stato complicato. Non ci sarebbero stati leader facilmente riconoscibili e le reazioni sarebbero state imprevedibili. Incontrollabili.

Era a pochi metri, fumava una sigaretta e parlava con un ragazzo dai capelli lunghi.

– Hai visto che l'ha messa, quella cazzo di giacca reversibile? – disse Ale. – Te lo dicevo, Lollo, che quello è un coglione.

– Dài, Ale, stai calmo. La sta portando dal verso scuro, no? Se la tiene cosí, va bene.

– Vedrai che la gira, prima o poi. Comunque me ne fotto, cazzi suoi. C'è gente alle finestre, Lo', – disse indicando i palazzi che incombevano sopra di loro, ammassati confusamente l'uno sull'altro. A Genova avevano costruito dappertutto, da dove l'acqua sfiorava la costa a dove il vento accarezzava le cime dei colli.

Lollo alzò lo sguardo e vide le teste spuntare dalle finestre.

– Cazzo, – imprecò, ma era inevitabile: erano tanti e stavano facendo rumore. – Dobbiamo muoverci, sennò gli sbirri hanno il tempo di organizzarsi. Ammesso che non lo stiano già facendo.

Accanto a lui Ale si mordicchiava le unghie.

– Dài, senti gli altri.

Lollo prese il telefono.

– Ouh, allora? Com'è laggiú?

Ascoltò la risposta.

– Aspetta un attimo, – disse, poi abbassò il telefono e la voce, avvicinando la bocca all'orecchio dell'amico. – Ale, sono quasi duecento!

Ale sgranò gli occhi e si mise una mano sulla fronte.

– Minchia, cosí tanti? E adesso?

– Gli dico... Gli dico di venire su alla spicciolata e trovarsi all'inizio di corso De Stefanis, sul lato opposto al nostro. Cosí gli sbirri li prendiamo in mezzo.

Ale annuí e si rese conto che gli tremavano leggermente le gambe. Era un gruppo grosso, di gente incazzata che, per una volta, aveva qualcosa di simile a una strategia. E venivano tutti con uno scopo preciso: fare il culo alla polizia.

Lollo diede le istruzioni. Dall'altra parte furono accettate e la telefonata finí. Il leader delle Facce Coperte rimase con il cellulare in mano, come stesse riordinando le idee. Era sotto pressione. Ale pensò che una cosa era parlare, un'altra era trovarsi a gestire davvero quanto avevi messo in piedi. Ma Lollo poteva riuscirci, Lollo era un grande.

– Adesso sento quelli di Napoli, – disse Lollo, riportando il cellulare all'orecchio. – Ué, guaglio', dove state? – chiese accennando un'improbabile parlata partenopea. – Belin, ma allora siete arrivati! – esclamò e staccò il telefono dall'orecchio. – Sono a Nervi! – spiegò ad Ale, poi tornò alla conversazione telefonica. – Senti, noi tra poco ci muoviamo, perché se aspettiamo ancora ci sgamano. La strada la sai, giusto? – chiese. – Bravo. Ma occhio, che potrebbe essere già cominciato qualcosa... Non so, fate voi. Comunque noi andiamo tutti lí dove sai, tranquillo –. Lollo salutò Diego e si rivolse ancora ad Ale. – Tra dieci minuti quelli di Napoli sono al casello. Poi scendono. Non so se mollano i pullman o arrivano direttamente. Ma noi dobbiamo andare subito, non possiamo aspettare anche loro.

– A 'sto punto sono il problema minore.

L'ultima telefonata Lollo la fece a Giorgione, che stava uscendo proprio in quel momento, perché aveva perso tempo al lavoro.

– Sono giú in un attimo, Lollo. Volo –. A Lollo scappò un sorriso pensando a quel panzone che volava.

– Guarda che non ce la fai ad arrivare qui. Vai da Bicio e l'Arabo e vieni coi loro gruppi.

– Io volevo essere con voi, cazzo!

– Dài che tanto ci uniamo tutti, al momento buono. Tu pensa a muoverti.

Giorgione concesse un «va bene» e chiuse.

Lupo si avvicinò. – Allora, che cazzo aspettiamo? Muoviamoci!

– Dobbiamo prendere la roba. Meno male che abbiamo messo tutto nell'aiuola. Sennò qualcuno ci inculava con la targa.

– Pensaci tu, dài, – ordinò Lollo e Lupo fece un ghigno storto. Ale pensò che aveva gli occhi pallati di brutto. Chissà quanto aveva tirato.

Lupo si avvicinò all'aiuola dove avevano piazzato il telo di plastica. Lo sollevò velocemente e prese l'unica mazza da baseball, sollevandola bene in vista. Lo videro in tanti.

– Dài, ragazzi, venite a rifornirvi da papà! – invitò a voce alta. Si sentirono urla esultanti, mentre gli ultrà si affollavano come cani su una ciotola piena.

Lollo afferrò un'asta di legno.

Ale si avvicinò. *Dammi retta, Ale. Lascia stare. Cerca di non peggiorare la situazione.* Non prese nulla. Si disse che avrebbe usato la cintura e le mani. Non gli servivano troppi attrezzi. Vide arrivare i due ragazzetti, quelli che conosceva Lollo. Non sapeva come si chiamavano. Uno dei due si buttò subito nel gruppo che si affannava intorno all'aiuola e ne emerse con uno spesso bastone di gomma. L'altro rimase lí, con aria incerta.

Ale pensò di dirgli qualcosa, forse: «Se non te la senti, lascia stare». Che poi era quanto stava dicendo a sé stesso.

Ma i tifosi iniziarono a infilare i caschi e a coprire le facce. Vide spuntare persino una palla d'acciaio con catena.

Non restava tempo per pensare e anche Ale si coprí la faccia. Era come premere il pulsante e spegnere la luce.

Clic, buio.

107.

– Giulia', – chiamò Silvano.
– Dimmi.
– Giorgione è uscito dal negozio, scende verso il Corso.
– Stagli dietro. Io comunque sono in piazzale Parenzo, sto facendo il giro, non c'è nessuno. Anche in via Bobbio tutto vuoto. Pure i bar. Boh.

Piccolomini ripose il microfono e guardò fuori, sulla strada.

Il traffico aumentava, perché la gente usciva dal lavoro e la città si congestionava, come ogni sera. L'ispettore si chiese se davvero non avesse preso un granchio, ad ascoltare Franco. Il Barone era fuori da troppo tempo e anche Bruno, quello che gli aveva dato le dritte, non era piú un ragazzetto. Oppure la cosa era saltata e basta.

– Giulia', presto! Giulia'! – chiamò Tau.
– Avanti, ti ascolto.
– Cazzo, quassú in via dei Gigli c'è pieno di gente! Saranno un centinaio, non lo so. Tutti ultrà, Giulia'!
– Mannaggia a san Nicola! – imprecò l'ispettore. – Che fanno?
– Niente, adesso. Stanno qui. Io mi sono messo lontano, avevo paura che mi vedessero.
– Bravo, Gavi', stai lí. Chiamo subito la centrale! – L'ispettore prese la radio dell'auto che teneva sulle frequenze della questura e comunicò la presenza del gruppo. Disse che stavano monitorando gli ultrà, anche se lui non poteva farlo. Ma Tau era i suoi occhi.

L'allerta venne girata al resto del personale in servizio.

Passarono due minuti, che al vecchio poliziotto sembrarono eterni.

– Allora? Cosa succede? – chiese quando non resse piú alla tensione.

– Aspetta, Giulia'! Devo stare dietro un angolo, che sono tutti qui dietro!

– Stai attento –. Piccolomini sentiva il cuore battergli in gola.

Altra attesa. Il cellulare stava già squillando, doveva essere Nicotra o qualche altro scassacazzi della questura che chiedeva notizie. Ma ora non poteva rispondere. Lui era sul posto, mica dietro una scrivania. Si era dimenticato di quanto fosse esaltante.

– Giulia'! Si muovono, cazzo! Hanno messo i caschi! – la voce di Tau era affannata. – Ho visto dei bastoni, ma devo venire via, perché ora scendono verso di me.

– Dài, vieni via veloce!

Piccolomini riprese la radio della macchina. – Operativo, da via dei Gigli quel centinaio di persone di cui ti ho detto sono in movimento con caschi e bastoni. Sembra scendano verso corso De Stefanis. Ora ti faccio sapere dove vanno.

– Ricevuto, – disse il collega alla centrale e invitò il personale a prepararsi rapidamente. Ma non seguirono ulteriori disposizioni: bisognava prima attendere le mosse degli ultrà.

– Ti vedo, Gavi', che stai scendendo, – disse Piccolomini al collega, poi rimase in attesa fissando la sua figura che si precipitava giú dalle scalette e saliva a bordo della macchina di servizio.

Un minuto dopo, nella luce del crepuscolo, le sagome incappucciate e le teste coperte dai caschi scendevano le stesse scale. Gli ricordarono pompieri chiamati a un intervento urgente. Solo che questi il fuoco andavano ad accenderlo.

– Operativo da Delta 2, – chiamò Piccolomini.

– Avanti, Delta 2.

– Operativo, manda il personale che hai nel piazzale su corso De Stefanis. Subito! Vedo che quel gruppo adesso sta andando verso lo stadio.

L'operativo consultò il dirigente del servizio. Era il dottor Bolla, capo dell'ufficio stranieri, che di fronte a quella notizia parve spaesato. Autorizzò il movimento, ma non per tutta la forza, solo un paio di squadre: qualcuno doveva restare nel piazzale. A fare cosa non si capiva.

Tau parlò ancora dalla radio portatile.

– Giulia', io cerco di raggiungere la Nord da dentro. Tu passa dall'altro lato e ci vediamo all'angolo con il carcere, va bene? Ma stai attento a non finirci in mezzo!

– Ispettore, con urgenza! – Stavolta a chiamare era Silvano Malerba.

– Che cazzo c'è adesso? – rispose concitato Piccolomini.

– Qui in corso Sardegna, in fondo, all'angolo De Stefanis! – la voce del sovrintendente Malerba incespicava per il nervosismo. – Giorgione si è incontrato con degli altri. Non so che giro hanno fatto, forse da dietro. Ma sono tanti. Non so quantificarli, ma mi sembra piú di cento. E ne vedo arrivare ancora!

Piccolomini bestemmiò e batté una mano sul cruscotto cosí forte che sembrò potesse frantumarlo. Poi girò anche quella nota alla centrale operativa. Dovette scandirla due volte e quando gli risposero solo «ricevuto», fu chiaro che non sapevano che fare. Lui però doveva dare disposizioni ai suoi.

– Silva', tu... tu tieni la posizione. Vedi cosa fanno e stagli dietro. La Scientifica dovrebbe essere da qualche parte, sul Corso.

– Questi vengono dai due lati del Corso e chiudono i colleghi nel mezzo! – urlò Silvano.

– Lo so, cazzo. Lo so, ma tu non farti vedere! – ordinò l'ispettore. Saltò in auto per andare da Gavino. Da lí si sarebbero mossi a piedi. In direzione opposta venivano i mezzi del reparto che dal piazzale cercavano di confluire nel Corso. In teoria avrebbero dovuto prendere la coda del corteo di incappucciati che stava puntando verso lo stadio.

Piccolomini superò due pullman al semaforo all'inizio di corso De Stefanis, senza farci troppo caso.

Ma qualcosa lo spinse a girarsi e, con la coda dell'occhio, vide le portiere di quei bus aprirsi, proprio nel momento in cui transitavano due furgoni del reparto mobile e un mezzo dei carabinieri.

Dai pullman scesero altre persone incappucciate con cinghie e bastoni in mano. Quasi tutti avevano sciarpe biancazzurre.

Ultrà del Napoli.

Piccolomini gridò all'autista di andare via e urlò anche nella radio: – Operativo, in piazzale Parenzo! In piazzale Parenzo ci sono ultrà! Penso... penso del Napoli! Stanno aggredendo i colleghi che venivano in ausilio!

Si voltò sporgendosi fuori dal finestrino aperto e vide i mezzi del reparto fermi, i colleghi che scendevano, investiti da bottiglie e da un fumogeno. Esplosero un paio di scoppi, dalla potenza sembravano bombe carta.

– In piazzale Parenzo, ci attaccano! Manda rinforzi! – urlò qualcuno del reparto, ma l'operativo non rispose.

– Hanno tagliato fuori gli altri! In corso De Stefanis adesso sono isolati! – gridò ancora Piccolomini nella radio.

– Calma, Delta 2! – ordinò la collega dalla centrale, ma sembrava lei quella nel pallone. – Calma per tutti quanti, disponiamo noi!

– Calma un cazzo! – imprecò Piccolomini tirando il microfono contro il vano portaoggetti. – Alla Nord, presto! Andiamo alla gradinata Nord, – ordinò all'autista.

La sirena lo sovrastò, mentre i lampeggianti illuminavano la sera.

108.

Il gruppo di ultrà si muove compatto e silenzioso, allargandosi su metà della carreggiata. Le macchine iniziano a rallentare o accostarsi, chi cerca di passare con la forza viene insultato e costretto ad andare indietro, gli prendono a calci la carrozzeria. Ora i padroni sono loro e gli altri devono cedere il passo. Qualcuno bestemmia o urla per caricarsi. Qualcuno insulta gli sbirri.

Lollo sta in testa come un condottiero romano. Un tempo i comandanti avevano messaggeri che fornivano informazioni sul nemico e sugli alleati. Poi sono apparse le radio. Adesso basta un semplice cellulare e Lollo lo usa per parlare con uno dei migliori tra i suoi luogotenenti: Giorgione.

– Ci siete? – chiede. – Noi stiamo venendo!

– Abbiamo acceso un fumogeno, ci vedi?

– Sí, vi vedo, vi vedo! – risponde Lollo, poi mette giú. – Andiamo. Senza correre! – urla al gruppo, che lo segue.

I passi risuonano sull'asfalto come una musica perfetta. Lollo sente l'adrenalina a mille. Ale gli si avvicina di corsa. Anche lui ha la faccia nascosta da una sciarpa nera.

– In fondo! I napoletani si stanno scontrando con la polizia! – gli dice costringendolo a voltarsi.

Lollo si sposta di lato e guarda nella direzione indicata dall'amico: scoppi e fumogeni. Lupo arriva pure lui e ripete la stessa cosa.

Il gruppo rallenta, come esitasse. C'è uno scontro là dietro, a cento metri. Uno scontro con gli sbirri. Che si fa?

Diversi ragazzi si girano, ormai il corteo si trova oltre il centro commerciale, a un centinaio di metri dallo stadio. Di fronte hanno i caschi blu, all'altezza dello scivolo per il garage sotto lo stadio.

Sono concentrati in un mucchio e sembrano pochi, ma questo già lo sapevano. L'effetto sorpresa ha funzionato solo in parte, perché sembrano pronti a riceverlo. Forse qualcuno ha chiamato il 113, loro sono troppi per passare inosservati.

Lollo esita, il gruppo è quasi fermo.

Dall'altro lato del Corso, a circa duecento metri si vedono i fumogeni del secondo gruppo di genoani. Quelli che arrivano da sud, marciando verso lo stesso obiettivo. Sono i ragazzi di Bicio e l'Arabo, con in piú Giorgione. La fusione di anime e gruppi che lui, Lorenzo Bodrato per tutti Lollo, è riuscito a realizzare.

Gli viene in mente la frase che diceva Christopher Lambert nel primo film di *Highlander*. «È una specie di magia».

Lollo guarda ancora indietro, dove i napoletani sono sbucati per aggredire gli sbirri. Una parte di lui vorrebbe andare lí, ma c'è una sola scelta possibile.

– Forza, cazzo! Non rallentate! Andiamo avanti! Andiamo! – fa cenno con le mani. E allora anche Lupo e Ale lo imitano. Il gruppo, faticosamente, si rimette in marcia.

A Lollo spiace per Diego, rimasto indietro con i suoi. Ma non può telefonargli adesso, cosí gli manda un sms stringato. «Se ce la fate venite verso lo stadio». Spera che Diego riesca a leggerlo. E che se la cavi, nel frattempo.

Non gli piace l'idea. Ma comandare significa prendere decisioni difficili.

Robi è in seconda fila e riesce a vedere bene Lollo e ad ascoltare tutto ciò che dice. Non vuole restare indietro, dove non si capisce.

Ha bisogno di dominare la situazione. Si sente carico come una palla da schioppo e non ha nessuna paura, lí in mezzo. Il gruppo è lui e lui è il gruppo. Si sente incredibilmente fortunato, baciato dalla grazia.

Fino a poche settimane prima avrebbe letto di uno scontro del genere sui giornali, rodendosi il fegato per non esserci stato. Soffrendo come una bestia di non sapere mai nulla e di non far parte di una banda organizzata. Cercando in Rete i racconti di chi c'era solo per riempirsi d'invidia.

Invece adesso si trova proprio là, dove le cose non si dicono, ma si fanno. Dove nessuno può raccontarti cazzate, perché i tuoi occhi sono i veri testimoni. Dove i torti non si subiscono, si vendicano. Ha il cuore pieno di fierezza.

Guarda Enrico che gli cammina di fianco. Incrocia gli occhi con quelli dell'amico, sopra la linea rossoblu della sciarpa che gli copre la faccia. Vede i lineamenti del suo viso contrarsi e non riesce a capire se di eccitazione o di paura. Se gli stia sorridendo o lo stia maledicendo. Forse, tutto quanto insieme.

Enrico incrocia gli occhi di Robi e pensa che alla fine il suo amico ha vinto, ha avuto quanto voleva dal giorno dello stupido scontro con i fiorentini.

Cosí adesso sono lí, in prima linea, con gli ultrà, in un'azione da ultrà. Stanno nell'occhio del ciclone e, proprio come nell'occhio del ciclone, regna una specie di assurda calma su di loro, mentre intorno la gente li guarda terrorizzata, scappa o cambia strada.

Ma la quiete non durerà e scoppieranno i tuoni. Proprio in quel momento vede una goccia di pioggia cadere nel controluce di un lampione come un segno del destino.

Ha paura e insieme si sente forte, fortissimo, nella pancia del gruppo. Si guarda intorno, cercando gli occhi digitali di telecamere occulte e potenti, capaci di immortalarlo mentre combina la piú grande cazzata della sua vita.

Guarda l'ora e vede che sono quasi le sei. All'appuntamento con Daniela manca un'ora, dovrà fare un bel po' di strada e la moto è lontana. Ma ci arriverà, in qualche modo. Staranno insieme e faranno l'amore, finalmente. Anche se in quel momento sembra impossibile.

Ale è accanto a Lollo, mentre vanno verso gli sbirri. Ormai è chiaro che lo scontro sarà lí, con il contingente del Corso.

Si chiede cosa pensino quei poliziotti. Specialmente quelli fra loro che si credono sempre cosí forti e cosí duri. Con le loro divise addosso e i caschi e i manganelli.

Una parte lontana del suo cervello prova a dirgli che fra quei caschi a cui hanno intenzione di fare davvero male – almeno per una volta, una volta ma sul serio – ci sono anche persone tranquille.

Brave persone.

Mica sono tutti matti esaltati, come pensano gli ultrà che non sanno un cazzo della polizia. Certo, ci sono sbirri che si eccitano negli scontri, ma altri che vogliono solo accumulare ore di straordinario, altri ancora che allo stadio ci vengono malvolentieri e vorrebbero essere in un milione di altri posti piuttosto che lí. Tipo pensare a moglie e figli, come dovrebbe fare lui.

Poi però si dice che gli sbirri che vanno in strada fanno una scelta. Potrebbero farsi trasferire in un altro ufficio, dove magari prenderebbero i criminali veri. Invece accettano di andare in piazza e lasciarsi usare dallo Stato, dalle società di calcio, dai potenti che vogliono fare del pallone un business e degli stadi una specie di teatro. Vogliono farli diventare tutti dei bravi-robot-paganti-seduti-e-zitti. Nemmeno due ore di libertà in un cazzo di stadio, gli concedono. E se provano a parlare gli scassano la testa.

Ma anche tu sei stato costretto a ingoiare merda, per lavorare.

Ale risponde alla sua coscienza che fare l'impiegato statale è una cosa, rompere teste è un'altra. In quei momenti gli viene da maledire suo padre e il concorso. Ma lui anche da statale ha resistito. Ha deciso di stare coi ragazzi a viso coperto e non deve pensare ad altro.

Potevi lasciar stare, potevi ascoltare Mara.

Ora però anche lei sembra distante. E pure Manu, che tanto non c'è piú.

Lupo continua a muoversi nelle primissime file. Si volta indietro, sente le esplosioni e vede il fumo: sono i napoletani che si scontrano con gli sbirri, trecento metri indietro. Sono arrivati dritti dall'autostrada, puntando allo stadio e fregandosene di essere visti. Ma hanno incrociato la Celere ed è scoppiato il casino.

Per loro che sono da questa parte è una botta di culo: senza saperlo i napoletani hanno tagliato fuori i rinforzi.

C'è traffico, ci sono macchine e persone a piedi. Li guardano stupite, spaventate, forse anche eccitate da quanto sta per succedere. Quante mezzeseghe vorrebbero essere lí, nella battaglia, ma non ne hanno il coraggio. Lui e il suo gruppo adesso sono i padroni della via.

Gli sbirri forse non potranno nemmeno usare i gas, con tutti i negozi aperti e la gente in giro. Questo lo fa impazzire di gioia, perché saranno solo dei corpo a corpo.

Si sente cosí forte che farebbe la strada a balzi. Come un lupo mannaro, pensa, e gli scappa una risata sotto il cappuccio della felpa.

L'eccitazione lo sta accecando, sferzata dalla coca. Conosce bene quel mix di sensazioni, è come una frustata nella schiena, che lo incattivisce ancora di piú.

Prende la sua decisione in un momento. Con un movimento rapido si toglie la giacca, la gira e la indossa dal lato giallo. Le bombe che erano nelle tasche interne adesso spuntano fuori, all'esterno. Perfetto, sono a portata di mano. Lupo fa uno scatto in avanti e gli sembra che il gruppo si apra, riconoscendo la sua giacca colorata e chi la indossa. Arriva di fianco a Lollo e lancia il primo coro. Urla tanto forte da consumarsi la gola.

– Celerino pezzo di merda!

Da dietro tutti lo imitano e il grido suona come un tuono.

Stiamo arrivando.

109.

Dal cielo inizia a cadere una pioggerella sottile e fastidiosa. Le tre squadre si sono schierate velocemente, subito dopo le prime comunicazioni radio. Hanno creato un fronte unico insieme alle due squadre di carabinieri che si trovano con loro. Si sono rivolti tutti a sinistra, lato monti. Da quella direzione sta arrivando il gruppo di cento genoani con caschi e bastoni.

Poi, via radio, giungono altre notizie. Un secondo gruppo, anche piú grosso del primo, marcia da destra verso di loro.

La comunicazione saltella come un insetto di bocca in bocca. Arrivano da due lati.

E adesso?

L'ispettore superiore Giovanni Pace cerca di stare calmo. Pensa al nipotino che dev'essere insieme a suo figlio, a giocare con i playmobil. Per questo tutte le volte che gli ultrà l'hanno chiamato playmobil si è fatto una risata, accendendosi una sigaretta.

Ma stavolta non c'è tempo di fumare né di ridere.

– Dottore, come ci disponiamo? – domanda al vicequestore aggiunto Romanelli, responsabile del loro gruppo.

Giovanni Pace ha in testa un casco che sembra troppo grande. Il viso è pallido, le labbra sottili come lame. Ha cinquantatre anni ed è un uomo tanto esile quanto mite. Un gentiluomo, come dicono i suoi colleghi. Ma quello non è posto né servizio da gentiluomini. In quel momento lui è il piú alto in grado, fra il personale del reparto, e quindi parla per tutti. Si sono avvicinati anche Marione Bozzano e Nicola Vivaldi. Hanno le facce nervose, impazienti.

– Facciamo due fronti, qui in mezzo alla strada, per guardare i due lati, – dice il funzionario Romanelli.

Giovanni fa una smorfia contrariata. – Dottore, non abbiamo vie di fuga se ci prendono in mezzo...

– Sí, ma noi dobbiamo presidiare l'accesso ai garage e ai distinti, – si oppone Romanelli.

– Arriviamo almeno alla scalinata che scende in via Clavarezza! Se prendono lo scivolo e vanno verso la Nord ci tagliano fuori ed entrano in curva! – ribatte Marione e quasi urla.

Il vicequestore Romanelli esita e cerca di capirci qualcosa.

– Lo vede, dobbiamo stare là, – gli fa cenno Nicola indicando il punto con il manganello teso. – Dobbiamo stare pronti a scendere. Tanto se provano a sfondare vanno verso la Nord, mica nei distinti.

La radio ripete che i due gruppi avanzano piú lenti, ora, quasi con circospezione. Ma avanzano. Non resta molto tempo, forse qualche minuto.

Il dottor Romanelli si passa una mano tremolante sul mento dove cresce un'insulsa barbetta. Giovanni scambia uno sguardo con Mario e Nicola, capisce che non deve mollare.

– Dottore, io schiero la forza lí, all'altezza della scalinata, – si impone alla fine. – Il nostro vicecomandante dovrebbe arrivare qui a momenti e al massimo parlerà con lui. Ma gli uomini non possono stare qui in mezzo alla strada con due fronti in arrivo. È troppo pericoloso.

L'ispettore Pace sta per girare l'ordine ai ragazzi, voltando le spalle al funzionario, ma quello lo afferra per un braccio.

– Ma ispettore... Qui non possiamo sguarnire! – replica Romanelli con gli occhi fuori dalle orbite. – Se entrano nello stadio dai distinti?

– Dottore, questi vengono a cercare noi, porca puttana! – gli risponde Pace alzando la voce e si libera dalla presa.

Anche i gentiluomini si incazzano.

Nicola non si fa ripetere due volte l'ordine.

– Forza, ragazzi! Veloci! Andiamo avanti, schieriamoci all'altezza della scalinata! – dice ai suoi. Anche le altre squadre si muovono e i carabinieri si schierano, ignorando le rimostranze di Romanelli. Fanculo i funzionari, per una volta. Se dovranno giustificarsi, scriveranno.

Di solito i poliziotti in ordine pubblico impiegano un sacco di tempo a obbedire e schierarsi. Sono scoglionati, distratti, lenti. Stufi di servizi inutili e di ore passate in piedi senza una ragione valida. Ma stavolta la truppa si muove molto velocemente. La paura sgranchisce le gambe e schiarisce i cervelli.

Ogni squadra mette i tre scudi quadrati davanti. E l'altra i suoi tre vicino. E poi ancora tre. Anche i carabinieri fanno lo stesso. Si forma uno schieramento composito di divise.

Pace torna davanti a tutti. Romanelli adesso è accanto a lui, agitatissimo per aver indebolito la posizione che doveva coprire. Non sembra realizzare che alcune centinaia di persone armate stanno venendo a rompere il culo al reparto e quindi pure a lui.

– Mettiamo le maschere? – domanda Nicola a Pace e quello, a sua volta, lo chiede a Romanelli.

– No! – scatta subito il funzionario. – Le maschere no, non possiamo mica usare i lacrimogeni! È pieno di gente, ci sono le macchine e i negozi, come facciamo?

Nicola vorrebbe dare un calcio nel culo a Romanelli e farlo volare via. Dovrebbero vedersela da soli, loro del reparto. Niente «possiamo» o «non possiamo», niente paura delle conseguenze. Niente cazzate, solo salvarsi la pellaccia e mandar via quella folla il prima possibile.

Per un istante si consola pensando che metterà tutto nel libro e sputtanerà quelli che li comandano in piazza senza capire nulla di ordine pubblico. E pazienza se al ministero si incazzeranno, il giorno in cui venderà migliaia di copie. Lui avrà altri problemi a cui pensare, tipo il commercialista per conteggiare i diritti incassati.

Ma è tardi per fantasticare, perché ormai i tifosi stanno a una cinquantina di metri. Ed è tardi anche per le cazzo di maschere.

– Dài, ragazzi! Sistemiamoci! – urla e si posiziona dietro gli scudi quadri. In una mano tiene lo sfollagente, con quella libera cerca di toccare le spalle dei colleghi davanti per incoraggiarli, far sentire che c'è. Tanti anni prima è stato ausiliario e ha tenuto sull'avambraccio uno scudo quadro, come loro. Sa che pure con cento colleghi dietro, lí davanti ti senti esposto e vulnerabile. Non vedi cosa succede alle tue spalle e ti assalgono la rabbia, la voglia di resistere, la cattiveria e la paura. Deve raccontarlo nel libro, la gente deve capire cosa significa stare lí.

I colleghi mormorano fra loro. Nessuno fa il duro, non ci sono battute né scherzi.

– Oh, Mario, ci muoviamo solo quando sono vicini.

– Se riusciamo, Nico, se riusciamo! Sono tanti, cazzo! – Nicola si meraviglia di sentire che pure Marione ha la voce incerta. – Vediamo che fanno. Se scendono, andiamo giú pure noi!

Sente le pulsazioni salire alla giugulare come su un ascensore. La sensazione di essere nel posto peggiore della città, con la gente peggiore di fronte. Eppure non vorrebbe stare in nessun altro posto al mondo.

Questo nel libro non riuscirà mai a spiegarlo.

Sono le sei e Fabio calcola che di lí a quattro ore dovrà trovarsi a ottanta chilometri dallo stadio, fuori da un casello autostradale ad aspettare Anna.

È tutto il giorno che non fa altro che pensarci, ma adesso vede quell'esercito silenzioso in marcia verso di loro, e ha imparato che quando la folla arriva in silenzio bisogna avere paura.

Devi concentrarti. Nicola ha bisogno che lo aiuti. Sei il suo vice, cazzo.

Ci vuole attenzione e per fortuna è con Nico. Hanno esperienza, se la caveranno bene anche stavolta. L'importante è non farsi male. Non se lo può permettere. Non tanto per la sua serata con Anna, quanto per Francesco.

Ma se stasera andasse bene? Se Anna ti piacesse? Chissà cosa potrebbe capitare. Qualcosa di nuovo. Un po' d'aria fresca in queste stanze chiuse. Hai bisogno di aria fresca.

Fra i caschi davanti, Fabio intravede gli ultrà con le facce coperte e i caschi e i bastoni e le mazze. L'aria odora di fumogeni e rabbia. Non c'è piú tempo per pensare.

Meglio cosí.

Marione incita i suoi a stare pronti, ormai ci sono, è il momento. Non possono piú far nulla. Si tratta solo di aspettare e reagire in modo adeguato. Diciamo *provare* a reagire. Perché stavolta c'è il rischio concreto di farsi asfaltare.

Si sentono i clacson delle auto bloccate, ma sembrano già lontani. Il campo di battaglia si sgombera per i guerrieri.

Ormai la strada è solo degli ultrà. Quelli che arrivavano da corso Sardegna sono a un centinaio di metri. I tifosi venuti da sinistra sono vicinissimi, invece. Qualche decina di metri.

Sono arrivati all'altezza dello scivolo: ora possono venire dritti per impattare contro il loro schieramento oppure scendere a destra e prendere la breve rampa che porta dentro la Nord.

Marione osserva il gruppo e vede che quelli davanti stanno indicando ad alcuni dove andare.

«Hanno studiato tutto, 'sti pezzi di merda», pensa. La conferma gli arriva quando una cinquantina di ultrà inizia a scendere la rampa e gli altri continuano sul Corso. Senza contare tutti quelli che arrivano da destra, dove la strada è una sola.

– Presto, giú! Giú o ci accerchiano! – urla rivolto a Nicola e il suo collega ripete l'ordine. Devono buttarsi giú per la scalinata. Sono pochi gradini, ma è stretta.

Marione cerca di andare per primo e fare arretrare i suoi in maniera ordinata, tenendo gli scudi alzati. Ma sono troppi e tutti, istintivamente, guardano a terra per non cadere.

Si ammassano e proprio allora gli ultrà accelerano. Marione sente urlare e capisce che ormai è fatta. Anche il secondo corteo sta correndo e i due gruppi si stanno fondendo lí davanti a loro, come liquidi che confluiscano nel fondo di un imbuto.

Minchia quanti sono.

Marione sente quelli piú vicini che urlano, insultano, si caricano di rabbia come un fiume che prepara la piena.

– Merde!

– Bastardi!
– Sbirri di merda! Assassini!
– Infami!

Poi arriva la prima bottiglia, davanti agli scudi di Marione.

«Bottiglia uguale battaglia», fa in tempo a pensare, prima che la pioggia di oggetti diventi un'alluvione.

110.

Tau si fa aprire uno dei passaggi attraverso il cancello per accedere allo stadio dal piazzale principale. Dietro di lui, Piccolomini prende fiato.

Entrambi stringono in una mano lo sfollagente e nell'altra vecchi caschi blu, rimediati in fondo agli armadi, giú in questura.

Piccolomini si è messo in un tascone della giacca la radio portatile. Gli manca solo la pistola. Ha sempre pensato che, in ordine pubblico, con una pistola si possano combinare solo cazzate. E diversi esempi gli hanno dato ragione.

Hanno lasciato gli autisti nel piazzale, per non rischiare che le macchine fossero assalite e magari date alle fiamme. È già successo.

Malerba è rimasto a seguire il gruppo di Giorgione per cercare di vedere qualcosa. Piccolomini gli ha ripetuto di stare attento, se quelli lo sgamano gli fanno lo scalpo impomatato.

– Forza Giulia', andiamo! – urla Tau guardando il suo capo, ispettore e amico.

– E dove minchia andiamo, Gavi'? Dove?

– Risaliamo, i colleghi sono là in fondo! Ce li hanno davanti! – spiega l'assistente indicando gli elmetti blu che brillano nella luce serale, di fronte a sagome indistinte. Si sente urlare.

– E poi?

– Stiamo lí all'interno e cerchiamo di vedere qualcosa.

– Ma non ci sono quelli della Scientifica per riprenderli, cazzo?

– Sono rimasti tagliati fuori pure loro, questi hanno chiuso tutti i lati!

Tau scalpita, gli anfibi scuri sembrano zoccoli di cavallo pronti a lanciarsi al galoppo.

– Va bene, vai! – dice Piccolomini, e Gavino schizza verso la parte opposta della via, dove gli ultrà fronteggiano il cordone di poliziotti.

L'ispettore gli ansima dietro sino a raggiungerlo. Sono sotto la gradinata Nord vuota. A destra hanno lo stadio, a sinistra il muro di cinta del carcere di Marassi.

Vanno avanti e arrivano fino ai cancelli dal lato opposto. Oltre le sbarre, i colleghi scendono veloci dalla scalinata che dal Corso porta agli ingressi della curva. La strada è su un livello leggermente superiore e lí c'è una massa confusa in movimento. Sono i tifosi e sembrano tantissimi.

– Stanno tirando! – urla Tau, ma non serve specificarlo. Il rumore delle bottiglie che si infrangono a terra è inconfondibile, come quello degli oggetti che incocciano contro la plastica degli scudi. Se va male, contro i caschi. *Toff, toff, tudd*, una specie di sinfonia sgraziata.

Tau si attacca alla cancellata piú che può, per guardare meglio. Piccolomini prende la radio e sente che, dall'altra parte, ai napoletani si sono uniti alcuni ultrà del Genoa. Forse qualcuno sceso dalle scalette, forse altri, e i colleghi stanno faticando a tenere la posizione anche da quel lato. Ma non si capisce nulla, le comunicazioni si sovrappongono e chi sta in sala operativa non riesce a gestirle. Sono in balia degli eventi, e questo è male. Malissimo.

«I napoletani si stanno muovendo pure loro verso corso De Stefanis!» sentono gridare alla radio. Tau si mette una mano nei capelli.

– Vengono tutti qua! E adesso! Dov'è il resto dei colleghi?

Piccolomini lo guarda e allarga le braccia, incapace di rispondergli.

Dalla radio si sentono sirene e scoppi di petardi. Come al solito, quando c'è casino tutto diventa confuso, incomprensibile. Con uno scatto di rabbia Piccolomini spegne la radio e si guarda in giro, smarrito. Si sente inutile dietro quella cancellata a guardare la battaglia che sta per esplodere. Vorrebbe uscire, ma per far cosa, poi?

Cercare di distinguere qualcuno.

Non ce la puoi fare, è una bolgia.

Acchiapparne uno? Ma come fanno, non hanno neppure le protezioni. Questi li ammazzano!

Non importa, fanculo.

– Forza, andiamo! – grida, tirando fuori il cellulare e armeggiandoci sopra. Tau lo fissa un attimo stupito, come non si aspettasse quell'ordine.

– Va bene, *chezz,* va bene! – dice e strilla a uno steward per farsi aprire un varco nel cancello. I colleghi sono a pochi metri, gli ultrà li assalgono lanciando oggetti dalla rampa, dalla scalinata, dalle balaustre che delimitano il Corso, qualche metro sopra.

Si infilano i caschi, sono pronti a uscire nella mischia.

Piccolomini ha un'ultima intuizione, quasi che l'essere tornato in mezzo al casino avesse risvegliato in lui il poliziotto che era stato. Torna sui suoi passi, si avvicina al cancello e si rivolge agli steward asserragliati dentro con le facce terrorizzate.

– Voi andate via, ma qui aprite tutto! Aprite tutto sennò ci schiacciano! – ordina. Quelli non si fanno pregare. Aprono due grossi varchi nel cancello e se la filano.

Adesso la Nord è davvero vuota: un manipolo di poliziotti la difende dall'assalto dei suoi stessi tifosi. Piccolomini esce e si piazza dietro le schiene dei colleghi, sperando di non farsi massacrare.

Almeno uno. Ce ne dobbiamo portare almeno uno, mannaggia a san Nicola.

III.

Robi è in prima fila e sta tirando tutto quello che si può tirare, compresi alcuni bulloni portati appositamente da casa.

Avanti, tirare e poi indietro. Prendono terreno, perché gli sbirri sono fermi come un pugile intontito: incassano e non reagiscono. Forse si rendono conto di essere pochi, mentre loro sono tantissimi. Forse l'aggressione è troppo brutale e serrata.

La seconda fazione di ultrà si è unita alla loro in un fronte unico, ma ora si vedono anche le prime sciarpe biancazzurre dei napoletani che hanno ricacciato indietro la polizia e vengono a rinfoltire la massa. Vedere i poliziotti incapaci di reagire centuplica la sua forza e la sua rabbia.

Robi si sente invincibile e continua a lanciare.

Lupo brandisce la mazza da baseball e va avanti, sin contro gli scudi. Altri con lui si staccano. Provano a sferrare qualche colpo e arretrano, come cacciatori quando saggiano la pericolosità di una preda ormai in trappola.

Si rende conto che è il momento perfetto per scompaginare definitivamente lo schieramento di sbirri e allora passa la mazza a un altro ragazzo a faccia coperta. Poi tira fuori dalla tasca uno dei due fumogeni che si è portato, lo accende e lo tiene in mano qualche secondo avvolgendosi in una nube.

Alla fine lo lancia via. Il fumo sale e lo copre e allora Lupo arretra di una manciata di passi, mentre tira fuori dalla giacca qualcosa di piú grosso e pesante.

Con un movimento rapidissimo accende la bomba carta e lancia. Quella vola oltre il fumo, verso i celerini.

Ale non ci capisce piú un cazzo. Ha paura che stiano arrivando altri sbirri a chiuderli, ma non ne vede. Corre indietro seguendo l'istinto, risale le scalette e torna sul Corso. Dall'alto pensa di governare meglio la situazione.

Guarda intorno e vede i carabinieri che vengono da corso Sardegna. Non sono tanti, ma gli ultrà sono tutti scesi in basso. Deve avvisare Lollo o qualcuno degli altri, sennò finiscono schiacciati.

Mentre torna giú vede la giacca gialla di Lupo uscire da una nuvola di fumo. Nota distintamente che accende qualcosa e poi lancia.

C'è fumo, eppure Nicola scorge un oggetto acceso sfrecciargli poco sopra il casco e finire da qualche parte alle sue spalle. Cerca di guardare a terra, per calciarlo via, ma vede solo anfibi e asfalto.

– Bomba, cazzo! Bomba! – grida spingendo istintivamente i suoi scudi in avanti.

Fabio non si è accorto di nulla, c'è confusione e fumo e roba che arriva. Suda, cerca di ragionare e respirare, ma fa fatica. Maledizione ai cornetti e alle sigarette e ai chili in piú.

È una delle aggressioni piú violente che si ricordi in tanti anni di reparto. Devono tenere, ma è durissima. Lui è in fondo, l'ultimo uomo della squadra, insieme al lanciatore che aspetta l'ordine di tirare. Perché l'ordine non arriva? Che cazzo vogliono ancora? Che li ammazzino?

Fabio cerca di afferrare Nicola per la tuta e dirgli di sbattersene la minchia e sparare 'sti cazzo di lacrimogeni. Ma il suo amico di colpo scatta in avanti, spingendo le schiene dei colleghi. Fabio lo vede voltarsi verso di lui e sgranare gli occhi, urlando: – Bomba.

Poi arriva il botto e tutto sparisce.

Piccolomini ha sentito un'esplosione pazzesca, sulla sinistra. Loro sono dall'altro lato, piú indietro. Ma le orecchie iniziano a fischiare forte.

– Io vi inculo, bastardi, vi inculo tutti, – minaccia. Ma è piú che altro una speranza.

Cristo quanto era forte quel botto. Dall'alto Ale riesce a vedere lo schieramento di celerini sino agli ultimi caschi. Si accorge che un poliziotto è caduto, ma sta provando a rialzarsi. L'altro però...

L'altro è lí sdraiato e non si muove.

Che cazzo abbiamo fatto?

Enrico è rimasto piú indietro, ma ha visto bene tutto, mentre cercava Robi in mezzo al delirio. Con la faccia coperta, tirando roba agli sbirri pure lui. Gli ultrà hanno rovesciato una campana di vetro, iniziando a lanciare bottiglie, e lui ne ha prese un paio, assalito da un'eccitazione senza controllo.

Un'orgia di sensazioni.

Poi Lupo ha lanciato un petardo fortissimo contro gli sbirri.

Qualcuno è caduto, altri si tenevano la testa, anche fra i tifosi. Gli è sembrato di perdere il senso dello spazio.

Che cazzo succede? Qui finisce male. Qui qualcuno si ammazza.

Improvvisamente pensa a Daniela, al suo viso. Ed è come un bagliore accecante nei bagliori di petardi e fumogeni.

Guarda verso Robi, ancora nelle prime file. Vorrebbe trascinarlo via, prima che succeda qualcosa di irreparabile. Ma non ha senso e comunque non ci può riuscire, non adesso.

Sono passate le sei e mezza, ormai. Deve andare. Deve arrivare da Daniela. Non può far tardi, cazzo. Non stavolta.

Enrico esita ancora, cercando disperatamente Robi con gli occhi. Ma nel caos non può trovarlo.

Si gira e corre via.

A Marione fischiano le orecchie. Si volta a sinistra, dov'era la squadra di Nicola.

C'è un uomo steso a terra, immobile.

Gli viene in mente l'immagine di Giuliani in piazza Alimonda, quella che lui ha visto solo in tivú, per colpa del menisco. Ma quest'uomo ha la divisa addosso.

Non c'è altro tempo per pensare.

– Copriamoli, svelti! – grida ai suoi, cercando di tirarli a sinistra a protezione dei feriti.

Nicola si china su Fabio, bestemmiando e gridando quando si accorge che l'amico ha la visiera spaccata e la faccia insanguinata. L'occhio destro è spalancato e fissa il vuoto. Sembra come...

Dall'orbita. È fuori dall'orbita!

Fabio emette una specie di rantolo e Nicola bestemmia ancora, mettendosi le mani sul casco, incapace di reagire per lo shock. Marione quasi lo atterra, piombandogli addosso con tutto il suo peso.

– Alziamolo, cazzo! Alziamolo che lo porto via! – urla e Nicola non fa in tempo a rispondergli che il collega già solleva da terra il ferito. In qualche modo lo aiuta a issarlo in spalla. Le gambe di Marione sono forti come colonne eppure vacillano sotto il peso di Fabio. Alla fine rabbia e adrenalina le sostengono e Mario cammina piú veloce che può verso la parte opposta, tenendo il collega di traverso, dietro la schiena, come fanno i soldati al fronte con i feriti.

O con i morti.

Nicola si rende conto che dovrebbe fare qualcosa, anche se fatica a realizzare cosa. Arretra dallo schieramento, si guarda intorno, poi sente urlare per radio e si ricorda del suo dovere. China la bocca nel microfono.

– Operativo, presto! Presto, manda un'ambulanza urgente al... – grida e cerca di focalizzare il punto in cui Mario arriverà con il ferito. Ma ha la testa confusa, continua a vedere Fabio e la sua faccia. Il suo occhio fuori posto. – Alla Nord, angolo tribuna! C'è un collega ferito grave! Presto!

Riesce a sentire un «ricevuto».

Dopo il botto Lollo vede dei poliziotti a terra, qualcuno urla.

Per un istante esita, ha in mano un'asta di legno e respira fiato caldo contro la sciarpa rossoblu. Si guarda intorno, c'è

Lupo e intravede Giorgione con la sua sagoma panciuta e uno dei ragazzetti, l'amico del fratello di Vincenzo. C'è pure Diego con alcuni dei ragazzi di Napoli che si fanno sotto agli sbirri.

Cerca Ale, ma non lo trova. Non c'è tempo adesso. Realizza che gli sbirri sono nella merda. Hanno preso di tutto e poi c'è stata la bomba che li ha squassati. Lo schieramento ondeggia paurosamente.

Ecco cosa si prova a prendere le botte.

Arriva un lacrimogeno, ma è lanciato male per la frenesia e finisce dentro i cancelli dello stadio. La sua nuvola bianca non acchiappa nessuno.

Bisogna fare presto, con il gas ci disperdono.

Lupo gli si avvicina saltando come un indemoniato e lo tira per un braccio. Ha ripreso la mazza da baseball che sembrava aver lasciato.

– Dài, porcoddio! Carichiamoli! – urla come se gli leggesse nel pensiero. – Se sparano ci fanno scappare, carichiamo noi!

È vero. Ormai hanno preso coraggio e spazio, sono quasi addosso agli scudi.

– Prendiamoci la curva! – incita qualcuno da dietro.

– Dài, andiamo! Entriamo!

– Bastardi!

– Merde!

– Andiamo, andiamo! – grida infine Lollo e fa un cenno avanti con la mano. I ragazzi alle sue spalle lo seguono compatti.

Gli ultrà caricano i poliziotti.

Marione lascia Fabio a due colleghi in divisa, l'ambulanza in arrivo. C'è anche il vicecomandante Martini. Gli ha urlato che ci penserà lui, di tornare subito dai ragazzi.

E lui obbedisce e torna, corre veloce verso la sua squadra e gli scontri. Cerca di non pensare a Fabio e dentro non sente piú dubbi, paure di carte bollate e processi e colleghi che possono sbagliare. Avrà tempo per quella merda.

Adesso deve solo aiutare i suoi e allora si butta nella mischia con il ruggito di una belva ferita e furiosa.

Enrico corre su corso De Stefanis, tra le auto ferme e la gente che assiste agli scontri. Qualcuno fa riprese e lui vorrebbe spaccare quelle macchinette di merda.

Frustrati segaioli, provate ad andare là in mezzo.

Ma non ha la forza, deve continuare a correre. Ha ancora la faccia coperta e in mano stringe la cintura mentre corre verso la moto che lo porterà da Daniela.

Cristo, Lupo, che cazzo hai combinato?

Enrico sta lasciando Robi nella mischia e si sente una merda, ma non riesce a voltarsi e tornare indietro. Non è il solo, ci sono altri ragazzi isolati che scappano, qualcuno lanciando roba, qualcuno esitando. Gente indecisa se tornare alla battaglia o mettere il culo in salvo, proprio come lui.

Ha il fiato corto e si deve fermare tra le auto. Capisce che dovrà passare per un punto dove sono sparsi due gruppuscoli di uomini in divisa e allora istintivamente si toglie la sciarpa dalla faccia, ma ha ancora la cinghia in mano. Nasconde la mano sotto la giacca e cammina sul lato della strada opposto a un manipolo di carabinieri.

In quel momento, a centro strada, passa di corsa un ragazzo con la faccia coperta. Supera i carabinieri, troppo impegnati a fronteggiare alcuni ultrà del Napoli che puntano verso di loro con cinghie e bastoni. Ma l'ultimo carabiniere del gruppo vede il ragazzo, si stacca e gli corre dietro, mentre i suoi colleghi nemmeno se ne accorgono. Oppure, se lo fanno, non reagiscono e restano compatti in squadra.

Il carabiniere insegue l'ultrà per una ventina di metri, il tifoso cade a terra, il militare gli è addosso, alza lo sfollagente che a Enrico sembra d'acciaio e non di gomma come quelli della polizia. Lo alza e lo abbatte sul tifoso.

Una volta, due, tre.

Enrico non pensa, muscoli e istinto sostituiscono il cervello.

Scatta verso il militare e se ne fotte di avere la faccia scoperta. Tira fuori la cinghia da sotto la felpa, la solleva come una frusta e colpisce con la fibbia, dritto sulla spalla del carabiniere. Quello si volta, stupito, spaventato.

Traballa.

Cazzo. Ma sono stato io? Sono stato proprio io a farlo?

Enrico prende coraggio. La lotta lo acceca, lo esalta, lo trasforma.

– Sbirro di merda!

Riesce a dare ancora due cinghiate che costringono il militare ad arretrare, ma alla seconda quello gli agguanta la cintura e tira verso di sé.

Il ragazzo a terra si alza e sferra un calcione al carabiniere, che deve mollare la presa, mentre Enrico fatica per non cadere. Arrivano di corsa altri militari: non quelli di prima, un rinforzo che viene di lato.

Enrico vede i loro manganelli d'acciaio pronti a scassargli la testa. Come nelle riprese del G8 di quando lui era solo un bambino. La città è sempre Genova, la rabbia di tutti è la stessa.

Enrico pensa al momento in cui lo sapranno i suoi genitori. E suo fratello Vincenzo.

No, Cristo, no.

Con una torsione rapidissima si volta e riprende a correre, i carabinieri inseguono sia lui che l'altro ragazzo. Non si conoscono, non si conosceranno mai, ma scappano vicini.

Pezzi di merda, lasciatemi andare! Che volete da me?

Enrico riesce a evitare un altro militare scartandolo di lato, come un rugbista. Poi corre ancora e pensa che non ce la farà.

Ma i carabinieri hanno caschi e scudi e anfibi, lui solo jeans e scarpe da ginnastica. Prende vantaggio insieme al ragazzo, fino a quando non si dividono. Si guardano solo un attimo. Forse quello urla un «grazie», ma la voce si perde nel rumore di una sirena.

Enrico decide che andrà a piedi, non tornerà alla moto. Correrà. E, mentre la pioggià aumenta, lui va via veloce, va da Daniela.

I tifosi sono dappertutto e li stanno soverchiando. Loro resistono come possono, smanganellano alla disperata e colpiscono con foga, a caso, sulle teste coperte da cappucci e contro i caschi, perché la testa è sempre il bersaglio piú facile quando sei nella merda.

Qualcuno degli ultrà deve indietreggiare, ma là dove un tifoso molla, da dietro ne salta fuori un altro che colpisce con forza maggiore.

Non ci sono piú regole, è solo una bolgia in cui lo schieramento confuso di poliziotti cerca di sopportare un'onda d'urto troppo potente.

Nicola si è riagganciato alla squadra, anche se ormai è tutto confuso, nella sua testa, dopo aver visto Fabio e il suo occhio. Cerca di non pensarci, di affrontare lo scontro e basta.

– Spara, spara! – grida infine al suo lanciatore, fottendosene degli ordini. Quello esplode un lacrimogeno. Qualcuno ne tira un altro ad altezza uomo, poi altri ancora. Si sentono sirene, c'è fumo ovunque.

Arriva un urlo forte, fortissimo, dagli ultrà davanti. E caricano tutti insieme.

I carabinieri sono i primi a mollare e scappano indietro, dimenticandosi dello schieramento. Quanto resta delle tre squadre del reparto – tolti i feriti e chi li ha soccorsi – viene preso in mezzo, di fronte e di lato. Dall'altra parte c'è il muro. Nel buco lasciato dai carabinieri s'infilano altri caschi, da moto. E cappucci e facce coperte.

Li stanno accerchiando.

Gli ultrà vibrano calci, cinghiate, pugni, bastonate. Un paio di poliziotti corre indietro, ma qualcuno prova a resistere, arretrando senza dare le spalle, perché sarebbe peggio.

Nicola vede uno di quei bastardi colpire contro lo scudo di un collega. Ormai le squadre sono perse, c'è solo la mischia. E nella mischia vince chi ha il numero piú alto: per questo i poliziotti sono spacciati, dovrebbero solo scappare.

Ma c'è questo tifoso che continua a colpire il collega e ora lo centra in faccia, sotto la visiera. Allora Nicola smette di pensare e si lancia sull'ultrà, gli arriva di lato e si abbatte con il manganello sul collo. Quello è sorpreso, non l'ha visto arrivare.

Il tifoso accusa il colpo, arretra. Nicola adesso è pazzo di rabbia e istinto di sopravvivenza, cosí avanza per infierire ancora.

Improvvisamente si rende conto che nessuna delle figure nel suo campo visivo indossa l'uniforme. È da solo in mezzo agli ultrà.

Il primo colpo arriva di lato e gli sposta il casco e la testa, lo annebbia. Poi ne viene un altro allo stomaco e un altro ancora, che lo fa crollare a terra.

Dopo che lo sbirro è caduto per terra, Robi scatta in avanti, accecato dall'odio, dalla voglia di dimostrare a tutti quanto è duro. Quanto si merita di stare con la faccia coperta. Di *essere* una Faccia Coperta.

Il primo calcio è al petto, ma il pezzo di merda di celerino ha le braccia protese per difendersi e indossa qualche strana protezione sotto la divisa.

Non lo prende bene, cazzo.

Il secondo è già meglio, sul casco. Ma non basta. Robi pensa a Lisca e la rabbia diventa veleno pompato dritto nelle vene. Si china veloce e riesce ad alzare la visiera dello sbirro.

Carica ancora con il piede destro.

Ormai è quasi fatta, stanno per entrare in curva. Lollo fa da elastico tra quelli piú avanti e quelli piú indietro, per dare ordini. Li vuole tenere compatti, ma è difficile, è tutto un casino.

Poi si accorge del casco blu a terra.

Nicola steso a terra riesce a capire cosa gli sta capitando come se fosse insieme spettatore e protagonista del medesimo film. Ma un protagonista sfigato, quello che alla fine muore.

Da spettatore può soltanto guardare e nient'altro, mentre l'anfibio dell'ultrà si prepara a sfondargli la faccia.

Chiude gli occhi.

La spallata arriva con la forza di un camion e fa strisciare Robi per tre metri sull'asfalto come una palla da bowling su una pista ruvida.

Con una coscia sbatte secco contro un panettone di cemento sistemato lí per evitare parcheggi, muscolo contro pietra. Urla di sorpresa e dolore.

Nicola aspetta il calcio che gli frantumerà la faccia, ma non arriva.

Sente rumore di scarpe davanti a sé, ma niente piú colpi. Qualcuno davanti a lui urla. Un tifoso, gli sembra. Sta gridando contro gli altri, dice di lasciarlo stare.

Il poliziotto apre gli occhi e vede due anfibi.

Un particolare gli si stampa in testa nitido come un flash nel buio.

Ale ha appena buttato a terra il ragazzo e ora sta in piedi accanto al poliziotto come un predatore circondato. Si prepara ad affrontare gli altri ultrà o gli sbirri o chiunque gli si faccia incontro. Abbatterebbe anche suo padre, in questo momento.

Un ragazzo sventola la cinghia verso di lui, indeciso sul da farsi; proprio come gli altri intorno, che non capiscono chi sia e cosa stia facendo Ale, fermo in mezzo alla mischia, conciato come un ultrà ma pronto a difendere uno sbirro per terra.

È un paradosso intollerabile.

Lupo ha visto tutto: lo sbirro a terra, i ragazzi addosso e quel bastardo di Ale che ha atterrato uno di loro per difendere il poliziotto.

Non può fargliela passare.

Ale vede Lupo arrivare di corsa verso di lui. Vede che ha una mazza in mano e sa che un colpo di quella gli fracasserà la testa. Per questo lo attacca d'anticipo.

Ale è piú alto e ha braccia piú lunghe. La sua cinghiata colpisce Lupo in piena faccia.

Quello si porta le mani al viso e molla la mazza con un urlo.

Un altro tifoso si fa sotto e cerca di afferrare Ale per la giacca, ma lui lo scaccia via con una manata brutale. Tira una bestemmia e sventola ancora la cintura, pronto a darla contro chiunque venga sotto.

Lupo si gira con gli occhi iniettati di sangue. Fa un movimento veloce e, un secondo dopo, ha in mano il coltello.

Lollo corre verso i suoi amici senza averci capito un cazzo. Solo quando è dietro Lupo vede che ha qualcosa in mano.

Santo Dio, no.

Afferra l'amico all'altezza della manica. Sono a tre metri da Ale, che sta alzando ancora la cinghia per difendersi.

– Fermo! Fermo! – urla Lollo e Lupo si volta.

– Lasciami andare! – risponde. Gli occhi incrociano quelli di Lollo, sopra il coltello.

Lupo trema e si divincola come in corto circuito, Lollo ha il tempo di pregare che quel matto non gli affibbi una coltellata perché s'è messo in mezzo. Ma pensa che andrà cosí, che finirà come in quel film di merda in cui Claudio Amendola uccideva il suo migliore amico per sbaglio, allo stadio.

Invece no. Lupo si accorge di aver davanti Lollo e la mano con il coltello finisce lungo un fianco. Qualcun altro, da dietro, gli torce il braccio. È Giorgione.

– Che cazzo fai, eh? Che cazzo fai? – urla. Poi Lollo afferra piú veloce che può la lama dalla mano di Lupo, che ora si dibatte di nuovo. Gliela toglie definitivamente, la chiude e la infila in tasca, mentre arrivano altri.

Si gira e vede un ultrà tirare un pugno ad Ale tra spalla e petto gridando: – Infame!

Poi interviene un altro con il passamontagna, si butta a difendere Ale e di colpo la rissa dilaga tra i tifosi.

Gli ultrà si fronteggiano e si dimenticano degli sbirri.

Marione intravede il casco a terra, circondato dagli ultrà che si pestano tra loro. I colleghi sono pochi, squassati e sotto troppa pressione. È un rischio enorme, ma non può lasciare Nicola lí.

– Carica! Carica! – Parte con i ragazzi rimasti e la forza della disperazione.

Si fa largo tra gli ultrà abbattendoli con la sua potenza. Avanza alla cieca, sbuffando, e cala lo sfollagente per spaccare ossa, per mandar via quei visi coperti, per salvare un amico.

Quasi nello stesso momento, in cima alla scalinata che scende dal Corso, spuntano caschi blu e neri e iniziano a volare altri lacrimogeni.

Gli ultrà sono tanti e potrebbero avere la meglio, riprendersi la loro curva chiusa. Sono a un passo: entrarci sancirebbe il trionfo.

Ma quella specie di rissa intestina li ha confusi, ha minato la compattezza. Hanno perso l'attimo, hanno smarrito la magia e cosí i poliziotti fanno questa carica inattesa, per riprendersi il collega caduto tra i nemici. Quelli arrivati dal Corso sparano lacrimogeni verso il basso. Sono pochi pure loro, ma i tifosi non se ne rendono conto. Hanno una percezione distorta dalla confusione, dal buio, dallo smarrimento seguito alla rissa fra Ale e Lupo.

Il gruppo di ultrà si vede attaccato da due lati e presume sia arrivato il contrattacco degli sbirri, invece è solo un'azione disperata.

– Via! – urlano un paio di tifosi e qualcuno davanti inizia a scappare.

La fuga è come un virus. Chi fugge davanti porta a fuggire quelli dietro, senza che sappiano perché. Cosí scappa Giorgione tirandosi via Lupo, che vorrebbe andare a riprendere quell'infame di Ale.

Nella stessa direzione scappa Ale, quando si rende conto che altri poliziotti cercano di recuperare il collega. Il suo collega, che lui ha appena salvato.

Arrivano altri lacrimogeni e cadono nello spazio vuoto che la polizia ha creato nel cuore del gruppo.

Chi era davanti, nella fuga si trova in fondo. Ed è proprio lí che finisce Robi, mentre si alza claudicando dopo che qualcuno l'ha buttato a terra.

Prova a correre, ma la coscia sbattuta sul panettone è rigida di dolore.

Si ritrova accanto a Lollo. Lo riconosce e lo afferra per la giacca.

– Aiuto, non ce la faccio! – gli grida.

Lollo si ferma un istante e lo sorregge, cerca di portarlo via con sé.

– Dài, resisti, dài!

– Aaah! – si lamenta Robi. Lollo prova ad aiutarlo e riescono ad allontanarsi di qualche metro sino alla rampa da cui sono venuti.

Ma la rampa è in salita.

Lollo guarda disperatamente verso gli sbirri e vede che due sono partiti in avanti, puntando verso di loro come i leoni con le antilopi. Sono a una dozzina di metri.

Il capo delle Facce Coperte fissa Robi negli occhi, poi guarda gli sbirri che arrivano.

Alla fine dà uno strattone secco alla mano con cui il pivello si aggrappa alla sua giacca, e scappa.

– No, cazzo! – riesce a urlare Robi, prima che una manganellata lo zittisca.

Piccolomini ha resistito finché poteva, beccandosi pietre, bottiglie e oggetti che non ha nemmeno distinto.

Alla fine ha dovuto arretrare con i carabinieri, pensando di essere a un passo dalla tomba, ma ora vede arrivare rinforzi dal Corso.

È incredibile, ma dev'essere capitato qualcosa di cui non si sono resi conto: i colleghi caricano gli ultrà e riescono a cacciarli indietro nonostante la sproporzione numerica.

In quel momento vede Tau partire in avanti.

A Gavino Tau non sembra vero.

C'è un tifoso a terra, rimasto in mezzo alla carica, alcuni colleghi lo prendono a mazzate. Lo lascerebbe lí a farsi sfondare la testa, ma ha riconosciuto i pantaloni e la giacca. È stato dietro a quel ragazzo tutto il pomeriggio.

Si catapulta in mezzo ai due del reparto e prende un paio di manganellate pure lui.

– Sono un collega, sono un collega! – avverte alzando la placca che si è legato al collo. Uno gli dà comunque una stecca nel braccio, forse nemmeno per sbaglio. Poi l'altro lo ferma.

– Lo arresto io! – strilla Tau e piazza le ginocchia sulla schiena del tifoso. Con gli occhi fuori dalle orbite arriva pure Piccolomini e si getta sul ragazzo.

I colleghi del reparto vanno avanti e li coprono.

– Giulia', portiamolo via, forza! Portiamolo via prima che ci vedano gli altri! – urla Tau mentre sollevano il tifoso che si lamenta e forse piange.

Ma Tau non prova alcuna pietà e ritornando verso il piazzale gli assesta pure un calcio nel culo.

– Bastardo, pezzo di merda, – gli grida in un orecchio.

– Lasciatemi! Merde! Bastardi! – strepita Robi. Zoppica e rallenta la marcia. Dopo il calcio nel culo sente arrivare un pugno nelle costole.

– E muoviti, coglione! – gli dice il poliziotto col pizzetto.

– Ho male a una gamba!

Spera che Lollo torni, che carichi con tutti gli ultrà per venire a riprenderlo. Ma il rumore degli scontri si allontana.

Sogna che Enrico spunti da qualche parte per aiutarlo, ma neppure lui c'è. Robi si rende conto di essere solo mentre lo trascinano via, passando davanti all'ingresso della curva Nord. Vuota.

Arriva un fischio dell'arbitro dallo stadio deserto.

Già, c'è anche una partita.

Nicola sente che qualcuno lo tira su. Dal cielo adesso piove piú forte, come se le nuvole avessero inserito la marcia superiore, dopo aver viaggiato a giri bassi.

– Dài, Nico, forza, tranquillo! – gli dice Marione e lui si guarda intorno stupito. Il collega gli dà due manate in faccia.

– Ouh! Ci sei?

– Sí, okay, – fa Nicola, anche se ha dolore ovunque e la testa confusa.

– Pronto soccorso?

Nicola, senza pensarci, fa cenno di no con il casco.

– Bene, – dice Marione e già si riaggancia agli altri che ora provano a caricare su per la rampetta.

La pioggia inizia a venire giú di brutto, tutto in un colpo. Quasi che qualcuno, lassú ai piani alti, avesse deciso che è ora di smettere di giocare alla guerra, bisogna tornarsene a casa.

Poliziotti e carabinieri sparano insieme lacrimogeni lungo corso De Stefanis, sfogando la smania di gas troppo a lungo repressa. Il fumo acre impedisce alla folla di compattarsi, la divide, la fiacca. Con il gas si tirano fuori dalla merda, è sempre stato cosí.

Arrivano altri carabinieri, forse sono usciti apposta per l'emergenza.

I tifosi lanciano ancora oggetti e bombe e bastoni. Tirano tutto ciò che hanno, ma sembrano già meno decisi. Anche meno numerosi.

In mezzo a loro, Lollo è scosso per il ragazzino che ha dovuto mollare e per quanto è successo tra Lupo e Ale. Non riesce a dare un ordine o a organizzare nulla: il gruppo di ultrà ormai si muove da solo, senza nessuna strategia.

Dovranno arretrare. Andarsene, mollare. Gli sbirri li stanno rimandando indietro, anche se pochi minuti prima sembravano prossimi alla disfatta. Adesso pare si siano moltiplicati, mentre loro sono disuniti. C'è solo confusione, fumo e acqua dal cielo. La magia è finita.

112.

Ale si ritrovò nella folla che correva lontano dagli sbirri. Non ci capiva piú nulla, ricordi e immagini sfolgoravano veloci, come il coltello nella mano di Lupo.

Quello ti ammazzava, se non lo fermava Lollo. Un attimo in piú e ti avrebbe spanciato come un maiale.

Scampato alla lama, non sfuggí all'assalto della paura, che lo prese alla gola. Sentí mancare l'aria.

Aveva bisogno di spazio, di togliersi dalla folla, si sentiva come un naufrago in balia della corrente.

Mentre i genoani respinti dalla polizia cercavano di abbozzare una reazione insieme ai napoletani inglobati per strada, Ale proseguí in corso De Stefanis. Si tolse la sciarpa dalla faccia e, d'istinto, la nascose nella giacca. Ancora una volta, una parte di lui lo spingeva a fuggire, l'altra provava a riportarlo indietro per battersi ancora. Ma non riusciva a convincerlo.

Sei un vigliacco. Un infame. Sei diventato come gli sbirri.

Aveva sempre creduto di voler arrivare in fondo. Guadagnarsi il rispetto degli altri, formare un gruppo di gente decisa. Aveva seguito i vecchi valori ultrà.

Poi c'era stato Lisca, pallido come un morto sul pavimento dell'ospedale, e qualcosa si era incrinato.

Forse per i ricordi legati a sua sorella, al modo in cui il tumore l'aveva ridotta. Al fatto che fosse morta per un motivo cosí ingiusto.

Gli ultrà, gli scontri, la mentalità. Il Genoa. Che cazzo significavano? Il mondo continuava a girare ignaro di loro che combattevano nelle strade illudendosi di lottare per qualcosa.

Dentro i palazzi la gente viveva, soffriva, rideva. Moriva. Se ne fregava della loro battaglia.

E se Lupo ti ammazzava? Cosa avrebbero detto a tua figlia? E ai tuoi genitori? Manu morta di tumore e tu accoltellato per... per cosa? Cazzo, PER COSA?

La pioggia gli bagnava la testa e Ale si fermò. Avvertiva un tremendo miscuglio di rabbia, sollievo, speranza, dolore. Appoggiò un braccio al muro e si chinò in avanti. Gli salí un conato di vomito che si sciolse a fatica in una serie di colpi di tosse.

Quando si placarono, non tornò indietro. Finalmente, prese la direzione opposta.

– Hai visto Ale? – gridò Lollo a Giorgione, che era nel suo gruppetto.

L'altro scosse la testa.

– E Sergio? E l'Arabo?

– Con 'sto casino non so! È buio. Devono essere sotto. Qualcuno è andato anche verso corso Sardegna!

– Porca puttana! – imprecò Lollo. Si erano frammentati ulteriormente in gruppi sparsi e non potevano piú resistere: gli sbirri avrebbero caricato tutto ciò che avesse avuto una sciarpa. Si rischiava di finire in una mattanza come quella del G8. E adesso che la pioggia era aumentata, tanti stavano scappando.

– Forse c'è Diego coi suoi, ancora sul Corso, – gli disse Giorgione.

Lollo indicò una schiera di divise in fondo alla strada.

– Non possiamo andare a prenderlo, quei carabinieri lí sono troppi!

Vide alcuni ragazzi passare di corsa e tra loro cercò ancora Ale. Doveva riuscire a parlargli, chiedergli perché Lupo volesse affettarlo.

«Fa' che non abbiano beccato anche lui», pregò ripensando al ragazzino. Quel Roberto, l'amico del fratello di Vincenzo.

Come hai potuto lasciarlo lí?

Farsi arrestare in due non avrebbe migliorato le cose, ma questo non lo faceva sentire meglio. Per la rabbia prese una pietra e la tirò verso i carabinieri.

Anche gli altri lo imitarono e lanciarono oggetti. Quelli muovevano gli scudi per proteggersi, ma tenevano la posizione senza troppa difficoltà.

Poi Lollo riconobbe qualcuno.

Era Lupo con la sua giacca giallo oro. Stava piú indietro, da solo, e stranamente fermo. Lollo gli andò incontro urlando.

Lupo stava nelle retrovie del gruppo di ultrà e non si capacitava per ciò che era successo con quel maledetto infame di Ale e nemmeno che alla fine avessero dovuto capitolare. Erano tanti, fino a un istante prima stavano massacrando gli sbirri. E allora perché adesso scappavano, cazzo? Perché?

Lollo arrivò di corsa.

– Ma che cazzo fai ancora con quella giacca? Toglila, porca merda!

Lupo ebbe l'impulso di prenderlo per il collo, ma si trattenne. Lollo era suo amico. Per questo gli aveva impedito di accoltellare quel bastardo di pelato. Forse non se ne rendeva conto, ma aveva rischiato grosso pure lui.

– Ouh, mi senti? – gli urlava. Aveva scoperto la bocca: ormai anche lui aveva perso la speranza di attaccare ancora.

– Lasciami stare, – ringhiò Lupo divincolandosi.

L'altro arretrò impercettibilmente.

– Ma sei fuori? Che volevi fare, porca puttana?

Lupo non disse nulla, guardava verso i carabinieri schierati. Avrebbe voluto buttarsi giú a razzo e andare contro quei bastardi pure da solo. Ma doveva trattenersi.

– Guarda là, – indicò. I carabinieri avanzavano lentamente.

– Forza, ragazzi, indietro, – riprese il comando Lollo. – Andiamocene da qui, – disse e tirò un ultimo sasso, frantumando il vetro di una macchina.

Anche Lupo si allontanò, ma sempre un po' fuori dal gruppo. Gli sembrava quasi che gli altri tifosi si tenessero a distanza da lui. Forse qualcuno di loro aveva visto il coltello, prima. Tanto meglio: nessuno poteva permettersi di fare lo stronzo con lui. Che fosse suo padre, un ultrà o il presidente della Repubblica.

– Indietro, via! – gridò Lollo e Lupo, suo malgrado, dovette dargli retta.

113.

Gli scontri finirono alle sette e mezza. Nel frattempo ci furono ancora lacrimogeni da una parte e lancio di oggetti dall'altra. Macchine danneggiate, insulti, mezze cariche. Avanzamenti e arretramenti, da un lato e dall'altro.

Una parte dei tifosi ritornò verso la stazione, l'altra ripiegò verso piazzale Parenzo e le scalette da cui era sceso il gruppo di Lollo e Lupo. Arretrarono fino a disperdersi e con loro se ne andarono pure gli ultrà del Napoli, abbandonando i pullman danneggiati con relativi autisti.

– Be', faremo i controlli, ci inculeremo chi li ha noleggiati, – disse un poliziotto in borghese. Era Silvano Malerba.

– E pensi che teneva i documenti buoni, chi ha fittato i bus? – chiese con un sorriso sarcastico un celerino di Napoli al questurino di Genova. Malerba, spiazzato, non rispose.

Appena la situazione si calmò, Nicola cercò con gli occhi il funzionario di reparto.

– Hai visto Martini? Minchia, ma dov'è stato tutto il tempo? – chiese con un ringhio all'ispettore Pace. Entrambi avevano il casco che gocciolava e il giaccone pesante d'acqua.

– È all'ospedale da Fabio. Lo ha accompagnato subito.

– Sai niente?

Pace fece cenno di no, sconsolato.

Marione si staccò dalla sua squadra e andò verso Nicola.

Si guardarono dritto negli occhi e si abbracciarono. Loro due cosí diversi, che lavoravano insieme da una vita ma non si erano mai realmente conosciuti, da quella sera avrebbero condiviso qualcosa di piú che anni di scontri allo stadio.

– Grazie, – mormorò Nicola.

– Che vuoi che sia, – si schermí Marione.

– Com'era messo?

Il collega tirò un lungo sospiro. Aveva un'espressione cupa.

– Non lo so. Ho visto poco, ma non era messo bene.

Nicola poggiò una mano sul braccio di Pace. – Giovanni, se per te va bene io vado all'ospedale. Tanto devo farmi refertare.

Pace era esausto, il colorito terreo.

– Certo, Nico. Ti chiamo l'autista di Martini per farti portare. Cosí eviti di prendere l'ambulanza.

– No, vado con l'ambulanza che faccio prima: guarda, ce n'è una già lí, – disse Nicola avviandosi verso il mezzo di soccorso.

114.

Quando Daniela aprí la porta, Enrico dovette trattenersi dall'abbracciarla come un bimbo con la mamma. Provò il sollievo di uno scalatore sfuggito alla tormenta.

– Ciao, – le disse con un sorriso affaticato.

– Ciao, – rispose dolcemente lei. Era truccata e aveva i capelli scuri piú lucidi del solito. Anche piú lisci. In realtà aveva fatto la piega apposta per Enrico, ma lui non era cosí sveglio da accorgersene. Però si accorse che c'era qualcosa di speciale. Il profumo, non lo aveva mai sentito, e anche il sorriso... *Brillante* fu la parola che gli venne in mente.

La baciò sulle labbra, lei le dischiuse e le lingue si sfiorarono. Un brivido si scaricò dritto fra le gambe di Enrico. Si staccò da Daniela.

– Posso entrare? Ho la giacca bagnata, sta piovendo.

– Vieni, – disse lei. D'improvviso parve un pochino piú impacciata.

Lui si tolse il giubbotto e glielo passò, lei lo appese a una gruccia.

– Hai visto Robi?

Enrico annuí, senza aggiungere altro. Per un istante era riuscito a dimenticarsi di tutto: la marcia serrata verso i poliziotti, la sensazione di poter spaccare il mondo. La bomba di Lupo, la fuga, lo scontro con il carabiniere, l'altra fuga: era come se quella serie di eventi riguardasse un altro. Ma i flash di quelle immagini gli lampeggiavano in testa.

Aveva provato a chiamare Robi, prima di entrare nel palazzo. Ma il telefono suonava a vuoto. Doveva essere ancora nel casino. Quanto sarebbe andato avanti?

– Tutto bene? – gli chiese Daniela.

– Sí, certo, – riuscí a sorriderle Enrico, ma doveva avere l'aria di uno precipitato da Marte senza atterraggio morbido.

Lei indossava una gonna di jeans sopra il ginocchio e delle calze trasparenti. Non l'aveva mai vista con la gonna e pensò che le stava da Dio. Portava una maglia di cotone nera con uno scollo abbondante che mostrava l'inizio del solco fra i seni.

Gli prese la mano.

– Vieni, ti faccio vedere la casa –. Lo condusse stanza per stanza, dalla cucina, allo studio, alla camera dei suoi. Era come se Daniela assolvesse a un dovere da padrona di casa, ma avesse altro per la testa.

Nemmeno a lui fregava molto e si limitò a qualche complimento scontato.

– E questa è la mia camera, – disse infine lei.

Semplice, ma piuttosto grande.

– Quello lo hanno recuperato dalla casa vecchia. Era molto piú piccola, – spiegò, indicando un grande divano rosso.

Sui muri erano appese mensole zeppe di libri. Enrico notò anche una lunga fila di fumetti. Scopriva quella passione solo adesso. Quante cose non sapevano l'uno dell'altra?

Dei fumetti sugli scaffali conosceva solo i «Peanuts» e «Dylan Dog». Di «Dylan Dog» suo fratello Vincenzo aveva comprato i primi cinquanta numeri della prima edizione, poi un giorno sua mamma li aveva buttati via tutti, incazzata per il disordine. E perché pensava che l'horror fosse diseducativo. Chissà cosa avrebbe detto, se mai avesse saputo che suo figlio, nel giro di pochi giorni, era finito in due scontri con la pol… con gli sbirri.

Enrico vide anche un vecchio libro dedicato alla Sampdoria e subito il pensiero tornò lí, dove non voleva che andasse. Agli scontri, a Robi e tutto il resto.

– E questo è il letto, – ammiccò Daniela sedendosi sul bordo del materasso, sempre tenendogli la mano. Forse avrebbe voluto essere sciolta e sensuale, ma la voce le uscí incerta ed Enrico si intenerí. Era la prima volta per lei, un momento che sarebbe rimasto nella memoria della mente e della pelle. Anche lui aveva sospirato e discusso, premuto e sofferto per arrivare a quella sera. Ma adesso non riusciva a concentrarsi. Mille pensieri imbizzarriti gli galoppavano in testa.

La mano di Daniela lo portò a sedere accanto a lei. Si accarezzarono e iniziarono a baciarsi.

Enrico cercò di lasciarsi andare ma la testa ritornò ancora all'ora precedente.

E Robi? Dove sarà Robi?

115.

Robi era su una sedia scomoda, in un ufficio della questura. Sul muro c'era una foto del presidente della Repubblica, ma non gli sembrava quello in carica. Non ci avrebbe giurato, però, erano tutti uguali quei vecchi rincoglioniti.

Sui muri stavano appesi anche un sacco di quadretti con scritto «lode», «premio», «conferisce» e merdate simili. Il nome era Piccolo-qualcosa, non riusciva a leggerlo bene.

Non aveva detto una parola durante il trasporto in macchina. E neppure aveva fatto nulla. Che poteva fare, con le manette ai polsi?

Appena arrivati in questura gliele avevano tolte. Aveva provato un sollievo fisico, perché quei ferri bastardi segavano la pelle.

Si sentiva come in un sogno, tipo la sera in cui era morto suo nonno. Prima stava guardando Gerry Scotti in tivú, un attimo dopo la madre lo aveva chiamato in camera per dirgli che il nonno non c'era piú e lui si era reso conto di come qualcosa fosse irrimediabilmente cambiato. Ecco, stava succedendo lo stesso: mezz'ora prima era un drago in mezzo alla mischia che cercava di guadagnarsi la prima fila negli scontri. Inarrestabile, invincibile. Adesso invece si trovava in quell'ufficio, seduto davanti a uno sbirro con la pancia che doveva avere gli anni di suo padre. E, dallo sguardo, la stessa schifosa considerazione di lui.

Robi pensò con orrore al momento in cui avrebbe dovuto chiamare il padre. O farlo chiamare, non sapeva come funzionasse.

L'altro sbirro aveva un pizzetto appuntito e una faccia da cazzo. Era lo stronzo che lo aveva preso per primo, buttandolo a terra. Lo aveva anche colpito piú di una volta.

Teneva davanti il suo documento e compilava verbali, ma continuava a telefonare a qualcuno in piazza per chiedere cosa stesse accadendo. Sembrava che adesso il casino fosse finito.

Robi aveva continuato a sognare gli ultrà che marciavano verso la questura per chiedere la sua liberazione. Sua e degli altri fermati, ammesso che ce ne fossero. Gli era parso che il poliziotto dicesse che avevano preso qualcun altro, ma non ne era certo. Di sicuro però non aveva parlato di gente in marcia per salvarlo.

D'altronde chi era lui, nel panorama ultrà? Nessuno. Una caccola che Lollo non aveva esitato a mollare agli sbirri.

Proprio grande, questo Lollo. Grandissimo! Ne è valsa la pena di far tanto casino per conoscerlo!

Appena uscito, Robi lo avrebbe sputtanato. Avrebbe raccontato a tutti che lo aveva lasciato nella merda. Lo avrebbe fatto cacciare dal gruppo che lui stesso aveva fondato. Lo avrebbe detto in giro, di persona. E poi su Internet.

Lollo era finito.

Enrico, invece, chissà dov'era. Forse a casa di Daniela a scopare, mentre lui stava vivendo un incubo. Anche Enrico lo aveva tradito? Non voleva neppure pensarci. Comunque era solo, in quel disastro.

Lo sbirro con il pizzetto si alzò.

– Vieni, andiamo a fare le foto –. Robi eseguí a testa bassa. Non aveva neppure la forza per maledire mentalmente il poliziotto. Sembrava tutto inevitabile.

Lo sbirro lo fece uscire dall'ufficio e lo portò di sotto, all'ingresso. Poi lo ammanettò di nuovo. Non capiva.

– La Scientifica è in un altro palazzo, dobbiamo andare con la macchina.

Nel giro di un minuto si materializzò una volante, li caricò e li accompagnò a nemmeno un chilometro da lí.

All'ingresso c'era un piantone solitario con gli occhi azzurri e la faccia da sclerato. Salutò il collega e guardò di traverso il ragazzo.

Salirono al terzo piano e lo sbirro con il pizzetto consegnò dei fogli a un altro con il camice, che scrisse al computer.

Robi fu liberato dalle manette.

– Hai tatuaggi? – gli domandò il poliziotto al computer.

Sí, alla spalla destra.

– Cosa c'è disegnato?

– Un... un filo spinato.

– Bene, – rispose il tizio in camice e scrisse senza controllare. – Vieni, – ordinò e lo fece avvicinare a un banchetto. Si infilò dei guanti in lattice. Per un attimo Robi pensò che gli avrebbe piantato le dita nel culo.

– Apri le mani, – disse invece, e lui eseguí.

Gli passò una specie di rotella con l'inchiostro su tutti e due i palmi, senza nessuna delicatezza. Gli prese la destra e la avvicinò a un cartoncino con i suoi dati e alcuni spazi quadrettati. Ci schiacciò sopra le dita, una per una, mano destra e sinistra. Alla fine gli indicò un lavandino sporco con una saponetta lurida.

– Puoi lavarti lí.

Quando ebbe finito, lo sbirro in camice lo fece sedere su una seggiola che regolò in altezza. Davanti c'era una macchina fotografica.

Lo sbirro della Scientifica scattò. Poi si avvicinò di nuovo a Robi, lo mise di profilo da un lato e dall'altro e ogni volta fotografò.

Passarono altri minuti, mentre il poliziotto dell'ufficio digitava al computer, poi partí la stampante. Alla fine lo sbirro in camice consegnò a quello con il pizzetto uno dei cartoncini con la sua faccia nella foto segnaletica. Sembrava quella dei mafiosi nei telegiornali e vedendola Robi sentí il petto svuotarsi.

Non era un sogno, succedeva per davvero. Di nuovo ripensò a quando era morto suo nonno. Ecco, adesso era anche peggio. Perché non era come la morte di qualcuno a cui volevi bene, che capitava e basta. Questo era stato lui a farlo capitare.

Uscirono e presero l'ascensore, ritornando dal piantone con gli occhi azzurri e la faccia da matto.

– Bravo colle', avete fatto bene. Dovete arrestarli tutti, 'sti pezzi di merda, – disse con una specie di ghigno, avvicinandosi.

Per fortuna il poliziotto con il pizzetto si limitò a un cenno, poi tirò dritto.

Robi guardò quel piantone e cercò di trasmettergli odio, ma non ne trovò, dentro. Era come se stesse camminando solitario in una terra vuota e inospitale.

E poi quello sbirro con la faccia da esaurito aveva ragione. Perché Robi si sentiva esattamente cosí: un pezzo di merda.

116.

La stanza era avvolta dal buio, il letto disfatto. I due ragazzi stavano sotto le coperte, abbracciati. Non si vedevano in faccia, nella penombra rischiarata solo dalle luci della strada. Meglio cosí, si evitava l'imbarazzo.

Daniela gli baciava il petto con tenerezza, in modo quasi infantile.

– Mi dispiace, non doveva andare cosí, – mormorò Enrico.

– Non ti devi preoccupare.

Nel buio il ragazzo soffocò un sorriso amaro. Quelle parole sembravano stranamente adulte, sulla bocca di lei. Sospirò sconfortato.

– Ti era già capitato? – chiese Daniela. Stavolta la voce ebbe un'esitazione, com'era giusto che fosse.

– No, – rispose secco Enrico.

Rimasero in silenzio, ognuno smarrito nei suoi pensieri.

Lei aveva smesso di baciarlo, si limitava a stringerlo. Lui sentiva il profumo dei suoi capelli puliti, il contatto del suo seno sul braccio. Ma sotto, tra le gambe, niente.

L'intensità con cui aveva atteso quella sera era pari solo alla sua frustrazione. Si sentiva come un cavaliere senza spada, un soldato disarmato. Era deluso, triste. Avrebbe voluto sparire da quel letto di spine ed essere teletrasportato lontano, a casa, ad affrontare da solo il suo sconforto.

Per un attimo aveva pensato di farlo, di rivestirsi e andarsene. Ma avrebbe ferito Daniela e lei non lo meritava. Le doveva almeno questo: restarle vicino.

Lo racconterà alle sue amiche, sicuro. Lo fanno tutte le ragazze. Queste stronze non sanno stare zitte, devono sempre dirsi tutto.

Farai la figura del frocio.

Maledisse quei pensieri figli dell'egoismo. Doveva darle una spiegazione: Daniela non era mai stata con nessuno. Poteva non capire. O pensare che...

– Non è colpa tua. Lo sai, vero? Non c'entri niente tu.

Daniela non disse nulla.

– È che... – Il ragazzo si passò una mano fra i capelli e sugli occhi. – Non ci sono con la testa. Oggi è stata una giornata di merda, ecco. Proprio di merda.

– Hai litigato con i tuoi?

Enrico avrebbe voluto dirle di sí.

– No. Non c'entrano i miei.

– E allora? È per la facoltà? Sei sotto pressione? – Una nuova ondata di tenerezza si infranse sul cuore di Enrico. Un'altra ragazza avrebbe pianto o si sarebbe offesa. Lei invece si curava di lui.

Enrico le baciò la testa.

– No.

– E allora? A me puoi dirlo. Guarda che se ho fatto qualcosa di sbagliato...

– Te l'ho detto: tu non c'entri!

Daniela si allontanò di qualche centimetro.

– Allora è qualcosa che non mi vuoi spiegare.

– È per la partita di stasera, – sbottò lui e si rese conto di averlo fatto solo quando le parole erano già scappate di bocca.

– Per la partita? – chiese la ragazza d'improvviso dura.

Bravo. Adesso o le dici tutto oppure sei fottuto.

– No, aspetta. Non è come pensi. Non parlavo di calcio, – si corresse subito lui.

– E allora di cosa?

– Ero vicino allo stadio con Robi, prima di venire qui. Dovevamo stare insieme un'oretta. Ma... ci sono stati dei casini con la polizia. Roba grossa, un macello... – iniziò Enrico. Dapprincipio balbettò, poi non seppe piú fermarsi.

Daniela accese la luce e lo ascoltò.

117.

Nicola arrivò all'ospedale che erano ormai le otto e mezza. Scese con le sue gambe, anche se quella destra gli faceva parecchio male. Sentiva dolore alla tibia, dove lo avevano colpito, non ricordava se con un oggetto o un calcio. Lo seguiva uno dei militi della Croce che lo avevano accompagnato, ma Nicola gli fece cenno di aspettare.

Si diresse verso l'accettazione per chiedere di Fabio, quando vide Martini e deviò verso di lui.

– Allora? Come sta? – chiese senza neppure salutare. La faccia del capo contingente era pallida e tesa.

– Non è in pericolo di vita, dicono.

– Grazie a Dio –. Nicola tirò un lungo sospiro, come a darsi forza. Ma si rese subito conto che solo il peggiore dei mali era scongiurato.

– E la faccia? Che ha? – incalzò.

– Lo stanno operando. Ha lesioni varie, ma è l'occhio destro che ha subito i danni peggiori. Probabilmente lo ha colpito qualcosa che era dentro la bomba.

Nicola si portò le mani ai capelli.

– Lo so. L'ho visto. Era tutto... – la voce si incrinò.

– Dài, Nico, calma. Vedrai che si riprenderà.

– Guarda che l'occhio era tutto fuori. Come fanno a rimetterlo a posto?

Martini stringeva i denti cosí forte che sembrava volesse spezzarli.

– Possiamo solo aspettare. Dicono che potrebbero volerci alcune ore. Tu come stai?

– Non ho niente. Ho preso qualche calcio, qualche cinghiata. Magari verranno fuori a freddo. Ma adesso non ho niente.

– Meglio cosí. Dài, vai all'accettazione, – disse il funzionario indicando il bancone. L'infermiere che lo aveva accompagnato guardava Nicola con aria impaziente.

– Ma altri? Altri feriti?

– Del vostro gruppo c'è Ninotta che ha un trauma all'orecchio. Era vicino a Poggi e non ci sente bene. Ma dovrebbe essere solo il botto. Morello ha un taglio profondo su una mano, Basso ha un ginocchio che sembra un melone e gli stanno facendo i raggi. Poi un altro paio del secondo contingente. Ma il resto verrà dopo, quando sarà finita. Forza, ora vai.

– Va bene, – bisbigliò Nicola. Si sentiva in trance.

Gli vennero in mente Cristina e Francesco, che erano a casa, senza sapere nulla. *Per una partita. Per una cazzo di partita. E questo come lo spieghi nel libro? Volevi dare un'idea del fenomeno, giusto? Eccola qui. Ti può bastare?*

Gli parve tutto quanto una follia. Lui stesso si sentí fuori posto, quasi gli avessero messo addosso una divisa senza che lui lo volesse.

118.

Diego e i ragazzi di Napoli si erano divisi in tre, quattro gruppetti. Avrebbero raggiunto le stazioni di Principe e Brignole per far perdere le loro tracce.

Lollo si assicurò di questa e altre cose, prima di lasciare la zona dello stadio. Era compito di un vero capo, anche se quello stesso capo non sapeva dire se le sue truppe avessero vinto o meno. E soprattutto aveva mollato un soldato nella battaglia.

Non potevi fare altro.

Quando i pochi irriducibili iniziarono a disperdersi, Lollo fermò ancora Lupo.

– Devi fare sparire tutto, capito? Domani, – gli ordinò.

– Cosa?

– Quello che hai in casa. Non voglio sapere cosa, ma devi far sparire tutto. Anche quella cazzo di giacca che hai addosso. Il coltello l'ho già buttato io, in un tombino.

Quasi si aspettava che Lupo si infuriasse. Invece si limitò a guardarlo scuro.

– Stasera è troppo pericoloso, ma domani alzati presto e fai pulizia. Se ci fanno delle perquise non devono trovare nulla. Capito?

– Va bene, – disse Lupo sfiorandosi la cicatrice con le dita. – Va bene, lo farò.

– Poi parleremo di Ale.

– Su quella merda non ho nulla da dire, – rispose secco Lupo e sgasò via sul motorino marcio. Indossava la giacca dalla parte nera.

Lollo fece alcune telefonate e cercò di informarsi se ci fossero dei fermati. I ragazzi parlavano di un paio di persone in questura, forse tre. Ma non c'erano certezze.

Manchi solo tu. Avresti dovuto esserci pure tu, in questura, con il ragazzetto.

119.

Era quasi l'una e pioveva forte su Genova. Lo scirocco aveva scaldato l'aria: tredici gradi, umidissimi.

Robi chiuse la finestra della stanza. Non si trovava in prigione, ma c'erano ugualmente una porta di metallo e sbarre alle finestre. Il cesso puzzava.

Stava alle «camere di sicurezza» della questura, quelle che ospitavano i detenuti in attesa di andare in direttissima la mattina dopo. Si chiamava *direttissima* il processo che veniva celebrato il giorno successivo a un fatto, davanti al giudice unico. Robi lo aveva appreso dallo sbirro con il pizzetto.

Quella sera stava imparando molte cose che avrebbe desiderato non sapere, tra cui il fatto di non essere né invincibile né piú furbo degli altri. Anzi, si sentiva il piú stupido di tutti.

Pensò con un groppo in gola agli altri tifosi che se ne tornavano alle loro case dopo gli scontri come dopo una serata di divertimento tra amici.

Doveva essere tornato a casa anche quello che lo aveva atterrato, sbattendolo contro il panettone. Non aveva fatto in tempo a capire chi fosse e perché stesse tra loro. Quando si era girato, annebbiato dal dolore, aveva visto solo una specie di rissa.

Di sicuro era tornato a casa pure quel verme di Lollo, che aveva scelto di scappare.

Solo lui era ingabbiato in questura. Lui e qualche altro sfigato.

Scoprí che la polizia, anche se ti picchiava, poi si preoccupava di curarti. Infatti gli chiesero piú volte se voleva andare in ospedale per le botte rimediate negli scontri, ma lui rifiutò.

Dopo venne a sapere che se non avevi un avvocato la polizia chiamava un numero verde – sí, proprio cosí, come quelli delle compagnie telefoniche – e te ne assegnava uno d'ufficio.

Imparò di aver diritto a una telefonata e una sola, come nei film americani. A chi voleva lui, che fosse la fidanzata, suo padre o, appunto, l'avvocato. Considerato che l'avvocato d'ufficio non lo conosceva e suo padre non aveva il coraggio di affrontarlo, chiese di chiamare Laura. Doveva essere preoccupata, visto che non si era fatto piú sentire.

– Ascolta, amore, sono in questura, – disse appena lei rispose, prima che potesse aggredirlo perché non l'aveva chiamata.

Lei rimase folgorata dalla rivelazione.

– Oddio... Cosa è successo?

– Mi hanno fermato allo stadio –. Non volle dire «arrestato». – C'è stato casino con la polizia.

Lei si mise a piangere e lui provò a calmarla, sotto gli occhi dello sbirro merdoso con il pizzetto, che assisteva alla chiamata senza compassione. Le spiegò che ci sarebbe stato il processo e poi, probabilmente, lo avrebbero rilasciato. Cosí dicevano gli sbirri, anche se lui non riusciva a fidarsi.

Chiese a Laura di chiamare i suoi e spiegare tutto. Le disse di annotarsi che il processo era alle nove del giorno dopo, e se volevano potevano venire. Era pubblico. Comunque dopo sarebbe tornato a casa.

Senza troppa delicatezza, lo sbirro gli fece cenno di tagliare. Quando si salutarono lei ancora tirava su col naso.

«Sbirri di merda. Guardate che avete fatto», continuava a ripetersi dentro la testa. Ma in fin dei conti gli sbirri avevano fatto ben poco.

120.

Al pronto soccorso Nicola sedeva in sala d'attesa con Martini e il suo autista. C'erano anche due colleghi in borghese, fuori. Per controllare se si presentava qualche tifoso ferito negli scontri. A volte succedeva.

Quando si era tolto la divisa per la visita, Nicola aveva visto una discreta ragnatela di lividi, fra spalle, petto e braccia. Gli avevano fatto diverse lastre e pure una Tac alla testa, dove aveva preso un colpo attutito dal casco. Sembrava non esserci nulla di serio, in ogni caso non gli importava.

Neppure l'immagine di quegli anfibi frapposti fra lui e l'ultrà che voleva prendergli a calci la faccia, neppure quello importava, adesso. Anche se avrebbe dovuto farci i conti.

All'una lui e Martini vennero chiamati in un ufficio interno al pronto soccorso.

L'operazione era finita senza complicazioni. Fabio non era piú in pericolo di vita. Non c'erano ematomi al cervello e lesioni alla colonna vertebrale.

Una grande fortuna.

Era sedato e non poteva essere visitato da nessuno, considerata l'ora. E queste erano le buone notizie.

La cattiva notizia era che per l'occhio non c'era stato nulla da fare.

– Purtroppo era del tutto compromesso, – disse il medico, e Nicola pensò che «compromesso» era solo un modo gentile di spiegare la faccenda. – Abbiamo dovuto asportarlo.

Nicola Vivaldi si mise a piangere in mezzo al corridoio.

121.

Anna Serra finí la pizza in quel momento. Il suo amico Luigi aveva tenuto il forno caldo per lei e le faceva compagnia con una Margherita.

Aveva aspettato fino alle undici, prima di andarsene dal casello. Fabio non rispondeva, il telefono dava sempre libero.

Forse Anna avrebbe dovuto preoccuparsi, Fabio non era tipo da sparire cosí.

Ma che tipo e tipo... In fondo, chi lo conosceva? Fabio Poggi era solo una ventina di foto e qualche messaggio su Facebook. Lei nemmeno sapeva che voce avesse. Magari alla fine si era tirato indietro e aveva deciso di darle buca. Ma almeno un messaggio, insomma! Non le sembrava di chiedere molto.

Di cosa si stupiva? Gli uomini erano tutti degli stronzi, Anna lo aveva imparato. E questa era l'ennesima conferma. Pazienza. Comunque avrebbe cancellato il numero e lo avrebbe bannato da Facebook. Che se ne andasse a quel paese. A quarant'anni non aveva voglia di farsi prendere in giro.

A cento chilometri da Anna c'era un'altra donna che avrebbe dovuto aspettare Fabio. Sua moglie Cristina.

Ma Cristina era andata a letto dopo aver ingollato una dose doppia di Delorazepam, cosí il rientro del marito non l'avrebbe svegliata.

Mentre Fabio era in coma, Cristina dormiva profondamente.

Nessuno dei due sognava.

122.

Chi non dormiva era il Barone. Con il volume del televisore a uno passava in rassegna tutti i televideo, cercando notizie sui tafferugli che avevano sconvolto la serata di Genova.

Dicevano che c'era un poliziotto ferito gravemente. Rischiava di perdere un occhio.

Che merda. Se era cosí, quell'agente avrebbe avuto la vita rovinata. E di sicuro l'avrebbe avuta il responsabile del suo ferimento, una volta beccato. Perché era certo che lo avrebbero beccato. Erano solo ultrà, mica mafiosi. Quando la polizia voleva, li beccava sempre.

Un tempo, a leggere una notizia simile si sarebbe sentito prudere le mani, soffrendo per non esserci stato. Ma adesso provava solo tristezza. Rovinarsi la vita era un attimo, e lui lo sapeva bene.

123.

Lisca dormiva a intermittenza, mentre fuori dall'ospedale cadeva qualche fiocco di neve. A Novi c'erano dieci gradi in meno rispetto a Genova, perché lo scirocco lassú non ci arrivava.

Si rigirava nel letto, sospirando. Aveva sentito degli incidenti per radio e aveva provato una fitta di ansia al petto. Aveva chiamato Ale, nel buio della stanza, ma il telefono era spento.

Da un lato si sentiva in colpa: se non si fosse messo in mezzo domenica e non si fosse fatto male, tutto quel macello non sarebbe successo. Dall'altro si inorgogliva, perché il macello lo avevano fatto in suo nome.

Si chiese se davvero avrebbe rinunciato a quelle emozioni. Lo stadio, il gruppo, le trasferte. Gli scontri.

Il giorno precedente era convinto di sí, che avrebbe smesso. Ma adesso gli sembrava da vigliacco tirarsi fuori, dopo quello che i ragazzi avevano fatto per lui.

Nel letto d'ospedale immaginò il suo ritorno allo stadio, lo avrebbero accolto come una specie di eroe. Non sarebbe piú stato uno dei tanti.

Ammesso che non arrivasse la diffida. Ma non pensava che gli sbirri avessero la faccia tosta di diffidarlo, dopo aver rischiato di ammazzarlo.

Sbirri bastardi. Se un tempo gli erano quasi indifferenti, adesso li detestava. Quella sera, a Genova, avevano avuto la loro parte.

«Occhio per occhio», dicevano gli antichi. E se avesse saputo che un occhio c'era andato di mezzo per davvero, Lisca si sarebbe fatto una ghignata.

124.

Ale era chiuso in bagno.

Prima di tornare a casa aveva vagato oltre due ore. Grazie a Dio, quando era entrato, sua moglie dormiva. Non avrebbe sopportato di trovarla sveglia ad aspettarlo.

Al telefono le aveva detto che era al bar a guardare la partita e si era reso conto che Mara non sapeva nulla degli scontri. A ora di cena era sempre indaffarata con la bimba e preferiva che Alice guardasse i cartoni in dvd. Ma l'indomani avrebbe saputo e sarebbero iniziati i sospetti.

Accese il telefonino e lo impostò su «silenzioso».

Ricevette la notifica sms di chiamate ricevute a cellulare spento: di Giorgione, di Lollo. Non si stupí che lo avessero cercato, visto che era sparito nel nulla dopo il casino con Lupo.

Doveva dare spiegazioni? Probabilmente sí, ma al momento non era in grado di spiegare nulla neppure a sé stesso.

Sentiva che non era finita, ma era un pensiero tremendo. Cosa poteva succedere ancora?

Mentre si lavava i denti, il telefono sulla mensola iniziò a vibrare. Lo prese con le mani che tremavano.

Ti hanno già beccato. Verranno a prenderti stanotte stessa.

Invece era Lollo. Avrebbe voluto spegnergli la chiamata in faccia, ma si trattenne e si fece coraggio.

– Pronto.

– Dove cazzo eri finito? – Non urlava, ma il tono era tesissimo. Ale non era abituato a sentire Lollo cosí.

– Scusa... Scusa, hai ragione. Quando gli sbirri hanno caricato mi sono ritrovato in fondo, verso piazzale Parenzo –. Non era del tutto vero, perché non ci si era *ritrovato*: era fuggito di proposito sin laggiú. – Sono dovuto andare, Lo'. Ero troppo nervoso. Hai visto cosa stava per succedere.

– Ho visto solo quando vi siete presi. L'ho tirato via, con gli altri. E ho buttato quella cazzo di lama in un tombino.

– Grazie. Devo ringraziare tutti. Te, Giorgione e chi altro c'era. Non lo so.

– Non importa chi eravamo. L'importante è che stai bene –. Lollo sembrava appena piú calmo. – Dove sei? A casa?

– Sí.

– Pure io. Cioè, sono nel portone.

Entrambi tacquero per qualche secondo, poi Lollo riprese.

– Ma che è successo? Non c'ho capito niente.

– Non lo so, ho visto 'sto sbirro a terra che era rimasto in mezzo e c'era uno che gli stava dando dei calci, nemmeno so chi fosse. A un certo punto quel bastardo gli ha tolto il casco e voleva prenderlo in faccia. Ho dovuto buttarlo a terra, capisci?

Lollo non parlava e Ale cercò la forza per spiegarsi.

– Rischiava di ammazzarlo, Lo'. Non potevamo lasciarglielo fare. Giusto?

Dall'altra parte della linea il suo amico rimase ancora zitto.

– Cazzo, Lo'... Me lo devi dire! Dimmi che è giusto! Noi non siamo cosí –. Era piú una preghiera che un'affermazione.

– Ma che minchia vuoi che dica, che hai fatto bene? Che a momenti ti prendi una coltellata da Lupo per un celerino? Lo sai che li odio. Già mi fanno schifo gli sbirri, ma i celerini sono la razza peggiore.

– Lollo, te l'ho spiegato...

L'altro lo stoppò subito. – Non me ne frega un cazzo se la Celere è una parte della polizia come le altre e ci può finire chiunque e tutte queste stronzate qui. Nella vita si può scegliere. C'è chi arresta i mafiosi e chi va a tirare manganellate allo stadio.

Ale avrebbe voluto ribattere, ma tacque. Non voleva esasperare Lollo ancora di piú. E nemmeno difendere la polizia.

– Comunque è successo un altro guaio, – concluse Lollo.

– Che vuoi dire?

– Sembra che ci sia uno sbirro ferito grave.
– Chi te l'ha detto? – balbettò Ale.
– Mi ha chiamato Mimmo, lui non spara cazzate, lo sai.
– E come è stato ferito?
– Una bomba carta. Pare che le schegge lo abbiano preso in faccia e che abbia perso un occhio.

Ale bestemmiò e dovette aggrapparsi al lavabo.
– Io l'ho visto.
– Cosa?

Sono caduti in due, per quella botta forte davanti. Uno si è alzato, ma l'altro è rimasto giú immobile.

– Sai chi è stato? – lo incalzò Lollo e Ale lo sapeva. Ricordava nitidamente di aver visto Lupo nel fumo che si spostava e lanciava. E poi quel tuono e i poliziotti per terra. Ma nonostante i suoi sentimenti per Lupo, una voce dentro gli impose di tacere.

– No, non lo so. Come potrei? C'era casino, era buio. Potrebbe essere stato chiunque.

– Pazienza, mica lavorava alle poste, no? Se l'è scelto lui il mestiere, – disse Lollo gelido. Ale non riuscí a rispondere nulla e l'altro proseguí.

– L'importante è che, se qualcuno ci chiama, noi non diciamo nulla. Lo spiego anche agli altri ragazzi, stiamo coperti e zitti. Mimmo scriverà qualcosa e farà capire le nostre ragioni. Ma tanto ci daranno tutti addosso. Comunque noi stiamo fermi e stop.

Ale taceva ancora, confuso. Scosso per l'accaduto e per l'atteggiamento di Lollo: gli sembrava disumano nel suo cinismo. Ma ancora di piú lo terrorizzava la verità su Lupo.

– Tu vedi cosa riesci a sapere.
– Va bene.
– Vedrai che passerà anche questa. Siamo stati attenti: era sera, avevamo tutti il viso coperto e con la Digos non abbiamo mai avuto contatti, almeno noi. Non possono riconoscerci perché non sanno neppure chi siamo.
– Le telecamere avranno ripreso tutto.

– Te l'ho detto. Era buio e avevamo le facce coperte. Stai tranquillo, dobbiamo avere fiducia e aspettare. Se riesco a sapere chi ha tirato quella bomba, gli faccio il culo. Perché questo ci mette nella merda a tutti. Ora devo andare, dài. Ci sentiamo domani e stai su, d'accordo?

– Ci provo, – rispose Ale senza convinzione.

125.

Lupo arrivò bagnato e furibondo. Si tolse la fottuta giacca reversibile, la buttò sul letto e rimase a fissarla. Lollo aveva ragione: doveva farla sparire, infilarla in un sacco della spazzatura e basta. Era la prova della sua partecipazione agli scontri di quella sera e della domenica precedente.

Gli dispiaceva perché si trattava di una specie di trofeo. Quasi una divisa al contrario, che invece di rassicurare infondeva terrore. Chissà come si erano inferociti gli sbirri, vedendola in testa agli ultrà. E gli altri tifosi, chissà che avevano pensato davanti alla sua sfrontatezza! Che era un pazzo, anche se quello si sapeva già.

Di sicuro nelle immagini della polizia si sarebbe vista la macchia gialla in mezzo alla mischia. Potevano risalire a lui? Si era sempre fatto gli affari suoi, ma in curva tanti lo conoscevano e qualche infame poteva anche fare il suo nome.

Comunque doveva darci un taglio e buttarla davvero. Poi avrebbe imboscato la droga nel garage. Tanto era intestato allo stronzo di suo padre. Non ci sarebbero arrivati, quegli scemi degli sbirri. La giacca e le bombe carta ancora in casa le avrebbe gettate via. Già l'indomani, di sera, dopo il lavoro.

La faccenda con quel verme di Ale era altrettanto urgente. Non poteva considerarla chiusa: doveva rimetterlo a posto e cacciarlo dal gruppo, perché non era degno di starci. Lollo stavolta poteva dire quello che voleva: lui non avrebbe ascoltato.

Fanculo, aveva un sacco di impegni.

126.

Quasi le due del mattino.

– È lui. Eccolo! Eccolo lí, cazzo! – urlò Tau indicando lo schermo.

Le riprese delle telecamere fisse erano arrivate, stavolta. Una volante del turno di notte aveva ritirato il disco direttamente dalla sala Gos, la centrale operativa interna allo stadio, che gestiva le telecamere dell'impianto. Piccolomini e il suo collaboratore avevano già rivisto il filmato mezza dozzina di volte.

– Non ci credo, – replicò l'ispettore con una strana espressione sulla faccia tonda. – 'Sto pezzo di merda si è rimesso lo stesso giubbotto. Guardalo, guardalo lí... – disse mentre sullo schermo si scatenava la colluttazione interna al gruppo di tifosi.

– Meno male che quell'altro è intervenuto, sennò Rizzo sfondava la faccia al collega, – considerò Tau. – Ora che ho visto le immagini vorrei andare giú e spaccargli le ossa, – sibilò.

Piccolomini lo guardò storto. – Pensiamo alle nostre carte, Gavi'. Altrimenti mi fai prendere l'avviso di garanzia. Il video deve vederlo anche Nicotra, sennò poi ci cazzia che lo avvisiamo in ritardo.

Piccolomini andò a chiamare il funzionario e pure Silvano Malerba, che stava lavorando sugli atti. Li fece venire nel suo ufficio. Nicotra mise giú il cellulare mentre entrava e li squadrò.

– Il questore mi ha già chiamato tre volte. Dobbiamo fare degli arresti, capito? Il prima possibile. Bisogna fermare gente, per dare un segnale forte dopo il ferimento del collega!

– Se quello mi avesse ascoltato, magari il collega avrebbe ancora il suo occhio, – fece notare Piccolomini.

– Ispettore, non è il momento, – sentenziò il funzionario.

– E allora guardiamo il filmato.

Mentre il video scorreva, lui e Tau, che avevano assistito quasi in prima fila, ricostruirono le fasi dello scontro.

Le telecamere dello stadio non registravano il suono e faceva uno strano effetto rivivere le scene concitate di poche ore prima in assoluto silenzio. In certi punti le immagini perdevano il fuoco mentre il collega che aveva manovrato la telecamera del Gos cercava di zoomare meglio sulla scena e inquadrare bene qualche ultrà. Non era un lavoro semplice, anche per la luce dei fari, il buio, il fumo, la folla.

Passarono alcuni minuti, quindi Piccolomini dimezzò la velocità del video. L'uso di quel programma di riproduzione digitale era una delle poche cose che Tau fosse riuscito a insegnargli.

– Ecco, lo vedete? È lui, il pezzo di merda con la giacca gialla! – disse indicando il bomber davanti alla folla di ultrà. – Ecco che accende il fumogeno, poi il fumo sale verso l'alto e da quella parte non si vede piú niente! – imprecò l'ispettore.

– E adesso tirano il petardo che ferisce il collega.

Non c'era audio e non si poteva sentire lo scoppio, ma il fumo si diradava appena e si distingueva, sul lato dove era sistemata la polizia, un bagliore. Subito dopo, due colleghi che si accasciavano a terra.

– Porca puttana, Piccolo'! Allora è stato lui? – chiese Nicotra con gli occhi spiritati.

– Può essere, dottore, ma anche no. Il fumogeno confonde.

– Non importa. Dobbiamo prenderlo uguale, Giulia'. *Chezz*, dobbiamo prenderlo per forza! – ringhiò Tau con un accento piú pesante che mai.

– Giusto, bisogna prenderlo, magari qualcuno l'ha visto lanciare! – Nicotra sembrava avesse il pepe al culo.

– Dotto', ci proveremo, ma intanto abbiamo preso questo qui… – spiegò mandando avanti il video sino al momento in cui Rizzo aggrediva il collega buttandolo a terra. Piccolomini lo indicò con una penna.

– Chissà chi è quello che interviene a difendere il collega, –

si chiese Tau, mentre sullo schermo un ultrà spingeva via Rizzo, facendo scoppiare un parapiglia tra i tifosi.

– Chiunque sia, il collega gli deve la faccia, – considerò Silvano.

– Dobbiamo rintracciare questo collega e vedere cosa scrive in relazione, – disse Nicotra, ma Piccolomini ondeggiò con la testa.

– Non è cosí importante. È tutto in flagranza, ci sono le immagini. Rizzo si riconosce e noi lo abbiamo fermato subito: indipendentemente da quanto scrive il collega, è fottuto.

– I magistrati non ci faranno problemi, – concordò Malerba.

– Comunque io voglio quello vestito di giallo, – insistette Nicotra. – Dovete portarmelo, ragazzi, forza! Forza che siete grandi! – li incitò.

Tau guardò il funzionario come fosse un coglione.

– Vedrà, dotto', che lo prendiamo. Parola, – garantí Piccolomini.

– E come facciamo? – chiese Nicotra.

– Le miei fonti, quelle di cui non si è fidato il questore. Si ricordi che quando lei era al liceo, io stavo già qui, – ribatté l'ispettore e gongolò della stilettata. In realtà di fonti ne aveva una e abbastanza inaridita. Ma confidava nel proprio fiuto, nei suoi ragazzi e in qualche colpo di fortuna. Non importava che il suo capo lo ritenesse un mezzo incapace e paraculo. Poteva anche aver ragione, del resto lui il paraculo lo aveva fatto davvero. Nemmeno gli interessava qualche pezzo di carta da attaccare al muro, a un anno dalla pensione.

Lo avrebbe fatto per sé stesso, per dimostrarsi che non era diventato un vecchio rincoglionito. Il pugno in faccia preso da Giacca Gialla era stato come una sveglia. Prima di andarsene, lui avrebbe dimostrato un'ultima volta chi era Giuliano Piccolomini.

127.

Le luci erano spente, a parte una piccola lampada bianca nel corridoio vicino a una foto di Manuela. La tenevano sempre accesa, per evitare di sbattere da qualche parte nel buio.

Ale pensò che lui nelle tenebre ci si era perduto davvero. Quando incrociò gli occhi verdi e il sorriso di sua sorella, abbassò lo sguardo.

Mi dispiace. Mi dispiace se sono... cosí.

Si voltò dall'altra parte, verso la porta socchiusa della stanza di Alice. La spinse piano. Sua figlia era un piccolo fagotto sotto la coperta di Paperino.

Serrò le labbra. Si avvicinò in silenzio, a passi lentissimi. Il respiro della bimba era regolare. Dormiva, e lui sperò che stesse sognando animali che correvano e saltellavano e prati e laghetti.

– Ale... – disse una voce dal buio e lui si sentí il sangue gelare.

Manu?

Ma era solo uno scherzo della mente. Dietro di lui, sulla porta, c'era sua moglie Mara.

Ale tornò indietro. Si incontrarono sull'uscio e lui chiuse la porta della cameretta. Rimasero alla luce fioca della lampada, loro due e la foto di Manu, che sorrideva come sempre.

– Ho sentito la televisione. Eri lí?

Lui sospirò. – Pensavo non vedessi il Tg.

– Forse me lo aspettavo, – ribatté lei sconsolata. – Ascolta, per favore... Devi dirmi la verità. Dimmelo e forse ne possiamo uscire. Spiegami come stanno le cose, ora. Perché non so se domani vorrò piú saperlo. Né domani né dopo.

Calò il silenzio.

– Eri lí?

– Sí, – mormorò lui, incapace di resistere oltre.

Mara scosse appena il capo, poi lo chinò guardando il pavimento. – Almeno è la verità.

– Basta. Voglio smettere. Non... non ne posso piú, – disse Ale e la voce si incrinò. – Lo so che non mi crederai. Ma stavolta lo dico per davvero. Non me la sento piú. Ho bisogno di aiuto. Sono tanto stanco.

Ale sentiva che stava davvero per finire tutto, in un modo o nell'altro. Il motore che la rabbia aveva alimentato dentro di lui iniziava a perdere colpi, la macchina su cui aveva corso senza sapere dove, adesso sbandava. Forse si sarebbe solo fermata oppure si sarebbe schiantata. Ma di sicuro non voleva piú saperne di correre.

Cauta, incerta, Mara lo abbracciò. Lui la lasciò fare e rimasero stretti per un minuto lunghissimo, alla luce bianca di quel corridoio stretto.

– È davvero cosí? – chiese ancora lei.

– Sí.

– Allora devi promettermi che romperai con tutti loro. Che farai quello che puoi per uscirne pulito. Per i tuoi genitori, per tua figlia. Per me. Abbiamo sofferto tutti quanti per Manu, non solo tu. Non potrei... non potremmo sopportare che questa cosa venisse fuori.

Lui parlò cosí piano che quasi non si poteva sentirlo: – Ci proverò.

– No, Ale, non basta. Me lo devi promettere. Ce lo devi promettere, – disse accennando alla camera di Alice.

– Lo prometto, – disse lui e fu felice che fosse buio perché cosí sua moglie non poteva vedere la sua faccia annientata.

– Aspetteremo che si calmino le cose. E, quando sarà passata, andremo dal dottore, – aggiunse Mara tenendogli la mano.

Ale si limitò ad abbracciarla e perdersi nel profumo del suo collo. Era come tornare a casa dopo un infinito, doloroso viaggio in terre ostili.

128.

Nicola parcheggiò lo scooter sotto il palazzo. Erano le due e mezza del mattino e avrebbe dovuto trovarsi in caserma a scrivere una relazione di servizio. Martini si sarebbe incazzato a non trovarla sul tavolo il mattino dopo, ma non gliene fregava nulla.

Sarebbe andato in ufficio alle sette, prima dell'apertura e se ne sarebbe occupato. Sperava che un'oretta gli bastasse. Del resto si piccava di essere un mezzo scrittore, giusto?

Ma adesso non poteva, non aveva neppure la lucidità per farlo.

Mentre parcheggiava la moto, si rese conto di quanto iniziassero a far male le braccia e gli altri punti in cui era stato colpito dai tifosi.

Raggiunse il portone e lo trovò male accostato. Entrò e salí in ascensore. Davanti all'ingresso esitò. Prese un lungo respiro e suonò.

Non si stupí di non ricevere risposta: aveva già provato a chiamare Cristina, ma il cellulare era spento. Fabio si era sempre vantato di non possedere un telefono fisso in casa.

«Cosí non mi scassano il belino dalla caserma», diceva sempre.

Nicola non poteva aspettare l'indomani. Non voleva che Cristina lo sapesse dalla tivú o da qualcun altro. Prese coraggio e suonò ancora, piú a lungo. Il campanello sembrò una sirena, nel silenzio dello stabile, e Nicola si aspettava che qualcuno si affacciasse da un'altra porta insospettito dal rumore.

Invece era tutto fermo, silenzioso, come in una città di fantasmi. Del resto era quella l'impressione che gli dava Genova, di notte. Un immenso dormitorio, un insieme di alveari in cui sciami di inutili api si ritiravano a riposare.

Poi sentí dei passi avvicinarsi all'uscio, in fretta. La porta si aprí e Nicola si ritrovò davanti il viso di Cristina, disfatto dal sonno.

Si aspettava di vedere il marito. Per questo, quando riconobbe Nicola in divisa sull'uscio di casa, fece un'espressione terribile.

– Oddio, – esclamò. Lui riuscí a stupirsi di quanto fosse dimagrita dall'ultima volta che l'aveva vista.

– Stai tranquilla, – esordí prendendole le spalle con le mani. – È vivo. Stai tranquilla, – le ripeté.

– Cosa è successo?

– C'è stato casino, Cri. Incidenti gravi allo stadio. Fabio è rimasto ferito e lo hanno dovuto operare. Ma adesso è fuori pericolo, – disse tutto d'un fiato.

– Ferito? Dove? – riuscí a chiedere la donna, sbigottita.

– Alla faccia –. Nicola decise che era meglio dire tutto e subito. Via il dente via il dolore. Forse. – Ha perso un occhio.

Lei si portò le mani alla bocca e spalancò i suoi, di occhi. Sembravano vuoti, adesso, come non vedessero neppure lui che era lí davanti. Nicola si avvicinò e l'abbracciò.

– Non ti preoccupare, si risolverà tutto, vedrai. L'importante è che non ha danni al cervello. Si riprenderà completamente e farà una vita normalissima.

Non era vero. Tante cose sarebbero cambiate, prima di tutto il lavoro. Fabio non sarebbe potuto restare in polizia con un infortunio simile. La carriera gli si sarebbe paralizzata, lo stipendio anche. Per non pensare al resto. Come avrebbe fatto a occuparsi del bimbo? No, da quella sera in avanti non ci sarebbe stato nulla di normale, nella vita di Fabio Poggi.

– Sei sicuro che non morirà? Che è fuori pericolo? – gli chiese Cristina staccandosi dal suo petto. – Non dirmi bugie, ti prego.

– Te lo giuro, Cristina. Te lo giuro. Me lo ha detto il medico. È sedato, ha una frattura alla mandibola e le ferite. Ma non corre pericoli e non ha subito danni cerebrali. Quando lo portavano via sembra che abbia parlato. Sarà scioccato, avrà tanto dolore. Ma tornerà a essere lo stesso di sempre. Tu devi stare tranquilla, vi aiuterò io.

Solo allora Cristina si sciolse in un pianto dirotto e Nicola la strinse a sé, trattenendo le lacrime a sua volta.

– E io ero qui che dormivo… Ero qui che dormivo come una scema mentre lui…

– *Shh*… Dài, basta. Devi stare tranquilla, – le disse Nicola. In quel momento sentí un rumore di passi nel corridoio.

Francesco comparve dal buio.

– Apà, – disse corricchiando. Poi si rese conto che non era suo padre, quello sulla porta. Rimase a un paio di metri da Nicola e Cristina, a guardare la scena.

Nicola sapeva che Francesco non reagiva come gli altri bambini, ma interpretava le cose secondo un criterio tutto suo. Il piccolo si rese conto che papà non c'era. E forse capí anche di piú. Capí che qualcosa non andava bene.

Oppure nulla di tutto ciò.

Fatto sta che scoppiò a piangere disperato.

129.

Robi fu svegliato di soprassalto dal rumore della porta che si apriva. Si era addormentato vestito, riparato solo da una coperta puzzolente.

Appena aperti gli occhi, i ricordi gli piombarono addosso come rapaci affamati. Nella cella entrarono il poliziotto con il pizzetto insieme a quello grasso e piú anziano.

– Forza, alzati. Andiamo, – ordinò il primo.

– Dove? – domandò Robi confuso dal sonno.

– A Marassi, – spiegò il poliziotto piú vecchio. Quello con il pizzetto, prima, l'aveva chiamato «ispettore».

La confusione del sonno svaní, cancellata da quelle due parole. Robi si tirò su e sedette sul materasso con la schiena contro il muro, come se rannicchiarsi contro la parete potesse difenderlo.

– Ma il processo? Avevate detto che... – balbettò.

L'ispettore lo interruppe con un cenno della mano: – Lo so cosa avevamo detto. Ma il Pm ha disposto di portarti in carcere. Non c'è la direttissima, deve valutare bene gli estremi di reato.

Robi deglutí e, in qualche strano modo, si rese conto che stava impallidendo. Era come se il sangue gli fosse stato succhiato via da un vampiro gigantesco.

– E perché?

– Non lo so. La cosa qui è seria, Rizzo. C'è un ferito grave, negli scontri.

– Anche il nostro amico... Lisca, anche lui era ferito grave. Ve lo ricordate? – controbatté Robi senza pensare. L'ingiustizia di quanto stava capitando gli sembrava troppo grande, insopportabile.

Lo sbirro piú giovane si fece avanti con un'espressione che metteva paura. Lo afferrò per la giacca e lo sollevò di peso: – Ascolta, sacco di merda, un nostro collega ha perso un occhio. Lo sai questo?

Robi spalancò la bocca, ma non riuscí a rispondere.

– Mi dispiace, ma tu paghi per tutti. Cosí la smetti pure di fare il coglione su Internet, – aggiunse il poliziotto con un ghigno cattivo.

Il suo collega lo guardò male, come avesse detto qualcosa che doveva tenere per sé. Fu allora che Robi si rese conto di essere stato fottuto. Fottuto su tutta la linea. Lo avevano spiato. Quello lí era il finto doriano, era quello che gli aveva chiesto il numero.

– Nooo, cazzo... Nooo, – gridò chiudendo gli occhi come volesse cancellare la propria stupidità. D'istinto cercò di divincolarsi dallo sbirro con il pizzetto, anche se non voleva davvero far resistenza, tanto dove sarebbe andato? Era tutto finito.

Per un istante riuscí a sbilanciare il poliziotto, sebbene quello fosse piú compatto di lui. Poi un pugno inatteso lo centrò in pancia e gli spezzò il fiato, facendolo piegare in avanti.

– Che cazzo fai, pezzo di merda, ancora reagisci? – sibilò il poliziotto giovane e lo colpí con uno schiaffone tanto feroce da riversarlo sulla branda. – Guarda che ti abbiamo trattato con i guanti, finora! Lo sai? Da un'altra parte in carcere nemmeno ci arrivavi!

– Basta, Gavi'! – disse l'ispettore. – Basta, non fare cazzate!

Robi scoppiò a piangere, mentre quello gli metteva di nuovo le manette.

130.

Ci volle quasi mezz'ora per calmare Francesco e metterlo a letto, mentre chiedeva ossessivamente di suo padre. Solo la stanchezza lo piegò.

Poi però fu la volta di Cristina. Non appena lasciarono il piccolo nella sua stanza, anche lei cedette al dolore. Raccontò a Nicola della depressione, dei farmaci, dei problemi con Francesco. Di come a volte si ritrovasse a detestarlo, a sperare che non fosse mai nato, se doveva nascere cosí. Anche se lo amava piú di sé stessa, finiva col chiedersi perché, perché fosse toccato proprio a lei. Erano pensieri orribili e si sentiva un mostro.

Gli confessò che le cose con Fabio andavano male. Anzi, malissimo. Lui era sempre nervoso, arrabbiato, e lei si rendeva conto di comportarsi da stronza. Si detestava, ma non riusciva a reagire. Cosí si evitavano, si trattavano quasi da estranei. Fabio si sbatteva dietro al bimbo, ma diventava ostile. Lei invece scivolava sempre di piú nell'isolamento emotivo, aspettandosi da lui gesti che non arrivavano. Era un maledetto circolo vizioso e andare dallo psicologo non bastava.

Nicola ascoltò Cristina e arrivarono le tre, le tre e mezza, poi le quattro. E un interrogativo si faceva sempre piú pressante.

Dove cazzo era stato? Dove cazzo era stato lui, per tutto quel tempo? Perché non si era reso conto che la vita di Fabio era un disastro?

La riservatezza del suo amico o la voglia di far finta di nulla non erano una giustificazione. Nicola era stato tanto occupato dietro alle sue stronzate egoistiche da non vedere cosa capitava al collega che considerava un fratello.

E adesso, nella tragedia, questa consapevolezza era una ferita che faceva sanguinare il cuore.

131.

– Fallo sedere, – ordinò Piccolomini.

– Ma Giulia', a che serve? Portiamolo e basta! Sono le quattro del mattino e 'stammerda ha rotto i coglioni! – replicò Tau.

– Gavi', fallo sedere, – ripeté l'ispettore, piú deciso.

Tau lo guardò e sbuffò, ma eseguí.

Roberto Rizzo sedette con i polsi ammanettati e gli occhi rossi di lacrime e fu allora che Piccolomini lo vide per quello che era: un ragazzino spaventato. Un ragazzino che aveva fatto una grossa, gigantesca stronzata. Accanto a lui Tau scuoteva la testa, visibilmente contrariato.

– Esci un attimo, Gavi'.

– E perché?

– Devo parlare con il ragazzo. Da solo.

Tau si mise le mani sui fianchi, l'aria indispettita.

– Ma ancora perdi tempo con questo coglione?

Stavolta Piccolomini lo guardò davvero male. – Il tempo me lo stai facendo perdere tu. Forza, ti ho detto di uscire.

– Ti aspetto di là, – sibilò il collega e uscí. L'ispettore e il ragazzo restarono soli nella cella e il poliziotto attese ancora che quello smettesse di singhiozzare. Tirò fuori un fazzoletto dalla tasca e glielo offrí. Il ragazzo si pulí la faccia, con i polsi ammanettati.

– Forza, calmati. Devo parlarti.

Un paio di minuti dopo, Rizzo sembrava aver ripreso un minimo di controllo.

– Ti posso togliere le manette, senza che fai cazzate?

Il ragazzo annuí e Piccolomini lo liberò dai ferri.

– La situazione è grave, l'hai capito o no?
Rizzo fece cenno di sí.
– Bene. Tu ci sei dentro fino al collo. Le immagini sono chiare e noi ti abbiamo beccato sul fatto. Capirai anche questo.
– Cazzo... – sospirò lui. – Io... Era la prima volta, lo giuro. Non pensavamo che...
– Chi è che non pensava?
– Io e... – Il ragazzo si fermò. – Nulla. Non pensavo che sarebbe andata cosí... Io...
– Tu cosa?
– Mi dispiace se c'è un ferito grave, – biascicò Robi.
– Non mi convinci molto, – replicò Giuliano e rimase zitto, meravigliandosi di sé. Da dove spuntava tanta pazienza? Anni prima se ne sarebbe sbattuto e avrebbe portato Rizzo dentro, senza concedergli di dire una parola. Dopo una frase simile ci avrebbe pure aggiunto due schiaffoni, alla Tau. Ma era passato tanto tempo e lui era un'altra persona. Piú vecchio, e disilluso. Non sapeva se migliore, di sicuro diverso.
– Qui c'è il rischio che ti accollino l'associazione a delinquere, come minimo. Visto quello che scrivevi su quel... Sulla Rete, ecco.
Il ragazzo non disse nulla, fu percorso da un tremito. Forse in quel momento comprendeva per intero la sua stupidità e ne usciva annichilito. L'arresto, la questura, le foto. La celletta, poi Tau e infine la prospettiva Marassi. C'era di che abbattere un vero pezzo di merda, figurarsi uno sfigato travestito da duro.
– E poi c'è il collega che ha perso l'occhio.
– Ma non sono stato io! – alzò la voce Rizzo e a Piccolomini sembrò che stesse per piangere. Pregò che non lo facesse, perché non sopportava di veder piangere le persone. Lo irritava e insieme gli dispiaceva, ecco. A invecchiare ci si rammolliva.
– Lo so. Ma tu eri negli incidenti. Forse non lo capisci, ma il giudice vorrà farti il culo, te lo dico con franchezza, – spiegò Piccolomini e in parte lo pensava davvero, in parte lo inventava. Nessuno avrebbe potuto accollare direttamente a Rizzo il ferimento del collega, senza prove certe. Ma la partecipazione

agli scontri in cui era accaduto, quella sí. E se avessero individuato fra i suoi amici il lanciatore, magari anche il concorso di colpa. Era un terreno scivolosissimo. – E quel collega che hai preso a calci ti chiederà un risarcimento.

Il ragazzo si strinse le nocche fra i denti.

L'ispettore non mollò. – Tu non mi sei simpatico, Rizzo. Hai aggredito uno dei nostri, l'hai buttato a terra e se non interveniva qualcuno dei tuoi chissà come finiva. Il mio collega non ha tutti i torti, a volerti spaccare la faccia.

Rizzo non rispose. Aveva il viso pallido, affilato da stanchezza e paura.

– Io ti devo portare a Marassi, te l'ho detto.

Il ragazzo tirò su col naso, le lacrime adesso gli scendevano in silenzio sulla faccia.

– Ma per dopo, per quando ci sarà il processo... Se c'era qualcun altro in mezzo, qualcuno che ti ha fatto fare questa minchiata, dimmelo. Tu dammi una mano e io proverò a darne una a te. Il giudice potrebbe tenerne conto.

Il fermato rimase in silenzio, con la bocca che tremava e lo sguardo fisso in basso.

– Conosci quello con la giacca gialla? – chiese a bruciapelo Piccolomini.

Rizzo alzò la testa. – No, non so chi sia. Ho visto la giacca, ma non so come si chiama –. Qualcosa nei suoi occhi rivelò a Giuliano che mentiva.

– Be', se la metti cosí... – disse l'ispettore e si alzò, riprendendo le manette. Anche Rizzo si alzò, ma non sembrava certo in grado di minacciare quell'uomo tanto piú vecchio e grosso di lui.

– Gliel'ho detto! Era la prima volta! – piagnucolò.

L'ispettore lo guardò storto. – Non prendermi per il culo. Vuoi dirmi che non conoscevi nessuno? Che non puoi farmi neppure un altro nome? Ho capito, vi coprite a vicenda, come sempre.

– No... – disse Rizzo. – Aspetti! Uno c'è, uno lo conosco.

Piccolomini gli fece cenno di sedersi e tirò fuori dalla tasca un foglio spiegazzato. Poi la penna.

– Come si chiama?

Il ragazzo esitò un attimo. Deglutí e si guardò intorno come se cercasse un appiglio, un'uscita, una luce nel buio in cui era sprofondato. Il poliziotto inarcò le sopracciglia.

– Allora?

– Si chiama Lorenzo, ma tutti lo chiamano Lollo. Sicuramente i suoi colleghi lo conoscono. È quello che mi ha fatto arrestare. È il capo del gruppo.

Giovedí 27 gennaio

132.

Le sette del mattino.

Le nuvole promettevano altra pioggia, le strade erano umide e il cielo d'acciaio. Il portone cigolò e si aprí lentamente, poi la macchina varcò la soglia d'ingresso.

Dalla Punto verde scesero un uomo robusto oltre i cinquanta e un ragazzino rasato con gli orecchini a entrambi lobi. Entrarono negli uffici deputati all'accettazione, anche se chiamarla cosí faceva pensare a un pronto soccorso. Ma da lí le persone non uscivano mai guarite, né curate. Anzi, qualcuno peggiorava. E qualcuno moriva.

Passarono pochi minuti, poi il poliziotto tornò indietro da solo. Mentre Tau manovrava per girare l'auto, voci dall'alto li insultavano.

– Bastardi! Sbirri di merda!

Succedeva sempre cosí, quando entravi in una prigione, Piccolomini l'aveva quasi dimenticato. Aspettò che il collega tornasse a prenderlo.

Nicotra era contento per l'arresto di Rizzo con cui placare il questore, ma soprattutto perché avevano un nome da cui tirarne fuori altri.

Il primo era il Lollo indicato dal pivello: si trattava di Lorenzo Bodrato, proprio uno di quelli che avevano visto al bar.

Era la prova che quella sera gli ultrà avevano pianificato l'assalto.

Per questo, con calma, li avrebbero inculati tutti.

Malerba era sicuro di aver visto Giorgio Loi alias Giorgione, e anche Bicio sembrava aver preso parte agli scontri.

Certo, restava Giacca Gialla. Chissà se anche lui era presente alla serata. Ma Piccolomini era ottimista, avrebbero identificato pure lui.

Il questore Farina si sarebbe preso i meriti degli arresti, ma il trionfo sarebbe durato poco. Era stato lui a sottovalutare i rischi e a ignorare le informazioni di Piccolomini. Per questo l'ispettore avrebbe mandato avanti la sua relazione, girandola pure ai sindacati. E dopo anche ai giornali. Dovevano saperlo tutti, che Farina aveva spedito i colleghi del reparto allo sbaraglio.

Piccolomini era consapevole che avrebbero cercato di fargliela pagare, per quelle critiche. Ma pazienza: avrebbe ricevuto le contestazioni disciplinari con la serenità della vicina pensione.

La cosa che piú lo tormentava in quel momento era Rizzo con la sua faccia da ragazzino. A momenti piangeva di nuovo, mentre i penitenziari lo facevano spogliare nudo come un neonato prima di prenderlo in carico.

Il vecchio poliziotto guardò in alto, osservando i buchi con le sbarre sopra la sua testa. Intravide le corde tese per stendere la biancheria, qualche finestra aperta nonostante il gelo.

Si immaginò Rizzo lí dentro, in quelle camere affollate, schiacciato in mezzo a rapinatori, spacciatori, omicidi. Drogati, ladri, travestiti e poveracci. Gente di merda che aveva scelto di delinquere e persone che un giorno si erano perdute. Banditi di mestiere e disperati che avevano imboccato la scorciatoia sbagliata. E altri ancora, che si erano rovinati per una stronzata. Come il Barone, tanti anni prima.

Prima di entrare dentro il carcere, l'ispettore aveva chiamato i genitori di Rizzo per dirgli dell'arresto.

In realtà a livello di procedura non gli competeva, perché avevano già dato avviso alla fidanzata e all'avvocato d'ufficio. Ma anche Piccolomini era padre e immaginava cosa si provasse a trovare il letto di un figlio vuoto alzandosi la mattina.

Durante la telefonata aveva pure concesso che parlassero con Rizzo un paio di minuti. Non era previsto, ma quello lí era solo un pivello terrorizzato, anche se aveva aggredito un collega, un poliziotto come lui.

Giuliano sentiva un groppo in gola. Per Rizzo e per il collega ferito all'occhio. Due vite rovinate, segnate per sempre. Per cosa?

Tau finí la manovra e arrivò da lui. Anche lui aveva la faccia stravolta.

– Forza, adesso andiamo in questura.

– Ho bisogno di dormire, Giulia', – si lamentò il collega. Lo scazzo di prima era acqua passata. Anche perché l'ispettore, alla fine, aveva avuto ragione.

– Tranquillo, rientriamo e lasciamo la macchina. Ti butti in branda e ti riprendi un attimo. Adesso Malerba si sta riposando, ma alle nove torna in ufficio e si guarda tutte le altre immagini. Dobbiamo beccarne piú che possiamo, finché abbiamo tempo.

– E tu? Non dormi? – chiese Tau.

– No. Sono troppo nervoso. Ora vado a fare un altro accertamento. E poi finiamo 'sto lavoro, prima che mi prenda un infarto.

133.

Mentre la macchina della polizia usciva dal carcere, Roberto Rizzo detto Robi entrava nella sua nuova stanza. Dalla finestra avrebbe intravisto le torri rosse dello stadio. Stava proprio lí, in piena città, di fronte al carcere. Un monito, oltre che una beffa.

Quando raggiunse la cella, Robi scoprí che l'avrebbe divisa con quattro coinquilini. Ancora non sapeva che erano uno spacciatore, un rapinatore, un ladro con il debole per le mignotte e un pappone vero e proprio. Ma sapeva di non aver mai visto quattro facce simili tutte insieme.

Solo qualche giorno prima, avrebbe assunto il piglio da duro che faceva sempre con Enrico. Ma da quella mattina in avanti Roberto Rizzo avrebbe smesso di sentirsi un duro.

Avvertí una morsa allo stomaco varcando la soglia di quella specie di grotta puzzolente, sotto gli occhi degli uomini che lo squadravano senza sorridere. Anche la sua anima stava varcando un confine e non sarebbe tornata indietro senza cicatrici.

Abbassò la testa, quando le sbarre di ferro si chiusero alle sue spalle.

134.

Marione si era fermato a dormire in caserma. A differenza di Nicola, aveva scritto la sua relazione subito, al rientro. Cosí si era fatto tardi e aveva deciso di buttarsi in branda nella camera che divideva con due colleghi sardi. Loro erano a casa in malattia e Marione aveva sperato di evitarsi rotture di coglioni.

Invece il cellulare squillò alle nove e lui bestemmiò. Perché lo aveva lasciato acceso?

Era Pace.

– Buongiorno Mario, dormivi?

– Tu cosa dici? – rispose il sovrintendente Bozzano con la bocca impastata.

– Scusa, mi dispiace. Dovresti venire alla palazzina comando, appena puoi.

– Guarda che la relazione l'ho consegnata stanotte al Corpo di guardia.

– Sí, ce l'ho già, le sto raccogliendo io. Ci sono tutte, a parte quella di Nicola. Ma non è per quello. Ti vuole il comandante.

Marione si sollevò a sedere sul materasso.

– Che c'è?

– Non lo so, Mario, non mi dicono niente. Presumo sia per ieri sera. Magari vogliono farti vedere qualche video. Però fai presto, chiede di te insistentemente.

– Arrivo. Grazie, – disse Marione e riattaccò.

Era l'ultima cosa di cui aveva voglia. L'ultima davvero.

135.

Ale lasciò l'ufficio con aria circospetta.

Si sentiva come se un radar enorme roteasse sopra la sua testa e potesse mettersi a suonare da un momento all'altro, indicando proprio lui.

In realtà era un timore assurdo. Non c'era alcuna avvisaglia di pericolo.

Straniato, uscí all'aperto. Sospirò e si accese una sigaretta. Aveva bisogno di una pausa, la mattina era stata pesante.

Lo aveva capito già alle otto, dal pacco di incartamenti sulla scrivania del capo ufficio. Ci si era buttato dentro cercando di fare meccanicamente il suo dovere. Ma non ci riusciva, anche perché tutti parlavano di quella stramaledetta partita e degli scontri.

Quella notte, dopo essersi coricato di fianco a Mara, aveva pregato in silenzio. Non Dio, ma sua sorella.

Le aveva chiesto scusa. Per tutto quello che aveva fatto, per come si era buttato via. Perché non era stato capace di vivere, lui che una vita ancora l'aveva. Perché non aveva dato conforto ai suoi genitori, anzi, li aveva sempre tenuti distanti, come faceva con tutti. Perché non aveva rispettato la sua esistenza come meritava, sputando sopra il dono che a Manu era stato strappato.

Alla fine l'aveva pregata di aiutarlo a superare quel momento. Di salvarlo dai guai, ancora una volta. L'ultima.

Le aveva chiesto di renderlo migliore, se poteva.

Gli arrivò un messaggio. Guardò sul cellulare, ma non riconobbe il numero. Era pieno di zeri e lo allarmò. «Scrivo da sito Vodafone. Hanno arrestato uno dei ragazzetti che avevo portato io. Alle 10 hanno preso Giorgione e altri tre. Forse anche

Bicio. È un casino. No telefono, per i prox giorni. Stasera h 20 giardinetti. Ciao. L».

Si fermò, il cuore martellava nelle tempie.

Le immagini. Devono averli riconosciuti dalle immagini. Ci hanno riconosciuti tutti. Ci prendono tutti.

Improvvisamente ne era sicuro.

Lo sapevi. Lo avevi sempre saputo che sarebbe andata cosí.

Eppure non era preparato. Si passò una mano sulla testa calva e deglutí. Continuò a camminare con le gambe che perdevano il ritmo dei passi.

Decise di rifugiarsi in bagno. Ne aveva scoperto uno, vicino agli uffici informatici, dove non andava mai nessuno.

Non appena aprí la porta una spinta lo buttò a faccia in giú, di fronte al cesso.

Un anfibio gli schiacciò naso e bocca contro il pavimento. Sentí chiudere la porta.

– Adesso non dire una parola, figlio di puttana, – ordinò qualcuno sopra di lui. – Stai fermo lí e zitto. Se ti muovi, ti rovino.

Ale annaspò.

– Va bene, va bene! – Non poteva vedere il suo aggressore, ma credeva di averne riconosciuto la voce.

Quello gli salí a cavalcioni sulla schiena, rivolto con la faccia verso i suoi piedi.

Ale non capí cosa stesse succedendo, però sentí che l'altro gli afferrava le gambe e armeggiava. Si rese conto che gli stava togliendo una scarpa.

Ale non reagí, non aveva alcun senso.

L'uomo concluse l'operazione e, senza togliergli il peso di dosso, si girò, rivolgendosi alla testa di Ale schiacciata a terra. Nella ridotta visuale che la posizione gli offriva, Ale vide infine il tacco e la suola del suo anfibio. Macchiati di rosso.

– Dovevi cambiarti di scarpe, ieri sera. Brutto coglione, – disse il poliziotto e Ale ricordò di colpo la mattina in cui avevano parlato in ufficio. Si chiamava Vivaldi, Nicola Vivaldi. Era quello che aveva notato la macchia sui suoi anfibi. In un lampo gli tornò in mente anche l'ammonimento di Lollo.

Dici tanto a Lupo della giacca, poi metti ancora quegli anfibi macchiati!

Si maledisse per non averlo ascoltato. Ma adesso era tardi, tardissimo. Anche per recriminare.

– Sei un coglione! – gli ripeté piú forte Vivaldi e Ale pensò che era la piú assoluta delle verità.

Rimasero lí, zitti, annaspando aria, uno per la rabbia e lo sforzo, l'altro per la posizione in cui era costretto, tra tensione e tremenda frustrazione.

Stavolta finisce davvero, finisce qui.

Il poliziotto gli tirò con forza un orecchio e lui gemette.

– Ieri, mentre ero per terra e i tuoi amichetti mi stavano per ammazzare… ho visto una cazzo di macchia, sai? Una macchia rossa, esattamente uguale a questa. Su anfibi uguali a questi –. Gli schiacciò il tacco contro il naso, poi lo staccò. – Vuoi dire che ci sono altri della tua stazza che tifano Genoa e portano anfibi con le stesse macchie? – lo incalzò. Gli diede uno schiaffo sulla nuca e un altro ancora.

Ale pensò che le sberle erano l'antipasto di un piú lauto banchetto.

136.

Invece al terzo schiaffo Nicola si fermò. Doveva trattenersi, anche se avrebbe voluto ammazzarlo di botte.

– Bastardo. Lo sai cosa è successo a Fabio Poggi? Lo sai? Hai visto che gli avete fatto? – chiese sputando rabbia in faccia all'altro.

Il pezzo di merda si chiamava Alessandro Marchesi, impiegato civile del ministero dell'Interno.

Nicola non ricordava da quanto tempo lavorasse al reparto mobile. Due anni, forse meno.

Ma perché avrebbe dovuto ricordarsi qualcosa di quell'uomo? Non ne sapeva nulla, a parte che tifava Genoa e andava allo stadio. Che parlava poco, lavorava abbastanza e non chiedeva mai troppe ferie. Gli era stato piú o meno simpatico, come può essere simpatico uno che pensa ai cazzi suoi. Però Nicola ricordava con assoluta chiarezza l'ultima volta che si erano incontrati, la mattina di lunedí. Avevano scambiato una battuta su quegli anfibi macchiati in modo anomalo. Lui aveva pensato di stargli sulle palle, a quel tipo. Ora sapeva perché.

Assurdo, come uno stupidissimo particolare possa fotterti la vita.

Marchesi tossí saliva sul pavimento e Nicola gli fece sollevare la testa.

– Mi dispiace, Cristo. Mi dispiace un casino... – blaterò l'uomo.

– Non devi dirlo nemmeno! Tu eri in mezzo a quelli. Tu che lavori qui con noi, pezzo di merda! – urlò Nicola.

Il tifoso girò la testa abbastanza da guardarlo negli occhi. Era sconvolto. Non aveva nemmeno tentato di reagire.

– Ti prego, mi dispiace. Non... non avevo idea che potesse succedere questo. Io sono sempre stato negli ultrà, ma...

– Ma cosa? Cosa? – lo incalzò Nicola attaccando la faccia alla sua.

– Non posso spiegarti, lo so. Hai ragione. Ma ti prego, io voglio smettere. Non andrò piú allo stadio.

Nicola non rispose nulla.

– Ti prego. Non mi rovinare. Ho una figlia, devo lavorare. Ti giuro che smetto. Ieri sera ho quasi preso una coltellata per salvarti, quando eri per terra...

Nicola ricordò di aver sentito parlare del coltello, da qualcuno dei colleghi, nella mischia. E di una rissa fra loro. Che dicesse la verità?

– Mi volevi salvare? Tu?

– Sí. Stava succedendo un macello e sono intervenuto. Non hai visto, cazzo? – balbettò l'ultrà. – Lo hai detto tu, delle scarpe! È stato allora! È per quello che mi sono messo in mezzo, per salvare te!

Nicola rimase zitto.

– Io mi sono reso conto che... è una follia, tutto quanto. Ma ormai non potevo fare nulla, capisci? Nulla, – continuò Marchesi e la voce si piegò.

– Piangi come una puttana, – disse Nicola. Tutta la collera e il dolore che aveva dentro colavano fuori come lava.

– Ti prego, non mi rovinare. Ieri ho deciso di smettere, te l'ho detto. Te lo giuro.

Nicola fece uno sforzo estremo per trattenere la furia. Si tolse dalla schiena del tifoso.

– Alzati, – ordinò. Marchesi era piú alto e grosso di lui, eppure sembrava inerme: si tirò su lento come un vecchio.

Nicola lo fissò dritto negli occhi.

– Se io scrivo di ieri, tu perdi il lavoro. Vieni indagato, forse arrestato. Diffidato. Sputtanato. Qualche collega ti cercherà per romperti le ossa e sono sicuro che ti troverà. Tutti questi pensieri mi fanno godere un sacco.

L'altro chinò il capo.

– Allora? Hai qualcosa da dire che non sia un'altra stronzata? E non giurare, brutta merda. Non permetterti di giurare.

Nicola rimase in attesa con le mani sui fianchi, pronto a prenderlo a schiaffi se avesse tirato fuori qualche stupida bugia. Forse era proprio quello che desiderava: che quel verme gli desse un pretesto per spaccargli la faccia.

L'altro rispose senza alzare la testa: – Ho parlato con mia moglie, stanotte, e le ho raccontato tutto. Voglio farla finita e farmi seguire da qualcuno, un medico. Ho perso una sorella, un anno e mezzo fa.

– Questo non mi significa un cazzo, – ribatté Nicola, ma era una bugia, perché le parole del tifoso lo avevano colpito. Aveva sentito qualcosa in caserma, su quella morte. Una ragazza giovanissima, un errore medico che aveva precipitato le cose. Cosí gli sembrava di ricordare.

– Non c'entra, lo so. Di minchiate ne ho sempre fatte, ma poi è andata peggio. Stavo bene solo nel casino, allo stadio. Lo so che sembra una balla, ma è cosí!

Nicola continuava a fissarlo. Quell'uomo sembrava sincero, ma lui continuava a desiderare giustizia. Non la giustizia dei codici e dei verbali, no. Una giustizia sommaria che prevedeva prima una bella ripassata a calci nelle palle, poi un giro in caserma, alla gogna, davanti a tutti. Tutti dovevano sapere dell'infame che prendeva i soldi dal ministero e poi andava ad aggredirli allo stadio. Se volevano accomodarsi per salutarlo, prego, che venissero.

Le manette sarebbero state un sollievo.

Questo avrebbe fatto un vero sbirro. Di sicuro non sarebbe rimasto in un bagno ad ascoltare le inutili giustificazioni di un infame.

Invece lui e Marchesi erano lí, in piedi, ognuno in preda ai propri demoni.

137.

Marione aveva sempre trovato vomitevole l'odore dolciastro nell'ufficio di Granelli. Gli avevano detto che era una boccetta con essenza di mango.

Faceva schifo un po' a tutti.

Dopo dieci minuti lí dentro, il suo naso si era abituato a quell'odore disgustoso, ma la nausea era cresciuta ugualmente, insieme al mal di testa.

Granelli era affondato in una grande poltrona beige con le rotelle. Al suo fianco, su una sedia sistemata apposta per lui, c'era Giuseppe Nicotra, il dirigente della Digos di Genova, che Mario conosceva solo di vista.

Nicotra aveva la faccia di uno che ha dormito pochissimo e nel giro di un minuto chiamò due volte in questura, parlando a bassa voce.

– Allora, Bozzano, è la sua squadra la prima che interviene, giusto? – domandò il comandante.

Marione socchiuse gli occhi.

E adesso andiamo al sodo.

– Sí, è la mia, l'ho scritto anche nella relazione.

– Infatti. Abbiamo letto tutto. Di conseguenza è stato uno della sua squadra a dare la manganellata.

– Non saprei.

Granelli piegò la testa di lato. – Mario... – disse chiamandolo per la prima volta con il suo nome di battesimo. Non lo faceva mai. – Mario, non prendiamoci in giro. È una cosa logica, no? Se siete stati i primi ad arrivare, allora questo qui è uno dei tuoi, – gli spiegò con la pazienza di un maestro elementare. Poi piazzò l'indice sulla figura del poliziotto nel fermo immagine.

Lo schermo era rivolto verso il sovrintendente.

– Potrebbe essere uno di un'altra squadra che si è attaccato alla mia, – provò a difendersi Marione, ma sembrava l'ultima disperata resistenza prima della bandiera bianca.

– Invece io penso che sia uno dei tuoi. Per forza, che è uno dei tuoi. Non solo, – aggiunse Granelli, – anche se il grado non si vede, è facile intuire chi.

Mario si sentí gelare.

– Io vi conosco, anche se voi pensate di no. Vi guardo in addestramento e, qualche volta, in piazza. Oppure nelle riprese, come queste. So come vi muovete e, ogni volta che sono davanti a uno di questi video, è come se sulla testa di ognuno di voi ci fosse una freccia con il nome.

Sta solo bluffando. Mi prende in giro.

No, non era cosí. Marione conosceva Granelli e tutto era fuorché un uomo avventato. Normalmente ci pensava dieci volte anche prima di firmare una circolare. Non voleva rogne, aspettava solo di essere trasferito a Trieste e prendersi la dirigenza di qualche ufficio tranquillo. Poi, con un po' di fortuna, sarebbe diventato vicario del questore. Da quando lo conosceva, Marione non aveva mai visto Granelli rischiare. Quindi, se parlava cosí, era perché sapeva, perché aveva già indentificato il manganellatore. Ma, per risolvere i suoi guai, gli serviva qualcuno che pronunciasse ufficialmente quel nome.

Vogliono fotterti. Vogliono farti dire il nome a te. Sei nelle loro mani.

Marione si ricordò del rugby. Quando con i compagni facevi la mischia contro gli avversari. Spingevi forte con le spalle, la schiena, le gambe. Spingevi con tutto il corpo, ma a volte non bastava e ti rendevi conto che gli altri spingevano di piú e che saresti andato indietro. Avresti mollato. Si trattava solo di stabilire quanto ancora potevi resistere, prima di farlo.

Granelli ricominciò a incalzarlo.

– Io credo che tu possa riconoscere il collega da questo filmato. Ammesso che non avessi già visto il fatto mentre caricavate, omettendolo deliberatamente nella relazione. Sarebbe un guaio, Mario.

Ecco qui. Ecco dove vogliono arrivare.

Marione si sentiva come se gli avessero infilato la testa in una pressa e ogni parola di Granelli fosse un giro alla chiave.

– Eri in servizio ieri sera. Voi siete stati bravissimi e il dottor Martini mi ha riferito di quanto hai fatto con Poggi. Potrei scrivere per farti ottenere un encomio solenne, perché lo meriti. Tu sei un ottimo elemento, Mario. Uno dei migliori, – lo blandí Granelli. – Ma… sai bene che tutto il casino, compreso il ferimento di Poggi, è una conseguenza di questo, – disse indicando ancora il fermo immagine come fosse la prova regina in un processo di strage.

Il fotogramma mostrava chiaramente il poliziotto nell'atto di sferrare una delle tre manganellate che aveva mandato il tifoso sotto i ferri, a un passo dalla morte.

– Dopo quello che è successo ieri, il questore e il ministero mi hanno chiamato stamattina alle otto. Vogliono dare una risposta ai giornali. Subito. Abbiamo un'operazione in corso e gli uomini del dottor Nicotra stanno facendo degli arresti. Mica possiamo fermare questa gente di merda e poi dire che non riconosciamo uno dei nostri, no? Non sarebbe credibile, – spiegò Granelli, sempre con il tono di chi si rivolge a un bambino. – Giusto, Giuseppe? – si rivolse poi a Nicotra e quello annuí.

La morsa strinse un altro giro sulla testa di Marione.

138.

L'idea attraversò il cervello di Ale come una folgorazione. Forse lo guidò la paura o il senso di colpa. Forse fu un aiuto da un posto molto lontano.

– Ascolta... Io posso fare qualcosa per lui.

– Per chi?

– Per il ferito. Il tuo collega, Poggi.

Vivaldi lo squadrò con un lampo d'odio.

– Sarebbe anche un tuo collega, sai? Lavorate qui tutti e due. Tu lavori per il ministero, come noi. Te lo ricordi, pezzo di merda?

Ale fece un cenno con la mano per difendersi e cancellare le sue parole infelici. – Sí, è vero. Ma hai capito cosa intendo. Io posso aiutarlo, – ripeté.

– E come cazzo pensi di fare?

Ale deglutí. – So chi ha tirato la bomba.

Il poliziotto rimase zitto e Ale si passò le mani sul cranio. Dall'espressione dipinta sul viso di Vivaldi, capí che la rivelazione l'aveva scosso.

– Che vuoi fare? Tu mi dài il nome e io ti salvo il culo? – chiese il poliziotto facendosi di nuovo sotto.

Ale arretrò. – Ascolta, – mise i palmi in avanti, per calmarlo, – se voi arrestate il responsabile, Poggi potrà chiedergli il risarcimento per l'occhio. Lo Stato ci metterebbe anni a tirar fuori i soldi e non lo pagherebbe mai abbastanza per il danno. Cercano di risparmiare anche su questo, io lo so!

– Lo so pure io, – replicò Nicola rabbioso. Si voltò, dandogli le spalle e stringendosi il naso con le dita. Ale decise di insistere.

– Ma almeno questo bastardo ce l'ha un lavoro?

– Sí, ce l'ha, e sarà costretto a pagare.

Vivaldi si voltò.

– E come vorresti fare? Dire che passavi per caso negli incidenti? Io ti dovrei arrestare, perché eri lí.

Ale si sentí gelare il sangue.

– E allora arrestami, se ti fa stare meglio. Mi rovinerai, ma non cambierà nulla per il tuo collega.

Gli sembrava di non essere piú lui, mentre sperava gli fosse concesso di diventare un infame. Ma voleva solo salvarsi. Improvvisamente aveva saltato il fosso e salvarsi era l'unica cosa che contava. Per Alice e Mara. Per sé stesso e i suoi genitori.

Vivaldi strinse i pugni soffiando aria.

– Adesso mi racconti tutto quanto hai visto e mi dici il nome, il nome esatto. Poi io vedo come fare.

– Okay, ma non devi scrivere nulla di me, – balbettò, temendo la reazione del poliziotto.

Quello infatti lo afferrò per la giacca. – Ma come ti permetti? Tu stabilisci le condizioni? Lo vedi che vuoi ricattarmi?

– No, non è cosí! Io sto rischiando tutto, cazzo! – spiegò Ale. Ormai non riusciva nemmeno a essere spaventato. Se anche quell'uomo lo avesse pestato, non sarebbe cambiato nulla. Forse avrebbe espiato un po' delle sue colpe. Ma doveva trattare, lo doveva fare per tutte le persone piú care che aveva. E per quella che non aveva piú. – Io non posso essere nominato. Lo capisci che se mi chiamano al processo quello mi ammazza? O manda qualcuno. Non mi perdonerà, – disse e non resse piú. Gli scesero le lacrime, la bocca si contorse in una smorfia. – Io ho una figlia, cazzo. Una moglie e una figlia. Se fosse per me, mi farei arrestare e basta, Cristo di un Dio. Questo lavoro è tutto quello che mi resta. Ti giuro che smetto, te l'ho già detto. Ma è per questo che non posso apparire, capisci? Devo chiudere e basta. Ti prego, per te non cambierebbe nulla, ma io non potrei mai confermare quel nome. Non potrei, da nessuna parte.

Il poliziotto restò fermo come soppesasse un milione di variabili. Poi annuí impercettibilmente.

– Va bene. Il nome… vedrò di farlo arrivare a chi può usarlo.

Non so come, ma ci proverò. Ma tu devi andartene da qui. Fai domanda di trasferimento per la questura e tra una mese la presenti. Io non ti voglio piú vedere, ne qui né allo stadio. Mai piú. Devi sparire o giuro che ti rovino, – minacciò.

Ale fece cenno di sí.

– E se ti beccano lo stesso, non devi parlare di me e di questo discorso. Non devi parlare di Poggi e di nient'altro. Altrimenti, non solo ti rovino. Io ti ammazzo, – disse a bassa voce il sovrintendente Vivaldi e Ale si rese conto che quell'uomo dall'aspetto mite sarebbe stato capace di farlo davvero. Nonostante tutto, lo ammirò. Perché stava rischiando ogni cosa per un amico.

Lui, invece, uno dei suoi stava per tradirlo.

139.

– Allora, Bozzano, ti è chiara la situazione? – domandò il comandante e fece scattare la testa dall'altra parte, come un segugio che fiuta una traccia.

– Sta dicendo tutto lei, dottore, – provò a replicare Mario, ma la voce non gli uscí chiara come avrebbe voluto. Anzi, balbettò. Era in trappola, inchiodato alla sedia.

Negli occhi di Granelli brillò una luce cattiva. Fece un cenno con la mano a Nicotra.

– No, non dico tutto io. Forza, Giuseppe, *illustra* anche tu la situazione al collega.

– Allora sov, ascolti, – iniziò Nicotra risoluto, come scalpitasse per intervenire. – Sarò breve, perché abbiamo molto da fare dopo ieri. A noi ci serve 'sto minchia di nome, mi capisce? Dobbiamo dimostrare che non vogliamo coprire nessuno. Specie adesso che i miei uomini hanno fermato alcuni di quelli che c'erano ieri sera contro di voi. Stiamo lavorando bene.

Adesso lavorate bene, vero? C'è voluto tutto 'sto macello perché vi decideste a combinare qualcosa.

– Come dice il suo comandante, per voi che state insieme tutti i giorni è facile riconoscere un collega. D'altra parte noi vorremmo fare presto ed evitare di chiamare tutti quanti. Lei, i suoi ragazzi e gli altri colleghi, perché... – Nicotra fece una pausa studiata e Mario capí che stava per arrivare il carico da novanta. Strinse i pugni. – Se poi non esce ancora nulla, interverrà la magistratura e, senza un nome, arriveranno avvisi di garanzia a tutti, – spiegò sporgendosi in avanti dalla sedia, come a ridurre la distanza da Mario.

Invece lui avrebbe voluto metterci un muro, fra loro due.

– Lei era il caposquadra. E quindi il fatto che non abbia visto un suo uomo compiere questo gesto potrebbe anche risultare poco credibile.

Ecco fatto.

– Lei ha già avuto un grosso problema nei vicoli, sov… Vuole davvero infilarsi di nuovo in una faccenda simile? Rischiare di pagarsi altri avvocati, andare a colloquio con altri magistrati? Per cosa? Per coprire uno che sbaglia? E non mi dica che non è così… – concluse Nicotra.

Si alzò e si avvicinò al computer di Granelli. Schiacciò sul mouse e fece ripartire la sequenza in cui il poliziotto colpiva con efficacia rapida e brutale la testa dell'ultrà.

– Forse ci poteva stare la prima, ma le altre due… E tutte alla testa! Non ci stanno, sov. Lo sappiamo tutti, – scandí guardando Marione.

La cosa peggiore è che 'sto pezzo di merda ha ragione. Cazzo, ha ragione.

Marione fuggí con gli occhi da una parte all'altra della stanza. Scosse appena il capo, quasi a dire che non poteva, non voleva dare loro quel nome. Lui, un gigante d'uomo, l'orgoglio dei duri e puri del reparto, somigliava a un pinguino con un giorno di servizio.

Nicotra non mollò l'osso. – Io credo che l'omertà non convenga né a lei né ai suoi colleghi.

Marione mosse nervosamente gli anfibi. Si ricordò del gatto di mamma, quando scappava via sul pavimento con la cera appena data e sembrava che sgommasse. Gli venne in mente il viso di sua madre e desiderò un telefono magico, per chiamarla lí dove stava adesso e chiederle aiuto.

Che devo fare, ma'? Che devo fare?

Granelli riprese il discorso. Forse perché vedeva Mario in difficoltà e voleva accelerare i tempi. Forse perché desiderava essere lui a ottenere quel nome, di fronte a Nicotra.

Si alzò dalla sedia. La giacca sbottonata in fondo, le mani alla vita. Era facile diventare duri con chi aveva le spalle al muro.

– Allora, Bozzano, è Ferroni, quello che si vede nelle immagini? È il tuo vice? – domandò come una rasoiata.

Alla fine c'era arrivato. Marione sentí il cuore rimbombare nei timpani.

– Ti avviso, Mario: noi questo nome lo avremo comunque, anche se ci perderemo altro tempo. Ma puoi aiutarci e levarti dai guai. Non solo, daresti una mano a tutti i ragazzi che erano con te e hanno lavorato bene, evitandogli problemi. Adesso sta a te e non hai altro tempo per decidere. Forza, – aggiunse teatralmente Granelli fissandolo da vicino. Infine si voltò e tornò dietro alla scrivania. Anche Nicotra si rimise a sedere al suo fianco, tenendo il mento alzato come un professore in attesa di risposta.

Il caposquadra si stropicciò le grosse mani, giunte in mezzo alle gambe. Gli venne da chinare la testa, come bastasse a far sparire quella stanza e le domande che lo aggredivano senza tregua.

«Che devo fare?» si domandò ancora.

– Allora? È l'assistente Ferroni? – chiese di nuovo Granelli.

Mario non riuscí a sopportarli oltre.

Alzò la testa.

Chiuse gli occhi.

Annuí.

140.

Nella stessa caserma di Marione, in un bagno a pochi metri di distanza, Nicola si ripeteva che era stata una pazzia affrontare Marchesi. Avrebbe dovuto informare i superiori e relazionare subito, anziché andare da lui e, soprattutto, lasciare che parlasse. Che gli proponesse quell'accordo folle.

Se accetti l'accordo diventi ricattabile. Penalmente perseguibile.

Ma quei soldi sarebbero serviti a Fabio. E a Francesco. Quel bastardo doveva pagare il danno. Se la lesione restava a carico di ignoti, Fabio avrebbe preso una miseria e chissà quando.

Cosí il lavoro lo perderai tu.

Non sarebbe accaduto, non necessariamente. Alla Digos non importava come arrivare a qualcuno, ma soltanto arrivarci. C'era un solo prezzo sicuro da pagare: salvare Marchesi.

Mettigli le manette. Fai quello che deve fare un poliziotto: lo arresti e ci pensa la giustizia. Il nome magari uscirà lo stesso. Lo arresti e fai la cosa giusta.

Nicola fissò Alessandro Marchesi.

– Avanti, dammi quel nome, – ordinò e Marchesi divenne piú pallido di quanto già non fosse.

– Se io te lo dico, hai tutto quello che serve e potresti...

Il poliziotto fece un sorriso cattivo.

– Potrei fregarti, già. Ma non lo farò, perché anche tu potresti rimangiarti tutto, raccontare che ti ho estorto quel nome con la forza o che me lo sono inventato io. Come minimo mi indagherebbero per falso. Guarda che, se accetto, siamo sulla stessa barca. E secondo me tu lo sai benissimo.

Marchesi non negò.

– Dobbiamo fidarci, – disse Nicola e avrebbe sputato in faccia prima a Marchesi poi a sé stesso. Ma era davvero così. Dovevano fidarsi.

141.

– Hai fatto la cosa giusta, – disse Granelli e Mario non rispose nulla. – Ora devi scrivere un seguito di relazione. Dire che ti abbiamo mostrato le immagini e hai riconosciuto il collega. Se vuoi spiegare meglio la dinamica, per dargli una mano, fai pure. Sicuramente a Ferroni può essere utile. E comunque avrà tempo e modo di giustificarsi.

Certo, come no... Di sicuro gli sarà facile giustificare perché ha quasi mandato un tifoso all'altro mondo. Per uno stupidissimo striscione.

– Noi difenderemo il tuo operato e quello degli altri ragazzi che si sono comportati bene, stai tranquillo. L'importante è che ognuno si assuma le proprie responsabilità.

Scommetto che non direste la stessa cosa, se il guaio lo avesse fatto uno di voi, invece che uno della truppa.

– La volete subito, la relazione? – farfugliò Marione.

– Sí, sarebbe meglio. Io posso anche aspettare qui, collega. Basta che mi scrivi poche righe, come ha detto il comandante, – concesse Nicotra. Anche lui era diventato amichevole, adesso.

Fanno cosí perché sei dalla loro parte. Sei un infame. A Ferro, proprio a Ferro hai fatto questo.

Avrebbe scritto che Ferro era intervenuto prontamente per sedare la rissa sul nascere. Che il suo gesto era stato tempestivo, ma nel parapiglia era successo l'irreparabile. Poteva accadere.

Ma che dici? Guarda che lo ha preso in testa. In testa, capito? Secco sul cranio per tre volte. Ferro non avrà nulla cui attaccarsi, davanti al magistrato.

Marione si alzò e uscí senza salutare. Si avviò veloce nel corridoio, a testa bassa. Non voleva incontrare nessuno.

Tanto nel giro di qualche ora lo saprà tutta la caserma.

Cercò di non pensarci.

«Via il dente, via il dolore» diceva quel proverbio. Eppure temeva che il dolore sarebbe esploso a breve.

142.

Erano solo poche righe eppure Nicola non aveva mai scritto nulla di cosí difficile. Scelse bene le parole, perché non ci sarebbe stato modo di correggersi.

«Nonostante il fumo, riuscivo a notare un tifoso con una giacca di colore giallo acceso e il viso coperto lanciare un oggetto di grosse dimensioni che mi sfiorava e atterrava poco dietro di me».

Ecco fatto. Dopo avrebbe scritto il resto: l'esplosione, Fabio a terra, l'aiuto di Marione, la carica degli ultrà, la loro risposta, la sua caduta in mezzo ai tifosi, la rissa tra loro.

Non avrebbe nominato da nessuna parte Marchesi e gli anfibi macchiati di rosso. Era caduto e non sapeva cosa fosse successo dopo.

Ma restava ancora un problema da risolvere. Stava scrivendo ufficialmente di aver riconosciuto quel bastardo con la giacca gialla nel casino e già questa era un'enorme forzatura, considerato il contesto, gli scontri, il fumo. Ma non poteva mettere nella relazione il nome che Marchesi aveva scarabocchiato su un pezzetto di carta.

Sarebbe stato impossibile riconoscere il tizio con la faccia coperta in mezzo a tafferugli di quella portata. Non ci avrebbe creduto nessuno. E anche dichiarare di averlo riconosciuto dopo, altrove, era troppo rischioso. Un bravo avvocato lo avrebbe messo in crisi, durante il processo.

Restava un solo modo, un ultimo azzardo.

È per Fabio, cazzo. È per Fabio.

Se lo ripeté come un mantra, prima di prendere il telefono.

143.

Piccolomini suonò. Anche stavolta non era atteso.

– Sí, – disse la voce nel citofono.

– Sono Giuliano. Posso salire?

Dalla griglia gracchiò una specie di sospiro.

– Vieni.

L'ispettore salí.

– Vuoi sederti?

– No, grazie. Devo tornare in ufficio.

– È per ieri?

– Già.

– Alla fine è andata male.

– Diciamo pure che è andata di merda, – confermò il poliziotto.

– Giusto. Come sta il vostro collega?

– Non lo so, non ho novità. Sembra che si potrà riprendere, ma senza un occhio.

Franco scosse la testa. – Porca puttana.

– Abbiamo fermato un ragazzetto, uno sfigato senza precedenti. Ma adesso ho il nome di uno dei capi. Lo chiamano Lollo. Mai sentito?

– Sinceramente no, – rispose il Barone e sembrava dicesse la verità. – Il ragazzetto ha fatto l'infame?

– Non proprio. Aveva i suoi motivi.

Somigliavano a due amici coinvolti in uno spiacevole duello in punta di fioretto. Non volevano ferirsi, ma erano consapevoli di camminare su un terreno infido.

– Abbiamo beccato proprio quello che ci serviva. Ogni tanto capitano anche i colpi di culo.

– Li prenderai tutti, Giulia'. Vedrai. In fondo noi non siamo... cioè, questi ragazzi non sono dei banditi. Mai stati. Che vuoi che ti dica? Lo so che devi fare il tuo lavoro e uno dei vostri si è fatto male. Eppure... mi dispiace.

– Ascolta, Baro', io voglio quel merda con la giacca gialla. C'era anche ieri sera.

Il tifoso sgranò gli occhi. – Vestito cosí?

Piccolomini annuí.

– Allora è proprio un coglione! Aveva ragione Bruno, – alzò la voce il Barone. Ma assunse l'espressione di chi ha detto troppo.

Giuliano se ne accorse. Ormai dovevano giocare a carte scoperte.

– Senti, io lo devo prendere questo. Anche gli altri, certo, ma questo piú di tutti. E mi pare che tu lo sappia, chi è.

Franco lo fissò dall'alto dei centimetri che li separavano. Strinse le labbra e arricciò il naso. Poi sedette sul divano scalcagnato, in silenzio. Piccolomini gli andò dietro, senza sedere.

– Mi stai chiedendo di fare l'infame, ispettore? Un conto è aiutarti e io ci ho provato. Ma questo è diverso.

– Lo so, mica ti conosco da ieri. Ma devo fermarlo, prima che faccia altre stronzate. È meglio per tutti, dammi retta. Anche tu lo sai: una cosa sono gli ultrà e un'altra i criminali.

– Già.

– E questo è il peggiore. Devo togliermi 'sta soddisfazione. Lo voglio prendere io.

– Io ti capisco, ispettore. Ma odio gli infami. Sempre odiati.

– Baro', ci arrivo lo stesso. Se non è oggi è domani o dopodomani. Lo sai.

Franco rimase zitto.

– Magari devo girare un po', ma è solo questione di tempo. Il fatto è che se lo prendo subito, con le immagini lo blindo direttamente.

– Tu mi stai chiedendo di spedire uno al gabbio, ispettore. A me, che al gabbio ci ho perso il conto dei giorni.

Gli occhi del Barone erano quelli di un vecchio, in quel momento, e il poliziotto distolse lo sguardo. Non piaceva neppure a lui quella situazione.

Squillò il telefono, sul display c'era il numero della questura. Piccolomini rispose e gli passarono una chiamata dal reparto. Ascoltò.

– Barone, posso andare un attimo in bagno? – domandò staccando il telefono dalla bocca.

– Certo, fai pure.

Si allontanò e rimase fuori dalla stanza per almeno cinque minuti. Quando tornò, aveva un'aria frenetica.

– Baro', devo andare. Ci sentiamo nei prossimi giorni.

– Che c'è? – gli chiese l'altro senza capire.

– Non ti preoccupare, tranquillo. Fai come se non ti avessi detto nulla, okay? – Piccolomini si avviò alla porta.

– L'avete trovato, vero?

Piccolomini non rispose. Franco socchiuse gli occhi e abbassò le spalle, come fossero state liberate da un quintale di peso.

– Meglio cosí.

Il poliziotto accennò un sorriso e gli diede una pacca sulla spalla.

– Già, meglio cosí, – disse e uscí.

144.

I due poliziotti sedevano al bar, davanti alle tazzine vuote.

Nicola era uscito dalla caserma alle undici dopo aver consegnato la relazione. Aveva spiegato che andava direttamente alla Digos, per stoppare sul nascere ingerenze del comandante e dei funzionari sottoposti. Granelli si stava prostrando con il questore e quindi cosa poteva esserci di meglio di un caposquadra coinvolto negli scontri che va alla Digos a offrire tutta la sua collaborazione? In realtà Vivaldi andava a offrire molto di piú. Non solo: esponeva sé stesso e il reparto a un rischio di sputtanamento enorme.

Ma non doveva saperlo nessuno.

Fissò il questurino seduto di fronte a lui, quell'ispettore che aveva preso il pugno in faccia dal bastardo in giacca gialla.

Piccolomini teneva in mano i due fogli della relazione di Vivaldi e leggeva avidamente. Quando arrivò in fondo, sollevò gli occhi con un'espressione enigmatica.

– Colle', perché non hai chiamato subito ieri sera? Ti abbiamo fatto cercare tramite centralino, ma non hai risposto. Io ho arrestato proprio quello che ti ha preso a calci, mannaggia a san Nicola!

A Nicola venne da sorridere, nonostante tutto. Pensò che se c'era davvero un santo con il suo nome, era meglio tenerselo buono.

– Sí, me lo ha detto il tuo collega, l'assistente…

– Tau.

– Esatto. Ha detto che avete chiamato, ma ho staccato tutto fino a dopo le quattro. Scusami, ma prima ero all'ospedale dal ferito. È il mio migliore amico. Poi sono dovuto andare a dirlo a sua moglie.

– Merda, mi dispiace, – fece il poliziotto della Digos e a Nicola piacque la sua faccia sincera. A forza di stare al reparto, anche lui si era riempito di assurdi pregiudizi sui colleghi della questura. Ma erano stronzate, in fin dei conti facevano tutti lo stesso lavoro.

– Tu sei sicuro di averlo riconosciuto? Perché dai filmati non si capisce benissimo, il fumo tira verso la telecamera. Io lo voglio inculare, quel bastardo, è lui che mi ha dato il pugno, ti ricordi? E adesso scopro che ha ferito pure il collega!

– Sí, lo so. Guarda, io sono sicuro. Non accuso uno senza averlo visto, – mentí.

– Anche questa cosa qui era meglio se me la dicevi subito, – fece Piccolomini contrariato. – È importante, cazzo! Ma con questa relazione gli affibbiamo pure tentato omicidio. Dammi solo il tempo di capire chi cavolo è, 'sto bastardo. Sarà questione di giorni.

Nicola esitò. Forse poteva aspettare e sperare che lo prendessero loro. Avrebbe rischiato molto, molto meno.

Potrebbero anche non riuscirci. Non arrivarci o arrivarci tardi. Magari questo se ne va in Francia, cosa ne sai?

– Certo, però, che sarebbe meglio beccarlo subito. Con le riprese, potremmo blindarlo immediatamente, – disse Piccolomini quasi gli avesse letto nel pensiero.

– Io lo so, il nome, – sparò Nicola.

Piccolomini aprí la bocca e sgranò gli occhi, poi alzò la voce: – E cosí me lo dici? Ma che minchia aspettavi?

– E parla piano! Cazzo, è una cosa delicata! – disse il celerino sporgendosi in avanti sul tavolo.

Piccolomini si sforzò di sussurrare. – D'accordo, ma… Ma perché non l'hai scritto? Il nome ci serve!

– Lo so, – sussurrò Nicola. – È per questo che ti ho domandato di vederci. La relazione potevo anche mandarvela via fax!

– Già, hai ragione. E allora che c'è sotto?

Nicola deglutí, temendo di essere diventato troppo pallido. Ma quando iniziò si stupí di sembrare sincero.

– Allora, ispettore... Io 'sto nome l'ho saputo da un amico. Un amico carissimo, come un fratello. Che purtroppo, però, sta in mezzo a questa gente di merda della curva. Adesso... adesso ha deciso di smettere, ecco. Ma non vuole essere nominato, capisci? Per cui io pensavo di darvi 'sto nome a voi, che lo potete verificare, no? Avrete i vostri contatti...

– Certo, ma il Pm...

– Ho capito, il Pm si dovrà accontentare, se la fonte è confidenziale. A questo amico debbo parargli il culo, isp. Se lui rischia, io il nome non ve lo posso fare. Mi tocca aspettare che ci arrivate voi. Mi dispiace, ma lo voglio tutelare.

Piccolomini strinse le labbra e si guardò in giro.

– Okay, ti capisco, certo. Guarda che queste cose succedono anche a noi che indaghiamo, – disse con un po' di prosopopea. Ma andava bene. Nicola si rese conto di poter calare l'asso.

– Allora, isp. Facciamo che io ti do il nome e ve la vedete voi. Non mi mettete da nessuna parte, non mi citate. Sennò chissà che pensano in procura, che inventiamo le cazzate come al G8.

– No, no! Certo, ci mancherebbe...

– E cosí il merito te lo prendi tu, capito? Puoi dire di averlo riconosciuto a seguito del pugno, delle indagini o chessoio, voi siete bravi in queste cose qui. Per la vostra squadra sarà un gran colpo.

Piccolomini fissò Nicola come uno cui si è appena accesa in testa una lampadina luminosa.

– In effetti, colle'... Questa è la cosa migliore. Anzi, se me lo dài io mi attivo immediatamente. Anche con una fonte confidenziale potrei andare a pescarlo e fargli una perquisizione per armi. Sarei pure autorizzato, visto che c'è di mezzo la bomba carta.

– Infatti, e poi sono sicuro che troverete dell'altro, – lo incitò Nicola.

– Io voglio solo trovare quella merda di giacca gialla. Forza, dammi 'sto nome, – disse Piccolomini armeggiando in tasca e sforzandosi di non bestemmiare. – Quando cerco la carta non la trovo mai.

– Non serve, – gli disse Nicola e gli offrí un foglietto stropicciato.

Sopra c'era scritto: «Cristian Luperini, 1975 (soprannome: Lupo)». E sotto: «Res. via Fereggiano, lavora da Metaprezzo di piazza Martinez».

Piccolomini afferrò il pezzetto di carta come fosse un Graal.

145.

Lollo mangiava un panino, seduto a un tavolo da cui non si poteva vedere il televisore. Si era messo lí apposta, per non dover guardare altre immagini degli scontri della sera prima.

Si sentiva come se in faccia gli si potessero leggere i pensieri e l'ospedale non era il posto migliore, per simili sensazioni. E poi detestava i merdosi commenti dei giornalisti: «delinquenti», «folli», «teppisti», «esaltati», «gente che non ha nulla a che vedere con il calcio». Solo su questo forse avevano ragione, perché la loro battaglia niente c'entrava ormai con il calcio, le partite, i soldi e tutte le loro schifezze. Era una lotta per continuare a esistere. Una resistenza contro l'oppressione legalizzata.

Dopo le accuse in tivú venivano le agiografie del poliziotto ferito. Padre di famiglia con un figlio disabile che rischiava la vita per pochi soldi al mese. I sindacati di polizia ne stavano facendo una specie di martire e attaccavano duro. Molti invocavano lo scioglimento di tutte le tifoserie organizzate. Probabilmente piú di qualcuno ringraziava quell'occhio perduto, utilissimo a giustificare nuovi giri di vite.

La sera prima, quando Mimmo gli aveva dato la notizia, Lollo era rimasto disorientato. Poi ci aveva ragionato sopra e si era calmato. Per lo sbirro era un rischio del mestiere. Anche Lisca poteva morire, per colpa di quei bastardi impuniti. Come era successo a tanti ragazzi prima di lui, tutti vittime della violenza dello Stato: Sandri, Cucchi, Aldrovandi e chissà quanti ancora, mai saliti agli onori della cronaca.

Chi governava non si curava certo dei ragazzi che morivano in carcere o dei civili uccisi nelle «missioni di pace». Facevano parte del sistema, erano compresi nel prezzo. E allora pure gli sbirri feriti potevano esserlo.

La loro sortita aveva trovato un'eco incredibile. Sui quotidiani on-line stava nella prima pagina di cronaca italiana. Anche sui principali siti ultrà si erano già aperte pagine di accese discussioni. Le tifoserie erano in subbuglio, quell'azione cosí clamorosa scatenava entusiasmi e feroci dispute.

Qualcuno diceva che adesso sarebbe arrivata la repressione finale, che con quella battaglia i genoani avevano fatto il gioco del ministero e la madama avrebbe avuto carta bianca. Ma era un discorso vecchio come il mondo, tirato fuori da chi aveva paura di esporsi. Una fottuta scusa, secondo Lollo.

«Allora si può, – scriveva invece un tifoso atalantino su ultrà.net. – Allora si può ancora combattere e lottare. Scendere in strada e far sentire le nostre voci. Grazie ai genoani, per averlo dimostrato. Noi bergamaschi gli siamo nemici da sempre, ma possiamo solo ringraziarli e rispettarli, dopo ieri. Dovremmo seguire il loro esempio e scendere in strada. Combattere per le strade, perché questa è l'unica cosa che sappiamo e possiamo fare. Ultrà liberi!»

Dietro a quel post c'erano altri commenti entusiasti, molti gruppi si dichiaravano pronti a dissotterrare l'ascia di guerra. Certo, era semplice parlare dietro una tastiera. Ma almeno c'era stata una reazione. Era per questo che Lollo lottava, era per questo che aveva creato il gruppo il cui nome correva per tutta la Rete, già ammantato da un alone di leggenda.

Se doveva farsi arrestare per qualcosa, non immaginava di meglio.

146.

Nicola rimase al bar, dopo che Piccolomini era fuggito con il suo trofeo di carta scarabocchiata.

Non si sentiva meglio. Restava la paura di essere smascherato e chissà per quanto sarebbe durata. Dopo il colloquio con Marchesi sembrava che la testa fosse sempre sul punto di esplodergli. Continuava a tenere il telefono in mano, non sapeva nemmeno perché.

Anzi, sí che lo sapeva. Avrebbe voluto chiamare Eleonora. Raccontarle tutto. Sfogarsi. Magari anche piangere, lui che era sempre cosí *freddo*. Di questo lo aveva sempre accusato lei.

Non ha mai capito queste cose. Non le è mai piaciuto questo lavoro, per quanto tu provassi a spiegarle.

Era solo una scusa. Il dramma di Fabio sfruttato per risentirla. Magari per commuoverla. Per rivederla.

Dio quanto mi manca.

Il telefono squillò davvero e Nicola sobbalzò. L'ansia lo prese alla gola.

Mi hanno già sgamato.

Invece era Cristina.

– Allora? Com'è? – domandò d'un fiato.

– Si è svegliato. Sta bene, è cosciente. E mi ha riconosciuto.

Nicola chiuse gli occhi e sospirò.

– Meno male, Cri. Meno male. Si ricordava qualcosa?

– Sí, che eravate allo stadio, gli scontri. È molto confuso. Ha capito che è una cosa grave.

– E quindi?

– Credo che glielo dirò subito.

– Perché? – trasalí il poliziotto.

– L'ho deciso io, Nico. Gli spiego tutto, non voglio mentirgli. Non dobbiamo mentirci piú, io e Fabio.

– Ma... se si sente male? Non sarà pericoloso? – Nicola era smarrito, ma Cristina no. Non piú.

– Tranquillo, il medico dice che i parametri vitali sono perfetti, non corre nessun pericolo. È bendato, ovviamente.

– Ma cosa gli hanno... cosa gli hanno *messo*?

– Allora, – la voce di Cristina tremò, poi si riprese. – Il dottore mi ha spiegato che gli hanno inserito del tessuto. È una specie di impianto, lo chiamano cosí. In pratica gli attaccano i muscoli dell'occhio lí, non chiedermi come. Dicono che cosí quando avrà la... la protesi, riusciranno a renderla simile a un occhio vero. Anche con una specie di mobilità. Dicono questo.

– Capisco, – farfugliò Nicola. Non sapeva che dire.

– Avrà molto dolore per i primi giorni. Gli stanno dando analgesici tramite flebo. Poi però dovrebbe diminuire, come per ogni intervento.

– E rischi? Complicazioni?

– Se ci sono, vengono subito. Ma non è frequente. Te l'ho detto, il dottore è ottimista. Comunque ci vorranno sei mesi, per risolvere la faccenda. Per quanto è possibile.

Lo spirito di Cristina sorprese Nicola. Non sembrava nemmeno parente della donna annientata di poche ore prima.

– Dici che posso venire a trovarlo?

– Ma certo! Se non puoi venire tu, chi deve venire?

– Grazie. Arrivo.

Nicola chiuse, mandò un sms a Marione con la novità e si mosse. Non era felice. Ma provava un flebile, minuscolo sollievo.

147.

Lisca aveva provato a chiamare sia Lollo che Ale, ma avevano entrambi i cellulari spenti. Temeva ci fossero dei problemi, ma non aveva Internet a disposizione e non poteva controllare sui siti degli ultrà.

Forse i ragazzi volevano fargli una sorpresa. Aveva scritto un po' di messaggi per dire che tornava a casa: a Lollo, Ale, Giorgione e qualcun altro. Aveva telefonato pure a Lupo: dava libero, ma nessuno aveva risposto. Poi era arrivato un sms stringato.

«Sono al lavoro. Tutto bene?»

«Sí, oggi pomeriggio mi dimettono! Grandissimi ieri!» aveva scritto.

«Zitto. Parliamo a voce» era stata la risposta secca di Lupo e solo allora Lisca aveva capito perché nessuno gli rispondeva. Il ferimento del celerino era una roba grossa, la madama avrebbe cercato di beccare quelli del suo gruppo in ogni modo.

Mentre sistemava le poche cose nella sacca da calcio di quand'era ragazzo, Davide Liscani aveva un solo pensiero che lo infastidiva per davvero. Suo padre il giorno prima gli aveva detto che gli sbirri avevano chiamato a casa per chiedere come stava. Cazzo, proprio loro! Quelle merde che lo avevano conciato cosí! Avevano detto ai suoi che sarebbe stato opportuno passasse in commissariato, una volta dimesso.

«Ma io ho risposto che non ci andiamo. Dopo quello che ti hanno fatto, dobbiamo andare noi? È una vergogna! E poi erano già venuti, lunedí, per il referto».

Lisca si domandava se quelle merde non volessero cercare di incularlo per la storia dello striscione. Sarebbe stato assurdo:

suo padre gli aveva fatto vedere i giornali, dove il questore chiedeva scusa per l'accaduto e diceva di voler trovare il responsabile di quell'errore.

E chiamalo errore, brutto cornuto. A momenti muoio!

Forse volevano presentargli delle scuse ufficiali con tanto di giornalisti. Sarebbe stato forte: lui davanti ai microfoni e qualche cervellone della questura che gli domandava perdono. Aveva già deciso che gli avrebbe riso in faccia. Si fottessero. E comunque in commissariato non ci sarebbe andato. Dovevano chiamarlo *ufficialmente*, perché adesso le cose erano cambiate.

La sera prima i ragazzi avevano fatto un macello, per vendicare il suo ferimento. Gli sbirri dovevano stare bene attenti a come si comportavano con Davide Liscani. Mica parlavano di un coglioncello qualsiasi. Adesso lui era uno dei leader delle Facce Coperte. Quindi, poche cazzate.

Quando la roba fu pronta, salutò gli infermieri. Li ringraziò una mezza dozzina di volte, perché erano stati fantastici, e altrettante volte chiese loro di salutare per lui il dottor Mandorlini.

Ale gli aveva raccontato di come si era comportato, la notte del suo intervento. Un uomo eccezionale. Con papà avevano deciso di mandargli una cassa di vino buono, fatto da un loro amico di Serravalle. Se lo meritava.

Lisca scese e si avviò verso l'uscita. Mentre percorreva i gradini fino al piano terra gli cresceva dentro una specie di eccitazione.

Forse ci saranno i giornalisti ad attendermi.

Raggiunse la porta e la aprí, il gelo dell'aria fredda lo sorprese. Sorrise, respirando a pieni polmoni. Era stanco del caldo innaturale dell'ospedale.

Si guardò in giro: a parte le macchine parcheggiate nel piazzale, non vide nulla. Non c'era anima viva.

Attese, cercando con gli occhi qualcuno dei suoi amici. Niente. Un morso di delusione cercò di addentargli il cuore, ma lui lo scacciò. Era logico, i ragazzi lavoravano, e poi c'erano stati gli scontri. Chissà che macello. Doveva tornare subito a Genova per sapere qualcosa.

Non vide neppure la Clio di suo padre. In effetti era sceso cinque minuti prima del previsto.

– Signor Liscani? – lo chiamò una voce da dietro.

Ecco qui, sono venuti a intervistarmi.

Si voltò. Ma non erano giornalisti. E neppure infermieri. Si trattava di due tipi con giacche di pelle, capelli corti e facce da...

– Siamo della questura, – disse il piú alto dei due aprendo un tesserino con una placca luccicante. Facce da sbirri.

– È lei Davide Liscani? – domandò l'altro.

– Sí, perché?

– Buongiorno, sono il sovrintendente Malerba. Guardi, dovremmo notificarle un atto –. Aveva i capelli tirati all'indietro con il gel. – Ha un documento?

Senza volere Lisca fece un passo indietro. – Perché? E poi qui? Cazzo, mi hanno appena dimesso!

– Sí, certo, lo sappiamo. Abbiamo provato a contattare suo padre per informarla, ma non è stato molto contento. Allora siamo venuti qui noi. Guardi che ci mettiamo un minuto.

Il tifoso rimase lí, senza sapere cosa dire né cosa fare. Si guardò intorno cercando l'aiuto di qualcuno, ma era solo.

– Le assicuro che facciamo presto, signor Liscani. Se ha un documento –. La pacata risolutezza del poliziotto non ammetteva repliche e Lisca si ritrovò a tirar fuori la carta d'identità dal portafoglio con la mano che tremava.

Il poliziotto la prese. – Grazie, – passò il documento al collega. Quello aprí una cartellina e tirò fuori alcuni fogli quasi completamente compilati. Lisca vide che trascriveva i suoi dati e rimase lí, infreddolito, ad aspettare.

Ma dove cazzo è andato papà? Se almeno ci fosse lui, saprei che fare. Li manderemmo a fare in culo, 'sti due stronzi!

– Ecco qui, – fece lo sbirro capo, prendendo i fogli dal collega. – Firmi per ricevuta, per favore.

Lisca prese i fogli.

– Ma cos'è?

– Un invito a presentarsi in questura. La vorremmo sentire, per il fatto dello stadio.

– E perché? Io sono il ferito! È uno dei vostri che mi ha ridotto cosí! – starnazzò Lisca.

– Non si preoccupi, dovrà solo confermare che era lei quello che si vede nelle immagini. Spiegarci un po' come sono andate le cose, capisce? Stiamo cercando di individuare le varie responsabilità.

– Ma certo che ero io! Lo abbiamo anche dichiarato nel referto. Ci sarà da ridere, per il risarcimento! – disse Lisca cercando di trovare un'espressione compiaciuta. Ma non ci riuscí.

– Sí, certo, quando viene spiegherà tutto. Poi può essere che le notifichino subito il Daspo. E l'avviso di garanzia, – gli spiegò il poliziotto con calma.

– Come, scusi? – chiese l'ultrà sgranando gli occhi.

– L'informazione di garanzia. Dovrà nominare un avvocato, per il processo.

– Ma quale processo? – Lisca era confuso, la testa prese a fargli male in modo improvviso e brutale.

– Per la resistenza verso i colleghi e il tentativo di introdurre il materiale non autorizzato. Vabbe', queste sono cose che si valuteranno dopo. Ora vada a casa e pensi a rimettersi, c'è di peggio nella vita, – gli disse quel Malerba con un sorriso che somigliava tanto a una presa per il culo. – La saluto, – concluse e si girò, seguito dall'altro poliziotto.

Lisca rimase lí, con la borsa a terra e la bocca semiaperta.

Bastardi. Bastardi. Bastardi!

148.

Nicola arrivò all'ospedale di San Martino poco dopo le due e mezza. Non era orario di visita, ma quando un'infermiera con la faccia antipatica gli chiese dove stesse andando, lui rispose tirando fuori il tesserino.

– Sono un collega del ragazzo che ha perso l'occhio. Posso?

– Va bene, ma non stia troppo, – concesse lei. – Deve riposare.

– Grazie, – rispose il poliziotto e si avviò. Si accorse di non avere nulla con sé, non un regalo e neppure dei fiori. Non aveva avuto tempo, ma, a dire il vero, non ci aveva neppure pensato. Non c'era mai stato bisogno di quel genere di cose tra lui e Fabio. Anche se ora si pentiva di tutto quanto aveva dato per scontato.

Avrebbe voluto che esistesse davvero un oggetto da comprare per alleviare il dolore del suo amico. La perdita di un pezzo di sé, la mutilazione. Era tremendo solo pensarci.

Ma gli stai comprando il suo risarcimento, in fondo. Il rischio della tua carriera in cambio di ciò che gli dovrebbe spettare di diritto.

Arrivò alla camera.

Fabio era sdraiato, ovviamente. La testa fasciata quasi per intero, con particolare attenzione all'occhio destro. Cristina sedeva di fianco. I loro sguardi si incrociarono e lei gli sorrise.

– Vieni, – accennò con la mano.

Lui entrò, ma Fabio non si mosse. Nicola sentiva le gambe pesanti come pietre.

Era in squadra con te.

Cristina si alzò e lo abbracciò forte.

– Lo sa, gliel'ho detto, – sussurrò all'orecchio di Nicola.

– Ehi, non te ne approfittare... – disse Fabio dal letto. Parlava a fatica.

Cristina lasciò Nicola, che si avvicinò all'amico, sforzandosi di sorridergli.

– Ciao, – disse accostandosi. Si strinsero in un abbraccio imbarazzato. Nicola non voleva fargli male. Il viso di Fabio era segnato e fasciato. Nicola rimase lí, senza trovare le parole adatte. Che diavolo poteva dire?

– Mi dispiace, cazzo. Mi dispiace tanto.

Fabio sollevò una mano. – Non lo dire nemmeno, – mormorò con la voce impastata. – Lei mi ha detto come è andata. Tu e Mario mi avete soccorso...

– Sí, io sono arrivato subito, però è stato Mario a portarti. Eri troppo pesante, colpa delle brioche, – provò a sorridere Nicola.

Fabio fece lo stesso, guardandolo con l'occhio sinistro, libero dalle bende. Rimasero un attimo in silenzio. Il ferito fece una smorfia di dolore e il collega vide l'occhio buono velarsi di lacrime.

Nicola gli strinse forte il braccio.

– Vedrai che la risolveremo. Ci sono io, la risolveremo, – ripeté.

Fabio si sforzò di annuire. Poi si voltò dall'altra parte.

– Non è per me, capisci? È per lei e il bambino. Come fanno? Io sarò...

– Smettila, non dire cosí. Tornerà tutto come prima. Io ti aiuterò, – lo interruppe Nicola faticando a non commuoversi. Cristina era in piedi dietro di lui. – Adesso devi pensare a te, a recuperare. Poi ci occuperemo del resto. Lo prenderanno, chi ti ha fatto questo. E lo rovineremo, vedrai. Quelli della Digos stanno lavorando bene.

Fabio chiuse l'occhio sano e sospirò. – Lo spero.

– Ho parlato con loro, stamattina. Sono a buon punto, dobbiamo avere fiducia –. Rimasero tutti in silenzio. Un silenzio che pesava tonnellate.

– Fidati di noi. Siamo qui apposta per aiutarti, Fa', – disse dopo un po' Nicola e tenne stretta la mano sul braccio dell'amico. Cristina andò dall'altra parte e intrecciò le dita a quelle del marito, sorridendogli.

Fabio rimase impassibile qualche istante, poi guardò sua moglie e accennò un sorriso, per quanto gli concedessero fasciature e ferite.

Il dolore traspariva da ogni angolo di lui, eppure Nicola credette di riconoscere qualcosa di giusto e puro e buono nello sguardo fra loro.

Molto sarebbe cambiato. E tanto, troppo sarebbe andato perduto.

Ma forse qualcosa poteva essere ritrovato. Forse quel dramma, alla fine, avrebbe avuto un senso.

Rimasero cosí, tutti e tre in un silenzio appena piú leggero. Uniti da un'invisibile catena di affetto e dolore, mentre fuori la luce iniziava a spegnersi e il vento soffiava contro i vetri.

149.

Marione correva da quasi quaranta minuti. Aveva bisogno di sfogarsi e il parco della villa ottocentesca vicino alla caserma era perfetto per lo scopo. Il tempo era migliorato e, anche se stava ritornando a far freddo, l'aria era secca.

Il cellulare lo aveva lasciato in caserma, spento. Non voleva sentirli e neppure vederli, temeva che portassero cattive notizie. Non voleva scoprire se già si era sparsa la voce del suo colloquio con il comandante e Nicotra.

Piú ci pensava e piú riteneva che quelli avessero tutto l'interesse a far passare l'idea che era stato soprattutto lui, il caposquadra, a fare il nome di Ferro.

Arrivò sotto la sua palazzina che non aveva piú forza nelle gambe e si fermò con le mani sulle ginocchia, ansimando. Rimase cosí, aspettando di riprendere fiato.

Fu allora che la porta si aprí e Marione sentí il cuore bruciare in un'accelerazione, riconoscendo la sagoma asciutta di Ferro. Restò immobile senza sapere che fare. In realtà avrebbe voluto che gli si aprisse un precipizio sotto i piedi per sparirci dentro.

Prima o poi dovrà saperlo. E sarebbe molto meglio che lo sapesse da te.

Ferro si diresse verso la sua Ducati posteggiata a pochi metri dall'ingresso. Stava per infilare il casco, quando incrociò in pieno lo sguardo del collega.

Marione gli fece un cenno incerto con la mano, sulla faccia la smorfia contratta di chi attende una sentenza.

Infame.

Ferro tolse il casco e lo poggiò sulla moto, poi venne verso di lui con un sorriso. Marione avvertí uno stupido sollievo.

Ancora non lo sa.

Poi il collega iniziò ad applaudire piano, annuendo con il capo. Sorrideva, ma di scherno.

– Bravo! Complimenti, eh. Bravo! – gli disse.

Mario socchiuse gli occhi, cercando aria, ma era come trovarsi a respirare su Marte.

L'altro gli si fece incontro con il viso pallido e gli occhi dilatati.

– Ma che cazzo hai fatto, eh? A me, porca puttana? Ma come ti è venuto in mente?

– Non c'era altra soluzione, – riuscí a ribattere Marione. – Hanno le immagini e sono chiarissime. Si vede che sei tu, – allargò le braccia senza volerlo. Era un gesto sincero, il segno tangibile della sua rassegnazione.

– Ma che cazzo dici? Lo sai che la loro parola vale quanto la nostra! Lo sai! – alzò la voce Ferro. – Se nessuno diceva nulla, nessuno riconosceva nessuno... Come minchia facevano a capire che ero io, eh? Me lo dici? Come facevano? – L'assistente Ferroni aveva il collo arrossato dalla rabbia. Era piú basso del collega, ma in quel momento sembrava un cane lupo contro un gattino.

Marione scosse la testa.

– Ti dico che si vedeva... Questi ci indagavano tutti, lo capisci?

– E allora? È un problema? Avremmo fatto querela pure noi! Tu lo sai come vanno 'ste cose, no?

Marione tentò un'altra disperata difesa. – Sí, ma io ero poco dietro di te! E dal video sembro anche piú vicino! Come cazzo facevo a dirgli che non ti ho visto? – Pure la sua voce si era alzata di tono, ma somigliava a uno stridulo lamento.

– Invece dovevi dirgli proprio cosí, Cristo! Te l'avevo spiegato! Ma io lo so, – Ferro gli puntò contro un indice. – Lo so perché l'hai fatto. L'hai detto adesso, cazzo. Avevi paura! Paura per te! Avevi paura che ti inculassero perché eri il mio caposquadra!

Mario sentí qualcuno affacciarsi alle finestre. Era quanto di peggio potesse immaginare: la collera di uno dei suoi migliori amici e una sceneggiata pubblica, un'accusa d'infamia a beneficio di tutta la caserma.

Era la fine.

– Andiamo dentro, vieni in camera mia, ne parliamo con calma. Non fare cosí, ci sto già abbastanza male.

Ferro digrignò i denti. – No, non ci vengo. Anzi, spero che lo sentano tutti! – urlò ancora piú forte. – Che lo sentano tutti che schifo d'uomo sei!

– Andre, ti prego, smettila.

– Chi è che ti ha aiutato, quando eri nella merda, eh? Chi è venuto dall'avvocato, eh? Chi c'era ad aspettare la sentenza vicino a te?

Mario tacque.

– Io c'ero, te lo sei dimenticato?

– No e non lo dimenticherò mai. Guarda che ti aiuterò anche io, ho scritto che...

– Non me ne frega un cazzo di cosa hai scritto! – lo interruppe Ferro con la voce che si irrochiva. – Tu hai fatto il mio nome, ma te ne rendi conto? Nero su bianco!

Se lo avessero fatto con te, quella volta nei vicoli. Se qualcuno avesse scritto una relazione in cui ti accusava, mentre facevi il tuo lavoro. Avresti reagito anche peggio di cosí.

Mario si passò le mani sulla testa. – Lo capisci che è diverso? Ci sono i video, stavolta. E con quello che è successo ieri sera, stanno facendo un sacco di arresti, non possono lasciare in sospeso la storia del tifoso. Non possono.

Ferro fece un'espressione di disgusto. – Ma senti come parli! Senti come parli! Sei come quegli infami della questura. Sí, sei un infame.

– No, Andre, non mi puoi dire cosí. Ti sto spiegando, cerca di capire, – supplicò Mario muovendosi verso di lui, ma Ferro lo spinse via con forza. Marione non se l'aspettava e quasi perse l'equilibrio.

Non sta capitando a me. No, non sta capitando a me.

Ferro aveva rotto l'argine e Mario distinse chiaramente sul

suo viso un'espressione che aveva imparato a conoscere bene, in strada. Quella di uno che sta per venire sotto e vuole farti male.

– Sei una merda, cazzo! Hai sentito? Una merda! – sbraitò Ferro. Marione mise le mani avanti come a cercare di calmarlo. L'altro gli si buttò addosso cercando di colpirlo con un pugno. Marione lo schivò e il gomito di Ferro gli sfiorò il collo. Cercò di imprigionargli le braccia mentre l'altro sbuffava di rabbia.

No. No. No.

Ferro scattò e riuscí a dargli una mezza testata su uno zigomo. Marione lo spinse via con una manata istintiva e Ferro incespicò e finí culo per terra.

– Oh, ma che cazzo fate! – si sentí gridare da destra. Marione vide arrivare due colleghi, uno era Gianluca. – Ma che, siete scemi?! Mario, che cazzo succede? – urlò raggiungendoli.

– È una merda! Capito? È un infame. Mi ha venduto! – Ferro balzò in piedi. Fece per lanciarsi ancora sull'amico, ma gli altri due lo afferrarono per le braccia. Marione non riuscí a dire nulla, inchiodato all'asfalto sotto i piedi.

– Vattene, Mario! È meglio che te ne vai! – strillò Gianluca, mentre continuava a trattenere Ferro, che adesso iniziava a prendersela pure con loro. Era fuori controllo.

Marione fuggí nella palazzina.

150.

Quando vide scritto «Robi casa» sul cellulare che squillava, Enrico rispose subito.

– Pronto! Ma dove cazzo eri?

– Ciao Enrico, – gli disse il padre di Robi.

– Oh, signor Rizzo, è lei... – rispose il ragazzo e faticò a deglutire.

Cazzo. Che è successo?

– Ascolta, hanno arrestato Robi. Ieri sera, durante gli scontri che ci sono stati allo stadio.

– Oh, merda, no...

– Ci ha chiamati la polizia stamattina presto, lo stavano portando in carcere.

– Oddio, in carcere?

– Sí. Ci hanno fatto parlare pochissimo con lui, perché non si poteva, – la voce dell'uomo era monocorde, priva di emozioni. – Lui mi ha detto che ieri sera tu... – Enrico chiuse gli occhi e trattenne il fiato, il cuore gli batteva in tutta la testa. – Tu eri con la tua ragazza e non sei andato allo stadio. Per fortuna, meno male. Non so cosa gli sia girato. Davvero, io non lo so, – disse l'uomo sconsolato.

Enrico sentiva le orecchie ronzare.

– Ma il pro... processo? Ci sarà un processo?

– Certo. Non sappiamo quando, però. Non lo fanno subito, perché la cosa è delicata, c'è quel poliziotto ferito.

Enrico rivide l'immagine del suo amico che lanciava tutto quel che trovava. E anche lui aveva tirato roba. Ma bombe no, le bombe loro non le avevano.

Sicuro?

– Io spero che non c'entri. Non ci voglio credere. Ma non so piú cosa pensare, ormai –. Il padre di Robi era un uomo sconfitto.

– Mi dispiace, mi dispiace tanto. Se posso fare qualcosa... – trovò la forza di dire Enrico.

Sei tu che lo hai portato in mezzo agli ultrà. Non pensi di aver fatto abbastanza?

– Ma no, che vuoi fare? Comunque grazie. Io ti informerò delle novità.

– Certo.

– Va bene, adesso ti saluto. Scusa, ma non ho voglia di parlare molto. Spiegalo pure ai tuoi, ma evita con chi conosci poco, se puoi.

– Sí, ci mancherebbe –. Enrico era caduto in una specie di trance e quasi non si accorse quando l'altro chiuse la telefonata.

Lo hanno arrestato.

È in carcere.

E ora tocca a me.

Adesso vengono da me.

151.

Marione era riuscito a entrare per il rotto della cuffia.

– Solo un quarto d'ora, poi chiudo, – gli aveva detto il guardiano e lui aveva ringraziato, incamminandosi veloce con un mazzo di fiori colorati in mano. Non sapeva il nome, ma dovevano essere belli per forza, visto quanto costavano.

Raggiunse la tomba e sostituí i vecchi fiori rinsecchiti e l'acqua fetida nel vaso. Si vedeva che papà non passava da un po'. All'inizio stava lí ogni giorno a parlare con la lapide e Mario si era spaventato, temeva che stesse perdendo la testa.

Poi però il tempo aveva fatto il suo lavoro, sistemando le cose, ammorbidendo i ricordi. Adesso Egidio ricordava la moglie con il sorriso e un sospiro.

Era Mario che non ci riusciva. Quasi non la nominava, sua mamma.

Non erano passate neanche due ore dal tremendo confronto con Ferro, quando si ritrovò al cimitero quasi senza deciderlo.

In fondo non aveva altro posto dove andare. Suo padre non avrebbe capito e di amici... ne aveva? Aveva colleghi, conoscenti, ma qualcuno con cui condividere quello che si portava dentro? Ferro. Sí, Ferro era un amico. Anzi, lo *era stato*. Perché Mario sapeva di averlo perduto per sempre.

Sua madre era stata l'unica con cui Mario riusciva ad aprirsi, a cui poteva raccontare cosa provava, come si sentiva. Con lei riusciva a togliersi la maschera dell'uomo tutto d'un pezzo che indossava dentro e fuori la polizia.

Si accucciò accanto alla pietra tombale e fece una carezza al viso di Gianna Bozzano che sorrideva nella foto.

– Mamma, – mormorò chinando il capo. Si era alzato un vento freddo che gli tagliava la faccia, ma lo aiutava a sgombrare la testa dai pensieri brutti.

Non aveva mai parlato con la lapide. Non era da lui. Eppure quella sera le parole sgorgarono fuori da sole. Come se qualcuno gli avesse spostato un sasso dal cuore scovando una fonte che aveva iniziato a zampillare.

– Ti ho mentito, sai? Il giorno prima che te ne andassi. Quando mi hai chiesto quella cosa. Se ero stato io a picchiare quel maroc... quell'uomo. Ti ho mentito perché non volevo farti stare male. Non volevo darti un dolore. Però... – Marione si fermò, il naso pizzicava e la bocca tremava. – Eravamo stati noi. Quello ci era venuto addosso armato, ma noi lo avevamo bloccato. Solo che aveva cercato di tagliarci, prima. E poi aveva schizzato il sangue in faccia al mio collega, capisci? – Parlava piano, al vento e alla pietra. – Allora abbiamo perso la testa e lo abbiamo... Sono stato io a iniziare a pestarlo e il mio collega mi ha seguito, – disse sbuffando vapore nell'aria fredda. – Mi dispiace, mamma. Non era giusto. Non doveva andare cosí. Al processo ho dovuto salvarmi. Ho dovuto salvarmi e dire che mentiva. Ma non era cosí. Ero io che mentivo.

Sentí gli occhi che si inumidivano, ma ormai non poteva trattenersi. Da troppo tempo quelle parole stavano incatenate dentro il suo cuore. – La cosa peggiore è aver mentito anche a te. Era per non farti soffrire, sai? Ma da allora continuo a pensarci, ogni giorno.

C'era solo rumore di vento, fra le tombe del cimitero deserto. Il viso ruvido e stanco di Mario Bozzano era segnato dalle lacrime.

– Oggi però ho detto la verità. Non solo per salvarmi, come crede Ferro. È che non volevo sentirmi di nuovo cosí, capisci? Pensare di non essere la persona che credevi tu –. Marione poggiò le ginocchia a terra. Abbassò la testa e pianse a singhiozzo. – Scusami. Ti prego, scusami. Vorrei essere migliore, cazzo. Vorrei.

Passò un minuto, poi un altro e infine il guardiano fece suonare la campana di chiusura.

Marione sollevò il suo quintale da terra, reggendosi alla lapide. Tirò su con il naso e rimase ancora un attimo di fronte alla tomba.

– Be'... ciao, – disse poi, girandosi per andare.

Fu allora che il vento parve cambiare. Arrivò una folata diversa. Piú lenta, piú calda.

Il poliziotto alzò il viso. Quel soffio insolito durò lo spazio di pochi secondi, eppure a Marione ricordò un abbraccio. Socchiuse gli occhi e lasciò che lo stringesse.

152.

Nicola tornò a casa alle cinque e mezza. Si buttò sotto la doccia, per togliersi di dosso la stanchezza e il dolore di quella giornata.

Avrebbe voluto che l'acqua gli lavasse via i pensieri. Ma non funzionò.

Si asciugò e andò in cucina. Accese la macchina del caffè, un acquisto di Eleonora. Quando ancora pensavano di sposarsi, avere dei figli, essere una famiglia.

«Una famiglia ha anche una macchina del caffè, no?» aveva detto Ele. La famiglia non aveva resistito, la macchina del caffè sí.

Nicola preparò un espresso e andò alla finestra. Oltre il terrazzo, il suo sguardo volò sopra la Valpolcevera, sino al mare. Il cielo era terso, rosso nella sera che veniva. Spuntavano le prime stelle.

«Cosí stanotte voglio una stella a farmi compagnia».

E poi? Come diceva quella canzone?

«Cosí amore, amore, amore, amore, dove sei? | Se non torni non c'è vita nei giorni miei».

Non c'era amore che potesse tornare nei giorni di Nicola.

Prese il telefono e compose il numero che conosceva bene.

– Pronto. Ciao, sono Nicola. Mi puoi passare Marchesi, per piacere? Il tecnico.

Attese, poi dall'altra parte Marchesi rispose.

– Puoi parlare? – chiese Nicola senza perdere tempo a presentarsi.

– Sí, un attimo. Ma siamo sulla linea del reparto, potrebbe essere peri…

– Ho chiamato per dirti che ho scritto e ho parlato con la Digos. Hanno il nome. Se ne occuperanno loro.

– Okay, – mormorò la voce dall'altra parte del telefono.

– Io non so se arriveranno comunque a te. Ma se capitasse non ti azzardare a parlare mai, mai, di stamattina. Domani mi lascerai gli anfibi come garanzia. Se fai stronzate, io li uso. Poi basta, non una parola in piú, nessuna telefonata, nulla. Quando sarà ora, chiederai il trasferimento.

È una follia. Se parla siete rovinati, altro che libro sulla polizia: ti affibbiano una bella estorsione e la polizia te la scordi. I soldi li dovrai chiedere tu, per pagare l'avvocato.

– Non ti preoccupare. Nessuna stronzata e il trasferimento… be', non posso fare altro. Comunque per me è finita, 'sta cosa. Te l'ho detto, – confermò Marchesi.

– Lo spero, ma tu ricorda che l'ho fatto solo per Fabio, capito? Solo per Fabio.

– È fortunato, ad avere un amico come te.

– Ti saluto.

– Va bene, ciao. E… – Marchesi prese fiato, – grazie. Non importa perché lo fai. Ma grazie.

Nicola chiuse gli occhi, inspirò, espirò.

È la cosa giusta.

153.

Dopo la telefonata del padre di Robi, Enrico affrontò dieci minuti di panico purissimo, cristallino.

Adesso vengono. Adesso tocca a me. Vengono qui e mi arrestano. Incattiviti come quei carabinieri di ieri. Mi pesteranno anche, prima di portarmi via.

Vagò per la camera, cercò notizie in Rete, trovò scritto di alcuni arresti, ma senza nomi. Quanto ci avrebbero impiegato a sputtanarli tutti?

Aveva bisogno di sfogarsi ma – ovviamente – non poteva farlo con i suoi. Però doveva raccontargli di Robi, per forza, rischiava che lo sapessero da qualcun altro.

Certe voci correvano e se lui avesse taciuto loro avrebbero pensato che fosse coinvolto. Non doveva accadere, ma per adesso non poteva affrontarli, serviva un po' di controllo. Non voleva crollare alla prima domanda, contraddirsi alla minima, prevedibile insinuazione. E doveva cementare l'alibi che Robi sembrava avergli fornito dalla prigione.

La prigione. Marassi. Il carcere con i de-te-nu-ti.

L'immagine dell'amico che si batteva nella mischia continuava a girargli in testa.

Aveva esagerato, cazzo, aveva esagerato come al solito. E si era fatto beccare! Ma gli aveva coperto il culo, aveva detto che lui non c'era. Enrico si sentiva il cuore pieno di gratitudine e ammirazione. Robi era stato un grande. Era il suo migliore amico.

Prese il cellulare di sua madre e le chiese se poteva fare una telefonata. Meglio essere cauti. Lei disse di sí ed Enrico chiamò

Daniela. Le raccontò immediatamente dell'arresto e altrettanto immediatamente lei si agitò.

– Poverino, in prigione, – uggiolò. – Non ci posso pensare.

Nemmeno Enrico ci poteva pensare. Era una cosa troppo grossa per essere collocata nell'armadio della sua testa. Come un oggetto fuori misura che non stava da nessuna parte. Eppure doveva trovargli un posto.

– Se la caverà. Robi ha le palle, – disse sforzandosi di crederci.

Spiegò a Daniela tutto quanto, anche dell'alibi. La bugia che dovevano condividere.

– Quindi, se mi chiedono qualcosa, io devo dire che sei stato qui da me?

– Sí. Mi faresti un grande regalo. Grandissimo. Non voglio finire anche io a Marassi, cazzo. Non voglio.

– Va bene. Se qualcuno mi chiedesse, io… io dirò cosí. Spero che non serva, comunque. Non ci andrai in prigione, vedrai, – mormorò lei. Sembrava una bambina finita a giocare in mezzo agli adulti e anche Enrico si sentiva cosí. Lui che era stato sempre una specie di ragazzo perfetto. Bravo a scuola, niente droga, poche sbronze, nessuna cazzata: eccolo lí a rischiare il carcere.

Pensò che Daniela non solo aveva accettato la serata precedente, che avrebbe dovuto essere speciale e lui aveva invece rovinato. Era pure disposta a coprirlo, a mentire per lui.

– Ascolta, Dani. Io volevo dirti grazie. Per tutto quello che fai.

– Ma che dici? Non devi dirmi grazie. Stiamo insieme, no?

– Sí, lo so, ma con tutto quello che è successo, mi chiedo chi te lo fa fare. Dopo ieri sera. Cosa penserai di me? Non lo so.

– Adesso non è il momento. Non serve. È logico che sono spaventata, questa cosa… non ho mai conosciuto qualcuno che sia finito in carcere, per fortuna, – riuscí a scherzare Daniela. – Sui giornali si leggono tante storie terribili. Speriamo che non gli facciano del male.

– A Robi?

– Sí, in carcere. Lo sai quante violenze vengono denunciate dai detenuti? Un numero impressionante.

– Sí, ho sentito –. In realtà non era del tutto vero, Enrico aveva paura di addentrarsi in un terreno in cui Daniela sapeva piú di lui.

– Forse non ne abbiamo mai parlato davvero. Ma io... Io non li sopporto i poliziotti. I vigili, le guardie del carcere. Non li sopporto proprio, – disse lei. – Per questo non mi sento di condannarvi, per ieri.

Enrico rimase spiazzato. Si rese d'un tratto conto di essere stato piú impegnato a cercare di portarsela a letto che a capire davvero chi fosse la sua ragazza. Cosa avesse nella testa e nel cuore.

– Non immaginavo che la pensassi cosí.

– Guarda che i miei genitori sono stati al G8 e mi hanno raccontato delle cose terribili. Magari una volta ne parliamo. Oggi è meglio di no.

– Okay. Ma sono felice che dici cosí. Io non lo so. Non so piú come la penso. Avevo delle idee, ma ora tutto mi sembra diverso.

In testa rivide il carabiniere che si avventava rabbioso sul ragazzo. Era quello il loro mestiere? Anche se pensavano che tutti gli ultrà fossero delinquenti, loro avevano comunque il dovere di applicare la legge, non di farsi giustizia da soli! Il ragazzo stava andando via dagli scontri. Perché pestarlo? Era cosí che difendevano i cittadini? Erano quelli i professionisti che lo Stato pagava per mantenere l'ordine?

E Lisca? A momenti lo uccidevano.

– Devo ancora capirci qualcosa.

Le parole che seguirono emersero come un iceberg dalla nebbia. Enrico non poté evitare di sbatterci contro.

– E comunque, Dani, volevo anche dirti che... ti amo.

Ci furono lunghi secondi di silenzio. Poi lei iniziò a piangere nella cornetta.

Forse era la stanchezza, si giustificò, ma Enrico sentí una gioia fuori misura inebriargli il cuore. Oppure, a volte, era proprio vero che dal letame nascevano i fiori.

154.

Lollo aspettava fuori dal market. Per il timore che potessero mettergli sotto controllo il telefono, aveva riesumato una vecchia Sim intestata a Clara. L'aveva usata un paio d'anni prima, per un'offerta vantaggiosa. Con lei aveva accampato la scusa che la sua solita scheda era smagnetizzata. Per qualche giorno poteva reggere, poi sarebbe dovuto tornare al numero di sempre e dire che aveva risolto il problema. Stava diventando bravo con le bugie.

Troppo.

Quando Lupo si avvicinò, a Lollo parve che avesse il viso piú tirato del solito e le pupille larghe come fanali. Si disse che non era il momento di affrontare *anche* il problema droga.

– Ci sono gli sbirri.

Lollo sgranò gli occhi. – Cazzo! Dove?

– Dall'altra parte, davanti all'ingresso.

– Merda. E adesso?

– Adesso niente, Lo'...

– Come niente? Che dici?

– Devo andarci. Da solo.

– Ma sei fuori? Non possiamo uscire di lí? – fece Lollo indicando la rampa che conduceva fuori dal parcheggio.

Lupo scosse la testa. – Per come sono messi, ci vedono. E stai sicuro che ci vengono dietro. Il guardiano ha già chiuso tutto e inserito l'allarme, per cui non riesco nemmeno a passare da dentro. E comunque mi aspettano, sono sicuro. Sanno che da qualche parte devo andarmene.

– Ma chi te lo dice che cercano te? Possiamo provare a vedere. Al massimo scappiamo, guarda che con lo scooter non ci prendono. Copriamo la targa!

Ma tra i due sembrava Lupo quello razionale, stavolta. Era calmo.

– No, Lollo, sono venuti qui perché cercano me. Ma tanto sono pulito, stamattina ho buttato tutto in un cassonetto sotto casa.

– Cazzo, potevi andare da un'altra parte…

Lupo fece un gesto come a dire che non aveva tempo per discutere. – Non è mica *Csi*. Non è morto nessuno, che cazzo vuoi che si mettano a cercare nei cassonetti? Se fanno la perquisa vanno a casa e non trovano niente, quei bastardi.

Lollo aveva una faccia smarrita. Lupo gli poggiò una mano sulla spalla.

– Bisogna che vada subito, altrimenti scendono nel parcheggio a vedere, dato che non sono uscito. Non voglio che ti inculino per causa mia, – disse risoluto.

– E allora? Che cazzo c'entra? Ormai siamo insieme! – replicò Lollo.

Lupo gli strinse il braccio piú forte, senza smettere di guardarsi intorno. – Lollo, ti fa onore e so che lo faresti, ma quelle merde sono qui per me. Mica posso fare il latitante, cazzo. Guarda che io ho un po' di esperienza. Se vado adesso da solo, mi trovano pulito, te l'ho detto. Mi fermano, mi portano in questura e magari mi arrestano. Io chiamo il mio avvocato che ha due palle cosí e voglio vedere cos'hanno in mano. Cazzate, sicuro. Stai tranquillo e fammi andare, che se vengono qui ci inculano tutti e due.

Lollo non riusciva a parlare, a pensare.

– Tu porta la moto da me e lasciala sotto, con le chiavi nella sella. Tanto ne ho un altro paio dai miei.

– Ma se scavalchiamo da là sotto e lasciamo qui lo scooter? – propose febbrile l'amico indicando una balaustra, in fondo al parcheggio.

Lupo esitò un istante, come ci stesse pensando. Poi disse: – Non serve, magari mi sequestrano pure la moto e devo pagare per riprenderla. Ci ho già ragionato, Lo'.

L'altro restò zitto.

– Forza, fammi andare, dài. Ci vediamo presto e stai in campana, d'accordo? – disse Lupo sbrigativo.

A Lollo quasi veniva da piangere. Non sembrava piú il leader di nessuno. Lupo lo strinse in un abbraccio rapido, ma forte.

– Dài, ci sentiamo appena possibile. Saranno pochi giorni al massimo. E grazie per ieri, che sennò mi cercavano per omicidio, stasera, – disse, e la cicatrice si mosse sulla guancia come un sorriso sghembo e pericoloso.

– Okay. Okay, – rispose Lollo. Gli occhi bruciavano.

Poi Lupo scattò via.

– Arrivo, merde, – disse e andò verso il destino a petto in fuori.

155.

Cristian Luperini risalí la rampa del parcheggio, verso la strada.

«Un lupo in bocca ai lupi», pensò e si eccitò di frenesia, ma doveva mantenere il controllo. – Limitare i danni. Devi stare tranquillo e limitare i danni, – questo si ripeteva a bassa voce.

Non poteva andare che cosí. Si domandò cosa gli avrebbero contestato. Cioè, il problema era quali casini avessero sgamato fra quelli che aveva combinato: il pugno allo sbirro, la bomba, l'aggressione al celerino, il coltello. Erano tanti. Cazzo, non si era regolato!

Comunque, per un calcolo di probabilità, non glieli avrebbero affibbiati tutti. Cosí sperava e lo avrebbe saputo presto. Poi, chi se ne fotteva? Aveva fatto quel che voleva.

Si sentiva quasi eccitato, anche se aver lasciato Lollo da solo gli rompeva le palle. Sperava che non lo beccassero. Avevano scelto di rischiare consapevoli che poteva andare cosí. Anzi, che *sarebbe andata* cosí.

Lupo arrivò in prossimità della strada.

Limitare i danni.

Girò a destra, tenendo sotto controllo la Fiat Punto ferma dall'altra parte della carreggiata, con tre persone a bordo.

Represse un brivido, perché una cosa era aspettarselo, un'altra era viverlo. L'istinto fu quello di correre, ma lo soffocò. Dove poteva andare e per quanto? In fondo, non aveva ammazzato nessuno. Per quella volta.

«Forza», si disse e mantenne il passo, tranquillo, guardando fisso davanti.

Gli sportelli della Punto si aprirono, lui continuò a camminare.

– Signor Luperini? – gli chiese una voce da dietro le spalle.

Lupo si fermò e si voltò. Si trovò davanti uno sbirro con un pizzetto da coglione.

– Sí, perché? Che vuoi?

– Siamo della Digos, – gli disse esibendo il tesserino. Dietro di lui c'era un altro poliziotto, piú vecchio.

– Sei Cristian Luperini?

– Per gli amici sono Lupo. Ma per voi Luperini, – sorrise spavaldo e la cicatrice si strinse sulla faccia.

– Devi venire con noi in questura, – ordinò Pizzetto con occhi carichi di disprezzo. Ma Lupo si rese conto che era guardingo di fronte alla sua determinazione e ne fu molto fiero.

– Certo. Subito. Mi ammanettate? – chiese sollevando in alto il mento con aria di sfida.

– No, – rispose il secondo poliziotto. Lupo lo riconobbe subito, era quello che aveva colpito con un pugno in faccia il giorno in cui si era fatto male Lisca! Non ebbe alcuna paura di essere riconosciuto a sua volta. Le carte erano scoperte, adesso, e si sentiva piú che mai orgoglioso del suo gesto.

– Forse dovreste ammanettarmi, – sorrise Lupo fissando dritto negli occhi il poliziotto con la pancia. Quello serrò la mandibola per soffocare la rabbia e forse anche un po' di strizza.

– Forza, Gavi', portiamo in macchina 'sto sacco di merda, – ordinò.

Lupo lo fissò e continuò a sorridere, mentre lo facevano salire in auto.

Non si era immaginato di riuscire pure a divertirsi.

156.

– Adesso è meglio che me ne vada, davvero, – disse Ferro.

Gianluca lo guardò perplesso. – Ce la fai a guidare? Guarda che se vuoi qui c'è la branda di Merlo. Ti puoi sdraiare, tanto dorme a casa.

– No, tranquillo. Che vuoi che sia? Ci siamo bevuti solo qualche birretta! – In realtà le bottiglie da 66 sul pavimento erano otto.

– Va' piano, però, – si raccomandò Gianluca.

– Tranquillo, – rispose Ferro con gli occhi rossi. – Nessun problema. E grazie, eh? Grazie per la compagnia! Meno male che ci sono colleghi come te.

– Mica ti potevo lasciare solo, stasera.

Il viso di Ferro si indurí. – Ancora non ci credo che Mario mi abbia fatto quella bastardata. Quand'era nella merda, io gli ho dato tutto, capisci? Solo i soldi non gli ho prestato, perché non ne avevo, ma per il resto ho fatto qualsiasi cosa per aiutarlo. E guarda come m'ha ripagato!

Gianluca gli fece cenno di calmarsi. – E dài, Andre', lo sai che è proprio per colpa di quel casino nei vicoli, che ha fatto cosí. Ha avuto paura di essere indagato di nuovo e non ce l'ha fatta. Ha sbagliato, lo so. Ma lo capirà presto.

– Io invece non lo capirò mai. Sai quante volte mi sono trovato a consolare sua madre, a calmare i battibecchi con suo padre, proprio per via di quel casino dei vicoli? E questa è la gratitudine? Per me oggi è morto e basta, – sancí Ferro, scurissimo in volto.

– Adesso tu sta' tranquillo. Scrivi una relazione fatta bene. Magari ti fai aiutare da Nicola.

– Io non mi fido piú di nessuno.

– Lo so, ma devi farti aiutare, è importante! E poi vedi che succede. Pensa che, comunque vada, il lavoro non lo perdi. Eri in una carica, ci stavano gli scontri. Che potevi fa'? È andata cosí. Adesso è inutile peggiorare le cose, giusto? Ora va' a casa e fatti una dormita, dài. Ci sentiamo domani mattina.

– Okay, vado. Grazie, – disse Ferro e, dopo aver abbracciato il collega, se ne andò.

Appena Ferro si chiuse la porta alle spalle, Gianluca si rese conto di quanto fosse stanco. Stanco di parlare di scontri, denunce, infamate. Amareggiato per quello che era accaduto.

Da una parte era giusto. Probabilmente Mario non aveva avuto scelta. Però non poteva sopportare l'idea che avesse tradito un collega. Era contrario a tutto quanto si erano sempre detti, al loro modo di intendere il reparto. Ma davvero esisteva un modo giusto?

Se avessero arrestato mafiosi o dato la caccia a serial killer... Forse chi si occupava di quei crimini era anche disposto a rischiare molto per puntare in alto. Ma loro erano solo celerini! Possibile che dovessero prendersi tutta la merda, non solo per strada, ma anche dopo?

Elisa aveva ragione, erano solo pedine. Aveva bisogno di parlare con lei. Con nessun altro, solo con lei. Ma Elisa aveva il telefono spento. Gianluca si innervosí.

Dov'era? Cosa faceva? E con chi?

Gli venne in mente una canzone che conosceva da ragazzino. Si intitolava *Che diritti ho su di te*. Ecco, che diritti aveva su Elisa? Lui era impegnato, Elisa no. Gianluca aveva una donna a casa, lei viveva con le amiche dell'università e non sembrava aver bisogno di nessuno al fianco.

Elisa lo chiamò mezz'ora dopo.

– Ciao. Che c'è? Ho visto che mi hai chiamato.

– Volevo sentirti, – disse lui, piú diretto del solito.

– Ah. Ero fuori, – tagliò corto la ragazza e Gianluca si trattenne dal chiederle con chi. – È successo qualcosa?

– Sí, un casino tra colleghi. Un vero casino. Sempre per quella storia di domenica.

– Vuoi raccontarmi? – chiese lei, piú dolce.

Gianluca iniziò a parlare. Prese fiato solo quando lei gli ricordò che l'indomani aveva lezione.

– Stai meglio, adesso? Possiamo salutarci?

– Sí, dài, t'ho stressata abbastanza. Sei troppo paziente.

– Ma no. Anzi, è bello parlare con te. Io avevo tanti preconcetti su voi poliziotti. Però poi ti ho conosciuto e boh, non so, ho capito tante cose. Non sono piú dura come prima. È diverso, conoscere le cose da dentro.

– Anche a me sta succedendo lo stesso. È come se pensassi di piú –. Una pausa. – Tu mi fai pensare di piú, – si corresse poi.

– E a cosa pensi?

– A tutto.

– Anche alla tua ragazza, a casa? – Era la prima volta in tre mesi che Elisa accennava a Sara.

– In che senso?

– Se sia la persona giusta per te. Ci pensi?

Lui sospirò.

– Sí, ci penso.

– E?

– Non lo so, ho paura di fare una cazzata.

– Con me?

– No. Con lei.

Elisa rise dall'altra parte.

– Be', non... non pensavo che le cose stessero in questo modo.

– Neppure io.

Restarono zitti un attimo, come per assimilare il senso di quella frase. Fu lei a riprendere il discorso.

– Senti, magari domani sera ci vediamo e ne parliamo un po'. Di noi, intendo.

Noi. A Gianluca parve strano sentirle dire quella parola. Ma gli piacque, cazzo. Gli piacque molto.

– Sí, certo. Ne parliamo. Di noi.

– Va bene. Buonanotte, guardia.

– Notte Eli, a domani, – disse Gianluca e chiuse.

Poi sorrise.

157.

Dopo aver detto a Daniela che l'amava, Enrico si barricò in camera come dentro un fortino. Immaginò mille volte che il campanello suonasse e alla porta si presentassero due energumeni con la pettorina «Polizia», dicendo a sua madre che lui doveva seguirli.

Cenò con un pezzetto di carne e poco contorno, faticando a cacciarli nello stomaco chiuso. Non disse nulla ai suoi circa l'arresto di Robi. Aveva paura di non reggere ai loro interrogatori, di tradirsi subito.

Tornò nel suo rifugio e continuò a consultare febbrilmente Internet, a caccia di indiscrezioni, notizie. Cercò il suo nome su Google, se per caso non fosse diventato una specie di latitante. Non lo trovò.

Ogni tanto arrivavano messaggi dolcissimi da Daniela. Gli aprivano il cuore, ma non mandavano via la paura. Anzi, con il passare delle ore, Enrico stava peggio. Era convinto che gli sbirri, con i loro potentissimi mezzi tecnologici, avrebbero vagliato tutto quanto riguardava Robi. Gli sarebbero entrati nel telefono, gli avrebbero controllato la rubrica e i messaggi. Come minimo.

Vedranno anche le telefonate che ci siamo fatti. E gli sms, cazzo! Mi intercetteranno pure a me, cercheranno prove.

Enrico cancellò tutti i messaggi inviati e ricevuti dal suo cellulare. Si trascrisse i numeri di Lollo e Lisca su un foglietto e li cancellò dalla rubrica. Eliminò anche quello di Robi, l'unico che conoscesse a memoria insieme al numero di casa.

Le mail, ci sono anche le mail!

Fece pulizia nella posta elettronica, eliminando gli scambi frequenti con Robi. Cancellò dal suo pc alcuni filmati di scontri che gli aveva passato Robi e sentí pizzicare gli occhi ripensando al suo amico.

Facebook!

Si connesse e tolse dagli amici tutti quelli che non conosceva personalmente. Ci perse venti minuti. Alla fine rimosse anche Robi e gli venne da piangere.

Stai cancellando tutto di lui. Fino a due giorni fa ve la ridevate insieme come stronzi e adesso lui è in carcere e tu lo lasci nella merda.

Si disse che non era vero. Ormai lui poteva fare ben poco per Robi.

Cazzo, l'account del forum!

Sí, questo poteva farlo. Cancellare l'account di Robi, far sparire Grifo90 per sempre.

Enrico esitò per quasi mezz'ora, preso dall'ansia.

Il tuo Ip lascerà una traccia.

Decise che non poteva tirarsi indietro, era l'unico, piccolo aiuto che potesse dare al suo amico. Entrò nel forum con il nick e la password di Robi. Era «pisellone», la ricordava, ci avevano riso insieme.

Mentre cercava il modo di eliminargli l'account, si accorse che c'erano dei messaggi nel box privato e andò a leggerli. Si stupí, vedendo che l'ultimo proveniva da un tale Gradinata Sud. Come la curva della Samp.

Perché scriversi con un doriano?

Lesse. Il tizio si chiamava Stefano, diceva di abitare a Quarto e chiedeva a Robi se fosse interessato a dei filmati particolari. Erano riprese effettuate dagli sbirri, dai professionisti della Scientifica.

Sbirri? Riprese? Scientifica?

Enrico sentí il cuore accelerare, mentre immaginava quel coglione del suo amico tutto entusiasta per quei video.

«Se sei interessato mandami un sms a questo numero: 321/1518900. Cosí mi resta un tuo recapito» scriveva Gradinata Sud.

E lui sicuramente gliel'ha mandato, un bel messaggio sul cellulare a uno conosciuto in Rete!

«Su 'sti forum girano anche degli infami. Cosí ci mettiamo d'accordo e te lo porto di persona. Magari ci prendiamo pure un caffè».

Cazzo, e se è questo Gradinata Sud l'infame? Se è stato lui a beccare Robi, invitandolo da qualche parte dopo gli scontri? Ma perché Robi è stato cosí coglione?

Lo prese un attacco di rabbia contro il suo amico.

Facevi sempre tutto facile, eh? E adesso vedi com'è finita!

Ma la rabbia piú grande la sentiva contro gli sbirri. Avevano arrestato un belinone come Robi, che pensava di essere un duro e poi si faceva fottere come un bambino di tre anni.

Vagò dentro il profilo dell'amico sino a quando non trovò l'opzione per cancellare l'account.

Eseguí il comando e, un istante dopo, Grifo90 non esisteva piú: i messaggi risultavano postati da un «utente non piú iscritto». Come tanti altri.

Forse non sarebbe servito a nulla, ma era il massimo che Enrico poteva fare per lui.

Però sugli sbirri Robi aveva ragione. Ha sempre avuto ragione.

Erano dei bastardi. Acab: tutti i poliziotti sono bastardi. Era proprio cosí.

Queste cose Enrico si ripeté nella testa, sino a quando il sonno non sconfisse il dispiacere, la rabbia, la paranoia.

Non arrivò nessuno ad arrestarlo.

158.

Ferro lasciò la stanza di Gianluca e scese le scale sentendosi un po' pesante. Lui che di solito era una molla, procedeva al rallentatore. Colpa delle birre, non c'era abituato.

Raggiunse la sua Ducati, salí a bordo e fece rombare il motore. Sgasò un po' piú del dovuto, poi partí. Si dimenticò di fare un cenno di saluto ai colleghi all'ingresso e uscí in via Sardorella, superando il ponte sul fiume Secca, una specie di ruscello sempre senz'acqua.

Entrò in galleria, accelerò e salí di marce sugli svincoli prima dell'ipermercato. Scese e proseguí fino allo stradone lungo la riva destra del Polcevera, uno dei due torrenti di Genova. Anche quello somigliava a un rigagnolo. Era incredibile che nel 1970 avesse invaso tutta la valle, portandosi dietro anche le bare dei cimiteri.

La strada era vuota e Ferro pensava a Mario.

Ti ho aiutato, ti sono stato vicino e tu che fai?

Diede gas e la moto salí rapidamente fino ai cento e oltre, sulla strada che avevano appena aperto. Era un rettilineo con l'asfalto nuovo, perfetto per correre.

Ferro continuava a vedersi davanti la faccia di Marione. La rabbia era pari solo al dolore del tradimento. Accelerò di nuovo, dopo il quartiere di Trasta.

Quando i suoi occhi intercettarono la paletta rossa e l'uomo in divisa che la stringeva, gli ci vollero alcuni secondi perché il messaggio arrivasse al cervello. E altri ne servirono affinché realizzasse che la paletta intimava l'alt.

Ferro riuscí a fermarsi solo venti metri dopo, inchiodando pure.

Si voltò intenzionato a chiedere scusa. Ma i due carabinieri arrivavano verso di lui quasi correndo. Il primo teneva la pistola in mano.

– Fermo, fermo lí! – disse quello armato, un appuntato. Dietro c'era un maresciallo che stringeva la paletta.

Ferro scese dalla moto, alzando le mani. – Scusate, sono un collega, – disse a voce alta. Portò la destra alla tasca posteriore dei pantaloni, dove teneva il tesserino. Aveva ancora il casco.

– Che cazzo fai?! Ho detto fermo! – gli urlò il maresciallo e Ferro si rese conto che era meglio, davvero meglio, bloccarsi. Rimase con le mani in alto, immobile.

Una macchina passò e rallentò per guardare.

– Sono un collega della polizia, – ripeté Ferro, cercando di farsi sentire da sotto il casco.

I carabinieri si avvicinarono lentamente, quello con l'arma in mano non smise mai di puntare. Quando il maresciallo lo raggiunse, gli tolse il portafoglio dalle tasche. Poi lo perquisí.

– Maresciallo, sono un collega, cazzo! – ribadí Ferro alterato. Non gli piaceva essere trattato cosí. Non era proprio giornata.

– Guardi che ho sentito. E non mi interessa nulla, – gli rispose il militare. – Si tolga il casco, – ordinò e Ferro eseguí.

Il maresciallo frugò nel portafoglio e trovò la tessera.

– È un collega per davvero. Metti via l'arma, – ordinò al sottoposto. L'appuntato eseguí, ma non smise di guardare Ferro di traverso.

Il maresciallo gli si avvicinò ancora, a pochi centimetri dal viso.

– Dove correva? Si rende conto che a momenti mi investiva?

– Ma no, scusami.

– «Mi scusi», non «scusami». «Mi scusi», – lo corresse il carabiniere. Aveva due baffetti da cagacazzi.

– Mi scusi, venivo dalla caserma, stavo andando a casa, – disse Ferro.

Il carabiniere accostò il viso al suo.

– Ha bevuto, *collega*?

Ferro si rese conto che le cose potevano andare anche peggio di quanto non fosse già accaduto. Realizzò di doversi mantenere lucido, anche se la testa non rispondeva bene ai comandi. Provò con la sincerità.

– Sí, qualche birra, con i colleghi. Sa, in caserma, nulla di che…

– Allora non avrà *nulla di che* in contrario se le facciamo l'alcoltest, – disse il militare fissandolo dritto negli occhi.

– Ma… maresciallo, scusi, siamo tra colleghi, è proprio necessario? – provò a dire Ferro.

L'altro gli voltò le spalle, sempre con il documento in mano. Di fianco l'appuntato osservava la scena.

– Forza, venga con me alla macchina.

Non è possibile. Non bastava Mario, adesso anche loro.

– Mi scusi, per favore, mi dispiace per prima… – disse il poliziotto e allungò una mano sulla spalla del militare. Quello si girò di scatto.

– Oh, ma che fai? Levami le mani di dosso, capito? – avvertí, passando a un tu decisamente minaccioso.

Ferro perse un attimo l'equilibrio, forse per l'alcol o per l'agitazione. Però fece l'errore di sporgersi in avanti, verso il maresciallo. L'appuntato non capí e corse in soccorso del suo capo.

– Oh, ma che vuoi? Testa di cazzo! – gli gridò spintonandolo.

Ferro reagí, piú per istinto che per altro. In realtà era tutto troppo veloce, tutto fuori controllo. Spinse l'appuntato e il maresciallo gli balzò addosso, cercando di buttarlo a terra. Ferro resistette, provando a dire qualcosa in sua difesa. Ma nessuno aveva voglia di ascoltarlo.

Ci furono spintoni, sbuffi, insulti.

Poi Ferro sentí una mazzata nella schiena e si ritrovò steso sulla strada. I carabinieri lo immobilizzarono.

– Adesso lo arrestiamo, 'sto pezzo di merda, – ringhiò il maresciallo e Ferro sentí negli occhi lacrime di disperazione.

159.

Ale aveva deciso di andare all'appuntamento, anche se violava l'accordo appena stipulato con il poliziotto, quella specie di follia con cui aveva cercato di salvarsi il culo.

Doveva chiudere con il gruppo, ma non poteva non parlare di persona con Lollo per dargli uno straccio di spiegazione. Non gli avrebbe certo confessato l'accordo con Nicola. Non poteva ammettere la sua infamia. Ma gli avrebbe detto della sua intenzione di mollare tutto. Per lui era finita, su questo non aveva mentito.

Ale rimase ad aspettare e vennero le otto e mezza, poi le nove. Man mano che i minuti passavano era sempre piú infreddolito, sempre piú nervoso, sempre piú sofferente.

Attese e, dopo un'ora, provò pure a telefonare. Ma il cellulare di Lollo era spento. Denti di paura gli morsero il cuore.

L'hanno beccato. La polizia l'ha beccato. Beccherà tutti, anche te. L'accordo non ti salverà.

Scacciò quelle tremende certezze. Continuò a guardare la strada sperando di veder arrivare il suo amico, ma nulla. Andò in un bar, prese un caffè senza perdere di vista la zona dell'appuntamento e stringendo il telefono in mano. Ancora niente.

Vennero le nove e mezza e lo chiamò Mara. Le spiegò che stava passeggiando, doveva pensare. Lei parve disposta ad accettare quella debole giustificazione.

Passarono altri minuti. Richiamò ancora Lollo, pure a casa, ma anche lí solo squilli privi di risposta, come campane a morto.

Erano le dieci quando Ale decise di tornare a casa. Pensò che era cosí che finiva. Che finiva per davvero.

Gli si bagnarono gli occhi, mentre camminava. Andava verso casa. Tornava da Mara e da Alice, definitivamente.

In qualche modo, tornava anche da Manu.

160.

Lollo rimase seminascosto in un angolo del parcheggio, senza avvicinarsi alla moto di Lupo. Solo dopo venti minuti si mosse a piedi per verificare la situazione di fronte all'ingresso del market. Non vide nessuno: né gli sbirri né il suo amico, cosí tornò allo scooter. Sentí una stretta al cuore, a portarlo via lui. Ma non poteva fare altro.

Beccheranno pure te. È solo questione di tempo.

Doveva stare calmo e tenere a bada il panico.

Dopo una serie di tentativi che gli gonfiarono il quadricipite, riuscí a far rombare il motore malato dello scooter e partí.

«Cazzo, non è possibile», continuava a ripetersi mentre dava gas e quel catorcio rispondeva a fatica.

Aveva lasciato che beccassero Lupo: gli sbirri cercavano proprio lui e infatti se n'erano andati dopo averlo fermato. Lupo ci aveva messo un attimo a capirlo, perché con la madama ci faceva i conti da sempre. Aveva occhio, esperienza, viveva in allerta. Aveva preso la sua decisione, subito e senza esitazioni. Era stato leale sino alla fine.

– Porca troia! – gridò Lollo, sferrando un pugno al manubrio.

Si guardava intorno come una volpe alla caccia reale. Pensava che gli sbirri potessero saltare fuori dappertutto. Ma nessuno lo seguiva, sullo scooter rattoppato di Lupo.

Vagò senza sapere dove andare e alla fine si fermò in un bar a riflettere davanti a una birra. Aveva appuntamento con Ale, ma ormai era tardi. Non poteva rischiare e nemmeno voleva accendere il telefono. Era in preda alla paranoia. Almeno sperava che la polizia lo cercasse a casa e non all'ospedale.

Pensò a qualcosa da dire a Clara, per quando lo avessero arrestato. Ma ci sarebbe stato poco da inventare, anche se sperava che l'amore potesse avere la meglio su tutto il resto, per un'ultima volta.

Forse, la sua colpa era stata proprio essere ottimista, sognare troppo.

Uscí dal locale verso le dieci e mezza e vagò ancora per la città semideserta, attraverso strade dormitorio e angoli dimenticati della periferia in cui era cresciuto. Quartieri randagi dove viveva gente selvatica come Lupo. E come lui, perché ben poco ormai lo distingueva dal suo amico. Anche lui adesso era braccato.

Alle undici decise di raggiungere casa di Lupo. Guardò bene e non individuò macchine di sbirri o altre vetture sospette. Procedette, piú tranquillo, pensando che si stava facendo troppi film.

Arrivò sotto il palazzo, dove Lupo di solito parcheggiava lo scooter.

La strada era silenziosa, completamente calma.

Spense il motorino e lo issò sul cavalletto. Aprí il sottosella vuoto e ci lasciò cadere dentro le chiavi, con un gesto quasi solenne. Gli parve una specie di commiato da Lupo.

Si ripeté che era solo un arrivederci.

Si stava togliendo il casco quando due figure sbucarono dal nulla. Avevano giacche nere di pelle e facce squadrate.

Lollo non riuscí a scorgerne gli sguardi nel buio, ma fu certo che stessero andando da lui. Scattò e provò a correre via, ma uno gli era già addosso e lo colpí con un destro in piena faccia.

Accadde tutto in un istante. Lollo si preparò a sentire il ferro delle manette sui polsi, invece avvertí solo una sensazione di vuoto in pancia e nel petto, due volte.

Poi guardò in basso e vide brillare una lama.

Provò a capire, a chiedersi perché quelli che aveva scambiato per sbirri lo stessero accoltellando. Ma nella testa i pensieri vorticavano e nel corpo dilagava un dolore immenso, indescrivibile. Come se gli stessero tirando i polmoni con l'aspirapolvere.

Gli occhi si velarono di nebbia, rantolò. L'ultima cosa cui riuscí a pensare fu il viso di Clara.

Poi morí, senza saperne il motivo.

161.

I due uomini accesero l'auto scura e andarono via senza sgommare.

– Sicuro che era quello della discoteca? Mi aveva detto rasato, – disse il passeggero tradendo un pesante accento dell'Est.

Ripulí il coltello e lo avvolse in uno straccio sporco.

– Io non gli ho visto i capelli, cazzo! Aveva il casco. Ma lo scooter marcio e la targa erano giusti. Stai tranquillo, – rispose l'autista.

Dopo un paio di chilometri si fermarono e lo slavo scese. Fece cadere straccio e lama in un tombino, poi tornò a bordo.

– Chiama e di' che il problema è risolto, – ordinò l'altro, poi l'auto svaní nella notte.

162.

Nicola Vivaldi accese il computer. Girovagò una decina di minuti su Internet, evitando le notizie circa gli scontri della sera prima. Gli occhi gli bruciavano. Era stanco, aveva dormito pochissimo, ma non se la sentiva di andare a letto.

Aprí il file del suo libro e lo scorse rapido, fermandosi distrattamente su qualche frase.

Erano oltre settanta pagine Word e rappresentavano l'ossatura della prima parte, quella introduttiva, per delineare il mondo ultrà.

Poi sarebbero venuti i suoi ricordi, il racconto delle sue esperienze in servizio. Nessuno aveva mai raccontato quel mondo dall'interno. Qualche ex collega ci aveva provato con scarso successo, e solo una volta lasciato il lavoro. Ma scrivere standoci ancora dentro era differente. Per questo non lo faceva nessuno e per lo stesso motivo il suo libro sarebbe stato unico.

Ma qualcosa non andava.

Lo aveva realizzato nel momento stesso in cui aveva fatto il pazzesco accordo con Marchesi, anche se quel pensiero gli girava in testa sin dallo scontro di domenica, dal ferimento del ragazzo ai tornelli con tutto ciò che ne era seguito.

Lui non poteva raccontare la verità.

Non avrebbe potuto spiegare gli istanti che precedevano uno scontro. Quando gli ultrà, i manifestanti, gli antagonisti o chi cazzo erano ti fronteggiavano. Quando iniziavano a prepararsi, a coprirsi il viso, a togliere le cinture.

E tu sapevi che stavano per venire e *volevi* che venissero.

E pensavi che se davvero si sentivano cosí duri, quelle teste di cazzo, se volevano dare un seguito ai cori e gli insulti e... ecco, era il momento di dimostrarlo.

Nicola non avrebbe potuto raccontare per davvero cosa significasse stare in mezzo agli scontri in una piazza o uno stadio. Che cosa si provasse quando i tafferugli iniziavano e tu eri lí, proprio lí, nel posto giusto, al momento giusto. E sentivi quella bordata di adrenalina, rabbia, voglia di attaccare e paura di essere risucchiato e triturato.

Il ferimento del tifoso era stato un errore dalle conseguenze atroci. Qualcuno – anzi, Ferro, era stato Ferro e Nicola lo sapeva – aveva colpito alla testa ed era successo il casino.

Non andava bene, era sbagliato, eppure Nicola non sarebbe mai riuscito a dissociarsi per davvero. A condannare definitivamente il collega, che fosse Ferro o chi per lui. Che fosse uno del reparto o un carabiniere o un finanziere. Che fosse quella carica o una delle cento altre in cui era stato coinvolto.

Perché si trattava di un attimo e quell'attimo poteva arrivare per tutti, anche per lui. La testa si chiudeva. La paura, l'istinto di sopravvivenza prendevano il posto di comando e *bum!* succedeva.

Nicola non avrebbe mai potuto descrivere cosa significava vedere un collega, un amico, un fratello, sdraiato per terra con un occhio che pende fuori dall'orbita.

E la rabbia cieca che lo aveva spinto in mezzo agli ultrà a cercare di farsi giustizia da solo.

Tutto questo non poteva essere né capito né tanto meno scritto.

Cosí Nicola digitò la parola FINE in fondo al file e lo chiuse.

Cliccò sopra l'icona «Ultrà» con il tasto destro del mouse.

«Spostare questo file nel cestino?» apparve sullo schermo.

Nicola selezionò «Sí» e spense il computer.

Nota e ringraziamenti.

I versi a p. 214 sono tratti dalla canzone degli Erode *Frunu lu curva.*

I versi a p. 503 sono tratti dalla canzone di Miguel Bosé *Se tu non torni* (Bosé/Grilli/Ferrario).

E adesso, qualche grazie.

A Daniela, perché *A viso coperto* non sarebbe esistito senza il suo amore, i suoi consigli, il suo sostegno, la sua incrollabile fiducia. Lei è stata la prima ad averlo letto, amato e corretto. Lei mi ha convinto a raccontare la storia che avevo dentro da anni. Lei condividerà con me quanto verrà adesso, qualsiasi cosa sia.

A Piero Fadda, amico, critico, scrittore, che mi ha regalato suggerimenti preziosissimi per tutta la mia avventura editoriale e per questo libro. Un pezzo del finale lo devo a lui.

A Silvia Noli, per quanto rappresenta nella mia vita e perché, senza il suo aiuto, sarei ancora chiuso in casa a scrivere per amici e parenti. Comprate il suo libro, quando verrà il momento: non ve ne pentirete.

Al Premio Calvino, che mi ha regalato la chiave per aprire la serratura robustissima dell'editoria. Mario, Gaia, Michele e tutti i giurati, siete nel mio cuore.

A Severino Cesari e Paolo Repetti, che hanno fatto quanto potevano (e qualcosa di piú) per portarmi a Stile Libero. Pubblicare in questa collana è un sogno che si avvera.

Alla mia strepitosa editor Rosella Postorino, che non ha lesinato i giorni (e le notti) per uccidere pagine di noia, per ridare ritmo e concedere respiro, per limare allo sfinimento i confini tra verità e finzione. Questo libro sarebbe stato peggiore, senza il suo lavoro.

A Roberta Pellegrini, che ha avuto la pazienza di impaginare il manoscritto, segnalarmi le incogruenze e star dietro alla sequela di modifiche, dubbi, correzioni, elenchi, conteggi, mail.

Ai miei genitori e mio fratello, che mi hanno sostenuto sin dall'inizio fra racconti dell'orrore e improbabili concorsi letterari.

A mia nonna, che a ottantasei anni ha letto questo libro tre volte.
Ad Alessandro, l'uomo che ammiro di piú.
A Fabio, Maurizio e Angelo, che mi sono stati vicini quando avevo bisogno di loro.
A Lucia, che mi ha dato lezioni di coraggio.
Ad Armando e Paolo, amici da sempre e per sempre.
A Frank e Gerry, che hanno creduto anche alle mie produzioni meno credibili.
A Cristiano, per tutto l'interessamento.
A Gianni Palagonia, che mi ha mostrato come raccontare con fantasia storie verissime. Non mollare.
All'attuale dirigente del Reparto mobile di Genova, Riccardo Caccianini, che – a differenza del personaggio del libro – è un ottimo Comandante.
Al segretario del Silp-Cgil per la provincia di Genova Roberto Traverso, che combatte ogni ora per i diritti dei poliziotti.
A tutti i colleghi che mi chiedevano un romanzo e hanno avuto la pazienza di aspettarlo. Ecco, ce l'ho fatta.
Infine a voi, lettori.
In questa vita non c'è niente che valga di piú del tempo e, per arrivare a quest'ultima riga, me ne avete dedicato molto.
Ve ne sono davvero, davvero riconoscente.

Indice

p. 5 Domenica 16 gennaio
11 Lunedí 17 gennaio
53 Sabato 22 gennaio
99 Domenica 23 gennaio
195 Lunedí 24 gennaio
261 Martedí 25 gennaio
329 Mercoledí 26 gennaio
449 Giovedí 27 gennaio
531 *Nota e ringraziamenti*

Questo libro è stampato su carta contenente fibre certificate FSC
e con fibre provenienti da altre fonti controllate.

FSC
www.fsc.org
MISTO
Carta da fonti gestite
in maniera responsabile
FSC® C018290

Stampato per conto della Casa editrice Einaudi
presso ELCOGRAF S.p.A. - Stabilimento di Cles (Tn)
nel mese di marzo 2013

C.L. 21473

Edizione
1 2 3 4 5 6 7

Anno
2013 2014 2015 2016